オキナワ 終わらぬ戦争

セレクション 戦争と文学 8

山之口 貘 他

集英社文庫

ヘリテージシリーズ

オキナワ　終わらぬ戦争　目次

詩

オキナワ 終わらぬ戦争

セレクション 戦争と文学 8

I

沖縄よどこへ行く

山之口貘

蛇皮線の島
泡盛の島

詩の島
踊りの島
唐手の島

パパイヤにバナナに
九年母などの生る島

蘇鉄や竜舌蘭や榕樹の島

仏桑花や梯梧の真紅の花々の
焔のように燃えさかる島

いま　こうして郷愁に誘われるまま
途方に暮れては
また一行づつ
この詩を綴るこのぼくを生んだ島
いまでは琉球とはその名ばかりのように
むかしの姿はひとつとしてとめるところもなく
島には島とおなじくらいの
舗装道路が這っているという
その舗装道路を歩いて
琉球よ
沖縄よ
こんどはどこへ行くというのだ

おもえばむかし琉球は
日本のものだか

支那のものだか
明《は》っきりしたことはたがいにわかっていなかったという
ところがある年のこと
台湾に漂流した琉球人たちが
生蕃のために殺害されてしまったのだ
そこで日本は支那に対して
まずその生蕃の罪を責め立ててみたのだが
支那はそっぽを向いてしまって
生蕃のことは支那の管するところではないと言ったのだ
そこで日本はそれならばというわけで
生蕃を征伐してしまったのだが
あわて出したのは支那なのだ
支那はまるで居なおって
生蕃は支那の所轄なんだと
こんどは日本に向ってそう言ったと言うのだ
すると日本はすかさず
更にそれならばと出て
軍費償金というものや被害者遺族の撫恤金《ぶじゅつきん》とかいうものなどを

支那からせしめてしまったのだ
こんなことからして
琉球は日本のものであるということを
支那が認めることになったとかいうのだ
それからまもなく
廃藩置県のもとに
ついに琉球は生れかわり
その名を沖縄県と呼ばれながら
三府四十三県の一員として
日本の道をまっすぐに踏み出したのだ
ところで日本の道をまっすぐに行くのには
沖縄県の持って生れたところの
沖縄語によっては不便で歩けなかった
したがって日本語を勉強したり
あるいは機会あるごとに
日本語を生活してみるというふうにして
沖縄県は日本の道を歩いて来たのだ
おもえば廃藩置県この方

七十余年を歩いて来たので
おかげでぼくみたいなものまでも
生活の隅々まで日本語になり
めしを食うにも詩を書くにも泣いたり笑ったり怒ったりするにも
人生のすべてを日本語で生きて来たのだが
戦争なんてつまらぬことなど
日本の国はしたものだ

それにしても
蛇皮線の島
泡盛の島
沖縄よ
傷はひどく深いときいているのだが
元気になって帰って来ることだ
蛇皮線を忘れずに
泡盛を忘れずに
日本語の
日本に帰ってくることなのだ

海鳴り

長堂英吉

前略
亡夫宗森《そうしん》の記事、昨日（第八十六回）朝刊で拝見致しました。何度も何度も繰り返して読ませていただきました。仏前に供《そな》え、久しぶりに花など代えて家族みんなで喜び合いました。有難うございました。
あなた様が取材においでになり、亡夫が新聞の連載記事に登場するかも知れないとわかってからというもの、私はその日が待ち遠しく、毎日仕事も手につかぬ有様でございました。昨日の朝、待ちに待ったその記事を拝見したときの喜び。目の前が急に開け、世の中がぱっ、と明るくなったような気がいたしました。しばらく新聞を持ったまま手足が震えてくるのをどうすることも出来ませんでした。本当に有難うございました。
小山様、この手紙の筆をとるにあたって私は随分迷いました。感謝の気持ちをお伝えするだけにとどめるべきではないだろうか、こんな手紙を差し上げるのは失礼ではないだろうか。あの素晴らしい記事に何の不満があろう、と何度も心がぐらつきました。軍部と戦ったといえば聞こえはいいけれど、ありようは戦うどころか、兵隊に行くのが嫌さにあちらこちらと逃げ回り、捕まって監獄にぶちこまれたというだけに過ぎず、そのような夫を「県政八〇年の歴史の中で時の権力に抗《あらが》い反戦と平和のために戦った無名戦士たち」の一人に加えていただいただけでも有難いと思わねばならないのに、このような手紙を書くのは礼儀知らずというものではないか、と何度もためらいました。けれどもこうして机の前に坐《すわ》ってみると、たとえどのような夫であったにせよ、いやラチもない夫であったればこそやはり明らかにすべきは明らかにし、正すべきは正すべきだという声が心の片隅に湧きおこってくるのでございます。その気持ちは記事を読んだ当初はそれほど強いものではありませんでした。が、今朝こうして机の前に坐ってみると、ぜひそうしなければ、ともう矢も楯も堪《たま》らぬ切羽詰まったものに変わっているのでございます。

私はあなた様にお詫びをしなければなりません。夫の話をお聞きになりたいとお見えになったとき、私は何もかも、もう洗《あら》い浚《ざら》いお話しいたしましたと申し上げましたが、ひとつだけあなた様にお話し出来なかったことがございました。そのことは夫宗森にとって、また私にとっても身の上をお話しする上で大切なことでございましたが、私はどうしてもそのことだけは自分の胸の中から外に出す気にはなれませんでした。それをお話しすれば夫が生涯の秘密として生命ごと墓場に持ち去ったものを世間に暴いてしまうことになると私は考えました。受けとられようによっては屍《しかばね》に鞭《むち》打《う》つことになりかねないと怖れたからでございます。

けれどもあなた様のお書きになった文章を拝見して私は自分が誤っていたことにすぐに気がつきました。私は矢張りあのときすべてをお話しすべきでした。すべてを包み隠さずお話しすべきだったのです。

私達夫婦にはさまざまなことがありました。私は心の命ずるままにそれらのことをありのまま書いてみたいと思います。内気で寡黙な夫が生前自らはあきらかにしようとしなかったことを包み隠さずお話しし、夫の本当の姿を知って頂こうと存じます。勝手気ままにこんな手紙など送ったりして、誠に押し付けがましく、恐縮でございますが、あなた様へのお詫びと受けとめられ、御読み捨ていただければ幸いでございます。

明治四十四年五月、のちに本部《もとぶ》事件と呼ばれることになる暴動がおこったとき、宗森は二十一、私は十九でございました。

本部事件と申しましても今日ではもう殆《ほとん》ど知る人もいなくなりましたが、この事件は、本部渡久地《とぐち》の徴兵検査場が検査を受けに来た青年達に襲われるという尚《しょう》様廃位後の沖縄でおきた最大の不祥事とされた騒ぎでございます。設置後間もない県当局によってこの事件は意図的に置県のごたごたでおきた小さな事件のひとつのように扱われ、二十四人の関係者が捕えられて幕を閉じた形になりましたが、実際には一町五村四十三ヵ字から七百人以上の人間が手に手に鎌や棍棒や石をもって加わり、取り調べを受けた者だけでも三百人を超えたといわれます。治安当局が二十四人という申しわけ程度の人数を捕えてあたふたと幕を引いたのは、この事件の今後の島の統治に及ぼす影響を憂慮して、つとめて小さな事件ということに、つとめて小さなごたごたという形に締めくくろうとした苦心のあらわれといわれましたが、それにもかかわらずこの事件は全県的な波紋を呼び、その後何年も兵役をのがれて逃亡する者が続出し、当局を口惜しがらせたものでございました。

宗森と私はいとこ同士で、許婚《いいなずけ》の間柄でした。ふたりとも本部村健堅《けんけん》の生まれでございます。

健堅は本部半島西海岸の小さな村。安和、嘉津宇、八重岳の、俗にいう本部三岳を背にし、細い水路をひとつ隔てて瀬底島と相対している半農半漁の村でございます。

新屋敷家は、健堅と対岸の瀬底島にかなりの小作地をもつ裕福な地主で、当主の宗岳は筑登之《ちくどん》の位をもち、あなた様が新聞にお書きになりました通り、置県になって隠退するまで王府の船手蔵の筆者（書記官）をつとめておりました。そのような由緒ある家に生まれながら、のちに宗森が人力車夫にまで身を落とさなければならなかったのは、この父親の徹底したヤマト（日本）嫌いにありました。

本部間切《まじり》（村）はもともと排日親支の感情の強い土地でございましたが、紅帽官《こうぼうかん》という下級役人とはいえかつては王府の官吏であった宗岳はその代表的な人物でした。

御承知の通り明治十二年、二百年も続いた尚様の琉球藩が廃止され、沖縄県が置かれたとき、かつての王府の士族達は、この世替りを時代の流れとして受け入れた開化党（ヤマト党）と、ひそかに清国《しんこく》と通じ、琉球王国の延命を願う頑固党（親支党）の二つに分裂いたしました。開化党が県当局と心をひとつにして同化政策に馴染んでいったのに対し、支那からの渡来人の子孫である久米村の上級士族と旧王府の役人達を中心とする頑固党は本部今帰仁《なきじん》、国頭《くんじゃん》といった地方の番所（役所）の役人たちを仲間にひき入れてこれに反対し、二つの勢力はことあるごとに対立し、いがみあっておりました。置県の当時小なりとはいえ、王府の役人であった宗岳が頑固党に走ったのは当然の成りゆきではありましたが、置県の際にいかなる怨みを抱かなければならない事情があったのか宗岳の反日感情は異常ともいえるくらい激しいものがございました。わしが生きている限り子や孫にヤマト奉公はさせぬ、と公言してはばからなかった宗岳は、その信念の通り宗森の一生を文字通りへしまげてしまったと申せましょう。

明治四十四年宗森に最初の徴兵令書が届いたとき、父子はちょうど向かい合って碁を打っておりました。事情を知らぬ村役場の吏員が令書を手渡そうとすると、宗岳は血相を変えて立ち上がり、その男に撲《なぐ》りかかったのでございます。

「貴様……わしの家によくもこんな穢《けが》らわしいものを……」

あとは言葉になりませんでした。いきなりかたわらにあった鍬《くわ》をとって振り回したので吏員は驚いて逃げだしてしまいました。

兵隊に行かせるくらいなら自分の手で殺してしまった方がいい。そのような気持ちであったようでございます。だから学校にも行かせようとしませんでした。学問の方はやまと学問ではなく、久米村の講師を頼んで唐《とう》（中国）の学問をと思っていたらしいのでございますけれども実際に講師を招くという事もなく、そのうちにそのうちにと歳月を無為に過ごしているうちにいつのまにか宗森は二十を過ぎ、無学ということになってしまったのでございます。妻の私が当時の沖縄の山村ではいまの最高学府のように思われていた高等小学校を修了し、夫の宗森が無学というのも気の毒な話でした。

沖縄にはじめて徴兵令が布《し》かれたのは明治三十一年一月のことでございます。それまでこの地は特別地区と見なされ、兵役の義務が免除されておりました。それが明治三十一年一月になって徴兵令を施行するという公布がなされると、全島の適齢者と家族は恐慌状態におちいってしまいました。置県以来たかだか二十年、一部の教育を受けた者を除けば一般にはまだまだ兵役の義務などということは理解されておりませんでした。理解どころか考えたことさえありませんでした。自分達が日本人であるとさえ思ったことのない人達に義務として兵隊に行けということ自体が無理でした。当時の人達は兵隊に行けば十中八九死ぬものと考えておりました。戦さで死ぬだけではありません。狂い死にするというのです。事実、この時代、兵隊にとられ、気がおかしくなって帰されて来た者が数多くおりました。

日常の言葉がちがいました。習慣が異なる。心の微妙なところが一致せず、そのため上官との、そして兵隊同士の間がうまくいかない。ことごとくのろま扱いされ、屈辱感にまみれて、神経をすりへらし、とうとう半病人になって倒れてしまう。徴兵開始の最初のころはそのような極度な神経衰弱にかかって帰される者が少なくありませんでした。帰郷の道なか狂気の発作で海中に飛び込んでしまうものもおりました。噂は噂を呼んで全島の適齢者をおびやかし、家族を震えあがらせました。逃亡者が続出いたしました。金のある者はいち早く清国に逃れ、金のない者は生涯を木樵《きこり》となって山中に埋める覚悟で北部の樹海の奥深く姿をくらましました。それだけの覚悟のない者は自分の身体を傷つけました。片目をつぶしたり、片足をおとしたりして生まれもつかぬ不自由なからだになりました。そのような金や勇気やこらえ性のない者だけが泣く泣く引っ張られて行きました。徴兵検査の当日には親族や知人友人が集まり、合格を宣告されると、胸をたたいて号泣し、不合格になると友人知人はもとより近隣の人達まで招いて祝宴を張るといった有様でした。新兵として入営するため那覇《なは》港を出発するときは、友人知人が各地から集まって来て相擁《あいよう》して泣き、さながら死刑台に送る囚人のようであったということでございます。

宗岳は大変なヤマト嫌いでしたが、しかし宗森にはそれほどヤマトを憎悪する気持ちはありませんでした。国を乗っ取られたとも思わないし、ヤマトに圧迫されているという感情もございませんでした。むしろヤマトの世の中になってよかったという気持ちすらありました。兵隊に行く恐ろしさよりもむしろ検査をのがれ、官憲の追及を受ける方を恐れておりました。兵隊のがれに対する警察や憲兵の追及は容赦がありませんでした。宗岳だとてその恐ろしさ、悲惨さを知らぬ筈《はず》はなく、頑固で強気一点張りに構えているように見えても内心は戦々恐々としてい、鍬を振り回してはみたものの、所詮《しよせん》は虚勢を張っているにすぎないのではないか、と私には思われました。

兵隊のがれの悲惨さを私達はよく知っておりました。浜元に住む宗森の従兄は検査をのがれて海を隔てた古宇利《こうり》島に隠れていましたが半年後に密告されて逮捕され、監獄に送られました。しかし入獄後ひと月とたたないうちに発狂し、家に戻されたけれど今もって裏山の古い琉球墓を棲家《すみか》にして出て来ようとせず、日々の排泄すら肥たんごをひき入れて中でするという有様でした。名護に住むもうひとりの従兄も嵐山の開墾地にひそんでいるところを逮捕され、入獄しましたが、このほうも食事をとろうともせず、監房の壁に向かって一日ぼんやり坐りこんだままだという。具志堅に住む母方の遠縁の者は、病気をつくるために検査のひと月前から毎日一升もの酢を飲み続け、十日後に大量の血を吐いて死んでしまいました。

宗森は父親にかくれて検査場にあてられた本部尋常小学校に出頭いたしました。父の意志にそむくのは不本意だけれども逃亡する勇気はなく、みずからの身体を傷つける勇気はさらにありませんでした。そこで普通に検査を受け、兵隊の一年もつとめてくればあとは平坦な人生が開ける筈でございました。しかし運命は宗森がそのような平坦な道を歩むことを許しませんでした。その日、その検査場でまさに沖縄の朝野を震撼させる大暴動が起こったのでございます。

事件の原因は今から考えてみると、徴兵官達の適齢者に対する過度の猜疑心《さいぎしん》にあったようでございます。徴兵官達は忌避を企てる適齢者たちの底の割れた小細工を嘲笑し、琉球人を頭から信用していませんでした。そのような不信が事件をひきおこしたのです。

その日宗森は朝暗いうちに家を抜けだして、姉のモウシ、許婚の私、私の友人マカらと連れ立って村のあがり（東）の御願所に詣でて不合格を祈願し、そのあと葬列のようにつれだって検査場にあてられた本部尋常小学校に向かいました。渡久地港の岸壁には薄紫の山センダンの花が風に散り、その上を五月のさわやかな雲が渡り、私達は鳴きしきる蝉《せみ》の声を全身に浴びながら、そろそろ山藍の仕込みにでもかからねば、などと話し合っておりました。

事件は私達がちょうど控室にあてられた小学校の講堂の入口にたどりついたときにおこったのでございます。

突然あたりの空気をつんざくような若い男の悲鳴が講堂に隣り合っている教室から聞こえて来たかと思うと、次の瞬間、目の前の窓ガラスが飛び散り、続いて静まれ、静まれと怒鳴る声が聞こえてまいりました。続いて何人かの男達の言い争っている声がしたかと思うと、教室の中からサーベルを抜き放って片手に持った軍服の男が飛び出してまいりました。その男を追いかけるように、間切（村）の男達が教室の中からばらばらと出て来ました。備瀬《びせ》の可真《かま》、次良《じら》、太良《たら》といったみんな顔見知りの者達でした。

可真らは、刀を振り回しながら逃げる男に追いすがり、中の一人が腰を蹴り上げました。兵隊服がサーベルを握ったままつんのめると、倒れたその男をとり囲み、右から左から足蹴にしました。それを見ると、近くにいた群衆がどっと検査場にあてられた教室に押し寄せて、いっせいに石を投げ始めたのです。まるで諜《しめ》しあわせたようでした。

サーベルを抜き放った巡査が何事か大声で叫びながら校門の方から駆けつけて来ましたが、どうすることもできません。建物の中にはひと目でそれとわかる三人のやまとんちゅ(内地人)がおりました。その中の一人が戸口まで出てくると、忽《たちま》ち棍棒を持った青年たちになぐり倒されてしまいました。

ふと気がつくと宗森も私も友人達も両手にいっぱい石を拾い集め、だきかかえておりました。それを教室の前にむらがっている男達に運んでおりました。いったいいつ石を拾い始めたのか私はまるで覚えておりません。なんにもわからないままに事件が起き、いつのまにか宗森も私も友人達もその中に投げ込まれていたのでございます。まるで夢を見ているようでございました。

あとになって聞いたところによると、事件の発端は同じ健堅に住んでいる備瀬の四男孝助でした。孝助は、幼い頃農耕馬から落ちて右手を骨折いたしましたが適当な処置をしてくれる医者が居らず、そのまま放置してしまったため、年ごろになっても右手が内側にすこし曲がったままになっておりました。決して徴兵のがれのための細工ではなかったのです。しかし徴兵官はこれを兵隊のがれの狂言とみたのです。軽率でした。ろくろく診断もせずに無理にその手をひきのばそうとしたのです。検査官の一人が孝助の身体を押さえ、もう一人が彎曲《わんきょく》した右手をつかんで力まかせにひっぱりました。孝助は悲鳴をあげたけれど、検査官たちはやめようとしませんでした。やがてクッという音がしたかと思うと孝助はぐったりしてしまったのです。

一部始終を見ていた兄の太良が場内にとびこんで検査官につかみかかりました。

「狂いおったか、リキ人」

検査官が突きとばすと、太良は起き上がり、かたわらの椅子をふり上げて検査官になぐりかかったのです。それを見ていた可真と次良がとびこんで机をひっくりかえしました。それから撲りあいになってしまったのでございます。

警備の巡査の通報をうけて本部警察署から応援の巡査たちがやって来たときには四人の徴兵官は散々痛めつけられて、虫の息でした。そしてその日徴兵検査を受けに来た間切の青年たちのほとんどがその場から逃亡してついにもどらなかったのでございます。

私がその次に宗森に会ったのはそれからひと月ばかり経ってからでした。その日朝早くからその頃母と一緒に家業のようにしていた豆腐作りの大豆の仕入れに名護の市場まで出かけた私は、村に帰ってくる途中、郡道の東のはずれをタンダ山の方に出ていくモウシ姉の後姿を見たのでございます。モウシは宗森の姉でございます。それでなくても声をかけるには遠すぎましたが、その時私は大きな大豆の袋を頭にのせておりました。伊野波から切通しを抜けて、白い乾いた郡道にあがったところで不自由な足をひきずるようにして傾斜道をあがっていくモウシ姉の姿を目にしたとき、私は暑さと汗でふくらんだ体の中を青白い光のようなものが走るのを感じました。

モウシ姉はその頃タンダ山の奥に小屋を建ててひとり住んでおりました。結婚した翌年夫が今の言葉で言えばハンセン病と申しますか、そのような重い病気に罹《かか》っていることがわかり、夫ともども逃げるようにしてタンダ山の奥深くひそんでからはめったに村に出てくる事はありませんでした。それでも昨年の暮れその夫が死んでからはときたま村に姿を見せるようになりました。小屋をたたんで帰って来い、と村の者達がすすめても山の中の生活が気にいっているのかいっこうに降りて来る気配はありませんでした。くちさがない村の誰彼の話によると、モウシ姉もあの病気をわずらっているという事でしたが真偽のほどは誰にもわかりませんでした。

(モウシ姉さんがいまごろ……)

私はどきりとして頭にのせている荷物の事を忘れました。

(宗森が村に帰っているかも知れない)

そう思うと額の汗が冷たくなり、思わずあたりに目を走らせました。

竹編塀《ひんぷん》を回って濡縁《ぬれえん》の上にどさりと頭の荷をおろすと音を聞きつけた家畜小屋の山羊が騒ぎました。いつもだと小屋の前に積まれている芋の蔓《つる》をひと把《つか》み中に投げこんでから家にあがるのですけれどもそのような心のゆとりはありません。怨めしげに鳴き騒ぐ小山羊や留木の丸太に角《つの》をぶち当てて怒っている雄山羊の不満を背中に聞きながら、薄暗い台所にとびこむと、

「宗森が村に帰っておるそうじゃ」

と母が待ちかねていたように私を迎えました。

（やっぱり……）

私はモウシ姉の後姿を思い浮かべました。

「いまどこに？」

その問いには答えず、母はかまどの中から溢れ出る炎に目を移すと、

「今夜連れて行くから支度をしい。……いいね」

感情を洗《あら》い曝《ざら》した声でつぶやきました。

私は咄嗟《とっさ》のことで何と答えていいかわからず、慌てて台所をとびだしました。そばに誰かがいてその時の私の顔を見ていたら、私の顔はかまどの中の炎より真赤になっていたでしょう。

私は湯を沸かしてからだを洗い、髪を梳《す》き、渡久地の町に友達を走らせて宗森の好物だった餅菓子などを用意して日の暮れるのを待ちました。黄昏《たそがれ》どきになって母と私が蚊除けの松葉を焚《た》きはじめたころ、モウシ姉がやって来ました。家の手前までくると、モウシ姉は竹編塀《ひんぷん》に隠れる格好で帯を解き、お尻を鳴らして小用を足し始めました。私はその様子が可笑《おか》しく、思わず吹きだしてしまいましたが、やがてこれ見よがしの小用の足し方に重大な意味の潜《ひそ》んでいることに気付き、はっとしました。小用を足し終えたモウシ姉はやがてけだるそうに立ち上り、のろのろと黒い帯を身体に巻きつけておりましたが、ふいに目にもとまらぬ早さで家の中にかけこんで来ました。のろのろと竹編塀の前まで足をひきずってやって来た人間とはまるで別人のようなすばしっこさでした。

「駐在に見られはせなんだか……」

母が心配そうに聞きました。

「大丈夫。見られはせん。巡査も探偵もおらんじゃった。わしがようく見た」

モウシ姉にはすでにもの慣れた落ち着きが備わっておりました。弟の宗森が逃げだしてからこの人はもう山小屋にこもりっきりの昔のモウシではなかったのです。

お茶をすすりながら日がすっかり暮れるまで待ちました。やがて鼻をつまれてもわからない山峡特有の重い闇がどんよりとあたり一面にたれこめてまいりました。出しなにかまどの下から燃えさしの薪を一本つかむとモウシは炎を吹き消しました。それを足元で小刻みに左右に振ると、先の榾火《ほたび》に風があたり、足元の地面がわずかに赤らみます。燃えさしを振るモウシ姉が先頭に立ち、母が続きました。私は風呂敷一つをこわきにかかえ、ふたりのあとを追いました。三人は裏庭から小羊歯《こしだ》の茂みをわけて畑道におりたちました。あたりに目をくばりながら歩きつめて、小さな石橋のたもとまでくると、健堅の人家も畑もそこできれる村はずれです。

村の端から田圃《たんぼ》を越えてつづら折りの山道にさしかかると、それまでわずかにあかるんでいた西の空もすっかり暗くなり、ひんやりとした闇が果てしもなく広がっておりました。モウシ姉は榾火の薪を振りながらどんどんさきに進んでいきます。ハブの這《は》いまわる季節に入っていたけれど、私は無我夢中でした。タンダ山は村の人間の言葉に従えば「目を刺されてもわからない」深い闇の中に埋もれておりました。その中を私は榾火におくれないようにと歩き続けました。せっかく湯をあびて来たのに村はずれからいくらも行かぬうちに私は全身にぐっしょり汗をかいておりました。

川原に下り、谷川伝いに上流に進み、土手にあがって細い山道を木の根や石ころにつまずきながらどのくらい歩いたでしょう。やがて夜目にもくろぐろとした小さな小屋の前に出ました。初めてみるモウシ姉の小屋でした。モウシ姉が雨戸に手をかけて、

「宗森」

と、あたりをはばかるように声をかけました。

「姉《んーみー》さんかい」

久しぶりにきく宗森の声が中から返って来ました。板戸がきしみ、目の前の闇がかすかに横に流れた気配がありました。私は真暗な小屋の中に手さぐりであがり、ゆかの上に坐りました。肩や手に触れてくるような濃い闇に包まれて私は自分がどこにむいて坐っているのか見当もつきませんでした。いざるようにして膝をすすめ、すこし前に動くと生温い布のようなものが額にふれました。私は動くのをやめて闇の中に瞳をこらしました。

「マカト阿母《あんまー》も一緒だよ」

「達者でいたかい、宗森」

ごそごそと部屋の中を手さぐりですすみながら話すモウシ姉と母の声が重なりました。

「うう。阿母ん頑丈やみせーてぃ」

闇の中から人恋しげな声が返って来ました。

「顔見せてくれんかい、ちょっとの間だけあかりをつけておくれ」

マッチが擦《す》られ、赤黒い光が部屋の中に広がりました。私の目の中にとびこんで来たのは部屋いっぱいに張りめぐらされた大きな蚊帳《かや》でした。その真中にあぐらをかき、こちらを見ている男の顔を見て私は思わず悲鳴をあげました。それは私がいつも見慣れていた宗森とは別人の顔でした。顔全体がひとまわり小さくなって青白み、鼻の下からあごにかけてまるで墨を塗りつけたように黒い髯《ひげ》で覆われていました。その顔はいつか見た琉球舞踊の「松竹梅」に出てくる翁そっくりでした。翁の髯は雄山羊のように銀灰色ですが、男のそれはくろぐろとあごの下に乱れておりました。それが変り果てた宗森の姿でした。宗森が私を見て笑いました。私はまた悲鳴をあげました。声は宗森だけど私はしばらくの間その男が宗森だとはどうしても思えませんでした。

モウシ姉が真暗な奥に立ち、やがて茶碗のふれあう音がしました。気がつくとひどい蚊帳でした。母と私は蚊帳の中に入りました。私は母のかたわらに小さく坐っていました。ほの暗いあかりの下で身体を固くしてうつむいておりました。

「どこに逃げていたのかね、宗森」

母があっけらかんと訊《き》きました。

「国頭の『奥』にいました」

釣られて宗森が口許《くちもと》をほころばせました。

「棚原の昌吉、志多伯《したはく》の才蔵らと一緒に山の中に潜んでいます」

と白い歯を見せました。私ははじめて髯の奥にいつもの宗森を見出し、ほっとしました。

「みんなそこに集まっているのかね」

「七、八人来ています」

「あんな辺鄙《へんぴ》なところにねえ」

母の声が急に弱々しく虚《うつ》ろになりました。奥ときいて母は私を連れて来たことを後悔したかもしれません。宗森のような兵隊逃れと一緒に奥のような北の果てに行かせてしまえば、このさきどのような苦労をするか目に見えていました。許嫁といっても口約束の程度で結納を交わしたわけでもない。からだのつながりをもっている様子もないし、今のうちなら断ることも出来たのに、とモウシ姉に蹤《つ》いて来たことを後悔したかもしれません。母の声にはほんの僅《わず》かではありましたがそのような無念さが含まれておりました。

モウシ姉が熱いお茶を淹《い》れて蚊帳の中に入って来ました。私達は小さなロウソクを中心に、しばらくだまったまま熱いお茶をすすっておりました。

「さ、それじゃ、わしらはこれで。若者は若者同士の語らいもあろうし……」

お茶を飲み終えると母は急にせわしげな口調になって帰り支度を始めました。

「もう帰るの」

私は慌てて母の着物の裾をおさえました。母は黙って私を睨《にら》みました。その顔にはもうさきほど見せた苦渋はみじんも残していませんでした。追われる身になっても妻にするという約束を忘れずに、危険を冒して迎えに来てくれたのだから行っておあげなさい。お前もそれを心待ちにしていた筈だから。母の顔はそのような決意を私にうながしておりました。

「さ、いつまでも明りをつけていると巡査がくるよ」

「そうですね」

モウシ姉も茶碗を置きました。

「私はしばらく村にいるからゆっくりしておいで」

と立ちあがり、私を小さな台所に連れていって味噌や油やあれこれと必要なものの在りかを教えてくれました。その言葉にはすでにとついで来て何年にもなる嫁に話しているようなへだてのなさがあり、家族だけが頒《わか》ち合《あ》うことを許された温かさがこもっておりました。盃事のまねごとさえしなかったけれど、新屋敷家に受けいれられているという膝頭の震えるような歓びがあり、私の心は満たされておりました。

母とモウシ姉が去ると、宗森はロウソクを吹き消し、そのまま闇の中を近づいて来ました。

「真鶴《まづる》……」

風呂敷包みをわきに押しやると、すぐに私を押し倒し、夜露でかすかに湿っている着物の裾を開いて来ました。私は幼いころからこの従兄の嫁になるのが夢でした。色白の人並みはずれて立派な体格をしたこの従兄は村じゅうの娘達のあこがれであり、私は娘達の羨《せん》望《ぼう》の的でした。年ごろになるといつ彼が求めてくるかとひそかに心待ちにしていました。

けれども内気でおく手のこの従兄はいっこうに私に触れてこようとせず、そのときまで私達は他人のままでした。ゆかは冷たく、固く、手を触れるとざらざらしていました。やがて私は覆いかぶさってくる宗森を押しのけるように抗い、ガチガチ震える奥歯を噛みしめていましたが気がつくと、全身に宗森の重みを熱く感じながら麓《ふもと》を流れる川音にぼんやり聞き入っておりました。

モウシ姉の小屋でひと晩過ごした宗森と私は翌日「奥」に向かいました。

国頭村奥は岬で知られる沖縄本島最北端の辺土《へど》と小高い山ひとつをへだてて隣り合う小さな村でございます。北端の辺土とひとつにつらねて「奥辺土」と呼ばれています。尾西岳と西銘岳の裾野の接する山峡に水源をもつ奥川の河口の両がわに、小さな草屋根があちらにひとつ、こちらにひとつと見え隠れするそれはもう辺鄙な淋しい村でございました。今でこそ学校も郵便局もあって開けているけれど、明治四十四年の当時は陸路は険しい断崖に阻まれて通れず、海路をもっぱら山原《やんばる》船に頼っておりました。那覇から風のいい日にまる二日、本部からでも辺土岬を廻ってまる一日、天気が崩れると何日も陸の孤島になってしまいます。

山原に行き(け)ば
哀れどう至極
見るかたやねらん

海と山と
と辺鄙と侘《わび》しさを詠いこまれた山原の代表的な村でした。
百姓をしようにも平坦な土地は川下のわずかばかりの扇状地と土手沿いにマングローブを生い茂らせた川砂まじりの不毛地が細長くのびているだけで、猫のひたい程の山裾の傾斜地は痩枯《やせが》れていて全くといっていいほど作物が育ちません。日々のなりわいといえば、山の中から椎やイジュの丸太を切り出して中部の泡瀬や与那原《よなばる》、那覇に積みだしたり、炭に焼いたりして細々と暮らしています。

そんな村にはたいてい琉球藩庁の廃止で地方に散り、零落した廃藩くずれの士族たちが落人のようにひっそりと暮らしているものだけど、奥もその例にもれず、居住者の多くが俸禄をはなれた旧士族で、代々の土地の者は幾人もおりませんでした。各地を転々とさすらい歩いた末に落葉のようにこの小さな谷間の村に吹き寄せられ、そのふきだまりの中にとにもかくにも根をおろしたといった人達ばかりでした。

奥は不思議な村でした。零落したとはいえ旧士族ばかりが固まっていたせいか結束が強く、集落のひとりひとりがまるでひとつの家族のように心を結び、王国の再興を夢みておりました。沖縄本島の各地から政治に不満をもつ者や兵隊のがれが集まってくる。ここまではさすがに官憲の目も届かぬらしく、兵隊のがれたちも安心していられるように見えました。村の背後の小高い岡にはひそかに監視小屋が設けられ、巡査や探索人らしい人間が上陸するのを見ると、すぐに知らせが村中に走りました。通報をうけると国事犯たちは奥川の上流へ、さらに山奥へと逃げこんでいくのでした。

夫はこの村の草わけのひとつである船越家に木材切り出しの人夫として雇われておりました。この集落にのがれてきた兵隊のがれたちは、みんな人夫となって村の家々に住みこんでいましたが、船越家は多い時にはそのような屈強な男達を十人ちかくも雇っておりました。雇われるといってもお金がもらえるわけではなく、三度の食事と十日に一度刻み煙草一袋がもらえるといった程度のものでした。

当主の船越朝喬《ちょうきょう》は赭《あか》ら顔《がお》の、六尺ゆたかな大男で六十四、五歳。親雲上《うやくむい》（お役守り）の位をもち、この人も置県になるまで王府のかなりの役職をつとめた人でした。親雲上家といっても上級士族出の多い奥ではそれほど格式のある家柄というわけでもありませんでしたが、その堂々たる恰幅《かっぷく》のゆえにか、集落の外の人間にはうかがい知れぬなんらかのわけがあってか、零落寄留民達から大変恐れられておりました。

人夫達は朝暗いうちに起きると、集落から二里ばかり離れた尾西岳の麓に繰《く》りだして、椎やイジュや樫の木を伐採します。枝葉を切り落とし、六尺から八尺ばかりの長さの丸太にきり揃え、山かずらの頑丈な蔓で束ねて海岸までかつぎだします。海岸に集められた丸太は山原材と呼ばれ、海路与那原や那覇の泊《とまり》に運ばれて行きます。

三寸から五寸ばかりの丸太がおもで決して目方のあるものではありませんでしたが二里の山道を海岸まで運びだすのが大変でした。伐採現場と海岸を結ぶ細い赤土道は登り坂や深い谷が多く、その道を休みやすみかつぎだすのですけれども、このような山仕事をやりつけない夫にはつらい仕事のようでした。ほかの人夫達が三度も四度も往復するというのに夫はたった一回運びだすのがやっとでございました。その一回も途中で何度も横になって休んだりして、ようようのおもいで海岸までたどりつくといった有様でした。いつまでたっても慣れるということもなく、こんな苦労をするくらいならいっそ死んだほうがましだと涙をこぼすこともしばしばでした。

農家の納屋の片隅を借り、この小さな村で所帯をもつようになってからは、夫が休む日は私が仕事に出ました。荒くれた徴兵適齢期の男達にたちまじり、自分の口からいうのもおかしいけれど、私は男達に負けないくらいせいいっぱい働きました。伐採した木材を運び出すのも私は決して男達に負けませんでした。長さといい目方といい、岸との行き来といい、決して男たちにひけをとるようなことはありませんでした。

その仕事を私は二ヵ月ほど続けました。二ヵ月過ごして村の様子がわかってくると、私は別の仕事をおもいつきました。

奥には十二、三軒もの人家がありましたが豆腐を作る家が一軒もありませんでした。そのことに私は気がついたのです。あなた様のようなお若い人には想像もつかないかも知れませんが、昔の労働者にとって豆腐は大変重要な食物でした。とくに当時甘藷《いも》を常食にしていた農村では、豆腐はなくてはならない必需品でした。私はそれに目をつけたのです。どこの村にも豆腐を作り、村じゅうに配って売る農家の主婦が一人や二人は居るものだけど、この村にはそれが一人もおりません。沖縄の農村にしては不思議なくらいでした。試みに私が辺土の農家から道具を借りて来て作ってみると、村じゅうの女達が大喜び。それ以来、私は材木伐り出しをやめ、海水を汲んで来て豆腐を作り、村の家々に入れて歩きました。豆腐をつくれば豚が飼える。副産物の大豆の皮やおから、くんすが餌に使える。くんすというのは豆腐を固めたあとに残る残り汁の事です。豆腐づくりと豚の飼育はいわば対になっていて農家によっては豚を飼うために豆腐づくりをするところさえあります。

　毎日たそがれどきになると、大豆を挽き割り、水につけて床に入る。一番鶏の鳴く四時頃にとび起きてたっぷり水につかったところを挽き臼で擂《す》り潰《つぶ》す。それを夜明けまでに豆腐に仕上げて農家の一軒一軒に入れて歩きましたが、私の豆腐はぬうば（苔）の緑色が良く出てい、固さも塩味も適度で口あたりがいいといって評判でした。

　豆腐を配り終えて帰ると、腹をすかせた五匹の小豚が待っています。大きな鍋に水を入れて大豆の皮を溶き、おからをまぜ、農家からおからとひきかえにもらってきたさつま芋の蔓を刻んで入れ、くんすでたっぷりと増量して温める。それをさまして豚小屋に運び、餌入《とーに》れの中に注ぎこんでやる。腹を空かせた小豚たちは小桶を担いだ私の姿を認めると、早くはやくと気が狂ったように鳴き叫び、餌入れの縁に齧《かじ》りつくのでした。小豚は日方の増えたぶんだけ値段をうわのせして奥や辺土の農家に売りました。

　夫はといえば、山の仕事がどうしてもからだになじまぬらしく、相変わらず一日仕事に出ては二日、三日と休んでおりました。けれどもこの土地にこのまま潜むか、あるいは七、八年も隠れて適齢期をやりすごし、それから自首しておれば、たとえ咎《とが》めを受けたにせよ私達はもうすこしましな人生を歩む事が出来たかも知れません。しかしここでも運命の神は私達にそのような道を選ぶことを許しませんでした。

豆腐作りを始めてから三月ばかり経ち、もともと幾らも穫れない村の大豆を使い果たした私は、いちど本部に戻ってみることにしました。警察がどのように宗森らの探索を続けているかその後の村の様子も知りたかったし、豆腐を作ろうにも豆がない。母に頼んで大豆を仕入れて来たいと思ったのです。帰りたい理由がもうひとつありました。実をいうとこれが最大の理由だったのですが、私は長男を妊《みごも》っておりました。その事をどうしても実家の母に告げたかったのです。私は母がお守りにと持たせてくれた銀製の簪《なんじゃじーふぁー》を村人に売ってその金で本部行きの船に乗りました。


実家に帰ると駐在の野田巡査が私を待ち受けておりました。実際それは私が帰ってくるのをあらかじめ知っていて待ち構えていたとしかいいようのない現われかたでした。野田巡査がこれまでに私の実家にやって来たことは一度もありませんでした。それが、帰りついて敷居をまたぐ間もなく、まるで後から蹤《つ》いて来たように竹編塀《ひんぷん》のかげから小柄な姿を現わしたのです。私も驚いたが私以上に母が驚きました。

(船越家の傭人の中に探索人が……)

と反射的に考えましたが確証はありません。村のヤマト党の仕業《しわざ》かも知れない。しかしそれもどうだかわからない。

「どこへいっていたとね、真鶴さん」

私の後からサーベルを鳴らしながらやって来た野田巡査は縁先に突っ立ったまま訊き、不釣合いに大きな帽子をとって禿げ上がったひたいの汗をふきました。ずっと家にいましたよ、と私はそっぽをむきました。野田は熊本県の出身で本部署管内の駐在所を十年ちかくも転々としている古参の巡査です。どの集落でもシベー巡査の名で良く知られておりました。シベーというのは生まれつき上唇が不自由な人のことです。私は村の者達同様にこの野田巡査をすこしも恐いとは思いませんでした。両親と浜元に住んでいた幼い頃、野田巡査はそこの駐在所に勤務していました。父の亀十《かめじゆう》がサメにひかれて水死し、三日後に伊江島の沖合に浮いているのが発見されたとき、その不幸を知らせて来たのがこの野田巡査でした。それ以来野田巡査の白い制服姿は私の眼の底に焼きついて、今でも取り乱して泣き叫んだ母や村の誰それの涙と結びついて私をやりきれない思いに駆りたててしまうのです。

「病気でくちゃ（奥の小部屋）にこもっていましたよ」

野田を追い払うように私は答えました。

「本署から呼び出しが来ておるでな、すまんが、わしと一緒に渡久地までいってくれ」

野田はすまなさそうにいいました。

「なんで」

「宗森どんのことだがな……わかっとるじゃろうが」

「宗森は宗森、わたしはわたし。なんで宗森の事でわたしまでが……」といいつのるのを、「これ」

と母がおしとどめました。

「失礼なことをいってはいけません」

母は野田巡査に詫びました。

「時間はとらせん。行ったらすぐに帰す。宗森どんの事でほんのちょっと事情をきくだけじゃけんに」

野田は眼鏡をとり、別人のような表情になって笑ってみせました。

野田巡査の困惑と説得に負けた気になって本部警察署に出頭すると、玄関に入るやいなや忽ち私は野田と別々にされ、留置室に追いたてられました、野田巡査を甘く見て逃げようとしなかった私の大誤算でした。警察で一日留めおかれた私は、翌日船に乗せられて那覇の憲兵隊に送られました。そこで待ち受けていたものは取調べというより拷問でした。

私は着く早々に裸にされ、水をぶっかけられ、竹刀《しない》でなぐられました。それから司令官らしい男の前につれていかれ、裸のまま何時間もすわらされて宗森はどこへ行った、と責めたてられました。

「わんねえ、やまとぐちえ、わかやびらん」

と私はとぼけ、それではというので島の出身者が係となって追及しても知らぬ存ぜぬの一点張りで押し通しました。

「あんせえいやーや《それならおまえは》、くぬ《この》半年《半年》ぬえーだ《間》、まーんかい《どこに》、んじょーたが《行っていたのか》」

沖縄ぐちで攻めてくる取調官に、

「からだが悪くてくちゃにこもっておりました」

と、おし通し一歩もひきませんでした。

中岡という中年の兵隊は——この男が逃亡者取調べの主任ということでしたが、ながながと裸の私にチュウクンアイコクとかコクミンカイヘイとか難しい言葉を使って説諭をたれたかと思うと、私を椅子の上に坐らせて太股《ふともも》を開かせ、口をへの字に結んで内側にじっとながめいっているのです。それがいつまでも続くので私はひどい風邪をひいてしまいました。私にはオクニノオンタメとか、国民のヘイタイに行くギムというものと、太股を開かされて眺められるのとどうつながっているのか理解できませんでしたが、女にとってオクニノオンタメとは、例えてみれば「辻（那覇の著名な遊廓）」の女達のように男達に女の恥ずかしいところをみせたり、抱かれたりして男達を慰ませる事なのか、と漠然と考えたりしました。それであればオクニノオンタメとはなんと汚らわしいことだろうと思いました。

取調べの際の女であるが故《ゆえ》の災難はそれだけにとどまりませんでした。主任の前をさがると、別の兵隊たちの執拗《しつよう》ないたずらが待っていました。兵隊達は取調べのたびに太股を開かせるだけでなく、万年筆をさしこんだりしてあくどいいたずらを繰り返すのです。私はいまにも子供が流れ出すのではないかと気が気じゃない。だからといって妊娠していると告げるわけにもいかず、結局身体をよじって逃れるほかはありませんでした。

憲兵隊に移されてから五日ばかりたったある朝、取調べの最中に机の下から物差しを差しこまれた私は痛くて堪らず、とうとうその物差しを奪いとると、係官の顔をなぐりつけてしまいました。眼鏡がふっとび、ガラスのかけらが目にはいったらしく、係官は悲鳴をあげ、両眼を押えて蹌踉《よろ》けるように部屋を出ていきましたが、私を置き去りにしたまま、その日一日戻って来ませんでした。翌日、私は何の理由も説明されずに釈放されました。怪我の功名というのはこのことでした。

私は健堅の実家にもどりました。もう豆腐作りどころではありません。急いで奥に戻ると私を待ちわびて夫は痩せこけておりました。私から一部始終をきかされると声をあげて泣きました。そして、

「福州に渡ろう。もうこんなところはいやだ。ほんとうにいやになった」

と叫んで私を抱きしめるのでございました。

福州というのは清国福建省にあるかつての琉球王府の在外公館のことでございます。当時琉球館と呼ばれておりました。琉球館は尚王朝の廃止以来三十年たったのちも清国の暗黙の諒解《りようかい》と援助のもとに存在し、琉球王国の再興を夢みる者や政府に不満をいだく人たちがひそかに集まり、徴兵をのがれて渡海して来た人たちもそこに受け入れられておりました。

福州が何処にあるか私は知りませんでしたが、その名だけは聞いた事がありました。夫にいわれてみると、私ももうこの狭い沖縄から逃がしてやった方がいい、という気がしてきました。一日も早くそのような広い天地で誰はばかることなくのびのびさせてやりたい。大変なお金がかかることはわかっているけれど、舅《しゅうと》に頼めばあれだけの財産があるのだから、何とかならない事はない筈でした。何といっても宗森は長男であり、たった一人の跡取りでした。そしてそれが可能なら私もあとから清国に呼び寄せてもらえばいいのです。その頃までには身二つになっている筈ですから子供ともども清国に渡り一緒に暮す。そう出来たらどんなに幸せでしょう。

清国に渡れば夫は微力ながら尚王朝再興の仕事にたずさわることになりましょう。その夫に私は縁の下の力もちとなってかしずく。考えただけでも胸のわくわくするような話でございました。

私は即座に賛成しました。夫は福州密航の決意を固めると、その日のうちに健堅に帰っていきました。四、五日して奥に戻ってくると翌日から人が変ったように朝早くから仕事に出かけるようになりました。

それから半年ばかりたって夫は清国に密航しました。私は大きなおなかをかかえたまま、渡清の根拠地になっている伊江島まで送っていきました。船はマラン船と呼ばれている大きな帆船でした。夫のほか一緒に密航する五人の適齢者の親達が金を出しあって購入した船でした。無事に福州まで送りとどけたら、その船は船頭と乗組員達に与えるという約束でした。五人の親たちが金を出しあったといっても、実際には宗岳が金の大部分を出していたようでした。

朝の十時頃クリ舟に曳《ひ》かれて船は出航しました。誰も見とがめる者はいませんでした。堂々と阿良《あら》の港を解纜《かいらん》し、帆を鳴らしながら外海に出ていきました。巡査や憲兵の目をかすめて夜中にでも出帆するのかと思っていた私は拍子抜けがしました。尤《もっと》もその船は那覇の渡地《わたんじ》行きというふれこみでしたから、夜中に出るとかえって怪しまれたかもしれません。それを見越して真昼間に出航したのでございます。モウシ姉と私の母が小さな声で航海の安全を祈願するだんじゅかりゆしを歌い、人目につかぬようにそっと両手を打ちあわせ、ときおり涙をおしぬぐっておりました。

夫を含めた五人の密航者たちは船底に身をひそめて姿を見せませんでしたが、私はいま夫がこのいまわしい島を離れ、清国という大きな土地に解放されていくのだと胸がいっぱいになり、涙がこぼれました。

伊江島から帰ったその翌日、私は男の子を生みました。その日から七日目の満産の日に私は宗森の新屋敷の家に入ったのでございます。

夫が福建に滞在した二年の歳月はまたたく間に過ぎ去りましたが、その間の出来事を私は余り憶えておりません。あれやこれや悲喜交々《ひきこもごも》の出来事がいくつも重なって起こったけれど、それがいちようにおぼろにかすんでしまって、ただもう無我夢中で何が何やらわからぬうちに飛び去ってしまったという感じでございました。私は夫を密航させてから長男を生みましたが、それと前後して舅が心臓病の発作で倒れました。

新屋敷の家は、はたから見るのと内実とは大ちがいで財産といってもそれ程のものはなく、その財産も宗森の福建行きの帆船の購入であらかた使いつくされ、薬代にも事欠《ことか》くありさまでございました。それがわかると、私は子供を姑に預け、奥の去年にもどって豆腐作りに精を出し、渡久地の町に売りに出ました。

朝の渡久地市場は、大通りの両側に湯気のたちのぼるふかし芋を大ざるに盛りあげて客をよぶ芋売りたちと、出来たての豆腐を並べて売る豆腐売りの列が出来ます。豆腐を出している女は私のほかに福地のカメ、辺名地《へなじ》のトヨ、屋比久原《やびくばる》のナビといった女達がおりました。福地も辺名地も屋比久原も渡久地近郊の集落で、そこからやってくるカメもトヨもナビもそれぞれが朝早くからとびおきて豆腐を作らねばならぬいわれをもっておりました。

カメは長男を首里の中等学校に出しており、年中月謝に追われている。トヨも同様でこの方は息子を東京の学校にまで行かせている。これらは、いってみればやり甲斐のある嬉しい苦労だけれど、ナビは私と似たような境遇で子供が四人、それに老いこんで野良仕事をさせるわけにもいかない舅をかかえ、五人もの人間を食べさせるために必死でした。夫はカツオ漁船の乗組員だったけれど、二年程前操業中の波照間《はてるま》沖で船長と口論したあげく、持っていたカツオ加工用のナイフで腹を刺して重傷を負わせ、垣花の監獄につながれておりました。

私がほんのちょっとだけ痛さをこらえれば、兵隊に行かなくても済むというあの呪術の儀式に似た恐ろしい方法を教えられたのもこのナビからでした。私はその話をきかされたとき、毛が逆立つような思いがしました。話をせがんだ事を後悔しました。私にはそんな恐ろしいことは出来ません。とても出来ません。そんなことを平気で口にするナビを恐ろしいと思いました。私はすぐ忘れようと思いました。が、なぜかその話は喉《のど》の奥にささった魚の小骨のようにいつまでたっても心に残り、私を苦しめました。

私は夫を福建に行かせたことを心から喜び、誇りに思い、心の支えともしてきましたが、その夫の清国での歳月は私が想像していたものとは大分ちがっていたようでございます。夫は福建に二年滞在しましたが、二年の間兵隊にとられる恐れも憲兵に捕まる事もなかったという事を別にすれば、その滞在は財産を使い尽くしたにすぎず、そのことから得たものは何もなかったといっても過言ではありません。

しいていえば、売春婦に感染《うつ》された唐瘡《なあばる》（梅毒）と極度の孤独からくる精神の異常に似た絶望癖、性格まですっかり変えてしまったとしか思われない、気鬱《きうつ》癖だけでございました。この二つの悪疫は身体と心の奥深くに棲《す》みつき、生涯夫を見捨てることはありませんでした。無駄な二年でございました。

福建の琉球館は遠くに伝え聞くのと実際に滞在してみるのとではまるでちがっていたのでございます。そのちがいの大きさに五人ともただおどろくばかりだったようでございます。ここには王国再興のための動きなど全くありませんでした。たしかに琉球からのがれて来た者は数多くいたけれど、彼らは一様に無気力でそこで語られることは王国再建の夢や計画ではなく、昔を懐かしむ愁嘆と愚痴、死児の年を数えあげるに似たくりごとばかりでした。多くの者が朝から酒びたりで、古くからいる者ほど怨嗟《えんさ》と呪詛《じゅそ》にあけくれておりました。

福建入りしてからまだ幾日もたたないというのにこのような人達にたちまじって暮らし、朝から酒をつきあっていると、さきざきの不安で気が滅入《めい》り、先住者の郷愁はたちまち新来の五人に感染し、来てからまだ幾日もたたないというのに早くも身を嚙むような孤独感と郷愁にかりたてられていったのでした。そのような暮らしが半年も続くと一緒に渡航した五人とも顔を合わせれば帰りたい、帰りたいとつぶやくようになり、一年もたつころにはもう監獄暮らしをしてもいいから、ともかく帰りたい、といい出す者すら出て来る始末でした。

新しく誕生した中華民国政府から月々の生活の支えとして米や食油や若干のお金が支給されるけれども、それだけではどうしようもなく、泥棒やかっぱらいをする者まで出たりして在館者たちを嘆かせました。

仲間割れもひどく、つかみあいの喧嘩になることもしばしばで、ある日ふいと福建の町なかに姿を消したまま帰って来ない者もありました。自殺者も出る。ヤマトの探偵がはいりこんでいるという噂で居住者同士が疑いの目で見つめあい、疑心暗澹《あんたん》として一日だとて心の安まるいとまがない。福州から誰にも知られないようにそっと帰っても、その日のうちに逮捕されてしまうということしやかな噂が流れ、そのことが居住者の猜疑心を更に深めて仲間割れを深刻なものにしていったのです。夫の話から察する限りあきらかに中華民国の役人達も在館者たちをもてあましていたようです。そんな琉球館でしたが、夫は二年間辛抱しました。そして二年がもう自分の限度だと思ったと申します。

私の豆腐作りは家業のようになって続き、夫が伊江島を発《た》ってから二度目の冬がめぐってきました。

ある朝、いつものように豆腐を前に並べてつくねんとしていると、渡久地橋の方から駐在の野田巡査が小走りにやってくるのが見えました。私は胸騒ぎがしました。案のじょう野田巡査は、

「いまお宅にうかがったところじゃが、こちらだというので……」

と前置きして、

「本署から連絡があってな、すぐに来いということじゃ。事情はよくわからぬが、宗森どんが八重山で捕まったちゅうとるぞ」

と気の毒そうにいいました。

私は頭から水を浴びせられたような気がしました。野田をおいてけぼりにして目と鼻のさきの本部警察署にかけこむと、いつか私を取調べた顔見知りの巡査が私を待っておりました。私の姿を認めると、

「おう」

とあごをつきだし、

「波照間でつかまった」

と愉快そうに笑いました。

私は足の力が抜け、長椅子の上にすわりこんでしまいました。

（なんで……なんでまた波照間あたりで……）

私はだまったまま巡査の顔を見上げました。

「真鶴のおまんこが恋しくなってな、八重山まで帰りついたところをふんづかまえたというわけだ」

と巡査は声をあげて笑いました。

あとできいた話によると、夫と大村という首里出身の男の二人は八重山行きの密船があったのをさいわいに、琉球に着いたら相当の謝礼をするという約束でこれに乗り、ようようの思いで八重山群島の波照間島までたどりつくと、待ちかまえていたように逮捕されてしまったというのでございます。一緒に渡った五人が仲間割れしていたので、彼等の誰かが通報したのか、それとももとからいた誰かが政府の探偵で二人の帰国を通報して逮捕させたのかわかりません。夫にも私にも知るすべのないことでした。

それから十日ばかりたって夫は八重山から腰縄つきで護送されてまいりました。那覇港の桟橋には船の着く前から巡査や私服が待ちかまえておりました。夫が沖合いから乗って来た艀《はしけ》も巡査や私服でいっぱいでした。宗森を含めた十人ばかりの男達が船底に坐らされておりました。艀が接岸し、一般客が上陸し終えると、手錠をかけられた夫が巡査にひきずられるようにして上ってきました。夫は黒っぽい丸首の服を着け、驚いたことに弁髪《べんぱつ》まで結っておりました。夫と同様に手錠をかけられた男達がつぎつぎとあがってきました。男達は上陸すると、すぐ水上警察署の建物の中に連行されていきました。声をかけるいとまもありません。なかのひとりが迎えに来た母親らしい老婆の前で何事か叫び、かけよろうとすると、護送の巡査が男の弁髪をつかまえてひきずり倒しました。男は地べたに倒れ、顔を泥だらけにしたまま、「あやあ《お母様》、あやあ《お母様》」といって泣きました。ひとめでも子の姿を、夫の姿をと港まで集まって来た逃亡者たちの肉親や縁者達がみんな声をあげて泣きました。

喧騒の中を曳かれていく夫の姿をもう一度たしかめようとのびあがって見ても、同じような黒っぽい服の中にまぎれこんで誰が誰やら見当もつきません。病軀《びょうく》をおしてわざわざ本部からやってきた舅やモウシ姉らとひとかたまりになってそのあとを追い、みんな声を放って泣きましたが、一歩も中に入れてもらえませんでした。

私が夫と始めて言葉をかわしたのはそれからひと月もたってからでした。本部警察署の面会室で宗森はのび放題にのびたひげをなでながら、私の来るのを待っておりました。顔色がひどく青ざめ、痩せこけておりました。私の姿を見ると、やれやれというふうに顔を左右にふり、笑いかけてきました。巡査の監視を受けながらの対面でしたから話らしい話も出来ません。私が持って行ったバナナを震える手でむいて食べ、急に思いだしたように、子供は？　とききました。私はふところから小さな写真をとりだして見せました。夫はしばらくそれに見入り、おれの小さいころによく似ている、と照れ臭そうに舌打ちしたりしていましたが、急に唇をわななかせ、顔をそむけました。私をふり返った目が真赤に染まっておりました。

裁判の結果夫は一年の懲役刑をいい渡されて垣花の監獄に服役しました。

私が驚いたのは、夫も福建で豆腐作りをしていたときかされた時でした。その話をきかされた時、私はどうしても信じられず、何度も訊きなおしたものでした。

「本当だよ、真鶴。おかげでわしは豆腐作りの名人になった」

と腹立たしそうにいい、いってしまってから急に暗い顔をしました。

夫は私が想像し、ひそかに誇りにしていたように琉球国再興の運動にたずさわっていたのではなかったのか。それとも豆腐作りが再興運動の中での夫の役割だったのか。それが事実なら、いかに無学とはいえはるばる琉球から海を渡っていった者の役目としてはあまりにも侘びしすぎる。福州には琉球館という王府の役所があって、こちらから逃亡していく兵隊のがれたちはそこに集まって政治向きの運動をする。私はそのようにきかされていたのでしたが、そこでやっている政治の運動とは豆腐を作る事なのか。豆腐を作って運動資金をひねりだそうというのか。夫は帰って来て以来清国での事をきかれても言《げん》を左右にしてまともに答えてくれません。福州の話をするのをひどく嫌うのです。一体、脱清人《だっしんにん》達はそこで何をしているのか。芋作りや、豆腐作りや、豚飼いなら、私自身やカメやトヨ達とすこしも変わらないではありませんか。

「どうして豆腐作りなどを……」

「食うに困ったからさ」

夫は吐きすてるように申しました。

案ずるに宗森は福州には渡ったものの清国からの手当だけではどうにもならず、その日その日の生活にも事欠いて豆腐を作って売り、それで生活していたらしいのです。

私は夫を仲間はずれにして、王国復興の大事業には参加させず、豆腐屋をやらせていた人達がうらめしくてなりませんでした。無学の夫が気の毒でした。反面、夫が不甲斐なく思えてがっかりもしました。無念でした。いくらなんでも豆腐屋とはひどすぎはしませんか――。

私が身体の異変に気がついたのは夫が出獄して来てから一月位たってからでした。私は自分の身体の奥深いところにいまわしい病気が巣くったことを知りました。そのことを問いただしても、夫はあいまいに笑って答えません。名護まで行って医者に見せると、

「唐瘡《なあばる》（梅毒）ですね」

と気の毒そうにいいました。

私は情ないやら腹立たしいやらで五日ばかりくちゃくちゃにひきこもり、寝たっきりになってしまいました。夫はおろおろして鍼灸師《やぶう》をつれて来たりしましたけれど、私は夫の顔を見るのもいやで柱のかげからおどけた顔をのぞかせると、木枕を投げて追い払いました。

一緒に暮らすようになってから一年もたたないうちに長女のハツが生まれましたが、ハ

ツは瞼《まぶた》や眼尻、耳たぶ、耳のつけ根、首筋が赤くただれ、みるも気の毒な有様になりました。夫が貰ってきた病気のせいである事はあきらかでした。ハツをおぶって豆腐を並べると一個も売れませんでした。

夫に二度目の徴兵令書が舞いこんで来たのは大正四年八月のことでございました。その前の年、欧州大戦と申しましたか、遠いヨーロッパの方で戦さがおこり、日本はドイツと戦争を始めました。中国山東省に出兵し、南洋群島を占領しました。沖縄からも多くの若い人達が召集され、つぎつぎと島をあとにしていきました。兵隊にはいかなかったけれど、それに見合う一年を監獄で過ごし、そのことはもう充分に償《つぐな》われ、決着がついたものと考えていた夫も私も呆然《ぼうぜん》としました。村には新屋敷の苗字が三軒ある。そのうちのどれかの間違いではないかと何度も令書を見直したけれど、住所、氏名、生年月日とすべて機械のように正確で、すべてが夫のそれと一致しておりました。

宗森や私にもまして驚いたのは宗岳でした。令書が来たとき奇《く》しくも親子は前回とまったく同様に向かい合って碁を打っていましたが、思わず石を投げだして立ちあがり、まるでフィラリアの発作のようにからだを震わせておりました。さすがに舅はすぐに冷静さをとりもどし、狼狽《うろた》えぶりを恥じるように坐りなおして石を拾いはじめましたが、唇はわななき、顔の色は真白でした。夫は顔を引き攣《つ》らせたままウスクの木越しに海を見つめておりましたが、もって行きどころのない憤懣《ふんまん》で拳の先まで青白ませておりました。

「しばらく銭又《ぜにまた》に行っておれ。そのうち西表《いりおもて》にでも台湾にでもどこにでもお前の好きなところに行かせてやる」

ややあって舅が慰めるようにいいました。その声はかすれ、底が震えておりました。

「いまさら兵隊でもあるまい。兵隊にいかせるならこの前のときにちゃんと行かせておる」

ひとりごとのようにつぶやくと、火の消えた煙草盆を把んで台所の方に立っていきました。

先を越された感じでした。夫は目をそらせたままでした。人間の記憶というものは不思議なもので、ある出来事にぶつかると憶えておこう、記憶にとどめておこうと思っていることはさっさと忘れてしまいがちなのに、記憶にとどめる必要もないつまらぬことはどうかしたはずみに記憶の襞《ひだ》の中に迷いこみ、いつまでも残っていたりするものですが、そのとき赤毛と白黒まだらの大きな犬がつるみあったまま窓ごしに私を見上げ不安げに目をしばたたかせていたのを私は今でもはっきりとおぼえています。

私は悪寒がしました。あれやこれやの怨みつらみが心の中でいっぺんに飛び立ち、からだじゅうが震えてきてどうすることも出来ませんでした。そのくせ頭の片隅はしらじらと冴えきっておりました。

(どうしよう)

鋭く冴えた頭の片隅に、別の声になった自分が問いかけてきます。何たることだ。私は手にもった布巾《ふきん》を食卓の上に叩きつけてしまいました。清国や刑務所にまで行って来て、もう大丈夫だろうと厄払いでもした気でいたら、またなれば監獄になど入れずに那覇港の岸壁からすぐに兵隊にしょっぴいて行けばよかったのだ。それ兵隊にもひっぱっていくという。どうしておかみはこうも意地が悪くて欲ばりなのだろう。山原の山の中を逃げ回り、清国にまで渡り、帰って来たら監獄にぶちこまれ、数限りない苦汁《くじゅう》をなめつくし、難行苦行の果てにやっとあがりになって免罪符でも手に入れたような気でいたら、まるで双六《すごろく》の駒のようにまたふりだしにもどって最初からやりなおせという。あまりにもわりにあわない話で、いったいこれまでの苦労は何だったのかと喚きたい気持ちでした。

行かせたくない。そうは思っても、しかし今度逃げだし、そしてつかまったら一年や二年ですむ筈はない。この四年の歳月のおさらいを今一度やりなおす勇気はもう私にはない。軍隊という所がどんなところか知らないが、すくなくともあの苦労をふりだしにもどってもう一度やりなおすよりはいいのではないか——。しかし、出来ることなら行かせたくない。どうも軍隊には琉球人の気をおかしくさせてしまう何かがある。村を出ていった多くの者が気が狂って帰って来ている。夫は普通の人間より内気で気が弱いから、すぐに気が狂ってしまうのではないだろうか。

それもこれもしかし考えてみれば、夫が丈夫でありすぎるからでした。

（おかみは夫の丈夫さが妬《ねた》ましくて仕方がないのだ。夫も夫だ。どこの淫売ともしれない女とつるんでなあばる〈梅毒〉には罹りくさるのに兵隊に行かなくてすむような都合のいい病気にはいっこうにかからない……）

ここまで考えたとき、私はふといつか渡久地の市場でナビが囁《ささや》いた兵隊に行かなくてもすむという方法を思い出しました。思い出すと同時に私は素足でハブでも踏みつけたように飛びあがりました。

（出来ない。とても自分にその勇気はない。考えただけでも恐しいことだ）

私は追いすがる妄想からのがれるように手荒く食卓の上を片づけ始めました。

「どうしよう」

目をあげると、宗森が私の顔を見詰めておりました。今しがたまでの憤怒に燃えた目の光は薄らぎ、いつもの気弱な表情が顔にもどっていました。海を見つめているうちに心の中に何がおきたのでしょうか。清国のことでも思い出して気弱になったのでしょうか。まるで四年前の、奥の頃の宗森にもどったようでした。私は次第に腹が立って来ました。いったいこの四年は何だったのか。四年の歳月はこの夫に何の変化ももたらすことなく無為に流れ去ってしまったのだろうか。

煙草盆に火をいれて舅が戻って来ました。打ちひしがれたように急に丸味の増したその背中を目にしたとたん、私はこの人も根は宗森と同じではないかという気がしてきました。なんのかんのとヤマトにあらがっているように見えるけれども、この人はこれまでの生き方を変える勇気もないままに周囲の人間を巻き添えにしているだけではないだろうか。弱気が別々の方角にむかっているだけではないか。頑固一途の生き方というのも理想とか信念といったようなものからではなく、これまで歩んで来た道をひき返すこともならず、宗森を道づれにしようとしているだけではないのか。それならまっぴらだと思いました。宗岳と一緒にあてもない絶望的な道をひきずられていくなどとても出来ない相談でした。そう思うとぐらぐらと別の怒りがこみあげて来ました。喉のあたりに熱い圧迫感を感じて息苦しくなりました。

「行きなさい」

私は大声で怒鳴っておりました。詰まった喉から声がひとりでに弾けとんだという感じでした。怒鳴ってしまうともうおさまりがつかなくなってしまいました。

「ひーたいが《兵隊ぐらい》、ぬーやが《何ですか》。とぅーいみ候え《行きなされ》」

噛みつくように言葉を投げておりました。

(これ以上逃げ隠れが出来るもんか)

この四年の苦しみをまた振りだしに戻すくらいなら、たとえ舅であろうと誰であろうとかまわない、私は一歩もあとにひかないつもりでした。舅は黙ったまま苦りきった表情をしたけれど、私はひるみませんでした。

私は馬鹿な女でした。所詮は人生の何ものをも知らぬ無知な女でしかありませんでした。私は感情の迸《ほとばし》るままに襲いかかって来た怒りを力まかせにぶっつけておりました。

宗岳はゆっくりと立ちあがると、庭下駄をつっかけました。私に背をむけたまま、

「ま、ゆっくり考えてみることだ。検査までにはまだ日がある」

ひとりごとのようにつぶやくと、庭の裏手に足音も荒々しく出て行きました。

私はそのとき舅に憎しみさえ感じました。最初のあの暴動のとき、どうして私というあほんだらは夫を山原に逃がしてしまったのだろうと後悔しました。あの時兵隊に行ってておりさえすれば、もうこの様な苦しい目にはあわずにすんだのです。あるいは夫は気が狂って帰って来たかも知れないが、そのときはそのときでうまんちゅ（世間一般）がそうなのだから、とあきらめてそれなりの生き方も生まれたのではなかったか。あのとき私が極力逃亡をとめていたらこんなことにならなかったはずでした。自分の不明さが悔《くや》まれました。不甲斐ない夫に腹が立ちました。それと同時に夫の周囲が、とりわけ舅が憎らしくなりました。


　たしかに舅には元王府役人としての体面も立場もありましょう。頑固党の新屋敷宗岳として終始一貫、自分もそして自分の息子にも自分の信じた道を歩ませ、所信を貫き通させたい気持ちはそれなりに私にも理解できないわけではありません。事実、宗岳は夫が逃げたおかげで頑固党の人達から前にもまして尊敬の目をもって見られています。もし――宗森が兵隊に行けば村の人の宗岳を見る目は忽ち変わり、面子《メンツ》を失なってしまうでしょう。しかしそれがどうだというのでしょう。もはや世の中は頑固流の考えかたではどうにもならず、いまさら息子を隠し、世に拗《す》ねてみせたところでどうなるというものでもないのです。

その夜夫と舅は激しくいい争いました。わしの生きている限りヤマト奉公はさせぬと公言してはばからなかった父親の前にはじめて息子は顔をあげたのでした。

「太令《たーりー》さい（お父様）私は兵隊に参ります。たとえあなたがどんなにお止めなされても」

そういい放つと、はじめて夫は腰のキセルを抜きだして煙草を吸いだしました。父の目をおそれてその面前では煙草一服つけたことのない息子だったのです。

その日から舅と私ども夫婦との無言の戦いが始まりました。三人が三人ともひりひりするくらい心を痛めながらひとこともそのことにふれることなく、五日ばかり過ぎました。いったいどうしたらいいのか。私はいつものように豆を挽いたり、煮つめたりしながらそのことばかり考えていました。夫は清国から帰って来てから従弟のやっている泥藍作りを手伝っていましたが、令書がきてからはそれもやめ、家の中に閉じこもっておりました。ときどき思い切ったように家の中を片づけ始めたりするのですが、それも急にやめ、ぼんやりした表情になって窓ごしに瀬底島の島影に見いったりしています。私には揺れ続けている夫の心が見えるような気がしました。そんな追いつめられた気持ちのまま、日はおそろしいほど早くたっていきました。

検査の日は朝から美しく晴れあがっておりました。舅とは気まずいままになっていましたが、夫はモウシ姉や私と連れだって出頭し、検査をうけました。予想していた通り甲種合格ということでした。夫はもとより私もモウシ姉もがっかりして、口をきくのもおっくうでした。舅は皆の冴えない顔色から合格を察知したらしく、いつものように庭下駄をつっかけると、裏の藍壺のあたりに出ていって、お茶がはいっても戻って来ませんでした。

その夜首里の大村さんが久留米の兵営で発狂し、首を吊って死んだ、という話がつたわってまいりました。実家に帰った姑がきいてきたのです。大村さんは夫と一緒に渡清した五人の男達の中の一人でした。八重山で逮捕されたときも一緒で、那覇港で泥の中をひきずり回され、みんなの涙を誘ったのを私達はよく話題にしたものでした。宗森はしかしその話をきかされても、もうぐらつきませんでした。ぐらつくまいと必死に耐えておりました。私も同様に、ともすれば崩れようとする自分の心と戦っておりました。

その晩、私は明け方まで一睡も出来ませんでした。眠ろうと焦れば焦るほど目が冴えてくるばかりでございました。あたりがうっすらと明るんできたころ、私は庭先から裏山に出て行くひとつの足音をききました。

(今ごろお義父さまは何をしに……)

と思ったけれど、舅が時をえらばず裏山に出ていくのはいつもの事なので深く気にもとめず、そのころになって私はとろとろと眠りの中に誘いこまれ始めておりました。私が叩き起こされたのはそれからまもなくのことでした。突然裏庭でおこった姑の悲鳴と、それに続いて医者を、医者を、とどなりながら部屋にかけこんで来た夫のただならぬ様子にはねおきると、あたりはすっかり明るくなっておりました。真っ青になって部屋に立ちつくしている夫を押しのけて裏庭にとび出してみると、舅がウスクの木の下枝に首を吊っておりました。その下で足をもちあげるようにしながら、姑が子供のように泣き叫んでいるのです。私はへなへなと地べたに坐りこんでしまいました。そのときの驚きと衝撃。言葉に、文章にすることなど到底出来ません。立ちあがって早く木からおろさねば、と焦りながら私は腰が抜けて地べたをはいつくばり、同じ所をくるくるまわっているばかりでした。

やがて村の人達がかけつけて来ました。男や女が私の目の前をかけ抜け、ウスクの木の下に集まって来ました。誰かが木にのぼり、縄が切られ、宗岳は家の中にかつぎこまれていきましたが、そのさまを私はまるで影絵《かーがー》芝居でも見ているようにぼんやり見送っておりました。

舅はまだ体温が残っておりましたが、息を吹き返しませんでした。それから初七日までの七日間、私は村の人や親戚の者達でごった返す中をまるで魂の抜けた人間のようにふらふら歩きまわってばかりおりました。お前は長男の嫁なんだからしっかりしなければ、と実家の母やモウシ姉が色々と指図をしても、それらの言葉は私の耳を素通りして、私を正常にたちもどらせることは出来ませんでした。

「長男の妻だというのに愚図ぐずばかりして」

と私は何度も叱られましたが、私の頭にあったのはウスクの木の下に揺れている義父のひょろ長い姿ばかりでした。

夫も忙がしげに立ち働いている人達に虚ろな目をむけているだけでした。ときたま顔を合わせても、私達は目を伏せて、ひとことも口をききませんでした。ふたりとも宗岳の自殺というまったく予想もしない出来ごとに、ただもう呆然とするばかりでした。

　日ならずして私は家に監視がついたことを知りました。宗岳の変死で出入りするようになった巡査や刑事たちが何やかやと口実を設けて上りこみ、二日たっても三日たっても出入りをやめようとしないのです。おそらくそれは夫が兵隊に行くその日までずっと続くだろうと思われました。私の心の中に、これまでの私にはなかった変化が生まれ、それが次第にある形をとっていくのを私は漠然と感じておりました。けれども私はまだはっきりとそれを自身の中でたしかめてはいませんでした。それは大変勇気の要《い》ることだし、私はまだそこまで気持ちを固めたわけではありませんでした。それを最初にいいだしたのは夫の方でした。

「逃げよう、真鶴」

　ある日夫が私をくちゃに呼んで思いつめた口調で申しました。

「こんな気持ちではとても兵隊には行けないよ」

　考えに考え抜いた末に吐きだしたといった苦しそうな言いかたでした。

「これで兵隊に行けば、毎晩夢枕に立たれようというものさ」

　どこか自嘲のひびきのこもったいいかたでしたが、話しているうちに顔が次第にひきしまって来ました。血走った目がじっと私の顔に注がれ、そのまま動かなくなりました。そのときのせっぱつまった声の響きと目の光を、あれからもう何十年も経ったというのに今でも私はときおり思い出すことがあります。思い出すたびにからだに緊張が走ります。

私は夫の心の中から兵隊に行こうという気持ちがすっかり失われていることを知りました。私は黙ってうなずきました。その瞬間私は夫がいつそれを言いだすかとひそかに心待ちしていた気持ちが自分の中にあったことを知りました。自分の決意にはっきりと形が与えられたことを知ったのでした。

「銭又だ。銭又に行こう」

銭又も奥におとらぬ北の僻村でございます。そこには姑の遠縁の者がおります。隠れて棲むには奥同様に格好の村です。そこに落ちつき、それから身の振りかたをゆっくり考える。私はすぐに仕度にとりかかりました。どこまで逃げきれるかわからないが、ともかく逃げられるところまで逃げてみよう。捕まったら捕まったでその時はその時の運命にまかせよう。兵隊に行かせては故人に対して申しわけないという気持ちも無論ありました。しかしそれよりも何よりも、しいていえば、行かしてはいけないという本能的な直感みたいなものが私にとりついてしまったのでした。夫を家から送り出したが最後もう二度と帰って来ることはない。そんな気がしたのです。まるで義父の気持ちが死体を抜け出して私にのり移ったようでございました。

(よくよく考えてみれば理不尽な話ではないか。なんで宗森が兵隊に行かねばならないのか。テンノウヘイカ、テンノウヘイカというがテンノウヘイカに何の恩義があるというのか。琉球人のわたしらにはテンノウヘイカに恩義はない。尚様ならともかくテンノウヘイカに義理はない。どうしてテンノウヘイカに宗森を兵隊にひっぱる権利があるのだ)

熱に浮かされたように私はぶつぶつつぶやいておりました。考えれば考えるほど腹の中が煮えくりかえるようでした。幼い頃村に気の狂った女がいて、道を歩きながら、しょっちゅう何やらぶつぶつつぶやき、ときたま右手をふりあげて人をぶつ格好をしたりしました。私たちはその狂女を山田のマカーと呼び、石をぶっつけたりしました。目を血走らせ、口の中で何事かつぶやいている私の姿は、もしほかに誰かがいてはたから見たらきっとマカーそっくりだったでございましょう。

からだの弱いハツは姑に預けることにしました。姑も逃げたほうがいい、と銭又行きに賛成しておりましたので、喜んで預かってくれました。ハツは祖母によく懐《なつ》いていましたし、姑もこの病弱の孫を手放しかねておりました。

着替えや当座に必要なものをくるんだ大きな包みを夫が背負い、私は長男の宗省を兵児《へこ》帯《おび》で十字がけにしておんぶをし、日暮れを待って家を出ました。裏山の小羊歯の茂みをかきわけて畑道におり立つと、細い青白い月が瀬底島の上に浮かんでおりました。初七日が過ぎ、入隊は明日に迫っておりました。

黙りこくったまま村の北のはずれにむかって歩きだしました。村はずれまで来て振り返ると、ウスクの大木も大きな草屋根も一面に淡い月の光の中に黒々と沈んでおりました。あの草屋根の下に帰れる日があるだろうか、と私はしばらく感傷的になりました。しかしその感傷もながくは続きませんでした。ウスクの木の暗がりに赤い巻煙草の火が点滅したような気がして私は忽ち現実にひきもどされました。

夫のわき腹を突つくと、小走りに走りだしました。轍《わだち》の跡の深くきざまれた赤土道をそれてキビ畑の細い通路に降り立ちました。腰の高さのあたりまでのびたキビを押しわけて畑を突っきり、土手にあがると辺名地に出る村道に出ました。しばらく歩いて集落の背後に折れ、嘉津宇岳の麓にむかいました。そこからさきは道というより人間や山羊や野豚の小さな足で踏み固められた無数の足跡のつらなりでした。それが日中の暑さでカラカラに乾き、焼きそこねた煉瓦《れんが》のようにぬくもりが残っていて踏む足裏が熱く、夜の深さとはうらはらに時間の感覚を狂わせました。二人はたえず後を振り返りましたが、蹤けてくる人影はありません。嘉津宇岳の暗闇にまぎれて北に抜け、伊豆味《いずみ》に入りました。

伊豆味名物の巨大な九年母木《くにぶんぎ》の手前で一番鶏の声をききました。そこから郡道に折れて呉我山《ごがやま》に向かいました。しばらく歩いているうちに頬を撫でる風が暖かくなってきました。呉我山に入って村の拝所《うがんじゅ》らしい木立ちの地べたに腰をおろし、背中の帯をといて子供をおろすと、闇のとばりの中で子供は目をさまし、此処《ここ》はどこ？　と不思議そうにあたりを見回すのでした。

ひといきいれているところで夜が明けて来ました。光と闇の溶けあっていた大気が次第に分かれて闇のかたまりを足許に沈め、やがてあたりは銀灰色の霧の海に変わりました。それと同時にあたりの木立ちや家々の屋根やサトウキビの葉先が次第に透明な光の中に浮かびあがってきました。夫は荷物をあけてキセルをとり出し、煙草を吸い始めました。

突然煙草の火を足もとに落としてにじりつけると、夫は子供を抱いて木立ちの中にとびこみました。それを見てわけのわからぬままに、私も木立ちの暗がりの中にかけこみました。野苺の藪《やぶ》の陰に隠れてじっと息をひそめていると、拝所《うがんじゅ》の階段をコツコツと足音をたてて黒い人影が降りて来ました。そのまま人影は私達の目の前を影絵のようにゆっくりと通り過ぎて行きました。紙巻タバコの甘いにおいが漂って来ました。木立ちの暗闇を抜けると光の中に放たれて人影は洋服姿に変わりました。刑事でした。その横顔には見憶えがありました。宗岳の急死後、家に出入りするようになった本部署員でした。刑事はあたりに漂いはじめて来た薄い乳白色の霧の中を上半身だけみせて、ゆっくりと遠ざかっていきました。気のせいか郡道に入る三叉路のあたりでしばらく立ちどまり、こちらを振り返ってじっと見ているふうでしたが、やがて輪郭のぼやけた後姿は再び動き出し、白く光の加わり始めた霧の中にかくれて見えなくなりました。

　夜が明けると、呉我山の村の通りを避けて大井川の土手に出ました。川に沿って湧川《わくがわ》の方に下り、知りあいの家に立ち寄って天秤棒《てんびんぼう》ともっこを借りました。風呂敷包みを解いて、中の荷物を天秤にふりわけて担ぎ、土手のぬかるみを歩いているうちに真昼になりました。三人は草むらの中に入って眠り、夜を待ちました。

　日が暮れると、湧川から海岸に出て黒い砂浜づたいに兼久に向かいました。真夜中を過ぎたころからぽつりぽつりと雨が落ちて来ました。雨は風をともない、次第に激しくなって風雨となり、夜が明けかけるころには台風のように横なぐりに吹きつけてきました。私達は村に出て行くのが危険に思われて、その日は終日阿旦《あだん》の茂みに潜んでおりました。姑が持たせてくれた綿入れをふたりで頭の上からかぶって天幕代りにし、厚着をさせてダルマのようにふくらませた子供をあいだに坐らせて、私達は子供の頃によくやった騎馬戦の馬のように肩を組みあったまま一日を過ごしました。阿旦の葉末を零《こぼ》れて滴《したた》り落ちる雫《しずく》で背中はびしょ濡れでした。寒くてからだが震えてきました。けれども私は辛くも何ともありませんでした。むしろ寒さを爽快なものにさえ感じておりました。いいえ、私は自分の二十三年の生涯でこんなに心の充《み》ち足《た》りたときがあっただろうかとさえ考えておりました。一晩じゅう環礁の上をあばれまわる海鳴りの音がしました。夜が明けると浅瀬に白波が騒ぎ、風が木麻黄《もくまおう》の細い葉をひきちぎって去りました。子供は蓑虫《みのむし》のようにくるまれながらたどたどしい声で、

　ぬうじ《虹よ》、ぬうじ《虹よ》、慶良間の後んじ（で）　たっ断（き）れよー

とあかるく歌いました。

風がおさまり、真喜屋《まきや》の遠縁の家にたどりつくと、モウシ姉からの伝言が待っておりました。

銭又も奥もすでに警察の手が回っているから、タンダ山の小屋にひき返しなさい、ということでした。

私はもう驚きませんでした。その日の夕方、一日ぐらいはと心を許した夫が真喜屋のそ

の家で水浴びをしていると、どこをどう嗅ぎつけたのか、はやくもそれらしい洋服姿がやって来ました。夫は裸のまま隣家にとびこんで危うく逮捕をまぬがれましたが、言っていることに不審があるということでとびこんだその家の主人が憲兵隊に連行されていきました。

夜がふけてから私はまた子供を背に負い、夫は天秤棒をかついで海岸づたいに夜道を急ぎました。来たときの道を逆に歩いて本部にもどるのです。

このときから私の耳にあのナビの怨霊のつぶやきに似た声が追いかけて来て離れなくなりました。忘れよう、もう考えるなと何度自分を叱りつけても、性懲《しょうこ》りもなく私はいつのまにかその囁きの暗がりの中に佇《たたず》んでおりました。

「唐（中国）に逃げたのかい」

とあのときナビはいかにも仕様がない、といった口調で話しました。

「そんな遠いところまで逃げることもなかったのに……」

とひとりごとのようにいい、意味ありげに微笑し、それから私の耳にあの恐ろしい儀式のことを囁いたのです。それを教えたときのナビは目がすわっておりました。お前さんもそうすればよかったのに、とその目はいっておりました。私ははらわたがきゅーんと縮んだような気がしました。大変なことを聞いてしまったと思いました。その瞬間から私はナビの言葉の中に閉じこめられ、その呪縛から逃げられなくなってしまったのでございます。

私は故意に自分自身を騙《だま》し、気づかぬふりを装っていたけれど、実をいうとその声は夫に二度目の令書が舞いこんだそのときから始まっておりました。徴兵令書が手渡されたその一瞬からそのつぶやきは決断を迫って私を追い回し始めていたのでございます。

タンダ山の小屋には誰もおりませんでした。床下を覗《のぞ》くとさつま芋が掘り溜めてあり、味噌がめには味噌のほかに黒砂糖漬けのニンニクまでが糸芭蕉の葉にくるんで押しこんでありました。塩がめには塩漬け豚が二斤ばかり、バンジロウの実がザルにいっぱい盛ってありました。

それからの五日間、私達はいつやってくるとも知れない巡査の姿におびえながらも、モウシ姉がしつらえてくれたつかの間の平和に心から感謝して過ごしました。このままもうこの世のすべてと縁を断ち切って三人で死ぬまでここで暮らせたらどんなに幸せだろうと思いました。しかし、それも所詮は叶えられぬ願いでしかありませんでした。

その晩私は夢を見ました。不思議な夢でした。夢の中で私を襲った悲しみを、私は半世紀以上経った今でもまざまざと思い出すことがあります。

夫と一緒に、私は馬車に乗っておりました。何処かの祭りに急いでいるらしく、馬車は横腹に紅白の幔幕《まんまく》を張りめぐらしています。客室には諸肌脱《もろはだぬ》ぎになった五、六人の男達が乗っていて、私はひとりひとりに酒をついでまわっているのです。馬車は凹凸の多い坂道を右に傾き左に傾きしながらどんどん走って行きます。私は天井の梁《はり》につかまったり、窓枠に手をついてからだを支えたりしながら、客室の中を行ったり来たりしています。男達はだいぶ酒がはいっていて大きな声で怒鳴ったり、歌を歌ったりしています。夫もその中に混じっていて、中の男達に何事か大声でまくしたてています。馬車が宿屋らしい家の前に停まると、男達は話をやめて私を見詰めました。

「おまえは、ここで降りるんじゃなかったのかね」

男達の中から声がしました。

「いいえ、私も皆さんと一緒に参ります」

私は置き去りにされるのを恐れるように申しました。すると男達は、

「いいや、おまえはここで降りるんだ」

とくちぐちに怒鳴り、無理矢理に私をひきずりおろそうとするのです。私は必死になって柱につかまっていましたが、無駄でした。私はひきずりおろされ、馬車は何事もなかったように走り去って行きます。

「待ってください」

私は一生懸命あとを追いました。男達は私を指さし、あざ笑っています。その中には夫も混じっているのですが、夫はむこう向きになっていてこちらを見ようともしません。

「おりてください。馬車からおりてください」

あとを追いながら、私は必死になって叫びました。けれども夫は振りむこうともしません。馬車は次第に遠ざかり、やがて大きな丁字路にさしかかりました。夫がこちらをふり

返りました。夫と見たのは私の思いちがいで、馬車に乗っていたのは宗岳でした。おどろいたことに宗岳は髷《まげ》を落とし、ヤマト風の断髪頭に変わっていました。その宗岳がこれまでに見たこともない悲しげな表情を泛《うか》べ、ざんぎりの白髪頭をのびあがらせるようにして追ってくる私を見詰めております。

「お義父様《たーりー》」

思わず私は大声で叫びました。すると男達がどやどやと立ちあがり、宗岳を押し包むようにして馬車の中に消えていきました。馬車も角をまがって見えなくなりました。悲しみがこみあげてきて、私は石ころだらけの道に突っ立ったまま、子供のように泣きじゃくっておりました。

目が覚めると、風まじりの細かい雨が雨戸をたたいておりました。風と風の僅かな隙間に、細い草道をこちらにのぼってくる乱れた足音が挟まれているのを私の耳ははやく捉《とら》えておりました。足音をきいて目が覚めたのか、目が覚めると同時に足音をきいたのか、どちらだったろうとあとで考えましたが、よくわかりません。過度に鋭くなった私の耳は爬虫類の草擦れひとつ聞きのがしはしませんでした。

とび起きて夫を起こそうと肩に手をかけ、私はふとその手をとめました。どこからともなく波の音がきこえて来たような気がしたからです。私は耳を澄ませました。微《かす》かな雨の音にまじって、乱れた足音がさきほどより少し高さを増して聞こえて来ました。その音の底から波の音が次第にせりあがってくるのです。突然私は耳を聾《ろう》するばかりの高波の音にとり囲まれました。うなりをあげて外海から環礁のへりに打ち寄せる高波のどまんなかに立たされておりました。その音は兼久の阿旦林の中で聞いた海鳴りに似ていましたが、その十倍も百倍も大きな音でした。いつのまにか私は白い泡を吹き散らしながらうねっている巨大な波の中にとりこめられておりました。私のからだは波と一緒に一個の音を発する機械になって鳴りだしました。

私はランプにいざり寄って火を入れました。黄褐色の光の中に夫は枕からずりおち、薄い肩を突きたてたまま、顔をこちらにみせて寝入っておりました。私は枕許にすわり、じっとその寝顔を見つめました。夫はかすかに口をあけ、のびきった髯の中に白い歯がのぞいています。頰骨がとび出し、目が別人のようにくぼんでいます。私の耳にまた海鳴りの音がきこえてきました。

突然私は狂ったように立ちあがりました。自分がいま何をしようとしているのか意識はありませんでした。ただ自分の中でたけり狂う海鳴りの音の命ずるままに動いていたにすぎません。土間にかけおりると、床下をのぞきました。やがて居間にもどって来た私の右手には大きな鉈《なた》がにぎられていました。私のからだは真黒い環礁の外海から稲妻をともなって押し渡って来る海鳴りの音で満たされ、目は礁湖の上を幾千もの巨大な鯨の群れとなって遊び戯《たわむ》れている青白い波頭のさまを見つめておりました。私はさまざまなことを考えていたような気がします。ひとつひとつの緩慢な、けれどものっぴきならない動作をさきへさきへと押し進めながら、どこからともなく降ってくるきれぎれの言葉の中を歩き、立ちどまり、また歩き続けていたようです。奇妙に白々としたでこぼこの激しい道が続いていました。その中を私はしぶきに打たれ、恐怖にからだを硬《こわ》ばらせながら、それでもこのまま歩け、突き進め、と自身にいいきかせ、励ましていたようでした。

宗森の枕元にいざり寄ると、私は床の上に投げだされた手をとりました。指を開かせるとぴくっと動き、手をひっこめましたが目をさます気配はありません。私は開いた指の中から人差指をえらび、それが右手であることを確かめてから木枕の上にのせました。左手で手の甲を支えて木枕のへりに直角にすえると、鉈をふりあげ、満身の力をこめて指のつけ根にふりおろしました。指は黄褐色の光の中をとび、くの字にまがって音もなく床の上にころがりました。

夫は左手を思いきり前に突き出すと、

「げーっ」

と胃の中のものを吐き出しました。そこから急に手をひっこめると、血の流れ始めた指のつけ根を左手でつかみ、思いきり身体をねじって両手を股間にさしこみ、大声をあげながら寝床の上をころげまわりました。子供が目をさまして寝床の上に起きあがり、ちょこんと正座してころげまわる父親の姿を不思議そうに見つめています。乱れた足音は次第に小屋に近づいて来ましたが、私はあぶら汗を全身から吹き出させながら、じっと夫を見つめたまま動きませんでした。じっとすわりこんだまま、私は遠ざかっていく海鳴りの音にぼんやり聞きいっておりました。

もうおわかりでございますね。あなた様は宗森が兵隊のがれのために自分で指を切り落としたと思っておられたようだけど、切り落としたのは私です。私が切り落としたのです。いいえ、私は夫が指を切り落とすだけの勇気もない意気地なしだったと貶《おと》しめているのではありません。それどころか夫はもっともっと素晴らしい人でした。

あの人は官憲に責められても最後まで妻がやったとは申しませんでした。最後の最後まで私を庇《かば》い続けて参りました。巡査や憲兵からだけでなく、世間に対しても夫の指を切り落とした鬼女と後ろ指をさされることなく、生涯私を守り通してくれました。

あの人は世間でいわれているような反骨の人でも義人でもありませんでした。けれども最後の最後まで妻を守り通してくれた男の中の男でした。もし夫にあなたがお書きになったような「英雄的行為」があったとすれば、そのことこそがあの人の英雄的行為なのでございます。そしてそのような英雄こそ「引金をひく指を切り落とした英雄」よりどんなに凜々《りり》しい英雄であることか女性のあなた様にはおわかりいただけると思います。

人類館

知念正真

登場人物
調教師ふうな男
陳列された男
陳列された女

舞台中央に、まるでお芝居のセットのような粗末な茅葺《かやぶき》小屋がしつらえられており、陶器類、紅型《びんがた》、スルガー、ニクブク、クバ笠、ムンジュルー笠に至るまで、いわゆる「大和人《ヤマトウンチュ》」が、沖縄について、持っている知識のありったけを、辺り構わず、それも尤《もっと》もらしく、飾り立ててあるという体である。

小屋の一方の柱には、稚拙な字で「リウキウ、チョーセンお断わり」と書いた札さえブラ下がっている。

これらの民芸品に混じって、一組の男女が陳列されている。

――但し、これは幕開きの情景描写としての、あくまでも便宜的な修辞法にすぎない。実際には、それらは目まぐるしく変化する場のイメージを損なわない程度に、象徴的な物が望ましい。例えば、時として防空壕の中の司令室か何かに見えなくもない。

舞台全体がシルエットで浮かび上がり、のどかな幕開き。

風に乗って「御前風《ふう》」が、厳かに聞こえて来るかも知れない。

一角にサーカスの調教師ふうな男が登場する。彼は良くしなう短い鞭《むち》を持っている。


調教師ふうな男　（観客に）皆さん今晩は。本日は我が「人類館」へようこそおいでくださいました。

すでに皆さん方、良く御承知の通り、人類普遍の原理に基づき、全て人間は法の下に平等であります。何人たりとも、その基本的人権は尊重されなければなりません。いつ、いかなる時、いかなる意味においても、差別は決して許してはならないのであります。

（ちょっと考えて）………つまり、人類普遍の原理であります。

そもそも、差別はどのようにして、生まれるのか。何が原因でなされるのか？（鞭を示し）これこれ、これであります。すなわち、ムチ蒙昧《もうまい》、ムチと偏見であります。（自分だけ笑う）……ムチかしい？

しからば、無知を一掃し、偏見を正し、差別を無くするにはどうすればよろしいか。良くぞお尋ね下さいました。そこにこそ、我が「人類館」の果たすべき大いなる役割が秘められているのであります。

史上初の、そして空前の規模で開かれます我が「人類館」は、世界中いたる所で差別に遭い、抑圧に苦しみ、迫害に泣く人種、民族を、色とりどりに取り揃えてございます。黒人あり、ユダヤ人あり、朝鮮人あり、琉球人あり、アイヌ、インディアン、エトセトラ……、その数は枚挙に遑《いとま》がありません。

彼等は何故に差別されるのでありましょうか！

皮膚の色が黒いのは彼等の責任でしょうか！　貧乏で汚れ、言葉に訛《なまり》があり、風俗習慣が違うのは悪徳なのでしょうか！

――差別の理由は全て、アイマイモコで、何よりも偏見に満ち満ちております。

どうぞ皆さん、彼等を良く見てやって下さい。彼等の一挙手一投足を、瞬きもせずに観察して下さい。穴のあく程、しみじみと見詰めてやって下さい。――そうすれば、賢明な皆さんのこと、多分、お気付きになる筈です。「彼等も私達と同じ、人間なのに……」と。そこが大事なのです。「……彼等も私達と同じ人間なのに。」そうです！

その通りです！　そうお気付きになった瞬間から、皆さんの心の中に、ほのぼのとした友愛の情が芽生え始め、やがて熱い連帯の絆で結ばれるのであります。すなわち、鉄の団結であります。

——どうぞ、涙もろい方は、彼等の為に泣いてやって下さい。人類普遍の原理に基づき、さめざめと泣いてやって下さい。

笑い上戸の方は、彼等の為に笑ってやって下さい。彼等の不幸をカンラカンラと笑ってやって下さい。涙は、それが泣きの涙であれ、笑いの涙であれ、誠に尊いものであります。何故なら涙は、心理と生理の綾なす、人間的感情の、まこと美しい華麗なる結晶物なのですから。

最後に、待望久しいわが学術人類展をご覧になるお客様にお願い致します。

カメラをお持ちのお客様、どうか、フラッシュをたかないで下さい。彼等はもろく傷つきやすい人種なのです。特に光に対しては敏感に反応します。フラッシュは絶対にたかないで下さい。


調教師ふうな男が鞭を一振りすると、舞台が明るくなる。

調教師　お待たせ致しました。こちらが琉球館でございます。
琉球の原始的住民は、アイヌ系のアマミキヨ種族でございます。その昔、西南フィリピン諸島、台湾方面から北上して来た種族と、九州、奄美大島方面から南下してきた種族が、混合、調和することによって成立したものであります。人類学上、誠に興味深い事でありますが、琉球の土民には、その骨格、体型などに著しい特徴が見られます。（鞭で示し）ここにその典型的なタイプを陳列してあります。

調教師ふうな男は、陳列されている男に近づき、鞭で顎《あご》をしゃくり上げる。

男はふてくされているようにも見え、妙に従順に見えなくもない。

調教師　ご覧下さい。まず最初の特徴は、このように顔が四角で鼻が異常に大きく、横に広がっているという事であります。俗に言う獅子っ鼻。これが非常に多い。

男は大勢の視線を支え切れず下を向いてしまう。すると突然、調教師ふうな男の鞭が鋭く唸《うな》り、男はあわてて姿勢をただす。

調教師　眼をご覧いただきたい。およそこの男のこの顔には不釣合なくっきりと大きな腺病質な眼、まるで神経症病みのような、おどおどした眼、これも一つの特徴でございま

す。こいつのように顔が四角で、顎のエラが張っているのを琉球の言葉で……、（詰まる。と、男に眼で促す）

陳列された男　（ボソッと）ハブカクジャー……。

調教師　ハブカクジャーと申します。ハブというのは琉球に棲む毒蛇のことですね。毒蛇の顎という意味でございます。

女の方に向き直る。
女はクバ団扇を使いながら、高麗煙管をくわえている。

調教師　さて、もう一つの特徴はこいつでございます。一見、私たちとそっくりで、どこも違いはないではないか、と思われるでしょう？　無理もありません。素人眼にはそう見えます。ところが大違い。とっくりと観察して下さい。まず、顔が全体に小さく狭くなっており、鼻がどちらかと言えば、高すぎます。そして何よりも、体全体が毛深いということでございます。驚くべきことに女でも毛深いのです。警察の手前、裸にしてお見せできないのがまことに残念ですが、今日は特別に、その一部をお目にかけましょう。

鞭が鳴る。女は機械的に片膝を立てる。調教師は鞭の先で裾をまくって見せる。

調教師　とくとご覧いただきたい。親の因果が子に報い、ハリガネのような硬い脛毛《すねげ》。全身ハリネズミのような毛。(勿論それ程でもない)ねえ、何の因果なの。あんなに何年もあんな苦い因果な目に合うなんて。のら如来、のら如来、三のら如来に、六のら如来……、粉米の生噛み、粉米の生噛み、こん粉米のこなま噛み(舌を噛んだらしい)サア、モウヨロシイレソー。余り見すぎますと今夜は悪夢にうなされますよ。

さて、世界に先がけて開かれました歴史的なわが「学術人類展」は、単に人類を展示するだけではありません。衣食住はもとより風俗習慣に至るまで、至れり尽くせりの資料を取り揃えてございます。

これは琉球の土民が、実際に住んでいる家でございます。地面に穴を掘って柱を立て、茅で屋根を葺き、笹竹で四方を囲んだだけの、まことに簡単な家でございます。暖かい地方ですから、これで充分なのです。しかも驚いた事には、夜の夜中、留守中といえども、戸締りもしなければ鍵もかけない。……と言ったからといって、泥棒がいない訳ではありませんよ。早合点してはいけない。

それでは何故鍵をかけないか。驚くなかれ、何と盗まれる物が何もないからであります。

次に、こいつらは何を食べて生きておるかといいますと、これが何と芋であります。朝、昼、晩、芋ばっかり喰っておる。芋を喰っておまけに裸足で歩いておる。

すなわち、イモとハダシであります。

学術上、まことに興味深いことでありますが、（鞭で女の体をつつき）この体は、芋で出来ているのであります。その上、こいつらは渋茶が大の好物で、どこへ行ってもお茶ばかり飲んでおる。芋を喰ってはやたらにお茶をガブガブ飲む。だから琉球人には胃拡張が多く、ヘコキが多い。

驚くことはまだあります。こいつらは蘇鉄も食べるのです。蘇鉄は有毒植物です。勿論《もちろん》危険です。年々歳々蘇鉄の毒にあたって死ぬ者の数は減らない。それでも蘇鉄を食べるのです。世界広しと言えど、毒を食らう人種はそうザラにはおりません。

まこと、人類普遍の謎と申せましょう。

さて、ここはこのくらいに致しまして、次へ参りましょう。お隣はニグロ種族です。（脅すように）黒いのです。全身まっ黒！　正真正銘の黒！　皆さんはきっと肝を冷やされることでしょう。心臓の弱い方、血圧の高い方は、どうか御遠慮下さい。（去る）

陳列された男は立ち上がり、調教師ふうな男の去った辺りを用心深く窺う。

それから、急に態度がガラリと変わり、横柄に振る舞い始める。

陳列された男　（沖縄口《ウチナーグチ》まんちゃーで）くぬひゃあ、いつかは叩《た》っ殺《くる》してやる。必ず叩っ殺してやる！

陳列された女　（けたたましく笑う）ハハハハ……。

男　何がおかしいかぁひゃ！

女　さっきまではガタガターしていたくせして、今になってから空威張りして、家意地《ヤーイジャー》がも、何にも出来るね。

男　誰がガタガターしていたかぁひゃ！　狂り物言《フリムニ》いして。ええ、あんなものチュバチだよ。嘘だと思うだろう。沖縄では、ええ、巡査がも僕見たら逃げるんだよ。いつでも誰とでも勝負してやるよ！　一回なんか、ええ、巡査小《グワー》叩っ殺した事もあるんだよひゃあ、酒飲んで。

女　それで金網入れられたんでしょう。

男　金網？　金網なんか何とも思ってないよ、僕は。何回入ったか、いちいち読み切れない程だよ。看守なんかがいるだろう？　刑務所には。職員なんかも、所長なんかも。ええ、皆な友達だよ。シカシカするんだよ、僕には。看守なんかも、所長なんかも。一遍なんか、ええ、軍のベース内に入ってよ、戦果上げに行った訳さ。ええ。トラックに一杯、アメリカシーツ盗って来た訳よ。トラック一杯にアメリカシーツ！　あの時も、ＭＰにすぐ捕まって刑務所入れられたけど、皆な、喜んでいたんだよ、良く来たなあって。看守なんかでも、僕の顔知らないのがいる訳さ、新顔で。威張っている訳よ、新入りは皆な、威張りたがる訳よ。「担当さん、ベンゾお願いします」と言っても知らん顔する訳。我慢できないからまた、「担当さん、便所お願いします！」って、大きな声出すさね。そしたら、え、わざわざひとの前でバンド外してよ。（あからさまに、股に手を入れ）インキン掻いている訳よ。「便所お願いします！」って、また言うさね。したら、え、「おまえ、懲役のくせにクソもたれるのか」って……。ワジワジーしてからに、便所行って意地糞マッテよ、その青蝿二才小《ニセーグワー》、下腹蹴って叩《た》っ転ばして、「懲役も看守も同じ人間じゃないかぁひゃあ。良く見てみれ。おまえの糞とどこが違うか、良く見てみれ！」ウシルクブーかつめてからに、便器の中に頭突っ込んでやったよ。――刑期がまた延びたけどよ。傷害、叩っ加《くわ》ぁされて。でもその看守小はおとなしくなっていたよ、嫌がらせもしなくなって。刑務所では、僕は顔役小だよ、僕の家みたいなものだよ、刑務所は。

女　だったら、何で出て来るね、自分の家から？

男　だから、ワジワジーしているんじゃないかひゃあ。

女　仕方あるね？　騙《だま》される人が悪いんだよ。

男　騙される人が悪い？　馬鹿小ひゃあ、騙される人が悪いってもあるか、騙す奴が悪いんだよ。何で人を騙すか？

女　（うるさそうに）はあ、もう良いさ。刑務所もここも、おんなじようなもんじゃないね。馴れれば皆なおんなじさ。

男　馴れればおんなじ？　馬鹿小ひゃあ。常識で考えてもわからんね？　笑われるよひゃ、狂り物言いして。

女は相手にせず、ムンジュルー笠を手に取りいじりまわす。
やがてそれを被り、踊り始める。
音曲「むんじゅる」。

男　刑務所は、ええ、人間的だよ、人間的。ここは何か、全く奴隷じゃないか。じゅうしいめえ食べさせられると言うだろう？　刑務所では。じゅうしいめえに少しずつ毒を入れてからに、殺すと言うだろう？　全部嘘だよひゃあ。くさい飯を喰わすと言うだろう？　全然、くさくないよひゃあ。食べるものも何もかも、刑務所の方が人間的だよ。ライスカレーなんかも出るんだよ、焼き飯なんかも。ここは何かひゃ、ええ、奴隷、どこも変わらん全く、ドレイ！
女　（コーコツと、踊りに熱中している）
男　（いまいましそうに）あの青蠅二才小、必ず叩っ殺してやる。他人を騙して連れて来て、こんな所に押込めて、何とも思わんからね、恥もない。
（調教師の口調で）「食べ物に不自由はさせません。着る物も住む所も、何も心配は要りません。その上、学問も出来ます。好きなだけ勉強させます。難しい仕事ではありません。ただ、黙って坐っているだけで金になるのです。」

女は踊りに没頭している。

男　……おまえは本当にノータリンのアッパンガナーだな。こんな目に合わされても何も感じないのか？
女　……。
男　おまえはここの方が良いと思っているんだろう？　沖縄では、ええ、モーキヤーしていたと言うんだろう？　どこね？
女　……。
男　吉原ね？
女　……。
男　十貫瀬《ジッカンジ》？　……栄町《さかえまち》？　ハーバービュー？
女　……。
男　波の上？　桜坂？　センター？　照屋……？
女　はあっさもう！　良いじゃないね、どこだっても！　あんたに関係ある訳？
男　関係ないけどさ。聞いたって良いじゃないか。怒るなひゃあ、話しているだけじゃないか。物も言わさん訳？

女　物も言わさん?!　あんたは物を言ってない訳?　馬鹿るやさに。あんたはね、さっきからモノをヨミ過ぎているよ。男があんまりモノをヨミ過ぎるとね、みったフージがないよ、イキガぬフリユンタクと言ってね、恥カサイんだよ。

男　……。

女　人間、誰にだって、話したくない事があるよ。誰にも聞かれたくない事があるよ。だから黙って、……あきらめて恥を忍んでいるんじゃないね。学問はなくても、それくらいの常識はあるよ。あんまり馬鹿にしなさんなひゃ……!

男は鼻白んで黙ってしまう。
気まずい間——

女　(やがて、取りなすように)ウチなんかも、六枚持っているよ。

男　……?

女　アメリカシーツ。簞笥に入れておいてあるよ。

男　……。

女　はじめは十枚あったけどさ。ヨシちゃんが無いと言いよったからさ。くれた訳よ、二枚。アケミにも二枚。全然使ってないものよ、さら新品。染みもついてないさら新品。メイド時分にアメリカーたんめぇから貰った訳さ。助平たんめぇだったから、始めは断ったんだけどね。何もシーツ貰ったからと言って腹がクチクなる訳でもないし、ノーサンキューさね。禿ゲチャビンたんめぇの癖に、ええ、とっても助平！……でも、良い人だったよ。奥さんウトゥルーで。風呂場なんかでいたずらしようとする訳、ウチが掃除している時に。「セイ・マー！」……奥さんに言うよって言う訳さ、ウチが、英語で。そしたら、すぐ止めよったよ。

（懐かしそうに）アメリカに引き揚げる時に、アメリカシーツと犬二匹、シェパード犬くれてやったさ。犬はもう死んでしまっているけどね、シーツは使わないで、大事においてある訳。さら新品よ、十枚。

男　さっきは六枚と言ってからに、また、十枚って。

女　十枚さ。十枚って言ったさ。本当よ。

男　誰かにくれたから、六枚って言いよったさ。

女　ううん。アケミたちにくれたのは、大和《やまと》物さ、大和物のシーツ。大和物は薄くてビラビラーさね。だからくれた訳。アメリカ物は上等だから、取っておいてある訳。嘘だと思うなら、いつかウチの家に来てみなさい、いつでも見せてあげるよ。

男　アメリカシーツなんか、見ても何するか。

女　嘘だって言うからさ。

男　ユクサーひゃ、むるユクシ。本当はアメリカシーツなんか、一つも無いんだろう？

女　あるよ！　本当だってば！　ヨシちゃんに聞いても分かるんだってば！

男　裁判にかけても絶対に勝つよ！　騙すのが悪いんだからな。人間、ひとを騙すのが一番悪いんだよ。

女　（再び小道具をいじくりながら）小さい時、良く芝居見に行ったけどね。ウチなんかのお母さんが好きしている芝居シーがいた訳さ。男だけど、とっても綺麗かったさ。

男　ようし！　必ず叩っ平《びら》かしてやる！　証拠かつめてからに、裁判かけてやる。……正義は必ず勝つ！

女　お白粉ぬってから、女踊りする訳よ。女でもかなわない位上手だったよ。

男　秘密だよ。裁判にかけるまでは、誰にも言うなよ。

女　言わないよ、誰に言うね。

男　女はユンターだからさ。

女　ウチは違うよ。ウチは言わないと言ったら、絶対、雷が落ちても言わないよ。

男　（安心して）よし！　（構えて、連《つら》ねの口調で）

「志情《しなさき》の朽《く》ちゆみ　いつ迄《までぃ》も肝《ちむ》に思染《うみし》みて　与所《よそ》に知《し》らち呉《く》るな」

女　（受けて）「糸目から針目ふきるとも我身《わみ》の　ぬゆで思里《うみさと》がみくし引《ひ》ちゅが」

突如として「謝敷節《じゃしきぶし》」が湧き起り、二人は音曲に合わせて思い入れたっぷりに踊り始める。――「奥山の牡丹」首里安《あ》仁屋勢頭《にやせど》部落の場。

ややあって、調教師が現れる。鞭の一振りで音曲は中断され、男女はあわてて小屋に戻る。
調教師は、威圧的に歩きまわる。

調教師　何だ、これは！　何の真似だ！　何を騒いでいる？
男・女　……。
調教師　おれがちょっと目をはなすとすぐこれだ！　おまえたちはここをどこだと思っている？　女郎屋か？　ここに遊びに来たのか？　物見遊山にでも来たつもりなのか？
男・女　……。
調教師　こんな調子だから、おまえたちは事大主義と言われるんだ！　人格が卑しいと言われるんだ！　卑屈だと言われるんだ！（舌打ちして）……全く。情ない。まあいい。今日のところは大目に見てやる。今回だけだぞ！　今度こんな馬鹿騒ぎをしてみろ。二人とも元の豚小屋に送り返してやるからな。（男に）おまえは豚バコ！（女に）おまえは淫売屋にだ！　わかったな！

女はしきりに、何とか言えと男に促すが、男は黙ってろと、これを制する。
調教師は目ざとくそれを見付け、

調教師　……何だ？　なにをこそこそしている？（癇癪《かんしゃく》を起こし）はっきりしろ！

　　　鞭で威嚇する。

　　二人とも小さくなって縮こまる。

調教師　今言ったばかりだろうが！　卑屈になるな！　堂々とやれと。それなのにおまえたちは、おれに隠れてこそこそと……。ははぁん。そうか、そうなんだな。二人ともおれに隠れて何か企んでいるんだな。（意味ありげに）……いいだろう。それならそれで、おれにも覚悟がある。後で吠え面かくなよ。

女　（行きかけようとするのへ）あのう……。

調教師　何だ？

女　……ウチは、何も企んでいませんです。

調教師　ほほう。そうか。……すると、こいつが一人で企んだという訳か。大した勇気だ。見上げた度胸だ。なかなか出来るもんじゃない。

男　……。

調教師　で？　何を、どうしようって言うんだ？

男　……。

調教師　……おい!!

女　(びっくりして) 約束が違うっていいよったです!

男はあわてたが、もう遅い。

調教師　約束？　何の約束だ？

女　あんたに騙されたって。こんな所に押込められて、ドレイみたいだって。

調教師　……奴隷？

女　食べ物も着物も、不自由しない。学問もただで受けられると言ってからに、ひとを騙して恥もない。

調教師　……それから?!

女　(調子に乗って) 証拠かつめてからに裁判に訴えてやる！　正義は必ず勝つ!!

調教師　……それだけか?!

女　あの青蠅二才小、いちがな叩っ殺してやる!!

調教師、すっ飛びざま男を張り倒す。男は悲鳴を上げながらのたうち回る。

鞭が鳴り、男が吠え、次第に調教されていく。

調教師　（喘《あえ》ぎながら）てこずらせやがって……、何が正義だ、何が裁判だ、脱獄囚のくせしやがって。笑わせるな。約束が違うだと。てめえら。自分を何様だと思っているんだ？　怠け者のくせに、不平不満ばかり並べやがる。約束のどこが違うんだ！　え？　喰い物も着る物もちゃんとあてがってある。こんな快適な住居だってある。その上、指一本動かす訳じゃない。坐ってるだけで金になるんだ。

女　でも、学問がただで受けられるって……。

調教師　ガクモン？（ケラケラわらって）学問か。……ヒヒヒ。受けてるじゃないか、毎日。高尚な文化人類学の講義をな！　おまえらには、ちょっとばかし高尚すぎるかも知れんがな。（倒れている男を蹴り上げて）起きろ！　分かってるんだ、半分は芝居だってことは。余りにも幼稚すぎるからな。ゴネれば、ちっとはましな暮らしが出来るなどと思ったら大間違いだ。努力のないところに進歩はない。それがおれの信条だ。過保護なんだよ、おまえらはな。（怒鳴る）さっさと小屋へ戻れ！

二人はあわてて小屋へ入る。

調教師　よし。それでよし。なかなかよろしい。すべからく動作は機敏でなければならん。それが時代に対応できる最低限の必要条件だ。いいか！　今は非常時だと思え！

小異を捨てて大同につき、堪え難きを堪え、忍び難きを忍び、一億国民こぞって国難に対処しなければならんのだ。一旦緩急あらば、一命を投げ打っても国家に殉じる覚悟がなければならん。おまえたちは、まがりなりにも日本人だ！　日本国民だ！

だが、まだ一人前という訳にはいかない。精神がなっとらん！「仏作って魂入れず」魂が入っておらんのだ！——たった今から、おまえたちに、その魂を入れてやる。おれの教育は厳しいから覚悟しておけ！（声を張り上げて）気をつけぇ！　礼！

たった今から、おれの命令は、恐れ多くも天皇陛下の御命令だと思え！　従って反抗は許されない。絶対服従あるのみだ。——わかったか？　これが日本的秩序意識というものだ。おまえたちも、日本人として、日本の文化を重んじ、伝統を尊ぶ心を養わなければならん。日本的なものをこよなく愛し受け入れる心が肝要なのだ。

——それには先ず、言葉を何とかせにゃあいかん。文化人類学では、言葉をして「文化の乗物」と言う。乗物に乗り遅れたら、等しく文化を享受することなど出来んちゅう訳だ。ま、それはともかく、早い話が、日本語の使い方を一日も早く覚えてもらわなければならん。古いことわざに曰《いわ》く、「習うより馴れろ」つまり、馴れなければならんのだ。従って、たった今から方言の使用を禁止する。全面禁止だ。

これに違反した者は、これを首からぶら下げてもらう。

調教師が「リウキウ、チョーセンお断わり」と書かれた札を裏返すと「方言札」という、これまた稚拙な文字。
男と女、一斉に鼻を鳴らし「あいなぁ汚いさ」「ゆむふぅじぇえ無《ね》えらん」などと不満の声。

調教師　うるさい！　静かに。（誇らしげに）これは命令だ。

男・女　……。

調教師　よしよし。それでよし。なあにすぐに馴れるさ。この国では赤ん坊からお年寄りに至るまで、皆、日本語でしゃべっているんだ。大して難しいことじゃない。——ここだけの話だが、おれは琉球の方言が大っ嫌いなんだ。ミミズがのた打ち回っているようなとらえどころのない抑揚。粘っこくまとわりつくような発音。いんぎんで、傲慢で、難解で。顔と言葉がそれぞれ別なことを言っているのではないかと思えて仕方がない。それよりも何よりも、同じ日本国内に、我々の理解の及ばない言語があるということ自体、おれには我慢ならない！　日本人はすべからく日本語で話すべきだ。日本語で考え、日本語で語り合い日本語で笑い日本語で泣くべきなのだ。そうでなければ、一枚岩の団結など有り得ない。わかったか！

男・女　……。

調教師　よし。それでは早速、日本語を教えてやる。おまえたちが真っ先に覚えなければならないのは、これだ。威儀を正して良ぉく聞け！

（大音声で）天皇陛下万歳！　天皇陛下万歳！　天皇陛下万歳！
——どうだ驚いたか？　実に堂々たる響きだ。音の組合わせといい、語呂の良さといい、雄々しさ、おさまりのよさ、安定感。典型的な日本語だ。
（男に）さあ、言ってみろ。

男　は、はい。（構えて）て、天皇陛下ぁ、バンジャーイ！

調教師　バンジャーイじゃない、バンザーイだ！

男　バン、バンジャーイ！

調教師　バンザーイ！

男　バン…、

調教師　ザーイ！　満腔より敬愛の情を込めて！

男　バン……、

調教師　ザーイ！

男　……、

調教師　ザーイ！　……ザーイ！　——情ない奴だ。貴様それでも日本人か。ちゃんと言えるようになるまで、こいつを掛けとけ！（方言札を男の首にぶら下げる）
本日の授業、これまで。気をつけぇ、礼！

調教師退場。

取り残された二人は、しばらく「気をつけ」の姿勢のまま。
――やがて、二人同時に、

男・女　テイノーヘイカー、バンジャーイ。

二人は吹き出し、笑い転げる。
ややあって、男は何かに気付き笑いやむ。続いて女も。
突然、男は女に猛然と襲いかかる。女は逃げ回る。

男　やな、ユンタクーは、ひゃあ！　雷が落ちても絶対に誰にも言わないって言ってからにひゃあ！
女　(逃げながら) 何言ってるかひゃ、大物言いしてからに、自分こそ何にも言い切れないくせしてからに！
男　何ぃ！　このアバサーガラサー！　ヤナ、カンダバージョウグーひゃ。約束も守れんでからに、おれにゲーする訳？　叩っ殺してやるか？
女　出来るものなら、やってみなさい。ヤナ、ソーキブニ足《タ》ランヌーひゃ。
男　あね、クヌヒャー！

男は空手の構えから、飛びかかる。が、口ほどに強くはない。
女は逃げながらも軽くいなしたり、逆をついたりしている。
が、相手が転ぶとすかさず押え込んでしまう。

男　あいたたた……、離せ！　この、百貫デブ！
女　トウヒャア、ナマヤサ。トウ、チャースガ？　何とか言ってみぃ！
男　……た、担当さん！　ベンゾお願いします。
女　ベンゾ？　ああ、フールか。おまえ懲役のくせしてクソもたれるのか？
男　（もがきながら）懲役も同じ人間じゃないかひゃ、おまえの糞とどこが違うか、よく見てみれ！
女　……。やなポータギナーぬ、ゲレンモーターひゃ。

女は立上がって、小屋に戻る。

男　あいたたた……。だあ、皮がはげているさもう。やな童《わらば》ぁ本当にノシカカルからなぁ。腹が減っていなければ、あんなのチュバチなんだけどよ。腹が減って力も出ないさ。あの青蝿二才小、「食べ物に不自由はさせません」と言ってからに、食べ物は毎日、芋ばっかしなんだからな。毎日、芋ばっかし。朝昼晩、芋ばっかし！

だあ、力が抜けて喧嘩もできないさ。

男も小屋に戻り、三弦を手にするとつまびき始める。

トゥン、トゥン、テェン、テェン……。

女も乗りかけるが、人の気配に気付いてやめ、男に「誰か来た」と合図する。

男はあわてて三弦を置き、何食わぬ顔。方言札がひっくり返っているのに気付きあわてて直す。

調教師登場。壇上に立ち一礼すると、おもむろにポケットから原稿を取り出し読み始める。屋良知事の「海洋博開会の挨拶」である。

途中から本物の屋良知事の声。調教師は口を合わせる。まるで調教師が喋っているように見える。

あるところまで来ると知事がトチる。するとすかさず皇太子（当時）の声が出て来る。間延びすると又知事。一人二役を演ずる調教師は忙しい。

後ろのほうでは男が再び三弦を取上げトゥン！　と音を出す。女があわてて制すると男は「心得た」とばかり、音を出さず弾く真似。

——その昔、日本という国が戦争に熱中していた頃、兵士たちは、真夜中こっそり楽器を取り出し、音を出さずに演奏にふけったという。あるものはギターを、あるものはハーモニカ、あるいはトランペットを、というふうに。

その時、響きわたったであろう無音の熱演を伝える実況録音盤は、世に無い。

ああ……！　それが有りさえすれば、この世に氾濫する無数の蓄音盤など、恥ずかしさのあまり縮み上がり、沈黙を余儀なくされたであろう——！

という訳で、わが陳列男の演奏は、その夥《おびただ》しい護国の亡者たちの怨念を、正しく世に伝える唯一の機会であり、かつ、重大な使命を帯びているということを自覚しなければならない。従ってその演奏はサイレントながらも、時にもの悲しげに、時には物欲しげに、熱狂し沸き立ち狂乱し、必要とあらば、かの琉球音階をも飛び越えて場内を揺るがす事となる。当然のことながら、海洋博に血道をあげる調教師の台詞など、今は全く聞こえない。「海、その望ましい未来」は、泡沫の如く闇の中へ消え去ってしまった。

一方、女の方も黙ってはいられない。初めのうちはしたり顔で合いの手を打っていたが、もはや、我慢がタマラナクなり踊り出した。

宴が最高潮に達すると、どこからか奇妙な声が聞こえてくる。耳元で甘く囁《ささや》くような、扇情的なウィスパー。風に乗ってうねりのように——。

男も三弦をおっぽりだして踊り狂うに違いない。

かつての「毛遊《もうあし》び」もかくやとばかり、盛り上がった所で、急速に静まる。

どこか小学校の鐘に似た、懐かしい音が響いて、調教師が入って来る。

給食時間である。

調教師　（猫なで声で）さあ、皆さん。お待ちかね、お食事の時間ですよ。たくさん食べて、早く大きくなりましょうね。

食器を配る。薩摩芋の山である。

調教師　はい！　産地直送、新鮮な薩摩芋！　皆さんの大好物ですね。蛋白質に、でんぷん。カルシュウムにカドニューム。栄養価満点、超デラックス版ですよ。

男は「またか、もううんざりだ」という顔で、手をつけない。女の方は、一向に無頓着で、いかにもうまそうにムシャムシャやりだす。

調教師　さあさあ、子豚ちゃん。そんなにガツガツしないで、良くカミカミするのですよ。あれあれ、あんなに散らかしちゃって。いけない子豚ちゃん。（男のほうを見て）おや、こちらの子豚ちゃんは珍しく、ちっとも手をつけてないじゃありませんか。どうしちゃったのかしら？　好き嫌いはいけませんよ。嫌いじゃないんでしょう？

男　……。

調教師　そんな筈はありませんよ。お芋ちゃんは大好きだって、今朝だってちゃんと食べたじゃありませんか。いいえ、今朝だけじゃありません。昨日も一昨日も、そしてその前の日もそのまた前の日も、あんなにモリモリ食べてたでしょう？　それをそんなに急に嫌いになる訳はないじゃありませんか。理屈にあいませんもの。そうでしょう？

男　……。

調教師　（ムカッ腹を立てているのだが、平静を装って）ホントにしょうのない子豚ちゃん……！　後でパパに叱られても知りませんからね！　（女に）……それにしても、大した食欲ですな。いやいや、構いませんよ。結構です、大いに結構。どんどんやって下さい。（汚い物でもつまむように、芋をつまみ上げ）こんな話をご存知ですか？　琉球人が内地に出稼ぎに来て、久し振りに里帰りした時のことなんですがね。数年振りに御対面するお芋ちゃんを、こんなふうに見て言ったんです。「ふうん。これが、芋というものですか……！　それで？　これをどうやって食べるんですか？」って。（高笑いして）それはさておき、あなた方も早くここの習慣に馴染まなければなりませんね。いつまでもこんなものを喰っているようじゃいけません。それに、恩着せがましいことを言うようですが、この芋だって、今日では大変に入手難でしてね。手に入らないんですよ。北は北海道から南はフィリピン、タイ、ビルマ、南洋諸島に至るまで、ネットワークを誇るわが大日本株式会社の買出し班が、足を棒にして駆けずり回っているのですが、おいそれと手に入らないんです。苦労してやっと見つけても「これは豚の餌にするのだから駄目！」と断わられる始末。いやはや、芋が豚の餌になるなんて知りませんでしたよ。全くの話。ひどいもんです。それにひきかえ、我々のお米は今や有り余っているんですからね。生産過剰なんです。皮肉なもんです。そうだ！　そのうち、あなた方にもお米のいただき方を教えてあげましょう。いやいや、御心配には及びません。この国じゃ赤ん坊からお年寄りに至るまで、皆なお米で育っているんですからね。馴れますよ、じきにね。日本的秩序に従うことです。見るみる日本人らしくなりますよ。あっと言う間です。そのうち、クサメも日本風に出来るようになるでしょう。（慇懃《いんぎん》に、揉み手などしながら、女に近づき）どうやら、お食事もおすみになった御様子ですね。実は折り入ってお願いしたいことがございましてね。エヘヘ…、なあに、大した事じゃありません。あなたの経験を活かして、そのちょっとした内職をやっていただきたいんですよ。つまり、平たく言えば、その……日本の防波堤になっていただきたい。ご存知でしょう? あちらのアメリカ館のニグロさんですがね。食事がすんだら日本娘を世話しろってきかないんですよ。困ってしまいます。何しろ、極東アジアの平和と安全のために、お泊まり頂いているのですから、むげに断わる訳にはいかないんです。お分かりでしょう? 日本女性の危機を救えるのは、あなたをおいてはいないんです! アンクル・サムの食欲と性欲を満たしてやらないことには、開びゃく以来、連綿と培われて来た日本人の血が汚されてしまうのです。ね! お分かりでしょう? 日本人として、喜んで日本の防波堤になっていただきたい。お国の為です! 何事もお国の為。引いては天皇陛下の御為……、

男、けたたましくクシャミする。

男　ファッークスゥ!

女　(間髪を入れず) 糞喰《クスク》ェーヒャー!!

調教師、何事カ起リシナラム……?! と、しばし呆然。

が、――やがて、ムラムラと怒りがこみあげて来て、怒鳴り散らす。

調教師　き、貴様ぁ！　あれほど言ったのに、まだわからんのか！

男を殴り倒す。更に方言札を摑《つか》んで引きずり回し、

調教師　これは何の為にブラ下げてるんだ?!　この札は!!　あれほど方言を使っちゃいかんと言っただろうが！　クサメも日本風にしなくちゃいかんと教えただろうが！　ファックスとは何だ！　ファックスとは！　ハックションと何故言えない?!　反射神経がなっとらんのだ！　精神がたるんどるのだ！　クスクェーヒャーなどとは、もっての外だ！　汚い！

男は、女の方を指して何か言おうとするが、そんな事などお構いなし。

調教師　貴様、それでも日本人か！　日本国民か！　恥を知れ！

ひととおり悪態をついて、やっと平静に戻る。

調教師　（肩で息をしながら）よし、もういい。席に戻れ。戻って喰え。

男はやっとの思いで席に戻るが、食べない。

調教師　……どうした？　何故喰わん？　早く喰え。

男　……。

調教師　（にらみ据えながら）どうしたんだ？　遠慮はいらんぞ。喰ってみろ。

調教師は芋を取って、男の鼻先に突きつける。

調教師　さあ、ひとくち喰ってみろ。え？　ひとくち口に含むと、でんぷん質の唾液が、たちまち口中一杯にパアッと広がって、何とも言えない甘味だぞ。さあ喰ってみろ。

男　……。

調教師　どうしたんだ一体？　しょうのない奴だなあ。（再び猫撫で声で）わかった！　食前のお祈りをしているんでしょう？　「神さま、仏さま、今日も生命の糧をお与え下さいまして、ありがとうございます。兵隊さん、ありがとうございます。お父さんお母さん、ありがとうございます。いただきまぁす！」って。

男　……。

調教師　お祈りがすんだら、ちゃんといただくんですよ。（女に）ハハハ…、性分でね。ちっとも悪気はないんだが、腹だちまぎれに、つい途方もない事を言い出すもんだから、よく誤解されてね。おかげで損ばかりしている。未だに出世できない始末さ。（男女の顔を見回しながら）ここだけの話だがね、実を言うと、おれにも栄転の話があったんだよ。それも、専務じきじきのお声がかりでね。嬉しかったねぇ。ハハハ……、まあ、飲めよ。

音楽と共に照明が変わり、どこやら、一杯飲み屋のムード。
女はお酒（お茶でもいいが）など注いでやる。

調教師　専務じきじきにね「君でなければ勤まらないから、よろしく頼むよ」と言われたんだ。思わず涙がこぼれたね。苦節十年！　おれにもやっと報われる時が来たんだと思うとね、不覚にも込みあげてくるものを禁じ得なかった。わかるだろう？　長い下積み生活の苦しさ、やりきれなさ。それは言葉ではとても言い表わせない程、苦渋に満ちたものだった。しかし、それももう終りだ。これからは新しい生活が始まる。陽の当たる充実した生活が。ハハハ…、おれは希望に胸をふくらませたものさ。まるで、そんじょそこいらの新入社員みたいにさ。天にも昇る思いだったよ。ハハハハ……。

酔ってきたらしい。だんだん眼がすわってきた。がぶ飲みするからだ。

調教師　——それが、たちまちドンデン返しさ。天の高みから地獄の底まで突き落とされたんだ。たった一夜のうちにさ。「適任だと思ったんだが、いろいろ言う者がいてね。ま、この話は無かった事にしてくれ」——おれは知ってるんだよ。何もかもお見通しさ。「社長、あいつは、どうもリュウキュウらしいですよ」って、抜かしやがっただろう！「リュウキュウじゃ、どうもね」「どおりでどこか違うと思った」「奴ら、やっぱり南方系でしょうかね」

——色が黒くて何故悪い?! 古狸め！ おれは琉球人なんかじゃない！ 断じて琉球人なんかじゃないんだ！ ……ただ、似てるというだけじゃないか！

女　(慰め顔で) 人間、誰にだって、悩みはあるさね。

男　ぼくも、子供時分は、マヤーに似てると言われたよ、ガチマヤーに。

女　ウリウリ兄さん、酒小《サキグワー》飲んで。ウリ。

調教師　有難う。いい奴だな、君達は。本当にいい奴だ。おれみたいな者に良くしてくれる。覚えておこう。いつかきっとお返しをしてあげるからな。持つべきものは真の友だ。（方言札に気付いて）なんだ君。いつまでこんな物ぶら下げているんだ。ハハハ…、本当に真っ正直な男だな、君は。おれが本気で怒ったとでも思ったのかい？　冗談さ、ほんの冗談。取っちまいなよ、そんなもの。よし、おれが取ってやるよ。

調教師は、男の首から方言札をはずしてやる。

調教師　さあ、これでよし。これでこそ真の友だ！　さあ飲もう。飲んで喰って大いに騒ごう。ささ、喰ってくれ。

調教師、芋を差し出す。
男はつられて思わず受け取ってしまう。が、食べない。

調教師　喰えよ。おれのおごりだ、じゃんじゃん喰ってくれ！
男　……。
調教師　喰えよ、な！　頼むから喰ってくれ！——（憎悪にうちふるえ）……何故だ？　何故喰わない？（爆発して）貴様ァ！

調教師は男の胸ぐらを取り、投げ飛ばす。
照明が変わり、場面はどこかの取り調べ室となる。

調教師　一体、いつまで断食を続けるつもりなんだ、貴様ァ！　え？　断食すれば、おれが震えあがるとでも思ってるのか！　貴様が死ねばおれが困るとでも思ってるのか！　甘ったれるんじゃねえ！　貴様みたいな虫けらの一匹や二匹、なぶり殺しにしたってどうと言う事はないんだ！　調書の一枚や二枚、どうにでもなるんだよ、この野郎！　半丁前のくせしやがって何様のつもりなんだ！　え？　言ってみろ！　貴様は何ものだ？　言ってみろ！　言わねえのか、この野郎！　さあ言え、貴様は何だ？
男　……に、人間……、
調教師　何ィ？
男　人間、誰にでも話したくない事が、あります。誰にも聞かれたくない事があります。
調教師　だから、何だ？
男　だから、諦めて恥を忍んで、黙っている訳です。
調教師　何だとゥ！　この野郎。ふざけるんじゃねえ！　そんな気分的次元で黙秘権を使われてたまるか！　なめるんじゃねえ！
男　……。
調教師　いいか、おれをなめるなよ。おれを誰だと思ってるんだ！　おれはそんじょそこいらの生っ白い東大出のエリートと違ってな、現場で叩きあげて来たんだ。実践派なんだよ。キャリアが違うんだよ、キャリアが。だから、いいか、どんなに口の固い政治犯でもおれの手にかかったらおしまいさ。みんな、ゲロを吐いちまうんだ。イチコロさ。わかったか！　わかったらさっさと吐いちまえ！　貴様は一体何者だ？　住所は？　氏名は？　年齢、職業、電話番号は?!

男　わ、わ、わかりません。私には何もわかりませんです。

調教師　何ィ！

男　——私も、一度吐いたことがあります。人間、恐ろしくなると、吐くんです。誰でもみんな、恐ろしいものを見ると吐くんです。一日中、何も食べなくても、おなかの中のものを全部。

調教師　あのなぁ、おれが吐けって言ったのはだな……、

男　（手で示し）こ、こんな丸太ん棒で、あ、頭を叩いて殺しているんです、親が子供を。何度も何度も叩いて、叩いて……。私も落ちていた棒を拾って、殺しました。

調教師　……何ィ？

男　あたりは一面、血の海でした。川の水まで真赤に染まって……。みんな、鍬《くわ》や鎌、丸太ん棒などを手に持って殺しあっているんです。子供が年寄りを殺し、その子供は親が殺し、自分はカミソリで首を切って、それでも死に切れずに頼むんです。「殺してくれ、殺してくれ」って。

調教師　……。

男　自決用にと、友軍から渡された手榴弾は、前日来のものすごい雨のため、湿気を帯びてなかなか発火しませんでした。しかし、それが反って悲劇を凄《すさま》じいものにしたのです。あっちこっちでひとかたまりになって、身内同士、親しい者同士が殺し合いを始めたのです。何にも殺す道具のない者は、手で首を締めて……。恐怖かったんです、みんな。生き残るということが。一人だけ生き残るということが、恐ろしかったんです。

調教師　もういい！　沢山だ、その話は。

男　鎌で首を切られた女の人が血まみれになって、それでも死に切れず、私の手をつかまえて離さないんです。首を切られて、声も出なくなって……。それでも必死になって頼むんです。「殺してくれ！　早く殺してくれ！」

調教師　沢山だといっとるんだ！

男　島では、戦争で死んだ人は三十人余りでしたが、集団自決で亡くなった人は四百人余りでした。ですから……、

調教師　黙れ！　やめろ！　これ以上しゃべると一生ここから出られなくなるぞ！

女がスポットライトに浮かび上がる。

女　どんなカラクリになっているのか、わからないけどさ。どんどん前借金が増えていく訳よ、どんなに働いても。毎月、衣装代とか化粧代とか引かれるさね、チリ紙代とか。あれもこれも全部引かれて、何にも残らん訳。だからいつまでたっても前借りが減らない訳よ、えぇ、病気して休んでも罰金取られるんだよ！　五ドルとか十ドルとか。病気してもよ！　病気したら、ただでさえ物入りさね、薬代とか、医者代とか。それなのにその上、罰金まで取られるんだよ。

調教師　黙れと言ってるんだ！

女　ベトナム帰りの兵隊は、ものを思わないさね。それにヘンタイの兵隊が多い訳。うちらなんかの仲間でも殺された者がいるよ。えぇ、まっ裸にされて、首締められてさ。死んでいる訳よ。かわいそうだったさ。うちなんか、すぐ隣で客取っていたけど、何にも気付かなかったさ。兵隊は何時でも大声出すし、口が汚いさね。「死ね！」とか「殺してやる！」とか。いちいち本気にはしないさ。だからふざけていると思った訳よ。ふざけて、遊んでいると思った訳よ。だけど、本当に殺していた訳。

調教師　黙れと言ってるのが聞こえんのか！

ハリ倒す。すると別の一角に男が浮かび上がる。

男「おまえたちは日本人だ」と教えられ「日本人として国を守る気概を持て」と言われ

て、友軍と共に最後の最後まで戦い抜く覚悟でおりました。しかし、頼みの友軍は戦局が不利になると、本性をむきだしにし、壕から壕へ逃げまわっておりました。民間人を壕から追い出し、民家から食糧や酒をかっぱらって来ては宴会をやったり、「沖縄の奴らはどいつもこいつもアメリカのスパイだ」と言って、見せしめに若い女性を殺して、その死体をさらしものにしたりしておりました。無口ゆえにスパイの嫌疑をかけられ、処刑された者もおりました。

女　毎月、ペイデーになると、兵隊は町中にあふれ出す訳さ。そうしたらもう大変、うちらなんかの所も一杯して、並んで順番待ってる訳よ。ベトナムブームだったさね。お金なんか、えぇ、チャーバンナイ、ポリバケツに放り込んでいたんだよ。お店の金庫は小さくて役に立たない訳。その代わりうちらなんかは大変さ。足腰が立たなくなるまで客とらされたんだよひゃ。

男　本部《もとぶ》国民学校の校長先生は、戦火を避けて御真影を奉持され、友軍陣地に立ち寄ったところ、友軍によって射殺されました。天皇陛下の写真を安全な場所に安置してもらおうとして、殺されてしまったのです。天皇陛下の写真なんか、焼いて捨てればよかったのにと、悔やまれてなりません。

女　兵隊だからといって、みんなが皆、ボーチラーじゃないさぁね。かえってかわいそうな位さ。特に黒人なんかさ。誰からも相手にされないさね。「マミー、マミー」って泣くのもいるよ、子供みたいに。

男　敵は鬼畜米英だけではなく、友軍でさえ気を許す事ができなかったのです。
いや、友軍こそが、真の敵だったのです！

突如、襲いかかるジェット機の音。地軸を揺るがすように。
男女は、怯《おび》えてうずくまる。
——と、どこからか弔いのような太鼓のリズムが湧いてくる。
男女はその太鼓の音に操られるように、歌い踊る。

京太郎《チョンダラー》
一万石ヌ　ウスデーワーサミ　一万石ヌ　ウスデーワ
一万一石一斗一升一合一サク一サチマーリヤ
ミミヌファーニウサミティー
ウキトゥリワタシヌ　ターマイタ
ターマイタークヌ　ターマイタ
サントゥリサーシヌ　ミーサイナー
サントゥリサーシヌ　ミーサイナー
サントゥリサーシヌ　ミーサイナ

クンニンティワ　十六タンサミ
クンニンティワ　六タンブ
黄金《クガニ》ヌナンジャモ　宝モ
チンチキューティヌ
ウリガマーワシタクヌ　アーワシタ
サントゥリサーシヌ　ミーサイナ
唐の世《ユー》から大和の世　大和の世からアメリカ世
アメリカ世から大和の世

四日ヒニワサミ　四日ヒニワ
ユタカクンガラサ　アヌ松ヌ下ニ
ガラサーガル　イーチョル　ガラサーガル　イーチョル
羽ヌ下カラ　アーシタ　マーガル　トゥイチマ
スリティヌ　スリティヌ
ウットゥイタークヌ　ウットゥイタ
サントゥリサーシヌ　ミーサイナ　サントゥリサーシヌ
ミーサイナ
サントゥリサーシヌ　ミーサイナ　サントゥリサーシヌ

ミーサイナ

調教師登場。


調教師　本日は当精神病院へ、ようこそ、おこし下さいました。当院は設備、陣容共に東洋一を誇る、現代日本の精神医学のメッカでございます。従いまして患者さんの数も多く、北は北海道から、南は遠くは九州、琉球に至るまでローカル色豊かな患者さんを取り揃えてございます。ご承知の通り、精神病患者は、社会の異端者であり、平和な日常へのチャレンジャーであり、潜在的な犯罪者とされております。

しかしながら、彼等を敵視したり、軽蔑したりしてはいけません。彼等も同じ人間なのです。病める人間なのです。彼等は精神の防波堤で虚しく敗れ去った敗残兵なのでありま す。彼等に必要なのは、差別や過保護ではなく、真に人間的な魂の救済であります。

つまり、大和魂の復活こそ、彼等の求めてやまない願望なのであります。

ご覧下さい。こちらは沖縄館でございます。沖縄は精神病患者の発生率において日本一を誇っております。収容施設の貧弱さもまた日本一であります。

何故に、沖縄に精神病患者が最も多いか？　それは歴史の転回点において、常に彼等が精神の最も奥深い所、すなわち、魂の深淵において、苦悩しているからであります。

(男を指して) こちらがその典型的な症例であります。重度の躁鬱病《そううつびょう》患者であります。

（女を指し）こちらはパラノイア、偏執病。いうところの色情狂ですな。いつでも自分が何者かに襲われているという被害妄想を抱いております。

両方とも、戦争後遺症患者であります。戦時中の悲惨な体験に怯え、戦時下の生々しい恐怖にさらされて、いたいけな魂が脆《もろ》くも崩れ、精神の破綻を招いたのであります。「沖縄の復帰なくして、日本の戦後は終らない」と言った総理大臣がおりましたが、彼等にとって、戦後どころか、いまだに戦争は続いているのであります。

いきなり、凄じい爆発音。
男と女は逃げ去り、調教師は反射的にその場に伏せる。

調教師　……チクショウ！　またやりやがった！（立ち上がって、観客に）お静かに願います。どぅか、お静かに。御心配には及びません。大丈夫。例のベトナム帰りのアメちゃんが、ちょっと悪ふざけをしただけですよ。からかっているだけなんです。しょっちゅうなんですよ、こんなことは。全く人騒がせな連中です。悪意はないんですが、戦争馴れしているせいでしょう、賑やかなのが好きなんですな。可愛いもんです。いやいや、爆竹ぐらいなら、可愛いものですよ。それはびっくりはしますが、それだけの事ですからな。中にはたちの悪いのがいましてね、催涙弾や発煙筒を投げ込んだりするのがいるんです。――それどころか、手榴弾を投げ込まれたこともあるんですよ。戦場と間違えているんですな。とんだトバッチリです。

さて、と……、どこまで話しましたかな？あっ、そうそう戦争の話。（大きく息をついて）フウ、まだ心臓がドキドキしている。

えー、これら戦争後遺症による精神病患者の、想念の中で渦巻いている戦争を、いかにして終らせるか。これが今日、我々の最も重要な課題であります。わたくしをして言わしむれば、彼等の社会復帰なくして、日本の大東亜戦争は終らないのであります。

再び激しい爆発音。それと共にセットの一部が壊れ、煙が立ちこめる。

調教師は、悲鳴を上げながら逃げ去る。

遠くで爆撃の音。しばらくして、女が転がるように駆け込んでくる。

女　（敬礼して）姫百合部隊から参りました。曹長殿、炊き上げにかかりますので、火種を下さい。

調教師　（くわえ煙草で現われ）……何？

女　本日の炊事班です。炊き上げにかかりますので、火種を下さい。

調教師　ヒダネ？（女の体をねめまわし）ああ、火種か。（煙草を踏み消す）火種は、……無い。火種は無いが、子種ならある。子種をやろう。

女　……はあ？

調教師　子種をくれてやろうと言ってるんだ！（飛びかかる）

女　（抵抗しながら）いりません！　結構です！

調教師　遠慮するな！　おれの子種は、とびきり上等だぞ！　生粋の日本軍人の血だ！　有難く思え！

女　やめて！　やめてください！

あわやという時、男が飛び込んで来る。

男　隊長殿！　鉄血勤皇隊であります！　鉄血勤皇隊は、ただいまから、斬り込みに行って参ります！

調教師　よし！（行きかけるのへ）ちょっと待て！

ポケットから煙草を出して勧める。

男　せっかくでありますが、自分は煙草を吸いません。

調教師　バカモノ！　これはただの煙草ではない。気をつけぇ！　恐れ多くも、天皇陛下から下された、恩賜の煙草である！　有り難く頂戴しろ。
男　はい！　有り難く頂戴致します。

男がうやうやしく受け取ると、調教師は火をつけてやる。たちまち、ゴホゴホとむせる。

調教師　どうだ、うまいか？
男　はい。涙が出る程、おいしくあります！
調教師　よし！　それでこそ、日本男児だ。後顧の憂いなく、勇ましく死んで来い！　おれもすぐ後から行く。靖国神社で逢おう。
男　それでは、お先に参ります！

男、退場。
調教師は、中断された作業に戻る。女は依然として抵抗をやめない。

調教師　貴様！　帝国軍人に逆らうのか！　おれの命令は、気をつけぇ！　恐れ多くも、天皇陛下の御命令である。

女　職権濫用です！

調教師　うるさい！　おれたちは命がけで、貴様たちの郷土を守ってやっているんだ。このくらいの楽しみは、当然の権利というもんだ。

女　私達だって、命がけで戦っているんです！　私達女子挺身隊は、兵隊さんに負けぬよう、一生懸命……、

調教師　問答無用！

また、男が飛び込んで来る。

男　（敬礼し）連隊長殿！　郷土防衛隊であります！

調教師　（返礼をして）よし！

男　郷土防衛隊は、今夕マルマル時を期して、敵の包囲網を突破、反撃に転じます！　以上、報告終わり！

調教師　よし！　（行きかけるのへ）ちょっと待て！　いいか、良く聞け！　我が部隊は明朝、北部方面へ転進する。日夜、激戦につぐ激戦で兵たちは、疲労困憊《こんぱい》しておる。もはや、防衛隊の面倒は見きれない。従って以後、独自行動をとるように。わかったな！

男　……？

調教師　血の巡りの悪い奴だな。つまり、死にに行くのにいちいち報告などせんでもよろ

しいと言うことだ。わかったか！
男　（くやしそうに唇を嚙む。が）……わかりました。（行きかける）
調教師　待て！　気をつけぇ！

男は、金縛りにあったように、身動き出来なくなる。
そんな男を調教師は、じっくりといたぶりはじめる。

調教師　貴様、本当に、防衛隊の者か？
男　は？
調教師　はあじゃない！　おれの言うことがわからんのか！　貴様、名前を言ってみろ。
男　（極度に緊張して）は、はい！　じ、自分は、郷、郷ろ防衛隊、そ、そ属……、
調教師　何だぁ？
男　はい！　自分は、郷、郷ろ防衛隊の……、
調教師　郷、土、防衛隊だ！
男　もとい！　郷、郷、郷……、
調教師　貴様、本当に、日本人か？
男　はい！　本当に日本人であります！
調教師　天皇陛下万歳と言ってみろ！

男　（ますます緊張して）テ、テ、テ、……、
調教師　どうした？
男　（絞り出すように）テ、天皇陛下ァ、バンジャーイ！
調教師　バン、ジャーイじゃない！　バンザーイだ！
男　バン、ジャーイ！
調教師　ザーイ！
男　バン……、
調教師　ザーイ！
男　……、
調教師　ザーイ！　……ザーイ！　……ザ、

調教師、怒って男を張り倒す。

調教師　怪しい奴だ。貴様はスパイだろう？
男　（あわてて）いいえ！　私はスパイではありませんです！　私は郷ろ防衛隊の……。
調教師　いいや、貴様はスパイだ。
男　私は決してスパイではありませんです！　私は…、もとい！　自分は……、
調教師　黙れ！　貴様は、ここを探りに来たスパイだ。貴様がここから一歩でも外へ出た

ら、たちまちこの壕は、集中砲火を浴びせられる。そうやって全滅させられた陣地壕を、おれはいくつも見てきて良く知っているんだ。

男　自、自分は決して……、

調教師　黙れと言っとるんだ！（軍刀を引寄せ）こうなったら、貴様をここから生かして帰す訳にはいかんな。

男　（震えあがって）助けて下さい！　本当に自分はスパイではありませんです！　自分はただ、無口なだけなんです！

調教師　問答無用だ！

と、刀を抜いてふりかざす。
男は後ずさりしながら、

男　（必死の思いで）テ、テ、テ、天皇陛下ァ、バンジャーイ！

調教師　天誅！

斬る。
男はのけぞってバッタリ倒れる。その一部始終を見ていた女は、悲鳴をあげて男に駆け寄り、とりすがって泣く。

女　ひどい！　何というひどいことを！　あんまりです！　何の罪もない者を……！　この人はスパイじゃありません。私の夫です！　私の夫はスパイなんかじゃない！　それなのに何故殺したんですか！

調教師　（抜身をぶら下げたまま）こいつは、おまえの夫か？

女　（激しく泣いている）

調教師　そうか。……するとおまえは、たった今、後家さんになった訳だな。かわいそうに。二十歳後家はたってても、三十後家はたたたんと言うぞ。おれが慰めてやる。

女　やめてください！　やめて！

調教師　おとなしくしろ！

再び、飛びかかる。

と、つんざくような赤ん坊の泣き声。

調教師は、仰天して飛び起きる。

調教師　誰だ！　赤ん坊を連れているのは！　赤ん坊を泣かすな！　敵に感付かれてしまうじゃないか！　静かにさせろ！

泣き声はますます激しくなる。

調教師　（狼狽して）静かにと言ってるのがわからんのか！　子供の泣き声は敵の電波探知機にひっかかってしまうんだぞ！　早く黙らせろ！　口をふさげ！　殺すんだ！　早くしろ！

激しい赤ん坊の泣き声。

調教師　ええい！　どけどけ！　おれが黙らせてやる！　静かにと言ってるのがわからんのか！

調教師は刀を拾うが早いか、すっ飛びざまに、倒れたままの男を串刺しにした。
赤ん坊の泣き声が、ピタリと止んだ。

女　（悲鳴と共に駆け寄り）ひどい！　……何というむごたらしいことを！　相手は、ほんの赤ちゃんじゃありませんか、何の罪もない……。それを泣いたからといって殺すなんて。それでもあなたは人間ですか！

調教師　何ぃ！　バカモノ！　何をたわけたことを！　こいつは、とてつもない声で泣いたんだぞ！　敵に知れたらどうする！　我々はどうなる？　一人残らず皆殺しだ！　それくらいのことがわからんのか！　バカめ！　こいつは、我々の所在を敵に通報しようとした。こいつはスパイだ！

呆然《ぼうぜん》と放心したように座り込む女。

調教師　死んでしまった者を、いまさらどうする？　いくら嘆いてみても、どうにもなるまい？　それよりは生きている者の供養が先だ。なあに、赤ん坊なんてすぐまたできるさ。おれが仕込んでやる。

気力を失った女を、調教師は引きずって行こうとする。
倒れていた男が、バネ仕掛けのように勢い良く立ち上がる。

男　戦隊長殿！　郷ろ防衛隊であります！
調教師　（舌打ちして）何だ！
男　戦隊長殿！　島の住民は、ことごとく西山盆地に集結させました！　次の命令を戴きたく思います！

調教師　消えてなくなれ！
男　……はあ？
調教師　（癇癪を起こし、手近にある物を摑んで投げつける）わからんのか！　さっさと、消えてなくなれと言ってるんだ！
男　……。
調教師　おれの言ってる事がわからんのか！　貴様達は、邪魔なんだよ！　作戦の妨げだ。足手まといだ！　どいつもこいつも役立たずの能なし野郎だ！　わかったか！
男　（ブルブル体を震わせていた、が）わかりました、戦隊長殿。我々は、友軍の持久戦の妨げにならぬよう、潔く消えてなくなります。

男は去りかけて立ち止まり、振り向く。

男　戦隊長殿。
調教師　まだ、グズグズしているのか！
男　あのう、武器を貸していただけないでしょうか？
調教師　ふざけるな！　貴様らに貸してやる武器など、ここには無い！

男は、黙ってあたまを下げ、去りかけるが、また、

男　戦隊長殿。

調教師　……!!

調教師、いまや怒り心頭に達し、男がもう一言、何か言おうものなら、その場で斬り捨ててやろうと、睨み据えている。男のほうは、そんな事など全く意に介せず、調教師をジロジロと見詰め続けている。意味のわからない間――

男　（ややあって）カマー？

調教師　（虚をつかれて）カマ？　……鎌なんか、無い。

男　カマーやあらに？　汝《イヤー》や、カマーやあらに？

女も加わり、調教師の体を撫でまわす。

女　やんてー、カマーやんてー。カマー汝や我《ワン》わからんなー？

男　我どぅやしが、カミーよ。新家下中門 小《ミーヤーシチャヤナカジョーグワー》ぬ、カミー。

女　我ねー、ウシーどぅやんどお、竹葺家ぬウシー。

調教師　（感きわまって）ウシー婆《ハーメー》！　カミー兄《ヤッチー》！
男・女　カマー小《グワー》！

ヒシと抱き合う三人の目に涙。
どこからか「トロイメライ」が聞こえてくるかも知れない。

女　アキヨー！　カマー小よ、カマー小！　汝やなー新大和小《ミーヤマトゥグワー》けー成《ナ》てぃ、見い知らららん成とーるむんなー。
男　あんやんどー。なまねー学校ぬ先生ぬ如《グトゥ》どぅある。
女　我達《ワッター》やー、戦さに打ち喰わぁあってぃ、親兄弟んむる失なてぃねーらん。後生行《グソーイ》じゃーに、行逢《イチャ》りわるやるんでぃどぅ思ぅとーたる。くぬ世《ユ》長らえてぃ、汝、行逢《イチャ》ぃる日ぃん有《ア》てーさやー、カマー小！
調教師　泣ちんそーらんけーなー、ウシー婆。かんねーる、ゆむ戦さに行ち当てぃ、顔、姿までぃ打ち変わてぃ、哀りぬ段々しみそーちぇーさやー、婆。
男　山原《ヤンバル》んかいんでぃち、逃《ヒン》ぎーる道すがら、親戚んちゃーや居《ウ》らに、兄弟《チョーデー》んちゃーや有らにんち、かめーいがなーどぅ歩《ア》っちちゃる、汝や、生ちちょーてーさやー、カマー。
女　（祈りながら）ああとうとぅ。うしでぃ果報《ガフー》ぬ事《クトゥ》でーびる。
調教師　やしが、カミー兄《ヤッチー》。汝達《イッター》や、我達《ワッター》ウサ小とぅ、一緒やあいびらんたんな？　ウサ小や、ちゃーさびたが？

男　……。

調教師　……ウシー婆！

女　……。

男と女は、顔を見合わせていたが、思い切って、

女　カマーよ。泣ちんさん如《グトウ》、くぬ婆が言ゆる事、良う聞きようやー、カマー。汝、妻《トウジ》ぬウサ小や、山原んかい逃ぎーる道中、くぬ世失なたんどーやー、カマー。

調教師　ウサ小がな、我達ウサ小が！

女　艦砲ぬ雨に追《ウ》わってぃ、壕ぬ中んかい入らんでぃしーねー、大和ぬ兵隊に追わぁりーい、心安《ヤシ》と寝《ニ》んだりーる所ん無《ネ》ぇーらん身ぬ哀り。アキヨー！　何《ヌー》ぬ罰冠《バチクワ》んてぃ生《ウ》まりたるむんやが、んでぃる思《ウム》うたるやー、カマー小。やしが、汝達ウサ小や、胴《ドウ》ぬ哀りん哀りんでぃや思《ウム》ぁん、とぅーち汝　事《イヤーグトウ》びけーじ、心配《シワ》どぅそーたんどーカマー小。

調教師　ウサ小！　あいえーよー！　汝や、情《ナサケ》ぇ無《ネ》ぇーらん。我一人《ワンチュイ》打棄《ウッチ》ゃん投ぎてぃ、死じゃんでぃなーウサ小！

調教師は、大地を叩き、泣き叫ぶ。

女　何日《イチ》なぎな、汝行逢ゃて、話する事ん有ぃがすら、んでぃる思ぅとーたる。此所《クマ》うてぃ汝行逢たしん、ウサ小が引合ぁしがやら、わからんどぅやー。

男　やしが婆よ、何時《イチ》までぃん話しぶしゃやあしが、あにんならんむん、我達やなー通《トゥー》らな。

女　あんやさ。此所うてぃ、長話っし、大和ぬ兵隊んでーに見当らりーねー一大事。カマー、体大切にし、逃ぎーるすんどー。我達やなあ行かいい。

調教師　婆、兄。知らち呉《ク》んそーち、にふぇーやいびーたんどーなー。

男　頑丈《ガンジュ》ぅさやー、カマー。

調教師　兄、おんし汝達や、何処《マー》んかい参《メ》んしぇーが？

男　……。

調教師　何処んかい参んしぇーがなー、婆。

女　……。

調教師　我にん、まんじゅーん添《ス》うてぃ参んそーれー。

男　……カマーよ、添うてぃ行ちぶしゃやあしが、我達やよー……、

女　汝、添うてぃ行かりーる所んかいや、有らんどぅあんでー。

調教師　添うてぃ行なりーる所ぁ有らん？

男・女　いい。

調教師　ぬうが、何処んかい、やみしぇーがなー？
男　唐旅《とうたび》かい。
調教師　唐旅？
男・女　（うなずく）
調教師　……。
女　我達やよーカマー。親兄弟達、一人《チユイ》ちょーん居《ウ》らん。むる戦さに持っち行かりやーに、居らんなとーん。くぬ先、長れーてぃ居てぃん、ゆちらー無《ネ》ぇーらんむんぬ、なあ後生行じ、親《ウヤ》ふぁーふじ行逢てぃち来《チ》ゆる肝《チメ》えーどぅやんどーやー。
調教師　後生んかい……。
男　先《サチ》ならいーなー。

男女が行きかける。

調教師　待っちょうちみそーれーなー、兄。婆。（しばし、思いあぐねた末）我にん、添うてぃ参んそーれーなー。
女　まじゅーん、行ちゅみ？
男　ウサ小、前《メー》んかい？
調教師　うう。

男　とうとう、あんしぇーまじゅーんならやー。やしがカマー。後生かい行きわるやるんでぃ思ぅてぃん、鉄砲一ちんちょうん無ぇーらん。何処《マー》がなうてぃ、鎌んでーん探《カメー》てぃ来《チュ》うんねーならんむんぬ、とう通《トゥー》れー。

調教師　待っちょーちみそーれー、兄。我が此処《クマ》んかい、うね！

何やら取り出して差し出す。

男　ぬーやが、うれー？

調教師　テリューダンよーなー！

男・女　（驚いて）テリューダン?!

調教師　うう。

男　とうとう、良《イ》い物《ムン》ぬ有《ア》てーさ。（受け取って）此《ク》りが有《ア》れー、何《ヌー》ぬ苦《クル》ちさん無ぇーらん。三人なぎーなー、揃てぃ後生んかい行かりーさ。とう。

三人は、一ヶ所に寄り添い、それぞれ思い思いに死に支度を始める。

女は祈り（御願？）をひとしきり唱える。

男　（ややあって）カマーん婆ん、覚悟《カクグ》ぅ、ゆたさみ？
女　（手を合せたまま）いい。
調教師　（同じく手を合せ）うう。
男　恨みてーしまんどーやー、カマー。我達御元祖《ウガンス》ぬ、草葉ぬ陰から見守てぃ呉《ク》みせーる筈。迷いんさん如、我、後から追うてぃ来うよーやー。
女　ああ唐とぅ！
調教師・男　ああ唐とぅ！

男は手榴弾の安全弁を引き抜き、大地に叩きつける。

閃光一閃！　爆音轟き、骨肉四散、この世の修羅場が……、と思いきや、爆発しない。男はあわてて、叩いたり、こすったり……。それでも、爆発しない。

女は、あきれて見ている。

調教師は、笑いをこらえるのに必死である。

手榴弾は、無残にも皮がむけ、中身がこぼれ落ちる。それは、こんがりと良く焼けた芋である。

女　ぬーやが、うれー？

男　芋。
女　芋？
男　一大事。テリュウダンぬ芋なてぃねーらん。
女　テリュウダンぬ芋ないる訳ぬあみ。テリュウダンでぃ言せー、あれー人ぬ命取りしどぅやる。やしが（芋を指し）うれー人ぬ命助きーし。
調教師　ハハハハ……。馬鹿奴！　貴様らにそう易々と死なれてたまるか！　貴様らに死ぬ権利などない！　まだやる事が山ほど残っているんだ！

男女とも放心したように座り込んでいる。
突然、スピーカーの声が壕内に入り込んで来る。たどたどしい日本語の、アメリカ人の声である。

声　ニッポンノ、ミナサン。戦争ハ終リマシタ。武器ヲ捨テテ、壕カラ出テキナサイ。
調教師　畜生！　デマ宣伝だ！
声　水モ食べ物モ、沢山アリマス。早ク出テキナサイ。
調教師　騙されるなよ！　これが奴らのやり口なんだ！
声　アメリカ軍ハ野蛮人デハアリマセン。決シテ危害ヲ加エタリシマセン。武器ヲ捨テテ、両手ヲ上ゲテ出テキナサイ。

調教師は、異常なまでにうろたえている。
スピーカーの声は続いている。

調教師　（男に）貴様、服を脱げ。

男　はあ？

調教師　服を脱げと言ってるんだ！　早くしろ！

調教師は、自分も着ているものを脱ぐと、男の服と着替えてしまう。

調教師　いいか。おれはここから、自力で脱出する。そして敵の背後にまわって奇襲攻撃をかける。最後の一兵たりと言えども決して、敵に後ろを見せない。これが軍人魂だ。おまえたちも、最後の最後まで決して音を上げるな！　日本人として、生きて虜囚の恥ずかしめをうけるな！　わかったな！

男　自分たちも一緒に連れて行って下さい！

調教師　……何を言う？　馬鹿な事を言うな！

男　決して足手まといにはなりません！　一緒に死なせて下さい！

女　私たちも一緒に死なせて下さい！　お願いします、先生！

投降勧告を繰り返していたスピーカーの声が、ピタッと止む。

調教師　（態度がガラッと変って）何を言うんだ。死んでどうする？　今、死んでどうするんだ、え？　その若さで。（女の肩に手をおき）元気を出すんだ。生きるんだよ、宮城君。大城君も。

女　しかし、先生。生きて虜囚の恥ずかしめをうけるより……、

調教師　しっかりするんだよ、又吉《またよし》君！　堪えるんだ。……堪え難きを堪え、忍び難きを忍び、百万県民、島ぐるみで起ち上がらなければならないんだ。ここで死んだら、それこそ犬死にだよ、君。

男・女　（厳しく）先生！

調教師　（意に介せず）ご覧。見渡す限りの焼野ケ原だ。私たちの郷土は、文字通り焦土と化してしまった。——何もありはしない。あるのは、焼けただれた土くれだけだ。だが、鉄の暴風雨に叩かれたこの大地からも、やがて、芽を吹く時が来るだろう。緑の山野が蘇るのだ。そう！　新生沖縄県が誕生するのだよ！

男・女　先生！

調教師　新生沖縄県の将来は、一に君たち若い者の双肩にかかっている！　なるほど死ぬ

のは易しい。だが、生きて郷土の再建に命をかける事は、どんなに難しく、また有意義な事か！　わかるかね、喜屋武《きやん》君！　仲村渠《なかんだかり》君！　（「沖縄を返せ」の大合唱が聞こえて来る）たとえ異民族支配の憂き目を見る事はあっても、日本国民として、人類普遍の原理に基づき、民主的で文化的な国家及び社会を建設して、世界の平和と、人類の福祉に貢献しなければならないのだ！
ほら、祖国はすぐ目と鼻の先にある。あの二十七度線の向こうは母なる祖国、かがり火燃える与論島だ。さあ、行くんだ！　草むす屍《かばね》を乗り越え、水漬《みづ》く屍をかきわけて、現《あら》人神《ひとがみ》の国、ニッポンへ！

「沖縄を返せ」のシュプレヒコールに混じって、ジグザグデモのかけごえ、機動隊のスピーカーの声などが入り乱れて聞こえてくる。
男と女は、アジられて燃えたのだろう、腕を組んで飛び出して行った。

調教師　……行ってしまった。誰も彼も行ってしまった。だが、これで良いのだ。（空を見据えて）歴史が、真実繰り返されるものならば、未来よ！　何もかも焼き尽して滅びてしまうがいい！　おまえの似姿さながらに、しつらえられたこの額縁も、いずれは記憶の底に沈んでしまうほかないのだ。歴史の歯車が逆まわりでもしない限り。歴史は時として人を欺く。欺きつつ警鐘を鳴らしているのだ。歴史が真実繰り返されるものならば、芋で綴られた人類の歴史もまた、終わる事はないだろう。

調教師は、落ちていた芋を拾い上げる。

調教師　何というグロテスクな面構えをしているのだ。せめておまえが、林檎や梨のような、愛らしい形をしていたならば、沖縄の歴史もまた、変わっていたかも知れないものを……。さよなら、お芋ちゃん！

調教師は、芋をガブリと一口喰いかじった。が、たちまちそれを吐き出し、いまいましげに、芋を地面に叩きつける。――と、何と凄じい轟音とともに、芋が爆発！　調教師は死ぬ。無理もない。芋だってここまで踏みつけにされれば、怒らざるを得ないだろう。物陰から男と女が姿を現す。二人は恐る恐る調教師をのぞき込むが、何とも腑に落ちない。

女　（呆れたように）……死んだ。

男　（同じく）……うん、死んだ。

女　……何でかね？

男　何でって……、（思慮深げに）つまり、これは……、天罰だよ。同じ沖縄《ウチナー》ん人《チュ》のくせしてからに、大和ふーなーして、沖縄を馬鹿にするからだよ。だから、親御元祖《ウヤウガンス》の罰《バチ》が当たったんだよ。人間、生まれ島のことを忘れてしまったら、もうおしまいだよ。

女　……どうするね？

男　ううむ。（考え込む）

女　ウチは知らんよ。何の関係もないからね。

薄情なもので、女はさっさと自分一人小屋に戻り、何喰わぬ顔で座り込んでしまった。

男　ウチは関係ないって、おまえ……、僕だって何の関係もないんだからな。（とは言ったものの落ち着かない）おまえな、まさか、僕が殺したと思っているんじゃないだろうな。

女　……。

男　言っておくけど、僕が殺したんじゃないよ。あれは、芋が殺したんだからな。
女　芋？……芋が、人を殺す訳？
男　だから、あの、芋が爆発して……、
女　芋が爆発する？
男　だから、おまえも見てたさ、何でぇ。芋が爆発して……、
女　……。
男　あれは芋だったんだよ、本当に。僕がこんなして、叩いた時は爆発しなかったさ。
女　当り前さ。芋が爆発するね？　芋は人の命を助けるものなんだよ。
男　……おまえな、まさか僕が殺したと思っているんじゃないだろうな？　警察が来て聞かれた時に「この人が殺しました」って言うんじゃないだろうな？
女　誰がそんなこと言うね？
男　女はユンターだからさ。
女　ウチは違うよ。ウチは言わないと言ったら絶対、雷が落ちても言わないよ。

男は飛び上がらんばかりに驚き、あわてふためく。
そして、調教師を抱え起こす。

男　（女に）おい、手伝え。誰か来た。隠すんだ、早く。

女　隠す？　そんな大きなもの、どこに隠すね？　（と、とり合わない）

男は調教師を引きずったまま、右往左往する。が、やがて良いことを思い付いた。
彼は、調教師を自分の席に座らせると、どこからか帽子と鞭を拾って来る。
そして、おもむろに帽子をかぶり、ニンマリと笑う。
彼の手の鞭が鋭く鳴った。

男　（観客に）皆さん今晩は。本日は我が「人類館」へようこそおいでくださいました。すでに皆さん方、良く御承知の通り、人類普遍の原理に基づき、全て人間は法の下に平等であります。何人たりとも、その基本的人権は尊重されなければなりません。いつ、いかなる時、いかなる意味においても、差別は決して許してはならないのであります。つまり、……人類普遍の原理であります。そもそも、差別はどのようにして生まれるのか、何が原因でなされるのか？　（鞭を示し）これこれ、これであります。すなわちムチ蒙昧、ムチと偏見であります。ハッハッハ……。ムチかしい？　しからば、無知を一掃し、偏見を正し、差別を無くするにはどうすればよろしいか……

という訳で、芝居は振り出しに戻ってしまった。誠に不本意ながら、作者としては、如何ともしがたい。

御用とお急ぎでない方は、始めから繰り返してみて頂きたい。

いずれにせよ、そう、簡単に幕は降りないだろう。

何故ならば「歴史は繰り返す」ものなのだから……。

Ⅱ

虜囚の哭

霜多正次

昭和二十年六月二十二日、沖縄防衛軍司令官牛島満中将は、島の南端の摩文仁《まぶに》海岸の洞窟で自刃した。参謀長長勇中将もいっしょだった。

二人は中将の正服に身を正し、司令官室の薄暗い電灯の下で「ウイスキーを飲みながら談笑」したあと、午前四時すぎ、まず「長中将が『閣下、ではおさきに』と挨拶して、従容《しょうよう》と愛刀三池典太を腹に立てた。つづいて牛島中将も、来国俊の名刀で腹十文字にかっ切った」。坂口大尉の介錯で、それは「古式どおりの見事な割腹であった」と『沖縄戦史』には記されている。

軍司令官が大本営にあてた訣別の電報は、つぎのようなものであった。

「大命を奉じ挙軍勇戦敢闘ここに三ケ月、全軍鬼神の勇戦力闘にも拘《かかわ》らずアメリカ軍の攻勢を粉砕する能《あた》はず、事態将《まさ》に危急に瀕《ひん》せり、麾《き》下《か》部隊本島進駐以来現地同胞の献身的協力の下に鋭意作戦準備に邁進《まいしん》し来《きた》り、攻撃軍を邀《むか》ふるに当つては航空部隊と相呼応し沖縄防衛の完璧を期したるも、満、不敏不徳の致すところ事志《こころざし》と違ひ遂《つい》に負荷の重任を継続する能はざるに至れり。上、陛下に対し奉り、下、国民に対し真に申訳なし。事ここに至れる以上残存手兵を提げ最後の一戦を展開し、阿修羅となりて最後の奮戦を為《な》さん所存なるも、唯々《ただただ》重任を果たし得ざりしを思ひ長恨千歳に尽きるなし。最後の決闘に当り既に散華せる麾下将兵の英霊と共に皇室の弥栄《いやさか》を祈念し奉り、皇軍の必勝を確信しつつ、或《あるい》は護国の鬼となり、或は神風となりて天翔《かけ》り必勝戦に馳《は》せ参《さん》ずべき所存なり。茲《ここ》に従来の御指導、御懇情並びに作戦協力に任ぜられたる各上司並びに各部隊に対し深甚なる謝意を表す。遙かに微衷を披瀝《ひれき》し以《もっ》て訣別の辞とす」

この日、牛島最高司令官が自決した六月二十二日を以て、ふつうには、沖縄戦は終わったとされる。四月一日に島の中部嘉手納《かでな》海岸に米軍が上陸していらい、十一万余の日本軍将兵と、約十万の沖縄県民とを犠牲にして、この日、沖縄戦は終わったとされるのである。

だが、そのころ、軍司令部の壕にも、南部海岸のいたるところの岩穴やアダンの防潮林のなかにも、まだ数万の将兵と住民とがひそみかくれていた。各部隊にはすでに解散命令がだされ、兵は各個に敵陣地を突破して北部国頭《くにがみ》地方に脱出せよといわれていたが、それはしかし追いつめられた魚群が網を破ってとびだすようなものであった。人びとはもはや逃げ場を失って、刻々と迫る最後の運命を待つ以外になかった。

現地動員で郷土防衛隊にとられていた波平昌堅《なみひらしょうけん》も、その一人であった。

波平は、喜屋武岬に近い海岸のアダンの茂みに隠れていた。隠れていたといっても、いまは手足をうごかす気力もなく、一人で仰向けに倒れていたのである。二十日ほど前に、隊員のほとんどが死んだか、行方不明になって、部隊が四散したあと、波平は正規の兵隊ではなかったから、民間人に交って戦線を彷徨した。その間、壕（といっても自然の洞窟や墓であったが）から壕へと逃げまわっているあいだに、彼はいろいろな人といっしょになってははぐれ、いっしょになってははぐれして、とうとう一人になって、この島の果てまでたどりついたのだった。

けさ、壕を脱出するとき、砲弾の破片でかすった右腕の傷が痛かった。傷は一寸ほど肉が細長くそぎとられていたが、繃帯もないのでそのままにしてあった。いまは血が黒く固まって、ずきずきうずいていた。

からだがひどくだるかった。二、三日まえからいっしょになっていた新聞記者の美里《みさと》昇から、けさ壕を出るまえに握り飯を一つ分けてもらっただけで、なにも食べていなかった。背中を冷たい砂地につけて寝ていると、からだがそのまま大地に吸いこまれていくようだった。もう逃げられる島の果てまできて、自分はこれで終わるのだ、という気がしていた。自分だけでなく、この島の運命もこれで終わるのだ。何千年かのあいだここに人びとが住み、少しずつ積みかさねてきた文化と歴史のいっさいが、これで終わるのだ、という気がしていた。幾人かの同胞が生きのこるとしても、廃墟となったこの島に再び生活がはじまるなどとはとうてい考えられなかった。熊本に疎開している妻の信子と三人の子どもたちの顔を思いうかべようとしたが、はっきり思いだせなかった。疎開船が出港する前の晩、波平の胸に顔を埋めて信子は「死なないで」といったが、そのころはまだ自分が死ぬなどとは本気には考えていなかった。だが、いまは、よくもこれまで生きてこられたものだと不思議におもうくらいである。いっしょに戦ってきた人たちがつぎつぎに死んで、そう若くも頑強でもない自分だけがまだ生きていることが、なんとしても不思議でならなかった。

けさ壕を出るときまでいっしょだった美里昇も、波平が負傷した同じ弾で死んだのだった。美里は波平と一間とは離れてはいなかったのに、片腕と胸の半分とを吹きとばされてしまった。畑のなかにぽっかり口を開けているサンゴ岩の自然洞窟から脱けだして、五百メートルほど走ったところに、泉があった。コンクリートでかこったその泉に、兵隊や民間人がおおぜい群がっていた。照明弾が上がって明るいのもかまわず、人びとは水筒や飯《はん》盒《ごう》をもってそこに殺到していたのである。危ないなと波平たちがはなしながらそこを通り抜けたとき、迫撃砲弾がとんできた。砲弾は泉にはあたらず、ちょうど波平たちが通ろうとした畑道の近くにおちた。波平は爆風で吹き倒されて、しばらく意識を失っていたが、やがてつぎつぎに落下する砲弾の音で目をさました。砲弾はすでに泉の周辺からそれて、逃げまどう人びとを追っているようだった。どこかで男のうめき声がきこえていた。波平は土砂をかぶっているからだを起こそうとしたが、なにか太い棒でなぐられでもしたようにからだがしびれて、起きあがれなかった。右腕がひどく痛むので、さわってみるとぬるぬる血が流れていた。やられたらしい、もうダメかもしれぬ、とおもいながら「美里君」と呼んでみた。返事がなかった。すると、とつぜんどこかでハハハ……という女の甲《かん》高《だか》い笑声がきこえた。波平はびっくりして、おもわず起きあがった。どうやらたいした傷ではないらしい。あたりには人影はなかった。落下傘で、吊られた照明弾がクラゲのようにふわふわと落ちてきて、丘と丘とにはさまれた狭い平地を、昼とも夜ともつかない青白い光で照らしていた。泉に群がっていた人たちは、みなどこかへ四散したらしい。やがてまた、どこかすぐ近くで、同じ女の笑声がきこえた。泉のまわりは砂糖キビ畑で、視野があまりきかなかった。波平は狂女にちがいないその声にはかまわず、美里をさがした。

美里は、二、三間はなれた畑道の溝にうつ伏せになっていた。砲弾で吹きとばされたものらしい。抱きおこしてみると、片腕がなく、胸も脇のところから大きくえぐりとられて、すでに動かなくなっていた。そのえぐりとられたぬるぬるした血肉に手がふれたとき、波平はおもわず美里のからだをほおりだしてしまった。美里とはこの二、三日ずっといっしょだった。彼は波平とおなじ村出身の中学の後輩で、新聞記者をしていた。軍司令部がまだ首里城の地下壕にあったころは、毎日軍情報部へ行って記事をとっていたが、司令部が摩文仁に撤退してからは、新聞社は解散になったのだという。伊敷の壕で偶然彼といっしょになったとき、彼はまだ米をたくさんもっていて、波平は救われた。彼は波平などよりはずっと元気で、軍情報部の益谷大尉の悪口などを昂奮しながらはなしていた。益谷大尉は美里たち新聞記者や警察官などに毎日情報を提供する情報主任将校だったが、なにかというと「沖縄の奴らは信用できん」といっていたという。あるとき「お前ら新聞記者も、警察官も、スパイでないという保証はないのだ」と放言したので、美里は大尉と刺しちがえて死んでやろうとおもった、とはなしていた。波平はいま、額に太い筋をたてて、うす暗い洞窟のなかで憤激していた美里の顔を思いだす。彼のような頑強で、気丈な男が死んで、自分がまだ生きているというのは、なんとしても不思議でならなかった。波平は、美里がもっていた戦場メモの小さな手帳を、いま形見にもっている。そんなものをもっていても、自分が生きのびて、いつかそれを役立てることができるかもしれないなどと考えているわけではない。彼はただ美里の死体を野原に放置することができず、なにか形見にとおもって彼の内ポケットからとりだしたのだった。それをとりだしているとき、れいの女の笑声がまたきこえて、波平は危うく手帳をとり落とすところだった。女はすぐ近くの、砂糖キビ畑の土手に坐《すわ》っているのだった。小さな子どもを抱いて、波平のほうを見ていた。彼が近づいて声をかけようとすると、女はまた笑った。砂糖キビの青い葉が一本その顔をなでていたが、かの女はそれをはらいのけようとはしなかった。三十くらいの、色の白い女で、そうやつれているようにも見えなかったが、明らかに狂人だった。波平は、これまでそういう狂女をなんども見ているので、おそらく抱いている子どもは死んでいるにちがいないとおもった。子どもが壕のなかで泣きやまないため兵隊に首をしめ殺されたという女が、その死児を抱きしめて壕の隅にうずくまっているのを、波平は見たことがある。この女も、おそらく、なにかそういうショックをうけたのにちがいない、とおもわれたのだ。しかし、気をつけてみると、子どもは生きていた。小さな手で、女のはだけた胸をたたいているのが見えた。照明弾が消えかかって、夜が明けようとしていた。丘の背後の空がくっきりと青白かった。照明弾がゆっくりと地におちて、一瞬うす暗くなった地上で、女のはだけた胸が、いつまでも白く目にしみた。

波平は水筒からごくんごくんと水を飲み、それからそれを満たすために泉に行った。泉にはすでに兵たちが数人集まっていた。水筒を五、六本も肩にぶら下げた、初年兵らしい、痩せてひょろひょろした兵たちであった。泉の付近には、いまさっきの砲弾で倒れたのではない古い屍体が散乱して、白く蛆《うじ》におおわれていた。蛆は人びとに蹴散らされて、泉の縁のコンクリートの上を匍《は》いまわり、水の中にもたくさん落ちていた。それを水筒でかき分けて水をくむと、波平は一人で海岸を目ざして歩きだした。

あれから、どうして二千メートルほどはなれたこの海岸までたどりついたのか、波平ははっきり思いだせない。砲撃がとだえて、ひどく静かだったことはおぼえているが、途中何を見たのだったか、思いだせないのだった。アダンの茂みに入った瞬間、飛行機が超低空してきて、銃撃をうけたことはおぼえている。そして、人びとがいっこう慌てふためくようすがないのを、不思議におもったのだった。

アダンのなかには、兵隊や民間人が大勢もぐっていた。五十メートルほどの幅で、海岸線にそって延々とのびているその防潮林は、もうそこが身をかくす最後の場所だった。防潮林の向こうには、白波の打ちよせるサンゴ礁の岸壁があったが、空と海上の舟艇から身をかくすことのできる岩穴という岩穴には、すでに兵隊がいっぱいつまっていた。それをたしかめて、波平が再びアダンの茂みにひっかえしてきたとき、彼ははじめて銃撃にあっても人びとが騒がない理由をなっとくしたのだった。もっとも、機銃掃射はそんなに激しく行なわれなかった。ときどき思いだしたようにグラマンがアダンの葉すれすれに飛んできて、威かく射撃をしていくのだった。砲撃と銃撃とは、もっぱら東方の摩文仁岳に集中していた。

アダンの茂みは、トゲのある細長い青い葉が密生して、完全に空をおおっていた。その下は、葉のない曲がりくねった幹が錯綜《さくそう》して、四、五間先きまでは見通しがきいた。その視野のなかに、幾組かの人びとが、あちこちにうずくまっていた。負傷しているらしい兵隊のうめき声がきこえていた。「ああ、死にたくない、こんな離れ島で死にたくない」「ああ、ここが内地だったらなア」などと、その負傷兵は泣き声で戦友に訴えていた。「バカっ、しずかにせんか。飛行機にかぎつけられるぞ」と相手は叱りつけていた。

波平のすぐとなりでは、五、六名の家族づれらしい人たちが、港川へ行く相談をしていた。五十年配の夫婦ものと、その子どもたちらしかった。彼らはたがいに身をすり寄せて、方言でこそこそとはなしていた。「アメリカぬ言うせえ、本当《ふんとう》やがや」と不安がっている妻に、夫は、ほんとうかどうか行ってみなければわからんのだ、どうせここで死ぬのなら、行ってみたほうがいいのだと言い、どこそこの家のものは、もう昨夜港川へ行った、などとはなしていた。

米軍は、一般住民は海岸づたいに港川へ行け、とビラや船からの放送でしきりに宣伝していた。そこへ行けば豊かな収容施設があり、すでに多くの住民がそこでは平和な生活をたのしんでいる、というのだった。となりの人たちは、その真偽を疑っているわけだったが、しかし、すでに敵に降《くだ》るということ自体にはためらいを感じていないようだった。捕虜になったばあい、はたしてどのような運命が待っているか、不安でならなかったにしても、ここまで追いつめられてくれば、もはや生きる唯一の道はそれ以外になかったからである。

波平は、仰向けになったまま、じっと目をとじて、彼らの話をきいていた。彼は、港川へ行くという人びとを非難したり、阻止したりしようとはおもわなかった。ただ彼自身が捕虜になることについては、まだ抵抗を感じていた。

二、三日まえに、十数人の住民が敵側に手をあげていくのを波平は見た。明け方、壕をとびだしたそれらの人びとが、敵の戦車がとまっている道路を目指してイモ畑を駆けていくのを、美里といっしょに丘の斜面の別の壕から見ていたのである。子どもや女が多いその一団は、先頭に細長い白布をたてて、それぞれの人も手拭《てぬぐ》いやハンカチをふりながら、イモ畑のなかをのめるように駆けていくのだった。それは必死な、息づまるような光景だった。野山がようやく白みかけて、砲撃が一瞬、まるでそれらの人びとを見守るかのように、停止していた。波平は何か見てはならぬ、目をそむけたいような気持と、一方では、無事にみなが助かってくれればいいがと祈るような気持とで、それを見ていた。すると、そばにいた美里が「あれだから、兵隊に信用されないのだ！」と吐きすてるように呟《つぶや》いた。あんなぶざまな恰好《かっこう》で、敵側に手をあげていくなんて、沖縄人の恥だ。だから「それでもお前らは日本人か」と兵隊からバカにされるのだ、というのだった。波平はふと、これが内地だったら、九州かどこかの県だったら、どうだろうかとおもった。あんな惨めなことはだれもしないかもしれぬ、という気がした。「お前ら琉球人は、大和魂が入っとらん！」と口ぐせのようにいっていた将兵たちの顔が思いだされた。米軍の上陸必至がつたえられて、十六歳以上四十五歳までの男子（病人や不具者をのぞく）が郷土防衛隊員として召集されたとき、波平たちは五十人くらいである野砲部隊に配属させられた。そして部隊の壕つくりや、糧秣《りょうまつ》の輸送や、炊事その他の雑役につかわれたが、なにかヘマをしたり、動作がにぶかったりするとすぐ「お前ら沖縄人は大和魂が入っとらん、こいッ！」といわれて、一列に整列させられ、ビンタをはりとばされたのだった。そのばあい、部隊の初年兵にたいして班長や古兵が「気合い」を入れるのとは、それは明らかに趣きがちがっていた。というのは、同じ「お前ら」でも、兵たちのばあいはその郷土や出身地が問題なのではなく、軍隊の規律にまだ馴れない初年兵としての「お前ら」であったが、波平たちのばあいは「お前ら沖縄人、琉球人」といわれたからである。

兵士たちには「沖縄人、琉球人」という意識があった。それはたとえば鹿児島人、青森人というのとはちがっていた。内地の日本人とは多少ちがった、異種族として考えられていたのである。明治までは琉球王国といって「支那」の朝貢国でもあった歴史的な事実を知っていて、はじめから琉球という異国風なイメージをもってやってきた兵はもちろんであるが、学校で沖縄県について習っただけで、他の府県となんら変わらないつもりでやってきた兵たちでも、島に上陸してみると、やはりここは日本とはちがう、という実感をもつらしかった。それはもちろん、風土や風習、言語などが、一見本土とはいちじるしくちがうからであるが、そういう異和感は、兵士たちのばあい、そのまま沖縄県人にたいする差別、蔑視になるのだった。日本の国土にもこのような異風な文化があるのか、とその多様性をよろこぶなどということはもちろんありえず、異風は即異邦として、支配民族的な立場から排他的にあつかわれるのだった。

波平は、第三十二軍の将兵がぞくぞくとこの島に上陸して、彼の勤めている国民学校にも歩兵部隊が宿営するようになったころ、兵たちがこんな会話をしているのを何気なく聞いたことがあった。

「沖縄県というが、ここもやっぱり日本ですかな、軍曹殿」

「それはそうだよ」と軍曹がいった。「ここはもと琉球といってな、支那の属国だったんだ。明治維新のとき支那から取りあげて、沖縄県にしたんだよ。だから、あのコトバなんか、どこか支那語に似ているだろう。あの墓も、支那の、南支の風習だね」

「すると、あの豚小屋の便所なんかも、そうなんですかね。あれにはまったくたまげましたな。豚の鼻が尻をなめそうで、糞なんか出やしませんですよ」

「まったく、あれは変わっているな。あれなんかも、おそらく支那からきているんだろうね。あの瓦屋根もそうだよ。屋根の上に獅子が坐っているだろう、あれなんか、南支によくあるんだ」

豚小屋の便所というのは、フールといって、沖縄では豚に人糞を食べさせるのである。この風習は、大勢の兵士たちが上陸してきたとき、波平たちがいちばん気に病んだものだった。

沖縄では、どの農家でも、必ず豚を飼っている。それはサツマイモが豊富で、飼料にこと欠かないからでもあるが、なによりも、人糞を食べさせ、便所の用をなすからである。石やセメントで囲った豚小屋のまえに、便器をしつらえ、人がしゃがむと、下の方に豚がやってきて糞を食べる仕組みになっているのである。波平たちのような学校の先生、とくに波平のように県外に住んだことのあるものには、この風習を他県の人に見られるのは恥ずかしかった。県当局がやっている生活改善運動でも、この風習と死体の洗骨の風習（埋葬した死体が数年経つと墓を開けて骨を拾って洗い、納骨する）とは、やめるように県民によびかけていた。しかし何百年来つづいている風習が、とくに農村では、そうかんたんに改まるはずはなかった。便所は囲いがないので（前に二尺ほどのキンかくしはあるが）よそから見える。とくに、ならんでしゃがんでいるもの同士は、まる見えである。

こういう風習の特異さから、兵士たちはごく自然に、沖縄人、琉球人という差別意識をもつのだった。近代的な民族意識が形成されず、まだ村落共同体の閉鎖的な意識をひきずったまま、「アジアの盟主」に成り上がった日本人として、それは当然だったといえよう。しかし沖縄の風習や文化には、もちろん中国の影響や南方諸国の影響が色こくのこっている。しかし言語をはじめ生活の基礎にある民族的な性格は、古い日本人のそれと同一であることは、すでに学問的に明らかにされている。しかし、一般の兵士たちには、そんなことはわかるはずもなく、見た目の特異さで、南方かどこかの「土人」なみに扱いかねない態度があったのである。

それはとうぜん、沖縄県民の忠誠心を疑い、戦争協力を強制する結果にならざるをえなかった。いや、差別はむしろそのような意図で、作りだされたものだったのだ。十数万の上陸部隊に宿舎を提供し、労力と物資とを供出するにあたって、すこしでも不平不服を顔にだせば、「それでもお前らは日本国民か」とすぐいわれたのである。

波平の村では、こんなことがあった。まだ敵が上陸してくるまえだったが、村に駐屯していた高射砲部隊の矢野大佐が、村長や国民学校長など村の指導者たちを集めて、村民の協力を要請するための会議をひらいた。その席上で、瀬名波《せなは》文吉という村会議員が、高射砲の命中率が悪いのはどうしてかと質問した。連日の空襲で、敵機が高射砲によって射ちおとされるのを村民はいちども見たことがなかったからである。すると矢野大佐は激怒し、「非国民だ、スパイの疑いがある」として、瀬名波を処刑したのである。処刑は村民への見せしめのために、波平たちの国民学校の校庭で行なわれた。

こういうことは、他の地域でも行なわれた。たとえば、軍に供出した薪の代金を請求して、やはり非国民だといわれて処刑された男もあり、兵による家畜の被害に抗議して殺された男もあった。

だが、波平たちをもっと怒らせたのは、いよいよ作戦がはじまってから、県民のスパイ行為が公然と宣伝されたことだった。波平はいまでもそのことで最初にうけた衝撃を忘れることができない。まだかれらの所属していた野砲隊が、首里前線のM高地に頑張っているときだった。部隊長が砂糖キビを食べたいというので、波平は仲間と三人でそれをとりに壕の入口に出てきた。すると、ちょうどそのとき、照明弾があがって、壕の下二、三十メートルの先の土手に、いきなり迫撃砲弾が射ちこまれた。「危ない!」と入口の監視兵がいって、みな伏せた。砲弾はなおも壕の周辺につづけざまに炸裂したが、やがて遠ざかっていった。波平たちはもう大丈夫かとおもって、照明弾で明るくなった壕の外を見まわした。三百メートルほど下のほうの、赤土を掘りかえした裸の畑を、二人の少年が走って横切っていた。十歳ぐらいと十二、三歳ぐらいの、兄弟らしい二人だった。いまごろどうしてあんなところを走っているのだろう、と波平が不審におもっていると、そばの監視兵が握っていた軽機が、いきなりパパパッと火を吹いた。すると、少年の一人が、赤土の畑のなかでぴょんと飛びあがるような恰好でひっくりかえった。いま一人の小さいほうの少年は、畑のアゼまで走って、ぱたっと伏せた。波平たちがおどろいて監視兵の顔を見ると、彼は落ちついて「スパイだ。あいつらがいまの砲撃を誘導したんだ」といった。いまでも波平の目に、そのときの少年の機械人形のようにぴょんと飛びあがって倒れた姿が、鮮やかに浮かぶ。それより一週間ほどまえに、スパイのことについてはすでに警告があった。防部隊の命令受領者が本部からもらってかえった命令のなかに、それがあったのである。防衛隊員にもつたえられたその命令は、捕虜になった地方人がスパイ活動をしている疑いが濃いから、各隊は警戒せよ、というのだった。

その後、波平はあの少年のばあいだけでなく、住民がスパイ容疑で処刑されるのをたびたび目撃し、またいろいろな事例を仲間からもきかされた。彼はスパイだといって捕えられてきた老人を、処刑寸前に助けてやったこともある。老人は耳が遠く、標準語もろくに話せなかったので、怪しまれたのだった。彼はがたがたふるえながら、壕に敵兵が近づいたので逃げようとするところを射たれ、婆さんは死んだが自分だけ助かって、こうしてさまよっているのだと方言でいった。波平がそのことを兵たちに告げても、かれらはなかなか信用しなかった。こんな夜中に陣地の付近をうろつくのは怪しい、というのだった。

総じて、このスパイ問題は、スパイだというはっきりした証拠もなく、ただ兵士たちの主観によってどんどん処理された。陣地や移動中の部隊が砲撃されるとき、付近に民間人がうろついていると、たいてい文句なしにスパイだとされた。

このことは、日本軍が敗戦によって混乱し、血迷った結果だとばかり解することはできなかった。そこにはやはり、日本国民としての忠誠心を信頼できない琉球人にたいする差別意識がはたらいているとしか波平たちにはおもえなかった。そしてそのことは、かれらを逆に奮い立たせ、無理にも忠誠をしめさずにはいられない気持にかりたてたのである。だから、白旗をかかげて敵側へ降る同胞を見て、美里が憤慨する気持は、そのまま波平の気持でもあった。

しかし、波平は事態がここまできて、島のいっさいのものが亡《ほろ》びようとしているこの期《ご》になって、なお沖縄人の恥ということが、いったいどれほどの意味をもつのか、という気が一方ではしていた。こういう惨めな姿でただ逃げまどうだけで、何の戦闘力もない住民までが、兵とともに玉砕しなければならないということに、彼は矛盾を感じはじめていた。だから、港川へ行こうと相談しているとなりの人たちを、非難したり、阻止したりしようとはおもわなかった。それはもはや彼の判断を越える、なにか厳粛な事態のような気がしていたのである。

波平はいつのまにか寝入ったらしかった。ふと目を覚ますと、どこからか、女が歌をうたっている声がきこえていた。あたりは真暗で、しずかだった。となりにいた家族づれの話し声も、気配も感じられなかった。

歌声はわりに近いところから、はっきりきこえてきた。「あした浜辺をさまよえば、昔のことぞしのばるる」という、あの女学生がよくうたう歌だった。岩に砕ける規則正しい波の音にまじって、それはひどく澄んだ、ふるえるような高い声だった。いったい自分はいまどこにいるのだろう、ここはどこなんだろう、と波平は頭をもち上げた。戦争で追いつめられて、自分は島の果てまで逃げのびてきたはずだが、あの歌は何だろう。あれは平和な時代に、女教師たちがよく学校のかえりなどにうたっていた歌である。波平は夢をみているのではないかとおもって、腕をのばして、アダンの幹を手さぐってみた。両手でにぎられるくらいのザラザラした幹が、曲がりくねって、頭の上にあった。右腕をさわってみると、やはり固い傷口が指先にふれた。自分はたしかにいま喜屋武岬のアダンの中にいるはずである。してみると、あの歌声は、だれかがほんとに歌っているのだろうか。波平はとっさに、明け方美里が死んだ泉のそばで見た、あの狂女を思いだした。かの女がいまはこの海岸にやってきて、あんな歌をうたっているのかもしれない。そうおもうと、それにちがいないという気がしてきた。

あたりは不思議に何の物音もしなかった。アダンのなかには、もう誰もいなくなったのだろうか。それとも、みなあの歌声に耳をすましているのだろうか。となりの家族づれは、もう港川へ出発したのかもしれない。ときどき、東のほうの摩文仁岳で砲弾の音がしていた。波平は起きあがって、あたりのようすをたしかめようとおもい、手さぐりでアダンのなかを這《は》いだした。

外に出ると、月がでていた。岩の下の海面がひき潮のためにぐっと低くなって、その海の上に、二十日ごろの月が低くかかっていた。波が白く光っているだけで、敵の舟艇は見えなかった。右手の、芝草でおおわれた岩の上に、一団の人びとが坐っていた。歌声はそこからおこっているのだった。波平は、あの狂女が一人で岩頭に立ってうたっているにちがいないとおもっていたが、それはちがっていた。

左手のほうには、起伏の多い岩の上を、いくつもの人影が動いていた。さいしょ、それはわずかだとおもっていたが、よく見ると、ずっと遠くのほうまで、ちょうど蟻の行列のようにそれは細長くつづいていた。そして岩の上だけでなく、下のほうの、潮がひいてぬれた岩肌があらわれているサンゴ礁の磯の上にも、点々と黒い人影がうごいていた。かれらは一様に東へ向かって歩いていたから、おそらく港川へ移動する人たちにちがいなかった。弱い月明かりの海辺を黒くうごいていくそれらの人影をじっと見つめていると、波平はついふらふらと自分もその方向に歩きだしたい衝動を感じた。しかし彼はそうはせず、逆のほうに歩きだした。百メートルほど行くと、岩の上が平坦な芝生になっているところに、若い女が七、八人坐って、なかの一人が立って歌をうたっていた。そのまわりには、兵隊や民間人の男たちも数人ばらばらと坐っていた。波平はそのなかに、仲松という顔見知りの男がいるのに気がついた。仲松は女子師範学校の国語の教師で、波平は夏季講習で二、三度彼の講義をうけたことがあった。もちろん向こうはこっちを知らないはずであったが、波平は懐しさで「仲松先生ではありませんか」と、その横に腰をおろした。仲松は汚れたシャツの背に鉄帽をくくりつけて、左の掌に真白い繃帯をしていた。従軍看護隊に動員された生徒たちといっしょに、かれらはいまは部隊が解散になって、自由行動をとっているのだということだった。歌をうたっている生徒たちは、みな髪をきれいに編んでお下げにし、セーラー服をきていた。いつ死んでもいいように、汚れたモンペを脱いで制服に着替えているのだという。

かの女たちは、一人ひとり立って、思いおもいの歌をうたった。それは「庭の千草」や「ローレライ」や「兎追いしかの山」という「故郷」の歌などであった。そんな古い歌を、かの女たちは精いっぱいの感情をこめてうたっていた。死を前にして、それはかの女たちの青春への、平和への、最後の未練だったにちがいない。

波平は「あなたがたは港川へは行かないのですか」と仲松にささやいてみた。すると、仲松はきっと身を正すような声で「生徒たちは、手榴弾で自決するのだといっています」とこたえた。「ああして、島の人たちが敵側に降っていくのを、生徒たちは憤慨しているんですよ。兵隊に顔向けができないといってね」

「しかし、兵隊と地方人はちがうでしょう」と波平はいった。

もっとも、それは確信をもっていたわけではない。だから、仲松が「サイパンや硫黄島では、女や子どもたちも、全員玉砕していますからね」といったとき、彼はかえすことばがなかった。仲松もまた、住民がああして捕虜になっていくのは、沖縄県民の恥だといった。

沖縄県民の恥！　いったいこのことばを、波平はもう何度きかされたことだろう。それは彼自身も口にしてきたことばであった。とくに学校教師という波平たちにとって、それのもつ意味は重かった。

県民の劣等意識からくるこのことばは、もちろんたんに戦争がはじまって、将兵の無理解な態度に接してはじめて出てきたものではなかった。日本国民として恥ずかしくない青少年を育成する、ということは、そもそも波平たちが教育の仕事にとりかかった当初から、いわば至上命令だったのである。

沖縄では、昔から、レッキとした日本人たろうとする努力が、とくに指導的な立場にいるひとたちによってつづけられてきた。それはもちろん琉球人として差別されることへの反発、劣等意識からであったが、そのためには、たんに精神的な面だけでなく、日常生活のすべてにわたって、琉球的＝異国的な風習を排して、ヤマト＝日本＝風に改めることが要求された。とくに標準語励行運動は、波平たち学校教師を主体として強制的に行なわれ、児童の標準語普及率は校長の成績を左右した。そして、そのような風潮は、「満州事変」から「支那事変」へと国の非常時体制がすすむにつれていっそう強化されたことはいうまでもない。県庁の社会教育課の音頭で、農村の青年会を通じて、それはたんに標準語励行運動だけでなく、下駄をはく運動、モンペをはく運動、蛇皮線をかき鳴らさない運動等々へ発展していったのだった。

波平たちは、もちろんそのような風潮にたいして、べつだん疑問はもたなかった。琉球人が日本人の仲間入りをするためには、それは必要だと考えられたからである。しかし波平は、昭和十五年のはじめに、日本民芸協会の柳宗悦氏らが沖縄にやってきて、そのような風潮を批判したことで、それが大きな社会問題となり、政府問題にまでなったことに、異常なショックをうけた。柳氏らは、各地の講演会や座談会で、琉球文化の特異性、その貴重な価値を賞揚し、このような立派な文化を否定し軽蔑して、沖縄人自身がいたずらに大和風をまねるのは、県民を卑屈にするだけで、日本のためにも、沖縄のためにもならない、と講演したのだった。

すると、このような柳氏らのうごきにたいして、県の学務部からさっそく反論が行なわれた。県民の生活改善運動を指導していた社会教育課長の名で、新聞に公開状が出されたのである。学校や村の青年会などによくやってきて、波平たちも顔を知っているその沖縄出身の課長のいい分は、柳氏らの主張は、沖縄文化にたいするたんなる無責任なエキゾチシズムであって、そのような趣味人の玩弄的《がんろうてき》態度は、沖縄県人をまどわし、有害である、というのだった。とくに標準語励行運動は行き過ぎであり、沖縄方言をもっと尊重すべきだという柳氏らの主張にたいして、それは真向から反対したのだった。

この公開状をつきつけられて、柳宗悦氏はさっそく反論を発表した。そして、それは大きな論争になり、とうぜんのことだが、波平たちの職員室にももちこまれてきたのである。しかし、そこでは柳氏の主張を支持する同僚は意外に少なかった。内心では支持していても、それを堂々と主張できるものは少なかったのである。

「沖縄語問題」と題して、「国語問題に関し沖縄県学務部に答うるの書」と副題された柳氏の反論は、次のようなものであった。

「標準語も沖縄語も共に日本の国語である。一方が中央語たるに対し、一方は地方語である」「吾々は未《いま》だかつて中央語たる標準語が地方にとって不必要であると述べたことはない。それが公用語として如何《いか》に大切であるかは寧《むし》ろ常識に属する」。だが、標準語の励行が「地方語への閑却となり、ややもすれば侮蔑となり、抑圧となるなら大きな誤りである」。「而《しか》も凡《すべ》ての日本の言語学者が一致する如《ごと》く、日本に於《お》いて現存する各種の地方語のうち、伝統的な純正な和語を最も多量に含有するのは東北の土語と沖縄語とである。就中《なかんずく》後者はその点に於て寧ろ国宝的価値を有するであろう。今日、日本の古典に携わる学者は、琉球語への反省なくして彼の学問を進めることが出来ぬ」「今にしてこのことに深く気附かずば、和語の起源や解釈に於て、不可解な部分を数多く残すであろう。県の学務部は純日本語の樹立のために、陣頭に立ってその保護と調整とに努力すべきではないであろうか。それこそは学務部が負うべき最も相応《ふさわ》しい任務ではないであろうか」。

しかるに「諸学校に貼付された〝一家揃って標準語〟というが如き言葉は、明らかに行き過ぎではないであろうか。何故一家団欒《だんらん》の時、沖縄語を用いてはいけないのであるか」「敢《あえ》て県の学務部に問う。何故他府県に於て行われない標準語奨励の運動を、沖縄県にのみ行うのであるか」。

「京都人は京都弁を使う。学校の生徒は平気で使う。誰も咎《とが》めはしない。大阪人は大阪弁を容赦なく使う。学校の先生は教壇に於てすら使う。鹿児島県人は鹿児島弁を今も盛《さかん》に使う。否、自慢顔に使う。岩手県人は甚《はなは》だしい土語を使う。小学校の先生と生徒とは私達には殆《ほとん》ど分らぬ方言を以て互《たがい》に親密に語り合う」「だがそれらの一切の他府県の教室には〝一家揃って標準語〟という貼紙を見ない。如何なる地方を旅するとも、乗合自動車に〝家毎《いえごと》戸毎に標準語〟という貼付を見ない。何故日本の本土に於てかくも自由に方言が用いられているのに、沖縄県ばかりが、ひたむきになって標準語を奨励しなければならないのか」「或者《あるもの》は琉球語が本土の人々にとって甚だしく分らぬ言葉であるのを指摘する。だが難解だというなら鹿児島弁や青森弁と何等《なんら》程度の差違はない」然《しか》るに鹿児島県に於ては標準語の奨励を行なわないのに、沖縄県だけそれを行なうのは何故であるか。「このことは外来の私達から見ると極めて不自然に見える。これは私達にすら何か沖縄県民を特殊扱いにしている感じを与える。況《いわ》んや県民の微妙な心に屈辱の思いを与えないであろうか。何か沖縄の言語を野蛮視しているきらいがないであろうか。何か優越感を以て標準語を強要する如き風がないであろうか。私達はひそかにそれを心配する」。「県民よ、公用の言葉としては標準語を努めて勉強されよ。だが同時に諸氏の祖先から伝わった土地の言葉を熱愛されよ」「諸君は日本国民として不必要な遠慮に堕してはならぬ。県人よ、沖縄県民たることを誇りとせられよ」。

波平は、柳氏のこのような文章を新聞でよんだとき、こみあげてくる感動を抑えることができなかった。しかし、職員室では、それは決してそのままは通らなかったのである。そのことは、柳氏がやがて危険思想の持主として検挙され、裁判にふされた事実によってもわかるように、沖縄では、その固有の文化を尊重し、誇りをもつことは、許されなかったのである。

標準語の励行や日常生活の日本化（といっても日本のどこかの具体的な地方が規準にされるのではなく、標準語と同じように、東京をモデルにした抽象的な日本化だったが）運動は、いうまでもなく一億一心、皇国臣民化の大国策の一環であった。だからそれにたてつくことは、とりもなおさず危険思想とみなされたのである。おまけに、日本一惨めな県として、琉球として差別されてきた劣等感を克服する途は、すみやかな皇国臣民化以外にないという考えが、県民自身のなかにも伝染病のようにびまんしていた。そして、それを県当局が異常な情熱で宣伝していたのであるから、職員室の多数の同僚は、内心はともかく、表立っては柳説に荷担しなかったのである。

波平も、そのような潮流にあえて反抗するほどの勇気も、学問的、思想的な確信もなかった。彼はけっきょく大勢におされて付和雷同し、そのまま戦争を迎えたのだった。だから、彼はいまも、たとい地方人でも捕虜になることは沖縄県民の恥だという思想に、あえて抗することはできなかった。彼はそれに多少の抵抗は感じるのだったが、それは理論的なものでなく、従って相手を、自分自身をも、なっとくさせることはできなかったのである。彼にはっきりしていることは、港川へ向かっていくあの葬列のような黒い人影にたいして、それを非難する気はおこらないということ、そして、彼自身はしかし、それらの人びとの後についていくことができない、ということだった。

女学生たちは、一人ひとり歌をうたいおわると、こんどはみなで合唱をはじめた。かの女たちは「海行かば」をうたった。海行かば水《み》漬《づ》く屍《かばね》、山行かば草むす屍、大君の辺《へ》にこそ死なめ、顧りみはせじ、とかの女たちは声をはりあげてうたった。

海のかなたに魂をうばわれたようなその歌を合唱しおわると、一人が大きな溜息をついて、「ああ、日本の勝利を見ないで死ぬのは、残念だわ」といった。すると「でも護国の華となって散るんですもの、本望よ」と他の一人がいった。「そうよ、本望だわ」と数人が同時にいった。

波平は、すでに死を覚悟して動じないかの女たちの態度に、感動と羨望《せんぼう》とを感じた。彼自身は、まだ死を自ら決意することはできなかった。なんとしても生きのびようとおもっているわけではなかったが、ただなんということなく、死を先へのばしていたのである。

生徒たちは、やがて「ねえ、先生」と波平のとなりにいる仲松先生をふりかえって「今夜、みなで死にましょうよ」といった。「こんなに静かな月の晩ですもの、私たちの最後を飾るのにちょうどいいわ」

仲松はしかし「そんなにあわてなくてもいい。死ぬ機会はいつでもある」といって、「それより、そこの岩に、みなの名前を彫りつけておこうじゃないか」といった。生徒たちは「わあ、それは素晴らしいわ」といって、はしゃぎだした。

しかしそのとき、五十メートルほど先の、海に突きでた岩の上で、一人の男が妙な動作をはじめた。生徒の一人がそれを注意し、みながそこを見た。男は岩の上に毛布をひろげて、その上に広い白布をしいた。制服を着た陸軍の将校だった。彼は、それから白布の真中に、月に向かって正坐した。そして、刀と拳銃とをはずして前におき、戦闘帽をとった。帽子のあとが白く縁どられているのが、ぼんやりわかった。彼の動作は、ひどくゆっくりしていた。それから、彼はおそらく皇居に向かって、深く頭を垂れた。ながいあいだそうしていた。やがて、ゆっくり上体をおこすと、拳銃をとりあげて、こめかみにあてて轟然と引金をひいた。息をのんでその一部始終を見ていた女学生たちは、将校が白布を黒くそめて前に倒れたとき、大きな溜息をつき、やがて「立派ねえ」「素晴らしいわ」と感嘆した。

だが、その声がまだ終わらぬうちに、岩影から一人の兵隊がとびだしてきて、将校が毛布のそばに置いてあった図のうをひっつかんだ。と、アダンの茂みのほうからも、二人の兵隊がかけだしてきた。それを見たさいしょの兵隊は、いきなり死んだ将校の拳銃をもぎとり、二人の兵に向かって構えた。米か缶詰かが入っているかもしれないその図のうをめぐって、三人はしばらくにらみ合っていたが、やがてあとの二人は、あきらめたふうにひっかえした。

それを見ていた女学生たちは、黙ってなにもいわなかったが、やがて岩に名前を刻みつけるのをあきらめて、アダンのなかに入っていった。

よく朝、夜明けと同時に、敵の舟艇がやってきた。海岸から四、五百メートルの沖合で、それはマイクを通じて放送をはじめた。

「アダンのなかや、岩のなかにかくれている地方人の皆さん、たたかいはもう終わりました。皆さんは非戦闘員ですから、これ以上の犠牲は無意味であります。これから舟をそちらに出しますから、どうかそれに乗って、アメリカ軍の保護をうけて下さい。アメリカ軍は決して皆さんを殺したり、虐待したりはしません。それは日本軍の宣伝です。私もさいしょはそれを信じて、どんなことがあっても、たとい死んでも、敵の捕虜になんかなりたくないとおもっていました。しかし、私は不幸にして捕えられました。そして、殺されるものと覚悟していました。ところが、アメリカ軍は、負傷していた私を病院に入れて、ひじょうに丁寧に治療してくれました。私たちはいま越来村《ごいく》の胡差《こざ》というところで、アメリカ軍の保護をうけています。そこには一万人ちかい人びとが収容されています。そういう収容所は、北部の国頭にも、この島尻にも、たくさんあります。そこでは、何百というアメリカ軍のテント小屋がつくられ、皆、アメリカ軍の食糧を配給されて、なに不自由なく、平和にくらしています。

皆さん、たたかいはもう終わりました。これ以上逃げかくれしても、なんの意味もありません。皆さんは犬死にせずに、ぜひ生きて下さい。生きて、この無惨に破壊された郷土を再建して下さい。皆さんが死んでしまえば、だれがいったいあの荒れ果てた畑を再び耕してくれるでしょう。アメリカ軍は、私たち収容所にいるものに、戦争がすんだら、さっそく島の再建にとりかかってほしい、といつも言っています。

皆さん、戦争に負けたのは残念ですが、仕方がありません。もうあきらめて下さい。これからそちらに舟を出しますから、ぜひそれにのって、生きて下さい」

波平は、アダンのなかに寝ていながら、その放送をきいていた。彼は空腹と疲労とで、意識がもうろうとしていたが、その放送をきいているうちに、彼の意識はしだいにはっきりしてきた。それはこれまでの、二世かなにかの、敵側の放送でなく、あきらかにこの島の、生きた人間の声だったからである。波平の近くには、昨夜の女学生たちがいたが、かの女たちは「スパイだわ」「ほんとにスパイがいるのね」「くやしいわ」などといっていた。しかし波平は、あれはスパイではない、と心につぶやいていた。あれは敵側に屈し、敵の利益のためにしゃべっている声ではない。あれは本人が、自分の体験から、真実を語っているのだ。なんとかして人びとを救ってやりたいというあれは自発的な声なのだ。しかし、それが利敵行為だといえば、そうかもしれなかった。兵隊のなかには、きっと歯ぎしりしているものがいるにちがいなかった。

波平は、だがそんなことよりも、あの放送から、まったく思いがけない啓示をうけていた。それは、島の再建のために生きよ、ということばだった。波平はこれまで、生きたい、死にたくない、とおもってきた。おもってきたというより、ただ無意識に、そう行動してきたのである。しかしここまで追いつめられてきて、なお生きようとすれば、捕虜になる以外になかった。捕虜になれば、きっと生きられるにちがいないという気はしていた。しかしそうして生きるということが、どのような生を意味するのか、波平にはわからなかった。具体的に、どういう生活がありうるのか、見当がつかなかったのである。破壊された島を再建するなどということは、夢にも考えたことがなかった。彼は、この島のいっさいは滅びた、何千年かの歴史はここに終わりをつげたのだ、とたえず考えつめていたのである。

いま、生きて荒廃した畑を耕せといわれて、波平ははっと目が覚めたような気持になった。そういうこともあり得るのか、という気がしてきたのである。彼はからだを起こして、沖のようすを見ようとおもい、そろそろとアダンの下をはいだしていった。すると、岩の上には、アダンのなかからはいだしてきた大勢の人があちこちに立って、沖のほうを眺めていた。船の甲板では、上半身裸になったアメリカ兵たちが、こちらに向かってハンカチをふっていた。すでに上陸用舟艇がおろされて、それが動きだしていた。

「皆さん、舟は東のほうの入江につけますから、皆、そこに集まって下さい」と親船のほうから放送していた。人びとはそのちょっとした入江のほうに動きだした。それはしだいに数を増し、二、三百人はいるかとおもわれた。みな疲れ切ったようすで、子どもの手をひき、足場の悪い岩の上をよろめきながら歩いていた。

しかしやがて、岩影からはいだしてきた数人の兵隊が、銃をもってそれらの人びとの前に立ちふさがった。すると艇の上で、上甲板の機関砲がいっせいにこちらに砲口をそろえた。それはよく晴れた朝の陽光をうけて、キラキラ光った。そしてマイクが語りはじめた。

「兵隊の皆さん、住民の邪魔をしないで下さい。さもないと、砲門を開きます。あなたがたは、住民の生命を守ってやるのが任務ではありませんか。かれらを道づれにするのは、卑怯です。あなたがたはよく戦いました。われわれは、あなたがたの勇敢な戦いに敬意を表します。しかし、もう沖縄戦は終わりました。これ以上抵抗をつづけることは、無意味であります。どうか、あなたがたも、住民といっしょに、舟に乗って下さい」

銃を突きつけて地方民の前に立ちふさがっていた兵隊たちは、その二世らしい男の声と、砲口とにおびえたのか、一人、二人と、もとの穴にかくれはじめた。

やがて、上陸用舟艇が入江に着き、百人くらいの人が、まずそれに乗せられていった。舟艇が再びやってきたとき、入江には兵隊を交えた数百人の人びとが群がっていた。波平はそのなかにいたが、女学生たちの姿は見えなかった。

収容所のテントのなかは、暑苦しくて、寝つかれなかった。一つのテントに四十人もの老若男女が詰めこまれているので、思い切って手足をのばすこともできなかった。ひるまの太陽で照りつけられた地熱は、十二時がすぎてもいっこうに冷えてこなかった。その地面に木の葉や草をしいて、その上にほとんど半裸になって寝るのだが、背中が蒸れてどうにも寝つかれないのだった。

波平はしかたがないので起き上がって坐った。女が多いテントのなかは、ちょうど沖縄航路の超満員の三等船室のようだった。恥ずかしいなどといっていられないので、どの女も太モモや胸をはだけている。モンペをはいて着のみ着のままでやってきた女たちに、いまは米軍の作業服が支給されていたが、そんなものを着てはとても寝られないのだった。いのちが助かって、いまはみな気の張りもなくなっているから、その姿態はよけいみだれていた。

あちこちで、寝られないために起き上がって、汗をふいたり、紙きれでぱたぱた胸を煽《あお》いだりしている。真中を通路にして二列に並んでいるそれらのひとたちを、月明かりがぼんやり照らしていた。風通しをよくするためにテントの裾は全部まくり上げてあるが、空気は死んだように少しも動かなかった。やりきれない倦怠のなかに、見栄も外聞もない裸の生だけが投げだされていた。

あれからひと月近くたって、人びとはもう捕虜生活に馴れてきていた。さいしょ、沖縄本島からは十数キロはなれたこの小さな離島に、喜屋武岬からまっすぐつれてこられたとき、人びとはここでもしかしたら皆殺しにされるかもしれない、とおもったものだった。舟が海岸につくと、かれらは砂浜に整列させられ、まず兵隊と民間人とに分けられた。兵隊のなかには軍服を脱いで民間人にばけているものもいたから、それを見分けるのは大変だった。

米軍は、この区別は厳重にやった。かれらは捕虜を数十人ずつに分けてならばせ、いきなり「ウチナンチュ、ヤセー、ジーンカイ、ヰレー」と、さきに捕虜になった沖縄人の係員に叫ばせた。

「沖縄人であるものは、地面に坐れ」というそのコトバの意味がわからず、まごまごしているものは、ただちに「ジャパニー」といって引き分けられた。

この方法では、沖縄人で民間人に化けている兵隊を見分けることはできなかったが、米軍にとっては、どうやら日本兵《ジャパニー》を沖縄人から区別すればいいようだった。そして、ジャパニーにたいするかれらの態度は、波平たちにたいするそれとはうって変わって、ひどく冷酷無慈悲であった。かれらはたちまち丸裸にされ、青い捕虜服を着せられて、またどこかへ舟でつれて行かれた。波平たちは、かれらこそほんとに海に投げこまれるにちがいないとおもったものである。

だが、いまでは、かれらは兵隊だけを集めた本島の屋嘉《やか》収容所につれていかれたのであり、自分たちも、やがてはそれぞれの生まれ故郷にかえしてもらえるのだということを、みな知っていた。そして戦争のつらい思い出ばなしもいまはいちおう語りつくして、仕事もなく（配給ものの分配や環境整備の作業があったが）、みな一種の虚脱感のなかで、昼も夜も暑さにうだっていたのである。

波平と並んで、石嶺という六十くらいの老人が起きて、そばに寝ている妻を相手にかれらの畑の話をしていた。あの畑は道のそばだからアメリカ軍の戦車で踏み荒されているかもしれない、そうだとすると鋤《す》きかえすのに大変だが、しかしもう一つの畑は大丈夫だろう、などともそもそ話していた。波平はその話をもう何度もきいていた。子どもや孫たちとはぐれてしまったというこの老人夫婦は、いまではかれらがきっと無事に生きているにちがいないと思いこもうとしていた。そして朝から晩まで、部落のだれそれの噂ばなしをしていっこう尽きることがなかった。

もっと先のほうでは、しなびた乳房をだらりとたらした真栄城というおかみさんが、どこそこにヨモギがあった話をし、きっとあの付近にはまだあるにちがいないから、こんどはそこに取りに行こう、とまわりのものに相談していた。人びとはメリケン粉やバターに食傷していたから、夜になると収容所を抜けだして（柵がなかったからいくらでも抜けられた）イモの葉や野生のニラやセリやヨモギなどの葉っぱを採りに出かけるのだった。波平は五つに分けられた班の班長をしていたから、米軍に交渉して、ひるま野菜とりの使役に出させてもらったこともあった。

うす暗いテントのあちこちでぼそぼそと語られている話声は、ほとんどが方言だった。捕虜になってから、人びとは大和口《やまとぐち》はあまり使わなくなっていた。それを使わないために青年団員から叱られ、人間的な価値が計られるということもなく、いまは誰にも気がねがいらなかったからである。一億玉砕とか必勝の信念とかというコトバにつながるその大和口を使わないことで、戦争を忘れ、捕虜になったことの惨めさや、多少の自責を眠らせる役に立っていたにちがいない。「先生、浜に行ってみません?」と、これは標準語で、山城和子が、ぼんやり坐っている波平にはなしかけた。かの女はシミーズを着て、波平の真向かいに坐って、アメリカの雑誌で胸を煽いでいた。となりにいるかの女の同僚の金城喜代子と座間味《ざまみ》貞子とは、もう眠っているらしかった。

三人は、あの喜屋武岬で歌をうたっていた女学生たちと同じ学校の、だから同じ学徒看護隊のものだった。あの舟艇からの放送があったとき、かの女たちもやはりアダンのなかに隠れていたが、自決をおもいとどまって舟に乗りこんだのだという。死にたくないという山城和子に説得されて、おずおずとついてきた金城も、座間味も、いまでは和子に感謝していた。生きていてよかった! とかの女たちもいまはおもいはじめていたのである。死んだ学友や教師たちに申訳ないという気持や、捕虜になったことのうしろめたさや、これからの生活に明確な展望がつかめない不安やがあったにしても、とにかく生きているということ、それが確実に保障されているということは、抑えがたい喜びだった。

山城和子は、三人のうちで、性格のはきはきした、利口な女であった。かの女はいつも、二人にたいして姉さんみたいに振舞っていた。世話好きで、明るくて、よくしゃべるので、テントのなかでも人気があった。二、三日まえに、となりのテントの若い女が収容所の病院で男の子を生んだというので、テントじゅうのものがお祝いに歌や踊りでおそくまで騒いだことがあった。和子はそのスージ（祝事）に出て踊り、拍手喝采をうけた。アメリカ兵が何事かと駆けつけてきたほどのそのスージは、テントのまえの広場に人びとが円陣をつくって、蛇皮線をかき鳴らし、一人ひとり踊り狂ったのだった。蛇皮線といっても、ちゃんとニシキ蛇の皮をはった本式のものではなく、収容所生活のひまにまかせて器用な連中がつくったものだった。落下傘の絹をはったそのサンシン（三味線）は、いくつも作られ、夜になるとあちこちの幕舎から物悲しい音をひびかせていたのである。

和子は、小さいときからスージがはじまると体がうずうずしてじっとしていられないたちだということで、円陣のなかに飛びだしたのだった。だれかから借りた紺絣《こんがすり》の着物をきて、頰かむりをしたかの女は、出だしから人びとの歓声をあびた。そして、サンシンと歌に合わせてはげしいテンポで旋回するかの女の腰と手首は、柔軟で、煽情的で、たちまちまわりの人から指笛や奇矯《ききょう》な叫び声で熱狂的にはやしたてられた。

波平は、あの晩の昂奮をまだ忘れることができない。それは和子の踊りだけでなく、全体として、いまは確実に生きる見とおしのついた人びとの、いわば生の饗宴《きょうえん》だったのだ。そして同時に、戦時ちゅうは生活改善などという名目でながく圧《おさ》えられていたものの爆発的な表現であった。波平のなかで、いまも和子のあのなめらかな、欲情的な姿態とリズムとが生きている。それはそのまま、いま目のまえの、シミーズからはみだしているかの女の柔らかな肩や胸のふくらみのもつ情感と重なり合っていた。そのような情感は、波平がもう久しく忘れていたものであった。戦争ちゅうは、それはまったく死んでいたといっていい。

いま波平は、和子のなかに、あの喜屋武岬のアダンのなかをさまよっていた女学生たちの姿を思いうかべることはできなかった。護国の華と散るといっていたあの女学生たち、男か女かわからぬ、一団の観念にすぎなかったあの女学生たちの姿を、いまの和子に求めることはできなかった。かの女はただ一人の成熟した女として、波平のまえにあった。

その和子は、いまシミーズのうえに水色のセーラー服の上着をひっかけて、大きなアメリカ軍の靴をはくために、波平のほうに足を向けて大胆な姿態を見せていた。波平は目を伏せるようにして同じアメリカ軍の靴をはきながら、これまでは浜に行くときはいつも他の二人もいっしょだったが、きょうは和子が一人であるのがうれしかった。

浜までは五百メートルくらいしかなかった。木麻黄《もくまおう》の防風林を抜けると、真白い砂浜が急傾斜して、左右に細長くのびていた。そのあちこちに、たくさんの人が涼んでいた。海のなかに入って貝かなにかを拾っているらしいものもあり、サンシンを弾いて歌をうたっているものもあった。月がすこし傾きかけて、それらの人たちの影が細長く砂浜におちていた。

風がないので、海はほとんど波がなかった。ひるまだと、ここから沖縄本島がはっきり見えるのだが、いまはもちろん何も見えなかった。砂浜に打上げられた海藻の強い臭いがただよっていた。

サンシンのまわりには大勢の男女が集まって、男がうたうと女がはやしを入れる毛遊び《もうあし》の歌をうたっていた。

戦世《いくさゆ》や忍じ《しぬ》　弥勒世《みるくゆ》ややがて
喜びる《ゆるく》時《とち》や　祝《いわ》いさびら

いくさ世は耐え忍んで、やがて平和な世になって喜び合えるときは、大いに祝いをしよう、という、誰がつくったのかいま収容所で流行《はや》っている歌だった。戦争も平和も、豊年も饑饉《ききん》も、すべて悠久な自然の移りかわりと観じて、雑草のように生きていく人びとの強靭な生命力が、そこには感じられた。波平はいまは、こうしてのんきに歌をうたっているひとたちを、沖縄県民の恥だなどとはおもわなかった。恥かもしれないが、自分たちがこうして生きているということが、何よりも尊いことだという気がしていた。

彼は砂の上に坐ってその歌をききながら、

「こうして海や月を見ていると、戦争ちゅうとはずいぶんちがって見えるね」と和子にいった。

「そうね」と和子はすぐ同意して「わたし、戦争ちゅうは月や星空や、海を見ると、涙がぽろぽろ出ましたわ。月《ち》や昔《むかし》ぬ月《ち》やしが（月は昔のままの月だが）という歌があるでしょう、あの歌をすぐ思いだして、自分が可哀想で仕方がなかったんです」

「そうだね。海を見ていると、どうして戦争なんかがあるのだろう、とよくおもったもんだよ。いまはしかし、ちがうだろう。いまはどういう感じがする」

「いまは、なにも感じませんわ」

「感じないことはないだろう。ぼくはなんというか、自然と自分が一体になっているような感じがする」

「そういえば、そうね。戦争ちゅうは、自分と自然とが別々のような感じがしたけど」

「やっぱり捕虜になってよかったとおもうかね」

「それはおもうわ」

「仲松先生たちに悪いとおもわない」

「それはおもうけど、仕方ありませんわ。わたし、あの人たちのように自決することはできなかったんですもの。死ぬのが悲しくて、どんなことをしても生きたいとおもいましたわ」

和子は話しながら、斜めに折り曲げた膝のうえに、砂を握ってさらさらと落としていた。膝の内側の白くふくらんだ折り目が、ひどくなまめかしかった。それはさっき靴をはいていたときの姿や、夜なかのかの女の寝乱れた姿を思いださせた。波平は夜なかにふと目を覚まして、こちらに足を向けて眠っている和子の乱れた姿をよく見ることがあった。テントのあちこちに女たちのあられもない姿が白く投げだされていたが、そのうえを這ってきた波平の目は、いつも和子のうえで止まるのだった。かの女は毛布やアメリカ軍のシャツをかけて行儀よく眠っているときもあったが、たいてい大きな足をとなりの金城喜代子のうえに投げだしていた。夫婦ものがごそごそと動いていることもあるテントのなかだったから、和子のそういう姿を見たあとは、なかなか眠れなかった。熊本に行っている信子の体を思い出そうとしても、それがすぐ和子に変わってしまうのだった。

白い木綿のシミーズの下にもり上がっている和子の大きなももが、いま手をのばせばすぐ触れられる近さにあった。波平はその上にそっと掌をのせたい誘惑に抗しながら、こういう収容所生活があとひと月もつづけば（それはもっとつづくにちがいなかったが）、自分はこの和子ときっと過ちを犯すにちがいない、という気がしていた。

よく日、波平は収容所長のグレース大佐の事務室に呼ばれた。緑色のペンキをぬったそのかまぼこ型の事務室にはときどき呼ばれていたので、波平はなにかまた衛生方面の小言をいわれるのではないかとおもったが、グレース大佐はいつもより機嫌がよかった。高嶺という二世の通訳によると、要件は、まだ米軍に帰順していないこの島の住民を投降させるために、勧告に行ってもらえないかというのだった。

K島には、まだ日本軍が山の洞窟にひそんでいて、住民も降伏していなかった。日本軍は一箇中隊ぐらいだが、べつに米軍に抵抗する気配もないので、これまでは放置しておい

たのだという。しかし本島のほうでも、まだ洞窟や北部の山中にひそんでいる日本軍の徹
底的な掃蕩《そうとう》作戦が行なわれているのと並行して、この島でもいよいよ作戦を開始するのだ
という。それについては、まず住民の犠牲を少なくするために、波平が行って投降をすす
めてみてほしいというのだった。
K島の住民は、一カ村に足らない島の半分を米軍におさえられているので、もうそろそ
ろ食糧にも困っているはずだった。その住民を自分が行って救うことができるとすれば、
それはすばらしいことだという気がした。死んだ多くの同胞にたいしても、それはささや
かな償《つぐな》いになるにちがいない。波平はすぐ、あの船の上から放送していた真栄田《まえだ》という男
のことを思いだした。舟に乗ってからその男と話をしたのだが、彼は波平のとなり村の役
場吏員であった。米軍が上陸してくるとまもなく捕えられて、足に負傷していたのを病院
でひと月かかって治療してもらったという。そのことに感激して、米軍が鬼畜でないこと
を住民に知らせ、無益な犠牲を救おうと決心したのだといっていた。アメリカ軍の服をき
て丸々と太ったその男に、波平はそのとき、ちょっと感覚的に不潔なものを感じたが、し
かしそのご、収容所生活の実情を知り、彼の放送によって救われたという人が多いのを知
って、いまは彼に感謝する気持になっていた。彼の行為をむしろ立派だとおもい、並たい
ていの勇気ではできないことだとおもうようになっていた。その真栄田のことを思いだし
て、もし自分がこの島の数千の住民を救うことができるとすれば、それは立派な、やり甲
斐のある仕事だと波平はおもったのである。

それに、その仕事は決して危険でも、困難でもなかった。収容所の人たちは野菜とりに出かけたりして、すでに島民とは接触をもっていた。波平は班長をしていたので外に出たことはなかったが、和子たちもときどき島の人に会った話をしていたから、だいたいのようすは知っていた。かれらはまだぎりぎりに追いつめられているわけではないので捕虜になろうとはしないが、収容所のものを決して嫌ってはいないということだった。ただ、かれらの畑を荒らすことに抗議し、こちらが謝ると、野生の食用草のあるところを教えてくれるということだった。なかには、すでに米軍の缶詰と野菜とを交換しているものもあった。

そのような島民のなかに入っていくことは、だからすこしも危険でなかった。そして、かれらに会って敗戦のもようを詳しくはなし、このままの状態をつづけることは無意味で、危険であることを訴えれば、きっと納得してもらえるにちがいない、とおもわれたのである。

波平は、「承知しました」とグレース大佐にはっきりとこたえた。勝者にたいするへつらいなどでなしに、それはきっぱりということができた。すると、大佐は笑顔になって、行くなら一人でなく四、五人で行ったほうがいいのではないかといい、もし必要なら護衛の兵隊をつけてもいいといった。波平は、それはことわった。アメリカ兵がいっしょに行ったのではぶちこわしになるとおもったからである。

波平が幕舎にかえってその話をすると、和子がさっそく「私たちもいっしょにつれていって」といった。かの女たちはすでに島民のようすを知っていたし、かれらを救うことに娘らしい情熱をしめしたのだった。三人がいっしょに行ってくれれば、その純真な訴えがきっと大きな効力をもつにちがいないとおもい、波平は承知した。和子たちは「島の人たちだけでなく、兵隊さんにもいっしょにくるようにすすめてきましょうよ」といったが、波平もできればそうしたいとおもった。

よく日、四人はさっそく出発した。朝はやく、自分のものと他人から借りたものとをつき合わせて、ごくふつうの住民の服装をして出かけた。女たちは絣の着物にモンペをはき、波平は紺のズボンに半袖のメリヤスのシャツを着ていた。病人を治療するための薬品やタバコなどを入れた風呂敷包みを持っていた。

かれらは海岸づたいに島の南へ向かった。長さ三里ほどのこの細長い島は、南のほうに高い岩山があって、その麓《ふもと》に住民がかくれていた。四人は多少の緊張感と、しかし戦争いらいはじめての自由行動なので、ハイキングにでもきたような浮きうきした気持で朝露をふんでいった。

砲撃ですっかり破壊された海浜の部落があった。壊れた石垣だけがあちこちに残っていて、家屋は跡かたもなくなっていた。おそらく薪にでもするために、とり片づけたのであろう。その空になった屋敷に、真赤な仏桑花が咲いていた。畑は、手入れがしてあるところと、雑草がのび放題になっているところとがあった。いまは昼でも耕作にきているのかもしれないが、やはり手が廻らないのであろう。

まもなく、入江の岩影で釣りをしている二人の男に出会った。ひどく痩せ細った老人と、十五、六の少年とであった。二人は波平たちが何者であるかをすぐ察したらしく、ちょっと立ち上がっただけで、警戒はしなかった。

波平が、方言で事情をはなした。沖縄の戦争はもうひと月もまえに終わったこと、自分たちは島のはずれまで追いつめられて捕虜になったこと、生き残ったすべての人は、いまあちこちの収容所に入れられていること、あなたがたもいつまでもこのままでいるわけにはいかないだろう、というようなことをはなした。老人は、それはよくわかっている、といった。収容所の人たちから聞いて、いまでは島の者はだれでも、それはよく知っている。そして内心では、もうこんな生活をやめにしたいとおもっている。しかし村のお偉方が、そうはさせないのだ、と老人はいった。長期戦に備えて、食糧もいまは軍の命令で四割に減らされているので、病人が続出しているという。

「あなたがたを見ると、うらやましいですよ」と老人はいった。

「でしたら、そのお偉方に私たちをぜひ会わせてください」と和子がいった。

だが、老人はちょっと躊躇《ちゆうちよ》するふうに、あらぬほうをむいた。

波平がいった。「じつは、アメリカはまもなくこの島の掃蕩戦をはじめるらしいので、そのまえにぜひ皆さんに話しておきたいとおもって来たんです」

老人は、それをきくと驚いたように身を反《そ》らし、黄色い目やにのたまった細い目で波平をじっと見つめた。そして「それはほんとうか」となんども念をおし、四人を村長たちのいる壕まで案内することをひきうけた。

岩山の麓には大きな洞窟がいくつもあった。波平たちの生々しい記憶をよびさますそれらの鍾乳洞《しょうにゅうどう》の一つに、村長や役場吏員や学校長など、村の幹部たちとその家族が数十人はいっていた。まだ空襲が行なわれるので、ひるまは外に出られないのだという。

村長たちは、さいしょ、固い表情で四人を迎えた。それはしかし、波平たちにたいする不信からではなく、不測の事態が自分たちにふりかかってくるのではないかという、警戒心からのようだった。

波平は、要件をひととおり話すと、アメリカ軍のタバコをみなにすすめた。和子たちも、さっそく病人の治療をはじめていた。無精髭《ぶしょうひげ》をのばし、国民服を着た小柄な村長は、壕生活者特有の動物のように光る目をしていたが、うまそうにタバコを吹かしながら、「いや、あなたがたのお気持はよくわかりました」といった。

「あなたがたは最後まで戦って、やむをえず捕虜になられたのだから、まあ、そうお考えになるのは無理もありません。しかしですな、沖縄戦は不幸にして敗れましたが、日本がやがて反撃に転じてくるばあいを考えますと、私らとしては、そうおめおめと手を上げるわけにはいかないのでして……」

そのことばは、波平にはちょっと意外だった。彼は日本がやがて反撃してくるなどとは、まったく考えたことがなかった。兵たちはよく、日本軍は本土決戦に備えて、特攻機も連合艦隊も満を持して待機しているのだといっていたが、そんなバカなことはありえないと波平はおもっていた。もしそのような戦力があるなら、沖縄にみすみす敵の前進基地をつくらせるはずがないではないか。いくら沖縄県が日本から見捨てられてきたといっても、自分ののど首にあいくちを突きつけられているのに、満を持すなどということがある道理がない。

しかし、波平がそれをいうと、

「でもあんた、武部隊《たけ》がもう宮古島まで来てるというじゃありませんか」

と、眼がねをかけた学校の先生らしい男がいった。

波平は、ああここでもまた！ とおもい、首里戦線が崩れはじめたころから、将兵のあいだにそれと同じ情報がまことしやかにつたえられていたことを思いだした。武部隊というのは、米軍が上陸してくるまえに、沖縄から台湾に転出していった第九師団のことだった。沖縄防衛の第三十二軍は、当初、この九師団と第二十四師団と第六十二師団とを中核としていたが、比島作戦が悪化して、精鋭師団といわれたこの武兵団がとつぜん台湾防衛のために引き抜かれたのだった。このことの軍民にあたえた打撃は大きかった。軍司令官はそのために毎日ヤケ酒をのんでいる、というひそかな噂が民間にもつたえられたほどだった。

その武兵団が再び沖縄に転じてくるということは、だから将兵の夢であり、またいかにも現実感があったのである。

波平たちは、このようなデマ情報にいわば翻弄されてきたようなものだった。もう駄目だ！　とおもっていると、必ずどこかから、いかにも真実らしい情報がささやかれてくるのだった。波平は米軍の暗号電報を傍受して解読したという、通信紙に走り書きした文書を見せられたことがあった。それは米軍がアメリカ本国に打電したというもので、こんなものだった。

「沖縄中部、首里前線における我軍の被害甚大にして、将兵の士気阻喪《そそう》し、作戦遂行上多大の困難を感じつつあり。若《も》し現状のまま作戦を継続すれば、全軍の命運は保障し難く、斯《か》くなれば、次期朝鮮上陸作戦、ボルネオ上陸作戦は不可能になるべく、緊急沖縄撤退作戦を考慮され度《た》し」

なお、この要請にたいする米本国からの訓令電報というのがあって、それはこうなっていた。

「残存中型艦艇による援護砲撃を受けつつ、地上作戦は凡《あら》ゆる困難を排して推進すべし。建造中の主力艦（機関部と砲門部完成）二十隻を急派するに付き、それまでは全軍の士気を鼓舞して奮闘せよ」

この情報は、波平たちが首里の前線から撤退して、部隊もちりぢりになって、南部作戦を彷徨しているときにつたえられたので、波平は戦列に復帰して再び戦うべきかどうかについて、仲間の国吉真徳と議論したものだった。波平の教え子でまだ十八歳だった国吉は、敵も苦戦しているのだからあとひと息だ！　というこの情報に感激して、防衛隊員としてぜひとももう一度どこかの部隊に復帰しようと主張し、波平を手こずらせたのだった。波平はそのような情報をまったく信用しないわけではなかったが、部隊に参加して、またあの兵士たちの罵言《ばげん》と酷使にたえることはとてもできそうになかったので、地方人として行動することを主張したのだが、国吉はそのうち戦死してしまった。

波平はいま、そのようなデマ情報を、多少の滑稽感をさえもって思いだすことができる。だが、村長や眼がねの男や、国民学校長だというゴマ塩頭の老人などは、まだそのような情報に希望を託しているようだった。戦争の悲惨さや、敵の戦力の圧倒的な強さをじかに体験しているわけではないから、あるいはそれは無理もないことかもしれぬ、と波平はおもった。それで、彼は戦争の実情をくわしくはなした。本島のほうでは、いまはもう那覇の町は家が一軒もないこと、首里城は城壁も建物も、あのうっそうと茂っていた赤木も、何もかもなくなって、ただのっぺらぼうな丘になっていること、敵は壕にひそんでいる兵隊を入口からガスや火焔放射器で攻めるだけでなく、馬のりになって上から鑿岩機《さくがんき》で穴を開け爆雷で破壊してしまうこと、壕のなかで子どもの泣き声がきこえても、トンボ機がすぐかぎつけて艦砲が飛んでくること、等々を熱心にはなした。

和子たちも、野戦病院の悲惨な状況をはなした。病院の壕にはいりきれずに、入口で雨ざらしになったまま息が絶えていく負傷兵の話や、重傷者には手榴弾をわたたし、あばれるものは注射をうって殺し、足に負傷しているものはぬかるみ道を匍《は》って、雨のなかを病院が撤退した話などを、かの女たちは声をふるわせて訴えた。

それらの話は、洞窟内の人びとをだんだん沈黙させていった。波平は、必要なら夜を徹してでもはなしたいとおもっていたが、しかしそのうち、急に洞窟の入口が暗くなったかとおもうと、数名の兵隊が荒々しく入ってきた。かれらはいきなり波平たちに襲いかかった。そして両手をうしろにくくり、縄をかけた。「兵隊さん！　何するんです！　私たちはあなたがたを助けにきたんです。アメリカはもうすぐここに攻めてくるんです」と和子たちは叫んだが、「バカ野郎、黙らんかッ、このスパイ女《め》ら！」と兵たちはかの女らの顔をはりとばした。「私たちはスパイではありません！　兵隊さん！　私たちは皆を助けようとおもって……」とかの女たちはなおも泣き叫んだが、それを黙らせるように、「おい、皆よく聞け！」と兵たちの長らしい軍曹が、洞窟にとどろきわたる声でどなった。

「皆は、こんなスパイのいうことを、決して信用してはならんぞ！　沖縄戦はこういうスパイのために負けたんだ。奴らはいまこの島にも大勢きている。そのうちここにもやってくるかとおもっていたが、案のじょうやってきた。奴らは国を売った。八裂きにしても足りない売国奴だ。こいつらのいうことを、皆は決して聞いてはならんぞ。そのうちまたやってこないともかぎらんから、皆はよく気をつけろ、いいかッ」

軍曹は、子どもたちを抱いてふるえ上がっている洞窟内の人びとにそうどなると、波平たちを外に引き立てた。

「兵隊さん！　助けて下さい！　私たちは決してスパイではありません。ねえ、兵隊さん！　助けて下さい！」といまは和子たちは必死に哀願したが、兵士たちの表情はびくともしなかった。

やがて軍曹の命令で、村長以下村の幹部たちも同行させられて、四人は部隊長のところへつれて行かれた。

波平は、とちゅう、縄をふり切って逃げようかとおもったが、たといそんなことができたとしても、和子たちを捨てて一人で逃げることはできなかった。スパイだ！ といわれて処刑された同胞の姿が、狂おしいほどの思いで、つぎつぎに浮かんできた。とくに、いまの自分たちとよく似た一つの情景を彼は思いだしていた。首里戦線が崩壊して、仲間の国吉真徳と南部島尻に逃げてきたときだった。まだ破壊されていない部落があって、二人は救われたようにそこに吸いこまれていった。道の両側の低い石垣にかこまれた家々では、避難民がごったがえしていた。その一つに入っていくと、母屋の前の庭に二、三十人の人が集まっていた。女や子どもが多かった。かれらは一人の男をかこんで、その話をきいていた。戦闘帽をかぶって、黒っぽいシャツを着た男が、縁側の石段に腰をかけて、みなに戦況をはなしているのだった。

「だいたい、これでは戦争にもなりませんよ。こっちが弾を一発射つと、向こうは千発も射ちかえしてくるのだから、どだい話になりません。兵隊は壕にもぐったきりで、一歩も外へ出られないのです。そこへ、敵は火焔放射器で、壕を片っぱしから焼きつくしてくる」

男は、集会などでやるような改まった口調で、昂奮しながらはなしていた。波平たちは人びとのうしろできいていたが、それはかれら自身がみなに語ってきかせたい話だった。

ところが、そのうち人びとが急にざわめきはじめたかとおもうと、とつぜん「そいつはスパイだッ!」と叫ぶ声がきこえて、つづいて拳銃の音が二発ひびきわたった。人びとはおどろいて、くもの子を散らすように四方に逃げだした。波平たちも何ごとがおこったのかよくわからないまま逃げようとすると、うしろからどなられた。「こらッ逃げるんじゃないッ!」

「おれは憲兵隊の粕谷曹長だ。軍命令で、みなに伝えたいことがある。全部、逃げずに命令をよく聞けッ!」

波平は門のところで立ちどまって、ふりかえった。他の人たちも、それぞれの位置で釘づけにされたように立ちどまった。

憲兵曹長は、いまさっきまで男が坐っていた縁側の石段に突っ立っていた。彼は不思議な服装をしていた。絣の着物にモンぺをはき、日本刀を前に突きたてていたのである。その足もとに、さっきの男が倒れていた。兵隊らしいのが二人、やはり曹長とおなじような服装をして、彼のとなりに立っていた。

「諸君に警告する」と曹長はいった。「いま、この島尻戦線には、この男のようなスパイが多数はいりこんでいる。かれらは中頭《なかがみ》方面で捕虜になったものが、我が軍を裏切って敵側にまわったものと判断される。スパイは友軍の陣地を敵に通報するだけでなく、こうして後方戦線に潜入して、軍民の離間をはかり、敗戦思想を吹きこもうとしているのである。諸君はそのようなスパイの宣伝に決して迷わされないように、厳に警戒しなければならない」

波平は、その軍刀をもったモンペ姿の憲兵曹長を、いま自分たちを引きずっていく軍曹の姿に重ね合わせて思いだすのだった。あの粕谷といった憲兵曹長のような軍人が、いま、戦争が終わってひと月もたったいま、まだこんな小さな島にのこっていたということが、そのことに自分が思いいたらなかったことが、波平は悔しく、歯がかちかち鳴ってとまらなかった。彼はこのような事態になることをまったく予想していなかった。和子たちが「兵隊さんにもいっしょにくるようにすすめてきましょうよ」といったとき、彼はそのことばにすこしもひっかからなかった。ひと月の捕虜生活のあいだに、彼も和子たちも、日本の軍人というものをすっかり忘れていたのだろうか。たしかに、あの必勝の信念、「死ストモ虜囚ノ辱《はずか》シメヲ受クルナカレ」というあの軍人精神を、波平は意識的に自分のなかから追いだそうとしてきた。捕虜になる以前から、彼はあの憲兵曹長のような軍人にではなく、敗戦に打ちひしがれて軍人精神を失い、山野を彷徨している無数の兵士たちのほうに心をうばわれてきた。そして軍司令部が首里を撤退して敗戦が決定的になったころからは、兵士たちを支えていた精神は音をたてて崩壊していた。戦線を離脱して地方人に化けている兵隊をさいしょに見たときの驚きとよろこびとを、波平はまだ忘れることができない。その男は灰色の細い棒縞の着物をきて、島の若い娘をつれていた。ことばのアクセントでそれと気づいた波平は民家の軒下にしゃがんでいたその男に、「たいへんですね」といった。すると男は「いや、同じ連中がたくさんいますからね」と笑い、「あれもそうですよ」と少しはなれたパパイヤの木の根もとに坐っている男をアゴで指した。

その男は、つんつるてんの芭蕉布の着物を着て、縄帯をしめていた。着物からはみだしている両の脚が、バカに生白かった。それは、その服装といかにもつり合わなかった。この島の百姓であれば、足がそんなに白くないのはもちろんだが、スネの寸がもっとつまっていて、ふくらはぎは鼠でも呑んだようにふくらんでいなければならない。ところが、その男の脚は少女のようにすらっとしているのだった。

波平はおかしさとともに、愉快になった。そうか、兵隊でもそうなのか、とおもい、どこかの部隊に参加して再び戦列につかなければならないのではないかと迷っていた彼の心に、それは強烈な解放感をあたえた。部隊が壊滅して指揮者を失った兵は、どこでも任意な部隊につけと命ぜられていたが、波平はそのご、そのような兵がぞくぞくと地方人化するのを見た。そして、そうでないふつうの兵士たちも、いまはまったく戦意を失って、ただ死をおそれて逃げまわっているだけだった。かれらは、もちろん自ら捕虜になろうとはしなかった。しかし多くは、他人が、とくに地方民が敵に降るのを怒るほどの気力はもっていなかった。

波平には、そのような兵士たちの姿のほうが、日本軍の姿として強く印象されている。この島にまだひそんでいるという日本兵も、彼はそのようなものとして、孤立無援の情況に絶望している気の毒な兵士たちとして、漠然と考えていたのである。

だが、ここの日本兵は、まだ一度も戦闘をしていなかった。この島には米軍の本島上陸と前後して巨大な長距離砲がすえられたが、一コ中隊では歯がたたないとして、ここの守備隊は拱手傍観《きょうしゅぼうかん》し、長期持久戦を豪語していたのである。そして島民には食糧の確保と節約とを強制していた。波平はそのことを洞窟のなかで村長たちから知らされたのだが、そのときは、まだ身の危険を感じなかった。それはけしからぬ、それならよけい一日もはやく降伏すべきである、と彼は力説したのだった。

自分たちがはじめからのんきすぎて、警戒心をまるでもっていなかったことを、いま波平は気がつくのだった。いまになって考えてみれば、あの釣りをしていた老人が自分たちを村長の壕に案内するのを躊躇したとき、すでに情勢をあるていど探知すべきであった。村長たちの態度もそうだった。そこには明らかに当惑の表情があったのだ。あの洞窟のなかにいた誰かが、おそらくそっと抜けだして軍に通報したにちがいないが、そんなことにも波平たちはまったく気がつかなかった。

しかし、いまはすべてがあとの祭りである。道はソテツの生えた丘を、岩山へ向かって登っていた。波平たちは一列縦隊になって、細かい石ころの道を歩いていった。右手に海が見えていた。昼ちかい太陽の光でキラキラしている海に、小さな島々がいくつも浮かんでいた。それらの島々を合わせてK村ができているのだった。ここは、一昨夜和子といっしょに見た沖縄島の見える海とは反対側になっていた。戦争ちゅうとちがっていまは海が自分と一体になっている感じだ、とあのとき波平はいったのだったが、いまはまた、あの海の悠久な平穏さにたいして、自分たちがあまりにも惨めであった。収容所の人たちは、今夜もまたあの浜に出て、弥勒世を待ちわびる歌をうたうだろう。そしてかれらは生きていくだろう。だが自分たちは？　自分たちはおそらく処刑されるにちがいない。波平は和子のほうを振りかえってみた。うしろに兵がついて小突かれながら歩いているかの女の目は、赤くはれていた。波平はその目に、生きたい、収容所にかえりたい、と必死に訴えている表情を期待していたが、しかしその視線に出合ったとき、かの女が何を考え、何を感じているのか、波平にはちょっとわからなかった。感情も意志も喪失して、ただ呆然《ぼうぜん》としているようだった。ああ、かの女たちをつれてくるのではなかった、すまない、と波平は強くおもった。しかし一方では、かの女たちがいっしょであることが、いまはせめてもの心強さでもあった。

部隊の壕は、低い琉球松の茂った岩山の中腹にあった。そこも自然の洞窟らしかったが、波平たちはその前に待たされた。しばらくして、背の高い将校が、日本刀をぶらさげて出てきた。彼は鮮やかな大尉の襟章《えりしょう》をつけた半袖の防暑衣をきて、長靴をはいていた。壕にとじこもっているせいか、ヒゲのない顔色がひどく蒼白《あおじろ》かった。

彼は壕の前からすこしそれた松の樹が空を遮蔽《しゃへい》しているところに波平たちをつれていった。兵隊が大勢と、村長たち数人の島民とがまわりをとりかこんでいるなかで、大尉が刀の先でうつむいている波平のアゴをもち上げながら、

「こらッ、お前らは何しにきたか」

といった。波平はここに至って隠しだてはできないとおもったので、ありのままにこたえた。

「米軍がここに攻撃してくることがわかりましたので、村民に、難をさけるために収容所にくるように、勧告にきました」

「米軍の命令できたのか」

「そうではありません」

「どうして攻撃にくるということがわかった」

「私は収容所の事務室にいますから、すぐわかります。米軍はそれをかくしていませんでした」

大尉は足をひろげて、日本刀を前に突き立て、それによりかかるような姿勢になり、すこしあらたまった口調でいった。

「お前らは捕虜になったことを恥ずかしいとおもわないか」

波平が黙っていると、大尉はまた刀のツカで波平の胸を小突き「こらッ、どうなんだ。恥ずかしいとはおもわないか」といった。

「恥ずかしいとおもいます」

「それではどうして村民を捕虜にしようとしたのか」

「戦争はもう終わりましたから、これ以上抵抗をつづけるのはムダだとおもいました」

「何ッ、ムダだとッ、このバカ者ッ!」

と大尉は大喝して、波平の体を刀で力まかせになぐった。

それから、彼は波平たちにたいしてだけでなく、まわりの兵隊や村民代表にもいいきかせるように、大声ではなしはじめた。

「お前らは、沖縄の戦いが敗けたので、日本も敗けるとでもおもっているのか。日本は決して敗けはしないのだ。内地に敵が上陸でもしてみろ、日本人は最後の一人になるまで、竹槍をもって戦うのだ。日本人はお前らのような意気地なしとはちがうんだぞ。お前らのようにおめおめと捕虜になって、おまけにスパイまで買って出る日本人など一人だっていないんだぞ。いいか、日本人はどんなことがあっても、死んでも捕虜になんかはならんのだ。軍人も地方人も、一人だって捕虜になんかならんのだ。沖縄戦は、お前らのようなスパイのために敗けたんだ。スパイは軍隊の士気を乱し、軍紀を破壊する最大の罪だ。たとい地方人でも、おめおめと捕虜になるようなものが一人でもあれば、それが軍の運命を左右するのだ。西村兵長、作戦要務令の軍紀の項をいってみろ」

大尉は一人の兵を指した。兵長は「はいッ」と不動の姿勢をとり、大きな気負った声ですらすらと暗誦した。

「軍紀ハ軍隊ノ命脈ナリ戦場到《いた》ル処《ところ》境遇ヲ異ニシ且《かつ》諸種ノ任務ヲ有スル全軍ヲシテ上将帥ヨリ下一兵ニ至ル迄《まで》脈絡一貫克《よ》ク一定ノ方針ニ従ヒ衆心一致ノ行動ニ就カシメ得ルモノ即《すなわ》チ軍紀ニシテ其《そ》ノ弛張《しちよう》ハ実ニ軍ノ運命ヲ左右スルモノナリ而《しか》シテ軍紀ノ要素ハ服従ニ在リ故《ゆえ》ニ全軍ノ将兵ヲシテ身命ヲ君国ニ献《ささ》ゲ至誠上長ニ服従シ其ノ命令ヲ確守スルヲ以テ

第二ノ天性ト成サシムルヲ要ス」

「よし」と大尉はいって、またつづけた。

「いいか、軍紀の弛張は軍の運命を左右するものだ。戦場では、地方人も軍人も一体だ。地方人が一人でも捕虜になり、スパイをはたらけば、それが軍紀を乱し、軍の運命を左右するのだ。沖縄の奴らは、その軍紀を乱し、戦争を敗戦に導いたのだ。お前らは、日本人の魂が入っとらん。お前らのような精神の腐った奴らに、日本人がどういうものであるか、いま、この俺が教えてやる。吉本上等兵、ここに穴を掘れ！」

と大尉は命じた。円匙をもって待機していた四人の兵隊が、波平たちの前に四つの穴を掘りはじめた。

波平の背筋を戦慄《せんりつ》が走った。彼は和子たちがわっと泣き叫ぶのではないかとおもったが、かの女たちは、しかし、顔を上げてどこか一点をじっとにらんでいた。それは、すでにあきらめたか、何かを決している、動かぬ顔だった。

その顔は、波平に衝撃をあたえた。彼はまだ心が決まっていなかった。処刑は洞窟を出たときから覚悟していたが、彼の心はまだ動揺していた。いまの大尉のコトバで、それはよけいに混乱していた。自分の行動と思想とに、ふと疑惑を感じていたのである。

大尉のコトバは、捕虜になるのは沖縄人の恥だといっていた美里昇や、仲松先生や、女学生たちのそれと同じであった。それは波平自身が、かつては子どもたちに、とくに青年学校の生徒たちに教えたものであった。波平はそれに抵抗を感じ、それと戦い、そのような世界からだんだん離れていった。しかし、いま大尉のコトバを聞いているうちに、彼は不意に、自分はもしかしたらとんでもない道に踏み迷っているのではないか、という疑惑がわいてきたのである。世界は、日本の現実は、依然としてこの大尉のコトバによって支えられているのに、自分だけが敗戦の悲惨さに魂をうばわれて、あらぬ道に迷いこんできたのではないか。九州にいっている妻や子どもたちは、スパイとして処刑された不名誉な父として自分を見るのではないか。いかなる困難にも動じない確乎《かっこ》不動の信念ということが波平たちに要求された。そして美里昇や国吉真徳や仲松先生もあの女学生たち、その他大勢の同胞や兵士たちが、その信念によって名誉ある死をえらんだ。しかし自分や和子や、その他多くの沖縄人、あの脱走兵などは、死をおそれ、信念を失い、意気地なく敵に降った。歴史はそのように書かれるのではないか。それが真実なのではないか。

否、それはちがう！　と波平は断乎として拒否することができなかった。彼はこの戦争の本質、不動の信念を強制しているそのからくりをまだ知らなかったし、沖縄人としての劣等意識からも、まだ自由でなかった。彼がつかんだ事実は、そこから現実のすべてを再構成し、歴史を書きかえるには、まだ力が弱かった。彼をとりまく現実は、そのためにはあまりにも重かった。

彼は、そこに自分が埋められるべく穴が掘られていくのに、確乎として堪えることができなかった。松の小枝をもれてくる真夏の太陽が、彼の額に脂汗をにじませていた。その顔は苦悩にゆがみ、そのまま硬直していくのではないかとおもわれた。

やがて穴が掘りおわると、大尉は刀を抜き、その穴の前に坐れと命じた。四人は、手をうしろにくくられたまま、ゆっくり膝まずいた。まわりの人びとのあいだに、かすかなざわめきが起こったようだった。

「何かいい残すことはないか」と大尉がいった。だれも、何もいわなかった。

しかし、しばらくして、「歌をうたわせて下さい」と和子がいった。その声は落ちついて、ふるえが感じられなかった。かの女が何を考え、どのような心境にあるのか、波平にはまったくわからなかった。この期になって、歌をうたうなんて、いったいどんな歌をうたおうというのか。

「よし、うたえ。どんな歌でもうたっていいぞ」と大尉がいった。

和子は「海行かばをうたいましょう」と小さな声でいい、一、二、三と頭をふってみなの調子をととのえてから、うたいはじめた。金城喜代子と座間味貞子とが、同時にうたいだした。

　波平はうたわなかった。彼はうたえなかった。和子たちがその歌をうたう気持はわかった。さいしょ、沖縄の歌をうたうのだろうか、とちょっとおもったが、やはり「海行かば」を歌うことで、死んでいった学友たちの後を追おうとしていることがわかった。

　憑《つ》かれたように、恍惚としてうたいつづける三人の傍らで、波平は目を閉じてじっと坐っていた。その顔には恐怖ではなく、あきらめでもなく、地獄までひきずっていくにちがいない苦悩が凍りついていた。

その後、米軍の掃蕩戦がはじめられ、まもなく村長以下K島の住民は投降して、収容所の人びとは四人が処刑されたことを知らされた。長岡大尉以下六十三名の日本兵が山から下りてきたのは、日本の降伏後ひと月たった九月十九日であった。

アカシア島

高良　勉

梅雨明けの空から
狂おしい太陽神
吼えると
島もオレも
身体じゅう
汗だらけ
朝どれ　夕どれ
に耐えて
うずくまる
海からの南風に飢え
想思樹の

黄色い花ぼたん散る
かな　かなーよー
君は知っていたかい
想思樹がアカシア
だなんて
暗い鍾乳石の
洞窟《ガマ》の迷路
女学生たちの唱う
想思樹・別れの歌
聴きながら
火炎放射と毒ガスと弾丸の嵐の中
飛び出して行った
という
衛生兵の兄よ
何を想っていた
ねじれた愛国青年
アカシアは北国の花
〈恋のアカシア並木〉

思い込んだのは
オレの方だ
陸軍野戦病院壕の入口
想思樹の葉先
風にゆれ
島にアカシアの
黄色い雨が降る
歌ってはいけない
島のかなーよー
今は
花染の手巾を織り
情をくれる
みやらびはいない
踊っていいのか
軽やかに素足で
かな　かなーよー
永遠に老いることない
戦場の乙女たちは

逆さに吊され
アジアの草原や水底
兄の骨は
還らない

（かなーよーへ）

カクテル・パーティー

大城立裕

前章

守衛《ガード》にミスター・ミラーの名とハウス・ナンバーをいうと、いちおう電話でたしかめた上で、ゲートからの道筋を教えてくれた。「そのまま行って、何ともありませんか」と私はやはりたずねた。「何ともありません」と守衛《ガード》は無表情でこたえた。「どうしてそんなことを訊《き》くのですか」と訊きかえすこともしなかった。退屈になれたような表情であった。

ゲートをはいると、きれいに舗装された道が二手にわかれて、ハウスの立ちならんだ奥へ流れていた。奥のほうで、また幾手かに岐《わか》れて、基地住宅《ベースハウジング》、あるいは沖縄の住民のよびかたによれば「家族部隊」とよばれるハウスたちをつないでいる。この道路設計がくせもので、直線でなく曲りくねっているものだから、十年前にひどいめにあったことがある。やはり今日のように蒸し暑い午後だった。いまのように、このなかに知り合いがいるわけではなかったが、この近所まで所用できた私は、帰りにこのゲートの前まできて、出来心をおこした。ボックスに守衛の姿がみえなかったのが、幸か不幸か。この家族部隊のなかを突っ切って東のほうへ抜けてみようと、そのとき私は考えた。このヤードの東端はR銀行S町支店に接しているはずだ……。私は少年の頃から、知らない道の方角だけ見定めて歩きまわるという、妙な趣味をもっていた。いわば、ささやかな探険趣味である。私は、ゲートをすべりこんで歩きだした。ところが誤算に気づいたのは、およそ二十分ほど歩いたころか。私の計算では、ほぼ直線に突っきれば十五分、ぶらぶら見物しながら行っても二十分、というつもりだったのに、三十分ほど歩いても東端の金網らしいものは見えないのだ。私は、おなじ道をぐるぐるまわっていた。ハウスはどれもおなじ形をしていて、たまに植えこみの形がちがっていたりするだけだ。洗濯物の色やかたちで、おなじところへ舞いもどっていることに気がついた。外人やメイドたちは、私をみてもなんの表情もみせなかったが、道をみうしなったとき、ふと恐怖がきた。ここもやはり自分の住んでいる市のなかだという意識をにぎりしめようとするが、なんとも無理だった。あるメイドをつかまえて道をきいた。メイドは、無表情でおしえてくれた。その落ちつきかたは、彼女が私からずいぶんはなれた向こうの人だという感じを、私にいだかせた。結局どうにか東端の裏口にたどりついて抜けでたけれども、家にかえって妻にそのことを告げると、軍相手のある洗濯会社で働いたことのある彼女はおどろいて言った。「うちの会社のひとが御用聞きにいって、泥棒とまちがえられて、憲兵にひきわたされたことがあるのよ。パスをもっていてもそういうことがあるんだから」

もう十年になる。あれ以来、私のひとり歩きの楽しみも、いくらかセーブされた。とくに基地周辺では用心せざるをえなくなった。独身ならまだしも気楽なものだが、「子どもには責任をもってよ」と妻はいうのだ。用心するにこしたことはない。戦前なら、沖縄の島のなかで、どこの辺地へ行こうと安穏なものだったが、もうそういう世間ではなくなったのだから。ハウスで働いているメイドたちはどうなのだろう。ガードなどはライフルをもっているから怖くないだろうか。外人の子どもがバスの窓に石を投げたとか、空気銃をうちこんだとか、たまに新聞にでる。ああいう子供たちは、街なかで素手で沖縄人たちのあいだを歩きまわるとき恐怖を感じることはないのだろうか。あるのだろうか。たとえばまた、私の家の裏座敷を借りて愛人を住まわせているロバート・ハリスという兵隊は、週に二日ほど泊っていくが、沖縄人ばかりの町内で、恐怖を感じた経験が一瞬間ぐらいはあるのだろうか。

でも、きょうはいい気もちだ。ミスター・ミラーのパーティーに招待されたのだ。たとえば誰かにつかまったとすれば、ミスター・ミラーの名と電話番号とハウス番号とを告げればよいのだ。ミスター・ミラーは愛嬌のある奴だ。私の役所へぶらりとやってきて、チー・ウエイ・チュー・ホエに招待したいといった。酒会《チユーホエ》はわかるが鶏尾《チーウエイ》がわからなかった。だされた招待状に鶏の絵があって Cock Tail としてあるから分ったのだ。まあ直訳だろうが、私がアメリカ人のミスター・ミラーから中国語を教わったというめぐりあわせが、おもしろかった。「孫先生と小川さんをよんである。それに私の他の友人たちと十四、五人になる」とミスター・ミラーはいった。孫氏は中国人、小川氏はN県の者だが、四人で中国語研究のグループをつくっている。研究といっても、中国語をしゃべりあうだけの集まりである。英語ではあまり話さないことにしている。英語を話しても私や小川氏や孫氏には勉強になるわけだが、なぜ中国語だけをしゃべるのか。ミスター・ミラーから誘いをかけた集まりだからであろうか。だが、それはどうでもよい。この、日本人とアメリカ人ばかりの土地で中国語を話すグループというのが、われわれに特別の親しみをいだかせていることは事実だった。われわれは、月に一度、軍のクラブの席をミスター・ミラーの名義でリザーブした。

今晩のパーティーにあつまる客が、みんな中国語に関係があるかどうかは、聞きもらした。しかし、それもどうでもよい。まず、ミセス・ミラーの愛嬌ある美貌と豊麗な体格にお目にかかれる（彼女に私たちは、クラブで一度紹介された）。それからうまい酒がのめる（私などの現地人サラリーではどうにもならない）。いつのまにか、中国語づきあい以外の楽しみを、私はいだくようになっていた。それは、月々に集まる軍のクラブでもそうだ。そのクラブの食事には税金がかからないから、とびきり安い。現地の人間が誰でもはいれるというものではないのだ。そういう選ばれた楽しみを、私は感じるようになっていた。——ハウスのあいだを抜けながら、蒸し暑さを忘れて、私はたのしんだ。

「駈けつけ三杯！」小川氏が私を迎えるといった。私がついたとき、客はだいたいそろっていた。

「駈けつけ三杯を、中国語ではどういうのですか」この一流新聞の若い特派員はいった。

「後来坐上《ホウライツオシャン》」私は、グラスをささげていった。

「それはちがいます。それは、〃あとの烏《からす》が先〃だ」

「それもちがうさ」私は逆襲に出た。「後来坐上を、日本ではふつうそう訳しているけど、私はちがうと思いますよ。後来坐上はやっぱり〃駈けつけ三杯〃のほうが近い」

「怎麼了《ゾンマラ》？」孫氏がにこやかにグラスを向けた。グラスには、婦人向きのスロー・ジンが、紅く透明にたゆたい、あまり減っていない。この頭のきれる弁護士は、中国人にしては酒があまりいけない。

「後来坐上を、英語にすると？」孫氏は日本語ができないから、彼にはそういうほかはない。

「英語？」孫氏は、ひろい額の下に、うすい眉をピクリと動かして、あたりを見廻した。

「西洋には、こうなると上席というものがないのでね」

ユーモアでそういったのか。知らないのをごまかしたのか。とにかく、これを潮《しお》に、私たちは笑った。

「愉快な話ですか」私とおなじくらいの背丈の外人が寄ってきた。コールマン髭《ひげ》がよく似合う。と、そのわきへミスター・ミラーが、すうとやってきて、

「こちら、ミスター・モーガン。陸軍営繕部の技師ですぐ東隣りの家に住んでいます」

英語で言った。

「中国語でいわないのか」ミスター・モーガンがくすぐると、長身のミスター・ミラーは、コールマン髭をのぞきこむように小腰をかがめて、「紹介に陰謀がこめられていないことを証明するためにね」

「お会いできて幸せです。お話はかねてミスター・ミラーから」

ミスター・モーガンは、グラスをささげた。私のグラスとかちあったとき、ホステスのミセス・ミラーが、料理をはこんできて、

「七面鳥《ターキー》はいかが？」

黒のワンピースの大きな襟《えり》ぐりから、白い胸がひろく浮きあがっているのが、まぶしかった。が、いそがしく料理をひろっていると、

「あなたがたが沖縄で中国語をしゃべりあうグループを作っているということは、たしかにリアリティーがあります」

コールマン髭が、気取った言いかたをした。いよいよ来たなと、私は思った。沖縄は明治以前は中国の属領だった、という考えかたが、多くの日本人やアメリカ人にどれほど支配的であることか。――私がターキーを頬ばっているあいだに、ミスター・モーガンは小川氏をつかまえて切りこんでいた。

「あなたは日本の新聞人《プレス・マン》だ。沖縄が日本に帰属するということについて、その必然性があ

ると考えますか」

「必然性はどうか分りませんが、必要性はあると判断しますね」

プレス・マン小川氏は馴れたように動じなかった。

「なぜ?」

「いま行なわれているような占領体制を自然なものだと考えないからです」

「それは分る」コールマン髭はうなずいて、「それならば独立ということも考えられるわけだ」

「十九世紀の話をよみましたな。ある本には沖縄は十九世紀まで独立国だったと書いてある」

新聞人《プレス・マン》は笑って、「ちょっと失礼」それからスタンドへ酒をつぎたしに行った。

「たしかに十九世紀のものをよんだ」コールマン髭は、私と孫氏を等分にみて、新聞人《プレス・マン》を待たずに、「しかし、二十世紀にもその理論はありうるという証明をえた。あなたがたは、ジョージ・H・カー博士の『琉球の歴史』という本をお読みになったかな」

なかなかおしゃべりだ、と私は考えた。島津氏が十七世紀に琉球を侵略していらい、どんなに琉球を搾取したか、明治になってからも、日本の官僚政府はいかに沖縄県にたいして差別的な待遇をしたか、ということを、カーの本から現地のアメリカ人たちは学び、広報の機関をもつものは幾度か書いてきた。

「あの本は……」私は言いさして、よどんだ。あの本は、アメリカの政策のためにしようと書かれた本か——とは、さすがに口にだしかねた。「あの本は……きわめて多くのアメリカ人の沖縄観を育てています」

「そう。その沖縄観がまちがっているといわれるのかね」

そばで小川氏が、おかわりの酒をのみながら、私をみて、にやにやした。

「私のひとつの経験をお話ししましょう」私は搦《から》め手《て》にまわった。「終戦直後、私は上海郊外で軍需品接収の通訳をしていた。日本軍の嘱託としてです。相手の中国人の将校たちはきわめてやさしく、私的な交際もなごやかだった。そのころ、かれらの一人が私にきいたのです。きみは琉球人ならわれわれと同じじゃないか。なぜ日本軍の通訳などしているのだ……」

コールマン髭が、どういう意味かしらないが大きくうなずき、ミスター・ミラーが微笑とともに孫氏をかえりみた。孫氏は、あるかなきかというほどの微笑で、私をみつめていた。

「私はこたえた。そう、あなたがたの論理をもってすればそういう疑問がおこる。中国では琉球がむかしから中国の領土だったということになっているからね。しかし、私たちは琉球がもともと日本の領土だというふうに教育された。しょせん人間の観念は教育された通りのものだからね。どれが真理であるかは神だけが知っている……」

「ずるい、ずるい」ミスター・モーガンが大口をあけて笑い、「だがまあ、いいか。それが琉球人の歴史から得た、生きる知恵というやつか」

こんどは私が笑った。笑ったあとで、すぐ眼を皿におとして、ハムと野菜サラダとゆで卵を、たてつづけに口にほうりこんだ。これ以上ミスター・モーガンとおなじ話題をつづけるのが面倒になったのだ。コールマン髭が満足そうにグラスの酒をゆすりながら去ると、ミスター・ミラーが、「子供たちは元気かね」中国語で、話題をやわらかいほうへ転じようという気配があった。

「子供は娘が一人だけです」

と私がこたえると、また笑いがでた。

高校生の娘は英語が好きで、夜間の英会話塾にも通っているが、そこの講師の一人にミセス・ミラーがいる。そのことも、私たちの間を近づけていた。

「そうだ、そうだった。しかし少ない」ミスター・ミラーがまじめな顔をつくった。「絶望だね。私は三人。もっと生んでもよいと思っている」

「そのこと、奥さんにたしかめてもよいですか」

「どうぞ。彼女は英語クラスの生徒たちの家族をしらべて、自分がやっと平均に達している、どうしても平均をオーバーしたい、といっている」

「アメリカではどう評価されるのですか」

「やはり、子供の多いのは幸福そうにみえるじゃないの」

「それは幸福そうです。しかし、やはりそれはうまく育てあげたときのことであって」

「いや。沖縄の人は、すぐ生活の困難ということを口にするがね」ミスター・ミラーは、それから視線を小川氏へ転じた。

「年よりを生活苦のために山へ捨てるという習慣は、あなたの故郷のことではないかね」

「オバステヤマ伝説のことでしょう。とりたてて私の県ということはないと思うが、だいたい日本全国にはああいうことは一般的におこなわれたと思う」きわめてあいまいなごまかしかたをして、「沖縄にもあったのではないですかな」

「聞きませんな。いわゆる間引きということはあったようだ。生まれ育つべき子の可能性を残酷な手段で断ってしまう……」

「それをさせたのは、たしか、蔡温《さいおん》という政治家でしたっけ。十八世紀の」小川氏は学をひれきしたが、「物の本をよむと、むかしの政治家はたしかに人口問題で苦労したようですな。しかし考えようによっては苦労したとはいえないかもしれない。残酷な手段がゆるされるというのは、問題の解決に苦労しなくてもよいということだ」

私は、小川氏の話がすれすれのところまで来ているのを感じた。人口問題は二十世紀もなお大きな人類の課題であったはずだ。論をなす者のなかには、戦争を人口削減の手段として讃える者がいるほどだ。世界人類の人口を一瞬にして激減させてしまう核爆弾のイメージが私のなかにひろがった。あるいは小川氏のなかにもそれがないとはいえまい。かれは一流紙の新聞人《プレス・マン》だ。ミスター・ミラーのなかにもそれがあるかどうか。しかし、そこまでたしかめることをさけて私は、孫氏に問うた。

「中国にもそのようなことがありましたか」

「さあ私は歴史や伝説のことはよく分らないのです。ただ、これだけは言えるように思います。中国のように三千年も苦労してきた国になると、たいていの経験はみな積んできているのではないか、ということです」

ひろい額、その下にある度のつよい眼鏡、その奥にある眼はほそくやさしく私をみたが、私は彼が中共の支配する大陸から香港へ亡命した人々の一人だということを思いだした。彼はいつか私にその話をしてくれた。三人いた子の二人までが中共の兵隊に殺されるのを目撃しながら逃げてきたが、妻とのこる一人の子を大陸にのこしたままで、いまだに音信不通だという話を、彼はしてくれた。私は、上海に住んでいたという彼の生活について問いただそうとしたが、彼は生活についてあまり多く語らなかった。その沈黙のなかに、私はやはり彼の苦労を感じとらないではいられなかった。

「郭沫若《クオモールオ》の『波』という小説のなかに、中日戦争のさなかに敵の――つまり日本の飛行機の爆音をきいた母親が、泣きわめくわが子の首を扼殺《やくさつ》するところがありますね」

新聞人《プレス・マン》が言った。孫氏が無表情でゆっくりうなずいた。そうですねとも、そうですかとも、どちらとも受けとれ、あるいはなにかに堪えて仕方なしに調子をあわせている様子とも受けとれた。

「沖縄にもありましたよ」私は小川氏にむかった。「沖縄戦では、そういう事例はざらにあったということを、私はきいています。しかも……」私は、またよどんだ。ときには日本兵がやったのだ、といおうとしたのだ。が、「ま、よしましょう。酒をのみながら、ど

う も戦争の話は」

ほんとうは戦争の話ではなく、その奥にもうひとつの核があるのだ、と思いながら、このさいそこを避けて通りたい気もちがあった。

「ところで……」ミスター・ミラーであった。「いまあなたがいわれたクオモールオという作家は、台湾？　それとも香港にいるの？」

「いえ」小川氏はこともなげに、「北京。しかも枢要な地位に。ね」と孫氏をかえりみた。

孫氏は苦笑のような微笑をもらして、まあね、というような顔をした。

「北京？」ミスター・ミラーが苦笑しようとする表情をひっこめて酒をのんだ。

「ミスター・ミラー。郭沫若《クオモールオ》の名前ぐらいは、心得ておいたほうがいいですよ」小川氏は、そろそろ酔いがまわったという口調であった。「なるほど、あなたがたアメリカ人としては中共の作家というと、あたまから裏切り者のように考える。はては人類の敵……いや、失礼。とはいわないまでも、はじめから敬遠する。その精神がアメリカを不幸にする」

ミスター・ミラーがどう応じるか、私はいくらかひやひやした。むきにならないまでも、何とか無理したユーモアでこたえるだろうと思った。が、ミスター・ミラーは相かわらずにこにこしていた。

「沖縄には」孫氏が私に向けて問うた。「固有の文学というのがあるのですか」

「固有の、という意味は？　内容的に？　形式的に？」

「さあね。そう反問されると、かえってこちらが分らなくなる」孫氏が久しぶりに破顔した。

「つまり、日本文学一般が持ってないようなものであればいいでしょう」

「さて」私は真剣に困った顔をした。「沖縄の言葉は、もともと日本語そのものなのです……さきほど話した〝人間の観念の源泉は教育だ〟という意見は伏せておいて聞いてくださいよ（私は、できるだけ楽しく話すようにつとめた）。沖縄では十三世紀以来文学作品があったということになっている。今日でも作られつつあります。しかし、それが本来日本語を以《もっ》て作られているものであれば、固有の、日本にないものということは……」

「あるじゃないですか」小川氏が切りこんできた。「おもろ、組踊り。立派にあるじゃないの」

「いや。あれはぼくは、そうは考えないのだな」

「どうして。もともと日本語だという理由でですか。無理しなさんなよ。文化というものを、そう窮屈に考えることはないと思うな。それは沖縄人が日本民族の一部だということは認めますよ。孫先生の中国人としての主観にかかわらず、私の主観はそうです。しかし、われわれ外部の者に直観的に『独特だ！』と思わせるような自分自身の生活文化、芸術文化の存在は認めてよいのではないかな」

「その独特が曲者《くせもの》なのだよ。……よくはいえないけれども、たとえば、ローカル・カラーという。日本の一地方の文化ということで、なぜいけないのだ。なぜ、本土と別ものでなければいけないのだ」

「ちょっと待ってくださいよ。その本土という言葉、それは沖縄人が作った言葉だな。すくなくとも沖縄のひとたちは、本土というばあい、日本を二大別して、その一方に自分をおく。自分で自分を特殊視している証拠です。それが独特の文化を否定するのはおかしい」

「ちょっと待ってくれ。いつのまにか二人だけ日本語でしゃべっている。孫先生が退屈そうだよ」

「日本語になっちまったのは、あなたのほうがさきですよ」

孫氏が感じとって、愉快そうに笑った。私たちも大いに笑った。ミセス・ミラーが皿をもって廻ってきた。

「マダム。ね、あなたはどう思います？　沖縄独特の文化について」小川氏が、さっそくつかまえた。

「おお。ワンダフル」ミセス・ミラーは即答した。「紅型《びんがた》、壺屋、舞踊、三味線、みんなワンダフル」

「日本文化とひとつのものだと思いますか。別のものだと思いますか」

「基本的にはおなじでしょう。しかし個性がある。……いや、ちがうかな。基本的には独自のもので、かなり日本に近い」

「どっちなんです？」

「わからない」

肉づきのよい肩をすくめると、また大笑いだ。

「わたしはホステス。料理をもって廻らなくちゃ」

豊麗な肉体が笑いながら去ると、小川氏が、

「そうだ。思いだしたことがある。何年か前にここへ来た作家のI氏が、琉球料理を御馳走になりながら、つぶやいたものです。さびしそうな色調ですねと。ぼくは、つくづく不思議に思うんですがね。紅型や漆器などのあれだけ華麗な色を創《つく》った沖縄で料理だけがあのように貧しげな風情をもっているとは」

「それはやはり、貧しさの象徴ではないかね」ミスター・ミラーであった。「私は琉球料理については多くを知らないが、一、二度たべた経験からすると、中国料理にちかいのではないか」

「するとやはり」小川氏が割りこんだ。「中国文化型を主張なさるわけ?」

「急ぎなさんな」ミスター・ミラーは話しながら笑い声をたてた。「要するに貧しいということだ。中国料理も、ね、孫先生、中国の民族が貧しさとたたかう過程から発明されたのでしょう」

「私たちは、そう教えられたことがあります」孫氏が慎重な口調でこたえた。「三千年の飢餓と戦乱の歴史があれだけの充実した料理を創造したというのです。つまりどのような食糧難にあっても、自然のあらゆる物を用いて食うに耐えるものを料理する技術というわけ」

「なにが幸いするか分らないものだな」小川氏は大げさに感にたえたような顔をしてから、私にいきなり、「沖縄もこのさい何かを創造しようと思えばできますね」

「こんどは日本復帰尚早論かい?」

「冗談いいなさんな。早合点するんじゃない。復帰の見込みがたたないからといって、早のみこみであきらめるな、ということです」

「なにを創造するの」

「精神的な栄養。いかなる困難な時代にもめげない――」

私はふと、この小川氏がいわゆる部落の出身ではないかと疑った。こうもさばさばとストイシズムをロマンチシズムに切り換える感覚というものは、沖縄人のインテリのものなのだろうと考えていたが、おそらく本土《ヤマト》では、いわゆる部落民なるものにそれがあるのではないかと、かつて考えたことがあるからだ。そういえば、中国民族だって同様なものがあるのではないか、と私は思いついた。そこで孫氏へ、

「中国人はずいぶん語学に堪能ですね」

「そうですか」

「いや。そうまともに応じられると困るんですが」私は、いくぶんはにかみの笑いをまじえて、

「じつはぼく、上海の学院に留学していたころ、上海の庶民がいかにも日本語に巧みなことに感心したのです」

「占領下の民衆としては、やむをえない生活の工夫でしょうね」孫氏は、すなおに乗ってきた。

「日本が進出する前は英語をよく使っていたそうですね。終戦後もそうだった。やはり生活の工夫でしょうね」私ののどの奥に、出したくてうずうずしている言葉があった。日本人学友のひとりが言った〝亡国の民が本能的に身につけた技術〟という言葉だった。私は、かろうじてその冗談をさけて、つづけた。「私は、このごろよくそれを思いだします。それにくらべると沖縄人はなんと英語が下手なんだろうと」

「上手ではないですか、みなさん」

「いや。上手なのもいるが、総じて下手だということになってるらしい。たとえば学生の語学力を日本の学生にくらべてね」

　中国語で本土とか内地とかヤマトとかいう概念を翻訳するのが難しく、日本とよんだことにひっかかるものを、私は感じた。

「それは全くそうだ」小川氏がくちばしをいれた。「それはどういうことなんだろうね。たんに怠慢ということなのだろうか。学ぶ機会ならここのほうがはるかに多いわけだが」

「ミセス・ミラーにきいてみたらいい」孫氏であった。「沖縄人に英語を教えている体験から」

　孫氏にしてはめずらしく茶目ッ気のある半畳であったが、残念なことにミセス・ミラーは、むこうの外人へのサービスにいそがしいようであった。

「いや、むしろこれは、国語力の貧しさだと思う」私はいった。かねて考えていたとおりの意見であった。「英語力といったって、その基礎は国語力だから。――なんといっても地理の隔たりと日常語の隔たりが宿命的な障碍《しようがい》になっている」

「やはり文化の隔たりじゃないですか」小川氏の冗談に皮肉がこめられていた。私がさきほど主張した、日本文化の一部分としての沖縄文化という考え方を、私みずから崩したというこことになっているようであった。

「いや、それは……」私は、なにか言おうとして、うまく言えなかった。でも、その困惑は、容易に笑いに転じうるものであった。みな笑いだした。

「沖縄の言葉には、ずいぶん中国語がはいっているそうですね」孫氏がいった。

「そら、おいでなすった」私は、別の笑いで受けた。「私が上海の学院に入学した当初のこと、一緒に行った連中がいうんです。沖縄の出身なら中国語が上手でしょうね。また、沖縄出身の学生がみな中国語が上手だということが、『やはり……』という表現で認められたのです」

「いや、そういう意味でなく」孫氏があわてて手をふった。「私は、あなたに名教育論を発明させた中国軍将校のようなことは言わない。もうすこしまともな話です。まともなかわりに肩のこらない。……（話にだいぶ笑いがまじってきた）こないだ、あるお年寄りの知識人にあったら教えてくれました。たくさんの沖縄の方言が、その源は中国語だという」

「ほう。たとえば？」興味をそそられた様子でのりだしたのは、ミスター・ミラーであった。

「お父さんのことをターリーというそうですね」孫氏がいった。「中国語の大人《ターレン》からきたものだとききました」

「士族——サムライの家門では、そのように言ったそうです。そのほか、かんざしをジーファーと称したのは結髪《チェファ》でしょう。お正月などに御馳走を盛るのにつかう東道盆《トンダーボン》……」

饒舌《じょうぜつ》に五つ、六つならべてみた上で、「ここから三里ほどはなれたある村に打花鼓《ターファークー》という集団舞踊が伝統芸能として受けつがれている。題名だけに文字がのこっていて、歌詞の文字がのこってない。私もききかせてもらったが見当がつきません」

「爬竜船《はりゅうせん》競漕の歌詞は教えてもらいました。いい詩ですね」

「長崎の爬竜《ペーロン》を思いだした」小川氏がひきとって、「あれもやっぱり、中国のどこかから来たということだった。ええと、どこだっけ。上海でもなし、福州でもなし……」

小川氏が、つまらぬことにこだわってしまって、酔いのまわった眉をよせて考えこんだその表情が奇妙におもしろいので、見つめていると、その視界のさきに、ミスター・モーガンがあらわれて、こちらを一瞥《いちべつ》すると、せかせかと扉口のほうへ行き、そのまま戸外へ消えた。

「ペーロンとハリュウ船。ふしぎな暗合だな」小川氏は、そこで淵源をたずねる思索を断念したとみえて、「琉球から長崎へ渡ったのか。長崎から琉球へ渡ったのか」

「あるいは、それぞれ同じ源から渡ったのだろうよ」私は、なんとなく相槌《あいづち》をうっていた。

「そうかも知れません。十八世紀ごろ倭寇《わこう》が運んだものかもしれぬ」

「まさか。倭寇があんなものを運ぶものか」

「運ばないかもしれないが、そう考えるのは楽しいことではないですか」

小川氏はそれから、また日本語になってしまったことの詫《わ》びを孫氏にいれて、倭寇の講釈をした。

「倭寇はね、孫先生。中国を荒らし沖縄を荒らし、日本を荒らした。荒らしたという点で民族的差別がなかったといってよい。そしてかれらは、文化の交流に役立った」

「危険思想だ、それは、侵略礼賛ではないか」孫氏が即座にコメントした。

孫氏のそのコメントを頭のなかでふり払い、私はふと、アメリカがこの沖縄にいろいろの文化をもたらしたことを思いうかべて、ミスター・ミラーをかえりみた。ミスター・ミラーは、いつのまにか私たちのそばから姿を消していた。他の客たちの喧騒があらためて耳についた。

「いいじゃないですか。いや失礼。侵略礼賛にアクセントをおいてもらっては困る。歴史をながい目でみる。そこに文化移動の真理というか、世界の諸民族の文化をたがいにふくらませてゆく論理をみる――いや、また脱線したくはないが、要するに話をひきもどせば、長崎と沖縄とを中国という大きな糸で結ぶ歴史のロマンを思ってみたいということですよ」

「いや。そういうわけにはいきますまい」孫氏がおだやかな口調でさえぎった。おだやかだが、それはなんとなく私をはっとさせる執拗《しつよう》なものをおびていた。「いかに文化に貢献しようとも、侵略は侵略ではありませんか。それに、貢献しているようにみえて、その実なんら貢献になってないこともあるのですよ、歴史をながい目でみればね」

孫氏にしてはめずらしく、正面切った反論であった。小川氏は、めずらしいものを発見したという眼で孫氏をみた。酔いがさめるのかな、という笑いに似た気もちと、孫氏の胸のなかにいまおよいでいるであろう本意をおしはかる気もちをおさえて、私はごまかすように、グラスを口へはこんだ。

そのとき、ミスター・ミラーの声が、みんなを黙らせた。

「たいへんお愉《たの》しみのところを恐縮ですが、しばらく中止して、ミスター・モーガンに協力してもらえませんか。彼の三つになる坊やが行方不明になったのです。夕食にみえなかったというのですが、いまだにあらわれません。知りあいにはのこらず電話できいたというのですが、まだ分りません。ミスター・モーガンはそれを知らずに、いまさきまでわれわれと歓談していたのですが」

「われわれができるだけの協力はしなければなりません」

いちばん若いとおもわれる客がいった。メキシコ系の風貌で、とても親切な男だという印象をあたえた。

戸外へ出て、さがしまわることになった。

「この村のなかをさがしまわるったって……」私は十年前の迷い子になった体験――あの、茫漠《ぼうばく》としたとらえようのない不安の気もちを思いだして、それを孫氏に話した。孫氏はなんとなく私と肩をならべて歩きだした。「野原と住宅ばかりで、きわめて開けっぴろげだし、そこにまた一種の不安感も湧くのですがね。いまの問題に即していうと、どこにも隠れようがない、また隠しようがない。それだからなお不安になる、つまりほんとうに子どもが行方不明になったとすれば」

「とにかくひとめぐりしてみましょう」

孫氏は、かるくながして歩いた。

私はひとまず孫氏に妥協した。ミスター・ミラーのハウス番号をおぼえている。十年前のように私自身が迷いこむことはあるまい。すくなくとも不安に襲われることはあるまい。私は、なんとなく身分証明書をもっているような気もちで、孫氏とならんで歩いた。星が無数に美しくきらめいていた。どこか南のほうに台風でも発生しているのか、ひどく蒸し暑い。上層気流があわただしく流れているらしく、星のまたたきが、いつもより落ちつきを失っていた。

「沖縄の夜空は美しいといわれます。中国はどうですか」

私は、なんとなくミスター・モーガンの不安など忘れていた。二人の歩調は、まるで散歩のようであった。

「あなたも中国にいらっしゃったのでしょう」孫氏は笑いをふくんでいった。「私はもう忘れました……」事実、二十年前のあの江南の自然など、ほとんど私の記憶から消えてしまった。

「故郷というものは、なんとなくいつでも記憶のなかで美しいものではないのですか。もっとも、私の頭のなかで中国の自然の思い出などというものは、生まれた土地である上海から、南京、湖南、江西、広西と転々としているうちに、印象がごっちゃになってしまいましたがね」

孫氏の転々というのが、日本軍に追われて移動していったことにほかならないことを私は知っている。そのような転地の連続では、むしろ自然の印象などというものを脳裏にきざみこむ余裕などない、というのが真実なのだろう。

「しかし、……」私は話題をかえた。「ただこうしてぶらぶらしても申し訳ない。どうしましょう」

「一軒一軒、たずねてみましょう。他のひとたちは別の道を行っているようですから」

「そうですね。それよりほかには」相槌をうちながら、私のなかに一瞬また十年前の不安な気もちがよみがえった。この夜なかに、大義名分があるとはいえ、沖縄人と中国人が連れだって、アメリカ人の住宅の一軒一軒を訪ねてまわり、アメリカ人の迷い子の子供がいないかどうかたしかめる——そういうしぐさが一抹《いちまつ》の不安もなしにやれるというものではなかった。だいいち、自己紹介をするのが面倒な手続きであるにちがいなかった。しかし、

「ミスター・モーガンの友人だということでいきましょうよ」

そういって、孫氏は笑った。なるほど、と私も苦笑した。結局、それでうまくいった。私がほっとしたことには、ミスター・モーガンの友人ですが、といった途端にどの家でも用件を察してくれて、電話をもらったが当家では誰も知らない、というようなことを言ってくれたのである。そして、その言いかたがいかにも親切そうであり、なかには、あなたがたお二人とも沖縄人？　ときく夫人もいて、ひとりは中国人だとこたえると、あらためておどろいたしぐさで愛嬌をしめすのであった。

「みんな案外親切ですね」私は感にたえて、「こんなふうに、異国でひとつの部落をつくっていると、ひとつの運命共同体みたいな気もちで同情するのでしょうね」

「そうですね」孫氏はすこし言葉を切ってから、「最悪のばあいは誘拐されたということも考えられるし」

「誘拐？」私はおおむ返しに、「沖縄人の手にですか」

「かならずしも沖縄人とは限りますまい。不良外人というのもいるわけだから」

孫氏はなぐさめのようにいったが、私に生じたこだわりは消えなかった。しかし、このさい私は、むしろ私の怠慢を責めるべきであった。私のあたまに誘拐などというイメージが一片も浮かばなかったということは、それだけこの事件にたいする私の関心がうすいということであるのかも知れなかった。せっかくこうして捜索の手伝いに出て、訪ねる先々の米人たちの関心のあたたかさをみていながら、私の関心の程度はそのようなものであった。私は、モーガン二世がこの部落にみあたらないという不安より、むしろ私自身がこの部落でいかに安定していられるかということへ、多くの関心をはらっているようであった。

「いま、ある記憶がよみがえりました。二十二年前のことです」孫氏が語りはじめたとき、私たちは部落のはずれの金網の前にきていた。三メートルほどの高さをもった金網のむこうに、最近また急速度に伸びをみせた街の灯が、いかにもこちらとは無関係だという表情でかさなってみえた。「私は家族をつれて、重慶のひとつ手前のWという町にきていました。家族というのは、妻と四つになる長男と二つになる次男とです。三番目の子はまだ生まれませんでした。国民政府はもう重慶に移っていたし、反日分子といわれる人々は大方重慶であたらしい生活をはじめていたのですが、そのしばらく前に私は妻が病気になって動けなかったのです。にげた政府にとりのこされた生活というものが、どんなに不安なものか、そのとき身にしみました。いや、政府そのものが頼りになると思うわけではないが、そのとき私たちは政府に見落とされただけでなく、敵日本軍に追いつかれ、Wではもう日本軍占領下で生活しなければならなかったのです。私は、ごまかして良民証をもらい、隙をみて脱出しようと図ったのですが、なかなかうまくいきません。そのうちある日、四歳になる長男が行方不明になったのです。家の近所で子供たち同士で遊んでいたというのに、夕方みんなが家へ帰るころ、いなくなっていることが分ったのです。私は当然捜しあるきました。戦争中ですから、街の夜は暗いのです。それに私はよそ者です。知り合いも多くはない。手あたりしだいに訪ねてあるくうちに、誰かがスパイであって私の身元がばれるかもしれないという不安がきざしてきました。そして、その不安は相手の側にもあったのです。敵中にあって同胞がおたがいに疑いあうということは冷酷なものです。その冷酷さとたたかって、私は子供を捜しあるいたのです。子供は日本軍の憲兵隊で保護されていました。ひき渡してもらうのに、いろいろの訊問をうけました。なんとか切り抜けたものの、暗い夜の街を家へ帰りながら考えたことは、これが自分の国のなかだろうか、軒なみの家々に住んでいるのは自分の同胞だろうかということでした」

　孫氏の記憶をさそいだした契機ははっきりしていた。そのひと齣《こま》ひと齣が、あまりにもいまの状況と照応していた。が、あるいは似て非なる照応であるのかもしれない。第一、軒なみに尋ねあるくときの応対なるものが全然ちがう。それに、もっと大事なことは、行方不明になった当の子供が、一方は占領者のそれであり、他は偽りの良民証をもった家族のそれだということだ。日本軍の憲兵隊ははたして保護していたのか。あるいは誘拐していたのか。いまモーガン二世を誘拐している沖縄人がいたとしたら、それはなんのためだろう。占領者の幼児を誘拐している沖縄の一男性あるいは女性の心境はどのようなものであろうか。

　――孫氏が黙り、私も黙った。

「やあ、こんな場所にいらっしゃったのですね。子供はみつかりましたよ」不意をつく声は、あの親切そうな、メキシコ系だと私がみた男だった。「なんのことはない。メイドが一日暇をもらって帰ったんだけど、ことわらずに連れていってしまったのだそうです」

男は、屈託なく笑った。

「とんだ誘拐だ」

私も、つい大声をだして笑った。無論会ったこともないメイドだ。たぶん年端もいくまい。主人にだまって主家の幼児を連れて里帰りをしたという無分別にたいする怒りは、生じると同時に蒸発してしまって、そのメイドの底抜けの善人ぶりを、声をはりあげて謳歌《おうか》したくなった。

「ついに沖縄人は、アメリカ人の子供を誘拐なぞできませんでしたね」

「そのとおり。だいたい考えられないことです」

孫氏と私は、ひさしぶりのように明るく笑いあいながら、ミスター・ミラーの家へもどった。

ふたたびパーティーがはじまった。どの会話も、事件のことでもち切りのようであった。一部では、小娘の心事についての忖度《そんたく》がいろいろと語られた。もちろん、非難する者もいた。だが、そういうひとに対しては、好意のある弁護が向けられ、非難した者も、それもそうだというふうに言いなおしたりした。おもしろいことに、私はその時までなんとなく、私たち四人――孫、小川、ミラーとのグループだけにかかわっていたのが、あらためて、他の西洋人の客たちの誰彼といそいで会話をかわすようになっていた。ちょうど、われわれの世間で、二次会はこれからだぞというようなはしゃぎようであった。

「あなたもほっとしたでしょう」例の親切そうな男が私にいった。名はリンカーン、軍の劇場の照明係、母がメキシコ系で国際親善のおかげで生まれた、リンカーンという名にふさわしい、などと彼はみかけ通り、すこしおしゃべりであった。「あなたがたの土地で外国からのお客さんの子供が行方不明だなんて、気もちのわるいことでしょうからね」

私は、微笑でうなずいた。お客さんという表現にひっかかるものはあったが、このさいはリンカーン氏の好意をうけとめるほかなかった。

「いや、じつの話」と他の一人が割りこんできた。車の輸入をあつかっている会社の支配人で名はフィンク、という自己紹介であった。「事件が片付いてみると、なるほどとあらためて感じるのだが、アメリカ人の大人にならいざ知らず、子供にたいして悪事をはたらく沖縄人というものを私は想像できない。私の会社では、労働争議の経験があります。組合をつくっている沖縄人の従業員は、結局はむしろおとなしすぎるくらい善意の人たちなんですよ」

お世辞かもしれない。しかし、それはそれでよかった。そう語っている表情には、安堵《あんど》と親しみ以外のものはないように思われた。

「まったくね」小川氏がいった。私にささやくような声であった。「半年ほど前K島にいったことがあるのです。夕方宿の二階から往来を見おろしていると、島に駐屯している通信隊の兵隊さんの奥さんらしいのが赤ちゃんを抱いて散歩している。すると、そこらで夕涼みをしていた四、五人の島の青年たちが、あいさつをして代りばんこにその赤ちゃんを抱きあげたりしている。沖縄本島で、アメリカ人がそのようなことをさせるか、あるいは沖縄人の青年がそのようなことをするかどうか、分らない。ああいう小さな島ではそれが可能らしいのだね。なにか、ほっとする気もちでしたよ」

小川氏の話は、理屈を語っているわけでなく、あまり要領をえなかったが、やはり彼なりに安堵をみせたかったのであろう。

ミセス・ミラーがにこやかに近づいてきた。事件のせいか、あるいはすこし酒をのんだのか、わずかに頰が上気しているようであった。いよいよ美しかった。私はふと、彼女が英語会話を教える合い間に、沖縄人の大人の生徒たちとの間に子供のことなど語りかわしている姿を想像した。それから、かの生徒たちのうちの男が彼女の豊麗な肉体に感じいるとき、罪の意識をもつであろうか、どうか、詮索《せんさく》しはじめた。

後章

その蒸し暑い夜、たぶんお前がミスター・モーガンの幼い息子を探しあぐねて、家族部隊の金網の内側で孫氏の思い出話をきいていた時分に、M岬でお前の娘の身の上の事件はおこっていた。

お前がパーティーから微醺《びくん》をおびて帰宅したとき、娘はもう床をとって横たわっており、妻が緊張した表情でお前を迎えた。妻は、娘が脱いだ制服をお前に示した。ところどころが汚れ破れていて、それだけでもうお前は大きな事故がおこったことを理解させられた。

驚きと狼狽《ろうばい》は、矢つぎばやにやってきた。娘を犯したのは、裏座敷を借りているロバート・ハリスであった。事故のおこる三時間前、つまりお前が家族部隊のゲートをはいって、きょうこそはなんの怖《おそ》れもなくこのなかを歩けるのだと、いい気もちでミスター・ミラーのハウス・ナンバーをさがしていた時分、お前の娘は、友達の家から帰る途中、町内にはいってから、ロバートの車によびとめられた。二人は、借間人と家主の娘という気安さで、街で夕食をとったあと、M岬に夕涼みにでかけた。なるほどM岬は、その蒸し暑い晩の夕涼みには好適であった。が、街から十里もはなれたM岬は、近くの部落からも二キロははなれており、その晩、ほかに夕涼みの客はみあたらなかった。そこで突然不幸はおこったのである。

お前は、直接娘の口からその残酷な事情を聞かずにすんだことを、ありがたいと思った。が、そのひと晩は、まだ事件が実感として信じられなかった。第一、ロバートには愛人がいて、その愛人のための間借りである。そして週の半分は訪ねてきて泊る。その縁でお前の家族と親しい。あれこれ話し、つきあった経験を思いおこすと、まだそんなことがおこりうるとは信じがたいのである。もちろん、敗戦このかた世間いたるところに起こっている事柄ではある。しかし、実際に親しくつきあっている外人にそのイメージをかさねあわせるのは難しい。愛人は十日ほど前から離島にある実家へ帰っていて、翌日借間へ戻ってきた。お前は、彼女に事件を告げた。告げたが、別になんの要求もしなかった。告訴や罵《ば》詈《り》や賠償要求や、ということはまだお前と妻の頭にうかんでこなかった。ただ表情を動かさず、声をたかぶらせずに、お前たちは愛人に事件を告げた。愛人は、はじめ驚きの眼でそれを受けとめたが、お前たちがひととおり告げたあと、じっと黙って坐《すわ》っていると、突然声をひきつらせて、「私だって犠牲者なのよ」と叫んだ。そして、ただちに動きまわって、荷物をまとめ、翌日にはもう引っ越していった。おそらくは、その世界の友達のところへでも身を寄せていったのか。ロバート・ハリスとは別れるつもりであるのかないのか、彼が来たらどう伝えてくれとの頼みもなく、とにかくお前は、あらためて自分の生活と彼女の生活とがとてつもなく離れていることを覚《さと》った。同時に、事件にたいする実感と憤《いきどお》りがこみあげてきた。告訴を決意したのは三日目の晩である。

しかし、娘は告訴につよく反対した。その理由を言わなかったが、はじめお前はそれを羞恥心《しゅうちしん》からだと判断した。その羞恥心についてはお前も分らないではなかったが、しかし事件をそのままに流しては、ロバートやその愛人との関係がきわめて不安定なままに埋もれてしまうし、自分の周囲に自分の手の届かない世界がいつまでも存在するということが、お前には到底耐えられない気がした。お前は娘を説得しようと努めた。娘は、そういう理由ではない、といった。お前が問いつめると、娘は幾度かそれを言おうと表情をうごかしたが、ついに明かさなかった。判明したのは、そのまた翌日のことである。

翌日、一人の外人が二世の通訳を伴って訪れ、お前の娘を連行していった。娘はM岬でロバートに犯されたあと、彼を崖からつき落として大怪我をさせたのだと判明した。もっとも娘がロバートから犯されたということは、この際問題でなかった。CIDから派遣されたと自称した男たちの話では、娘は米軍要員にたいする傷害の容疑で逮捕されたものであった。被害者ロバートはいま軍の病院に入院しているということであった。その告訴によるものだときいたとき、お前は口ばやに、それが正当防衛だということを説明しようとしたが、甲斐はなかった。それは別途に告訴すればよい、という示唆《しさ》があたえられただけで、娘は連行された。告訴はＣＩＤにするのかと質問すると、琉球政府の警察署にするのだといった。

お前と妻と二人だけになった家のなかに、暗く重い空気がしのびよってきて、二人とも一日食事をとらなかった。妻は、思いだしてはしきりに泣き、泣きやんでは物凄い形相《ぎようそう》で、なにかをみつめる眼つきをした。お前は、娘が連行されていった場所の様子を想像しようと懸命であった。この土地では犯罪捜査を琉球政府の警察と米軍のＣＩＤとの二本建てでやっていて、軍関係のものはＣＩＤがやるのだということぐらいは知っていた。しかし、ＣＩＤの捜査というものが、どのような形でおこなわれるかということについては、具体的なイメージが浮かばなかった。もっとも、沖縄人の警察がおこなう犯罪捜査についても、実際に捜査の現場をみたわけではないし、小説や映画などにでる日本の警察と当然同じかたちのものだと考えるだけであったのだが、それにしても、なにしろ警官というものを見知っているし、警察署、警察本部を見知っているので、まだ身近に感じられた。しかし、ＣＩＤやＣＩＣについて、お前はなにも知らない。それらの本部あるいは司令部などというものがどこに在るのか、友人と茶飲み話に語りあったことはあるが、結局いまだに知らない。事務所の様子なども知りうるはずがない。留置場などもあるのだろうか。——娘を連行されてはじめて、それらのことを微細に脳裏に描いてみようと試みた。が、イメージは一寸《いっすん》もひろがらなかった。想像を頑固に拒否するなにものかが、あった。発言を拒絶される世界として、そこは感じられた。それは結局想像の拒絶につながっていた。娘を連れていった人たちが普通のみなれた人間にかわりないということが、なにか不思議なことのように思われた。すると、そのような人たちが、どのような形で娘を取り調べるのか、あらためて未知の事柄として、お前の胸を攻めた。保護者として出頭を命じられるのなら、まだ気もちの据えどころはあるのに、と思った。が、それもなかった。それでもよい、ただ娘が取り調べられるとき、正当防衛だという主張をゆるされればよい。というよりせめて、そう娘が発言するだけの心理的余裕をあたえてくれたらよい。——お前は、告訴の手続きをとるために、市の警察署を訪ねた。

「それはお気の毒に」と中年の思慮深そうな警察官はいった。「で、本人は？」

ＣＩＤに連行されたことを口ばやに説明しながらお前は、ここで千万言を費やしてでも事態をなんとかしなければならないという焦燥にかられた。

「ですから、娘は暴行されたので、悲しみと憎しみとで、前後の見境《みさかい》もなく……と本人の言い分からよみとられたのです」

「しかし、……いや、詳しい事情はいずれ調べる機会もありましょう。ただ、ここでまことに申しあげにくいことを、とにかく率直に申しあげて理解していただかなければならないのですが……」

係官は、そう前置きして、説明した。それによると、まず、娘が犯されたという事件と、娘が男に傷害をあたえたという事件とは、別個の事件として取りあつかわれる――これは、よく考えればそうかもしれない、とお前の納得しやすいことであった。第二に、男の裁判は軍で行ない、娘の裁判は琉球政府の裁判所で行なう。娘がいまＣＩＤに連行されたのは、たぶん男から軍へ訴えがあったから取り調べの便宜上そうしたことであって、いずれはこちらへ移管されるであろう、ということであった。それも、それでよいのかもしれない、とお前は、お前のつとめる行政機関が政府とはいいながら、その上にもうひとつそれを監督する政府があることを思いおこしながら理解した。しかし、そのつぎの説明でお前は完全に息のつまる思いがした。

その一、軍の裁判は英語でおこなわれる。のみならず、強姦事件というものは、この上もなく立証の困難な事件であって、勝ち目がない。ふつう、告訴しないように勧告しており、すでに告訴したものでも、事実取り下げた例が多い。

その二、琉球政府の裁判所は軍要員にたいして証人喚問の権限をもたない。被告人が正当防衛を主張したところで、ロバート・ハリスを証人として喚問しない限り、その立証は不可能であろう。

「ということは……」お前はまったく混乱して、声をうわずらせた。「泣き寝入りしろということですか」

「そうはっきりいうことを、さけたいのですが」

係官が、こういう場合にこうした役人がとる通例の手段として、質問に率直にこたえるかわりに同じ説明をくり返そうとするのを、おしのけてお前はかさねた。

「民の裁判所に喚問権がない？　では、本人が自発的に証人として立つならばそれでよいのですか」

「自発的に立てばね」係官は少々おどろいたような表情をした。そんなことはありえない、と言いたそうであった。

「勧告するのです。こちらから」

「誰が？　あなたが？」

「します、私のほうで何とか。そして、その裁判で正当防衛が立証されれば、軍の裁判で有罪判決になるのも望めるのではありませんか」

「いえ。軍の裁判はやはり別のものです。それに……」係官は、あわれむような眼をした。「正当防衛ではありませんね。おっしゃる通りですと、すでに行為は終ったあとの傷害ですから、正当防衛でなく、情状酌量といっても別の情状になるわけです。……さっきじつはご説明を聞いたとき申しあげようとしたことなのですが」

係官の説明が、混乱したお前にはすこし理解しにくかった。相手の眼を一瞬間、淵のような深い暗さがよぎった。同時にお前の脳裏に、あの十年前家族部隊の東端へ抜けでようとして道に迷いいらだったときの記憶がはしった。あのときお前が無性にいらだちながら方角の定まらない舗道を歩きまわっている姿へ、同胞のメイドたちが一瞥とともに投げた感情は猜疑《さいぎ》、軽蔑、憐愍《れんびん》、嫌悪、擬装された無関心、そのどれであったか。いま眼の前の警官がお前にいだいている感情は、そのいずれとも違うものではあろうが、ただひとつ、「お前をどうにも救うことができない」という絶望を底にかくしている点で一致する。その絶望を脱けだす道はなにか。……蒸し暑い夕方、人通りのすくない家族部隊内の舗道を、招かれたパーティーの場所へ守衛《ガード》から許されて楽しい気もちで急いだときの感情が、このときさわやかによみがえった。

「成功させます、証人出廷を、かならず」

「そうですか」係官は、まだ憐《あわ》れむような表情をかえずに、「では、告訴はそれが成功したらということに」

ミスター・ミラーへ電話をいれて至急に会いたいというと、すぐ承諾して、その夕刻勤めをひけたあと自宅でということになった。守衛《ガード》にその旨伝えてくれとつけ加えると、OK、OKという声がはずんだ。お前のなかに、なかばほっとするものがあった。パーティーの余韻が、まだミスター・ミラーにのこっていて、自宅でということになったものらしかった。

訪れてゆくと、ミセス・ミラーも出てきた。パーティーの感謝をお前がのべると、自分たちも楽しかったといい、お前は話し易さを感じた。

「ところで、お嬢さんはこの二回ほど英語クラスへ出てきませんが」
と、ミセス・ミラーがいった。

きっかけができた。お前はさっそく用件を切りだした。さすがにミラー夫婦にそれとない緊張がきざした。表情がかたくなるのをみとめながら、それはやむをえないことだとして、お前はつづけた。ミセス・ミラーが、それとなく席をはずした。お前はロバート・ハリスの部隊名を聞きおぼえのままに言って、しかしいまはたぶん病院にいると思うから、いっしょに訪ねて会ってもらえまいか、と結んだ。

「ぜひ彼に証人として法廷に立ってもらいたいのです」

「突然の話で」とミスター・ミラーは言った。「しかも私の数多い経験のなかでも難問題のひとつだ」

「申しわけないと思っています。あなたが、おなじアメリカ人を責めるような立ち場に立つことは辛いだろうと思います。しかし、私はそれを誰かに頼まなければならない。自分ひとりで彼を病院に訪れることが許されるのかどうかも分らないのです……」

「正規の手続きをとれば許されるでしょう」

「かりに私がひとりで訪ねて行って、成功するとお考えですか」

「成功するかどうかは、彼の考えにかかる問題なのだから、あなたがひとりで行こうが同伴で行こうが、関係ないのではないかな」

「ただの同伴ではないのです。あなたです。アメリカ人のあなたなのです」

「悲しいことだと思います。これはアメリカ人と沖縄人との決定的対立の事件になる可能性がある」

「可能性がある、ではない。現にそうだと私は考えます」

「いや。私はそうは考えない」ミスター・ミラーの視線がするどくお前に迫り、お前も緊張した。

「もともとひとりの若い男性とひとりの若い女性のあいだにおこった事件です。あなたも被害者だが、娘の父親としての被害者だ。つまり世界のどこにでも起こりうることだ。沖縄人としての被害だと考えると、問題を複雑にする」

「どういう意味でしょう」お前は、しだいに首すじが熱くなるのを感じた。

「それは私のほうから訊きたい。あなたが、ひとりのアメリカ人の青年の行為を批判する目的に、おなじアメリカ人である私をわざわざ協力者としてえらぶ。そのお気もちが私には分りかねる」

「迷惑だとお考えですか」

「迷惑だとは考えない。ただ、ひとりずつの人間対人間として話しあうべきではないかと考えるのです。私がそのロバート・ハリスという青年と知りあいだとでもいうのなら、意味はある。しかし、彼にたいして他人であることにおいて、あなたと私はおなじだ。こんなことをいまさら言いたくはないが、おたがい民族や国籍をこえた友情を築きあげるのに努力してきた。対等の関係をおたがいにたしかめあってきたと信じている。こういう事件で、その折角《せっかく》つくりあげたバランスを崩したくはない」

「そういう難しい理屈を、私はいま考えようとは思いません。崩れたものなら、あとで建てなおします。ただ、私は協力がほしいのです。私ひとりでは当事者であるだけに角が立ちすぎるから、仲にはいっていただけば助かると考えたのです」

「孫先生ならどうでしょう。あのひとなら、弁護士で話の進めかたも上手だろうし、沖縄人でもなくアメリカ人でもないということで、むしろ立ち場としては最高だろうと思う」

「アメリカ人としてアメリカ人の恥に対決するのが嫌ですか」お前は起《た》ちながら言った。

「いまこういうことをいっては失礼になるかと思うが」ミスター・ミラーが、やはり起ちながら、はじめて遠慮がちに言った。「私は、ロバート・ハリスがほんとうに破廉恥なことをしたのかどうか、その証拠をもっていない。それを追究する立ち場にもまた、ないのです。あなたなら、それを追究して何の不思議もない。孫先生だって」

「わかりました。お邪魔しました」

「ちょっと待って。誤解しないでいただきたい。くり返すが、私はアメリカと沖縄の親善に努力してきた。ここで非協力をよそおって辛いことだが、アメリカ人同士の均衡を必要以上に破らないことが、沖縄人との親善を保つ所以《ゆえん》でもあるのだ。理解してもらえるだろうか」

「理解したいと思います、できれば」

そういう種類の理解とは何だろうか。孫氏にきけば分るだろうか。小川氏にきけば分るだろうか。あるいは、かれらのどちらかをここへ一緒につれてくれば話は成功したであろうか。――お前は戸口まできた。

「あら、お帰りですか。お話はどうなったのでしょう」ミセス・ミラーの声が追ってきた。

「せめてお嬢さんに精神的ショックが大きくなければと祈ります」

ミセス・ミラーの豊かな二重顎《にじゅうあご》がお前の眼をつよく射た。お前は、布令刑法の一節を思いうかべた。

「合衆国軍隊要員である婦女を強姦し又は強姦する意志をもってこれに暴行を加える者は、死刑又は民政府裁判所の命ずる他の刑に処する」――

かりにその法律にかかわる事件がおこったとしたら、かりにその被害者がミセス・ミラーだとしたら、そしてまた加害者がお前だとしたら、ミスター・ミラーの感情にどのような変化がおこるか。孫氏や小川氏がどのように動くか。世間にある沖縄人とアメリカ人との交際のそれぞれにどのようなことがおこるだろうか――。舗道をゆっくり歩きながら、お前はそのようなことを考えた。ミスター・モーガンの息子をさがしあぐねたときに見た覚えのある植えこみが眼についた。その蔭《かげ》であるいはいつか事件がおこらないとも限らないのだ。――だが、この想像はそのさきいくらもふくらまなかった。守衛《ガード》のあいかわらずものうそうな勤務が遠くにみえ、お前は孫氏にたのんでみることを考えなければならなかった。

「私は裏切られたと考えてよいのでしょうか」

お前はまず小川氏をアパートに訪ねて話した。

「初の試練に逢ったと考えたほうがよいのでしょうね」小川氏は、しずかに応じた。「彼の立ち場として、故《ゆえ》ないことではないと思います。あなたとしては、そうも言っていられない、そのお気もちはよく分りますが」

「腹が立つというより、不思議だという気もちです。私を迎えたときの表情は、まるでパーティーのつづきなんです。それが用件を切りだすと、ストレイトに冷たく、というか事務的になっていく。私も彼らとつきあって以来、論理的な話しかたには相当強いつもりだったのですが」

「親善というものが、彼らのなかで、かなり抽象的なものになっている、とお気づきになりませんか。たとえばパーティー。こないだもそうです。ひとしく招待されながら、彼らと私たちのあいだにはかなり距離がある。もっとも、あとではかなり交流したが、それは例のモーガン家の失踪事件というおかしな事件があったからです」

「でも、ああいうパーティーの限界というものについては、もともと心得ていたつもりですが」

「おたがいのなかに、なんとなくコンプレックスがあるせいもあるかも知れませんね。しかし……」小川氏は起っていって、手帳をもってきてみせながら、「これは、米琉親善会議のメンバーのリストです。こないだペルリ来航百十年祭行事のときにはじめてしらべたのですがね……」

「あ」お前は目ざとく一行をみつけて、小さなおどろきの声をあげた。「ミスター・ミラーの名がでている。職業はＣＩＣ！」

「そうなんです。すると、あなたもはじめてこのことを？」

「ちょっと待ってください。これだけつきあっていて、どうしていままで知らなかったのだろう」

「教えてもらえなかったというだけでしょう。あなたは彼とのつきあいはじめは、どういうきっかけからです？」

「彼のほうから訪ねてきたのです。誰かに私が中国語ができると聞いて、つきあってくれといってきたのです」

「私のばあいとまるで同じだ。その情報網がだいたい見事ではありませんか。……さて、ほかに私の秘密の何を知られたか」

小川氏はかるく笑った。お前にはその余裕はなく、

「そういうことでしょうか」

「職業は何かと彼に質問したことは二度ほどありますが……」

「私もある」

「そのたびに適当にはぐらかされたわけですが、考えてみれば迂闊《うかつ》だった。あるとき彼に中国語をどこで習ったかときいたら、陸軍だと答えた」

「私にも」

「あなたなら上海の学院で、私なら北京生まれな上に東京の外国語大学で、ということになるでしょう。しかし、アメリカ陸軍で中国語を習う目的というのは、どういうことでしょう。諜報《ちょうほう》、宣撫《せんぶ》、そのどちらが多く考えられるでしょうか。しかも、職業をあまり人に教えたがらないというのは、なぜでしょう」

「こないだのパーティーではじめて会った人たち数人からは、ただちにその職業まで自己紹介をうけました。ミスター・モーガンは、あなたにずけずけ突っかかってきたが、そのほうが、いまとなってはむしろ、フランクだったということになりますか。皮肉なものです」

「子供の失踪事件なども、案外けろっとしているのかもしれない。ミスター・ミラーのほうがむしろ陰険な感じ、結果としてはそういえるのではないでしょうか。まったくうっかりしていたものです、新聞記者ともあろうものが。……GHQ時代にね、あちらの小役人でひとり、香港に小娘をかこってあるというので中国語を習っている奴がいたのですよ。その思い出が先入観になって邪魔されたのですね。ミスター・ミラーのも道楽かと思ったが、まさか諜報とは思いつかなかった」

「パーティーであなたは、郭沫若《クオモールオ》の小説をミスター・ミラーに紹介して、中共の作家にも尊敬を払えとかなんとか、言ってましたよ」

「おぼえています。尊敬しろとまでは言わなかったと思うが」

「ミスター・ミラーの職業を知ったのは、そのあとですか」

「前です。知ったあとで最初に会ったのが、あのパーティーなんです。最初から咽喉《のど》になにかひっかかっている感じで、始末にこまった。それを引き抜きたい気もちがひとつにはあったのでしょうね。そこで酒の勢いをかりて、冗談めかして皮肉をいったということでしょうか。抵抗だなどというと、大袈裟《おおげさ》でおこがましいけれども」

部屋のそとの階段から、すこしざわめきがきこえてきた。このアパートの階下は食堂になっていて、アパートの住人たちのほとんどが独身でそこで食事をするのだった、とお前は思いだした。

「夕飯をいっしょになさいませんか」と小川氏が誘った。

「いや、それより……」

「分ります。あとで孫先生に電話して、明日にでも二人で訪ねてみましょうよ」

「ひきうけてもらえるでしょうか」

「ミスター・ミラーとおなじ態度をとると、想像されますか」

「ただひとつの望みでも、できるだけながくもっていたいと思います」

「そうでしょう。なんと申し上げたらよいか。孫先生は弁護士だから、よく協力する気にさえなってもらえれば」

「中国語で結ばれた友情、といういいかたは面映《おもは》ゆいのですが……そういう意味で孫先生が頼まれてくださるとよいと思います」

「その点は、私も期待しています」

「実をいいますとね、私はどちらかというと、孫先生よりミスター・ミラーを頼りにしていたのです。なにしろ、アメリカ人ですからね。私のこともよく知っていてくださるし、第一、あの家族部隊のなかを歩いていても、ミスター・ミラーを頼りにしていて、ちっとも怖くなかったし」などという、おそらく小川氏には通じないはずの話を、つい愚痴で交えながらお前はしゃべりつづけて、「私の立ち場をいちばん理解してもらえるのは、あの人だと考えたのです。こうなると、よけい孫先生が身近に感じられて……身勝手でしょうか」

「いいえ、ちっとも。電話をかけてみましょう。それはともかく、いかがです、夕飯を、ほんとに」

「ええ、ほんとに。このところ、女房にひとりで夕飯をとらせる気になりませんのでね」

孫氏を住宅に訪れたのも、お前にははじめての体験だった。電話で約束をしてあさ九時すぎに小川氏といっしょに訪れると、孫氏はいまゴルフから帰って朝食をとったばかりだといいながら、庭の仏桑華《ぶつそうげ》の植えこみを刈りこんでいた。咲き群れている花弁の紅が水気をあびて新鮮にみえた。

「美しい！」お前が、もってきた用件を一瞬間忘れていうと、

「沖縄では、この花を来世の花と称しているそうですね。ハワイのハイビスカスという名

はロマンチックなイメージだが、沖縄のその観念もやはりロマンチックですね」

孫氏は、未亡人らしい中年のメイドを通いで使って、ひとりで住んでいた。官製の基地住宅《ベースハウジング》でなく、この三年ほど前から沖縄の企業家たちが争って建てた外人向け貸し住宅地帯のひとつであった。五百棟ほどもあろうか、丘陵にはいあがる形に建ちならび、業者が思い思いに塗った壁の色はとりどりで、塗料をいくら塗っても中身のコンクリートの地肌がのぞける感じが、遠くからながめると索漠たるものを帯びてはいるが、車をいれてしだいに登っていくと、それがむしろ部落の柵がないこととあいまって、基地住宅《ベースハウジング》とちがったリベラルな雰囲気をおしだしていた。孫氏のハウスは、そのずっと上のほうにあり、車をおりてふりむくと、真青な海のひろがりと浜沿いにひと筋白くよこたわるハイウェイとが、油絵のように眼に痛かった。音をたてる剪定鋏《せんていばさみ》から仏桑華の花が紅いままにころげおちると、ふとお前は、孫氏がいつか話した、その妻子が中共の大陸で生きているというのは嘘で、じつはもう死んでしまって、孫氏がそれを確認してからここへ渡ってきたのではないか、と疑った。すると、不思議にお前の用件を切りだすことが容易になった。

かねては、小川氏に口を切ってもらう手筈《てはず》であったのが、その手数がはぶけた。そしてお前は、孫氏にならら何でも話せるという自信のようなものを、説明しながら感じていた。小川氏はだまって壁にかかった中国の山水画をみつめていた。お前は書画にはうといが、その山水画は、幅がひろく水墨の間にところどころ朱がさしていて、全体に煤《すす》けた感じなのはよほど古いものなのか、清潔で明るい洋間にめだった。孫氏のしずかだが怜悧《れいり》な光をおびた眼は、まばたきもせずに、お前の眼にみいった。お前は、話の筋を混乱させないように、努力を払った。

「結局、わたしの務めは」と孫氏は、冷めかけたコーヒーを飲みほして言った。「その被害者に、自発的にお嬢さんの裁判の証人として出頭してほしいと説得することですか」

「被害者はこっちなんです」お前は、ほとんど叫ぶように言った。

「では、ミスター・ハリスと言いなおしましょう」孫氏は、さからわずに、「しかし、あなたは私にお嬢さんの弁護を依頼するのではないでしょう」

「まだ決めていません」

「琉球政府の法廷なら、日本語だし、私は不向きです。誤解しないでほしいのですが、弁護人でない私が説得しても、利き目がありましょうか」

「しかし、沖縄人の弁護人のいうことなら、なお聞いてくれますまい」

お前は、軍の病院のベッドによこたわっているロバート・ハリスの姿を思いうかべた。娘を告訴したのだから意識はあるのだろう。崖からおちてどこを怪我したのか。頭か、脚か。それすら判明しない。あるいは、怪我をしたというのは嘘ではないか。かすり傷ていどのことを大袈裟にしたのではないか。そうだとすれば、たいへん厚顔にこちらを軽視していることになる。

「私とて、アメリカ人ではない。中国人と沖縄人とが、アメリカ人の前でどれほどの差をつけられるものでしょうか」

この言葉を、このさい皮肉とみるか同志意識とみるか、一瞬間お前は迷いながら、

「ただはっきりしていることは、アメリカ人にとって、私たち沖縄人は被支配者であり、あなたがた中国人は第三者だということです」

「それはある程度いえるかもしれませんね。では私が説得を試みてみましょう。しかし、承諾してくれなければどうします。あきらめますか」

お前には即答できない質問であった。

「私が気になるのは、いま彼が証人として出頭することは、あきらかに彼がお嬢さんにたいしてとった行動を自ら明るみにだすことであり、とうていそんな冒険をすまいということです」

「では、はじめからあきらめろといわれるのですか」

「私があきらめてほしいのは……こんなことを言うのは辛いことですがね、あなたの方の告訴をやはり断念したほうがよいと思うのです」

「暴行にたいして？　孫先生、娘も私も自分が傷害で裁かれるのは怖れない。しかし、あの暴行をゆるせるはずがありません。むしろそっちのほうが大事なんです」

「お気持ちは分ります。しかし、それだからこそ、なお慎重に考えてほしいのです。警察で言っていることは正しいのです。証拠づけが難しいということは、それだけお嬢さんは度重なる裁判で徹底的に精神を傷つけられるということです。耐えられますか」

「……この種の事件で勝ったためしはない、とやはりあなたもおっしゃいますか」

「勝った例はありましょう。しかし、いまのあなたの場合、勝ち負けの問題ではない。お嬢さんの精神の安全の問題です。相手は自分の犯罪を完全におおいかくして、逆に傷害でお嬢さんを告訴した。厚顔無恥というべきでしょう。それだけに余計、あなたからの告訴にたいしては罪状を否認して争うでしょう。アメリカ人ばかりで裁判官も検事も弁護士も構成している法廷で、それだけの訊問のきびしさに、お嬢さんが耐えられるとお考えですか」

お前は、娘がいまCIDか警察かで訊問をうけているかもしれない様子を思いうかべた。

「裁判は何日ぐらいかかるものでしょうか」

「公正な裁判というものは、時間がかかるものなのです。中国の人民にたいして、旧日本軍隊と中共はしごく簡単に短時間で判決を下しましたがね」

旧日本軍隊という言葉が、かすかな翳《かげ》となってお前を襲ってきたが、それを振り払って、

「公正にということはありがたいことです。しかし、こういう裁判制度そのものは公正なのですか、軍事法廷と琉球政府法廷、そして軍人にたいして証人喚問権をもたない裁判官というもの……」

「それを議論することはよしましょう。軍事基地体制というものを論じたら、あなたと私とはかならず対立しなければならなくなる」

「そんなことはないと思います。まさか誤解されてはいないと思いますが、私は共産主義者ではない。それに、今日の国際情勢のなかで、この沖縄における米軍基地がやむをえな

いことも分る。しかし、それとこれとは別の問題だ。そうは考えませんか」

「さきほどあなたは、私がこの土地では第三者にすぎないとおっしゃった。そうなのです。残念だが私は、この土地の政治については発言権がない。あなたからみると、私はここで居住権をもち職業をもっていて、しかも政治の圏外にいて安泰だと思われるでしょうが、私のそういう権利など脆《もろ》いものです。私はあなたがた以上に発言に注意しなければならないのです」

孫氏は、それだけを言うと、視線をめぐらして、壁にかけた山水画をみた。結局は何を言いたいのか、お前にはよく分った。ロバート・ハリスを説得することも、さきほどひきうけてはくれたものの、それは決して心からの承諾ではないのだと、お前は悟らなければならなかった。何を遠慮するのだろう、とお前は、孫氏の用心深さを理解するのに苦しんだ。ハリスへの説得ということは、法律に準じる仕事ではないのか。しかも、専《もっぱ》ら人間の良心にかかわることであって、政治とは関係のないことではないのか。それともあるいは、ロバート・ハリスの犯罪にかかわることによって、万一、お前やお前の娘もあずかり知らないところで、ハリスの公務やひいては軍事上の機密にかかわってしまって、退《の》っぴきならない立ち場に追いこまれてしまう、――そういうことを怖れているのか。孫氏は山水画から眼をはなさない。自分の生まれた土地にも住めなくなった孫氏が、法律という専門学識ひとつを生活の武器にして沖縄の米軍基地を頼りにしてきた、という心の経緯をお前は考えてみた。この体制そのものがいわば生活の拠りどころであるのかもしれない。それだけに不安もあろう。五百余棟の部落のなかには、いろいろの国の人間が住んでいるが、やはりアメリカ人が多く、彼はやはり他国者なのであろう。そこで、母国の古い時代の芸術作品などをみて暮らす。仏桑華という土地の植物を愛しはするが、そこへこれまでお前すら訪れさせなかった生活――お前は、あらためてこれまでの孫氏とのつきあいを考えてみた。ミスター・ミラーの紹介でつきあうようになり、お前が中国で学院生活を送った経験から、三年も親しく話しあってきたのだが、ついぞ家庭を訪れたことがないというのは、はたして偶然なのだろうか。孫氏の孤独な私生活まで立ち入るだけの資格をお前が持ちあわさなかったのか。そして家庭の大事にあたってそれに助力せしめるだけの精神的財産を、三年かかっても築きえなかったのか。孫氏の姿が山水画のなかの遠山の霧に没してしまうようなイメージが、お前をほとんど絶望させた。

お前が小川氏をかえりみたとき、

「こういうときの友情にたよって」と小川氏がお前を見ずに言った。「私たちは、けさわざわざ訪問したのです」

「ですから」孫氏は小川氏からお前に視線を移して、「病院のほうへは行きましょう。……それだけの努力はしなければ」

しまいのほうの言葉が、ほとんど独白めいて、自分自身に言いきかせているもののように、お前には受けとれた。

「会いたくない」とロバート・ハリスは言っていたという。それを「容態のせいで会ってはいけないのか。そうでなければ、当方でぜひ会う用があるのだ」と押したのは小川氏であった。年輩の、温厚そうな主治医が出てきて、「右脚骨折だけだから、生命に別条はないが、手術後間もないから興奮するのは好ましくない。それを約束してもらえるなら」と言った。「努力します」と言ったのは孫氏であった。

ほとんど白一色の明るい部屋に、十人ほどの白人の患者がいた。ロバートのベッドがいちばん端にあるのは、なんとなくお前をほっとさせた。

「用件は、だいたい分っている」とロバートは会うなり言った。そして孫氏へ「あなたが弁護士か。日本人か」

「中国人だ」孫氏が自分でこたえた。

「中国人？　なるほど、中国語ができるという話だったな」ロバートに私生活を知られているということが、まるで嘘のようにいまでは思えた。「中国人が彼女の弁護をするのか」

「弁護はしない」

「では、おれに何を話しにきた。ことわっておきたいが、この部屋にいる者はみな病人だ。分りきったことでなが話をしてもらいたくないし、病人を興奮させる権利はあなたがたにはない」

「もちろん、私たちは法的にあなたを拘束しにきたのでもないし、またその権利もありません」孫氏は、ゆっくりとおちついた口調を保った。「私たちも、あなたに興奮しないでゆっくり相談に乗ってほしいと思います。この気もちを理解して、努力してください」

「私たちは、合意の上での行為をおこなったのだ。そして、私は裏切られたのだ」

「そのことを、法廷で証言してくれますか」

「なに？」

「あなたは、なにか誤解している。私たちはまだあなたを訴えようとは考えていない。ただ、この人の娘が訴えられて、裁判を待っている。その裁判で、あなた、証言してくれませんか」

「なにを証言する」

「あなたはいま、合意の上でやった行為の末、裏切られたといった。それを証言してくれますか。むろん、あなたを裁く法廷ではないが、娘がこの上もなく依怙地《いこじ》にあなたの犯罪を主張すると、あなたへのこだわりが、世間からなかなか消えない。沖縄人の理解のなかで、あなたが……」

「下手な誘いだ。その手には乗らぬ。私が娘のおかげでこれだけの怪我をしたのは、まちがいのない事実だ。そして私は、沖縄の住民の法廷に証人として立つ義務はない」

お前は幾度か口をさしはさもうとして、小川氏から袖をひかれてやめた。お前のなかに怒りと絶望とが混乱して、しだいにふくれ、もつれを大きくしていった。お前の眼の前のそのロバート・ハリスという患者は、お前の家の裏座敷に女を間借りせしめて、週に二度泊りにやってきて、お前の家族とも片言の日本語でつきあった、あの男なのか。たまにはカリフォルニアの故郷の農場と家族の話もして、お前たちに彼の家族ともつきあいがあるかのような錯覚さえおこさしめた、その男なのか。お前は、ときに俳優が役柄で性格を千変万化させる現象というものを疑うことがある。素顔がかならずしも真実ではない、と論じた芸術論かなにかをよんだおぼえもある。だが、それは芸術の世界だけのことだと考えていた。実生活にそれがあるというのか。それは何を意味するのか。ロバートの真実はどれだというのか。お前の家族とロバートとの関係の真実はどれだというのか。かつてロバートの姿をみて、ヨットに乗せて波を切らせたらさぞよく似合うだろうと想像したことがある。女は籍に入れたのかどうかは聞きもらしたが、ロバートとは似合いの容色で、仲もいいようであった。その男がお前の娘を。ああも醜《みにく》い行為を。

「お前の女はどうした」お前が質問した。

「お前に関係はない」ロバートはこたえた。にべもないのは、女とはもう切れたというういまいましさの表現なのか、いまのこの場面の問答をやみくもに払いのけようとする意志の表現なのか。

「あなたの権利は……」

孫氏が言いかけるのを、お前はおさえた。「もう権利、義務の問題ではないのです。帰りましょう」

しかし、孫氏と小川氏が扉へむかったとき、お前はロバートに向かいあった。

「合意の上の行為だとお前はいった。だが、私は絶対に信じない。それは、いまのこの場所で確認したことだ」

孫氏の提案で、お前たちはまっすぐ街へ帰らずに近くにあるゴルフ場へまわった。ゴルフを遊ぶのではなく、芝生の上で話しあうことにしたのだ。もう昼がさかりなので、クラブをもつ人は多くない。夏が近く、花模様のアロハ・シャツを風になびかせている姿は、いまのお前にあらためて彼らが生活をたのしんでいる様子を感じさせた。

「私はできるだけのことを試みようと努めた」と孫氏がいった。なかば独白のようだがあきらかに弁解をふくんでいた。

「ご努力に感謝します」お前はうけて、「私がもっとねばるべきだったかと思います。しかし、権利とか義務とかいう言葉のやりとりに、もはや私は耐えられないのです」

「そうでしょうね。しかし、理解してもらわないといけません。この二つの言葉には、人間が歴史のなかでかぎりない苦労をなめてきた跡が、その苦労を克服する呪術のかたちで表現されているのです。法律家の悪い癖だといわれるかも知れないが、現代の生活にはこれでしか片づかないことが多すぎる」

「しかし、こんどのばあいは、それでも片付かないようです。あるべき権利がない。あるべき義務がない」

「悪法も法だということを、言いたくはないが、私ども法律家はそれでしか仕事ができないのです」

「この法を」小川氏が割りこんで、「批判してみてくださいませんか。法廷でなしに、ここで」

「残念だとおもいます。私は第三国人。さきほど家でお話ししたとおりです」

「第三国人というより中国人として。いかがです」

「といわれると？」

「中国は、戦争中に日本の兵隊どもから被害をうけた。いま沖縄の状態をみれば、その感情も理解できるのではありませんか」

そのとき孫氏は、小川氏の顔をじっとみつめた。その顔に一瞬怒りのような翳がはしって、それが刹那《せつな》に消えるとしだいに悲しみの表情が蔽《おお》ってきて、お前をおどろかせた。いけない、とお前がさとったときは間にあわず、孫氏はしずかに唇をひらいた。

「あなたは、私のおそれていたことをおっしゃった。私は、けさ事件の話をききはじめたとき、もうそのことを思いうかべていたのです。でも、できるだけその感情をおしかくすことにつとめてきた。しかしいまは……」孫氏は、あらためて二人の顔をみくらべて、「いや。あらためてうかがいましょう。一九四五年三月二十日に、あなたがたはどこで何をしていましたか」

お前と小川氏は、おもわず顔をみあわせた。

「私は」

小川氏がさきにこたえた。「北京の中学をまだ卒業してなかった。三月二十日はたぶん修学旅行で蒙古へ行っていたと思います」

「私は」お前がつづいた。「その前の年に学院を卒業して兵隊にいき、将校になって南京の周辺で兵隊を訓練していました」

言いながら、お前はようやく孫氏の質問を訊問と感じ、それにたいして後ろめたいことを報告しているかのような自分を感じた。

「私はね」孫氏は、お前たちの話に反応をしめさずに言った。「重慶の近くのWという町に住んでいました。いずれは重慶まで行くつもりでいたのが、妻がしばらく病気でねたおかげでおくれたのです。そして三月二十日のことです。四歳になる長男が行方不明になったのです。家の近所で子供たち同士で遊んでいたというのに、夕方みんなが家へ帰るころ、いなくなっていることが分ったのです」

話をききながら、お前は、家族部隊のなかの金網の前を思いだしていた。星空の下で孫氏はその思い出をしんしんと語っていた。孫氏がその幼い長男を捜して、夜の暗い街をあるいている姿を、アメリカの家族部隊のなかの舗道をながめながら、お前は想像した。——その記憶は、かなり遠いもののようでありながら、つい二、三日前のことなのだ、とお前は思いながら、ゆっくり話のつづきを迎えた。「三時間も捜しまわったでしょうか。日本軍の憲兵隊に子供が保護されているところに出会ったときの気もちは、ほんとうに何といったらよいか。たとい、この保護がじつは誘拐《ヽヽ》されてきたものであったとしても、そのときの気もちは感謝で一杯だったわけです。そして、長男を連れて、すっかり暗くなった街を家へ帰ってきました。そのとき、妻が日本の兵隊にすでに犯されていたのです」

「それは……」お前は、おどろいて叫んだ。「その最後のところを、あなたはこないだ話されなかった」

「あのときの話は、そこまでは必要でなかった。というより、その話にできるだけふれたくなかった」

「しかし、あなたがほんとうに言いたいことはそれなのでしょう」

「ほんとうに言いたいことを、現実には言ってはいけないということが、現代には多すぎます」

「あなたはそれでは」小川氏がいった。「あなたの奥さんが日本兵からそのような目にあったから、こんどの事件もあきらめろとおっしゃるのですか」

「両方の責任を差引き勘定で帳消しにするということは、よくないことなのですよ」

孫氏は、やわらかな眼差《まなざ》しで小川氏をみたが、小川氏はかまわず、

「あなたは卑怯です。私が中国のことをいったのは……」

「現実というものは、そういう風にみるものだと思うのです。なるほどあなたは、日本対中国の関係をアメリカ対沖縄の関係にあてはめて、ひとつの真実を示された。そして、そのときあなたは、日本が中国にたいしておこなった行為を批判しているような態度を示された。しかし、私からみれば、あなたの理解は非常に抽象的だ。あなたが具体的にその関係を理解するには、あなた自身の中国における生活、あのときの中国人と日本人との接触

のしかたを見聞した実例を思いださなければならないと思うのです。三月二十日にあなたは蒙古に旅行された。そこで蒙古の人たちがあなたをどのような態度で迎えたか、思いだしていただきたいのです。そこに駐屯していた日本の兵士たちと蒙古人民との接触のしかたがどうであったか、思いだしていただきたいのです」

「中学生だったから、深いことは知らないかもしれません。しかし、蒙古のひとたちは私たちに非常に親切でした。すくなくとも私たちには」

「心からの親切だったのでしょうか」

「それは知りません」

お前は、ある体験を思いだしていた。それは、三月二十日のことではなく、それより八か月ほど前、お前自身が兵隊で訓練をうけていたころのことだが、夏の暑い日の行軍演習でお前は落伍をした。隊からはるかにとりのこされたのは、お前のほかにもうひとりいた。大陸の夏の日ははげしく、隊員のなかには行進中にたびたび路傍の田の水に靴のまま足をひたす者さえいた。お前とその戦友は、どうあがいても隊に追いつけなくなったのを、むしろ気楽に思っていた。戦線の最後方では、兵隊たちになんの危機感もなかった。途中、一軒の百姓家に出会った。水がほしい、と二人は思った。水筒には一滴もなかった。二人は気がるに百姓家にはいっていって、水を求めた。初老の夫婦らしい二人だけがいた。かれらはお前たちの乞いをうけると、さっそく茶碗になにか盛ってきて、お前たちにささげた。冷えた高粱粥《コウリヤンがゆ》であった。それはほんとうにささげるという物腰であったのを、お前は思いだす。この弱虫の兵隊め、東洋兵《トンヤンピン》め、と内心は思っていたにちがいないが、いかにも親しみをこめたような、わざとらしい笑顔に、お前は劣等感を感じたものだ。のこらずおいしく腹におさめてから、「謝々《シエシエ》」と一言のこして出ていった後ろ姿に、百姓たちは何とささやきあったことだろう。

「でも私は……」

小川氏がなにか言おうとするのをおさえて、

「あなたは何の悪いこともしなかったとおっしゃりたいのでしょうが、あなたの眼の前で日本人が中国人にたいしてとっている態度にあなたが批判的でありながら無関心をよそおったことはありませんか」

「それはしかし、あなたがいまこの土地でとっていらっしゃる態度とおなじだ」

「そうです。恥ずかしいと思います。私もいずれは懺悔《ざんげ》しなければなるまいと考えています。それでもしかし、私はあなたがたの責任を追及しなければならない。あなたは……」

孫氏はお前に転じて、「将校になって兵隊を訓練しながら、部下の兵隊が中国人にたいしてどのような態度をとっているか、充分みていましたか」

「やっぱり卑怯だ」小川氏が叫んだ。「そのような話にそらして、いま当面の問題からにげようとしている」

「そうですね」孫氏は、ほとんど涙ぐみながら、「ただ、あなたがたが当然考えるべくして考えなかったことを言ったのだということも事実です。もちろん私が正しかったとはいいません」

お前はだまっていた。なぜだまっていたのか。お前は自信がなかったのか。孫氏を論破する自信がなかったのか。部下兵隊のひとりが中国人の物売りからひったくりのようなことをやったとき、義憤のようなものできつい折檻をしたものの、あとで中隊長からそれを批判されて一言も反論しなかった、ひとつの経験をお前は思いだしていた。それはあるいは三月二十日のことであったかもしれないのだ。――しかし、それだから孫氏への言い分があってはいけないのか。いったい、お前の当面の問題は何であったか。娘の屈辱を告発することではなかったのか。孫氏からお前の過去の罪を問われたからといって、お前がお前の主張を叫ぶ権利は失われてしまうはずがない。――お前はしかし、沈黙をつづけた。お前の耳に、孫氏の言葉がきりのない残響となってひびきつづけるような気がした。というより、その残響をききながら、「娘の件で告訴しても、もう絶望だ」という宣告が同時にたたきつけられてくるのを感じた。それは、いつのまにかお前をそこへとじこめた孤独感のせいだったのだろう。「それとこれとは関係がない」と、お前のどこかでたしなめていた。しかし、お前はその声にたいしてかぶりを振り、しだいにつよく振りつづけた。

「あそこに」孫氏が遠くを指さした。「二人のひとが歩いて行きますね。ひとりはアメリカ人で、ひとりは沖縄人です。二人のあいだは、かなり距離をおいているが、仲間のようです。話しあっているが、ここからは聞こえないから、なんとなく二人のあいだの隔たりを感じる。ちょうど、あれみたいですよね、私たちの関係は」

三人は、起ちあがった。

小川氏が、歩きながら、お前にささやくようにいった。

「感傷におぼれちゃいけません。あれはあれ、これはこれ。割り切らなくちゃ」

しかし、お前はそれを聞きながら、小川氏がパーティーで郭沫若《クオモールオ》の『波』について話していたのを思いだしていた。

「郭沫若《クオモールオ》の『波』という小説のなかに、中日戦争のさなかに敵の――つまり日本の飛行機の爆音をきいた母親が、泣きわめくわが子の首を扼殺するところがありますね」

そのときお前は言った。

「沖縄戦でもありましたよ」

そして、そのつぎに言おうとして言えなかったことを、ふたたびお前は思いおこした。

「ときには日本兵がやったのです。日本兵がおなじ壕のなかで、沖縄人の赤児を銃剣で刺したのです」

ただ、ここでもふたたびお前は、そういう兵隊と縁のつながっているかもしれない小川氏の前にその言葉を出せなかった。


娘が帰ってきた。お前が孫氏や小川氏と別れて家へつくと、しばらくして姿をみせた。妻は夕食の支度にかかろうとしていた。娘は玄関をはいってくると、お前たちの顔をみるなり、すーっと笑った。かすかな笑いで、そのような娘の表情をみたことのないお前は、おどろいた。ほんとうに取り返しがつかないという表情だ、とお前は感じた。しかしつぎの瞬間、二日間の訊問をうけたにしては、顔色もおとろえず服装も行ったときのままなのが、いかにも不思議におもわれた。それまでは、その訊問がどのようなものであるのか、想像もできないだけにそれだけ怖ろしく、夜もろくに眠れない思いをし、しかもミスター・ミラーや孫氏にかつて思いもかけなかった壁を発見してきた、その三日間のあとだ。お前は、娘が帰ってきたという安堵より、これまでどう過ごしてきたかを、まず知りたかった。

しかし、娘の答えはお前たち夫婦をさらにおどろかした。娘は、あの晩おそくまで訊問されたが一晩も泊らされることなく釈放された。あとは市の警察署に移管されるはずだ、と告げられた。彼女はそのまま家へ帰らずに友達の家へ行って泊った。もとの級友で数か月前にコザ市に引っ越して転校したのがいたからだ、とすらすら説明した。家へは帰りたくなかった。これまで一度も外泊をしたことがなかったが、はじめて気もちが家からはなれた。父母の哀れをこめた眼差しに終始つきまとわれるのがたまらないと思った。――淡々とそのように報告する娘のこころを推しはかるのに、お前は苦しんだ。娘がはじめて外泊した心事を、お前は疑った。しかも、コザにということは、あるいはその友達というのがすでに不良なのではあるまいか。しかしまた、一方では、父母の哀れをこめた眼差しを怖れるというのは、あまりにもまともすぎる、といえるのではないか。まともでなければ、正直にコザとは報告しないのではないか。お前は、ミスター・ミラーや孫氏からうけた信じがたいなにものかを、娘からもうけたような気がした。そう感じると、お前はいらだった。お前は、この二日間のことを娘に告げた。ミスター・ミラーや孫氏に協力を求めてロバートを証人台に立たせ、同時に彼を告訴しようとしていると。

するといきなり笑いも憂いもうしなって叫んだ。

「やめて！　やめて、そんなこと！」

つぎの日、お前は娘のつき添いで市の警察署に行った。前に会った中年の警官が娘をとりしらべるあいだ、隣の部屋で待った。二時間ほどで取り調べがすむと、警官はお前に、娘の身柄を不拘束にして、これから送検の手続きをとるのだ、弁護士の用意はよいか、などと話したあと、告訴のほうをどうしますか、ときいた。お前は娘をみた。娘はうつむいていた。お前は警官にむかってふかく頭をさげて、いちおう見あわせますと言った。

なにか腰の抜けたような思いで、孫氏と小川氏にだけ電話で報告した。孫氏は、告訴をやめにしてよかったとあらためて言い、裁判の相談には十分協力させてもらうと言った。それから小川氏に電話すると、考えてみるとやはりそういうことになるのかもしれませんね、でもそれでよかったようなものではありませんか、とあいまいな感じで、しかしやはり事が片付いたような相槌をうった。

娘は学校に通いはじめた。事件のことは幸いに知られず、ただ検察庁の調べと裁判を待った。いずれは明るみに出ることになるのだろうが、その罪には決してやましいところはないのだ、という自信が、なんとなく娘やお前を勇気づけていた。ミスター・ミラーへの憤りや不満もすこしはうすれてきた。そして、十日ほどたった土曜日の午餐に、ミスター・ミラーからクラブへ集まってほしいという通知がきたのだ。小川氏が電話で伝言してきたとき、さすがにすこしためらう気もちがあったが、ミスター・ミラーはいくらかあやまる気もちなのかもしれないから、と小川氏からなだめられて、出席することになった。ただ、ミスター・ミラーとどう話のきっかけをつけたらよいか、というのがすこし心配だったが、出てみてそのことは何ともなくなった。ミセス・ミラーも一緒で、彼女が会うなり、「お嬢さんが元気な姿でまた教室にみえたのでほっとしています」というのへ、ただあいまいな微笑を返していると、ミスター・ミラーは、早速他の二人をつかまえて、パーティーの礼をいっていた。

なるほど、パーティー以来の会合なのだ、そういえばあれから幾日もたっていないのになにかずいぶん日数がたっているような気がする、などと考えていると、いつのまにかミラー夫妻と小川氏、孫氏の四人のあいだに沖縄文化論がはじまっていた。

「妻が」とミスター・ミラーはことさらお前に向けて、「こないだの話題でいちばん面白かったのは、沖縄文化論だということだった。私は、さっそくあらためて博物館を見学してきましたが」

あのことをことさら忘れたような表情で話すのを、善意にうけとるべきかどうか、あるいはそうすべきなのかもしれない、などといくらかの迷いをのこしながら、

「この問題は、われわれ沖縄人のあいだで議論しても、なかなか片のつかない議論なのですよ」

お前は適当に相槌をうった。その議論がいつの世紀まで平行線でおこなわれるかなどと考えるはたで、ゴルフ場で孫氏が遠くを歩いている二人の人間を指さして言った言葉を思いだしていた。そこへ、

「やあ、おそろいですね」

いきなり声をかけてきたのは、あの要領のよさそうな男、リンカーンであった。彼は、お前たちのひとりびとりを指さして、「国際親善もこれは最高のものでしょうな」

それから、ひと呼吸したかと思うと、「あ、そうだ。例のミスター・モーガンの息子の件ね。みんなをさわがせた事件。あの件で、ミスター・モーガンがメイドを告訴したそうですよ」

「なんですって？　ほんとですか」

お前はフォークを音たてて皿になげた。

「ほんとうですよ。私の友人にＣＩＤがいましてね。もちろんまだ参考ていどに出頭させて取り調べているところらしいのですがね。まあ、あまり気もちのいい事件ではありませんね。無実で告訴したとなれば面白くないけれども、実際に誘拐かなにかの意志があったとすれば、ほっておくわけにいきませんしね」

お前は、ミスター・ミラーから順に三人をみた。三人ともリンカーンの話の途中から、

難しい顔でおしだまった。あのパーティーの親善の雰囲気をリンカーンだけがもちつづけていた。小川氏も孫氏もミラー夫妻も、もちろんお前の事件をただちに思いおこしたにちがいない。

きょうのこの突然の集まりは、たしかに小川氏が言ったように、それを含んでミスター・ミラーが、お前を慰めようとしているのかもしれない、とお前はあらためて信じこむ思いをした。

「まったく、おかしな夜でした。われわれは結構おもしろかったですけれどもね。人生って結局そういうものなのですね。やあ、私の連れに待ちぼうけを食わした。ここの今日のスペシャルはあひるの蒸し焼きです。私はこれが最高に好きでしてね」

リンカーンは、ステージの向こうへ廻っていった。お前の眼の前を、左から右へ白人の男がひとりネクタイをなおしながら横切っていった。ちょっとはなれたむこうのテーブルに、外人の夫婦らしいのがいて、いま来たばかりのやはり夫婦らしい沖縄人と笑いながらあいさつをかわしていた。お前のうしろで子供の声がしたのでふりむくと、外人の家族らしいテーブルだった。ちょうどデザートのアイスクリームがきて、ウェイトレスが子供たちに配ろうとしているが、ひとりの子が、注文とちがうとかいってごねていた。ついているメイドが、ウェイトレスと日本語で相談をしていた。話しているメイドの二の腕を、ごねた子が人指し指でちょいちょいと突ついていた。

ようやく客がふえて、テーブルが満員になりかけた。お前は、モーガン二世とメイドとのあの晩の夕食の光景を思いうかべ、お前の娘とロバート・ハリスとの街での夕食のテーブルを思いうかべた。

「いったい、沖縄と中国との交通は、何世紀からはじまったのかね」

ミスター・ミラーが、とつぜんお前に質問した。

「その問題にそれほど興味をおもちですか」

お前の語調に突然はっきりと固いものがまじった。

「え?」ミスター・ミラーは、かすかにとまどいながらも、「もともと歴史はきらいではないのです。この機会に文化交流の歴史でも研究してみようかなと思って」

——よしたほうがいいでしょう。

ミラー　え?　なぜ?

——この機会に、とおっしゃる。その機会の意義を私は疑うのです。

ミラー　あなたは……

——こないだあなたから断られたことを、孫先生にやっていただきました。

ミラー　……そうでしたか。

——あなたは、孫先生ならちょうど適任だとおっしゃった。しかし、孫先生でも正面から協力できる事件ではないようです。

ミラー　やはりね。あなたには気の毒だが、やはりそういうことかもしれない。

——だがあれははたして自然なことだったでしょうか。

ミラー　え？　あれとは？

——私が彼に会ったとき彼からうけた処遇のことです。私がアメリカ人から侮辱をうけたといったら、あなたはどういう感情をおもちになりますか。

ミラー　その侮辱の性質による。そしてそのときの環境と。

（ミスター・ミラーの腰がたちなおった）

——私が外人から侮辱をうけたのは、戦後二度目です。最初は一九四五年九月。八月に現地除隊をして上海で暮らしていた私は、ある日人通りのすくない舗道をあるいていて、向こうからやってきた白人青年にすれちがいざま拳固《げんこ》で腹をしたたか突かれた。私は『日僑』とかかれた腕章をつけていたのです。その場にしゃがんで痛みをこらえながら私は、戦争に敗けたことを身にしみて感じた。

孫　中国人のほうは、終戦後も日本人に親切だった……

——そうです。おどろいたことに、奥地から進駐してきた中国軍隊がとくに親切でした。私たちはおかげで敗戦国民の実感を半分しか味わっていない。それだけに、あの外人から腹をなぐられたとき、よけい精神的にこたえた。

ミラー　それはアメリカ人ですか。

——分りません。上海にはいろいろの国の人がいましたから、アメリカ人ではないかもしれない。しかし、私はそのとき彼をアメリカ人だと思いこんでしまった。

ミラー　ちょっと待ってください。あなたの被害にたいして同情をこばむわけではないが、あなたの結論はあまりにも感覚的すぎる。アメリカ人であるかないか分らない加害者をアメリカ人だときめつける。それはあなたが、戦争でアメリカに敗けたと意識していたからだ。こんどの事件でも、その事件の感覚をもって私にまで感情的影響をあたえるのは、あなたらしくない。

——感覚的すぎるかもしれませんね。しかし、ロバート・ハリスは論理的すぎました。彼には私の依頼に応じる義務はない。いまの沖縄の法律では、娘の裁判に彼を証人として喚問する権利はない——そう自らはっきり宣言した。その理屈は私も知っている。しかし、ロバート・ハリスがそのことを私にいうことは、あまりにも正しすぎる。

ミラー　論理というものは、ときに犠牲をともなう。

——孫先生とも、そのことで話しあいました。孫先生も、やむをえない論理にしたがっているのだとおっしゃいます。しかし、おたがいはほんとうに論理に忠実に生きているでしょうか。いや、論理的に行動すべきことと感覚的に行動すべきことを、生活のなかできびしく定めて生きているでしょうか。

小川　（日本語で）それからさきは言わないほうがいい。

——（日本語で）ありがとう。しかし、まだ本題にはいらないのだ。（中国語で）いま小川さんが言ったことの意味がわかりますか。彼は私がこの私たちの安定したバランスを破ることを心配しているのです。しかし、やむをえないと思います。この安定は偽りの安定だ。ミスター・ミラー、あなたは私がほかのアメリカ人からの被害であなたにまで感情的影響を及ぼすことを心外に思っていられるが、しかし、あなたは他のアメリカ人より、どれほど私に近いのか。たとえばあなたは、自分の職業について正確に私に伝えたことがない。私の質問にさえも、あなたはごまかして逃げた。

ミラー　それには他意はない。職業上のマナーにすぎない。

――他意があったと、いまでは私は考えるほかはない。あなたの職業を知ったいまでは、そう考えるのも自然なのです。あなたと私との間は、まだかなり遠い。

孫　私がせっかく努力してきたことを、あなたはすべて破壊しようとしている。

――孫先生、あなたは努力する必要がなかった。いや、その努力は立派なことだが、その前にすべきことをあなたは怠った。

ミラー　何の努力です、孫先生。

孫　終戦直前に蔣《しよう》総統が軍隊はじめ全国民に訓辞をたれたのです。自分たちはかならず戦争に勝つ。勝ったら日本の国民とはかならず仲よくせよ。われらの敵は日本の軍閥であって日本の人民大衆ではない……

――私も聞きました。だから私たちは甘やかされ私たちは甘えた。

小川　しかし、中国人はほんとうはあの怨恨《えんこん》を忘れていないのではありませんか。

ミラー　それはやむをえない。忘れようとしても忘れられるものではない。いかなる大義名分があろうとも。

孫　怨恨を忘れて親善に努める――二十年間の努力というのはそれです。それを、あなたは破壊した。

——私ではない。小川さんでもない。ロバート・ハリスがそれを破壊した。ミスター・ミラーが破壊した。ミスター・モーガンが破壊した。

ミラー　気違い沙汰だ。親善の論理というものを知らない。二つの国民間の親善といったって、結局は個人と個人ではないか。憎しみにしたってそうだ。一方で憎しみの対決がある。それが幾つもある。しかし他方でいくつもの親善がある。それをわれわれはできるだけ多くつくろうとする。同一の人間どうしの間でもそうだ、この時に憎んでもいつかは親善を結ぶという希望をもつ。

——仮面だ。あなたがたは、その親善がすべてであるかのような仮面をつくる。

ミラー　仮面ではない。真実だ。その親善がすべてでありうることを信じる。すべてでありたいという願望の真実だ。

——いちおう立派な論理です。しかし、あなたは傷ついたことがないから、その論理になんの破綻も感じない。いったん傷ついてみると、その傷を憎むことも真実だ。その真実を蔽いかくそうとするのは、やはり仮面の論理だ。私はその論理の欺瞞《ぎまん》を告発しなければならない。

ミラー　どうするのです。

——ロバート・ハリスを告訴します。

小川　あなたは、告訴を断念したのでは……

――仮面の論理にあざむかれたということでしょうか。腹の底ではその仮面に気がついていながら、なんとなくそれを受けいれようとしてきたのですね。あの侮辱と裏切りをなぜこうも忘れようとしたか、腹立たしくさえなります。おそくはないでしょう。徹底的に追及してみます。

孫　お嬢さんが苦しむだけです。

――覚悟の上です。

孫　ミスター・ミラーのいわれた仮面の論理は、いまだに正しいと私は考えている。あなたの傷は私の傷にくらべてかならずしも重いものだとは考えていない。しかし、私は苦しみながらもそれに耐え、仮面をかぶって生きてきた。そうしなければ生きられない。

――しかしあなたはやはりこないだ、その仮面を脱がなければならなかった。小川さんの要求はたんなるキッカケにすぎない。あなたは自らそれを脱いだ。そして、なまの視線で私たちを凝視して追及した。二十年間その機会を待ちかまえていたような語調があなたにはあった。私もいま、それをしようと思う。あなたはゴルフ場で、アメリカ人と沖縄人とが沈黙のまま平行線をたどっている姿を指さしてみせたが、その必要はほんとうはなかったのです。

孫　私は必要があったと思う。

――孫先生。私を目覚めさせたのは、あなたなのです。お国への償《つぐな》いをすることと私の娘の償いを要求することとは、ひとつだ。このクラブへ来てからそれに気づいたとは情けないことですが、このさいおたがいに絶対的に不寛容になることが、最も必要ではないでしょうか。私が告発しようとしているのは、ほんとうはたった一人のアメリカ人の罪ではなく、カクテル・パーティーそのものなのです。

ミラー　人間として悲しいことです。

――ミスター・ミラー。布令第一四四号、刑法並びに訴訟手続法典第二、二、三条をご存じですか？

ミラー　第二、二、三条？

――あとでみてください。合衆国軍隊要員への強姦の罪。あれがあるかぎり、あなたの願望は所詮《しょせん》虚妄にすぎないでしょう。さようなら。

お前はクラブを出た。

クラブの前に横断幕がひるがえっていた。

Prosperity to Ryukyuans　琉球人に繁栄があり、
and may Ryukyuans　琉球人とアメリカ人とが
and Americans always be friends.　常に友人たらん事を祈る。

パーティーのあった一週間ほど前におこなわれたペルリ来航百十年祭行事で作られたものだった。ひとつひとつの文字をたんねんに読んだ上で、お前は警察署へむかって歩いた。

一か月たって、M岬で娘の傷害事件被告としての現場検証がおこなわれた。とくにゆるされて立ち会うことのできたお前にとって、M岬のたたずまいはあまりにも平和だった。ときには釣竿をもった遊客が四、五人はみられるというが、その日はそういう姿もみえず、かなり沖を鰹船がはしっているほかに生活の翳らしいものはみえず、珊瑚礁《さんごしょう》で突兀《とっこつ》とした崖の下にざざざと打ちよせる波音がものうくきこえるだけだった。そうした風景のなかで、この上もなく人間臭い事件の再現が実験されるということは、いかにもふさわしくなかった。お前は、あらためて大地をたたきのけぞりたいほどの悲しみにおそわれた。しかし、耐えなければならなかった。

娘は、裁判官の指示にしたがって、実験をすすめた。検事の現場検証のときお前はゆるされなかった。いま娘がときどきやりなおしたりすると、あるいは前回の実験のときと食いちがっているのではないかと、お前は気にした。ロバート・ハリスは証人出廷を拒否したし、娘は終始ひとりで証言しなければならない。海風に髪をなびかせながら、ワンピース姿の娘は、手つきで架空の相手をかたちづくりながら、周到な訊問にこたえていった。休んでいた場所から行為の場所へ、それから争いの場所を移動してゆく、その過程にいくどか駄目おしをされてはくりかえす、娘の努力をお前はみまもった。その検証をすくなくとももう一度は実験しなければならないのだ。ロバート・ハリスを告訴した以上、その裁判のための証言に積極的な発言を覚悟しなければならない——。告訴したことを娘に告げたとき、娘はもうなにも言わなかった。その無言がお前には妙にこたえて、このさい告訴がどうしても必要なのだということを、お前はくどく説明した。お前が二十年前の大陸でのことなどもちだして話すのを、娘は理解しえたかどうか。妻はそばで、そのようなことをいまさら言ったところで、と気をもんだ。娘がだまりこんでいると、お前はなおもくどく言いわけめいて話をつづけた。話しているうち、その告訴のために娘がいずれひどい苦しみを体験するであろう姿が、想像のかなたからしだいに逆流してきてお前を不意に攻め、瞬間的に後悔の気もちにおそわれることもあったが、それはやはり一時の感情なのだ、そういうことに負けて人間としての義務を裏切ってはならない、とお前は自分に言いきかせた。その覚悟をいまもっている。そこでお前は耐えている。

ただ、お前はまだ気づいてはいなかったが、娘はなんのためにお前の二十年前の罪をあがなって苦しまなければならないのか。おそらくは娘もそのような理屈に気づいてはいまい。彼女にとっては、これからさきどれだけかつづく苦しみの重みだけが問題であって、その理屈などどうでもよいのだ。だが、お前はそれを考えなければならない。ふたつの裁判に娘は敗れるであろう。それまでの娘の苦しみのなかにお前は分けいって、それを考えるべきだ。いま娘が実験をやりなおしやりなおしたしかめているものが何であるのか。それが、娘の苦しみやお前の昔の罪やいまの怒りと、どのような形でかかわりあうのか。娘のひとつひとつの動作のなかから、それを探っていかなければならないのだ……

お前はまだそれに気づいていない。ただお前は、娘の動きから眼をはなさなかった。ときどき刹那的に、このような平和な風景のなかで、まったくああいうことがありえたのだろうか、いま娘が虚空《こくう》にかたちづくっているロバート・ハリスという人間がほんとうに生存しえているのだろうか、という疑いがこころのなかをかすめた。あるいは、この風景のほうが虚妄なのか。やはり孫氏が中国の故郷について告白したように、あまりにも生命の危機にさいなまれていると、自然の風景など存在しないのとひとしくなってしまうのであろうか。――しかし、いま実際に娘は崖に片腕ついて、眼の芯まで染まりそうな青い海を背景にもうひとつの小麦色の腕をかざしている。その動作は、あの醜いものを命がけで崖につきおとした瞬間の動作なのであろう。沖のリーフに白波がよせる。お前は息をつめて、娘の全身の形をみつめ、きたるべき裁判に、おそらくミスター・ミラーや孫氏が傍聴する前で、健康いっぱいにたたかってくれと祈る。そこに虚妄はない……

ギンネム屋敷

又吉栄喜

ギンネム【銀合歓】熱帯アメリカ原産の常緑樹。花は白色で芳香を放つ。高さ十メートルに達する。終戦後、破壊のあとをカムフラージュするため、米軍は沖縄全土にこの木の種を撒いた。

ギンネムが密生した丘はうねりながら四方に広がっている。丘のすぐ後ろに巨大な入道雲が湧き、固まって動かず、陽《ひ》は一瞬もかげらない。ギンネムの柔らかい葉は水気を失い、なえている。私は目の前にうなだれている葉をむしった。砲弾で焼き尽くした原野をおおい隠すために米軍は莫大な量のギンネムの種を飛行機でまいた、と聞いている。枝が錯綜《さくそう》して茂るギンネムは防風林にもいい。

私たちはギンネムの林にはさまれた坂道をおりた。私はＨＢＴの払い下げズボンの裾についている白い石灰粉が気になった。朝鮮人を知っていた。私より五、六歳は下だろう。三十歳前後だ。米軍のエンジニアをして金もあるはずのあの朝鮮人がヨシコーを暴行したとは、まだ信じ難い。安里のおじいは松葉杖を止めた。しわだらけの小さい顔をあげた。

「ほんとにいたなぁ？」

「ほんとうさぁ、いたさぁ、何度言わすかぁ、もう」

勇吉は小さく舌うちし、クバ笠を取り、手拭《てぬぐ》いで頭やら首すじやら脇やらを荒々しく拭《ふ》いた。その朝鮮人は昼間は日曜日でも滅多にいないらしかった。九日前の金曜日の朝、事件は起きた。部落の裏のさつま芋畑でヨシコーが犯されるのを、勇吉が亀甲墓の蔭《かげ》に隠れて目撃した。勇吉はヨシコーのおじいに告げ、おじいは私に相談した。春子が酒場勤めに出て不在なのを幸いに、私のトタンぶきの平屋で内密に三日間話し合った。結局、朝鮮人から金をまきあげ、三等分する事に決めた。売春婦のヨシコーが犯されて、賠償金や慰謝料が果たして取れるか、私はあやしんだが、勇吉に押し切られた。夜は交渉に行けない。朝鮮人が住んでいる家は幽霊が出るという噂があった。先の住人は一年程前、朝鮮人に家を売り、南米に移住した。その家には誰も一年以上は住みつかなかった。しかし、私達は何より、朝鮮人がカービン銃やピストルを所持していて、夜訪れる者は米軍人の習慣に倣《なら》い、発砲するという噂が気になった。

「……おどしたら、戦車で部落潰されんかな？」

私はわざと大げさにつぶやいた。おじいの上腿部から切断されている右足を見て、自分が情けなくなった。

「まさかぁ、今更言わんでよぅ、警察につき出しても、すぐ釈放されるだけだとあんたは言ったでしょう」

勇吉は振り返った。汗の吹き出たあばた顔が私を見た。

「……だが、あれやぁ、ピストル持ってるぞぉ」

おじいが勇吉を見つめて言った。おとといの夜、まきあげた金で女を買うのかとおじいが勇吉に聞いたのを、私はふと思い出した。冗談とも本気ともつかなかった。孫娘を勇吉に買われるのは複雑な心境に違いない。この部落の近くで売春をやっている女はヨシコーだけなのだ。勇吉は妙な含み笑いをしながら、酒を飲み続けた。

「ピストルだすなら、俺が腹、突くさぁ」

勇吉はこぶしを固め、腕を突きのばした。勇吉は背丈は低いが、上半身に筋肉が固まり、空手は〈段〉を持っている。なぜ、勇吉はあの時、ヨシコーを助けなかったのだろう？楽しんでいたのだろうか。目撃者は勇吉だけだ。証拠もない。ヨシコーは知恵遅れだが、今日連れてくればよかった……。赤木や栴檀《せんだん》の枯木、電柱が道沿いに立ち、その周辺には、えた若木に熊蟬《くまぜみ》がくっつき、鳴きわめいている。

アカバナー（ハイビスカス）の茂った固まりが屋敷の垣根だった。垣根の裏手は竹林で、その向こうにギンネムが盛りあがっていた。庭に入った。手入れのされていないカンナの朱色の花の間に犬の首がのぞいた。私達は立ち止まった。犬は立ちあがった。大きなシェパードだ。私達はあとずさった。おじいがよろめいた。シェパードは太い鎖で柱の土台につながれていた。やっと声が出た。

「ごめんください」

返答がない。犬が唸《うな》った。私は声を張りあげた。カーテンが開き、男が顔を出した。男は立ちつくしたまま、私を見つめた。やがて、かすかに笑い、小さくうなずいた。私は犬を指さした。男はゴム草履をつっかけ、出て来た。犬の頭をなで、東側の雨戸を全部開けた。私達の用件をすでに察している、と私は感じた。背丈が百七十五糎《センチ》はある、肩幅の広い朝鮮人の体軀《たいく》はあの頃とたいして変わっていない。しかし、若白髪が混じっている。大きい木製の椅子に私は腰かけた。おじいと勇吉は朝鮮人のすすめを断わり、戸道に座った。向かいに座っている朝鮮人の目はまばたきがほとんどない。朝鮮人はアロハシャツのポケットから取り出した〈鹿グワァ〉(キャメル)を私に差しのばした。私は一本ぬきとった。朝鮮人がライターで火をつけた。

「……どのような事でしょうか?」

朝鮮人は煙をはき出した。

「率直に言いますが」

私は吸い込んだ煙草に少しむせんだ。

「……ええ、あそこの」おじいを目でさし示し、「おじいさんの孫娘があなたに乱暴されたと言っているのです」

朝鮮人は私をみつめた。驚きをためた目だ。私は目をそらした。やがて朝鮮人は煙草を灰皿に置いた。

「……それで、どうすればいいのですか？」

意外だった。あっさりと認めすぎる。

「……事実なんですね」

私は朝鮮人をみつめた。朝鮮人は小さくうなずいた。

「ウヌヒャーヤ！（この野郎）」

おじいが松葉杖をふりあげた。私は大げさだと感じたが、手で制した。勇吉もおじいの肩をたたいて、なだめた。朝鮮人はまず否定すると私は決めつけていた。あなたの暴行現場を村の青年が見た、あなたの家に放火すると騒いで手に負えない、と私は頭の中でくり返ししゃべってきた。私は二の句がつげなくなってしまった。

「……お金で解決がつきますか？」

朝鮮人の目は相変わらずまばたきしない。

「あなたは反省してますか」

私は語気を強くした。朝鮮人の妙なとりすましが気にさわった。

「……お金でうまく解決できればいいですね」

朝鮮人の声は冷静だ。おじいと勇吉が私に目でうなずいてみせた。

「……起きてしまった事はどうしようもないし……それしかないでしょうな」

私はわざとゆっくりと言った。

「いかほど用意すればいいのでしょう？」

朝鮮人は灰皿に灰を落とした。

「あなたの気持ちはどんなもんですか」

私は言い、おじいと勇吉をそっと見た。彼らは顔をこわばらせて、朝鮮人をみつめている。

「一万五千（B）円ほどでは少ないでしょうか？」

朝鮮人は私達を見回した。思いもよらない高額だった。私は煙草をくわえ、考えるそぶりをした。しかし、二人は大きく何度もうなずいた。

「いいでしょうか？」

朝鮮人は私を見た。おじいが私に目くばせした。私は朝鮮人にうなずいた。

「だが、今手持ちがないので、次の日曜日の今頃、そうですね、二時に来ていただけませんか」

朝鮮人は言った。急におじいと勇吉は目元をくもらし、唇をゆがめた。二人が暴言を吐かないか気になる。私はあわてて言った。

「確かですか」

「まちがいなく」

「じゃあ、よろしいです、その時で」

私は立ち上がった。二人をせきたてた。

「また、日曜にこよう」

二人は私の勢いにおされ、庭に出た。朝鮮人は私達を門まで送った。

「お待ちしております」

朝鮮人は深くおじぎをした。私はふと気味悪くなった。


おじいは湯呑み茶碗を持った手を振りはらった。また、中の泡盛がこぼれた。私はふきんで卓袱台《ちゃぶだい》をふいた。もう注意する気はない。さばの缶詰の汁もたれている。生臭い。

「ヤナ、イクサワァー（いやな戦さめ）」

おじいは吐き出すように言う。

「ウリッ、飲みなさい」

勇吉が一升壜《いっしょうびん》を片手でかかえ、つぐ。おじいの湯呑みは傾き、酒がゴザにしみ込む。おじいは酒を飲みほし、松葉杖にいざり寄った。

「どこにですかぁ？　おじい」

私は言った。おじいは立ちあがった。汗の臭いがした。松葉杖が固い板床をすべった。おじいは尻もちをついた。勇吉が脇をかかえ、おこした。

「どこにかぁ？　おじい」

勇吉も聞いた。

「死んじまえ」

おじいは左の松葉杖で何回も床をたたいた。

「小便。今晩は朝まで帰らんどぉ」

おじいは勇吉にささえられて、戸口を出た。窓のカーテンがそよいでいる。小さい花柄の桃色のカーテンだ。先程、勇吉が、色っぽいねぇ、と薄笑いをした。裸電球に羽虫が群がっている。私は窓わくに座った。五、六個の野ざらしにされたドラム缶に子供達がまたがったり、かけおりたりして遊んでいる。

向かいのバラックの軒下で三人の女が乳《ち》のみ児《ご》をあやしている。星明りがおちていた。雑草の動きもわかる。蛍がその中で光っている。

ツルがどなり込んで来た日曜日の夜も蛍がいた。春子は勤めに出ていた。私はつまようじをくわえ、この窓に腰かけていた。二週間前にツルが顔を見せさえしなければ、いくら勇吉やおじいに頼まれても朝鮮人から金をせびり取る計画には参加しなかったはずだ。あの時、ツルは酒を飲んでいた。酒を飲んでいるツルを私は初めて見た。大声は出さないで、みんな夕涼みしてるんだから、な、な。私は窓の外をしきりに目配せしながら、首と手を振り、制した。ところが、ツルは窓から首を出して、わめいた。私は頭をかかえこんだ。幾分、ツルも落ち着いた。私はね、あの女の顔を切り刻まんと死んでも死にきれんよ。……ここの家は包丁はあるかね？　ツルは台所を見回した。ほんとだよ。私は顔をあげた。あの壕に、私やお前が入っていた壕に私はほんとにまい戻ったんだよ、すぐ、だが、あとかたもなく潰されていたじゃないか、そうでしょう、それでも私は石や土をかきわけてあなた達を探したんだよ。ツルは前かがみになり、顔を私の顔に近づけてきた。目が異様に見開いていた。もう何も信用できんよ、昔の話はやめてちょうだいな。ツルは唇をとじたまま歯ぎしりをした。昔？　まだ八年にしかならないよ。しかし、私は黙っていた。あそこで死んだのは弘一人よ、残念ながらね、あんたには都合がいいんだろ、一人息子が死んでさ、こじきみたいな女ともすぐくっつかれたんだからね、私がくだらん女だからなのかい？　私が悪いのかい？　そうなんだね、正直に言ったらいいじゃないか！　ツルはつやのないパーマの髪をかきむしり、私を、春子を、自分自身をののしった。紫色のワンピースを着けていた。多分一張羅の服に違いない。春子に負けないようにせいいっぱいのおしゃれをして来たんだ、と私は感じ、ツルがいとおしくなった。しかし、すぐ、窓を見た。近所の人が気になった。私は日頃もツルを気にしていた。春子とのセックスの時だけはツルを忘れる事ができた。私より十五歳も若い春子の肉体に私は酔いしれるように努めた。ツルは一人でスクラップや空壜の売り買いをしていた。私は春子にもらう小遣いを節約し、内緒で毎月百円をツルに与えている。勇吉に手間賃をやって、持たせている。すでに十ヵ月になる。しかし、ツルは一言もふれなかった。勇吉が全額使い果たしているのではないだろうか、と今までにも私はたびたび疑ったが、一度も追求はしていない。

あの朝鮮人からせしめる金をツルにやろう。そうすれば、ツルは一人でもやっていける、罪ほろぼしもできる。私は酒をあおった。

ツルは長い間うつむいていた。私は寝入ったと思い、顔をのぞき込んだ。すると、ツルは急に顔を上げ、立ちあがった。すぐ、足がもつれ、抱きついた柱に顔を打った。大丈夫か？　もっと座っておけよ。私はツルの背中をさすった。思わず手を引っ込めた。あの女が帰って来るんだろ、あんなものの顔なんか、見るもんか。ツルは戸や壁にぶつかりながら戸口を出た。あの女はどうしたのよ、はるばる会いに来たんだよ、早く出してよ、出さなければ何日でも帰らんよ、とその戸口を入って来た時はわめいていた。ツルが憐《あわ》れに思えた。雑草だらけの道をよろめいて遠ざかるツルにかけ寄り、肩を貸し、送り届けたかった。しかし、春子の肌の白さや柔らかさを思いおこし、こらえた。

今日も日曜日だ。私は身ぶるいがした。壁に貼ってある油紙が剝《は》がれ、二つ三つの節穴が現われている。あの日、ツルがこの写真は誰ね！　とわめきながら剝いでしまった。油紙の上に貼ってあった名も知らないアメリカ女優の色付写真は細かくひきちぎられた。春子は日頃はこまめに室内をかたづけるが、この壁紙だけは張り替えようとしない。春子はその夜、勤め帰りに付近の女に聞き、何もかも知っていたにも関わらず終始黙っていた。私は何も言わなかった。すぐ町に出て油紙を買って来なければいけないと強く感じたが、日が経つに従い、めんどうくさくなった。板にぶつかる音がした。

「アリッ、また」

勇吉の声がした。「しょっちゅう頭打って、ノーテンファイラーになるよ、もう」

勇吉はおじいを後ろからはがいじめにしたまま、入って来た。おじいは片足をけって草履をぬごうとするがなかなかぬげない。勇吉がぬがせてやった。私は立ちあがった。勇吉が気合いをかけて、私の腹を拳で突いた。上着すれすれに手は止まった。勇吉は巻藁《マチワリ》を毎夕、突いている。拳はつぶれて固まり、丸石のようだ。

「片足で小便させたり、もの吐かせたりするのはしんどうだぁ」

勇吉は卓袱台の前に座った。もしかすると、あの蛙の鳴き声と感じたのはおじいの嘔吐の音かもしれない。おじいはよろめきながら、勝手に水屋を開け、三合壜をつかんだ。勇吉が歯で栓をあけた。腕時計を見た。春子がフィリピン人から飲み代の代わりにもらった男物の高級時計は狂わない。十一時を過ぎている。二人を帰して眠りたい。しかし、座った。おじいはのばした足をクバ扇でたたいている。

「……情けなくなるよ」

おじいは私の顔をのぞき込む。鋭い光をためている目だ。朝鮮人から金をまきあげる決心をした時も私達は酒を飲んだ。あの時もおじいは今のような目で私をみつめ、私の手を両手で握りしめ、あんたを信用しているよ、あんたは間違いないよ、と何度もくり返した。

「あれの親さえ生きておれば……なんで、わしなんかを生きのびさせて……どうするつもりなんだ」

私は目をそらせた。ヨシコーの父親は尋常小学校の教師だった。しかし、ヨシコーが生まれつき〈知恵遅れ〉だったので田舎の父に、このおじいに預け、世間に気づかれないようにした。

「あの孫娘を殺して死のうとも思うよ、まったく、情けなくなるよ」

おじいは湯呑みにあふれる酒を一気に飲みほした。少しむせんだ。勇吉が背中をさすった。

「おじい」

勇吉はおじいの耳元で囁《ささや》く。しかし、太い声は私にも聞こえた。「なぁ、おじい、ヨシコーを俺の嫁にくれぇ、女にはニービチ（結婚）が一番さぁ」

「お前にはやらん」

おじいは胸をそり返した。

「どうして？　なぜ？」

「お前はろくでなしだ、みんな軍作業に行っているのに……あんなに儲《もう》けられる仕事もせんで……怠け者が……」

勇吉は〈戦果〉をあげるのはうまかった。しかし、何度もＭＰやＣＰにつかまり、要注意人物になった。勇吉と組む仲間はいなくなった。大金も幾晩かで使い果たす癖もあった。しかし、私は勇吉のようにスクラップ拾いさえもしていない。適当な仕事がみつかれば働く気ではいる。しかし、貧弱な体には軍作業は勤まらない。

「じゃあ、仕事するさぁ、スクラップも不発弾が多くて、もう足、洗うよ、何も死ぬのが恐いからじゃないがね。あの、まとまった金が入れば……」

勇吉は壜をかかげ、おじいに酒をすすめる。おじいは茶碗を持とうとしない。

「まとまった金が入れば、遊ぶんだろ、何もせんで……」

「どうしてもニービチさせんか」

勇吉はおじいをにらみつける。

「あたりまえだ」

おじいもにらみ返す。勇吉は壜の底で卓袱台をたたいた。

「じゃあ、いい！　そのかわり、ヨシコーを買ってもいいだろうな、あの金で」

「なにぃ！」

おじいは上半身をねじって勇吉に向いた。

「もう一度言ってみぃ」

勇吉はゆっくりと酒をつぎ、飲んだ。

「おい」

おじいは勇吉の肩をつかんだ。が、すぐ振り払われた。

「どうして悪いんだ」

勇吉は手に持った茶碗をみつめたまま、言う。「ヨシコーはウチナーンチュの女だろ、どうしてウチナーンチュの男とやったらいけないんだ、なぜアメリカーやチョーセナー（朝鮮人）ならいいんだ、逆じゃないか、逆なのが当然じゃないか」

「なにぃ！　お前はいつからそんなに醜《みにく》くなり果てたんだ。そういうもんは畜生と同じだぞ」

おじいは勇吉の横つらを強く押した。勇吉はほとんど動かない。

「おじいはヨシコーと抱き合って寝てるというじゃないか、噂は広がっているんだ」

勇吉は唇をかみしめた。私は動悸がした。初耳だった。

「ヤナ、ワラバー（悪たれ）！」

おじいは勇吉の肩と頭をつかんで立ちあがった。しかし、すぐ、よろめき、床にひっくりかえった。

「お前、わしの孫娘に手を出したらただじゃすまさんぞ」

おじいは強《し》いて、起きあがろうとはせず、両手を広げて寝そべった。片足で勇吉の腰をけったりする。勇吉はふり向いて、おじいを見た。

「じゃあ、また、あのチョーセナーにヨシコーをさせて儲けようじゃないか、金取ってからさ、そんなにチョーセナーがいいならさ、けしかけたらすぐやるよ、チョーセナーなら」

「おい、勇吉！」

私は思わず、どなった。たまらなかった。「お前は誰にものを言ってるんだ」

勇吉は私に向いた。唇をかんでいる。何か言いたげだ。

「……私はもともと反対だったんだ、沖縄人の恥だ」

「じゃあ」

勇吉は低く押さえた声をだした。まだ、落ち着いている。「沖縄の女をけがしたチョーセナーは恥じゃないんだなぁ、沖縄の女だよ、馬鹿にされてたまるか、警察に訴えると、あれはおしまいだったんだ、情けをかけたんだ」

「いや」

私は言った。舌がもつれた。「警察は何もできんよ。逆に公にすれば、あれが兵隊を連れて襲ってこないとも限らん。それも考えられる」

勇吉は寝そべっているおじいを見おろした。

「おじいはアメリカーが恐いか？　まだ命が惜しいか？　六十五なっても欲張ってもっと長生きしたいか？　それとも食いぶちがなくなるのが恐いのか？　おじい」

「おい！」

私は卓袱台を拳でたたいた。「お前は誰にものを言っているつもりだ」

勇吉は湯呑みに酒をついだ。

「うらやましいなぁ、あんな若い女を囲ってさ、囲われてるのかな」

勇吉のほほを張りとばしたい衝動が湧いた。が、神妙な勇吉の顔つきに気づいた。うっすらと涙がたまっている。私と春子のセックスを勇吉が覗《のぞ》き見《み》した、という噂もあった。今、問《と》い質《ただ》したかったが、口をつぐんだ。だいぶ前の話だ。あの頃は勇吉も若気のいたりだったんだ。

勇吉は立ち上がった。

「あのチョーセナーが夜逃げんか、見張りに行って来るよ」

「待て、待て」

私は思わず立ちあがりかけた。

「あれから取るのは親兄弟を殺された弁償金でもあるんだ」

勇吉は振り向きざま早口で言った。

「朝鮮人が殺したんじゃないだろ、むしろ、味方だったんだろ」

私は意気込んで、言った。

「味方？　今はアメリカーの味方じゃないか」

勇吉は米軍払い下げの軍靴に足をとおした。

「勇吉」

おじいが寝そべったまま目を開いた。勇吉は立ちつくした。「わしはあれがいとおしいから、添い寝をしているだけだ」

おじいは天井をじっとみつめている。勇吉は黙ったまま出ていった。私はおじいを見た。視線があった。すぐ、そらせた。窓から身をのり出して外を見た。おじいにすぐ帰って欲しくもあるし、一晩中、語りあかしたくもある。風がでている。雑草が騒いでいる。子供達も女達もいない。蛍はまだいる。汗ばんだ脇にふいに冷気が走った。小さく身ぶるいした。物音がした。振り返った。おじいはピョンピョンとんで、松葉杖を拾い、出ていった。

頭が重い。目を閉じても軽い目まいがする。両のこめかみを指で強く押す。半開きの窓にさし込む日光に無数のごみが浮遊している。首すじや腕に汗が湧き、ゴザのあと形ができ、落花生の皮がくっついている。一時間前に目は覚めた。また寝返りをうった。ネッカチーフをかぶった春子が窓の外に見えた。洗濯をしているようだ。先程、味噌汁のにおいもした。時々、春子が姉さん女房のような気がする。しかし、飲み屋の〈トミコ〉に勤めだした頃はよく泣いていた。嗚咽《おえつ》をシーツで押さえた。私は夜は眠りが浅かった。春子の背中が小さくけいれんするのを幾晩も感じた。知らんふりをした。しかし、心苦しかった。春子が寝入っても目はさえ、明け方まで眠れなかった。私は幾晩か経ったあとで初めて気づいたふりをして、慰めた。春子は私にしがみつき、大丈夫よ、と鼻をすすった。座ったまま、長い間抱き合った。その夜以来、滅多に泣かなくなった。しかし、私にしがみついて寝る癖がついた。客が春子に抱きついたりしていると思うと、しゃくにさわる。米陸軍病院は良かった。春子が十七、八歳の時、知り合いを通じて三年も勤めさせた。しかし、解雇されてしまったのだからどうしようもない。どうせ看護婦の免許もなかったんだ。かえって、長くいると、アメリカーのハーニーにされてしまう。春子は妙にもの静かだ。私は春子のハンドバッグの中や服装や洗濯物入れに入っている下着まで注意する。しかし、春子がはめをはずした様子は発見できない。酔わないし、服も乱れない。戦争末期、与那原《よなばる》の原野の小さい壕から黒く汚れた顔を出していた時、すでに春子は悟りきったようにもの静かだった。私がやったさつま芋も変にゆっくりと食べた。春子は後ろ向きに台所をふいている。強い日光に春子の両足のうぶ毛がゆらぐ。お前、いい男ができたら結婚しろよ、そうすれば私も妻の所に帰れるよ、と言ってやりたい。今までも何度も言いたかった。しかし、言えなかった、言えない。

私は立ち、春子に寄った。春子は振り向いて、ほほえんだ。

「起きたの、おはよう」

私はうなずき、春子の肩に手をおいた。

「味噌汁、あたためましょうね」

春子は石油コンロにマッチをつけようとした。私は制した。

「二日酔いしてしまった。……少し、用事をすましてきてからな」

春子はうなずいた。私は春子の髪をなで、歯ブラシと石鹼を取って庭に出た。一瞬、目がくらみ、痛んだ。水タンクの蛇口をあけっぱなしにして天水を飲んでいた子供があわて逃げた。子供達は竹や木の棒を持って追いかけっこをしている。一人がドラム缶に飛び上がった。と、次の瞬間、飛びはねた。子供達は裸足《はだし》だった。ドラム缶は陽に焼けているようだ。

私は茶を飲んだだけで外に出た。春子に散髪代を多めにもらった。朝鮮人に今度の日曜日には会う、そして金をもらう。見下されてはならない。厚目のタオルで汗を拭きながら歩いた。入道雲が地表にどっかとのっかっていた。熱気がずりおち、草木も電線もしおれていた。麦わら帽子で顔を隠した。知った人に会うのはいやだった。瓦礫《がれき》は隅に片付けられていた。だだっ広い雑草の広場が多かった。戦前の道もはっきりと残っていた。ほこりっぽい白い道におちる影は短い。大小の銃弾の穴があいている古い二階建てのコンクリート造りの空家を陽よけに、合同バスを待った。斜め向かいの破壊されたコンクリート造りの建物から曲がった鉄筋が何本も突き出て、そのうちの一本の先にコンクリート製の十字架がゆがんでひっついていた。あの教会のガジュマルの木蔭のブランコにヨシコーがよくのっていた。戦前、ヨシコーはキリスト教信者であった若い両親によく連れられて来た。

葉がそよぎ、白いワンピースの裾もまくれた。つやのある黒髪は長かった。隣りの隣りに歯科医院があった。私は治療に通っていた。ヨシコーはあの頃、小学五、六年の頃、色が白く、肉付きがよかった。真夏の或る午後、私の家の裏庭のサヤインゲンの棚の傍らで、腕白小僧にパンツをおろされた。私は制止はしなかった。まん丸いお尻が妙に色っぽかった。アカバナーの垣根越しに見た、陽光にさらされたヨシコーのお尻を私は今でも鮮やかに思いおこせる。腕白小僧は戦争で死んだ。私は一人息子を失った憎悪や悲しみは不思議と薄らいでいる。ツルを忘れようとしているために違いない。おじいの家に行ってみよう、と思った。

半時間ほどたった。五トントラックにホロをかけた合同バスが来た。私は手をあげ、土煙りに目を細めて、短いはしごを登った。長椅子に座った。排気ガスが舞い込んだ。老人や子供連れの中年女やGI帽をかぶりサングラスをかけた若い男がいた。見知らぬ人達だ。米軍施設は一様に白いペンキがぬられ、目を刺す。市内の各バス停留所に〈ストリップ来沖、国際劇場にて〉の看板が立っている。

バスを降りた。露店でタライの水にひたされていたバヤリースジュースを飲んだ。市場通りを裏路地に入った。おじいの家は古い木切れをはりあわせ、米軍払い下げのテントカバーで低い屋根をおおっていた。すぐ傍らのどぶ川はゴミが溜り、ほとんど流れがない。戸は閉まっていた。裏にまわった。井戸端でヨシコーが洗濯をしていた。太腿が目についた。白く、柔らかげだ。格子縞のブラウスのボタンがはずれ、肉づきのいい胸元がのぞけた。私は目をそらせた。ヨシコーは昔の私を覚えてはいないだろうがじっと見るのは気がひける。長い黒髪は濡れていた。

「おじい、いる？」

と私は聞いた。やっと、ヨシコーは顔をあげた。柔和な目は赤ん坊のもののようだ。私は近づき、もう一度聞いた。ヨシコーは立ちあがり、指をさし、指をさした裏口に小走りに去った。私は窓に寄り、中を覗いた。薄暗い台所だった。一本足のおじいが裸の体をふいていた。板壁の裂目から入った光がおじいの下半身を浮かびあがらせていた。私はすぐ目をそむけた。……ヨシコーは風呂あがりのようだった。おじいはヨシコーの全身を洗ってやったに違いない。……勇吉が言うようにほんとに寝ているかもしれない。……勇吉はおじいにも私にも嫉妬している。私には春子がいる。ヨシコーは片足の醜いおじいに少しも反撥しないのだろうか？……ヨシコーは売春婦になってしまったんだ、昔とは変わったんだ……。

おじいは戸を開け、私を呼んだ。おじいの後ろにヨシコーは立っている。私はゴザに座った。四畳半の隅に空《から》の一升壜があった。茶をすすめられた。私は確かに喉《のど》もかわいていたが、親しみを示すために、三杯たてつづけに飲んだ。

「町に用があったのかな？」

おじいは湯呑みをしわだらけの節くれだった両手でしきりにさする。

「散髪でもしようと思いましてね」

私は何気ないふうに言った。しかし、ヨシコーの裸身がこのようにさすられていると思うと、息苦しくなる。……ヨシコーは少女のまま死んでしまえば良かったんだ……。勇吉なら私の幾倍も頭にくるはずだと思えば気も楽になる。ヨシコーはおじいの後ろにひざまずき、細い指でスカートをつまんでいる。

「ゆっくりしろな」

おじいが言った。しばらく黙った。茶をすする音だけがした。気まずいふんいきになった。おじいは這《は》って戸棚を開け、泡盛の三合壜をつかみだした。半分程残っていた。

「少し飲んでいけ」

おじいは私を見た。私は首を振った。おじいは茶を飲みほし、酒をつぎ、飲んだ。私は手持ちぶさたになった。クバ扇で首すじをあおいだ。おじいは四、五杯は飲んだ。

「ウリッ、一杯は飲め、わしの酒は飲めんのか、かたわもんの酒は腐っているというのか」

酔っているはずはない、と私は感じた。酔ったふりだ。

「じゃあ、一杯、散髪行かんといかんから」

私はつき出された酒壜の口に湯呑みを近づけた。

「茶かすは窓から捨てろ」

おじいの手はふるえている。私は我慢して、茶かすを喉に流し込み、湯のみを強くふった。酒はあふれた。私はすばやくすすった。

「チョーセナーのノータリンは！」

おじいは強く舌うちをした。私はヨシコーを見た。相変わらずスカートをつまんでいる。唇が閉まり、目もすわっている。おじいは私の視線を追った。

「ノータリンて、ヨシコーじゃないぞ」

私はあわてて目をそらし、酒を飲んだ。

「ヨシコーがむりやりやられたなんて……まだムシャムシャがおさまらんよ、あんなチョーセナーに……馬鹿にされてたまるか、そうじゃないかぁ？」

私はたてつづけにうなずいた。だが、おじいの本音じゃないと思った。ヨシコーは売春婦じゃないか、売春婦にしたのはあんたじゃないか。

「……あれは、うらみがあるんだ。わしらの仲間が銛《もり》で刺したからな。執念深いというから……わしらも友軍におどされてやったのだが……」

おじいは酒を持ったまま、つぶやく。湯呑みが傾き、酒がこぼれる。

「刺したんですか？　あの男を」

「あれじゃない、別のだ。……あれらは人間じゃない、いくら金を取ってもいいんだ」

「損害賠償金を取るのは法律でも認められていますよ」

私は言った。しかし、うしろめたさがあった。金を三等分しようと私が提案した。その時、おじいは意外そうに私をみつめた。おじいのあの目の色は今でも薄らいではいない。あの朝鮮人を殺したら……と一瞬、私は考えた。すべてが払拭《ふっしょく》されるような気がする……あの家具だけでもかなりの額になる。幽霊屋敷に一人で住んでいる朝鮮人を殺しても誰にもわかりやしまい。私は身震いした。

「……金出さんければ、あれを殺して、わしもヨシコーも死のう」

おじいがつぶやいた。私は顔をあげた。

「払いますよ、払わないはずはないですよ」

おじいが死んだらヨシコーを引き取ってもいいとふと思った。……もしかしたら、勇吉が強奪して売春宿に売りとばさないとも限らない。……私がおじいなら、やっぱり、ヨシコーを殺して自殺するかもしれない。

「お前、ヨシコーを勇吉の嫁にやった方がいいと思うか？……片足の何もできん奴の孫娘なんか、まともなとこには行けんだろうな……わしが死んだら、お前、勇吉がちゃんとヨシコーをみてくれると保証してくれるか？」

このおじいは私の内心を読みとっている気がする。薄気味悪くなる。

「おじいは長生きしますよ、しなければならんよ」

「足さえあればフルガニコーヤー（古金属買い）でもビンコーヤー（壜買い）でも何でもする、まだ年はとってない」

両足がちゃんとある私を責めている、とそのギラつく目に感じた。

「せめて、おばあさえ生きておれば……」

愚痴になる、私は思わず立ちあがった。

「もう、散髪に行かなければ、おじい」

「もっと飲んで行け、ウリィ、散髪屋は隣りにある」

おじいは酒をつきだした。

「いや、知り合いがやっている所がありますから」

私は嘘をつき、からんでくるおじいをかわして、すばやく下駄をはいた。

「じゃあ、日曜ですね」

私は言ったが、おじいはふり返らなかった。茶色のやせた犬が吠えた。私はふり向いた。戸口に立っているヨシコーが泣きだした。身を縮めている。私はレンガのかけらを犬に投げつけた。犬は逃げた。ヨシコーはあわてて家の中に入った。私は散髪屋を探して町をさまよった。

太陽も入道雲も固まっていた。梅檀《せんだん》の木蔭に座っていても一瞬、目がくらんだ。道端の白く汚れた雑草や雑木が風にそよいでいる。私はズボンの裾のほこりを強くはたいた。約束の二時にはまだ十五分ほどある。時間前に訪問するのは気がひけ、私は、はやる勇吉をおさえた。梅檀の白い木肌にくっついた熊蟬がわめいている。朝鮮人の家の中に入らざるをえないと感じ、足をタオルでふいた。やはり、靴下と靴をはいてくれば良かった。

「一円もまけんでよ、今日は必ず取ってよ、な、な」

あたりをうかがっていた勇吉が身をかがめた。

「みっともないから座っておれ」

私は勇吉を睨《にら》んだ。しかし、すぐ目をそらした。

「金がなければ、荷物取るよ、売るところは俺がいくらでも知っているよ、な、おじい」

勇吉は腰をのばして、梅檀の小枝を折った。二つ三つの蟬が飛びたった。

「……大事な孫娘をだいなしにしやがって……」

おじいは独り言のようにつぶやいた。金を取るのは正当だと自分自身に言いきかせている。……すでにだいなしになっていたんだ。おじいは少し酒気をおび、目玉が充血している。

「そうだよ、おじい」

勇吉はかみ切った梅檀の葉を吐き出した。

「あのチョーセナーは貧乏人の女を人間とは思っていないんだ。……まとまった金取らんといかんよ、そうすれば、ヨシコーを飲み客相手にさせんでもいいからな」

「………」

「まきあげた金でいいもの買って、いいもの食わせるさ、ヨシコーに。おじいが一生にできるのはこれしかないさ」

「ばかたれ！」

おじいは松葉杖をつかみ、勇吉に殴りかかろうとした。「わしはヨシコーに代わってやるだけだ。自分のためじゃない。まきあげるとはなんだ」

「ばかたれとは何だよ。誰があれを教えたんだよ」

「黙って！」

私は麦わら帽子をかぶり、下駄に足を通し、立ちあがった。

勇吉もおじいもクバ笠をかぶった。

「行こう」

私達は門の前で立ち止まった。アカバナーが咲き乱れていた。

「あれの他は誰もいないんだろうな？」

おじいが私を見た。私はうなずいた。私達は門を入った。

「アメリカー兵な？」

勇吉が言った。「おじいはまだ、命が大切な？　それより、あれがちゃんといるかが問題だよ」

おじいは何か言いかけた。が、犬が吠えた。カーテンが引かれ、朝鮮人が現われ、犬を制した。朝鮮人は長髪の前髪が額にたれていた。心なしか、やつれて見えた。白い開襟シャツを着ているせいかもしれない。

「お入り下さい、どうぞ」

朝鮮人は口元を動かした。

「失礼します」

私は下駄をぬいだ。二人にも朝鮮人は入るようにすすめた。二人は迷い、身をよじった。私は目配せをして、首を横にふった。二人は戸道に腰をおろした。私は勇吉の汚れた足や、おじいの一本足を見せたくなかった。私は大きなソファに座らされた。家具は思ったよりは少ないが、外国製の高級品だ。朝鮮人はコーラやアメリカ菓子やくるみをすすめた。私は喉がかわいていたが、コーラをグラスにつぎ、一口飲み、少し間をおいて、また一口飲んだ。勇吉は一気に飲みほした。朝鮮人は煙草をふかしだした。いやに静かな顔だ。目元は一重で切れあがっているが、涼しげな瞳を私は盗み見た。朝鮮人は顔を少し傾け、庭を見ている。竹藪《たけやぶ》の葉のこすれあう音が蟬の声に混じって騒がしい。この朝鮮人は復讐を考えているのではないだろうか。朝鮮人は話を切り出さない。息苦しくなってくる。あなたはなぜ金を取りに来たのだ、あなたとは関係ないじゃないか。朝鮮人に見下されている気がする。二人の手前、堂々としなければならない。私は背すじをのばした。勇吉も落ちつかない。こぶしを握りしめたり、開いたりしている。朝鮮人は一言もおじいに謝らない。ヨシコーを本当に犯したのだろうか？　スカートや下着の乱れがあったとおじいは言っていた。しかし、未遂だったのかもしれない。そのあと、本当に犯したのは勇吉かもしれない。最初に三人が集まった夜、勇吉が犯行の様子をまくしたてた時も私は信用できなかった。しかし、信じ込もうとした。今も私は、この朝鮮人がヨシコーの体をくまなくなめまわし、いじりまわしたと考えた、すると、不思議に落ちつけた。私はコーラを唾液と一緒に飲み込んだ。こんなかわいそうな女を犯して……。私はヨシコーの子供の頃のいろいろなつかしい思い出を思いおこして、朝鮮人を軽蔑しようと努めた。しかし、ヨシコーの白い肉体がちぎれて、浮かび、まとまった像は形成されない。思い切って聞いてみようと思った。なぜ、あなたはヨシコーを犯したのだ、と。勇吉がふいに立ちあがり、庭に歩いた。竹藪の手前に丸いコンクリートふちの井戸があった。雑草に囲まれた、幾条《いくすじ》もひび割れがしている古い井戸だ。勇吉はその周りでつるべを探した。

「その水は飲めません」

朝鮮人が座ったまま、声をかけた。「同じものでよろしければ、どうぞ……」

朝鮮人はコーラを三本出して来た。私は勇吉をいまいましく思った。しかし、おかげで緊張は切れた。

「どうして、飲めないんですか？」

私は聞いた。ちょうど立ちあがった朝鮮人は答えず、机の引き出しを開け、横書き用の封筒を出した。

「お約束のものです」

封筒をテーブルの上に置いた。おじいと勇吉が瞬間、目を見合わせた。勇吉のニヤッと動いた口元が朝鮮人に気づかれなかったか、私は気になった。私は札を取り出して数えるべきかどうか迷った。指で何気なく厚さを計った。

「じゃあ、あの娘の祖父にちゃんとあげます。あの祖父は標準語がよく話せませんので、私が一緒に来ました。家が近くですから」

私は朝鮮人の顔をまともには見なかった。

「そうですか、ごくろうさま」

朝鮮人は煙をはいた。内心をみすかされているような気がした。すぐ帰りたい。はるばる沖縄くんだりまでひっぱられて来たチョーセナーじゃないか、お前は！　私は内心でくり返した。

「……じゃあ、失礼します」

私は声に力をこめた。

「そうですか」

朝鮮人は小さくうなずいた。私は下駄に足をおろした。おじいと勇吉は先を歩いている。ふり返らない。朝鮮人が私の耳元で言った。

「次の日曜、あなた一人で来てくれませんか、お話があるんですが……」

私は呆然《ぼうぜん》として朝鮮人を見た。

「お願いしますね。今日の時間で……」

朝鮮人はささやく。おじいと勇吉がふり向く気配もある。私はうなずいた。犬を避けて、小走りに二人に追いついた。彼の意図は呑みこめない。

勇吉はおじいの先を歩いては、すぐまた、おじいの方に戻って来る、と思うと、また足がはやまり、先になる。松葉杖をささえているおじいの両腕の筋肉に太い血管が浮き出ている。勇吉は石をけった。まいあがったほこりが私の顔にとんできた。勇吉がふり向いた。

「もっと金は取れたんじゃないか」

「もう、言うな！」

私は勇吉を睨んだ。

「俺が見たんだ、俺が見たから、あんたもちゃんと金がもらえるんだ」

「………」

「あんたがいなくても、俺だけでかけあえたんだ」

「じゃあ、なぜ頼みに来たんだ、頭を下げて頼んだんだろ」

私は胸がむかついた。

「おじいが行こうと言ってきかなかったのさ」

勇吉はおじいを見た。おじいは地面を見つめたまま、先に行く。

「お前はなぜ、ヨシコーを助けなかったんだ？　お前は空手はやっていないのか？」

「あのチョーセナーがピストル持っていると思ったからさ」

勇吉はおじいのすぐうしろを歩いた。おじいのねずみ色のズボンの後ろポケットにねじ込まれた封筒の先を勇吉は見ている。わざとおじいは金を無造作に扱っている、と私は感じた。私は足をふいたタオルで顔や首すじの汗をふいた。みじめになった。ため息をついた。ギンネムの葉裏に蟬のぬけがらがくっついている。おじいは何度も立ち止まって息を整えた。なんでこんな片足の年寄りまで連れて来なければならなかったのだろう。いや、おじいが承知しなかったのだ、金をくすねられるのが心配だったのだ。おじいは相思樹の幹に寄りかかった。私は手を貸した。おじいは座った。私達も座った。地に落ちた黒い葉影がざわめいた。

「分けよう」

おじいは封筒を取り出した。私達は札が風にとばされないように心持ち、くっついた。おじいは札を数えた。勇吉がつばを飲み込んだ。……ツルにも春子にも楽をさせてやれる。ツルは急にふけこんだようなのだ。毛髪はつやがなくなった。手は荒れ、女の手とは信じがたかった。……ヨシコーの復讐もやってあげた。……朝鮮人は金を払って、さっぱりしたはずだ。おじいは金を三等分した。五千円ずつ分け前があった。私は札を数えずにポケット深く押し込んだ、勇吉は指につばをつけて札を数えた。

「あのチョーセナーがしらを切るなら、俺が黙っていなかったんだが……」

私達はしばらく黙った。次第に涼しさを感じた。ぬれた脇や背中が気持ち悪くなってきた。

「やっぱり少ないよ、今度はヨシコーも連れて行こう。どうせ、あのチョーセナーは悪事をやって金を貯めているんだ」

「お前もちゃんとした仕事につけよ、若いんだから」

私は思わず言ってしまった。お前はどうなのか？　と反論される気がする。

「あんな馬鹿者達に命令されてたまるか、たった五百円ぐらいの給料のために」

「……お前達、先に帰れ」

おじいの顔は変にゆがんでいる。何か言うとすぐ泣きわめきだしそうだ。私はうなずき、立ちあがった。勇吉は何か言いたげだったが、ギンネムの小枝を折って、手のひらをたたきながら歩き出した。私は足を遅くした。勇吉と離れたかった。おじいを振り返らなかった。


私は坂の途中で自転車を降りた。押して登った。汗が急ににじみ出た。脇に鼻をあてた。ふりかけた春子の香水はまだ消えていない。ギンネムの林にさえぎられて風は弱い。私は朝鮮人の意図を未《いま》だに図りかねる。春子にはうち明けたかった。あの朝鮮人に殺されるのではないだろうか……と思うと、春子がむしょうになつかしくなる。

戦争の時に見た光景はまだ生々しい。中年の朝鮮人は泣きわめきながら、両手と両足を後ろからつかまえている四人の沖縄人の手をふりほどこうと暴れていた。朝鮮人の痩せた裸の胸を銃剣でゆっくりとさすっていた日本兵は急に薄笑いを消し、スパイ、と歯ぎしりをした。その直後に朝鮮人の胸深く銃剣は刺し込まれ、心臓がえぐられた。私は固く目をつぶったが、あの機械の軋《きし》むような朝鮮人の声は今でも耳の底によみがえる。

私は頭を振った。顎《あご》の汗が散った。いや、もう一回は金が取れるのかもしれない。おじいや勇吉には秘密にしよう。あの朝鮮人は他言はしないだろう。わけもなく自転車のベルを鳴らした。ヨシコー？　あの安里のおじいのお孫さんでしょ、あの人、最近、お店出ないみたいよ、どこか悪いんじゃないかしらね。春子は床のぞうきんがけの手を止め、私を見上げた。春子の勤める店とヨシコーの勤める店は隣り合わせになっている。おといの事だ。その前日には勇吉と家の近くの雑貨屋で会った。私達はコカコーラを飲みほす時間だけ、立ち話をした。私はおじいの様子を聞いた。会いに行ったがね、俺をどうしても中に入れんよ、あんたも入れんてさ、だが近所の噂によると、人前でわざと金遣いを荒くしてるんだって……めしもレストランで食ってさ、洋服も高いもん買ってさ……でも、顔は変えようがないね、俺は窓から大声で言ってやったよ、ぜいたく者、少しはヨシコーのニービチの金も考えろってな、実際に貯めるなら、俺がニービチしてやってもいいがね……するとおじいは、窓ごしに俺にくっついて来てよ、わしは世間から後ろ指をさされたくないんだ、と歯ぎしりするように言うんだな、わけもわからんし、目つきもいやだったので、俺は帰ったがね……。私はおじいにはさほど関心がないそぶりで、お前も身を固めろよと勇吉に言い、別れた。数歩行かないうちに勇吉に呼び止められた。ヨシコーはおじいに店やすまされているんだってさ。ヨシコーは夜になると店に出たがって、化粧をしたまま泣いているんだってさ。勇吉は肩を左右に振りながら立ち去った。

勇吉は那覇の飲み屋の若い女と同棲を始めたようだ。奄美大島出身の背の高いやせた女だと、春子は言う。ツルと結婚させる機会を失ってしまった。今なら私がありを積んでも勇吉は承知しないだろう。私はちゅうちょし過ぎた。何をどのようにすれば、言えば、効果があるか考えすぎた。私は朝鮮人から金を受け取った日以来、ずっと考えていた。妻と別れさせてくれと単刀直入に言い、妻はかなりの金も貯めている、体も柔らかくて抱き心地もいい、と匂わそうと考えていた。ツルにあの金を全部やったら籍をぬいてくれるかもしれない。しかし、勇吉は持っていってくれるだろうか？　喜んでオーケーはするだろう、しかし、あの大島女と一緒に持ち逃げするかもしれない。

私は自転車を立て、ギンネムの幹に小便をひっかけた。ふと、根元に砲弾の破片をみつけた。掘り出してみると、こぶしの四倍の大きさがあった。自転車に運びかけたが、元の場所に埋め、小石を積んで隠した。朝鮮人に見られるのがいやだった。場所を間違わないように二本のギンネムを折った。

やっと坂を登りきった。風が全身をかすめる。ヨシコーと勇吉を結婚させ、おじいとツルを結婚させたら、とふと考えた。不可能ではない。私は思わず自転車にまたがり、ベルを四、五回鳴らした。すると、子供達が、わきのギンネムをかきわけて出て来た。小学生のようだが足どりは重たげだ。男が三人、女が一人だ。みんな、カシガー（麻袋）をしょっている。兎の餌か、スクラップを、あるいは両方を拾っているようだ。誰もものを言わず、一様にとろんとした目玉で私を見上げ、そのまま坂を降りだした。女の子の短いスカートからはみだしただぶだぶのパンツは汚れている。あそこのギンネムの木を折らなければば良かった。あまりにも目立ちすぎる。坂の急な曲がり角に子供達は消えた。私は自転車を走らせた。麦わら帽子がふっとびそうになる。

昨夜は寝苦しかった。むし暑かった。私は何回も起き、蚊帳《かや》を出て、茶を飲んだ、朝鮮人は昔の私を覚えていそうな気がした。昔のあの朝鮮人の顔が天井にうかんだりした。どのようにして出世したのだろうか？……朝鮮人に面と向かって、私は昔のあなたを知っていると言った方が得をするかもしれない……。誰も助けなかったのだ。……なぜ、ヨシコーを襲ったのだろう？　あとからあとから、いろいろな邪念がうずまきそうな予感が強まった。私は春子をゆすって、寝巻きの胸元を開けた。春子の乳房は汗ばんでいて、私の手はすべった。春子は眠いよと一言いったが、応じて、私の首すじや背中を撫でた。金を全額持って那覇に出、春子と二人で小料理屋をはじめようかとも思った。

朝鮮人は庭先で待っていた。私は会釈をした。朝鮮人は会釈を返し、カンナの群生に目をうつした。

「この花は、暑いのにやけに赤いですね、赤すぎますすよ」

私はあいまいにうなずいた。

「三ヵ月前から咲いているんですよ、小雨に濡れて……私はよく覚えていますよ……どうぞ」

シェパード犬はいなかった。私は前に座った位置に座った。風が通りぬけた。朝鮮人の長い髪が顔をおおった。私は違った人を見ているような気がした。朝鮮人は柔らかそうな、少し赤みがかった髪を両手でかきあげ、私に煙草をすすめた。私は受け取り、ライターで火をつけてもらった。私は普段、煙草を吸わない。生つばを飲み込んだ。出ぎわにお茶をたっぷり飲んで、喉がかわかないように注意したが、冷えたコーラが欲しい。煙はすぐ、風で外に飛び、散った。朝鮮人は私をじっと見ている。

「……今日は気楽にビールでも飲んでいいでしょう?」

私は思わずうなずいてしまった。朝鮮人は立ちあがった。内心を見すかされた。しかし、飲めば緊張もほぐれるのだ。

「あの竹藪は夜は、やけにざわめくんですよ」

私が庭に顔を向けていると、朝鮮人は二個のアメリカ製缶ビールをテーブルに置き、栓を開けた。

「うるさくて、私はこの三ヵ月間、夜中に目覚めなかった事は一日たりともないんですよ……どうぞ」

朝鮮人が一口飲むのを見て、私は三分の一ほどを一気に飲んだ。朝鮮人のまぶたは赤みがかり、はれあがっているようだ。

「……お一人でお住まいですか?」

私は言った。何も言わないのは息苦しい。

「そうです」

朝鮮人は煙草を灰皿にもみ消し、別の煙草に火をつけた。

「大丈夫ですか？」

あいまいに聞いてしまい、何が？　と聞き返されないか気になった。朝鮮人は唇の端をゆがめた。

「この家に幽霊が出るという噂でしょう？　大丈夫ですよ、多分朝鮮人には化けて出ないでしょう。この床下に埋められているらしいですよ、二人の日本兵は……。あなた、泊っていってみませんか、出るかもしれませんよ……沖縄人に鍬《くわ》や鎌で切りきざまれたというんですから」

私は返す言葉がなく、ビールに口をつけた。泊ると、むしろこの朝鮮人に殺されかねない。米軍エンジニアにはピストルを持っている者も多い。私は誰にもこの家に来ることは言わなかった。……あの子供達は知っているだろうか……。テーブルに置いてある朝鮮人の腕は毛が少なく、筋肉はひきしまっていた。しかし、どことなく、物腰はやわらかい。

「たいてい、米軍のエンジニアは金網の中の米軍ハウジングに住んでいるんでしょう？」

私は言った。朝鮮人が目を閉じているのは不気味だ。朝鮮人はすぐ目をあけた。

「私には、ああいう所は似合いません。……だが、この家も土地も自分の物という感じはしないんですよ、買うには買ったんですが……庭も草がのび放題でしょう」

私は庭を見た。雑木の葉に白い光がはじけて、まぶしい。屋内の弱い明るさに目が慣れたようだ。私はふと、片足のおじいを二度も連れて来たのを悔《く》いた。傷ついた者を憐れげにみせつけなくても、この朝鮮人はすなおに金を払ったはずなのだ……。しかし、この朝鮮人は私に何が言いたいのだろうか、何の用事があるのだろうか。

「……あなたは御結婚はなさっていますか？」

私は聞いた。ヨシコーの事件に発展していくかもしれない。

「どうぞ」

朝鮮人は私に煙草をすすめた。私はまた、断わりきれずに一本抜き取った。朝鮮人もくわえた。

「私は煙草がないと、やっていけないんですよ……多すぎるせいか、よく目まいをおこしますが……ゆっくりと気が遠くなるんですよ、でも、まだ、気を失った事はありません。以前は仕事に夢中になるように努めたんですが、近頃では仕事の途中でも夢みたいになるんです」

煙草をふかしすぎるせいか、いつになくしゃべりすぎるせいか、朝鮮人の声はしゃがれ気味になっている。

「恋人はいました。結婚はしていません」

朝鮮人は背すじを伸ばし、両手を重ねて、テーブルの上に置いたまま、私の目を見た。

「私の話を気軽に聞いてくれませんか、半時間ばかりでけっこうです」

私はあいまいにうなずき、朝鮮人が話しやすいように、彼の口元をみつめた。

なぜ小莉《シャーリー》が、恋人の名は江小莉《コーシャーリー》といったのですが……あのようになったのかは見当がつきませんでした。小莉は国にいる時は貧乏に慣れていましたから、耐えようと思えば耐えられたはずです。売春宿に入った時、四人の娼婦は後ろ向きに座っていました。私は名を呼ぶのが恐かった。すると、案内した背の低い二重顎の女が右端の女の顔をはさんで振り向かせました。その女は長い髪が顔半分をおおっていました。土色の顔に厚いおしろいをぬっているようでした。ぬり残した首すじはまだら状でした。ちがう、と私は首をふりました。すると、その女将は片手で女の髪をかきわけ、別の手で女の顎をあげて、何か沖縄方言でわめくのです。私は二、三歩近づき、よく見ました。私は小莉の体の特徴はほとんど思い出せませんでした。しかし、小さい癖がありました。静かに笑いかける時は必ず、右の耳たぶを親指と人さし指で軽くはさみ、顔を少しかしげる妙なしぐさですが……その時、その女はそのしぐさをしているではありませんか。赤っぽい着物の裾からはみでた太腿に紫色の注射のあとが幾つも広がっていました。目はくぼみ……人間がああも変われるものでしょうか。私は気を取り戻し、彼女の名を呼びました。だが、女は、女将にたどたどしい沖縄方言で何か言い、うさんくさそうに私を見るのです。しかし、私は、小莉がまだ人をみつめる力を失っていないのを知ってほっとしました。しかし、その間にも指を三本立てたり、四本立てたりして、女将の顔色をうかがうのです。値ぶみをしていたのでしょう。私はこの女の身受けをしたいと女将に言い、多分、常識の十倍の金額を示しました。女将はしばらく私をみつめていました。やがて、小さくため息をついて、金は持っているかと聞きます。一緒についてくれれば、すぐやると私は言い、女将も立ちあがりかけましたが、村はずれの幽霊屋敷に住んでいると聞いて、急に不審げな顔になり、腰をおろし、明日の朝、金と交換に女を渡すと言いだしました。私は明日になると借金する人が来て、今言った金額全部は用立てできなくなるなどと女将の心をそそるような嘘も言いましたが、女将はかけひきに慣れていて、金があれば渡す、なんなら、この話はなかったと考えてくれてもいい、別の買い手が全くいないわけでもないなどと言うのです。私はようやく妥協しました。翌朝来る、この女を準備させておくように、戸をたたいたらすぐ開けるようにと念を押しました。女将を殺そうとする衝動も何回かおきました。二人目の殺意です。一人目の殺意はまもなくお話しします。その夜は一睡もしませんでした。普段は戸棚に入れておく金が、強盗に奪われる気がして、たまらず、じゅうたんの下に隠しました。

私達は結婚の口約束はしていました。しかし、私は小莉の唇にも触れませんでした。徴用の日本兵は突然、来たんです。いや、触れる機会はありました。小莉はあの時、私たちの運命を予見したのかもしれません。徴用の数日前でしたが、小莉は私に体を与えようとしたに違いありません。外は大雪でしたが、彼女の一人っきりの肉親だった母は用事で出かけていました。私は肉親は一人もいませんが……。体を微妙にくねらしながらも、こわばった顔は赤味がかっていました。しかし、私は体を硬直させたままでした。結婚していないのですから。……私がのうのうと生き残っているのはですね、小莉をみたからですよ。日本軍にかりだされ、読谷《よみたん》で沖縄人や台湾人と一緒に飛行場建設の強制労働をさせられていた時です。私は直射日光と目に入る汗で目がくらんではいましたが、十数メートル先に止まった軍用トラックから隊長と連れだって降りた女は小莉だ、とすぐ、わかりました。私はつるはしを捨て、走り出しました。だが、すぐさま近くにいた日本兵につかまり、かけよって来た担当班長にしたたか殴られ、けられ、うずくまったまま、元の持ち場にひきずられました。小莉はこの騒ぎを一瞥《いちべつ》しただけで幕舎の方に去りました。私はしかし、たのもしく感じましたよ。十九の娘が遠い異国の兵隊達のまっただ中で平然としているのですからね。私は笑みを浮かべたのかもしれません。私の顔の血をタオルでふき、水筒の残り少ない水を飲ませてくれた若い沖縄人も妙な顔で私を見たのですから……。私達朝鮮人は毎晩集まって北の方角、朝鮮の方角を見て、慰め合いました。しかし、その夜はあの女は間違いなく朝鮮人だと私が主張しても、ちがうとか、見なかったとかで誰もとりあわないのです。あの仲間もその後、いっせいに洞窟に閉じ込められて虐殺され、もう証人はいないんですが……。確かに小莉は二重瞼《ふたえまぶた》の黒目がちの目が沖縄人に似ていたので私以外は気づきようもなかったのかもしれない、と今では考えもしますが……。私は女の正体を確かめてくる、と我を張り、何回か夢見心地のまま幕舎を出て、そのつど仲間に引き戻されました。夜、隊長の幕舎に近づくと、すぐさま銃殺されるのを忘れていました。昼間の労働で体は動けないほど疲れましたが、異常に目が冴えて、幕舎の中で宙をみつめる夜が続きました。小莉は看護婦として徴用されたのだから、ただの看護婦なんだ、と何十回も呟《つぶや》きました。……従軍看護婦なんてみんな慰安婦じゃないですか、そうでしょう？　沖縄の女だってそうですよね、あなたの妹さんは徴用されませんでした？　妹さんはいませんか、そうですか。でもですね、沖縄人は戦争のないところに疎開する、朝鮮人は激戦地にやってくる、何かおかしいとは思いませんか。いや、あなたの責任ではありません。気を悪くしないで下さい。……一時はあなた方が玉砕しなかったのが悔しかった。三十万人も生き残るのは卑怯だ、一人残らずスパイだったんだと思いましたよ。しかし、私は沖縄人を恨みません。米軍も恨みません。私達をひっぱってきた人間を恨みます。さもなければ、心臓や脳に弾があたらなかったのをうらみます。いや、私は死ぬのが恐かったに違いありません。私は、やっと何日かぶりに小莉の姿を見ても隊長が傍らにいると小さい合図一つ送れませんでした。……小莉の名を大声で呼んで抱きつけばよかった……切り殺されても……。生きている限り悔やまなければなりません。隊長に殺意を抱いてはいました。一人目の殺意というのはこれですが、抱いていただけです。この飛行場ができあがったら、小莉と一緒に国に飛んで行けるなどと、まさに夢を見て、私は飛行場造りに精を出しました。ところが、飛行場がようやく完成して祝賀会をやるかやらないうちに、とり壊す作業にかりたてられました。米軍に使用されないためにです。戦局は追いつめられていたのです。壊し終わらないうちに本隊は小莉を連れて、南部の方に移動しました。私は小莉を追って、逃走を図り、つかまり、銃尾で足を砕かれました。まもなく、その基地は米軍に空襲され、艦砲射撃され、残留の日本兵は死滅しました。私は米軍の捕虜になりました。しばらくのち、私は米軍艦に乗って、海岸沿いに隠れている日本兵達にマイクで降伏を呼びかけました。戦争も完全に末期でした。朝鮮人が日本軍に大量虐殺された事実も確かめられていました。降伏させるより潰滅させたい、のが私の本心でした。ぼろきれを着て、クバ笠をかぶり、地元民になりすまして生きのびている日本軍の将校も少なくありませんでした。しかし、幾ら注意深く探しまわってもあの隊長はみつかりませんでした。……あの隊長も南部に逃げる直前は血迷っていました。死んだら、靖国神社に入れてやると言いだしたんですよ、朝鮮人をですよ、俺達に殺されるのは犬死にだが、米軍と戦って死ねば靖国神社で神になる、とですね。……米軍とは説得力が違います。米軍はすぐ金と地位を与えました。……金も地位も意味を持ちませんが……。異国では支配者にならなければ生きていけないのは確かです。私は支配者になる気力も資格もありませんでした。ただ、この小さい島に小莉がいるという確信だけがささえでした。それから、八年間、どんなに探してても小莉はみつかりませんでした。……朝鮮人というのをひたかくしにして生きていたのでしょう。ポンビキの子供に連れていかれた暗い部屋で発見したのは、つい三ヵ月ほど前なんですよ。退屈ですか？　もう少し辛抱して下さい。急いで話し終わりますから……。

私は金をつんで小莉をひきとりました。私は小莉を精液でめちゃくちゃにした男達に殺意が生じませんでした。誰を殺していいのかわかりませんから。日本兵、米兵、沖縄人……朝鮮人の男は一人もいなかったに違いありません。いや、本当はただ、死ぬのが恐くて殺意が生じなかったのかもしれません。戦時中も私は、したたかに殴りつける日本兵にひとかけらの憎悪も抱かず、ただ、殺さないでくれとすがりつくだけでした。……勇気のない者が勇気を出したのがそもそもの間違いだったのでしょうね。私は国では小莉の手も握れなかったのに、その時はもがいて逃げ帰ろうとする小莉を両手で抱きかかえました。小莉は長年あのような部屋に閉じこもりっぱなしのようでしたから、朝の白さにとまどったのかもしれません。私も必死でした。あの女将の背後に、多分私を威嚇《いかく》するつもりで立っていた上半身裸の坊主頭の中年男が追っかけて来やしないか、気が気でなかったのです。私はやっとタクシーでこの家に小莉を連れ込みました。小莉は一言もものを言いませんでした。その縁側に腰かけて、もう逃げるそぶりはみせませんでしたが、その時は五月の小雨が降っていましたので、私は中に入るように何度もうながしました。だが、身動きしません。私は小莉の腕をつかみました。激しく振り払われました。私はじっと小莉の目を見ましたが、小莉はじっと竹藪の方をみつめていました。ものを隠している目ではありませんでした。ほんとに私を忘れてしまったのかもしれません。私を憶えていてくれたら、私はもはや米軍に媚《こ》びなくてもいいのに、とその時、思いました。私は米軍のパーティにはよく出ましたが、アメリカ人の女は好きになれませんでした。私がそっと肩に手をおくと、小莉は突然、立ち、逃げました。私は裸足でかけおり、竹林の土手を這いあがろうとしていた小莉の上着の端をつかみました。すると、小莉は濡れた土に足をすべらし、つかんでいた竹が大きくはね、私の目をしたたか打ちました。私は痛みをこらえましたが、涙があふれて、視界がぼやけ、肩をつかんだつもりが長い髪をひっぱっていました。私はそれをゆり動かし、一言いってくれ！と哀願しました。小莉はつぶれたような悲鳴をあげ、振り返りざま、私の顔につばを吐きかけました。私は小莉をひきずりおろしました。両手に異常な力が出ました。小莉は全身の力を抜いて、私にもたれかかっていましたが、私は長い間、首を絞め続けていました。小莉は激しく暴れましたが、あれは逃げるためではなく、私の狂気の力にびっくりしただけかもしれません。私が手をゆるめても、小莉は逃げなかったのかもしれない。……いや、殺意は多分あったでしょう。しかし、私もただ、小莉を落ち着かせるために力を入れたんだ。……いや、殺意は多分あったでしょう。生まれてこのかた、三人の人間に殺意を持ち、三人目でやっと実現できたわけです。でも、おかしなものですね、私はいつでも死ぬ機会のあった戦争の最中は小莉を思い浮かべて、苦しくなればなるほど、より鮮やかに思い浮かべて、それを糧《かて》にして生き続けた。ところが、戦争が終わって死ぬ心配がなくなると私は小莉を簡単に殺してしまった。ほんとに、おかしいほど簡単に……。小莉はどうして変わってしまったのだろう。……今も信じられません。……いや、私の気が狂ったんでしょう。私は戦争で何一つ変わらないのですよ、変わらないのはおかしいでしょう？　生きていけないいんじゃないですか？　あ、死体は、あそこの竹藪の下、……土が少し盛りあがっているでしょう、わきからカンナがのびてきていますが……あそこに埋めてあるんですよ……あそこで殺されたのですから……。私は一晩中、小莉をこのじゅうたんに横たえていましたが、裸にする気はありませんでした。小莉が性病にかかって米兵にもすてられ、乞食のような沖縄人がいざり寄ってくる売春宿にうごめいて、いたからではありません。理由はわかりません。まだ見ぬ乳房も腐敗し、骨になり、土くれになるとわかっていても私は思いきれませんでした。屍姦というのが恐いわけでもありません。裸にして、きれいに洗って、髪をすかして、箱に入れて、しっかりした墓に納めて……というかわりに、闇が白じろとしてきた頃、穴を掘って埋めました。白目をむいて、舌を思いきり出して、よだれをたらした顔のままの小莉を……しかし、埋め終わると、昔の陽気で恥かしがりやの小莉のおもかげを私は思い浮かべたのですよ。もうすでに、穴の中の小莉は白骨になっているはずです。しかし、私は純粋に悲しめません。骨たちはどうしても純粋に死んだとは思えません。同じ仲間さえも殺した犯人のような気がします。……あの井戸の中にも二体ほどの白骨が沈んでいるのですよ。雨の少ない季節には底が透けて見えます。……あなた方は骨といえば、沖縄住民のか、米兵のか、日本兵のか、としか考えませんね、じゃあ、何百何千という朝鮮人は骨まで腐ってしまったのでしょうかね。……だが、考えようによっては、朝鮮人の骨は幸福かもしれません。正体がわからなくなるんですから。ちゃんと慰霊の塔、近頃つくられはじめているようですが、その塔に納骨してくれるんですからね。ただ、中で、朝鮮人の骨と日本兵や沖縄人の骨がけんかをしていても、将来、この塔を訪れる人達は日本兵と沖縄人の骨に花束を、黙禱《もくとう》を捧げるでしょうね、永久に……。もう三ヵ月になります。前に言いましたか？……警察は一度も来ません。多分、被害者が朝鮮人の売春婦だからでしょう。それとも、加害者が米軍エンジニアの朝鮮人だからでしょうか？　いや、どうでもいい。ただ、私は、あの穴の骨がほんとに小莉なのかと疑いだしてきたんですよ、近頃からですが……。今更掘り返してみたってどうしようもありません。月の明るい晩にはあの盛り土の上に女の姿が見える気もしますが、錯覚でしょうか、小莉とは違うようなんですよ。私はこの屋敷の亡霊達にたたられてしまったのでしょうかね、でも亡霊は弱いのが強いのにたたるというじゃありませんか。どうして、私のような弱虫に……。小莉は、ほんとにあの骨ですよね、ね。

暑さを感じない。ペダルを踏む足の疲れを感じない。たかが朝鮮人のたわごとなんだと一蹴できる気もする。しかし、なかなか頭を離れない。なぜ、私に朝鮮人は話したのだろうか。戦争中、怪我の血をふいてやったからか。いや、私は正体をあかそうと思いながらもあかせなかった。私はあの時、なぜ、彼をかかえおこしたのだろうか？　朝鮮人が我々と同じ量の労働しかさせられないのには不満を持っていたはずなのに……。ヨシコーをなぜ暴行したのか、とうとう聞けなかった。……恋人をめちゃくちゃにされたうらみつらみをぶちあてたにしては声が静かすぎた。竹藪のざわめきや熊蟬の声もはっきり聞こえたんだ。しかし、わずかに朝鮮人はとり乱した。アカバナーの生垣の外側でふいに私の右手を両手で握り、「私は夢を見ているんじゃないでしょうね！　気が狂っているんじゃないでしょうね！」とふるえた。血走った目がみつめていた。私は思わず首を横にふった。朝鮮人は二度大きく息をして、すぐ落ち着いた。私はわざとゆっくりと自転車に乗った。すると、朝鮮人は荷台をつかみ、私の住所と名前を聞いた。私は不気味さを感じ、口元が固くなった。しかし、正直に答えた。朝鮮人は金をくれなかった。「あの慰謝料は少ないとおじいが不満をもらしていた」と一言でも私が言えば、くれたかもしれない。しかし、しまいまで言えなかった。あの時、出血を止めてやったのも、一人分の労働力を失えば、その分の負担が私にかかると、感じていたためではなかったか。朝鮮人は私の目の色を読みとらなかっただろうか。私はかぶりをふった。自転車がゆれ、大きく蛇行した。朝鮮人は戦争の話をした。私は忘れようとしているのに……。朝鮮人の罪悪はこれだ。おかげで私は朝鮮人の話を聞きながら、息子を思いおこしてしまい、顔中の血の気がひいた。朝鮮人の恋人の幽霊はわずか一メートル足らずの土の下に埋まっているにすぎない。私の息子は六歳のまま、一つの岩山の下敷きになっている。私はあの時めまいがした。立ちあがると倒れたにちがいない。あの防空壕の出入口はわからずじまいだ。山そのものの形が無惨に崩れ、所在もはっきりしない。私は終戦まもなく宜野湾《ぎのわん》の親戚の家にいた。ツルは放心したまま倒れ込んできた。私は役場や政府や米軍にまで奔走した。ひとときも気が休まらなかった。骨を掘り出し、骨壺に入れなければ気が狂いそうな強迫観念が私をさいなんだ。私は早朝も真昼も夜中もツルの肉体にむさぶりつき、手を尽くしたんだ、全力を尽くしたのだと気持ちを落ち着かせた。しかし、ツルは目はくぼみ、まぶたをはらし、髪を乱し、夢遊病者のように徘徊した。山原《やんばる》の私の両親にツルを預け、私は何もかも忘れるために春子を探し歩いた。その後、ツルは回復し、那覇に出て自活を始めたとの連絡を親から受けたが、春子と生活を続けた。しかし、ほどなくツルにみつかった。ツルは声をふるわし、手を握りしめて私達を何時間も責めた。私は病気が再発するんじゃないかと恐れた。しかし、春子に「この人がいなければ生きていけないのは私も同じよ、あなたは長い間一緒にいたんだから、私に比べればはるかに満足なはずよ」と泣きわめかれ、「近いうちに出直して来るよ、きっと来るよ」と、ふんぎりのつかないまま出て行ったきり、私達がひんぱんに転居したせいでもあるが、つい、四週間前までツルは現われなかった。二、三年前に一度ツルは北部の漁港町にいる私の両親に訴え、両親も同情はしたようだが、その頃は私は両親にも居場所を隠していた。ツルの親兄弟が戦争で全滅してしまったのは私も気にはなったが、そのつど、身内がいないのは春子も同じだ、と自分を慰めた。ところが夢にはツルが出た。鮮烈な夢だった。いつまでも忘れられない。ふっとんだ息子の首は父ちゃん、痛いようと叫びながら、どこまでもころがり、私も何か叫びながら懸命にその首を追うのだが、足が動かない。後ろをふり向くとツルの顔が私の肩ごしにニュッと出て、ニヤッと笑った。私におぶさっていたのだ。もう一つの夢。土に埋まってもがいている息子を私は必死にスコップで掘り出そうとするが、掘れば掘る程、土は盛られていくのだ。よく見ると、すぐ向かいでツルが大声で笑いながら（声は聞こえなかったが）手で土をすくって、かぶせているではないか。私は強く頭をふり、ペダルを踏みこむ速度をあげた。

あのギンネムの根元に隠したスクラップを掘り出し、ツルの家にこのまま行こうと決めた。朝鮮人の話は嘘っぱちじゃない、苦しんでいるんだ、と考えた。土に埋まっているのは息子だけじゃない。若い娘もいる。無数にいる……。ツルに会えば、私とよりを戻そうとわめくのではないだろうか？　春子のいる六畳間に寝ころがっているのが身のためかもしれない。……しかし、あのゴザのゴミが汗で濡れた背中にくっつく、それよりは、全身に汗を吹き出させたまま、自転車を懸命にこいだ方がまだしも気持ちはいい。……朝鮮人は金をめぐんだと思っているかもしれない。私は勇吉やおじいとは違う。ツルの元に帰り、仕事に就《つ》けば、世間にもかおむけができる……しかし、春子を誰がみる？ 春子は私がいないと生きてはいけないのだ。一度は公務員になろうと決心した。琉球政府の課長だった前田某を首里の役所まで訪ねた。ところが夕方まで待っても不在だった。公務員になればツルに居場所が知れるという危惧《きぐ》もあったが、ようやく息子の悪夢も遠ざかりかけ、決心はまもなく薄らいだ。……確かに私はツルどころか、春子にも殺意をいだいた覚えはない。飲み屋で雑多の男達に弄《もてあそ》ばれても何一つ行動しない私を朝鮮人は侮辱している。いや、考えすぎだ。また、かぶりを振った。ハンドルをとられ、自転車はさつま芋畑につっこみかけ、ブレーキを握りしめた。その拍子に倒れかかった。すばやく足をつけ、自転車をささえた。被害妄想をうち消すために、私が頭中血だらけの朝鮮人を助けているあの軍飛行場建設の状況を思いおこした。

だだっ広い軍用一号線のアスファルト道路は白いほこりをかぶっている。時々、米軍用車両が通るだけだ。しかし、私の足は自転車のペダルを思い切ってはこがない。葉の少ない街路樹の影が道に落ちている。反対方向に行けば、おじいのいる町だ。町中の通りに入った。アスファルトは切れたが道幅は広い。金物屋、雑貨屋、食堂などがひしめきあっている。ま新しいトタン屋根は強い陽射しに白くぼけている。薄い長スカートを着た女達ははでな色の日傘をさしている。GI帽をかぶった若者と腕を組んで歩いている女の白い袖なしのブラウスが汗で背中にくっつき、シュミーズの線がすけて見える。

自転車屋はすぐみつかった。薄暗い天井にチューブやらスポークやらがぶらさがっていた。GIカットの氷屋らしい男が顔を赤らめて、氷を積んだ自転車のタイヤにポンプで空気を入れている。隣りに三階建てのコンクリート建物がなかばできあがっていた。ブロックや砂や足場の木材のまわりで大工達は茶を飲んだり、寝ころがったりしていた。比嘉《ひが》自転車店のま向かいの、半分は赤瓦で半分は古いトタンぶきの家だ、と勇吉に聞いていた。まちがいない。私は溜息をついた。しばらく、自転車にまたがったままでいた。ふろしき包みを持ち、下駄をはいた若い女が日傘をかたむけ、私を見て、通り過ぎた。荷車を引いたクバ笠の男が近づき、私は道をあけた。私は深呼吸をして、竹を編んだ小さい囲いの中に自転車を押して、入った。家の裏側はさつま芋や野菜の畑になっていた。その向こうは雑草がのび広がり、そのまた向こうにトタンや板ぶきの小さい家があった。私は自転車を立て、ほしてある洗濯物をくぐり、入口に寄った。女が腰をのばして、私を見た。一瞬、ツル、と思った。なかなか動悸が消えない。白髪が乱れている女はカシガーにつめようとした野ざらしの壔を片手に持ったまま、目を見開き、体を硬直させていたが、やがて、壔を置き、せむしのような背にカシガーをかつぎ、あわてて家の角を曲がった。私はのぞいてみた。老婆は立ち尽くして様子をうかがっていた。私と目が合った。すると、はじかれたように板塀の陰に消えた。雨戸は開いているが、中は薄暗い。ツルは寝そべっていた。

私は、ツル、と言いかけ、声をのみこんだ。黒く汚れている足裏は小さいが、男のものだ。うつむいているので顔はわからない。老人のようだ。おじい？　一瞬、はっとしたが、二本足だ。溜息をついた。これでふんぎりがつく気がした。しかし、ただの親戚の老人ではないだろうか。私は自転車にもどり、荷台のゴムをはずし、紙袋のスクラップを出し、古バケツに投げ入れた。スクラップとスクラップがぶつかる重い音がした。まさか、あの男は勇吉じゃあるまい、ふと、思った。二人はすでにできているんじゃないだろうか。いや、小さい足だった。小さい体だった。難儀して勇吉とツルを結びつけても仕方がないかもしれない。「俺はお前の前の夫から金をもらい、お前の前の夫の命令でお前と結婚した」などと、勇吉は私の口止めを破るに違いない。……いや、それでもいい、少なくとも金がある間はおとなしくするだろう。その間には、ツルは私と無縁になるだろう。

自転車にまたがり、通りに出た。すると、先の方にツルが見えた。私はあわてて元の場所にひき返した。ツルは一瞬、立ち止まって、ふくれたカシガーをしょったまま私を見つめた。形で中身はわかる。ツルは袋をおろした。

「よく、わかったね。……壜を買い集めてきたんだよ。ずいぶん待った？」

「いや、つい、さっき」

「ここも」

ツルは家を顎でしゃくった。「やがてこわされるよ、新しいのが建つのさ、家主に追い出されそうだよ」

一緒に住もうと言われないか、気になった。そして、断わるとあの男がおきだし、金をせびるのではないだろうか。

「中、入る?」

ツルは首すじをタオルでふく。私は曖昧《あいまい》に首をふった。

「……じゃあ、あそこ」

ツルはてごろな石に座った。私も似たような石に座った。束ねられた古い材木の影が落ちている。ツルはまだ首すじや顔をふいている。

「元気か?」

私もハンカチで首すじをふいた。

「ああ、……あんた、年とってないね、私は、おばあになってるだろ?」

ツルの太い足は昔のままだが、色が黒くなり、薄毛もはえている。

「でも、あんた、やせたんじゃない? 病気はしてないだろうね」

私は首を振った。ツルは変わった。昔は無口だった。今の春子のようだった。

「……あんた、あの女とは子供はつくらんのかい? ……できないのかい」

「いや、つくらん」

私は嘘を言った。ツルの同情を得たかった。しかし、すぐ、ツルに私なら子供をつくれる、と言われやしないか、気になった。

「どうしてさ、つくっておいた方がいいんじゃないの、私はもう子供も産めん年になってしまったよ。あんたがおいてきぼりにしなければ、子供も産めたのに……あんたが欲しいわけじゃないよ、子供が欲しいのよ、そうじゃないとあまりにも淋しいじゃないか」

ツルは足元の雑草を根こそぎ抜いた。土が私の足の指にかかったが、はらいのけない。ツルは私より八歳も年上だが、まだ生理はあるはずだ。

「あの女の店にも行ったよ。正直、もうだめだと思ったね、あかぬけしている女だね、女はしわがよったり、皮膚がたるんだりしちゃならんのだね」

私は何か言ってやりたい。しかし、思いうかばない。ただ、ツルの乳房はもう張りをなくしただろう、とぼんやり思った。

「いつか、あんたとこ、酒飲んで暴れ込んだけどね、なにも、あんたにおんぶされようというわけじゃなかったよ、あのチュラカーギー（美人）女が許せなかっただけさ。あの女はなぜ私に、あのようにやさしい顔しておれたんかね、どうして平気なんだ、ゆとりがあるんだ」

「…………」

「あさはかだね、もう、あんたとはどうにもならんとわかりながらもさ、この世の中に心のつながるのがあんた一人はいると思い込んで生き長らえたんだからね、勝手なもんだよ」

ツルは汚れたエプロンのポケットに手をつっこみ、とり出した輪ゴムで白髪の混じった薄い髪を後ろにゆわえた。ほお骨が露骨に出た。

「女って馬鹿だよ、張本人のあんたは恨まないで同じ女を憎むんだからね」

ツルは〈女〉には似つかわしくない、もはや女じゃないとふと私は感じた。

「私はあの女への憎しみみたいなもんで生き長らえてきたのかもしれないね、このまま死んだらもの笑いだからね。だが、あの女を見返すものはいつまでも見つからないんだよ。早く見つけんと……どろぼう猫に夫をとられたみじめな女と陰口をたたかれっぱなしだからね。私は開き直ったよ……やっぱり、ちがう、私も男の一人ぐらいはいるさと自分に言い聞かせて、心を晴らしてきたんだからね……」

ツルは私の顔をのぞきこむ。私は思わず目をふせた。

「戦争で死んだのにさ、夫は、……それなのに、あんたは夫がいない、カビがはえてるなんて、馬鹿にする馬鹿な人間がウジャウジャいるんだからね、国のために死んだのにさ」

私は顔をあげない。

「女も適当に殺せばいいのにさ、女をあまらすもんだから、私みたいな若いもんはあふれるよ」

ツルがにが笑いしたのを私は横目で見た。

「あの女は戦争ばんざいと思ってるんじゃない？　私のいい男をうばってさ」

ツルは声をたてて笑った。しかし、すぐ唇をむすんだ。

「心配いらんよ」

内心をみすかされた、と私は感じた。

「よりをもどしたくて、くどくどしゃべったわけじゃないからね、きっぱり別れてやりますよ、あんたなんかより百倍もいい男をみつけたんだから……近頃、あれがあがり込んで来てね」

ツルは家を顎でしゃくった。「見たでしょ、あんたみたいに立派な男ではないけど……男にはちがいないよ」

「………」

「あの男、一日中ぶらぶらしてるよ。だが、変な気持ちをまぎらわすのにはもってこいよ。私はしゃべりすぎるかい？」

私は首をふった。

「こう暑いとやりきれんね、まったく、体中のものを吐き出したいよ。……でもね、女というのは、男ができれば別の女に嫉妬しなくてもいいらしいね。なんで早く気がつかなかったのかね、もしかすると、このあいだ、あんたの家に別れようと言いに行ったのかもしれないよ。あんたが裏切ったのもあの女のせいじゃないと考えきれるようになったんだよ。あの女も身寄りがいないんだろ」

ツルの視線を感じ、うなずいた。

「気持ちわかるよ、誰かに抱きつかんとさ、夜なんかとても眠れたもんじゃないよ……あんたはわからんかもしれないね……ちゃんと両親もいるしさ」

私は顔をあげた。わかるよ、昔、お前に抱きついたじゃないか。しかし、黙っていた。

ツルは、よいしょと声をかけ、立ちあがった。

「やがて、壜を受け取りに来るからね」

ツルは目の前に積まれた、陽光にあたって鈍く光る壜を顎で示した。「わけておかなくちゃ……中に入っていかんかい？」

「もう帰るよ」

私は尻をはたいた。

「そうかい、もっとゆっくりしていいんだよ」

コーラやビールやジュースの壜を選りわけながらツルは私を見あげた。泥水が底にたまっている壜、煙草の吸いがらがつっ込まれた壜、緑の藻がはえている壜もある。

「手伝うか？」

私は聞いた。

「いいよ、すぐすむよ」

「……帰ろうな」

「せっかく来たのに、茶も出さんで悪いね」

私は首をふった。

「それはそうと、あんた、子供の写真一枚でも持ってない？　やがて顔まで忘れてしまいそうなんだよ」

ツルはじっと私を見た。私は強く首をふった。

「そう、じゃあ、気をつけてね」

私は自転車にまたがった。なぜ今日、私が来たのか、ツルは聞かなかった。ツルに見捨てられたと感じた。そして、勇吉はツルと会っていない、金をやっていないと信じた。


戸をたたく音が聞こえた。夢だ、とぼんやり思った。寝返りをうった。今しがたの夢が切れ切れによみがえった。ツルは勇吉に背後から犯されていた。ツルは私をにらみ、売春婦になったから、あんたの世話にはならないよ、と言った。ツルは笑ったが、歯は一本もなかった。御免下さいという大声を聞いた。汗が不快だ。こめかみが重い。この不意の訪問客の頭をまきでたたき割りたい。

あわてて入って来た春子に肩をゆすられた。

「大変よ、アメリカーと二世がジープで来ているよ、あなたを連れに」

私はとっさに上半身をおこした。窓から逃げよう、と思った。いや、だめだ、すぐ射殺されてしまう。

「どうするの、悪いことしたの」

春子の目は見開き、落ち着かない。立ちあがった。めまいがした。夢であってくれと願った。寄りそっている春子に思いきり抱きつきたい。白光の中に立っている二世の黄色いワイシャツにしめた赤いネクタイが目にしみた。

「あなた、宮城富夫さんですね」

二世が言った。のっぺらぼうの細長い顔だ。ナイチャー（内地人）二世だ、と私は感じ、力がぬけた。もうだめだ。

「宮城富夫さんでしょう」

また、聞かれた。私はうなずいた。二世は近づき、手をのばした。やっと、握手のしぐさだとわかった。握手をした。七・三に分けた髪のポマードのにおいがした。カーキー色の軍服を着け、兵隊帽をかぶった米兵がハンドルを握ったまま、私をにらみつけている。赤らんだ馬のような長い顔に汗のつぶがくっついている。

「あなた、部落はずれの朝鮮人のエンジニア知っているでしょう？」

二世が聞いた。私は思わず首を横にふった。

「知らない？　あの、あそこのギンネムに囲まれた一軒家の朝鮮人ですよ、知っているでしょ？」

二世は指をさした。私はうなずいた。春子と目が合った。私はつばを飲み、春子の肩を押した。

「中に入っていなさい」

春子はちゅうちょしたが、入った。

「あの人、死にましたよ」

二世は何気ないふうに言い、私の顔をのぞき込んだ。私は一瞬おいて、ため息をついた。

「あなた、原因わかりませんか？」

「私が知っているわけはないでしょう」

私は早口で言った。人を試そうとする二世の薄笑いを浮かべた目が気にさわった。

「あなたに財産をやると遺書に書いてあるんですよ」

二世は薄笑いを消さず、また私の顔色をうかがう。しかし、急に二世が気にならなくなった。……彼は、朝鮮人は私を、戦時中の私の恩を忘れてはいなかったのだ。たったあれだけの事を……大変な事だったのだ……。

「我々と一緒にあの家まで行ってもらわねばなりません。五分間ですぐしたくをしなさい」

二世は家の中を指さした。私はうわの空のまま、顔を洗い、アイロンをかけた開襟シャツとズボンを着け、春子があわててふいた革靴をはき、ジープの後部座席に乗りこんだ。春子は両手でジープをつかんでいる。

「心配いりません、奥さん」

二世が目を細めて笑った。私は春子にうなずいてみせた。

ジープはかなりのスピードで走った。見慣れている風景が変わって見えた。あんな幽霊屋敷に住むからだ、とぼんやり思った。誰かの魂に迷わされたんだ。まさか私をみくだすための最後の一撃じゃあるまい……復讐じゃあるまい。私は激しく動悸がした。いや、ちがう。朝鮮人はあの屋敷で、あの日、私にほほえんだ、なつかしそうに、柔和な目で……。

「なぜ、死んだのかは大きな謎です。遺書には書いてないんです」

助手席の二世がふり返った。「あなた、知りませんか?」

私は首をふった。

「あなたは、高嶺勇吉という若い人と、安里という老人は知っているでしょう?」

二世は身をよじって、私を向いた。私はちゅうちょした。しかし、うなずいた。

「あの二人が死体を発見したのですよ。朝早くですよ、おかしいね。民間の警察の連絡を受けて私達もとばして行ってみたんだがね、あの二人は妙におびえていましたよ」

「……死人を見たからでしょう」

私は言った。……だが、二人は私に内緒で再び金をまきあげようとしたのか。

「そうでもないみたいでしたな」

二世は唇をゆがめて笑う。「あなた達はそんなに朝早くなぜ、こんな所に来たんだね、と私は聞いてみたんですよ、するとね、草刈りの途中、水を飲みに寄ったと言うんですよ、変じゃないですか?」

二世は私の顔をのぞき込む。なぜ二人は警察に届けたのだろう、一円の得にもならないのに……。

「単刀直入にいうとですね」

二世は続けた。「彼らは何かないかと物色に来たんじゃないでしょうかね。一本、足のない年寄りが草なんか刈りますか?」

「一本、足のない年寄りはどろぼうもできませんよ」

私は二人を弁護しなければならない。

「彼らが殺したとは断定しません。だが、解剖しないかぎり、自殺なのか、他殺なのか、わかりません。遺書のサインも本物かどうか、まだわかりませんよ。あなたはできるだけ早くこの件を落ち着かせた方がいいですよ。私の所に来なさい、悪いようにはしませんよ、ここです」

二世は名刺を差し出した。日本語と英語で書かれていた。米軍の通訳のようだ。

「そこに電話しなさい、いいですか」

二世は言った。

「……よく考えておきます」

私はポケットに名刺をしまった。二世はじっと私をみつめたが、姿勢を直し、前を向いた。

ジープの両側にギンネムの茂みが続いた。ジープは登り坂でも速度がおちない。すでに遺書のサインは本物だと解明しているはずだ。私は振動で揺れる二世の後頭部をみつめた。この二世にまかせれば、だまされて、半分以上の遺産を奪われる。おじいと勇吉と協力して沖縄人の弁護士を探しだそう、三人で分けよう、そして私の分け前は二等分して、春子とツルにやろう。……いや、私と春子だけのものだ、すべて……あのような片足のおじいや、不良の青二才と長くつきあうべきではない、だめになってしまう、こんな生活は変えなければならない。……米軍のエンジニアだ、かなりの財産だろう、見当もつかない。……半分は春子にやって、残りの半分はツルにやろうかな、二人の喜ぶ様が目に浮かぶ。……しばらく、おちつくまでは銀行預金にするほうが無難だ。二世と米兵は何か英語で話し合っている。二人とも一片の笑みもない。ふと息苦しくなった。早く着いてくれと願った。

ジープは庭に入った。別のジープが一台止まっていた。花園のふちどりの松葉ぼたんが車輪の下敷になった。私達は降りた。二世は家の中に入っていった。おじいは縁側に腰をおろしている。私は近づき、会釈をした。おじいは会釈を返さず、「お前は果報者だよ」と一言いい、すぐうつむき、松葉杖で地面をこきざみにたたきはじめた。勇吉を探した。ホルトの根元に座っている勇吉と目が合った。勇吉は立ちあがり、ホルトの枝を折り、葉をむしり取り、一本の棒にし、それをいまいましげにふりおろしながら近づいて来た。ジープに寄りかかって立っている米兵が幾分身構えた。あやまちででもこの米兵を殴ると、腰のピストルで射殺されてしまう。

「おじいがいらな（草刈り鎌）なんか、腰にさしているから、しつこく聞かれたよ」

勇吉は私のわきに腰をおろした。三人とも黙った。蟬の声が騒がしいのに気づいた。

「おじいは誰から弁償金を取ったらいいんだ。あれは死んでしまったんだ」

勇吉が言った。顔はおじいを向いている。しかし、私に言っているんだ。じゃあ、あんた達二人は私に黙ってなぜ、ここに来たんだ、と私は聞きたくなる。だが、あんたも一人でこの間来たじゃないかと反論されそうだ。……黙っていた方が威圧感はかえって強いだろう。

「あれは、わずかな金だったな、おじい、もう何もないよ。おじいはあるかい？　あの時、もっと取るんだったよ」

勇吉は私の目の前を横切っておじいを見る。おじいはうつむいたままだ。

「おじいには分け前があるべきだがなぁ、このままじゃヨシコーがかわいそうだよ」

その時、おじいは顔をあげ、私をうかがったが、すぐ、あらぬ方を見た。

「入りなさい」

二世の声がした。私は二人の顔をみないようにして、革靴を脱いだ。初めての部屋だった。黒皮のソファに座っていた軍服の米兵が立ちあがって、握手を求めた。

「チャンドラーキャプテン（大尉）です」

二世が言った。私は握手をした。柔らかい大きい手だった。額の金髪がはげあがっているがサングラスをはずさないので不気味だ。唇もさけているように細く長い。キャプテンはテーブルの上の書類に目を通した。黙りこんでしまった。二世が心強く感じられたりする。十二畳はある広さだ。米国製の冷蔵庫、洋酒がつまったかざり棚、整理タンス、ぶ厚いベッドが目につく。蓄音機やラジオはほこりをかぶっているのがわかる。壁にかかった大きな油絵はマリアがキリストらしき赤ん坊を抱いている暗い作風だ。

キャプテンがソファにそりかえり、私に英語で何か言った。二世が通訳した。

「なぜ、あなた宛の遺言状があるのかと聞いておられる」

「……友人だからです」

私は断言した。

朝鮮人の命をあの時救ったんだと自分に強く言い聞かせた。

二世はキャプテンに耳うちし、キャプテンは何か言った。

「朝鮮人と？　あなたも朝鮮人？」

「私は沖縄人です」

二世はもっと聞きたいようにキャプテンと私の顔を交互に見た。朝鮮人の名前をきかれないか、気が気でない。私は知らない。キャプテンは書類を私の前においた。二世は一つずつ指でさし示して説明した。預金通帳が三冊あった。二つは沖縄の市中銀行、一つはアメリカ銀行のものだった。土地、建物の権利証、登記証もあった。印鑑もあった。遺言状は簡単な内容だった。私の全財産を浦添村字当山八班の宮城富夫氏に贈与しますと日本文字と英語で書かれていた。それぞれに押印とサインがしてあった。

キャプテンは早口で二世に何か言いつけ、帽子を取って立ちあがり、私に握手を求めた。私は座ったまま握手をした。二世はキャプテンのあとについて部屋を出ながら振り向いた。

「キャプテンはランチタイムだから帰ります。私はいるから、待っていなさい」

私は深くうなずいた。私は預金額を見てみた。おとぎ話のように莫大ではないが、一生何もしないですごせる額だ。勇吉達が入って来る予感がした。大きな封筒にテーブルの上のものをつめこんだ。鍵束だけはポケットに入れた。部屋の中をまた見まわした。引き出しや小物入れは鍵がかかって、あかない。封筒を持って部屋を出た。朝鮮人と話をした時のソファに座った。庭の、あの盛り土に生えていたカンナがあの時よりも少なくなっている感じだ。そのかわり、隣りにもう一つ土が新しく盛られているような気がする。……あのシェパードが埋まっているかもしれない。……あの土に恋人が埋められていないとすると、朝鮮人を狂わした三ヵ月前の事件というのは何だったのだろう？……朝鮮人はあの飛行場の炎天下で狂ったのかもしれない。地から熱が湧いた。監視の童顔の日本兵も日射病で倒れた……恋人の幻があの白日にゆらめいていたのかもしれない。まさか、私まで幻を見たわけではあるまい。私が朝鮮人を助けたのは事実なんだ。で、なければ、なんで私に財産を残すか説明がつかないじゃないか。

家の回りをまわっていた勇吉が井戸をのぞき込みだした。今年の梅雨は雨が少なかった。底の白骨がすけて見えるかもしれない。もし、あのジープの座席に腰かけて、二世がしゃべっているのを大きなノートにメモしているGIか、二世にあやしまれ、井戸をさらわれ、ひきあげられた骨が米人のものだとわかったらキャプテンの気も変わるのだ。あの若いGIの軍服のわきは丸く濡れている。今でさえ不快感を感じているはずなんだ。虻《あぶ》が私の目の前を飛びまわる。追い払ってもなかなか出ていかない。勇吉はようやくジープに近寄り、後部タイヤを足で二、三回けったが、やがて、赤木の蔭にしゃがみ、そばのおじいに何やら話しかけた。……あ、と私は息をのんだ。信頼していた私に金を脅し取られた衝撃が自殺のはずみになったのではないだろうか。ただ一人気を許せた私に恐喝され、朝鮮人はすべての心の張りを失ったのではないだろうか？　朝鮮人はもともと私に全遺産をくれる気だったんだ……。私は目障《めざわ》りな虻に殴りかかった。空振りした。私はおじいのために恥を忍んで交渉役をひき受けただけなのだ。私は自分に言いきかせた。私が自殺の原因なら、なぜ私に遺産を残すのだ。この廊下に立って、暗闇に目だけを異様に光らせてあの土の盛りあがりを毎晩みつめているうちに気が狂ってしまったんだ。それだけだ。私は深くため息をついた。

二世が歩み寄って来た。それを見て勇吉も立ちあがった。二世は私の向かいのソファに座った。勇吉は縁側に腰かけた。

「本当はあの人の財産は朝鮮にいる身内に送るのが当然です。そうでなければ軍属ですから米軍に没収されるべきです。しかし、米国は民主主義国です。本人の意志を優先します。すなわち、あなたのものになります」

二世は赤味がかった細い唇をなめる。

「全部？　おかしいよ、俺たちには……おじい！　この人だけが朝鮮人の財産もらうって、全部」

勇吉が身をのりだした。おじいが近づいて来た。私は胸騒ぎがする。

「あなた方は帰っていいですよ、許可がでました。だが、あとで取り調べがあるかもしれません」

二世が言った。しかし、勇吉もおじいも動かない。二世は私に向いた。

「遺体は軍が外人墓地に埋葬します。葬祭費はあなたに出してもらいますよ。あとで請求書を送ります」

私はすぐうなずいた。二世に早く帰って欲しい。このままだと勇吉が何をしゃべりだすか、気が気でない。

「遺体は陸軍病院の地下の死体安置所にあります。それとも、あなたが引き取りますか？」

二世が言った。くどい。私の内心を見透しているようだ。

「いや、そちらでお願いします」

私ははっきりと言った。

「あなた、うれしそうじゃないですね、財産もらってうれしくないんですか？」

「いや、うれしいです」

二世は立ちあがった。

「あなた、帰ってもいいですが、二週間ぐらいは家にいなさい。……私に相談に来なさい。いいですね」

あんたの真意はわかりますよ、と言ってやりたい。しかし、黙ったまま二、三回うなずいた。二世は出ていった。すぐ、ジープは排気ガスをまきちらし、去った。

「あの野郎にいろいろ聞かれたが、ばれなかったよ、何も心配ないよ、な、おじい」

勇吉はジープの見えなくなった方角をみつめている。

「おじいは」

勇吉が続けた。「ヨシコーをここに毎晩通わせれば遺産が全部ころがりこんだのに……俺が言っただろう、きかんからだよ」

「……孫娘に何もないとは……よく調べてくれなぁ、富夫」

おじいは私をみつめた。私は目をそらせた。

「どうして、もらったんだ？　おどしたのかぁ？」

勇吉は私をのぞきこむように首を曲げた。

「お前なら、充分おどせただろうな、空手が四段だからな」

私は顔をあげ、勇吉を見、おじいを見た。

「戦時中、この朝鮮人を命がけで助けてやったんですよ……あの二世に聞けばわかるが……」

「でも」

勇吉が口をとがらせた。「俺が知らせたのがきっかけだろ、俺が知らさなければ、あんたもチョーセナーと会えなかったんだ」

勇吉のランニングシャツから脇毛がはみ出ている。嫌悪感が湧いた。

「……男のくせに、女みたいに毒を飲むんだから……ピストルで頭もうてないんだから」

勇吉は舌うちした。

「お前は私がツルに持たせた金をねこばばしたってな」

私は思いきって言った。勇吉は呆然と顔をあげたが、すぐ、目をそらせた。

「あれ、返せよ、ツルに、ちゃんと」

私は声を太くした。勇吉はおじいを向いて、舌うちした。

「金なんか持ちたくないね、こんなに人間が変わるんだから、な、おじい」

「なに！」

私は立ちあがった。「お前は自分をよく考えてみろ」

勇吉は私をにらんだまま腰をうかしている。私を殴りたがっているようだ。私は庭を見た。わざとゆっくりと立ちあがった。

「今日は帰ろう」

私はおじいと勇吉を立たせ、雨戸を閉め、外鍵をかけた。私は庭を横切りながら、盛り土に寄った。アフリカマイマイやカタツムリの白い殻が表層に散らばっている。掘ってみる勇気はない。知らんふりをして勇吉に掘らそうか？　いや、事が面倒になりそうだ。この幽霊屋敷を売ろう。買い手は勇吉に探させてもよい。競売にしてもよい。新聞に広告を出そう。坊さんを呼んで焼き払おうとも、ついさっき考えたが、やはりもったいない。……働こう、騒がしい音楽の中で、酒の中で、女達や米兵達の中で……春子と一緒に、春子をマダムにして……。この部落を出よう、基地の近くの街に行こう。居場所は誰にも教えない。ツルにも金はやらない。どうせ、あの男が巻きあげるにちがいないのだ。米兵相手の店が成功してからやっても遅くはない。米兵はバーではありったけの金を使うと聞いている。英語を覚えよう。……「あなたに助けられた朝鮮人ですよ、おぼえていますか？」となぜ、一言いってくれなかったのだ。二人は黙ったまま私のあとをついてくる。何を考えているのだろう。松葉杖でおじいの脇ははげているかもしれない。ヨシコーを私の店で使ってやってもいいよ、高い手間賃で、おじい、と言ってやりたい。坂を登りかけたところで私は振り返った。すると、すぐ、おじいが言った。

「わしゃ、生きていく自信を失ったよ」

「あのチョーセナーをすぐ殺せばよかったな、おじい、ウチナーンチュに生恥《いきはじ》かかせてよぅ」

勇吉が言った。

「わしゃ、いつまで憐れをせにゃ、ならんのだ」

おじいは首をうなだれた。わざとらしかった。私は早足で坂を登った。

「長い間の仲間だったのに、俺達を裏切るのか！　同じウチナーンチュだのに」

ギンネムの葉、枝が風に騒ぐ音にきこえよがしの勇吉の声が混じった。私はさらに足をはやめた。しばらくすると、勇吉が走ってくる凄い勢いを感じた。私は振り向いて身がまえた。勇吉は私に並んだ。

「ほんとは俺はあの男が恐かったよ。だから、すぐ逃げ出せるように家の中に入らなかったんだ。……あの男がわけのわからん朝鮮語でしきりにヨシコーに話しかけているのを見て俺はぞっとしたよ。どうみても気違いの顔だった。……急に泣き出したかと思うと、ヨシコーの首に抱きついたりさ。首をしめてヨシコーを殺すのかと俺は思ったよ。地面に倒れたヨシコーがどこか打ったのか、悲鳴をあげたら、あの男はすぐ顔をあげたよ。長い間、両手で頭をかかえこんだまま身動きしなかったが、やっとヨシコーをおこして、ごみを払いながら何度も頭をさげてあやまっていたよ。……あの男がみえなくなってから、実際にやったのは俺だが、だが、ヨシコーが俺に抱きついてきたんだ、ほんとだよ、ウチナーンチュどうし好きになって悪くないだろ？　金で抱くというのがよっぽどきたないじゃないか」

勇吉は声をださずに笑った。私は握りこぶしで勇吉の横顔を殴った。勇吉はよろめいた。

「……俺はほんとにヨシコーが好きだよ」

勇吉は私を見ず、ほほを手でおさえたまま、おじいが登ってくるのを待った。私は躊《ちゅう》躇《ちょ》したが、歩きだした。

嘉間良《かまーら》心中

吉田スエ子

一

ライターのゆかに落ちる音におこされた。目をあけると朝日のさしこんだ天井に薄い煙が流れている。隣りのベッドに目をやると、サミーが煙草をくわえたままこちらを見ている。さきほどからずっと寝顔を見つめていたらしい。キヨは寝返りを打って壁のほうに顔をむけた。根元から白くのび始めた髪の毛とつやのなくなった細い首筋がきっと彼の目いっぱいに広がり、曝《さら》されているだろう。つらい。キヨは毛布を耳の上までひきあげる。サミーは出て行きたがっている。キヨにはそれがわかっている。彼の苛《いら》だった眉間《みけん》に、キヨを見るときのおびえたような目付きにそれが現れている。心の中に動揺のある目なのだ。なによりもキヨとのいとなみをいやがり始めたことにそのことははっきりと出ている。

彼は部隊に帰りたがっている。脱走に飽きて帰りたがっている。脱走生活の意外に平凡で退屈な日常に彼は苦しめられている。それは彼の力のない話ぶりに、苛だたしげな歩きかたに、ときおりキヨに投げるおぞましげな目の光に現われていた。MPがさがしにくるわけでもない。民警がパトカーを並べて走りまわるわけでもない。彼は脱走というものが意外に日常的でひまなものであることに気づいている。無聊《ぶりよう》の日々は地獄になりかかっている。

ここを出たら彼はおそらく彼の所属するキャンプ・コートニーのあの物置小屋のようなゲートにむかってまっすぐに歩いていくだろう。そしてそこでMPにつかまり、スターケージにぶちこまれるだろう。しかしそれでも彼は出ていくにちがいない——それでも。

それが明日になるか今日になるか、あるいは十日後になるかそんなことはわからない。が、ある日突然彼はおきあがり、あのブリキ屋根の小屋にむかって歩きだしていくだろう。そして彼女にそれを阻止することは出来ないのだ。

起きあがって窓を開ける気配がした。白い光が首筋に流れこんだ。キヨは毛布をひきあげて頭からかぶった。

(先手を打ったつもりなんだ)

腹立たしくなった。そのまま今朝も触わらずにすまそうと予防線を張っている。もうさわるのもいやになったらしい。

灰皿がかすかに鳴り、静かになった。ついちかごろまで煙草をもみ消すとすぐにキヨのわきにすべりこんで来たものだが——いわばきゅっ、きゅっ、となる灰皿のきしみはサミーの前ぶれだったが、いつのまにかそれも無くなった。

毛布のすき間からサミーの様子をうかがう。サミーは窓ごしに外を見ている。細い青白い首がぼさぼさになった髪の中に消え、それがふたつにわかれて頭の両がわから突然にとびだしたという感じの大きな耳に朝の侘《わび》しさがとまっている。


「サミー」

「おう」

サミーがふりかえった。

「窓をしめて、カーテンをひいて。まぶしいから」

サミーはおきあがって窓をしめ、カーテンをひいた。

「カム、サミー」

サミーはベッドの横に立った。キヨは手をのばしてズボンに手をかけた。

「夕べは何時ごろ帰ったの」

「十二時ごろかな、一時ごろだったかな」

「ズボンもとらないでそのまま寝たの」

「ああ、めんどくさかったからね」

キヨはサミーが明け方の五時ごろ帰ってきたことを知っている。

「どこへいってたの」

「ジムの所さ、ジム・オブレンダー。ほら同郷の奴でカデナに来ているって前にはなしたろう」

「友達の所で話しこむのはいいけどさ、あんまり出歩くとMPにつかまるわよ」

しゃべりながら、アメリカの軍隊というのは不思議なものだと思う。部隊をとび出してから半年にもなるというのに捜索をしているようすもない。サミーは脱走兵らしくもなく、昼も夜も殆ど自由といってもいいくらいに気軽に歩きまわっている。新聞ででも見ていなければ、脱走兵とは信じられないくらいであった。

「ベルトをはずして」

サミーはいわれるままにバックルの音をたててベルトをはずし、キヨの手が入りやすいようにズボンをすこし下におろした。キヨは軍隊の草色の下着の隙間からサミーをにぎった。

「カム」

サミーがよると、キヨは下着をずらしてサミーをひき出した。上半身をおこして汗ばんだ少年の股間に顔をうめた。舌でねぶり、口に含む。口の中でサミーがふくれあがった。背中に右手を回した。左手でゆっくりとへそのあたりをさする。そのまま手のひらをずらせて柔らかい丸まったところをおしつつみ、軽く押しあげる。サミーがうっ、と小さくうめき、仰向けに倒れた。腹ばいになってサミーの両の足のつけ根に顔を埋めた。喉《のど》の奥のサミーに突き抜けるような力がこもった。

ふくれあがったサミーが、若い生命が口の中で弾《はず》み、震える。キヨをさし貫こうと恐ろしい力で突きあげてくる。それは生命そのものであり、それを含むとき、キヨは自分の中の老いた細胞が、若い生命に出会い蘇生され、再生されていくような気がする。若さそのものを注入されて口許《くちもと》から、両頬から、みるみる若さに染まっていくような気がする。口の中を強靭な生命があばれる。生命そのものを若さもろとも、歓びもろとも吸いとって自分のものにしたい。キヨは暗がりの中で目を光らせ、サミーを吸いこむ。

両頬を押さえていたサミーの手に力が加わりキヨは上にひきあげられ、そのまま寝返りを打つようにしてサミーの下に押さえこまれた。濡れた生命がせっかちにからだの中にとびこんで来て、激しく痙攣《けいれん》し、果てた。

両足をサミーの股間にあずけたままキヨは枕元をさぐった。煙草に火をつけた。ライターの音でサミーのからだがぴくりと動き、足がほぐれた。サミーは寝返りを打った。キヨは白い光にくまどられたサミーの横顔を見つめる。この半年の間一度もカミソリをあてたことのないひげが、あごから胸もとにかけて流れている。くっきり鼻すじの通った面長《おもなが》の顔がのばしたひげのせいで小さくしまって見える。それは昔絵で見た十字架の上のキリストそっくりに見える。キヨは煙草に火をつけるとサミーの唇に押しこんだ。

二

シャワーに打たれながら、今日一日どうしようかとぼんやり考えた。

金がなくなった。一銭もなくなった。昨日まではそれでも二千円ぐらいはあったのである。それが昨夜ちかくのスーパーでサミーのためにビールを三本買い、つまみのポテトチップと朝食のパンを買うと、二千円がきれいに消えた。今朝からはもう一銭もない。

小さなタオルでからだを拭《ふ》きながら鏡の前に立った。寝不足のせいか顔が黒くむくんでいる。いやな顔だ。首がまた細くなった。細くなっただけでなく、皮膚に色艶《いろつや》がない。薄い小じわに覆われた黄色い皮膚は筋肉と分離して力なくたるみ、首のまわりにはりついている。細い両腕はかつての名残りをとどめているが手首の甲に静脈が浮き、手のひらの黄ばんでいるのがなさけない。胸元もうすくつやを失った。柔らかすぎる下腹部はいっぱいこじわに覆われている。もう若くはないという明確な自覚があって、それが一層自分を醜《みにく》いと思わせる作用をしているようだ。

鏡にむかってキヨは念入りに化粧する。サミーにすこしでも若く見せなくては。あのギリシャ神話の中から抜け出て来たような美少年に、におい立つ老醜を感じさせてはならなかった。

洋服ダンスを開いてツーピースに着替えた。サミーはまだベッドの中でねむりこけている。

外に出ると小雨が降っていた。部屋にもどって傘をとって来ようかと思った。が、不安になってやめた。ドアを開ける音で目をさますかもしれない。目をさましたら、出て行ってそのままもどって来ないかもしれない。

傘をあきらめてキヨはアスファルトの露地に出た。そのままゆっくりと歩き出す。歩きながらサミーの事を考える。

サミーと知り合ったのはいつものピノキオ・ハンバーガーの暗がりだった。そこでいつものようにキヨは客をひいていた。

兵隊たちがセンター通りのトックリやしの横からあぶくのように浮かびあがってきては小さなカウンターの前に立つ。ナプキンにくるまれたホットドッグかハンバーガーを受けとると立ったままぱくつき始める。

暗がりの中からキヨはそのようすをうかがう。食べ終わるとナプキンで口をふき、トレイシに投げ入れて光の海の中にもどろうとする。そこをねらって

「ヘーイ」

声をかける。兵隊が近づいてくる。たいていキヨの顔やからだつきを見て呆《あき》れたようにもどりかけるのだが、そこをねらって

「テン・ダーラ」

思いきり陽気に叫ぶ。十ドルは市価の半値以下だから金のない兵隊がもどりかけた足をとめる。とんでいってキヨは右腕を押さえる。これには相当の技術が必要で早過ぎるとふり払われるし、遅過ぎると逃げられてしまう。タイミングというもので最初のころはこれがつかめず苦労した。

サミーが現れたのは午前零時近かった。そろそろ帰ろうかと思案し始めたころだった。暗がりを離れかけて、ひょいと目をあげるとカウンターの前に兵隊の細い姿が立っていた。キヨはこれが最後だと思って行きかけた足をとめた。兵隊はホットドッグをたべ終わるとキヨにむかって歩いて来た。まるで高校生のような少年兵だった。

「テン・ダーラ」

キヨは声をかけた。

「ファイブ・ダーラ」

少年兵がすぐに答えた。

(たった千円ぽっちりで女が抱けると思っているのかい)

キヨは腹が立った。が、まだあどけなさの抜けきらぬ幼い顔になんとなく気持ちが和《なご》んだ。キヨは年下の美少年に魅《ひ》かれるくせがある。といってもその時も少年の美貌にひかれて五ドルでOKしたわけではなかった。少年が初々しいばかりの美少年だということがわかったのはアパートに入ってからだ。

キヨはもう二時間ちかくもホットドッグ屋の暗がりに立ちつくして、いいかげん疲れていたのだ。どこかで腰がおろしたかった。出来ることなら、もうただでもいいから暖かいふとんの中に男と一緒にくるまっていたかった。そんなふうに妙に気持ちが萎《な》え始《はじ》めたときにサミーが現れたのだった。サミーはひとりだった。この時間に兵隊がひとり歩きするのは珍しい。

センター通りのホテルの前を素通りして嘉間良《かまーら》のアパートにつれて来た。部屋に入ると

「ファイブ・ダーラ」

と手を出した。

サミーはズボンのポケットからよれよれの五ドル紙幣を出すとキヨの手のひらにのせた。

「ほんとにもうないの」

「ほんとうだ。これが最後のお金なんだ」

「それじゃ、帰りのタクシーはどうするの」

「おれはコーター（兵舎）にはもう帰らない」

「帰らないって……どういう意味なの」

「おれは脱走兵《エスケープ》なんだ」

「まあ」

キヨは少年の顔を見つめた。栗色の毛髪のひたいに乱れた細い顔が心もとなげに笑っていた。

「キャンプはどこなの」

「コートニー」

「マリン兵ね」

「そうだ」

「脱走してどうしようというの」

「お金を作ってホンシューに渡る」

「本州に？」

「ホンシューから北朝鮮かソ連にでもいこうかと思っている」

「あきれた！」

キヨは声をあげたが、お金は返さなかった。

シャワーをあびてベッドにちかづくと少年兵が肩さきをのぞかせてシーツのかげからうかがうようにこちらを見ていた。目が合った。あわてたように視線をそらした。瞬間、キヨは胸をかきむしられるような切なさを感じた。思わず抱きしめて頬ずりしたくなるような衝動にかられた。スタンドの光の具合もあったろうが、少年の顔は、キヨの母性本能をくすぐらずにはおかない不思議な可憐さを湛《たた》えていた。不思議な静けさを湛えた灰色の目がおびえていた。

キヨはサミーと並んだ。サミーがしがみついて来た。キヨは少年が自分の乳房をにぎったままふるえているのを感じた。手をのばして股間に手をやると、びくっと腰をひいた。

サミーは女を知らなかった。キヨはまだ開ききらぬサミーを思いきりむいて自分の中におしこんだ。サミーは顔をゆがめ、あっというまに果ててキヨの上で重くなった。

その夜行くあてがないというサミーをキヨはアパートに泊めた。翌朝になるとどこへともなく出て行った。

二日めにサミーのことが新聞に小さくのった。キヨはその記事をパーマ屋の二階で読んだ。

「上官を刺して脱走

キャンプ・コートニーの海兵隊員」

記事は小さく地味な扱いだったがキヨにはすぐにサミーのことだとわかった。

「……キャンプ・コートニー所属の海兵隊員A一等兵(18)は七日キャンプ・ハンセンの演習場でささいなことから上官のジョン・W・アンダーソン軍曹と口論となり、もっていた銃剣で同軍曹の腹部を刺して逃走した。アンダーソン軍曹は一ヵ月の重傷。海兵隊では県警の協力を得て少年の行方を追っている……」

人を刺すような人間と寝たという恐怖はまったくなかった。人を刺すというからにはよっぽど腹に据えかねたことがあったのだろうと思った。この二十年のあいだにキヨは兵隊同士の血なまぐさい傷害事件を幾度となく見て来ている。目の前で射殺されるのを目撃したことさえある。単純な刺傷事件などキヨはすこしもこわくなかった。

ヘアーダイを終えてアパートにもどると、入口の階段にサミーが腰をおろしていた。キヨの顔を見ると弱々しく笑った。疲労のにじみ出た顔だった。

「ハーイ」

「ハーイ」

キヨは並んで腰をおろした。襟元《えりもと》から汗がにおった。

「どこに行ってたの」

「イサバマ」

「イサバマに？」

「あそこに同郷のジム・マクガイアという奴がいてね、そこにいたんだが、追い出されちゃった」

「新聞に出ていたわよ」

「新聞に？」

サミーの唇がすこし震えた。

「あんた、サージャンを刺したんだって？」

「かるくね、死にゃしない」

「一ヵ月の重傷だってよ」

「奴が悪かったんだ、おれは……」

「いいわよ、理由なんかきかなくたって。それより、こんなところをうろうろしているとつかまっちゃうわよ」

「それなんだ」

サミーは顔を赤らめた。

「しばらく、いや、二、三日アパートにおいてくれないか」

ステイツのオフクロからマクガイアの所に金が届くまでさ、とつけ加えた。

キヨは少年の顔を見た。キヨにみつめられてサミーは顔を赤くした。キヨはサミーをむいて自分の中に押しこんだときの表情をおもいだして、からだが熱くなった。少年の震えが全身によみがえった。丸い固いお尻の感触が手のひらによみがえった。あの夜キヨは死んだように眠りこけている少年を押さえこみ、むさぼりつくした。少年の手ごたえは弱かった。キヨはベッドの中をころがりながら男と女のまぐわいというものがこうもいとしいものだったかとサミーの頭を抱いて泣いた。あの時ほどからだを売るという商売に入ったことに感謝したことはなかった。それもこれもからだを売る商売をしていたればこそのことである。こんな商売でもしていない限り生涯を三度重ねたってサミーのような男に抱いて貰える機会などあるものか。

「いいわサミー、いつまでもというわけにはいかないけど、家にいなさいな」

キヨは立ちあがってアパートのドアをあけるとサミーの背中に声をかけた。

翌日十一時ごろおきだして歯を磨いているとドアが激しく鳴った。防犯用の小窓からのぞくと警官が立っていた。

（来たな）

と思った。センター通りでよくみかける胡屋交番の巡査であった。それにしてもどうしてここがわかったのだろう。キヨはサミーをたたきおこして窓から逃がし、ドアをあけた。

「や、どうも」

と警官は帽子をとり、部屋をのぞいた。

「何かご用ですか」

キヨは歯ブラシをにぎったまま若い巡査を見上げた。

「屋富祖キヨさんですね」

「そうですが……。何かご用ですか」

「実はマリンの脱走兵を探しているんですがね、心あたりはありませんか」

いきなり巡査は正面からきりだした。

「どうしてわたしのところにわざわざ？」

「実はピノキオ・ハンバーガーの店員がそれらしい兵隊を見ておりましてね、ご存知の通りあそこは兵隊が一番よく集まるところでして。そこの店員が、あんたがその兵隊と一緒に嘉間良の方に行くのを見たというんです。心あたりがありますか」

「いつのことですか？」

キヨはとぼけた。

「さきおといの晩ですが……」

「どんな兵隊です？」

「まだ子供なんですがねえ、白人の。海兵隊の一等兵で……」

巡査はサミーの特徴を説明した。年に似合わぬ凶悪犯だとつけ加えた。海兵隊からの捜査依頼にそのように書いてあるといった。

「そうねえ、ピノキオの前で兵隊と知りあったのは事実だけど、特徴が一致しないわねえ」

キヨはまたとぼけた。

「髪の色はブロンドじゃなく、金髪だったし、年も二十四、五にはなっていたんじゃないかしら。ピノキオの店員にもう一度きいてみたら」

「そうですか、いや結構です。よくわかりました」

巡査は手帖をポケットにしまいながら笑った。

「どっちみちセンターあたりにやってくるでしょうから逮捕は時間の問題ですよ。奴らはこのあたり以外に行くあてはありませんからねえ」

慣れた口調でいった。すみませんでした、と帽子をかぶりなおして敬礼した。必ずつかまりますよ、とつけ加えた。

キヨは巡査がアスファルトの露地を曲がりきるまで流しの窓から見送っていたが、気がつくと背中にうすく汗をかいていた。その夜サミーは日が暮れてからもどって来た。

あれから今日まで半年がたつ。巡査はいっぺんやって来たきりいち度も姿を見せなかった。MPも一度もまわって来なかった。まわってくるどころか探しまわっている気配すらなかった。アメリカの軍隊というのはそういうものかとキヨはあきれた。
サミーにくにから金が送られてきた気配はない。その間サミーは一銭も金を払ったことがない。お金をもらうどころかいつごろからともなくキヨがこづかいをあげるようになっている。二、三ヵ月たったころ、一度請求したことがあったが、今では事情がすっかり変わっている。五十八歳の、誰も相手にしてくれなくなった商売女が孫のように年下の、映画の中から抜け出て来たような美少年を抱く代金だと今ではわりきっている。そう思えば安いものであった。どこの世界でたかだか月一万二万の金でこんな天使のような少年が抱けようか。

三

時計を見ると三時を回っていた。
(どこへ行こう)
行くあてはなかった。
(十字路に出てみよう。どこへ行くかはそれから決めればいい)
キヨは足を早めた。
小雨が顔に落ちかかる。化粧した顔が台無しになりそうだ。ハンドバッグからハンカチをとりだしてひたいにあてた。

十字路に出ると裏通りの質屋に寄り、指輪をおいて五千円かりた。指輪は安物で五千円も貸してくれたのは主人の城間がキヨと同じ津堅島の女を妻にしていてキヨと顔見知りだったからだ。

手の切れるような千円札を数えて財布に押しこむと、キヨは食堂に入ってソーキソバをたべた。

食堂を出て時計を見ると三時半を回っている。サミーがぼんやりソファーにもたれてテレビを見ている様子が目に浮かんだ。ふいに、ひょっとしたらもう家を出て行ってしまっているかもしれない、という不安が心に来た。キヨは道路のまん中にたちどまった。帰ろうか。いや、そんな筈《はず》はない。あの文ナシが、あのすかんぴんの宿無しがどこに行けるもんか。キヨは迷いをふりきるように歩きだした。

バス停留所に立った。中城公園にいってみようと思った。公園の石垣の上から津堅の海が見える。遠いリーフに打ち寄せる白い波頭を見てみたいと思った。気分がめりこむ日は故郷の島影が見たくなる。キヨは気がむしゃくしゃすると島の海を見にやってくる。生活が苦しくなっているせいかこのごろ気分がふさいでいけない。昔のことばかり考える。キヨは昔のことを考えるのが嫌いだ。けれども年のせいか近ごろ昔のこと、とりわけ別れた夫と子供たちのことを考える日が多くなった。

夫とは島を出てから二、三度会ったことがあるがいつもぐでんぐでんに酔っぱらっていて話にも何にもならなかった。二人の子供はもうとっくに三〇を過ぎていてそれぞれ神奈川と兵庫に嫁いでいったらしいのだが、ただの一度も会いに来たことはない。手紙一本もらったこともない。よほど憎いのだろう。孫ももう何人も出来ている筈だが、と思うとたまらない気持ちになる。

冷房のよくきいたバスの中には五、六人の客が所在なげにすわっていた。空席にすわるとからだじゅうが重くなった。

石平でバスを降り、タクシーを拾った。竜宮城をかたどった真っ赤なペンキ塗りの切符売場の前にすべりこむと小雨はやんでいた。切符売場には誰もいなかった。カウンターの上に百円玉を二つのせて中に入った。観光客らしい色の白い中年の男女がいたわり合うように細い急傾斜の砂利道をおりてくる。青黒い葉を繁らせた桜の下に立ちどまってふたりをやりすごし、キヨは城壁に向かった。

砂利道をのぼりつめると芝生でふちどられた赤土の広場が広がっていた。広場の端は二段三段にきれて盛りあがり、その背後にゆるやかな本丸の石垣が波型の裾をひろげていた。

広場の芝生を回ってベンチの上に腰をおろした。恋人同士らしい高校生の男女が声をかけあいながらバドミントンをしている。ふたりとも素足であった。赤土の上に二足の靴がきちんと並べておいてある。キヨはなぜか鳥肌が立って目をそらせた。キヨは立ちあがり急いで広場を離れた。

城壁に立つと津堅島はもやの中にかくれて見えなかった。たれこめた雲の下を大きなヘリコプターが赤いランプを点滅させながら旋回していた。その下を大きなタンカーがゆっくりと外海にむかっていた。黒い生温かい風が大粒の雨を運んで来た。

センター通りにもどると陽《ひ》がかげり始めていた。並木のトックリやしの葉末に気の早い街灯の光が戯《たわむ》れていた。たそがれの透明な風の中を兵隊たちが物静かに歩いていた。バーやキャバレーの入口に立てかけたフロアショーの写真に見入っている者。ホットドッグのカウンターの前に順番を待っている者。電柱にもたれて通行人に人恋しげな視線を投げかけている者。

いつものピノキオ・ハンバーガーの横に中年の米兵が通りに背をむけて立っていた。キヨは近づいて声をかけた。

「イブニン」

「グッド・イブニン」

予想外に若やいだ声が返ってきた。

「メークラブしない」

兵隊は黙って首を振った。

「そう」

キヨはぎこちなく笑って横を通り抜けた。あんな奴に声をかけるんじゃなかったと後悔した。しばらく歩くと、ふたりづれのかなり酔った兵隊が前から近づいて来た。キヨは立ち止まり、ハーイと声をあげて近づいた。

「兵隊《ソルジャー》さん、私と一緒に行かない？」

「どこへ」

酔った一人が立ちどまって訊《き》いた。

「どこへでもあんたの行きたい所へさ」

テレビをのぞきこんでいるサミーのうしろ姿が浮かんだ。サミーは近ごろテレビを見ながら涙ぐんだりする。

「一緒に行ってどうするんだい」

「きまってるじゃないの、メークラブするのさ」

「おまえさんとかい」

もうひとりの兵隊が酔った方をひきずりながら、声をあげて笑った。キヨはくるりと背をむけた。こんな酔っぱらいと時間をつぶしたってしようがない。キヨは急ぎ足でそばを離れ、身をひるがえすとピノキオ・ハンバーガーの前にもどった。

カウンターに近づいてホットドッグをひとつ注文した。白い三角帽をかぶった男が黙ったままナプキンにくるんでつきだした。キヨは建物のかげにひっこんでホットドッグにかぶりついた。お金はあといくらもない。これではサミーにアメリカ煙草一個買ってやれない。それにしても通りをぶらつく兵隊たちのなんとすくなくなったことだろう。ここのところずっとあぶれが続いているのは年をとって自分に魅力がなくなったせいかも知れないが、それにしても兵隊の数がこうもすくなくなってはどうしようもない。キヨは足元から冷たい風の吹き抜けていくような心細さを感ずる。

(宮里のクロンボ町にいってみようか)

昔働いたことのある宮里の坂の上には、まだちょくちょくクロンボたちが現れるという。今日あたりハンセンのバー街で相手にされないクロンボたちがあそびに来ているかも知れない。キヨはナプキンで口をふくとタクシーに手をあげた。

銀天街の入口でタクシーを降りた。

アーケードをくぐると靴屋、喫茶店、雑貨店、と似たような店が向かい合っている。だだっぴろい通りをキヨはゆっくりと足を運んだ。アーケードが切れ、昔のバー街に入った。アスファルトの歩道をのぼる。みぞおちの奥がかすかに痛む。

生地屋の角を曲がった。ここから裏通りに出れば昔働いていた店があるはずだ。

裏通りに出ると、湿った空気が鼻をついた。立ち止まってあたりを見回す。ブロックのシミ。朽ちかけた板壁。屋根の低い瓦家。

アスファルトのゆるやかな坂をあがる。見覚えのある石敢當が目にとまった。見上げると昔の「ピッツバーグ」のT字型の廂《ひさし》が灰色にくすんでキヨを見おろしている。キヨはさびついた網戸の前の石段のほこりを払って腰をおろした。バッグを開けて煙草をとり出し火をつけた。たそがれのこぼれ始めた露地の奥に目を据えたまましばらく煙草をふかす。似たようなセメントの地肌のくすんだ建物がおしだまって並んでいる。

左の角は「マンハッタン」、右の角が「ナイアガラ」。その隣りが「セブンスター」、坂の途中のが「ニューヨーク」……。

「マンハッタン」のスミ子の顔を思い出す。お金をためて前歯を入れるんだと口ぐせのようにいっていたスミ子はどこに流れていったのだろう。伊平屋からでてきたうすのろのヒロミ。親の借金のかたがわりにされたと自慢するようにいっていた。ヒロミは何回も黒人たちの子を孕《はら》んでそのたびに堕ろしていた。病院にいくからといってキヨのところにお金を借りに来たことがある。ペーデーにアンダーソンが二〇ドルくれるといっていた。それを貰ったらすぐ返すからというので貸してやったらそれっきり来なくなった。

マニキュアを剝《は》がしながら昔の仲間たちのことをとりとめもなく思いめぐらしていると、眼の隅で小さな黒いものが動いた。露地の十字路のゴミ袋のそばに猫が前足を揃えてすわり、キヨの顔を見つめていた。大きな猫だ。キヨはしばらく猫と見つめ合った。かたわらのポリ袋の方に気があるらしくときどき袋に視線を移してはキヨの顔をうかがう。キヨがにらみつけると、立ちあがり背を弓なりにして歩いていった。

猫がいってしまうと急にキヨは疲れを感じた。横になりたくなった。石敢當にもたれて目をとじた。

坂の上で空きカンのころがる音がした。キヨは目をあけた。さっきの猫のことが頭をかすめた。首をひねり、ゴミ袋の方に目をやると、コーラの空きカンがゆっくり転がり、次第に速度を早めながらアスファルト道路を下へ下へと転がり、「ナイアガラ」の前のドブに落ちた。

チリ袋に視線をもどすと、いつのまに舞いもどったのか猫が引き裂かれた穴に鼻さきをさしこみ、ときおり目尻を光らせてこちらを見ていた。

「ネエサン」

声がしてキヨはふりむいた。うすくらがりの中に輪郭のぼやけた黒い顔が浮いていた。白い目がせわしなく動いた。（失望したな）と思った。

「ユーズ　ミー？」

「ノー、ノー、スミマセン」

兵隊は人違いだったというように二、三歩あとずさりして背を向けた。キヨはその後姿に音をたてて唾をはいた。

犬が群をなしてキヨのそばを走り抜ける。先頭の犬が立ち止まってキヨを振り返った。立ちどまったままじっとキヨを見つめている。キヨはすわったまま石を拾う仕草をした。犬がそっぽをむいて走り出した。仲間の犬たちがぞろぞろと続き、角を曲がって見えなくなった。

四

ペンキ屋の角を曲がるとアパートの灯が見えた。キヨの足が早くなった。曲がりくねったアスファルトの切れたところで露地に入った。足早に階段をかけあがった。白いあかりが小さな窓から洩《も》れている。ノブを回して、

「サミー」

声と一緒にとびこんだ。

返事はなかった。

「ヘーイ」

また呼んだ。居間にサミーの姿はなかった。キヨは部屋の中央に立ちすくんだ。帰隊したのか。くちぐせのようにいっていたホンシュウかキュウシュウに渡る夢はもう捨てたのか。

(どこへ行ってしまったのだろう)

キヨは急いで用を足し、ハンドバッグをつかんでまた外へとび出した。

いま来た道をセンター通りの方へひき返した。上地の「キャラバン」の裏手に近ごろ親しくしているトム・ムーアの間借りしている家がある。そこへ行ったかも知れない。

キヨは足を早めてセンター通りに出た。ムーアの間借りさきは通りのすぐ裏手にある。

「キャラバン」の通用門の横にまわり、窓の下から声をかけた。

「コープル（伍長）ムーア」

窓はすぐにあいた。

「やあ、キーヨじゃないか」

「サミーがそっちに来てない？」

「サミー？」

「サムエル・コープランド一等兵よ」

「ああ、あの脱走兵か」

「ちょくちょくまわって来たんでしょう」

「ああ、だが今日は来てないよ」

「そう、——どうも有難う」

「いいのかい」

「いいわ、きっとパチンコ屋だわ」

キヨは足早に露地を出た。サミーはどこへ行ったのだろう。キヨは近くのパチンコ屋をのぞいてみた。サミーの姿はなかった。ゴヤ大通りに出た。そこには大きなパチンコ屋が二、三軒かたまっている。キヨはその一軒一軒をのぞいて歩いた。サミーの姿はなかった。どこへ行ったのだろう。

（帰隊したのかしら）

キヨは足がふるえた。脱走兵は帰隊するとすぐに川崎の留置場に送られ、そこから本国送還になるときいている。サミーは本国送還を覚悟の上で隊に帰ったのだろうか。そんなことはない。もうアパートに帰っているかも知れない。ちょっとこの近くを散歩していたのかも知れない。キヨの足はいつのまにか嘉間良のアパートにむかっている。足が次第に早くなる。曲がりくねったアスファルトの道路が切れるとアパートの前に出た。窓に灯りがついている。

(家を出たときには消したんじゃなかったかしら)

キヨは心がおどった。急ぎ足で階段をかけあがり、ドアのノブを引いた。ドアは何の手ごたえもなくあいた。部屋の中には白い蛍光灯の光があふれていた。サミーは帰ってきていなかった。

(やっぱり電灯をつけっぱなしのまま部屋をとび出したんだわ)

キヨはハンドバッグをテーブルの上に放り投げるとベッドの上に仰向けに倒れた。しばらく身動きもしなかった。それからのろのろおきあがると煙草に火をつけた。

(どこへ行ったのだろう。本当に部隊に帰ってしまったのだろうか。あんなに隊を嫌っていたあの少年が)

部隊に帰ってしまったらもう二度とサミーの姿を見ることは出来ないだろう。キヨは狂ったように立ちあがった。

(帰ってはいない。帰るものか——。そうだ、ヨットハーバーかもしれない——だが、こ

の夜更けにヨットハーバーに行く気になるだろうか）

　突然ドアが風にあおられたように開いてサミーが入って来た。キヨの痩せた肩ががくんと落ちた。涙がこぼれそうになった。

「どこへいってたの」

　声がとんがり、震えていた。

「ちょっとゲート通りまで行って来たんだ」

「あんまり出歩くとMPにつかまっちゃうわよ」

「かまうもんか《ネバーマイン》」

　投げやりな声が返って来た。

「もういいんだ《イッツオールオーバー》」

　サミーは両手のひらに後頭部をのせてベッドの中に倒れこんだ。倒れこんだまま黙っている。キヨも黙っている。しばらく沈黙が続いた。

「ビールあった？」

「ないの、買ってこようか」

「いや、いいんだ」

　また沈黙が続いた。

「おれな」

　サミーが上眼づかいにキヨを見た。キヨは慌てて目をそらした。からだがそっくり耳になった。足が小刻みに震えた。

「電話して来たんだ……」

「……」

「明日十時にゲートに出頭することにしたよ」

角材で脳天をぶんなぐられたような気がした。目から火の玉がとび散った。

「そう」

笑おうとしたが頬の肉がピクピクと痙攣しただけだった。笑顔を作っているつもりだがうまく成功したかどうかわからない。サミーと並んで倒れこみ目を閉じた。からだが地面の底に沈んでいくような気がした。

サミーの汗ばんだ手が太ももにのびてきた。目をあけると目の前にこわばった顔があった。

キヨは手を払いのけると立ちあがった。頭の芯が痛んだ。ベッドから離れて振りかえった。

「サミー、わたしと一緒に逃げよう。私の島へいくのよ。あそこなら誰にも見つかりっこないわ。島には空き家がいくつもあるわ」

「君のいっていたツケンジマかい」

「そう。誰も住んでない家がいっぱいあるのよ。古い家だけど庭も畑もあるわ。わたし、庭の草を刈るわ。あんたは壊れた雨戸や床板をなおしてちょうだい」

サミーは目をつぶり、だがはっきりと首を横に振った。

「つかまったら本国に送られるんでしょう。それでも行くっていうの」

「いいんだ。もうすべて終わったんだよ」

サミーは自分にいいきかせるようにつぶやいてキヨに背をむけた。


キヨは頭からシャワーをかぶった。何だかよくわからないが、急にからだが洗いたくなったのだ。念入りにからだを洗って鏡の前に立った。バスタオルで髪をくるみ、鏡をのぞく。蒼《あお》ざめた顔に目がぎらぎら光っている。キヨは自分の顔に向かって笑いかけた。泣いているように見えた。目の下の袋が二倍にふくれているように見えた。

バスタオルをからだに巻いてシャワーを出ると、サミーのいびきが聞こえた。気のせいかいつもより大きく聞こえる。キヨはサミーのいびきの音を聞きながら、念入りに髪をとかして束ね、リボンで結んだ。コーヒーポットが鳴った。バスタオルを化粧台の上に投げ、コーヒーを入れた。たてつづけに二杯のんだ。

空《から》になったコップをおくと、洋服ダンスを開けた。派手なピンクのワンピースをとり出しかけてやめた。なんだか急に和服が着てみたくなった。タンスの底にしまってある久米島紬をとり出してしばらくぼんやりみつめた。いびきがやんでサミーが寝返りを打った。

鏡の前で帯をしめおわると丹念に化粧した。立ち上がって窓を閉めた。内鍵を入れると遠くで雷のようなエンジン調整の噴射の音がした。ドアの錠前を確かめて台所に入るとプロパンガスのコックをあけた。三つあるコックを全部あけた。台所と居間のドアをあけたままベッドにもどった。横になった。気のせいかすぐに気が遠くなっていくような気がした。数を千までかぞえようと思った。ひとつ、ふたつと数え始めると急にのどが乾いた。起きあがって水をのんだ。よろけるようにベッドにもどるとサミーがまた寝返りをうち、上半身をおこしかけた。キヨは枕元のライターを手にとった。うつぶせになり、頭の上にやわらかい枕をのせた。思いきってカチリとローラーを回した。

平和通りと名付けられた街を歩いて

目取真俊

市民会館と向かい合って建っている琉大附属病院の構内を抜け、屋根の低い古びた家が密集する裏街を触角の折れた蟻のように頭を斜めにして走ってきたカジュは、自分の家に通じる細い路地の入口まできてあの男が向こうから歩いてくるのに気付き、立ち止まった。

「やあ、一義くん、今学校から帰るの？」

色褪《いろあ》せたカーキ色のサファリジャケットを着けた男は、親し気に右手を上げて笑い、歩調を速め近付いてくる。カジュは立ち止まったまま、五年生にしては小さ過ぎる体を警戒心に満ちた小動物のようにいくらか前かがみにして、男の動きに合わせて視線を上げた。若夏《わかなつ》の生気に溢れた陽が、カジュの後ろにせり出した丸刈りの頭や細い首筋に荒々しく光をこすりつける。男は陰になった路地からいきなり太陽の下に出て面喰らったのか、顔をしかめ、光の量を測るように両手をひろげて、大袈裟に驚いた。カジュは頭をなでようと伸びてくる武骨な手を水鳥の嘴から逃げる小魚のように素速く避け、嫌悪の色を露わにして男をにらみつけた。男は嫌な顔ひとつ見せずに腰をかがめ、カジュの顔をのぞきこもうとする。

「公園に行かない？　アイスクリーム食べようよ」

カジュは唇をきつく結んで、目の奥が痛くなるくらい視線を尖らせた。男が腕をとろうとするのを振り払い、わずかな隙間をすり抜けて路地にとび込む。湿っぽい路地の匂いが鼻をつく。幅の広い肩を外人のようにすくめて、男は体を起こし、苦笑いを浮かべてカジュを見おろした。

「昨日、お父さんとお母さんは喧嘩したのかい？」

カジュは身を翻《ひるがえ》して路地の奥に走った。開きっ放しになった玄関に飛び込み、戸を力一杯閉めると、靴を脱ぎ捨てて自分の部屋に駆け込んだ。カジュは机の上に投げおろしたランドセルに顔をうずめた。

「母ちゃん、兄にー《にー》が泣いてるよ」

先に帰って、二人一緒の狭い勉強部屋で本を読んでいた妹のサチコが、本を抱えて居間との仕切りのカーテンをめくり、台所の方へ走っていく。

「何ね、カジュ。また泣かされたのね」

隣家との間にある小さな庭から急いでやってきたハツが、カジュの背中をやさしく撫でた。片手に握っている庭の菜園から採ってきたばかりのネギの匂いが、カジュの目を刺激する。

「兄にー、何で泣いてるの」

ハツの腰にまとわりついて顔をのぞかせているサチを、あとで殴ってやる、と思いながらカジュは涙を拭いた。ハツは無理に理由を訊《き》こうとしなかった。カジュの中にわだかまっているものを溶かしてやろうというように、ゆっくりと背中を撫でている。

「母ちゃん、またあの男来てたね」

ハツはやっと抑えたばかりの怒りが再び甦《よみがえ》るのを感じ、それを表情に出さないように無理に笑顔をこしらえた。顔を上げたカジュの涙で汚れた頬を両の親指で拭《ふ》いてやりながらやさしく言った。

「何も心配する必要はないさ。あの男が来たからといって」

カジュの目から怯《おび》えた色はまだ消えていない。白目の青く澄んだ大きな邪気の無い瞳で見つめられると、たいがいの大人は思わず目を逸《そ》らしてしまいそうだった。

「おばーを連れにきたんじゃないの？」

ハツは返事に困った。

「何でそんなこと心配するね、カジュ。誰もおばーを連れていかないさ」

カジュは一心にハツを見つめている。ハツは思わず目を逸らしそうになり、それをごまかすためにカジュの頭を抱いた。発育の遅い華奢《きやしや》な体はまだ小刻みに震えている。

「さあ、早くおばーを呼んできなさい。やがて暗くなるよ。母ちゃんは夕飯の準備しとくさ」

ハツはカジュとサチコの背中を押すと、努めて明るい声で二人を外へ送り出した。並んで駆けていく二人を見ながらかすかな後ろめたさと不安を覚え、ハツは気を紛らわせるためにラジオのスイッチを入れて、民謡番組にチャンネルを合わせると流しに向かった。

病院前の信号を渡って市民会館の横から与儀公園に入ると、カジュは小声で歌を歌いながらついてきたサチの腕を思いきりつねった。

「痛い、何でつねるー」

サチはカジュの腕を払いのけると、つねられたところをさすりながら口を尖らせる。

「何でさっき母ちゃんに言った」

「自分で泣いたくせに、サチが悪いのか」

カジュが拳を振り上げるより先に、サチは手の届かないところにとび退いていた。そして後ろ向きに弾むように下がりながら舌を出し、噴水の方へ逃げ去った。カジュは大声で悪態をついたが追う気はなかった。散歩をしている大人たちが笑っている。急に恥ずかしさを覚えて、何喰わぬ顔でひめゆり通りに面した門の方に向かうと、金網に囲まれたグランドで少年野球チームがいくつか練習をしていた。野球チームには四年生から入れる。幼稚園の頃から祖母に手を引かれてよく練習を立見していたから、四年に上がった時は嬉しくてならなかった。さっそく、ハツと一緒に区のチームの指導をしている自転車屋のおじさんのところに行ったが、おじさんは困ったように笑うばかりで、ついに入れてもらえなかった。体が弱過ぎるし、カジュの運動能力では無理だ、というのが理由だった。ハツは怒ったような顔をして聞いていたが、一言も言い返さずにカジュを連れ帰った。

帰り道、がっかりしてずっとうつ向き通しだったカジュがふと横を見上げると、それまで黙ってカジュの手をぐいぐい引っ張っていたハツが、唇を噛みしめ、一点を見つめて流れ落ちようとするものを必死でこらえていた。カジュはハツの手を強く握り返し、失望感が急速に消えていくのを感じた。

カジュは金網から離れると、グランドの横に展示されているD51機関車の前に立った。ペンキが塗りかえられたばかりの黒い鉄の塊は、疾走する機会を奪われて淋し気だった。信号の青に変わる音が聞こえた。カジュは頭を斜めに倒すいつもの姿勢で、門の方へ走った。

信号を渡って中学校横の道を真《ま》っ直《すぐ》行くと農連市場に出る。キャベツの葉が水を打たれたアスファルト道路にいくつも張り付いているのをそっとめくってみたり、ピーマンやいんげん豆の山を前にして座っているおばさんたちの姿をしばらく立ち止まって眺めたりしながらゆっくり先に行くと、平和通りと名付けられた市場につながる交差点に出た。渋滞している車の排気ガスが西陽に熱せられてムッとする。顔をしかめて信号が変わるのを待っていると、後ろから誰かの呼ぶ声がした。道端で金盥《かなだらい》に入れた魚を売っている四、五人の女たちの一人が、カジュを手招きしている。フミおばさんだった。赤く日焼けした丸い顔に眉と睫《まつげ》毛の線がくっきりと記され、気の強そうな引きしまった唇を今は弛《ゆる》めて、太った短い指をひろげて手を振っている。

「おばさん、いつ帰ってきたの？」

「昨日さ」

フミおばさんは、カジュの祖母のウタと大の仲良しだった。三回り以上も歳の違うウタに実の子供のように可愛がられた、と言って、よく金もとらずに魚を家に置いていってくれた。もう十数年もこの交差点の近くで露天の魚売りをしており、物心ついてからカジュがこの通りでおばさんの姿を目にしなかったことはほとんどなかった。それが一週間くらい前から突然威勢のいい売り声が聞こえなくなったので、心配になっていつも隣にいるおばさんに訊くと、山原《やんばる》に嫁に行った長女の出産の手助けに行っているのだ、と教えてくれた。

「子供は生まれたの？」

「男の子だよ。カジュみたいにお利口になるといいね」

そう言うとフミは、しゃがんだカジュの頭を魚臭い手で手荒く撫で、きれいな歯並を見せて笑った。カジュはフミのむくむくした指に喰い込んでいる銀色の指輪を見た。二五セント銀貨を打ち抜いて作ったのだ、といつも自慢しているその指輪は、もうとてもとれそうになかった。フミはカジュの視線に気付くと、魚のぬるぬるした体液を前掛で拭い、陽にかざして見せた。カジュが目を細めて指で触るのを満足そうに眺めた後、よくやる癖で、指輪を鼻に当てて臭いを嗅ぎ、顔をしかめたフミをカジュが笑った。

「臭ければ嗅がなければいいのに」

「臭いと分るとよけいに嗅ぎたくなるんだよ」

カジュはフミの頬で淡い水色の光を反射している鱗を指差した。フミはそれをとってカジュの額に押し付けた。はしゃぎ声を上げて鱗をとり、陽に透かし見ると青い靄《もや》の中に白い波紋が刻まれている。

「カジュ、さっきはどこに行くところだったの?」

カジュの仕草をおもしろそうに見ていたフミが思い出したように訊いた。

「あっ、おばーを連れに行かないといけない」

フミの顔がかすかに曇った。

「おばーはずっと元気?」

「うん」

フミおばさんの表情の変化には気付かず、カジュは勢いよく立ち上がった。

「じゃあ、早く捜しておいで。もう暗くなるよ」

力強さをやさしさで包んだような声だった。若い夏の光はまだ余力に満ちていたが、気の早い店の広告灯がそろそろ灯りはじめている。カジュは大きくうなずくと首をかしげて走り去った。たちまち人混みにまぎれたカジュの小さな後ろ姿を見送ったフミは、胸の塞ぎを振り払うように道行く女たちに威勢よく声をかけた。

「ええ、姉さん。今魚《いまいゆー》だよ。買《こ》ーらんな」

カジュは平和通りに店を出している顔見知りのおばさんたちにウタのことを尋ねてまわった。

「ついさっきまでそこにいたんだけどね」

おばさんたちは皆、親切だったが、どこか困惑したような表情でカジュを見た。有線から流れる歌謡曲と左右から投げかけられる客寄せの声で浮き立つ街を、カジュは時おり狭い路地をのぞき込んだりしながら歩きつづけた。いったん国際通りまで出て引き返し、桜坂の飲み屋街に通じる坂の見える所まできた時だった。カジュは坂の下手にあるハンバーガーショップから、髪の長い女子高生風の店員に手を引かれて出てくるウタを見つけた。少女は道順でも教えているのか、カジュの方を指差し、ウタの耳に口をつけるようにして何か言っている。少女にていねいに何度も頭を下げているウタの格好は、袷《あわせ》の着物に真っ赤な毛糸の肩掛けをし、足は黄色のゴム草履ばきだった。ウタが懐から白い紙切れを出して渡そうとするのを少女は手を振って拒み、そっと歩かせてから店の中に戻った。ウタは心もとない足どりでゆっくり歩き始める。

「おばー」

喜びの声を上げてカジュが駆け寄ろうとした瞬間だった。ウタはふいに立ち止まり、大きく目を見開くと何か恐ろしいものでも目にしたように「ヒィッ」というひきつったような短い叫びを上げ、坂をヨロヨロとのぼり始めた。カジュは驚いて後ろを確かめたが、変わったものは何もなかった。すぐに後を追うと、ウタは這《は》うようにして坂をのぼり、映画館の向かいにある中央公園の方へ曲がった。少し遅れて公園に入ってあたりを見回したが、ウタの姿はどこにも見当たらない。

「おばー」

カジュは榕樹の巨木が枝をひろげている下を恐る恐る進んだ。ふいに若い女の叫び声が聞こえた。カジュは立《た》ち竦《すく》んだ。続いて雨の音と音楽が流れ、映画館の前で流されている宣伝用のビデオだと分かったが、胸の高鳴りは静まらなかった。先に行く勇気がなく、目を凝らしてあたりを確めていたカジュは、榕樹の根元に人影がうずくまっているのに気付いた。いつでも逃げ出せるよう身構えて近付いてみると、膝の間に頭を埋めるようにしてしゃがみ込み、一所懸命榕樹の陰に隠れようとしているウタだった。ウタは両手で耳を覆い、何か訳の分らないことをつぶやきながら小さな体をさらに小さくしようとしている。

「おばー」

カジュはそっとウタの肩に手を置いた。いきなり手首をきつく握りしめられたと思うや、カジュの体は地面に引き倒され、その上にウタの体が覆いかぶさってきた。

「何ね、どうしたの、おばー」

起き上がろうともがいたが、ウタは信じられないくらい強い力でカジュを抑えつける。

「静かに。兵隊《ぴいたい》ぬ来《す》んど」

カジュは体を固くした。

「おばー、もう兵隊は来ないよ」

しばらく経ってからカジュはやさしくウタの手をなで、耳元にささやいた。ウタは黙って体を震わせている。何か温かいものがカジュの背中を濡らしていた。カジュは手を後ろに伸ばし、ウタの脚に触れた。異臭が鼻をついた。

「おばー、お家に帰ろうね」

カジュはウタを立ち上がらせると、固い筋ばった手を引いてゆっくりと坂道をおりていった。


カジュが風呂から上がるとウタはもう奥の三畳間に寝かされていた。奥といっても、カジュが生まれた年に台風で半壊したのを建て直して以来、屋根のトタンだけを数年おきに張り換えてきただけの狭い家だったから、居間との間をベニヤ張りの引戸で仕切ってあるだけで、テレビの音も筒抜けだった。カジュは濡れた頭をバスタオルで拭きながら、サチが見ているテレビのボリュームを小さくした。

「はぁ、兄にーよー、聞こえないしが」

「おばーが寝てるだろう」

サチの無神経さが腹立たしかった。バスタオルを手にしたままウタの部屋に入ってみると、雨戸を閉めきってあり真暗だった。扇風機の低い羽音が聞こえるだけで、ウタの気配は感じられない。下手《へた》に進んで寝ているウタを踏むといけないので、闇の中を見回して目を馴らした。やがて、部屋の隅に白いぼんやりした塊が浮かび上がった。ハツがかぶせたのを暑苦しいので蹴って隅にやったのだろう、それはウタがいつも使っているタオルケットだった。そのすぐ傍に胎児のように体を丸めて横たわっている影に気付き、カジュは慎重に足を運ぶと、蛍光灯のスイッチの紐に手を伸ばしかけたが途中でやめた。扇風機の音が聞こえてはいるのだが、部屋の中は蒸し暑く、カジュのなめらかな皮膚に汗の玉がふき出す。カジュは腰を落とし、ウタの息遣いに耳を澄ませた。おだやかな息遣いだった。カジュはしばらくその音を聴いてから安心して部屋を出た。

寝床の中でサチと蟻の巣遊びをし、いつの間にか眠りこんだサチの横でうとうとしていると、玄関の戸が静かに開く音がした。

「父ちゃんだ」

カジュは夢現《ゆめうつつ》に思った。

正安は上がりかまちに体を投げ出すように腰をおろして、編上げ靴の紐を物憂そうにほどいた。

「残業だったの」

ハツはおかずを炒め直しながら訊いた。

「ああ」

仕事から帰ると正安は風呂から上がるまでほとんど口をきかなかった。

どれ位経ったのだろう。カジュはぼんやりした膜の向こうから父と母の話し声がゆらゆらと揺れながら再び近付いてくるのに気付いた。

「また、今日もあの男が来ていたさ」

ハツは正安の反応をうかがいながらそれとなく話を切り出した。

「で、何て?」

苛立たし気な声だった。

「当日の式典の時間だけでもいいから、おばーを外に出さないでいてくれないかって」

「また同じ事な」

正安は口に運びかけた泡盛のコップを乱暴に飯台に置いた。

「ええ、子供たちが起きるよ」

ハツはカーテンに目をやり、声を落としてくれ、と手で合図した。

「何《ぬ》ーが、人《ちゅー》ぬ親何《うやぬー》でぃ思《うむ》て居《う》いが。吾んがおっ母《かー》が何か悪さするってか?」

「そういう訳じゃないさ。でも世間の人の目もあるから……」

「世間《しきん》ぬ人《ちゅー》ぬ目《みー》? 何《ぬー》が、いやーや、自分の親《うや》世間《しきん》ぬ人《ちゅー》に恥《はじ》かさぬ見しらんでぃる言うんな?」

「そうじゃないよ、ええ、勘違いしないでよ」

「やがまさぬ。いやーや何時《いち》から警察《けーさち》ぬ味方になたが? 皇太子ぬ沖縄《うちなー》かい血ぃ抜じゃーしに来るから危さん? 見苦《みぐる》さん? 打ち殺《くる》さりさや」

正安はカーテンの方に目を逸らしたままのハツをにらみつけていたが、激しく舌打ちすると急須の把っ手を摑み、注ぎ口をくわえて茶を飲み干した。カジュはすっかり目を覚まして、息を潜めてそのくぐもるような音を聞いた。

「今日、マカトおばさんから文句言われたさ」

正安は急須を置き、一転して怯えたような目でハッを見た。マカトおばさんは平和通りでチョコレートや煙草などを売っている六十過ぎの気丈な老女で、隣に一人で住んでいた。

「いつも洗濯物を汚されて困るってさ。それに最近はあれの付いた手で市場《まちやぐゎー》の売り物を触ろうとするから皆の苦情も絶えなくて、何とかならないかって」

正安は飯台の上にこぼれた滴を見つめて、何も言えずに唇を震わせている。ハッは言わなければ良かったと後悔したが、謝ることもできずに同じように押し黙った。正安の口から喘《あえ》ぐような弱々しい声が漏れた。

「歳寄《ゆい》りねー……誰《た》るやてぃん、矩《かに》はずれるさ……」

それっきり二人の話し声は聞こえなくなった。カジュはカーテンを開けて、何かを訴えたかったが、枕をきつく抱きしめて不安に耐えた。


「そんなこと言っても、ここで魚売らなかったらどこで売るね。あんた、私たちに飯も喰うなと言うのね」

余りの大声に、側を通りかかった人たちが立ち止まり、魚の入った盥をはさんでにらみ合っている体格のいい男とフミを見た。男は通行人の視線に気付くと日焼けした顔に笑いをつくり、何でもありませんよ、という風に手を振った。人の流れは元に戻った。昼下がりといっても一向に弱まる気配のない陽光が、血の混じった赤茶色の氷水の中で途方に暮れたように群青の空を見ている魚の体を刃物のようにギラつかせる。座っているだけで滲み出してくる汗に細かい埃がまとわりつき、首筋や腕がねばねばして、フミのいらいらを余計募らせた。

「そんな大きな声出さないでくださいよ。さっきも言ったようにずっとと言うわけじゃあなくて、たった一日だけなんですよ」

「たった一日って、あんた他人事だと思って簡単に言わないでちょうだい。捕ってきた魚腐らせと言うのね、あんたは。一日でも遊んで暮らす余裕なんかないよ、私たちは」

道の向かい側で列をなして客待ちをしているタクシーの運転手たちが面白そうにフミの大声に聴き耳を立てている。男は、声を落としてくれ、と頼んだが、フミはきかなかった。

「何で私たちがコータイシデンカのために仕事休まんといかんね、ひん？」

男は興奮したフミの矛先を逸らすように、傍で仕事をしている振りをして二人の会話に耳をそばだてている他の魚売りの女たちに呼びかけた。

「おばさんたちもほら、美智子妃殿下は好きでしょう。あんなきれいな美智子妃殿下に何かあったりしたら、沖縄の恥ですよ」

「何て、あんた私たちがミチコヒデンカに何かするとでも言うのね？」

フミはいまにも摑みかからんばかりに盥の上に身を乗りだす。

「いえ、まさかおばさんたちがそんなことするとは言いませんよ。私が心配してるのはですね、ほら前の海洋博の時に、ひめゆりの塔で皇太子殿下と美智子妃殿下に火炎ビンが投げられて、やがて大変しよったことありましたでしょう。沖縄にはおばさんなんかと違って悪《やな》考えする人たちもいますからね。もしかしてですよ、そういう連中がおばさんたちのその包丁奪ってってですよ、突っかかったりなんかしたらですね……」

フミは啞然とした。

「いゃー如《ぐと》ーる者《むん》や、何て?」

余りの話の馬鹿らしさに怒りが込みあげて、思わずまな板の上の刺身包丁を振り上げると、男は「うわっ」と尻餅をついて両手で顔を守った。傍の女たちが急いでフミを押さえ、なだめすかす。フミは包丁を金盥の中に投げ捨てて、鼻でせせら笑った。

「フン、狂《ふ》り物《むぬ》言いばかりして。そんなこと言うんだったら、那覇中の包丁みんな警察に持っていって金庫に入れて番しときなさい」

男は苦笑いしながら立ち上がり、ズボンの埃を払っていたが、道の向こうで笑っているタクシーの運転手たちに気付くと、表情を急変させて鋭い目でにらみつけた。立ち上がると男の体は異様に大きく見えたが、フミは少しもひるまなかった。男は威圧するようにフミを見おろし、それまでとはうって変わって低く脅すような声音で言った。

「え、悪《やな》ハーメー。誰の許可得てここで商売してるか? 吾《わ》んが保健所に一言言えば、こんな腐れ魚、二度と売れんようになるの分らんな?」

「何て……」

フミは言葉を継げずに男をにらみ返した。男はそういうフミを嘲笑《あざわら》うように反り身になると胸ポケットからサングラスを出してかけた。

「また来《ち》ゅー事や、言うし聞《ち》きよ、おばさん」

「悪豚糞《やなうわーくす》や」

フミは手元にあったビニール袋から塩を鷲摑みにして、男に思い切り投げつけた。

「悪警察《やなけーさち》や、あんな好かん者《むん》は居《う》らんさ」

怒りを静められずに、しばらくの間、フミは目を光らせて男の去ったあたりをにらみつづけた。

「フミ姉さん、ちょっと」

すぐ傍で二人のやりとりを心配そうに聴いていたマツが、フミの肩に手を触れた。

「何ね」

フミは表情を柔げると、すぐにいつもの快活さをとり戻して振り向いた。マツは他の女たちの方を時々見やりながら口ごもっている。

「何ね、どうしたの」

「あのフミ姉さん、怒らんでよ。さっきの話を聴いてたんだけど、やっぱり警察の人の言うこときいた方がいいんじゃないかね」

フミは驚いてマツににじり寄った。マツは上目使いでフミを見るとすぐに目を伏せた。

「私たち、ここで魚売るのをやめさせられたら困るさね……。最近、よく保健所の人たちが調べにきたりするからいつも心配してるさ。この間はあれ、新聞にも不衛生って載ってたしね」

その記事が載っていたのは一週間程前だった。ある日、保健所の職員がやってきて、何やかやと質問をして何匹かの魚を持っていったかと思うと、数日後〝夏場は魚の露天売りに注意〟という見出し付きで、フミたちの写真が新聞に大きく載った。

「名前は忘れたけど、何とか言うばい菌が沢山いるってさ」

新聞を手にして喰い入るように読んでいるフミにマツが話しかけると、フミは目を剝いて言った。

「あれなんかに何分るね。私たちは氷もいっぱい買って魚《いゆー》が傷《いた》まないように注意してるんだよ。そんなことあるねひゃ。いつも買ってもらってるあんまーたちに何かあったら大変なことぐらい承知さ。私たちはもう何十年もここで商売してるんだよ。那覇人《なーはんちゅ》は昔から私たちの魚食べてきたんだよ。何で昔も今も魚は同じ魚なのに、今になって不衛生なんて言うね。私たちのは朝捕ってきたばかりの今魚《いまいゆー》だよ、そこらへんの冷凍物よりずっと新鮮さ」

すごい剣幕でまくしたてるフミの言葉に圧倒され、マツをはじめ女たちは皆フミを囲み、どんなことがあってもここで魚を売るのはやめない、と誓い合った。それなのになぜ今になって、マツがそんな弱音を吐くのか、フミには理解できなかった。

「何心配してるね。私は子供の頃から母《あんまー》と一緒にここで魚売《いゆーう》やーしてきたんだよ。誰もやめさせることはできんさ。何であんな男の言うこと恐がるね」

「でも姉さん、警察の人の言うのには逆らわない方がいいんじゃないね」

「何で、おかしいのは私の方ね」

おどおどしたマツの態度が腹立たしくてならなかったが、頭ごなしに叱る気にもなれず、フミは立ち上がると「ちょっと見ててね」と言い残し、平和通りの方へ足早に歩いていった。


変わったね、ここも。フミは平和通りの人混みを太った体で押し分けるようにして歩きながら、これまで何回漏らしてきたかしれない言葉を胸の中でつぶやいた。以前は空いた木箱にベニヤ板を渡して、下着やら鰹節《かちゅーぶし》やら米軍払下げのＨＢＴのズボンやらを山積みにして売っているあんまーたちの声が、両側から威勢よく響き、その中を歩いているだけで胸の奥がうずいたものだった。今でも賑わいは変わらないのだが、聞こえるのはアルバイトの娘たちのか細い声で、それも外国の〝やかましい歌〟にかき消されがちだった。いつの間にか、頭の上には屋根も造られ、にわか雨にあわてて商品を片付ける老女たちを手伝う楽しみもなくなってしまった。けばけばしいカラータイルが敷き詰められた通りは、もう自分が歩く場所ではないような感じがする。〝大安売り！　海産物祭り〟という幟《のぼり》の立った大きなスーパーの前でフミは立ち止まった。ガラスの向こうで動いている買物客たちは、水槽の中の魚のようだった。

「いらっしゃいませ。北海道特産の蟹はいかがですか」

まだ中学生ぐらいにしか見えない色白の娘が、気持ちのいい笑みを浮かべて細い喉で精一杯呼びかけてくる。

「私は糸満特産の魚売《いゆーう》ゃーだよ」

つられて笑いながら心の中でそうつぶやいたフミは、急にやりきれない淋しさに襲われて、もときた方へ引き返した。つい二年程前まで、このスーパーのあるあたりには、ウタをはじめとして敗戦直後から店を出してきた女たちが、外から押し寄せる波に身を寄せあって自らを守っているサンゴのように小さな店を並べていたのだった。戦争で夫を亡くし、女手ひとつで生き、子供を育ててきた女たちは皆、フミより二まわりも三まわりも歳が上だったが、フミは彼女たちの中にいる時が一番楽しく、心が安らいだ。敵に襲われた小魚がサンゴの茂みに潜り込んで身を守るように、何か嫌なことがあるとフミはここに駆けつけ、語尾をはね上げる独特の口調で胸の中に溜まったものをすっかりぶちまけた。

「はっさ、あんたの舌はミジュン小《ぐゎー》が跳びはねる如あるさ」

どこからともなくそういう声が飛び、白い波が砕けるようにさわやかな笑い声が上がる。ここでは、どんなつらいことも笑いに変わってしまうのだった。

フミが中でも特にウタと親しくなったのには、ひとつのきっかけがあった。フミが平和通りから出て農連市場につづく路上で魚売りをするのを母から引き継いで間もない頃、暴力団が四、五名で縄張り料を払えと威しにきたことがあった。日頃は男たちに一歩も引けをとらずに海の仕事をしているフミも、その時はさすがに他の女たちの陰に隠れて震えるばかりだった。そこへ五十過ぎの小柄な老女がやってきて、スカートの前がはだけるのもかまわず胡座をかいてフミの横に座った。

「だー、兄さんたち、何買うね？」

ウタは人のよさそうな笑いを浮かべて男たちを見まわした。

「え、悪《やな》ハーメー。銭《じにぃ》出じゃせーんでいる言ち居《よ》んで」

カーキ色のズボンをはいた三十がらみの男が、ウタの前にしゃがむとドスを効かせて言った。

「何買うって？　だー、あんたなんかにはこれ上げようね」

ウタは平然とした顔でビニール袋にスルル小《(きびなご)》をいっぱい入れると、男の顔の前に突きつけた。

「うせてぃるうぃみ、殺《くる》さりんど、すぐ」

男の手が袋を叩き落とし、陽に焼けた路面にスルル小が飛び散った。遠くから見ていた人たちも思わず首をすくめ、フミは生きた心地がしなかった。

「あいえーな、勿体ない。兄さん、これがどんなおいしいか知らないね」

ウタの声はどこか楽し気でさえある。

「でもね兄さん、スルル小食べようとして人に釣られる魚もいるさ。小さいからといってうかっとは食べない方がいいかもしれんね。あんたはじんぶん有るさ」

「何《ぬ》ーやんでぃ?」

ウタは男を無視して魚を拾い集めた。フミは今にも男がウタの襟首を摑まえて地面に叩きつけそうな気がして、助けを求めたかったが声が出なかった。憎々し気にウタの挙措を眺めていた男は、やがて何事か低くつぶやくと立ち上がり、金盥の中の魚に唾を吐きかけて立ち去った。フミたちに笑いかけるウタの顔には、怒るに怒れない愛嬌が溢れていた。

それ以来、フミはウタに絶対の信頼を置いて、何かあるごとに「ウタ姉さん、ウタ姉さん」と走っていった。ウタが他のあんまーたちと同様に夫を戦争で亡くしていることは以前から知っていた。男一人に女二人の子供を抱えて喰うや喰わずの生活をしてきたことも。フミはウタの訛から山原の人だと気付き、那覇で暮らすのは大変だったろうな、と思ったが、口には出さなかった。ウタは自分の過去についてはほとんど語ろうとしなかった。ただ一度だけ、ウタが戦争中のことを話したことがある。それは長男の義明を亡くした時のことだった。フミはおしゃべりをして帰る時、ふと足を止めて、少し離れたところからかいがいしく働いているウタを眺めながらよくその話を思い出した。そして、くり返し心の中で反芻しているうちに、今ではまるで自分が経験したことのようにまで思えた。

激しい雨だった。洞窟《がま》の入口の方に寝ている義明の所まで霧のような沫がかかってきた。ウタは体に障るだろうと思って奥の方へ運ぼうとしたが、義明はなぜか力無く首を振って嫌がる。むくんで赤ん坊のように深い皺の寄った首の皮膚が捩《ねじ》れて痛ましかった。防衛隊に駆り出された夫の栄吉の消息は全く摑めない。ウタは部落の人たちと一緒に、まだ一歳にも満たない正安を長女のキクに背負わせ、自分は腎臓の悪い義明を背負い、三歳になったばかりの二女のユキエの手を引いて山野を逃げまどった。

洞窟の奥で正安のか細い泣き声が聞こえた。同時に押し殺した男の叱責する声が。心臓が締め上げられたように痛み、ウタは腰を上げかけたが、泣き声はすぐに止んだ。冷たく重い液体が溜っているような静寂が奥の暗がりに戻り、入口に覆いかぶさる木々の葉を打つ雨の音がひとしきり高まった。緑色に染まった光に照らされて、異様に膨れ上がった義明の顔は生きているようには見えない。生まれつき虚弱体質の上に、二年程前から腎臓病も患い、寝たきりの日が多かった。米軍が上陸して家を出る時、暗い予感が脳裡をかすめるのを必死で否定したが、現実は無慈悲だった。洞窟を移動しつつ艦砲射撃から逃げまどう日々、義明を背中からおろし、日増しにむくみが酷くなっていく体に喰い込んだ帯の跡を揉みほぐしながら、ウタは何度も声を嚙み殺して石のような涙を落とした。

今日、なぜか義明は洞窟の入口の方で眠りたがった。二、三日前から身動きすることはおろか、声を出す元気さえなくなっていたのに、今朝はしきりに光の方に首を動かしているのに気付き、ウタは新鮮な空気を吸いたがっているのだ、と思った。他の人々の許しを得て、外から見えないように入口近くの岩陰に身を隠して義明を横にすると、むくみで鼻も詰まっているのか、魚のように口をパクパクさせて雨と木々の匂いのする外気をむさぼる。天井から一滴の滴が額に落ちた。生まれたばかりの雛鳥の目のように腫れ上がった瞼に埋もれて、先だけ見えている睫毛がわずかに動いた。その時、ウタはやっと気付いた。

この子は私の顔が見たかったのだ、と。母親の顔を見るために光が欲しかったのだ、と。だが、光を手に入れても、もう瞼を開く力さえ失われていたのだ。ウタは涙をこらえて、張りつめた薄い皮膚を傷つけないように震える指先を懸命に抑え、人差指と親指で義明の瞼を開いてやった。目やににまみれ黄濁した白目の中に力無く光を放っている薄い茶色の瞳があった。義明の顔にかすかに笑みが浮かんだような気がして、ウタは俯《うつぶ》すと冷えきった体を抱いた。義明が息を引きとったのは、それから一時間も経たない、雨上がりの陽が透明な光を放つ正午頃だった。

フミは歩きながら思わず涙を落としている自分に気付いた。厚い掌で目をこすり大きく鼻をすすった。すれ違う人たちが笑いながらフミを見たが、そんなことには頓着しなかった。この思い出がウタから聞いたことであり、自分の直接体験したことではないということが、信じられなかった。いや、私は確かに腹を痛めて義明という男の子を生み、その子の死を見とったのだ。指先にはまだ義明の瞼の感触さえ残っている、とフミは思った。

「ウタ姉さんの経験したことだもの、何で私の経験したことでないということがあるかね」

そう独りごちたフミは、いつかウタ姉さんが暴力団を追い払ったように、あの刑事を追い払えなかった自分が悔しかった。

ウタ姉さんみたいになりたい。親しく交わるようになればなるほど、フミはそう思った。鷹揚《おうよう》で、人を憎むとか、嫌うとか、そういう気持ちが心に浮かぶことがあるのだろうかと思うほど、いつも人のいい笑いを浮かべている。それでいて暴力団の威しにもひるまないで、冗談を言ってあしらうウタのような人間になりたいとフミは思いつづけた。反面、気性が激しくて、すぐに喧嘩腰で相手をやり込めてしまう自分の性格が嫌でならなかった。

「私も歳とったらウタ姉さんみたいな笑い方できるかね」

ある日、何の気なしにそう言ったことがある。ウタは何も言わずに目を細め、「イヒイヒ」と例の笑い顔で笑うだけだった。

売り場に戻ると、カジュが金盥の前にしゃがみ込んで、真剣な顔でマクブの歯や目に触っていた。

「カジュ、今日は一人ね」

後ろから声をかけると、弾けるように振り向き、虫歯だらけの歯を見せて嬉しそうに笑う。ウタ姉さんと同じ笑いやさ、とフミは思った。

「今日はおばーはどうしたの？」

「家で寝てる」

フミは驚いた。

「何で、どこか悪いのね？」

「どこも悪くはないよ。母ちゃんが今日は家に居ときなさいって言ったから、家で寝てるさ」

「そうね」

フミは気になったが、それ以上訊くことはしなかった。

「そうだ、カジュ。この魚、おばーに持っていってあげてね」

フミは以前よくウタが好んで買っていったグルクンを五匹、ビニール袋に入れてカジュに渡した。

「お金は？」

「いいさ、いいさ。おばーに近いうち遊びに行くからって言ってね」

「うん、どうもありがとう」

片手に魚を下げて、頭を斜めにしてヒョコヒョコ走っていくカジュの後ろ姿を眺めながら、フミは胸の底に何か嫌な予感がこびりついているのを感じていた。


「正安さん、課長さんが事務所でお呼びですよ」

昼の弁当を食べ終え、作業仲間と一緒に休憩所で雑談をしていた正安に、最近入ったばかりの若い女の事務員がドアから顔だけ出して明るく声をかけた。

「何《ぬ》ーやがや」

話を止めて自分を見た皆にそう言って休憩所を出ると、顔や首筋に強い直射日光が小さな昆虫が群がるように降り注ぐ。紫外線に目を傷つけられて、倉庫の前のフォークリフトが溶けたバターの塊のように歪んで見えた。暑さを避けて皆、倉庫の陰で寝ているのだろう。構内で動いているものといえば、船体のペンキを塗り変えている貨物船の船員たちだけだった。

この港で仲士の仕事をするようになってから半年くらいになっていた。長いこと勤めていた建設会社が不況で倒産し、日雇いの仕事を追い求めて三年にもなる。今は昔の友人に紹介してもらって、定期的に港湾で働かせてもらえるので、スーパーにパートに出ているハツの給料を合わせれば、どうにか一家五人喰ってはいけた。しかし、病気でもしたらおしまいだ、という不安にさいなまれない日はなかった。

事務所に入ると、机に座って新聞を読んだり、雑談したりしていた数名の男たちが顔を上げたが、これといった反応も示さずにすぐ元の状態に戻った。冷房が効き過ぎていて、正安は思わず肩をすくめた。課長の大城の姿は見えないので、壁にずらっと掛けられた表彰状を立ったまま眺めていると、さっきの事務員が横手のドアから現れ、「あら」とひとなつっこい笑顔で笑いかけた。

「そこに座られてお待ちになったらいいですのに。今、お茶をお入れします」

正安は傍のソファーに視線を落としたが、中途半端な笑いを浮かべて頭を下げただけで座ろうとしなかった。若い事務員は物珍し気に瞳を動かし、納得したようにうなずくと、ドアの向こうに消えた。そして、すぐに緑葉が目に浮かぶような香ばしい湯気の漏れる急須を手にして現れ、茶碗にお茶を注ぐとソファーのテーブルにていねいに置いた。

「どうぞ、お熱いうちに」

正安は恐縮してぎこちなく頭を下げ、遠慮がちに腰をおろしてお茶を手にした。

「ミヤちゃん、こっちにも」

「自分で入れたら」

声をかけた三十歳位の男にからかうようにそう言って、少女のように細い体を弾ませ、彼女は自分の席に戻った。

いい女子《いなぐ》んぐわやさ、徳田さんと言ったかな。お茶を啜りながら眉の美しい化粧っ気のない横顔にさりげなく目をやっていると、勢いよく奥のドアが開いて、禿げ上がった頭まで日に焼けた大城が、書類袋を手にして出てきた。正安はあわてて腰を上げ、頭を下げた。大城は後から出てきた五十過ぎ位の背広姿の恰幅のいい男を先導し、正安の横を素通りすると表へ出た。それから十分ばかり正安は待たされた。時計を見るともう一時五分前だった。事務所の中では皆相変わらず談笑しているが、現場ではそろそろ作業の準備をしている頃だ。遅れていった時の気まずさを考えて不安になり、正安はしきりに時計を見た。ふいに入口のドアが押し開けられ、大城が一人で戻ってきた。正安が立ち上がって会釈する間もなく、大城はもう目の前に座って開襟シャツの前を開けて胸に風を送っている。

「待たせてすまないね、急に来客があってね」

若い女の事務員がお茶を出しながら大城と正安をチラッと見た。正安は顔が熱くなるのを感じた。

「お母さんは元気かね」

「えっ」

思いがけない問いに正安は口ごもった。

「君のお母さんは、もういくつ位になるのかね」

「はぁ、今年で七十六になります」

「七十六か。ぼくの母よりは二つ上か。あ、三つかな。まぁ、それはいいけど、やっぱり歳をとってくると色々大変だろう」

「はぁ」

正安は訝《いぶか》しそうに大城を見た。

「ぼくの母は最近、少しボケ始めたみたいでね。君のところはどうかね」

どう返事していいか分らなかった。

「いや、実はぼくの友人に県警で働いている奴がいてね。そいつからちょっと聞いたんだけど、君のお母さんのことね、最近平和通りでちょっとした事件があったらしいね」

〝事件〟という言葉が正安を脅かした。事務所の中の皆が聴き耳を立てている。

「事件という言い方は大袈裟だけどね。ま、交番に苦情があったという程度らしいけど、君も聞いてはいるんだろ？」

「いえ、私は何も……」

大城は眉をひそめて、一瞬、険しい目で正安を見たが、すぐに表情を崩した。

「へー、それはどういう訳かな。ぼくはてっきり君の方にも話は行っているのかと思ったけど」

「あの、どういう苦情なんでしょうか」

笑いの下の疑い深そうな大城の視線に正安はひるんだ。

「いや、ぼくの友人の話だと、最近君のお母さんがね、あちこちの店の品物に触って困っているらしいんだよ。汚れた手でね……。ほら、年寄というのはどうもね、排泄の方があたりかまわぬようになってくるだろう。実は、ぼくの両親はまだ何ともないんだが、妹の方が困っているらしいんだ。姑が手で摑んで壁にこすりつけるらしいんだ、あれをね」

皆の目が一斉に自分に注がれた気がして、顔を上げられなかった。

「近頃、ボケて漏らしたりすることがあるのは知ってましたけど、他人にまで迷惑をかけているとは知りませんでした」

正安は嘘をついた。

「まぁ、人間誰でも歳をとるんだから仕方のないことではあるんだけどね。実は今日君を呼んだのは、友人から頼まれた事があってね。こういうことをぼくの口から言うのは何だが、彼の話では、交番の方に何とかしてくれという苦情が絶えないらしいんだよ。まさか、子供でもないからそうそう保護ばかりしている訳にもいかないしね。それで、できたらなるべく人混みには一人で出歩かないようにさせてもらえないか、ということなんだが」

口調は同情的だったが、ソファーに凭《もた》れて悠然と返事を待っている態度には、有無を言わさぬものがあった。断われば仕事はもらえないだろう、と正安は唇を嚙みしめた。

「分りました。なるべく外には一人で出さないようにします」

「その方がいいんじゃないかな。第一、年寄りの一人歩きというのは危ないよ。交通事故にだってあいかねないし、暑い時は脳溢血で倒れたりもするしね。それでだね、今度の水曜日、明後日《あさって》のことなんだけどね」

正安は顔を上げた。大城は露骨に顔をほころばせている。

「その日は特に出さないでくれというんだよ。理由は知っているんだろ？」

「ええ」

「そうか、それじゃあ、よろしく頼むよ。お互い歳をとった親の世話は苦労するな。もっとも女房の方はもっと大変だろうけどね」

大城は時間を惜しむように残り茶を一気に飲み干し、「それじゃあ」と大股で奥の部屋に歩み去った。正安は黙って頭を下げ、事務所を出た。

外の暑さがムッときて、立ち暗みがした。思わずアスファルトに片膝をつき、しばらく眼窩を抑えてから時計を見ると、もう一時を十五分も過ぎている。正安は無理に走って現場に向かった。

「正安さん、正安さん」

その日の日当をもらって事務所を出、門の所へ歩いている正安を昼に「ミヤちゃん」と呼ばれた事務員が呼び止めた。いつもの心をなごませる笑顔と違い、心配そうな眼差しが、午後ずっと塞いでいた正安の胸の奥に染み通った。

「正安さんのお母さん、だいぶお悪いんですか？」

「いえ、まあ……」

「私の祖母も亡くなる前は酷かったんですよ。夜、家を抜け出して大騒ぎになったり、隣近所の物を勝手に持ってきたり。最後は寝たきりになってしまって、私も学校から帰ると母と交代でいつも下の世話だったんです」

正安はぼんやり立ったまま、高校を出たばかりらしい娘の真剣な表情を正視できないでいた。

「こんなこと言うのは失礼かもしれませんけど、私、課長さんの言うことなんか聞く必要ないと思うんです。歩けるうちは歩くことの楽しさを奪ってはいけないと思うんです。寝たきりだった祖母のことを思い出してそう思ったんです。だから……」

正安は深くうなずくとそのままうなだれた。若い事務員はそういう正安を見つめている。

「あの、奥さんに頑張って下さいと伝えて下さい。私、それが一番言いたかったんです」

「あ、ちょっと待って……」

気まずそうに頭を下げて走り去ろうとした娘を正安はあわてて呼び止めた。

「あの、あんたの名前、何て言いよったかね」

「徳村です」

「徳村さん。どうもありがとうね」

娘の顔に飾り気のない笑顔が戻った。正安は事務所に走る後ろ姿を見送り、柔らいだ表情で門に向かいかけて、ふと足を止めた。大城の車はまだ構内に駐車している。正安は事務所に引き返そうとした。だがどうしても足を踏みだせなかった。五分以上もそこに立っていたろうか。正安は大きく息をつくと、自分の影を踏みにじるように踵をめぐらし、バス停に急いだ。

放課後、校庭でドッジボールをして遊んでいたカジュは、下校のチャイムが鳴ったのを合図に、クラスメートのトモやヨシと校門を目差して走った。二人に大きく離されて門を飛び出したカジュの前に、門柱の陰から現れた男が立ちはだかった。カーキ色のサファリジャケットを着たあの男だった。

「やぁ、今から帰るのかい」

男はいつもの馴れ馴れしい態度で笑いかける。カジュは男から目を離さずに後ずさった。先に出て待っていたトモとヨシが、カジュの怯えた様子を敏感に察して戻ってくると、両側からカジュの体にぴったり身を寄せ、男をにらみつけた。

「何も恐がることはないよ。今日は一義くんにご馳走しようと思って待ってたんだから。君たちも一緒にくるか……」

男が最後まで言い終わらないうちにカジュたちは校内に駆け込んでいた。校庭に残っていた生徒たちが、「何か、何か」と走ってくるカジュたちを見た。

「マチコ先生」

カジュは賑やかな数名の女生徒たちに囲まれてやってくる三十を少し過ぎた位のやせた

小柄な女教師を大声で呼んだ。真知子は今にも泣き出しそうな顔を斜めにして走ってくるカジュとその横に付いているトモとヨシ、そして三人の後ろから付かず離れずやってくる色の浅黒い、ちょっと目には体育教師にも見えるガッシリした体格の男を見た。カジュは半ば楽しそうに悲鳴を上げる女の子たちをかき分けて真知子の体にとびついた。

「どうしたの、いったい」

真知子は大きく肩を上下させているカジュの背中をさすりながら、トモとヨシ、そしてサファリジャケットの男に目をやった。

「このおじさんが急に追っかけてきたんだよ」

せわしく息をつぎつぎ、トモが男を指差した。男は二、三メートル程離れたところに立ち止まって、苦笑いを浮かべている。

「何なんですか、あなたは。どうしてこの子たちを追っかけまわしたりするんです」

「いゃあ、ぼくは別にそういうつもりじゃあ。一義くんにちょっと用事があって」

「嘘だよ」

真知子の胸から顔を上げてカジュが叫んだ。

「どういうことなんですか。この子たちに変なことをしようとすると警察を呼びますよ」

「警察か、弱ったな」

男は校庭のあちこちでこちらを注目している生徒たちを見まわし、校門の方へ引き返し始めた。

「待ちなさい。あなたはいったい誰なんです。名のらないと、今すぐ職員室に行って他の先生方を呼んできますよ」

男は足を止め、舌打ちして真知子を探るように見た。真知子の意を察して、トモとヨシが職員室に走った。男の鋭い目が二人を追う。

「別に心配することはありませんよ。ぼくは一義くんのお父さんの正安さんと知り合いの者です。今日は三人で食事でもしようかと思って誘いにきただけですから。じゃあ、一義くん、また次に一緒にご馳走食べにいこうな」

男は職員室からトモらに導かれて男の教師が出てきたのを見てとると、落ちついた、それでいて素早い足どりで校門を出た。怯える子供たちを置いては後を追うこともできず、真知子は他の教師たちがくるのを待った。やがて駆けつけてきた教頭と理科の前原先生が話を聞いてすぐに学校周辺を調べたが、男の姿はすでになかった。

「一義くん、あの男の人は誰なの？」

教頭が何を訊いてもカジュは黙りこくって答えなかった。

「今日はショックを受けてるみたいですから、これくらいにしたらどうでしょう」

真知子の提案に教頭も肯き、子供たちを帰すと職員室に引きあげた。また途中で待ち伏せしているかもしれないからと、真知子はカジュを家まで送るために一緒に校門を出た。与儀公園を通りながら、去年転任してきてカジュの担任になり、家庭訪問に道案内してもらった時のことを思い出した。あの時は真知子の手を引っ張って、公園を通ると近道だよ、とはしゃいでいたのに、今はうつむいたきり顔を上げようともしない。男に対する怒りと疑問が改めてこみ上げてきた。

学校からカジュの家までは五百メートルもなかった。道を渡り、一二階建ての琉大附属病院の建物を見上げて一息つくと、真知子は去年教えられたとおりに玄関横の植込みの陰から保健学部棟との間を通り、さらに看護学校の敷地を抜けて入り組んだ狭い路地に入っていった。

「確かこの径だったよね」

さすがにこの路地のあたりまでくると道順に自信がなくなり、黙って肯くだけのカジュを促しながらどうにか見憶えのあるトタン葺きの家の前に出た。

「ごめん下さい」

ガラス戸越しに声をかけると「はい」と女の子の声が返ってきた。

「あ、マチコ先生」

戸を開けたのはサチだった。カジュと違って人見知りしないサチは、去年の家庭訪問で真知子の顔を憶えて以来、学校で会うたびに駆け寄ってきて、思いつくままに一方的におしゃべりし、最後にいつも「四年になったらマチコ先生のクラスになれたらいいな」と言うのが口癖だった。

「お母さんはいないの？」

「いないよ。まだ仕事から帰ってこないさ。でももう四時過ぎだから来ると思うよ」

近くのスーパーで働いているハツは、忙しくなる前に三〇分だけ家に帰り、大急ぎで夕飯の支度をしてすぐに仕事に戻るのが習慣だった。

「兄にー、また何か悪いことしたの？」

サチは真知子の側でうなだれて立っているカジュをからかうように言った。だが、いつもならすぐに腹を立てるカジュが、今日はそういう素振りさえ見せないので、今言ったことを後悔しながらサチは真知子を見た。

「ううん、カジュはいつも良い子なんだけど、今日は少し変な人がいてね、それで嫌な思いをしたんだよね、カジュ」

真知子は二つ下のサチの方が姉のようにカジュを気遣っているのが、おかしくもあれば頼もしくもあり、自然と口元がほころんだ。

「変な人って、あの色黒《いるくるー》の警察の人」

「警察？　警察って何のことなの、サチ」

「今日、学校から帰る時に校門の所で呼び止められたよ。恐かったからすぐに逃げてきたけど」

「その人どういう格好してた？」

「汚れた緑色の、あれ、アメリカーのトラックの色みたいな上着に、下はGパンだったかな」

〝あの男だ〟真知子は心の中でつぶやくと、思い出すのも嫌だというように顔をしかめているサチの手をとった。

「ねぇ、サチ。どうしてその警察の人たちはサチやカジュにつきまとうの」

「サチだけじゃなくてお家にもくるよ」

「なぜ？」

「よく分らんけど、おばーのことみたいよ」

「おばーのこと？」

真知子は去年の家庭訪問の時、母親のハツそっちのけで話していた老女のことを思い出した。

「この子は生まれた時から体弱くてよ。いつも友だちに泣かされていたさ。学校ではそういうことないですかね？　そうですか、よろしくお願いします……」

余計なことは言うな、と言いた気に、顔を真っ赤にしてひざまづいているカジュを見ながら真知子は、「心配ないですよ。カジュも頑張ってるからね、ねぇカジュ」と言って笑ったが、老女は「でもね、先生」とまた別の話を切り出すのだった。それはどこにでもあるような孫を溺愛する祖母の姿としか映らなかったが、そのカジュの祖母と警察の間にいったいどういう関係があるというのか。

「おばあさんに何かあったの？」

「ちょっと……」

サチは顔を曇らせると、困ったようにカジュを見た。訊かなければよかった、と真知子は思った。

「先生、もういいよ。どうもありがとう」

突然、カジュが怒ったように靴を脱ぎ捨てて部屋に上がった。サチは物問いたげな眼差しで真知子を見たが、真知子も困って、仕方なく「そっとしておいてね」とだけ言い残してその場を後にした。

路地から出て、附属病院の玄関前まできた時だった。真知子は信号を渡ってこちらにくるハツに気付いた。

「一義くんのお母さんじゃないですか?」

声をかけると、物憂げな顔で足元に視線を落として歩いていたハツは、虚をつかれたように顔を上げた。

「ああ、金城先生、どうもごぶさたしてます」

そう言うまでに少し間があった。疲れているみたいだな、と思いながら、真知子はハツの手を引くと植込みの縁石に並んで腰をおろし、学校であったことのあらましを話した。

「警察の男?」

ハツは顔をしかめた。さっきのサチの表情とそっくりだった。やはり触れてはならないことがあるような気がして、事情を詳しく訊くのは憚《はば》かられた。

「しばらくは一義くんを家まで送りましょうか。往復二〇分もかかりませんから、私の方は大丈夫ですよ」

「いえ、先生にそこまでしてもらったら大変です。心配されなくてもいいですよ。水曜日までですから」

「水曜日まで？」

ハツは真知子の視線を避けるようにして肯くと、あわてて腰を上げた。

「どうも、いつもカジュのこと心配してもらってありがとうございます。今日はわざわざ送ってまでいただいて」

「いえ、そんなことは別に」

ハツはていねいに何度も頭を下げて、病院の横手の方へ足早に消えた。

「水曜日か、明後日じゃないの。いったい何のことかしら」

玄関の階段を降り、信号が変わるのを待ちながら、真知子は今の会話をもう一度思い返していた。信号が変わった。真知子は道を渡りながら真向かいに建っている市民会館に目をやった。レンガを城壁のように積み重ねた庇《ひさし》が苔生《こけむ》して落ちついた色合を見せ、縦に走る懸垂幕の白が鮮やかに映えている。

「第××回献血運動推進全国大会——期日、七月十三日、水曜日」

文字を目で追っていた真知子は、「水曜日か」と思わず声を漏らして急いで道を渡りきり、市民会館の階段を駆け上ると、垂れ幕を見上げた。二、三日前に読んだ新聞の記事と一枚の写真が思い浮かぶ。それは、この大会に出席する皇太子夫妻の警備のためにということで、道路沿いの仏桑華やギンネムが無残に刈り取られた写真だった。その時は単に、勿体ない、と思っただけだったが、改めて一緒に載っていた記事を思い出すと、何か不気味な感じがした。新聞には、「過剰警備」に対する弁護士団体の抗議声明として、いくつかの警備の行き過ぎの事例が挙げられていた。中でも数カ月も前から皇太子の通過する沿道の全世帯、事業所等を、警察が情報収集しており、家族構成や勤務先から思想、政党支持の調査まで行われている、という事例は、にわかに信じ難かったが、今日の出来事を考えると、もしかしたら……という気がして、肌寒さを覚えずにいられなかった。

でも、どうしてカジュのおばあさんが警察なんかに……。

そのことが真知子には理解できなかった。

水曜日といっても、何もこの大会と関係あると限ったことではないんだから、私の思い過ごしかもしれない。

心のどこかに不安や後ろめたさを感じながらも、結局、真知子はそう自己納得して学校に戻った。

朝から降ったり止んだりをくり返していた雨は、お昼頃から土砂降りになった。近くの店先に魚を置かしてもらって、フミは傘を広げると、もうウタも顔見知りのあんまーたちも居ないと知っているのに、平和通りに歩き出した。耳がおかしくなるくらいボリュームを一杯に上げて軍歌を流し、雨に濡れそぼった日の丸を掲げて、黒塗りの胴体に菊の御紋をはさんで至誠と書いた右翼の宣伝車が目の前を通り過ぎていく。

今日の一時に皇太子たちは沖縄にくるはずだった。フミの住む糸満には、皇太子たちが廻る予定の摩文仁の戦跡公園や、前に火炎ビンが投げられたひめゆりの塔などがあったから、凄まじい警備が敷かれていた。道路のあちこちに警官が立っていて、今朝、夫の幸太郎の軽貨物で那覇に来る時も何度も検問に引っ掛かり、フミは癇癪《かんしゃく》を起こした。

「はっさ、あんたなんかは何回同じことしたら気が済むね？ 私たちは急いでるんだよ、わじわじーしてふしがれないさ」

色白で童顔の若い警官は、間の抜けた顔をしてフミを見た。車が発進すると、フミは幸太郎に言った。

「悪者達《やなむんたー》や、島小《しまぐわー》だけじゃなくて内地人《ないちゃー》警官まで居るね」

ほんとに、何が皇太子来沖歓迎かね、皆、昔の痛さ忘れて。フミは後続の自動車を無視してノロノロ進んでいく右翼の宣伝車に石でも投げてやりたかった。

宗徳にしてもそうだ。戦争で家族を三人も亡くしているというのに、軍用地料をもらって金回りが良くなったら、自民党の尻追《ちびう》やーして。

昨夜のことだ。区長をしている西銘宗徳が、日の丸の小旗を二本持ってやってきた。

酒でもひっかけてきたのか、赤ら顔をてらてら光らせている宗徳をフミは冷たく見た。

「何ね、これは」

「明日《あちゃー》、皇太子殿下と美智子妃殿下の来《ち》うせーや、やぐとぅよ、諸《むる》ち歓迎さーんでぃいち、配布の有てぃよ」

「何で私たちが旗振やーまでしないといけないね」

「あい、此《く》りや気持ちよ、気持ち」

「何の気持ち？」

「皇太子殿下歓迎するんでぃいゅぬ気持ち」

「カンゲーイー？　えっ、あんたね、戦で兄さんも姉さんも亡くしたんでしょう。よく歓迎なんかできるね。私はあんたのキク姉さんに阿旦葉《あだんばー》で風車《かじまやー》作ってもらったこと今でも憶えてるよ。優しくていい姉さんだったさ。それがどうね。女子挺身隊に駆り出されて、まだ遺骨も見つからないんでしょう。あんた、あんなにキク姉さんに可愛がられてたのに……」

「何《ぬ》ー、戦憎さしや、吾んぬん同物《ゆぬむん》どぅやる。やしが、皇太子殿下がる戦起《う》くちゃんな？　あれとこれとや別《びち》ぬ事《くと》やさ」

「あーあ、別ぬ事や非《あら》ん。あんたが何て言っても私は歓迎なんかしないよ」

フミは旗を鷲摑みにすると庭に投げ捨てた。

「いやー勝手《かってぃ》せー」

宗徳は憤然として門の方に向かった。

「えー、その腐り旗、持って帰りなさい」

フミが怒鳴ったが、宗徳は見向きもしなかった。裸足で庭に飛び出してそれを拾うと、フミは四つ裂きにして便所の中に投げ込んだ。

「あぬ輩《ひやー》は、頭《ちぶる》が禿げたら記憶も剝げて無《ね》んなとさ」

平和通りを歩きながらフミは悔しくて何度もたたんだ傘で地面を叩いた。

そのうち、フミは女ののしり声がどこからか聞こえてくるのに気付いた。声のする方に行ってみると、通りから少し奥まった所に二軒、軒を並べている果物屋の前に人だかりがしている。人一倍好奇心の旺盛なフミは、爪先立って中をのぞいてみた。背の低いフミはなかなか様子を摑めず苛立ったが、太った体で人を押しのけて前に出てみると、泥で汚れたアスファルトの上に転がっている数個のオレンジを四つん這いになって拾い集めている老女と、腰に手を当ててそれを蔑むように眺めているフミと同年輩の女の姿があった。

「ウタ姉さん」

フミは老女に駆け寄り、肩を抱いた。

「え、あんた、どういうつもりね」

女をにらみつけると、女も唇を震わせてにらみ返す。

「どうもこうもあるね。これ見てごらん、これ。汚い手で触られて、もう売り物にならないさ」

女の差し出したバナナの房を見てフミは言葉を失い、あたりに漂っている異臭の正体を知った。路上に膝まづき、両手に持ったオレンジを口に運ぼうとするウタの手を押さえて、手にした物を見ると、それにもべっとりと、白い粒の混じっている黒ずんだ茶色の排泄物が付いている。

「ウタ姉さん」

目の奥が焼けつくように熱かった。

「バナナだけじゃないよ。オレンジもリンゴも、さっきから店の前で品物に触わり触わりするから、何かね、と見てみたら、自分の糞すり付けてあるくさ。わじわじーしてならない」

フミは手荒く涙を拭うと、女ににじり寄った。

「え、あんた、この姉さんが誰だか分るでしょう。ついこの間までこの通りで一緒に店出してたんじゃあないね。そんな言い方はないでしょう。あんたも昔はウタ姉さんに助けられたことあるんじゃないね」

女はさすがに一瞬たじろいだが、すぐに負けじと言い返してきた。

「何ね、あんたは、他人事だと思って。私たちは毎日の売り上げで生活してるんだよ。こんなことされたら食べていけないよ。それにね、この姉さんがこんなことするのは初めてじゃないんだよ。皆、品物の野菜とか、洋服とか、触られて迷惑してるさ。あんたは知らんかもしれないけどね」

フミは何も言うことができなかった。ふと側を見ると、ウタが糞にまみれたオレンジをかじって、口から汁を滴らせている。フミはあわててオレンジを取り上げ、指差して笑っていた大学生風の男をにらみつけると、ウタを抱いて立ち上がらせた。

「私が弁償するさ。だぁ、いくら払えばいいね」

「五千円位かね」

女はぶっきらぼうに答えた。フミは前掛けのポケットをまさぐった。三千円とちょっとしかない。

「うり、残りは明日払うからね」

女は何か言いたそうだったが、差し出された金をしぶしぶ受け取った。

「だー、どきなさい。見世物じゃないよ」

金を渡すと、女の顔を見ようともせずに、フミは見物人たちに当たり散らしながらウタの肩を抱いてその場を離れた。

「姉さん、ちょっと待ちなさい」

通りに出て二、三〇メートルも行った頃、後ろからさっきの女が声をかけてきた。

「何ね、残りは明日払うって言ったでしょ」

「違うよ、そんなことで来たんじゃないよ」

フミの言葉に女はしょげたような顔をした。

「うり、これ返すさ」

女の差し出した金をフミは押し返した。

「さっきは私も頭にきていて物分らなかったさ。私もウタ姉さんを憎んであぁ言ったんじゃないよ」

「分ってるよ」

フミは肯いた。だが怒りは去らなかった。それはこの女に対する怒りではなく、摑み所のない、何かもっと大きなものに対する怒りだった。

「いいよ、そのお金はあんた取っときなさい」

フミはウタの歩調に合わせてゆっくり歩き出した。肉付きは豊かだが、上背は人並よりずっと小柄なフミの腕の中にさえ入ってしまう程、ウタの体は小さくなってしまっている。平和通りを出ると雨はまだ降りつづいていた。フミは傘を開き、顔をしかめて露骨に好奇の目を向ける人々の容赦ない視線からウタを守って歩きつづけた。

皇太子ご夫妻来沖　犬山知事らが出迎え
警備陣の厚い壁と雨模様のなか、皇太子ご夫妻が十二日午後一時、全日空特別機で来沖した。今回の来沖は、日本赤十字社名誉副総裁として十三日午後一時半より那覇市の市民会館で開かれる第××回「献血運動推進全国大会」へのご出席が目的だが、その間、糸満市摩文仁の国立沖縄戦没者墓地、沖縄平和祈念堂、ひめゆりの塔の参拝のほか、県赤十字血液センターなどを訪問する。
皇太子ご夫妻の来沖で、この日の那覇空港、摩文仁戦跡公園、沿道は五十三年の「7・30（交通方法変更）」以来の厳重警戒体制が敷かれ、献血運動推進全国大会では他県では例を見ない緊迫した空気に包まれた……ご夫妻はしばらく貴賓室で休憩したあと護衛車を先導に一路南部戦跡へ。空港を出ると、八年ぶりに県民の前にお姿を見せられたご夫妻に沿道を埋めた住民の目が一斉に注がれた。人垣が大きく揺れ、歓迎の小旗がはためくそのそばで、群衆をにらみながら直立不動の姿勢をとり続ける警察官。小禄の自衛隊基地前では、陸・海・空の自衛隊員らがフェンス沿いに並び、ご夫妻の車に一斉に敬礼。県内で、自衛隊が皇族歓迎の意を積極的に表明するのはかつてないことで、数百メートルにおよぶ制服の列は厳粛の中にも異様なひとコマを見せた。

　糸満街道でも歓迎の人波は絶えず、ご夫妻の車列が姿を現す前から住民が沿道を日の丸の小旗で埋めた。ご夫妻は、車中でお顔をほころばせ、小刻みに手を振っては歓声にこたえていた。

　南部戦跡では国立戦没者墓苑、沖縄平和祈念堂を参拝。さらに、元沖縄師範女生徒、職員ら二百二十四人を合祀したひめゆりの塔を参拝、戦死した乙女らのめい福を祈った。

「戦争であれだけ血を流させておいて、何が献血大会か」

　正安は新聞を叩いて四つ折りにすると畳の上に投げ捨てた。音量を絞ってテレビを観ていたカジュとサチが、怯えたような眼差しを自分に向けているのが忌々しかった。

「何時までテレビ観てるか。早《へー》く寝《に》んべー」

　正安はわざと酔っているように見せかけて乱暴に言った。二人はすぐにカーテンの陰に姿を隠した。食器を洗っていたハツが手を止めて正安を見ている。

「何《ぬ》ーが、悪目付《やなみーち》きしち、言い欲《ぶ》さる事有いねー言え」

ハツは水道をひねり、食器をゆすいだ。

目の端にぼんやりと緑色の影が映る。正安は目を閉じ、手探りで泡盛のコップを手にした。ウタの部屋の戸に緑色のペンキが塗られた真新しい掛け金が取り付けてあった。さっきからどんなに避けようとしてもそこに目がいってしまう。

昨日、会社から帰る途中、さんざん迷った揚句、正安は金物屋に寄った。ウタを家から出すなと言われても、昼は誰も見る人が居ない。残った手段はそれしかなかった。バスから降りると、附属病院前の舗道を歩きながらポケットの中の金属をまさぐり、何度も捨てようとした。しかし、できなかった。市民会館に目をやると〝献血運動推進全国大会〟と大書した垂れ幕が風にはためいている。大声で喚《わめ》きながら幕を引き裂いている自分の姿が目に浮かんだ。吾んや、何《ぬ》んする事《くとー》ならん。正安はポケットの中の掛け金を握りしめ、逃げるように家路を急いだ。けれども、いざ家に着いてみると、やはり掛け金を取り付けることはできなかった。

ハツはまだ食器を洗っている。水音と食器のぶつかる音が神経を掻きむしるようだ。

「え、なー何時と思うか。残《ぬく》いや明日《あちゃー》せー」

ハツは水道を止めると、手を拭きながら急ぎ足で正安の前を通り、子供部屋のカーテンをめくって中に消えた。

「平和通りでちょっと……」

スカートから滴の滴る泥まみれの犬のように哀れなウタをフミが連れてきたのは、お昼頃だったらしい。フミはウタを湯に入れて着替えさせると、三時頃サチが帰ってくるまでウタの枕元に座って小声で何か話しかけていたという。帰宅して、サチと隣近所の女たちから聞いたことをごっちゃに話すハツの話を聞いた正安は、ウタの部屋の戸を開け放ち、隅でうずくまっているウタの肩を荒々しく揺さぶった。

「ええ、おっ母。正気なてぃとらせよ。何《ぬー》があったんばーが？」

「あんた、やめて」

ハツが叫ぶ。

「ええ、おっ母よ」

「ミカンや何処《だー》に持《む》っち行じゃが？」

「はぁ？」

「ミカンよ。早《へー》く義明に食《か》まさんねーならんしが」

正安は手を放し、呆然とウタを見た。

「義明やミカン上戸《じょーぐー》やくとぅよ、早《へー》く持《む》っち行かんねーならん」

ウタは四つん這いになって畳の上を這いずりまわり、ミカンを捜している。ハツと戸の側から顔をのぞかせたカジュとサチが、二人を見守っている。

「おっ母、義明やなー四〇年前《めー》に居《う》らんなたせー」

正安は後ろからウタを抱き起こした。

「嘘物言《ゆくしむぬいー》すな、義明やなま山原ぬ山ぬ中居《う》てぃ吾ん待っておる」

ウタはむずがった。ハツが入ってきてウタをなだめすかし、横にならせた。ウタが寝入ると、正安はドライバーをとってきて、戸に掛け金を取り付け始めた。

「あんた」

「何も言うな」

吾んにやこうすることしかできない。正安は自分に言いきかせた。戸を閉め、掛け金をはめ、とれないように頭を曲げた五寸釘を差し込もうとした時、ハツが腕にすがりついた。

「はずれやしないよ、あんた。それだけはやめて」

正安は手にした五寸釘を見つめていたが、ゆっくりとそれをテレビの上に置いた。

ハツは子供部屋に入ったまま出てこない。サチか、カジュか、どちらか、あるいは二人一緒にかすすり泣く声が聞こえた。正安はふいに怒りに駆られて空の三合ビンを振り上げた。だが、ビンは力無く畳の上に落ちた。正安はゆらゆら立ち上がり、蛇口に縋りついて水を飲み、掛け金に目をやると溜息をついて寝間に入った。


「坊や、学校は？」

時間がくるまでの隠れ場所を捜していると、後ろから走ってきたジョギング姿の男がいきなり声をかけた。カジュはすぐに公園の出口に走った。途中、後ろを見ると、男は軽く足踏みしながらこちらを見ている。カジュは角を曲がって、植込みの陰から男が走り去るのを確かめ、周囲に気を配りながら近くにあった榕樹の樹に登った。固い艶やかな葉の間から与儀十字路側の入口に建てられた銀色のポール上の時計を見ると、十二時三〇分を少し過ぎている。真っすぐ目をおろすと、サルビアの花が遠目にも鮮やかに燃えている傍で、一人の制服警官があたりを見回しながらトランシーバーで交信していた。そこから市民会館側へ四本の榕樹の大木が並び、枝をからみ合わせて緑の壁を造っている。その下のベンチには、いつも数名の老人が日がな一日座っていた。今日も杖に顎をのせたり、白いタオルで顔を覆って仰向けになったりして、思い思いの格好でぼんやり時間を潰している。その前を一人の警官が通りかかった。ちぢみのシャツにステテコ姿の頭の禿げた老人が、手を振って警官を呼びとめようとしたが無視されて、泣きたいのか笑いたいのか分らない顔で左右の老人に話しかけた。が、二人ともイスの背に凭れて眠っているらしく、口を大きく開けて身動きひとつしない。警官はといえば尻のあたりに一所懸命振っている尻尾でもありそうな位、勢い込んで何事か上官に報告している。その警官が目一杯きびきびと敬礼しようとして帽子を飛ばし、あわてて拾って怒鳴られてから元の部所に戻ろうとするところを禿げの老人が「え、えええ」と再び声をかけた。まだ二十歳そこいらの警官は、上官に聞こえないように「ゆんかしまさぬひゃ、悪爺《やなたんめー》」と通り過ぎざまに言った。老人はいかにも嬉しそうにとろとろ笑うと、側の二人に声をかけたが、二人は相変わらず鳥が巣でも造りそうな位、大きな口を開けて眠りこけている。

昨日のニュースで、市民会館での式が始まるのは一時半だと言っていた。カジュはコータイシデンカとミチコヒデンカが来るのは三〇分位前だろうと考え、四時間目の授業が終わると給食当番をスッポかして校門を出た。

学校前の歩道はすでに人が集まり始めていた。気の早い老女が手に日の丸の小旗を持って、ガードレールから身を乗り出すようにして道路の彼方を眺めている。公園の方向に走り、与儀十字路の陸橋を渡ろうとすると、階段の上り口に立っていた甲虫の化物のような大男がカジュの前に立ちはだかった。薄曇りの空から漏れる陽光を受けて鈍く光るジュラルミンの盾を前にした男は、濃紺の乱闘服に身を固め、四角い大きな顎にヘルメットの紐をきつく喰い込ませてカジュを見下ろした。

「お、お家に忘れ物取りに」

あわてた素振りを見せないように努力したが、膝の震えを抑えられなかった。

「そう、でも今日はこの歩道橋、四時まで渡れないんだよ」

「でも、この歩道橋を渡らないとお家に帰れないよ」

カジュはわざと泣きそうな顔をして見せた。

「小隊長どうしましょう」

大男の機動隊員は困ったように笑うと、白い指揮棒を手にして階段の踊り場から道路を睥睨《へいげい》していた色黒の中年男を呼んだ。

「笑い顔を見せるな」

男は叱声を浴びせ、カジュに一瞥《いちべつ》をくれた。カジュは体がすくんだ。

「子供か、向こうの横断歩道を渡らせろ」

男は有無を言わさぬ口調でそう命令し、双眼鏡で道路を見渡す。カジュは大男の機動隊員が指差して教えてくれた方へ走った。沿道の人を押し分けて横断歩道を渡ろうとすると、今度は制服警官に呼び止められた。

「忘れ物を取りに」

今度はさっきより落ちついてそう告げると、警官は「早く渡りなさい」と手で合図した。道路に飛び出したカジュは、中央まできて何気なく左右を見、思わず足を止めて「あっ」と小さな叫びを漏らした。交差点から市民会館の前まで二〇〇メートル以上にわたって、道路の両側に青灰色の制服制帽の警官が等間隔で列をなして並んでいたのだ。カジュは一瞬、映画の中にでも飛び込んだような気がして、寒気を覚えた。

「急いで渡りなさい」

警官たちの目が機械仕掛けのように一斉にこちらを見る。カジュは笑っている人垣に突っ込むと、公園の鉄柵を飛び越えた。

「何か」

ふいに無精髭を生やした男の薄汚れた顔が目の前に現れた。カジュはあやうく男にぶつかるところだった。クロトンの植込みの陰に身を隠すようにして、地面にダンボールを敷いて座っている男が探るようにカジュを眺めまわしている。側には週刊誌や菓子袋が散らかり、口が開きっ放しになって中から懐中電燈やタオルがのぞいている手提げの紙袋が放ってある。

「子供か」

男はつぶやくと、ダンボールの上に仰向けに寝転がり、胸ポケットに入れた小型ラジオからイヤホーンを取り出して耳にあて、うるさそうに手でカジュを追い払った。カジュは、指先でリズムをとっている男の枕元を足音を忍ばせて通り過ぎ、植込みから出てグランドの方に走った。そして、水道の水を貪ってひと息つき、金網の側を歩いているところをジョギング姿の男に呼び止められたのだった。

カジュは幹が四つに枝分かれしている間に身を潜めて、あたりの様子に注意を払いながら時計を見つめていた。乱闘服姿の機動隊員が二人、大股で側を通り過ぎた。カジュは息を殺して、固い編上げ靴の底がアスファルトを踏み鳴らし、通り過ぎていくのを見送った。ひめゆり通りで車両検問を行っている警察の吹き鳴らすベルが聞こえる。横を見ると道路は大混雑している。時折鳴らされるクラクションの音にかぶさるようにして、背後から威圧的な爆音が近付いてくる。カジュは榕樹の葉の切れ間にのぞく、沈鬱な灰色の空を見上げた。よく見馴れた米軍のくすんだ濃緑色とは違い、水色にオレンジの太いラインの入った小型のヘリが、低空で頭上を疾駆していった。

急にカジュは朝から考えてきた計画を実行に移すのが恐くなった。今朝家を出る時、ウタの部屋の戸の掛け金にもう一度目をやって、カジュは、おばーをこんな目に遭わせたあいつらに必ず復讐してやると誓った。「あの二人さえ来なければ……」胸の中で何度もこの言葉を繰り返した。授業なんか耳に入らなかった。何とかして、あの二人がやろうとしていることを邪魔してやりたい。だが、そのためのいい方法をカジュは考えることができなかった。しかし、あるひとつのことだけはやれそうな気がした。それは、二人を迎えるために沿道で日の丸を振っている大人たちにまぎれて車を待ち受け、二人の顔に思いきり唾を吐きかけてやることだった。

　時計の針が一時を指した。カジュは榕樹の木からとび降り、公園の出口に走った。

「え、あんた幾つになるね」

　いつものように魚を前に胡座をかいて客を呼んでいたフミは、暑さにまいって近くの自動販売機から缶ジュースを買ってくると、朝からずっと傍に立っている若い制服警官にひとつ差し出した。どう見ても二十歳そこそこにしか見えない背のひょろ長い警官は、手を後ろに組んだまま、鼻の頭に汗を浮かべて平和通りの入口あたりを見つめている。

「何で遠慮しなくていいよ。あんたも朝から立ちっ放しで暑いでしょう」

「勤務中ですから」

　警官は前方から目を離さずにつぶやいて、軽く頭を下げた。

「はっさ、そんな固いこと言わないでいいさ。私の部落の駐在の桃原巡査なんか、よくキンムチュウ、キンムチュウと言いながら、桟橋で缶ビール前《めー》なして、魚釣りしてあるくよ。うり飲みなさい」

　警官は大きな喉仏を動かしたが、とろうとはしなかった。フミは唇を尖らせて腰をおろすと、魚の上に角氷をかぶせた金盥に余分の缶ジュースを放り、ピシッと自分の缶を開けて続けざまに三口飲んだ。

「はー、おいしい。命薬《ぬちぐすい》だねぇ。でも、あんたなんかも大変だね、こんな暑いのに要らぬ心配して。え、少しは休んだ方がいいよ。余り太陽《てぃだ》に照られると脳膜炎なるよ。沖縄にはそんなに悪者《やなむん》いないさ。そんなに心配するんだったら、何でわざわざコータイシデンカなんか沖縄に呼ぶかね」

　警官は聞こえない素振りで、いよいよ体を固くして立ちくんぱいしている。その格好がおかしくて、フミはつい声を出して笑った。

　今朝、仕事を始めて一時間も経った頃だろうか。突然、パトカーが一台フミの前まで来て止まると、中からこの制服警官が降りてきて、フミから二、三メートル離れた所に立った。魚をおろしていたフミは、不審に思って走り去るパトカーを見た。すると、後部座席で首を振ってこちらを見ているのは、あのサファリジャケットの男である。

「私を監視するつもりだね」

　拳を振り上げて地団太踏み、警官を追及したが、警官は背の低いフミの頭越しに平和通りの方を見たまま相手にしようとしない。しまいにはフミも青二才《おーじゃーにーせー》相手に怒るのが馬鹿らしくなり、無視して商売に精を出すことに決めた。

　だが、いつもに比べて売れ行きは悪かった。それは、傍で警官が立哨しているせいもあったろうが、何よりも、今日商売に出ている魚売り《いゆーうやー》はフミ一人だったからだ。

今朝、いつものように幸太郎が漁から戻ってくると、フミは水揚げした魚を盥に分け、街へ出る用意を整えてマツの家に寄った。

「フミ姉さん、今日は私、那覇に行くのはやめようと思うさ」

「何でね」

フミの追及口調にマツはすまなそうに目を伏せた。

「今日は沖縄市あたりを回ってみようと思うさ。たまには中部まで足伸ばしてもいいんじゃないかと思って」

「あの男に言われたのが恐いからね」

「そうじゃないけど……」

「嘘言わなくてもいいさ。保健所に圧力かけられたら困るのは私も一緒さ。たしかに、私もコータイシデンカが沖縄に来るのは許せんよ。私のお父も兄さんも、テンノーのためにって兵隊《ひいたい》に引っ張られて戦で殺されたさ。テンノーでもコータイシでも、目の前にいたらビンタ撲《は》ってあげたいよ。でもね、いくらそう思ったからといって、まさか包丁で傷つけたりするね。あれなんかも人間だよ。それをあの男はこの間私に何と言ったね。あんたも側で聞いてたでしょう。オバサンハソウシナイカモシレマセンケド、誰カガ、オバサンノ包丁ヲ奪ッテヤルカモシレナイデショウ、そう言ったよ、あの腐れ者《むん》は。誰が自分の大事な包丁をそんなことのために使わすねーひゃ。そんな道理の通らんこと聞いたら、余計、あれなんかつけ上がらすんだよ。私は絶対行くよ」

フミはまくしたてたが、マツは「すまないね、姉さん」とくり返すばかりだった。それ以上何も言うことができずに、フミは他の女たちの家を回ったが、返ってくる答えは皆同じだった。

「悪腐《やな》り警察《けーさち》や」

朝から何度も腹の中でくり返してきた言葉が、思わず口をついて出た。傍の警官が今の言葉を確かめようとでもするようにフミを見る。フミは汗みずくの真面目ぶった顔がおかしくて、手を打って笑うとわざと声をはり上げた。

「え、兄さん。私がもっとまっとうな仕事を捜してあげるから警察《けーさち》なんかやめなさい。まだ若いんだから勿体ない」

立ち上がって尻の埃を叩き、フミは金盥に氷を足して不敵な笑いを浮かべながら憤然とした様子の若い警官に近付いた。相手はひるんだのか少し後ずさった。フミは警官の顔に自分の赤く日焼けした顔をくっ付けるように背伸びして囁く。

「え、兄さん、今、何時ね?」

警官はどぎまぎして腕時計を見た。

「じゅ、一二時五五分です」

「そうね、あそこの食堂の時計は、兄さんのより五分位早いみたいね。もう一時になっているさ」

警官は何のことか分らないまま、ついフミの指差した方を見た。

「兄さん、この魚見といてね。あんただったら安心さ」

驚いて振り向くと、フミはすでに与儀公園の方へドシドシと歩いている。

「ちょっ、ちょっと待って下さい」

「包丁盗られんように、しっかり番しときなさいよ」

フミは生きのいい笑い声を上げ、手を振って雑踏にまぎれた。


「遅いね、まだ来ないのかね」

カジュの横でさっきからしきりに周囲の人に時間を訊いていた老女が、じれったそうにガードレールから身を乗り出して道路の向こうを見た。

「もう一時十分ですけどね」

作業服姿の男が腕時計を見て、うんざりした顔で首筋の汗を拭っている。昨日の大雨の余波で酷く蒸し暑い。カジュは口の中に溜った唾を嫌な臭いをたてているアスファルトの路面に吐き捨てた。さっきからそうやって舌をクチュクチュやって唾を溜めては、何か的を見付けて吐き捨てることをカジュはくり返していた。昼休みも終わりだというのに、道路の両側はOLや会社員風の若い男女も含めて、日の丸の小旗を手にした老人や妙にめかしこんだおばさんたちなどで人垣ができている。さっきの甲虫の化物のような機動隊員は、相変わらず向かいの陸橋の下に突っ立っている。その男ばかりでなく、道路や街角のあちこちに甲虫の化物は立っていた。さらに陸橋の上には、普通の人と同じ格好はしているが、目付きの鋭い男たちが十数名もトランシーバーで交信しながら下を見張っている。近くのビルの屋上にも目ぼしい所は警官が立ち、目を光らせている。中にはムービーカメラで周りの状況を撮っているのもいた。カジュはそれらを物珍しく眺めながらも警戒を怠らなかった。あいつらの車が来たらガードレールの切れる横断歩道の所まで素早く移動し、警官の間をすり抜けて、飛び出しざまに思いきり唾を吐きかけてやるつもりだった。

ふと、遠くの方で歓声が聞こえるのに気付いた。周囲の大人たちも色めきたっている。歓声はゆっくりと大きくなり、近付いてくる。陸橋の下の機動隊員たちの盾が、水中で翻る魚のように光を放った。上の方では私服刑事たちが一斉にカメラを構え、何名かが階段を駆け降りていく。いきなり歓声は障壁を破って交差点を襲い、それまでうなだれていた日の丸の小旗が、我れ先にと狂ったように振られる。トランシーバーを耳にあてていたあの機動隊の小隊長が白い指揮棒を上げた。

「あ、来た、来た」

横の太った中年の女がけたたましい嬌声を上げる。カジュはガードレールに足を掛けると、路上に斜めに身を乗り出した。サイドランプを点滅させて二台の白バイが鋭く交差点を曲がり、パトカーに続いて三台の黒塗りの高級車がカーブを切る。

「後ろに退がって下さい」

車道に立っていた制服警官が、両手を横に広げて人波を押し返した。後ろから押されて、危うく車道に落ちそうになったカジュは、必死でガードレールにしがみつきながら、近付いてくる車を見た。一台目には険しい眼光で人垣を見つめている精悍な男たちの顔があった。そして、二台目の車の後部座席に、カジュは目の腫れぼったい青白くむくんだ男と女の顔を見た。すぐにガードレールから降りようとしたが、人垣はどんどん後ろから押してくる。太った女の腹を肘で押しのけ、やっとの思いで人垣を出ると、その背後を市民会館の方へ、カジュは斜めになった頭を振って全力で走った。走るカジュの横でさんざめく日の丸の小旗の乾いた音と歓声が、うねりながら先行する。必死でそれを追い越そうとカジュは走る。人垣の上に漏れるパトカーの屋根の赤い光に置いていかれそうになり、カジュは必死に走って横断歩道の所までくると、急角度で人垣に突っ込んだ。

「あ痛っ、何ねこの子は」

腰を肘で打たれて女が悲鳴を上げた。カジュは無我夢中で大人たちをかき分け最前列に躍り出た。パトカーに続いて、一台めの黒塗りの車が目の前を通り過ぎる。カジュは口を尖らせた。道路の向かいに、驚いた表情でカジュを追い払う仕草をしているサファリジャケットの男の姿があった。カジュの胸に冷たいサイダーのように笑いの泡がこみ上げてくる。二台目の車がきた。後部座席の二人の顔は、ハツのとっている婦人雑誌のグラビア写真よりもはるかに老け、鮮度の失われた烏賊《いか》のように青白くむくんだ頬に笑い皺が寄り、土偶のように腫れぼったい瞼の間の細い目から弱々しい光が漏れている。カジュのすべての神経が目と口に集中し、全身に鳥肌が立つ。カジュは思い切り一歩を踏み出した。次の瞬間、カジュは後ろから激しく突き飛ばされて路上に転がった。歯の折れる音が頭蓋に響き、金緑色の光が飛び交う中を猿のような黒い影が走る。カジュは死に物狂いで起き上がり、叫んだ。

「おばー」

それはウタだった。車のドアに体当たりし、二人の前のガラスを平手で音高く叩いている、白と銀の髪を振り乱した猿のような老女はウタだった。前後の車から屈強な男たちが飛び出し、ウタを引きはがすと、あっという間に皇太子夫婦の乗った車をとり囲んで身構えた。路上に投げ出され、帯がほどけて着物の前もはだけたウタの上に、サファリジャケットの男やさっき公園でラジオを聴いていた浮浪者風の男が襲いかかる。両側から腕をとられながらも、ウタは老女とは思えない力で暴れまくる。カジュは口から血と涎《よだれ》を流して立ちつくし、泣き喚きながら抵抗するウタを見た。蛙のようにひろげてバタバタさせている肉のそげた足の奥に、黄褐色の汚物にまみれた薄い陰毛があり、赤くただれた性器があった。

「あがー」

サファリジャケットの男が、手の甲を嚙みつかれて悲鳴を上げた。アスファルトに落ちた入歯が踏み砕かれる。ウタは男にしがみついて放そうとしない。男の拳がウタの顔を打つ。

「ウタ姉さんに何するね」

制止する警官を振りほどいて、フミが刑事どもに体当たりを喰らわせる。フミの力強い怒号やけたたましい悲鳴があたりを揺るがせ、くもった空に一直線に放たれた火の矢のように、人垣の中で高らかに指笛が上がる。同時にカジュの背後で目の前の混乱とは不似合な淫靡《いんび》な笑いが漏れた。それは低い囁きの胞子をまき散らし、たちまちあたりに感染していく。誰かが車を指差す。停車していた二人の乗った車があわてて発進する。カジュは、笑い顔をつくることも忘れて、怯えたようにウタを見ている二人の顔の前に、二つの黄褐色の手形があるのに気付いた。それは二人の頬にぺったりと張り付いたようだった。人々の失笑を不審に思ったのか、助手席に居た老人がスピードの落ちた車から降りると窓を見て青ざめ、大あわてでハンカチで窓を拭いた。だがハンカチだけでは足りず、品の良い老人は車と一緒によたよた走りながらタキシードの袖で糞を拭いた。黒塗りの高級車は笑いとふくよかな香りを残して市民会館の駐車場に消えた。

ウタとフミは道路の向こう側に連れ去られた。カジュは後を追おうとしたが、警官に捕まって歩道に出された。涙と血と汗と涎に汚れた顔を肩口で拭いながら、興奮が冷めやらない人波をぬって、渡れる所を捜して陸橋の所までくると、あのサファリジャケットの男が、陸橋の上で今にも泣きそうな顔をしてトランシーバーに頭を下げている。男はカジュに気付くと、橋桁《はしげた》から身を乗り出して怒鳴った。

「お前が連れてきたんだな」

カジュは男が階段を駆けおりてくるのを見て、人混みにまぎれ、公園に駆け込んだ。そして、市民会館を大きく迂回して家に戻った。

ウタの部屋の戸は、掛け金がねじ切れ、ねじ釘が飛び出したまま斜めに傾《かし》いでいた。そっと手で押すと、ギィッという痛ましい声を上げ、釘が落ちた。カジュはそれを拾い上げた。薄暗い家の中で、どこから漏れてくるのか一筋の光を受けて、真新しいねじ釘は怒りに狂う動物の歯のように鋭く光っている。カジュは尖ったその先を自分の腕に突き刺し、縦に傷をつけた。熱く滾《たぎ》った憎しみが体から吹き出す。カジュは力の限り戸を殴りつけると、ふいに襲ってきた笑いの渦に体を震わせ、溢れる涙をはじきとばした。

皇太子殿下のおことば（要旨）

沖縄県で開催される大会に臨むことを誠にうれしく思います。沖縄は献血率が全国平均を大きく上回り誠に心強い。その陰には本日表彰を受けた方々を始め献血運動を推進してこられた関係者のたゆみない努力があったと思います。心から敬意と感謝の意を表したい。「ぬちどぅたから」、命こそ宝と琉歌の一節に歌われているように命はかけがえのないもの。献血によって救われる多くの命のことに思いを致し献血運動が一層進められていくことを願っております。

路地に面したガラス窓から差し込む朝の光に、枕元の目覚まし時計の蛍光色が弱まる。郵便受けに新聞の入る音が、壁板一枚を隔ててカジュの耳元でする。夢現《ゆめうつつ》にその音を聞いていたカジュは、少し経って、あわてて起き上がると時計を見た。五時四〇分になっている。眠るまいと決めて、四時頃までずっと起きていたのだが、いつの間にか寝入ってしまっていた。カジュは横に寝ているサチを起こさないようにそっと床を出ると、居間と子供部屋を仕切っているカーテンをめくった。

飯台の上に昨夜父の飲んだ三合ビンと湯呑みが、片付けられもせずにのっている。カジュは襖に耳を当て、両親の部屋の様子をうかがった。扇風機の回る低い音と、正安の時々詰まって引っ掛かる苦しそうな鼾《いびき》が聞こえる。正安は酒を大量に飲んだ夜はいつもそういう不規則な鼾をした。カジュは少しのことにも悲鳴を上げる床板を慎重に選んでウタの部屋の前に立った。何もかもが古びてくすんだ色合の薄暗い家の中で、芽ぶいたばかりの若葉のように艶やかな緑の掛け金は美しくさえ見え、それが憎らしかった。頭の部分を直角に曲げた五寸釘が、鈍い光を放っている。ただ差し込んであるだけなのに、どんな複雑な鍵よりもはずすのが困難な気がした。

昨日、警察に迎えにいった両親と一緒にウタが帰ってきたのは、夜も十時を過ぎてからだった。ウタは体を洗ってもらったらしく、小ざっぱりとした格好をして、目をせわしなく動かし、正安とハツに両側から抱えられてゆっくりと路地を歩いてくる。バラック屋のあちこちから出てきた人たちが、どう迎えたものやら困惑した顔で見守っている。

「ウタ姉さん、よくやったさ、よくやった」

いつも苦情ばかり言っている隣のマカトが、目をしばたたいて甲高い声で言った。正安は一瞬、怒ったような険しい目でマカトを見たが、すぐに目を伏せて唇を噛み、ウタを引き立てた。ハツはマカトに頭を下げた。その顔には、涙とともに抑えがたい笑いが浮かんでいた。ウタはこの小さな路地を通るのが初めてのように、物珍しそうな表情であたりを見まわしている。カジュとサチは表に出て、三人が歩いてくるのを待った。正安たちが家の前までくると、二人は後ろから支えてやろうとウタの腰に手を当てた。

「かしまさぬ」

正安がサチの手を邪慳《じやけん》に払った。サチは泣き出しそうな顔になりながら悔やしそうに正安を見上げた。

「子《くわー》の面《ちら》も分らん者《むん》ぬ、コータイシの面《ちら》ぬ分るんな」

正安は吐き捨てるように言った。ウタは玄関にしゃがみ込むと家に上がるのを拒んだ。正安はむずがるウタを引きずるようにして裏座に連れていき、荒々しく戸を閉めた。ハツはカジュとサチを抱いて、正安の乱暴な振舞いを怯えた目で見守った。正安は迎えにいく前に直しておいた掛け金をかけた。そしてテレビの上の五寸釘に手を伸ばすと、掛け金にはめようとして手を止め、うつむいた。やがて五寸釘は小さな音をたてて掛け金の穴に滑り落ちた。

カジュは息を深々と吸った。朝の冷気には木々の匂いが混じっているような気がし、カジュは勇気づけられた。思い切って五寸釘を抜く。それは湖の底に落ちていたように冷たく、火照《ほて》った掌に気持ちよかった。掛け金をはずし、戸を開けると大きく軋み、塩の結晶のような音の破片が目覚めたばかりの敏感な皮膚に刺さる。カジュは耳をそばだてた。大丈夫だ。

雨戸の閉めきられたウタの部屋は、まだ闇に閉ざされていた。それでも、目が馴れてくると雨戸の板の割れ目から漏れてくる光の中に、ウタのひからびた鳥のように細い脚が、くの字に折れ曲がって二つ重なっているのが見える。その朽ちた木の枝のような脚を見つめていたカジュは、踝《くるぶし》のあたりに何か黒い物が動いているのに気付き、しゃがんでそれに手を伸ばした。一瞬のうちにそれは砕け散って、低い羽音がカジュのまわりを囲んだ。数匹の蠅がひと塊になって、ウタの踝にとまっていたのだった。昨日、投げ飛ばされた時にすりむいたのだろう。丸い傷口の乾ききらない粘液が、弱々しい光を反射している。傷口の臭いに誘われて、蠅はすぐにまたそこに降りようとする。カジュは蠅を追いながら、サチのよりも細く思えるウタの脹脛《ふくらはぎ》をいたわるように撫でた。萎びた肉のびれびれした弾力が、細かい鱗でもあるようにざらつく皮膚を通して何かを語りかけてくるようだった。

「おばー」

横向きに寝ているウタの耳元に口を近付けて呼んでみたが、返事はない。カジュは不安に駆られて、ウタの体を揺さぶった。ウタは喉の奥で変な音をたてて頭を起こした。埃をきらめかせながらしだいに強まる光がウタの髪を白く浮かび上がらせる。その下に黒く萎《しぼ》んだ顔をのぞき込み、カジュは囁いた。

「おばー、山原《やんばる》に行こう、山原に」

ウタは何の反応も示さない。カジュは立ち上がるとウタの手を取った。ウタは砂地の枯れ草のように大した抵抗もなくカジュに引っ張られて起き上がった。その余りの軽さにカジュは驚いた。家を出る間も床板を軋ませるのはカジュばかりで、足どりは危ないのにウタの歩みは宙に浮いているように静かだった。

平和通りは寒々としていた。店々のシャッターはまだ目を閉じて眠っている。屋根から吊り下げられた二列の広告灯の青白い光が、汚れたカラータイルを照らしている。

通りを歩いているのはカジュとウタの二人きりだった。カジュは時々、ウタの歩くのが余りに遅いので、じれったそうに先に進んでは、貼られてすぐに破られてしまったポスターの残りを眺めたり、店の前に積み上げられた発泡スチロールを爪で削ったりしながらウタを待った。

「おばー、この人、おばーの好きな人じゃないね」

周囲からとり残されたような古い木造の洋服屋の壁板に張られた色褪せた郷土芝居のポスターを叩いて、カジュははしゃぎ声を上げた。だが、ウタは深く腰を曲げたまま顔を上げようともせず、黙って小刻みに歩きつづける。カジュは少し落胆し、ヤドカリのようにもそもそ動く足を見ながらウタの後ろを歩く。ふいに、ウタの足が止まった。カジュは顔を上げた。大売り出しの幟が斜めに掲げられた大きなスーパーの前に立っていた。鉄格子の頑丈そうなシャッターが二人の前に降りている。ウタは落ちくぼんだ小さな目をしょぼつかせて黒い格子を見つめている。入歯をとっているために縮こまってしまった顎がわずかに動き、何か言ったようだったが、カジュには何も聞こえなかった。

ウタは再び歩き出した。通りの向こうからチリ回収車がオルゴールを鳴らしながらやってきた。すれ違う時、マスクをした人懐っこい目のおばさんが、気持ちのよい汗の匂いが漂ってきそうなほつれ毛をかき上げて、カジュとウタを見た。カジュは何か言われはしないかと心配だったが、おばさんは忙しそうにダンボール箱を平たくして重ねる作業に追われていた。吊り時計を見るともう七時になろうとしている。とっくに正安もハッも二人がいないのに気付き、捜し回っているだろう。カジュは早くバスに乗らなければ、と焦ったが、いくら手を引いて促しても、ウタの歩みは速くなりはしなかった。それでもどうにか国際通りに出ると、街はもういつもの喧噪と渋滞が始まっていた。カジュはウタの手をとって信号を渡った。心配していた通り、半分も行かないうちに赤に変わってしまった。両側に停車しているタクシーが連続してクラクションを鳴らし、カジュたちを脅かした。やっと渡りきると、カジュは二人をにらんで急発進する運転手に舌を出してやった。

バスは下り線であったが、中部方面に仕事に行く人たちで結構混んでいた。「ナハ―カデナ―ムーンビーチ―ナゴ」と表示されたバスに乗ろうとして、ステップを上がれないでいるウタを先に乗っていた若い女性が手を引いて上げてくれた。カジュは「ありがとう」と笑いかけ、前から三番目の席にまずウタを座らせ、次いで自分も腰をおろした。バスは走り出した。

カジュは夢を見ていた。目が覚めると、傍に立っている女子校生たちが笑いながらカジュを見ている。どこまできたのだろう。窓の外には、みずみずしい太陽の花粉が芝生の上に金色に降り注ぐ米軍基地が広がっている。金網に沿って植えられた夾竹桃の花が、白い蝶の群れのように風に揺れ、美しい。二の腕に彫った刺青をむき出しにして、赤ら顔の若い米兵が二人、ランニングしながらバスに手を振った。

「おばー、山原はまだ遠いかなー」

窓から差し込む陽の光に顔をしかめて、カジュはウタに訊いた。ウタはシートに頭をもたせかけて静かに眠っている。銀色の混じった白髪が陽を受けて映え、丸い額の産毛が白い粉をふいたように淡い光に包まれている。薄く開いた目をかたつむりが這った後のように銀色の膜が覆っていた。顎が落ちて、顔が長くなったように見える歯の無い口から涎が糸を引いて垂れた。

「あら、バスの中なのに蠅《はえ》が」

女子校生の一人が、窓ガラスの上を歩いている蠅を見つけて、側の友人に指差して教えた。蠅は飛び立つと、ウタの目に留まった。カジュはうるさそうに蠅を追った。蠅は陽の温もりに活発になったのか、しつこくウタの目に留まろうとする。女子校生たちの顔が見る見る強張り、押し殺した声がバスの中に広がっていく。カジュは蠅を追いながらウタの額に触れ、陽を受けているのにそこが冷たいのに気付いた。手を握ると、冷たさは一層カジュの心に染みた。冷房の送風口を横に向け、カジュはウタの手を陽の光で暖かい窓ガラスに押しつけた。ウタの顔にかすかに笑みが浮かんだようだった。

「おばー、山原はまだかなー」

基地の緑は目に眩しく、カジュの体はうっすら汗ばむくらいだったが、ウタの手はいつまで経っても温かくならなかった。

〈作者注〉作品中の新聞記事、皇太子の言葉は、一九八三年七月七日〜十四日の沖縄タイムス紙の記事より適宜引用した。

川柳

済みませんご免遺憾で五十年

伊集守明（東風平）

〈新報川柳〉「琉球新報」一九九五年一〇月二九日

沖縄をいけにえにして国栄え

竹島富男（那覇）

〈新報川柳〉「琉球新報」一九九六年一月七日

五十年うずいてならぬ基地の刺

吉田武男（那覇）

〈新報川柳〉「琉球新報」一九九六年二月一一日

基地撤去叫びが小さくなる地代

島袋キヨ子（伊江）

〈新報川柳〉「琉球新報」一九九六年四月二八日

島中が香煙となる慰霊の日

山城幸信（糸満）
〈新報川柳〉「琉球新報」一九九六年八月一八日

九条は命の綱ぞ千代八千代

慶留間知廣（那覇）
〈新報川柳〉「琉球新報」一九九七年一月二〇日

笑ってる基地押し付けて感謝状

慶留間知廣（那覇）
〈新報川柳〉「琉球新報」一九九七年七月二九日

県内をたらい廻しか基地撤去

平敷りつ子（沖縄）
〈新報川柳〉「琉球新報」一九九七年一二月一六日

奪うまいジュゴンの海へリポート

當真順子（宜野湾）
〈新報川柳〉「琉球新報」一九九八年三月一〇日

千歳飴イラクの子らに届けたい

渡嘉敷唯正（那覇）

〈新報川柳〉「琉球新報」二〇〇三年一二月八日

そこは基地咲いてはいかん県の花

山城幸信（糸満）

〈新報川柳〉「琉球新報」二〇〇五年五月二三日

真実を見よと摩文仁の蟬しぐれ

山口博司（宜野湾）

〈新報川柳〉「琉球新報」二〇〇七年八月一三日

アルバムに昭和の疼きある母校

久貝むらさき（那覇）

〈新報川柳〉「琉球新報」二〇〇八年二月一一日

コザ騒動炎えた気概を懐かしみ

田村としのぶ（西原）

〈新報川柳〉「琉球新報」二〇〇九年八月一〇日

ふる里は星より遠い基地の中

福地幸代（八重瀬）

〈新報川柳〉「琉球新報」二〇一〇年三月二二日

沖縄

飴と鞭沖縄哀史まだ続く

渡嘉敷唯正（那覇）

「川柳きやり」二〇一〇年四月号

騒音が金をばらまく基地の島

渡嘉敷唯正（那覇）

「川柳きやり」二〇一〇年四月号

爆音と平和の鐘が音合せ

渡嘉敷唯正（那覇）

「川柳きやり」二〇一〇年四月号

Ⅲ

夜

ある手記から

田宮虎彦

　その声は、最初、遠くから、かすかに聞えて来た。風に乗せられて聞えて来るのであった。スピーカーの声であったが、崖肌を這《は》いのぼり、這いくだりしてつたわって来る間に、その声からは、人間のぬくもりは消えてしまって、かさかさにかわききった、スピーカーという機械の、非人間的なつめたさだけが残っているようであった。

　その声が、はじめて聞えて来た時、私たちの壕の入口に歩哨に立っていたのは、豊島二等整備兵であった。昼間、私たちは、アメリカ兵が私たちの壕に近よるのを、交代で見張っていたのである。壕の入口は、やっと人ひとりがとおりぬけることが出来るだけを残して、埋めてあった。そのかげに身体をひそめて、歩哨の役目をはたしていたのだったが、その豊島が、狭い壕の中を泳ぐようにして、壕の一番奥の、私たちのいた広間に馳《か》けもどって来た。そして

「軍医中尉」

と、私によびかけた。ハアハアと息をついている豊島の、生白くふやけたるんだ生気の

ない顔が、その時、うす暗がりの底で、異様にひきつってみえた。豊島は
「聞えるのです」
と、それだけいって、壕の入口の方を眼差《まなざし》でさした。
私は、咄嗟《とっさ》に、——敵か、と思ったが、そうではなかった。豊島は、その頃は、私たちの誰もがそうなっていたように、耳にも眼にも、脳の命令をすぐには受けつけることが出来ないように、ひどくのろのろと
「何か聞えるのです」
とくりかえしていった。私たちは、壕の入口へひきかえして行く豊島のあとを、やはり、豊島のように、今はやっと壕のくずれるのをささえている柱や梁《はり》にぶつかりながら、泳ぐように、よたよたと、追っていった。
壕の入口から、光が束になって、どっと、噴きこむように流れこんで来ていた。豊島のかげに、私が、よりそって立つと、豊島は、私の方をふりかえって
「聞えるでしょう」
といった。豊島がそういった時、私は、その声を聞いたのであった。それは
——ニッポン　ハ　コウフク　シマシタ　ポツダムセンゲン　ヲ　ジュダク　シ　ムジョウケンコウフク　ヲ　シマシタ
という声であった。声は、ある時は、はっきりと、ある時は風に流れて、かすかに、単調に、幾度も幾度もくりかえされていた。

豊島が、何か聞えます——といったその声が、私も、すぐには、何をいっているのか、聞きとれなかった。だが、幾度かそのくりかえしをきいているうち、それが
——ニッポン　ハ　コウフク　シマシタ
といっていることだけは、私の耳に残った。
スピーカーの声は、それから、二、三十分つづいて、消えた。私たちは、もとの壕の奥の広間に、のろのろもどって来ると、車座になった。その壕は、沖縄航空隊の壕であった。そのことは、私たちが追われてこの壕にもぐりこんだ時、今、私たちが車座になっている広間に落ちていた部隊長印でわかったのだが、うす暗がりの中で、車座に腰をおろすと、私たちは、やがて、誰がいい出したともなく
「何を、いっとったかなあ」
と、問いかけあっていた。だが、お互いに問いかけあってみたところで、お互いは、みな、同じスピーカーの、同じ声を聞いて来ていたのである。
ニッポンはコウフクしたという言葉から、降伏したということは、誰もがみとめねばならないことであった。それを聞いた時、すぐには、それが何をいっているのかわからなかったのは、日本が降伏するということの思いがけなさから、私たちが、しいて、降伏という意味を、その声から追い出そうとしていたからであったかもしれない。
もっとも、その心理は、あとから考えてみれば、おかしいことであった。その頃には、すでに、誰も、戦争に勝つなどとは思ってもみなくなっていた。何時《いつ》、終るか、何時、終

るかと待っている気持さえあって、遠くで艦砲のひびきが聞えたりすると、それが、戦争の終ったアメリカ軍の合図ではないかと考えるようにさえなっていたほどであった。だが、そんな気持のうらに、私たちが戦った、みじめな、凄惨《せいさん》な戦闘でさえも、この狭い孤島の沖縄で、アメリカ軍を幾十日ももちこたえて来たのだから、それから、まだ僅《わず》かな日数もたっていない今、本土が無条件降伏するなどということは、到底信じられないという気持もあったのである。

「コウフクいうと、降参か」

大阪の岩おこしやに住みこんでいたことがあるという福田飛行兵長が、低いつぶやくような声で、やがて、いった。すると、その声を罵《ののし》りかえすように

「嘘にきまっている」

と、誰かが答えた。声の方をみると、川口という陸軍の准尉が、私の方をじっと、にらみつけていた。

私たちが、もといた小禄の海軍陣地の壕から、その壕にうつって来たのは、十四、五日前のことであったが、それから三、四日たって、その陸軍の准尉たちが、私たちに加っていた。南部の陣地から、北へ脱出しようとして、首里の南の一日橋のあたりでアメリカ兵の歩哨線にぶつかり、逃げ帰って来ていたのである。准尉のほかに、軍曹と伍長が一緒であった。その三人は、いつも、私たちからはなれて、三人だけが車座になっていた。そして、私たちを監視でもするようにしながら、ひそひそと何か相談しあっているのだった。

それが、北に脱出するための斬りこみの相談であったことは、私たちにもやがて聞きとれた。

時々、三人は、君ケ代を歌った。私たちも、私たちのみじめな戦闘の終った直後は、ちょうどその陸軍の三人が、今、私たちの眼の前で歌っているように、君ケ代を歌ったものであった。それは、君ケ代を歌うことで、めいりこむ士気を鼓舞するつもりであったのだが、いつか、私たちは、うたうこともなくなっていた。士気を鼓舞するはずの君ケ代が、陰惨なひびきをこめて、しめっぽく心にまといつき、歌っている私たちを、いっそう深い絶望の泥沼の底に、ぐんぐんひきずりこんで行くからであった。

いつも、川口というその准尉の、低く、「国歌奉唱」と命令する声に、あとの二人が准尉にあわせて、君ケ代をうたいはじめるのであったが、その時も、川口は、「嘘にきまっている」と私たちを罵りつけると、「国歌奉唱」と、二人に命令した。やがて、三人の君ケ代は、壕の中をしずかに這いはじめた。その歌声は、私たちが、今、聞いたばかりのスピーカーの声について、それ以上、はなしあってはならぬと示威しているように聞えた。

私は、歩哨の役目にかえってゆく豊島について、また、壕の入口まで出ていった。すると、さっきのスピーカーの声が、また単調に

――ニッポン　ハ　コウフク　シマシタ

とくりかえしているのが聞えた。

その声は、翌日は近くの山かげから聞え、翌々日は、さらにすぐ近くの山かげから聞え

て来た。そして、その日の午後のことであった。うつらうつら夢路をたどっていた私は、不意に——来て下さいという歩哨の声に起された。私が、壕の入口にかけつけてみると、私も、小禄の海軍陣地で、幾度かみかけたことのある兵曹長が、四、五人の米軍の兵士にかこまれるようにして、私たちの壕からみおろすことの出来る山肌に立っていた。兵曹長が、私たちのひそんでいる壕に気づいていたか、どうかはわからないが、やがて、前におかれたマイクに向って、ここ数日聞きいたと同じことを、説きはじめた。そのしわがれた声にも、私は聞きおぼえがあった。
　やがてわかったが、その兵曹長の立っているところから三十米《メートル》ほどはなれたところに、くずれかかった壕の入口が、みえているのだった。兵曹長が、スピーカーでよびかけているのは、その壕にかくれている人たちに対してであったが、入口からは
「やめろ」
　と怒鳴る声がきこえて来た。
　しかし、兵曹長は、その声がきこえると、いっそうむきになったように
「日本は降伏した。これ以上、抗戦したとて何になろう、天皇陛下が、みんなに降伏するよう命令を出されたのだ」
　と説きはじめた。言葉がつきると
「自分は、飯島兵曹長である、巌部隊、……隊の飯島兵曹長である」
　と自分の名をつげ

「自分の言葉を信じてくれ」

といった。

黄昏《たそが》れるまで、その声はつづいて、ひきあげていったが、翌朝になると、またどこからともなく、兵曹長はあらわれて来て、昨日と同じ説得をくりかえしはじめた。それは、それから毎日のようにくりかえされた。その頃になると、飯島兵曹長は、マイクをすてて、その壕の入口まで近よっていって、じかに、何か話しかけていた。

私たちは、壕の入口にあつまって、二百米とは離れていないその兵曹長や、壕の中から答えかえしているらしい人の気配やを、じっとみつめていた。それから四、五日たった夕方のことであった。その日も、兵曹長が、やっとあきらめてアメリカ兵たちのいる山かげへひきかえそうとして、二、三歩あるきかけた刹那《せつな》、その壕の入口から、銃声が、静かな夕空をつきやぶってひびいた。

弾は、兵曹長の背から胸をつらぬいたようであった。瞬間、前にうつむくような姿勢になった。それでも、無理に、壕の方へふりかえってみようとでもするように、兵曹長の首が半ばうしろにねじれ、同時に、ころりと鞠《まり》がころがるように前にのめった。何かをかかえこむように、背をかがめて草の上に倒れた兵曹長の背に、壕の入口から、とどめをさすように、一発、つづいて、また一発、銃がうちこまれた。

私たちは、一瞬の間の、その出来事を、私たちの壕の入口から、息をのむようにしてみつめていた。それは、私たちのひそんでいるところから、二百米はなれたところで起った出来事であったのだが、同時に、私たち自身の上に起った出来事でもあった。もし、その兵曹長が、自分のうたれた壕でなしに、私たちのひそんでいる壕をさきにみつけていたなら、今、くりかえされたばかりの出来事は、私たちの上に起った出来事であったかもしれないからである。

釘づけにされたように、見下ろしている私たちの眼の前に、次の瞬間、山かげにかくれていたアメリカの戦車が、機銃の火をあびせかけながら、壕の入口に迫っていった。いつの間にか、ただよいはじめていた夕闇をぬって、朱のいろの火箭は、たちまち距離をちぢめた。

壕の入口から、三、四発、銃声が聞えたが、それも、それきり応射する気配もなくなった。そのあとの壕の入口に、戦車の火焔放射器から噴き出した火焔が、奔流のようにぶつかり流れこんでいった。

戦車がキャタピラアの音を闇にのこして、ひきあげていったのは、それから二、三時間後のことであった。その間、戦車は、重油のある限りを焔《ほのお》にして、その壕の中を焼きつくしたのである。キャタピラアのひびきが、遠くに消えていってしまうと、私たちは、やっと我にかえったように、その数時間に、そこで何が起ったかが、はっきりわかったように思った。

そのことは、同時に、私たちのいる壕も、すでに、同じ危険にさらされていることがわかったということでもあった。

私は、壕の奥の広間にひきかえすと、小禄の陣地から今まで一緒に来たものに、すぐ、南に下ろうといいかけていた。

私たちは、私をふくめて十四人であった。この壕にうつった時、体力や気力の残っているものは殆《ほと》んど、北にむけて脱出をはかっていたので、私と一緒に残っているものは、みな、自分一人ようやく動けるほどに弱っているものばかりであった。壕の毎日の長いくりかえしで、私たちは、一様に、水ぶくれしたように、身体中が生白く、ふやけていた。

陸軍の三人だけが、私たちと別の行動をとって、私たちよりひと足はやく壕を出ていった。まだ北部に残っている部隊に加わるというのである。川口という准尉は、南へ下ろうとしている私たちをさげすむように

「日本人として、捕虜になったり、みにくい死にざまをしたりしてくれるな」

といいすて、かすかな星明りの夜の中へ消えていった。

私たちは、その夜のうちに、二キロほど南に下った。陸軍の壕があった。小さな壕であったが、中には、陸軍の兵隊が十人ばかり残っていた。その兵隊の一人から、そこが石狩山とよばれているとおしえられたが、それは、旭川師団が、故郷をしのんで名づけたのであった。

その石狩山の壕にも、私たちは長くとどまることが出来なかった。私たちがうつっていって三日あと、その壕の入口近くを、銃を斜めにかまえたアメリカ兵が、一分隊ほど、二米ほどずつの間隔をおいて通りすぎていった。

壕は、私たちが小禄の陣地に築いた壕などとは比べものにならぬほど粗末で、小さく狭かった。壕の中にいて、入口の近くを通ってゆくアメリカ兵たちの話しあう声が聞えた。それは、ここにも壕があるぞという叫びであった。

あとで聞くと、壕の入口にいた陸軍の兵隊が、じっと息をひそめていると、アメリカ兵の一人が、中へ銃をむけたが、ほかのものに何かいわれて、引金にかけた指はひかず、そのまま行きすぎたということであった。

私は、数日前の夜みた、火焔放射器の奔流のような焰のことを、すぐ思い出した。もし、通りすぎたアメリカ兵が、火焔放射器をもって来たとしたら、壕の中は、たちまち焼きつくされてしまう。そう考えると、銃を壕の中へむけた兵隊をひきとめたもう一人の兵隊のいった言葉というのが、あとで焼けばいいじゃないかという意味の言葉でなかったかと、私は、不安になった。

夜になると、私たちは、すぐ、その壕を出た。やはり、南の方へいったと思う。あとから考えると、そのあたりは、暁波川の流れにそったあたりであったようである。いつか、私たちは、小さな路に出ていた。何時死んだ屍体であるのか、その路には、うちすてられた屍体が幾つもころがっていた。暗闇の中で、私は、その一つをふみつけた。屍臭が、鼻をついた。

その夜明け近い頃、私たちは、異様な風景をみた。戦争からとり残されたところ、いや、そのあたりでは友軍は、ただ敗走するばかりであったためか、アメリカ軍の砲撃を、少しもうけていないところが残っていたのだ。鬱蒼《うつそう》と樹木が茂っていた。樹かげに民家も残っていた。草原もあった。そして、そこに、百人近いと思われるほどの沖縄の人々が、あつまっているのであった。

そこには泉があった。その泉で、人々は、身体をふいたり、洗濯をしたりしていた。梢を洩れた月の光りが、かすかに、そうした人々の群像に落ちていたが、その人々の中には、模様のついたワンピースを着た娘たちの姿もあった。それは、ちょうど、暗い山の中で、月見草がむらがり咲いているのを、ふとみかけた時のような錯覚を感じさせた。

私たちが近づいてゆくと、人々は、咄嗟に木かげへ逃げこもうとしたようであったが、私たちだとわかると、今度は、私たちのまわりをとりかこんだ。

「天皇陛下が降参したということだが、ほんとうだろうか」

その中の一人が、最初に私たちに問いかけた言葉が、それであった。しかし、私たちにも、それはわからぬことであった。人々に、それがわかると、口々に

「やはり、嘘だとも、天皇陛下が、私たちを見殺しになさるわけがない」

といいあった。その人たちが、那覇や首里から逃げのびて来た人たちであることが、やがてその話しあう言葉からわかった。

すでに夜があけかけて来ていた。私は、主だった一人に、私たちをかくまってくれるようにたのんだ。そして、その人々のいるところから、二百米ばかりはなれた山かげに、人がいなくなっている壕のあることを教えられた。

その壕は、その近い部落の人が掘ったらしい防空壕で、私たちが、わずかに身をかくすことの出来るにすぎないほどの小さな壕であった。那覇か首里かから逃げのびて来て、その壕で死んだらしい屍体が二つ、隅の方に重なりあってころがっていた。しかし、ともかく、その日は、そこにでも身をかくさないわけにはいかないので、十四人が折り重なるようにして、そこにかくれた。長い昼が、無限につづくように思われる一日であった。

私たちは、その夜から手分けして、私たち十四人のもぐりこむ壕を探しに出かけることにした。みつかれば、すぐにでも、うつってゆかねばならぬのである。私たちには、数日の食糧しかなかったし、泉にあつまる人たちにも、私たちに分けてくれる余裕があるはずもなかった。食糧のあるところをさがすといえば、陸軍の残した壕をさがすほかはなかった。

私たちは、二人、三人とわかれわかれになって、さがし歩くことにしたが、その夜のうちに、私たちが、すでにアメリカ軍によって、袋路においつめられていることをさとらねばならなかった。

私は、水野一等兵曹、豊島二等兵の二人と、ひと組になって、森をぬけて南の方をさがすことになったが、闇夜を手さぐりするようにしながら、四、五十分もあるいた時、私たちの前方に、不意に、自動車のヘッドライトが、さっとひかった。あわてて、私たちは、砂糖黍《さとうきび》の畑に伏せた。眼の前を、装甲車がかけすぎていった。私たちは、あやうく、身体をかくしたにすぎなかった。私たちは、ほっと息をついた。かけすぎた装甲車の残した風が、砂糖黍の葉末を、そよがせていた。

装甲車のヘッドライトのなげかける光の箭《や》が、山かげにかくれてから、私たちは、やっと、立ち上ることが出来た。胸は、動悸をうちつづけていた。私たちは、すぐには、お互いに話しかけることも出来ず、黙ったまま、しかし、三人が考えていたことは、同じひとつのことであったように、砂糖黍をかきわけて、装甲車の通りすぎた道路に出ていった。

その道が、どこからどこへ通じる道であるか、すぐには、私たちは判断することが出来なかったが、すでに、その道が、アメリカ軍の車輛の、はげしく往来する道になっていることだけは、はっきりわかった。

その道を越えて行くべきかどうかは、勿論《もちろん》、考えるまでもないことのように私には思われた。私たちは、また、砂糖黍の畑の中に、あとすざりして、誰がいい出すともなく腰をおろした。かすかな風がそよいでいた。砂糖黍の葉末が、カサカサと音ともいえぬほどの、かすかな音をたてている。雲間から洩れた月明りが、その葉末のそよぎを、くっきりと私の眼にかげおとしていた。私は、身体からも、心からも、すべて力という力が、根こそぎされていくように思えた。真暗な、冷たくひえきった死の世界へ、生きながら、ひきずりこまれていくようであったともいえた。その泥沼のような絶望から、這い上るすべはない。どのようにあがいてみても、とりすがることの出来るものは一つもない。すべてから見放された虚無感が、私の心を冷たくとらえていたのであった。

私たちは、何をはなしあうこともなく、ぼんやりとそこにうずくまっていた。装甲車が、また一台、眼の前の道を、おそらくそこに日本のみじめな敗残兵がひそんでいるなどということは、思ってもみないのだろうが、矢のようなスピードで走りすぎた。タバコをのんでいるアメリカ兵の一人の、まだ十七、八でないかと思えるような稚い横顔が、タバコの火のぼうっとあかるんだ刹那に、くっきりと、私の眼にうつって、闇にのまれていった。

砂糖黍の葉末には、装甲車にあおられた風のそよぎがまだ残っていた。私は、ふと、その時、すすりなく声をきいたように思った。豊島二等兵が泣いているのであった。泣いていることを、歯ぎしりして堪えているようであったが、むせびなきが、その唇から洩れ、やがて、はげしく歔欷《きょき》しはじめた。

私たちは、夜明け前に、狭い小さな壕へ帰って来た。だが、みんなが、手分けしてさがしまわったことも、私たち三人の場合と同じように、何の甲斐もないことに終っていた。お互いが、ぽつりぽつりとつげる言葉から、結局、私たちに判断出来た限りでは、私たちに残されている安全な土地は、この沖縄の島で、この二、三日、私たちが壕を求めて歩きまわった、狭くかぎられた地域しかないことがわかったのである。もし、身をひそめる壕をさがすならば、私たちは、陰惨な死闘を十幾日かくりかえし、そして、そこから逃げ出して来た小禄の陣地の方へ、ふたたびひきかえしてゆくほかはないのであった。

といって、小禄の陣地のまわりには、アメリカ軍は、軍施設をすでに設営しはじめていた。勿論、そこへ帰ることが出来るわけはない。私は、その時、ふっと、沖縄根拠地隊の壕を思い出していた。そこには、まだ部隊の遺棄した食糧も残っているかもしれないのである。しかし、そこは、小禄の私たちの陣地があったところから、二キロとはなれていなかった。安全といってみたところで、比較的に——としかいえなかったのだが、今は、そこへ行くよりほかに方法はないのであった。

私たちは、夜に入ると、泉のまわりの人たちに別れをつげ、山肌を分けよじて、眼ざす根拠地隊の壕をさがしに出かけた。

かつて、私たちは、その沖縄根拠地隊の壕で二晩をすごしたことがあった。戦線が小禄に迫って来た時、陸軍司令部からの命令で、最初、海軍部隊の私たちも、沖縄南端の摩文仁に下って、陸軍の抗戦に加わることになったのであったが、その時のことである。後に、その命令は変更されたのだったが、そんなわけで、私たちは、その壕の大体の方角には見当はついていたのである。だが、一歩一歩、私たちが小禄の方へ近づくにつれて、アメリカの火砲にたたかれた山の姿、森の姿は、無慙《むざん》に変りはてていた。樹という木は、ことごとく雷にうたれたように、根こそぎ倒されたり、幹の半ばでうちくだかれたりして、真暗い闇空をつきさすように、みにくい残骸をさらしているのだった。

だが、変りはてた山かげ、艦砲の炸裂のあとに出来た大きな水溜りの中に、やがて、私たちは、根拠地隊の壕のあり場所を見いだすことが出来た。

いや、正しくいうと、見出したというのではなかった。夜中の二時をすぎた頃、歩きつかれた私たちが、夏草だけは、思うままに茂っているある山かげに、清水の流れをみつけて、腰をおろしている時、不意に、近くの茂みから人の足音が聞え、その清水に水を汲みに来た人かげが近づいて来た。

闇に浮き出た黒い影絵のような人かげで、私たちは、それが、勿論、アメリカ兵でないことはすぐわかった。私が、声をかけると、その人影は、ギョッとしたように棒立ちに立ちどまったが、相手にも、私たちが何ものであるか、わかったようであった。そのあたりにも、那覇を追われた人々が、ひとかたまりになって、アメリカ兵からかくれていたのであった。

根拠地隊の壕のあり場所は、那覇で珊瑚細工《さんございく》の店をひらいていたというその男に教えられたのである。

闇にういた黒い山の起伏のかげが、わずかに思い出の跡をとどめているその場所に、壕は残っていた。珊瑚細工商の男が、海軍の兵隊がいるはずだといった壕にはいると、奥から、かすかに、カンテラの灯りが洩れていた。

私は

「巌部隊のものはいないか――」

と声をかけた。声が、壕の中にこだまして消えると、それまで洩れていた灯りが消えて、人の動く気配がした。私は、壕の壁にぴったり身体をよせかけて

「射つな、射つな」

と、本能的に叫んでいた。

やがて、灯りが、またついた。私が
「巌部隊の……軍医中尉」
と名乗ると、「おお」とおうむがえしのように、私の名を呼びかけて馳けよって来る足音が聞え、つづいて
「生きとったのか」
と叫ぶ声がきこえた。私が
「貴様は誰だ」
と叫びかえすと
「石井軍医中尉」
死んだと思っていた同僚の声がかえって来た。
壕の中には、同じ巌部隊の士官以下下士官兵二十八人の生き残りがかくれていた。カンテラに照し出された壕の中は、前に二晩すごした時とは、まるで別の壕のように姿をかえていた。それが火焔放射器に焼かれたためであることは、石井中尉の説明をきくまでもなかった。焼かれた土が、どっと剝《は》げおちて、壕内はその土でうずめつくされていたのである。前に、私たちが、この壕を出ていった時、さきに撤退した根拠地隊に置き去られた、身動き出来ぬ負傷兵たちが、五、六十人も残されていたのであったが、それらの人々の姿も、勿論、なかった。
私たちが、沖縄根拠地隊の壕にたどりついたのは、すでに九月にはいっていたようであ

る。だが、それが、九月の幾日であったか、私たちは、だれ一人、はっきりといいあてることは出来なかった。私たちは、月日を忘れていたのだ。苦しい毎日がつづいていたが、それが明けても暮れても同じようにくりかえされていると、昨日のことも、五日前のことも、たちまち同じ忘却の淵の中に消えていってしまうからである。

焼けのこった食糧は、まだかなり掘り出すことが出来た。火焔放射器の焔にやかれて、割れさけた鑵詰《かんづめ》の残骸の下に、まだ食べることの出来る鑵詰も残っていた。私たちは、それが、何時までつづくかということは、もう考えなかった。私たちは過去の月日を忘れていたように、未来の月日も忘れ去ろうとしていた。私たちは、ただ、今日、食べて生きてゆくことが出来るだけでよかった。それ以上考えることが出来なくなっていたのである。

私は、そうした鑵詰や乾パンをかじっては、思いがけずめぐりあった石井と二人、長い昼の間を、奥まった壕の片隅に寝ころんで、大学にいた頃の思い出や、死んでいった軍医部の同僚たちのことをはなしあった。そうした思い出は、それまで心のどこかへしまい忘れていた。だが、思い出は、お互いに、そのはけ口を見つけると、噴きあげる清水のように、つぎからつぎへ湧き出して来るようであった。私は、夢にまで、大学病院の廊下をあるいていたり、明るい病室で患者の脈をとっていたり、教授からあたえられた難しい問題を、顕微鏡をのぞきこみながら解いていこうとしていたりした。

石井もやはり、そうであったようだ。私が夢のことを話すと、石井も

「俺もみた、貴様にあってから、病院の夢ばかりみるようになった」

といった。

石井と一緒に根拠地隊にいた人たちの中に、兵科の中尉と少尉のいたことが、それまで、私に、重たくのしかかっていた責任感といったものを、解きはなしてくれたようである。

私は、夜になると、石井と二人で、艦砲のつくった水溜りまで出かけていって、汚れた身体を洗った。それが、沐浴といった贅沢な言葉でいいあらわされるものであったかどうかわからぬが、私たちは、沐浴といいあっていたのだ。そして、その沐浴のあと、草原に寝ころがっては、昼間壕の中で話しあっていた話のつづきを、またつづけるのだった。

私は、私の運命に、もう諦めをつけていたようである。生きたいと願っても、生きつづけることの出来ない時が来る。私は漠然と、死を待っていたようであった。私の心の眼に、降伏勧告に来て、同じ血をわけあっている日本人から射ち殺された兵曹長の、丸く身体を抱くように、うつぶせた最後の姿がちらついていた。私は、無理に眼をみひらいて、心の眼にうつっているその姿を追いはらおうとした。私が石井に、絶間《たえま》なく話しかけるのは、あるいは、そうした思い出がさせていたことであったかもしれない。

しかし、石井と二人きりで、大学で教わった講義のことを思い出したり、お互いに議論しあったりする時間は、私には、この上ない幸福な時間と思われた。私たちは、また、自分たちのみて来た戦争について、医師として、どのような考え方を持たねばならぬかなどといったことも話しあった。

何時《いつ》死ぬかわからぬ私たちが、いや、たといアメリカ兵に射たれなくても、このまま太陽の光りをあびることも出来ず、壕にかくれつづけているうちには、いずれ晩《おそ》かれ早かれ、自然の衰弱死だけが待っている私たちが、そのような議論をくりかえすのは、無意味といえば無意味であった。だが、意味があるかないかといったことは、私の心には勿論、またおそらく石井の心にも、うかばなかったようである。

私たちが予想さえしなかったアメリカ軍の火力。それが、はたして文明といえるだろうか。もし文明といえるとするならば、それは悪魔の文明といわねばならぬ——と、ある時、石井はいった。文明がすすめばすすむほど、戦争はいっそう残虐性をおびたものになるに違いない。とすれば、私たちは、ここで死んだ方が、生き残るよりも、神の世界に近く生きることが出来たということになるかもしれないのである。

私たちは、そんなことを話しあっては、長い間忘れていた笑いを頰にうかべた。そんな時の私たちの笑いは、勿論、普通にいわれる幸福からは遠かったであろう。しかし、不幸のどん底にも、もし幸福というものが摑めるものだとしたら、私たちは、その種の幸福を、その時、心につかんでいたのである。

だが、そんな日々も、長くはつづかなかった。つづかなかったことは、勿論、当然であった。私たちは、自分の眼で、小禄の陣地にアメリカ兵が、軍施設を設営しはじめたのを見て来ているのであったから、そこから二キロと離れていない壕が、いつまでも、そのままですておかれることなど、あり得るはずがなかったからである。

私がその壕にたどりついてから、二週間ばかりたったある朝、私は、また

——ニッポン　ハ　コウフク　シマシタ

というスピーカーの声を聞いた。

二、三時間、その声がどこからともなく聞えて来たあと、三十二、三と思われる年恰好《としかっこう》の陸軍の大尉が、マイクを手にもって、私たちのいる壕の前まで近よって来た。スピーカーをもったアメリカ兵たちが、その大尉のあとについて来ている。

機械をすえつけると、その大尉は

「日本は、無条件降伏をしました、もうかれこれ一ヶ月にもなる前のことですよ、これ以上、諸君は、何をしようというのですか……」

と、はなしはじめた。それは、演説でも説得でもなかった。壕の中の一人一人の肩をたたいて話しかけるように、はなしつづけるのであった。私たちは、壕の中で、いつかひとかたまりになって、壕の外から流れこんで来るそのスピーカーの声をきいていた。終戦の勅語の出たことや、降伏文書に天皇の全権が署名したことなど、その声は二時間近くはなしつづけて、やがて

「明日は早く、また来ますから、みなさん、よく考えておいて下さい」

と、結んだ。

私たちは、スピーカーの声が消え、大尉やアメリカ兵たちが去っていったあとも、そのまま、車座に坐《すわ》りつづけていた。誰も、言い出しはしなかったが、大尉の言葉に動かされていることは、私には、その座の気配でそれとなくわかるようであった。

最初に口をきいたのは、森口という上等兵曹であった。呻《うめ》くように
「明日来たら、どうしますか」
といった。しばらく沈黙がながれたあとで、「射とうか」という声が、どこかでした。だが、その声は、ただその言葉をいってみることで、一座の人々の心をおしはかってみようとするような、力のない声であった。誰にも、そのような気力は、すでに失くなってしまっていた。それは、私と同様に、あの航空隊の崖下の壕で起った一切をみて来ている水野一等兵曹が、すぐ、その無謀さをなじっても、誰一人、それに言葉をかえすものがなかったことからもわかった。

しかし、私たちは、まだ戦争が、真実終ったものか、どうか、信じかねていたし、生きて虜囚の辱《はずかしめ》を受けずという戦陣訓が、心のどこかにこびりついていた。それに、捕虜になったあと、どのような取扱いを私たちが受けるかということも、怖れているのであった。たそがれが迫って来るまで、私たちは、明日、どうすればよいかを、きめることが出来なかった。今は、壕の統率者というかたちになっている松崎中尉が、最後に、石井と私に決断を求めるように、意見をもとめた。

だが、私たちにも、はっきり、どうすればよいかわかっているわけではない。ただ、医師としての私たちには、私たちが、こうしてこのまま壕に残りつづけていけば、早晩、次ぎ次ぎに死んでいかねばならないことだけが、はっきりわかっているのだった。私が、それをいった。石井が、その私の言葉につづけて

「明日、大尉が来れば、もう一度、話をきいてみよう、私たちのうち、誰か、大尉と対談してみたらどうかと思う」

といった。それで、その日の相談はうちきられた。

翌朝、朝日が上ると同時に、約束どおり大尉が来た時、水野一等兵曹が、その役目をひきうけた。水野は両手をあげて出て行くことにした。私たちが壕にかくれてみていると、水野は「聞きたいことがある」と連呼しながら、大尉の方へ近づいていった。大尉の「わかった、手をおろしてもよい」と叫ぶ声が、スピーカーから、私たちに聞えた。

私たちの先《ま》ず聞きたかったことは、沖縄の自分たちですら六ヶ月も、こうしてもちこたえているのに、広い本土がどうしてこうも早く手を上げたかということであった。私が、広島や長崎を一瞬に焼きつくした原子爆弾のことを知ったのは、その時、大尉が水野に答えるスピーカーの声からであった。そのほか、水野に托した私たちの質問の箇条書に、大尉は、つぎつぎに答えていった。二人が話しあう言葉が、そのままスピーカーを流れた。

私たちが怖れていた捕虜の待遇については、大尉は、屋嘉に出来ている収容所に、陸軍の高級参謀や聯隊長《れんたいちょう》までいることや、こっそり収容所をのぞきに来て、アメリカ軍が捕虜を殺さぬことをたしかめておいてから投降した兵隊のあることなどを話してきかせ、そのあとで、もし自分のいっていることを嘘だと思うならば、私たちが自分の眼で、収容所をみてみたらどうかといった。

私たちは、水野を壕までよびかえした。そして、収容所を見に行く人選を相談した。水野のほか、本井上等兵曹、西二等兵曹の二人が出かけて行くことになった。私は、その時、日本が降伏したことをはっきり記した新聞を一部、手に入れて来ることを、条件の一つとして、申入れた。

三人がジープで出かけていったあと、私たちは、みな、気ぬけしたように、壕の奥にごろごろ寝ころんだ。寝ころぶよりほかに、身体のもちあつかいようがなかったのであった。薄暗い壕の中で、一時間ばかりそうして横になっていると、壕の入口で、私の名を呼ぶ声が聞えた。アメリカ兵のたどたどしい呼び声であった。

それは、さきほど、水野に申し入れてもらった新聞紙を、アメリカ兵がとどけに来たのであった。水野が私の名を特に指定してつたえたのであろう。受けとったハワイ発行のその新聞には、うれしそうに笑っているアメリカ兵の大写しの写真の上に
WAR ENDS. SURRENDER UNCONDITIONAL
という一行の文字が、大きく、紙幅いっぱいに横書きされて印刷してあった。

午後、ジープに送られて帰って来た水野たちの言葉は、朝、大尉からきいたことと一致していた。私たちの降伏は、その時、決定した。

投降は、中一日おいて、九月十二日ということにきまった。もっとも、その日が、九月十日であったことは、水野たちが、屋嘉の収容所で教えられて来たのである。

私たちは、まだ午後の陽差《ひざ》しの残っている壕のそとへ出て行った。もう壕の中に、ひきこもっている必要はなくなったのであった。明るい陽差しにつつまれた草原は、緑の炎が

もえたっているようにみえた。それは、生命の歓喜のように、私たちをつつんだ。生きていたい――切ない願いが、心の中で躍りまわるのを、私は、その時、感じた。

その時、収容所へ出かけていった水野が私に近づいて来た。灼《や》けつくような九月の沖縄の陽ざしに、半日ジープにゆられた水野の顔は、すでに皮膚炎をおこして真赤に腫《は》れ上《あが》っていた。水野は
「収容所に、川口准尉がいましたよ」

といった。

「川口准尉？――」

私が、ききかえすと、水野は
「航空隊の壕で、私たちに、みにくい真似はしてくれるなといった陸軍ですよ」

といって、ハ、ハ、ハとたのしそうに声をたてて笑った。私は、暗い壕の奥で、陰惨に君ケ代をうたっていたその准尉の顔を思い出した。

眼の前の草原の中に、ミイラになった屍体が、一つころがっていた。屍体は、風の吹くたびに、ガサガサと動いていた。

ふたたび「沖縄の道」

岡部伊都子

思いあまって週刊誌の「掲示板」に、小文をのせてもらったことがある。いつのことだったか、はっきりしない。スクラップブックを初期のものから繰《く》ってみた。われながら、「何とおろそかな収録だろう」と思う。

何の記録でもそうだし、手紙でもそうだけれど、その記された年月日をしっかり記しているものが少ない。いい加減に「原稿」スクラップと、「談話」スクラップにわけてある。投書とはいえ、自分の文なのだから「原稿」のなかに入れるべきだったろうが、ようやく、「これ」と、めぐり逢ったのは「談話」のほうだった。

❖

沖縄本島島尻郡津嘉山《つかさん》というところで戦死したと伝えられる木村邦夫陸軍少尉のことについて何かご記憶下さっていらっしゃる方はおられませんでしょうか。

実を申しますと彼は私と婚約して、すぐに日本を出発してしまったあっけない思い出の人なのです。彼は大阪高商から学徒出陣で大阪二十二部隊に入隊、昭和十八年二月北支響部隊に転属され、二十年初めに沖縄へ配置されています。

二十一年一月留守業務部から来た連絡によりますと、沖縄からの約二千名の帰還者たちによって、二十年五月三十一日津嘉山において戦死と認められるとのこと、その後、公報も来てそのままになっておりますが、彼のお母さまがまだお元気で、「さぞ死に水がのみたかったろうに」などとなつかしがっておられますし、私の兄の戦死の状況はよくわかっているのに比べ、あまり、なにもかもがわからないのが寂しく思われて、どなたかご記憶の方のお知らせをいただければ、どんなにうれしいかしれません。(一九六二・二)

痛恨の原点

敗戦後、私はこの婚約者の「戦死した」と伝えられる沖縄に渡ろうともせず、沖縄での戦争がどのような状態であったかを調べようともせず、父母の相剋《そうこく》を見るつらさから逃れるため、身勝手な結婚をした。

米空軍の大阪第一回空襲によって焼けだされた立売堀《いたちぼり》のわが家、そして阿波座《あわざ》の木村邦夫氏の家、結婚した相手の家も靫《うつぼ》で、お互いにほんの近い一画に在った。父の怒りは、もっぱら母にむけられていた。母が、私と木村邦夫氏との婚約に賛成したのを、いつも責めるのだった。

「お前、伊都子をどないする気や。身体が弱い上に、いっぺん婚約してる。相手は戦死して、おまけに家は焼野原や」

そういえば、一九四二年一月十日、兄岡部博の搭乗偵察機の「未帰還」連絡に兄の「戦死」を覚悟。

その後シンガポールに進んだ日本軍によって、三月十五日、マレーのジョホール州ジョホールバール北方五十キロ西九十キロのアイルベンバンに撃墜された偵察機と、佐々木政治中尉（操縦者）、岡部博少尉（偵察者）——いずれも当時——の屍が発見された。

緒戦のこと、その現場に建てられた「空神故佐々木政治大尉・故岡部博中尉之碑」と記された碑の写真が届けられ、そして『航空朝日』に記された朝日新聞従軍記者だった小原正雄氏のお心のこもった文や、それからの調べで、兄の死の状況はほぼ明らかになった。

兄の骨はもとより、帯剣していた刀の銘もまちがいなく、還ってきた。軍部、学区、町内会、幾たびか、ていねいな公葬がいとなまれた。

その兄の死後、木村邦夫氏が時折り「おまいり」にわが家へたずねてみえるようになった。木村氏は、大阪二十二連隊へ入ったあと、一九四三年二月、見習士官となって別れを告げにこられた。

「もう、どこへ派遣されるかわかりません、いつでも出発できる用意をととのえて待機せよということです」

彼は、私と同じ明治尋常小学校で、一学年上の男の子だった。どこが住まいか、何という名かも知らなかったのに、リンとした態度の男の子に好意を抱いていた。卒業して同窓会幹事となってからはじめてその木村邦夫という名を知った。廊下や道で、ばったり逢うと、こちらはひとりドキドキした。

二人だけで話し合うことなど、当時の少年少女には許されなかった。兄の祭壇におまいりに来られると、私はお茶やお菓子を出してすぐ、ひきさがった。

「いつ出発かわかれへんて……、そんならもう、これがこの世のお別れですね」

と、私は言った。戦地に征く人は戦死しはるやろし、私は結核、いずれ死ぬ運命だ。

「私はあなたが好きでした。もうお別れですね。ありがとう、さよなら」

邦夫氏が帰ってまもなく、木村のお母さんがみえた。母と二人で話し合っていた。そして
「どちらも死ぬかもしれない。けれどどちらかが死ぬまでは、他の人とご縁をもたないという形の婚約をしたい」

という希望が伝えられた。

親戚会議が招集され、「もう博さん死なしてるのに、また死ぬかわからん人と婚約するなんて」という反対の空気が濃かった。父も、長兄も、姉も、一言も言わず、黙りこくっ

ていた。その時、母が言ってくれた。母は、私の心を察していた。

「このことだけは、伊都子の好きなようにさせてやりたい。どうぞ許してやって下さい」

この母のとりなしのおかげで、白扇を交換して二人の婚約は成立した。


私は緊張し切っていた。

病気で死ぬ覚悟ばかりしている。だのに、思いもかけない、あこがれの人と婚約した
……なんて。

初めてわが部屋へ通した木村氏は、本の並んでいる部屋を見て「いい部屋だ」と言った。

そして南の窓のそばの椅子に向い合わせに坐《すわ》って、居ずまいを正した。

「自分はこの戦争はまちがいだと思っている。こんな戦争で死ぬのはいやだ。

天皇陛下のおん為《ため》になんか、死ぬのはいやだ」

はっきり言った。はっきりききこえた。

そして少し声を落して、

「君やら国の為になら、喜んで死ぬけれども」

と、そう言った。

びっくりした。生まれてはじめてきく言葉。

「天皇陛下のおん為になんか、死ぬのはいやだ」

とは、聞いたことはもちろん、読んだことも考えたこともない。しかも軍人だ。見習士

官だ。

教育は、すべては「天皇陛下のおん為に」だった。「喜んで死ね」「忠君愛国」。幼い頃から小学校時代、そして結核になって「お役に立たなくて申しわけない」と、「非国民」でしかないうしろめたさに、おびえてもいた。

木村邦夫氏は、心をきめて、「今、この婚約者に自分の本音を言っておこう」と毅然《きぜん》と姿勢を正されたのではなかったか。こういう言葉が、誰かから他に洩らされたら、どんな罪に落されるか、わからない時代である。うっかり誰にも言えない本音だった。

親にも、兄妹にも、友人にも、町の人にも……、私は、他の誰にも言えない本音を、はっきり話してもらったのに、その意味が、肝心の私には、わからなかった。私は兄の戦死を名誉とし、婚約者のいのちがけの言葉が理解できなかった。

「私なら、喜んで死ぬけど」

と答えたのだ。

邦夫さんは、このことにはもう触れずに深夜の大阪駅から発《た》っていった。見習士官ばかりを乗せた列車、どこへ連れ去られるのかわからない若者を乗せていった。木村の家族、岡部の両親、そして私。口もとは微笑して、涙を流して二十二歳になろうとする邦夫さんは行ってしまった。私が二十歳になる前の雪の降る夜であった。

「この娘《こ》にだけは」と、真剣に、本気で語った邦夫さんの声は、いまも胸痛くのこっている。

その声に答えるには、あまりにむなしい私の返事。

邦夫さんは、その私に対して、どんなに淋しい気持だったろうか。あまりにも人間的な視野をもたない娘を選んでしまったかなしみ、大事なことをわかろうとしない娘への怒り。私は、意味がわからなくて、一方であたりに気を兼ねていた。こわかった。

それでも、まっすぐに歩く人、純粋なきれいな気持の人柄を信じていた。邦夫さんのすがすがしい美しさを母も大切にしていたのだと思う。もちろん、「軍国の母」であった母に、その時邦夫さんが言った言葉は、一切、話さなかったが。

邦夫さんが連れられていったのは、黄塵《こうじん》舞い流れる蒙疆《もうきょう》だった。

「北支山西省の潞安《ろあん》の城壁の下の石部隊の兵舎」

一九四三年六月から一九四四年三月まで、木村邦夫といっしょに過したという仲好し見習士官の一人相澤新吉氏が、そう教えてくださったが、その部屋でのスナップであろうか、邦夫さんが膝に本を斜めに置いて、読んでいる。殺風景な部屋の一隅だ。本は、私の送った本のなかの一つ、堀辰雄著『菜穂子』。

いろいろな本を送った中に邦夫さんが手にしたい気持になった時の写真か……。

一九九六年二月、京都文化博物館で「日本出版文化史展'96京都」がひらかれた。ひっそりした会場だったにもかかわらず、遠くから近くから、本、書籍にこころある人びとが、寒さきびしい雪冷えのなかを、二万人も観にこられた。やはり、書物でなければならない、他のメディアでは納得できない市民が多いのだ。その時、会場の展覧のなかに、出版当時の、大判の『菜穂子』が並んでいるのを見て、泣いた。


なぜ、「掲示板」への投書が、一九六二年二月なのか。

一九四五年・敗戦、
一九四六年・結婚、そして満七年後、離婚。

一九五四年から執筆による生活が始まる。

もう年齢は三十歳である。ずっと着物を着ている。学歴は無い。社会的に働く力は無い。せめて少女の頃手ほどきしてもらっていた箏曲《そうきょく》を、も一度しっかり稽古し直して、「お琴で身い立てたら」と励まされた。とにかく、母と二人のつつましい暮し、人さまのご迷惑にならないように、自立してゆきたい。だが、うつむいて、お琴を弾いていると、繰りかえし稽古しているうちに、胸から頬にかけて紅く熱がさしてくる。とても不健康な熱の身なのだ。

結局、「療養の娘」時代に「死にたい死にたい」と書きちらしていた、ため息のような小文『紅しぼり』文集を読まれていた方のご紹介で、当時出発したばかりの民間放送「朝日放送」で、朗読用の原稿を書かせてもらうようになった。

読むのも、書くのも、病床のうち。とにかく「四〇〇字の言葉」という短い原稿だ。たった四〇〇字一枚の原稿に、「話し言葉」が求められる。朗読、たった一分十秒か二十秒といった小文だけに、それまでの読み書きとはまったく異なる訓練が要《い》った。ハモンドオルガン演奏で一曲、そのあとの朗読。

むつかしい熟語は、発音だけでは意味を伝えにくい。表現しようと思うことの意味が、まず自分によく理解できていないと、わかりやすく書けない。女の、戦争体験者の私が書かせてもらうのだから、社会現象のすべてに「自分の角度」「自分の視野」をもって当らなくてはならない……。

短い、そのお話し言葉で、何が言えたか、ともかく、社会現象を学ぶ。本を読み、新聞を読み、心を傷《いた》めた。おかげで、大きな視野の訓練をさせてもらった。無我夢中で書き暮しているうちに、たまった原稿が本となりつづけた。思いもかけない、今日まで、なお。

一九六〇年、反安保の闘いに、樺《かんば》美智子さんが亡くなった。同じ六月十五日、三井三池炭坑の争議の現地をみて、岡崎美八重《みやえ》さんが自死している。どちらも二十二歳、私が戦争中みすみす愛する男を殺したことを思うと「そういう時代にしてはならない」として闘った同性の闘う死は、ショックだった。そして、民衆の憤《いきどお》りの全国的なデモ行進に、韓国の闘いをはじめ、学生や町の人びとの「納得できないことを拒絶する尊さ」が身にしみた。

あれだけ、絶体絶命の短い時間に、リンときびしく「戦争はまちがっている。天皇陛下の為には死にたくない」と言い切った木村邦夫さん。だが、その思いをあらわすすべもなく、デモさえできなかった学生時代。どんなに町角にたって「否！」と叫びたかったことだろう。

一九六〇年十月十二日、ラジオで聞いていた「三党首立会演説会」で、百数人の警官がつめていながら刺殺された浅沼稲次郎社会党委員長事件、その翌年の嶋中事件などとつづく世に、上野英信《ひでのぶ》著『追われゆく坑夫たち』(岩波新書)を読んだ。上野英信氏は私の「掲示板」投書に「反響が無いのではないか」と案じて下さったが、たった一通、「沖縄のことなら、この人に連絡をとればいいと思う」とある、連絡先の記されたハガキが着いた。すぐに連絡した。

連絡先は東京のお住まいで、かえってご迷惑ではなかったかと、今になって思うけれど、その時は、知らないことを、何か聞かせていただきたい一心だった。こちらの願いを聞いて、大阪で逢って下さった。初対面の緊張にいまはくわしい記憶を失っている。

「沖縄での話なんて、とてもとても、話し切れるものではありません。それはものすごい体験でした。私も日本軍の一人でしたが、戦争のただ中で、住民も軍隊も、あったものではない」

木村のお母さんが、「水を飲ませたかった」と言われた話をすると、「とんでもない」と打ち消された。

どこで、誰がどうなったか、わからないのが事実なんだ。今すぐ沖縄へ行ってあちこち行くことができれば、あ、この壕には誰がいた、次の川には誰がいたなどと思うかもしれないが、もう中・南部の海は米軍の艦船がとりまいていた。艦砲から発射される一発の砲弾があたると、二、三十人は吹っ飛んでしまう。人の形が無くなってしまう。自分も那覇あたりから、追われるように南へ南へ追いつめられて行ったが、昼は動けない。手さぐりで南へさがってゆく道の両側には、頭を目的地へ倒した死体がずっとつづいていた。

倒れている人の水筒をもらう、靴をもらう、食べものをもらう、着ているものももらってさらに南へ逃げてゆく。近くでの砲弾炸裂に傷つき、低空飛行して機銃掃射する米軍機に息がとまる。姿形がなくなって木の葉に肉がついているだけの死体破片。

この男性は、南に追いつめられて壕（今はガマとよんだことを知ったが）にひそんだ。自然壕の壁づたいに、したたってくる水分を舌でなめ、すすったという。しかし、何か食べものはないかと、夜になると米軍の棄《す》てた食物や缶詰の残りなどを探しに出る。さあっと光に照らされ銃撃をうけて死んだ人も多い。飢え死した人、もう南はずらりと米艦隊、切ったての崖だ。泳いで逃げることはできない。

体力すべて弱って、凹みに落ち、そこで気が遠くなった。そのために、捕虜になった。捕虜になって少し体力が回復してくると「戦場処理」にまわされたという。どこもかしこも荒廃の戦場だ。

この時、米軍兵士の死体は、二メートルの深さ、二メートルの長さに掘った穴に、一体ずつ横たえて埋葬し、上には十字架をたてた。名前も明らかにして、ずらりと並べていた。けれど、こちら日本側の民間人も兵士もいっぱい死んでいる。いたるところに谷のように凹んだ砲弾の炸裂のあと、大きく地形を変えた穴へ日本側の死体、つぶれた大砲、こわれた銃、破損した武器もいっしょにブルドーザーで押していって、落す。どんどん落した。その上に小山をこぼった土を落しおし入れて平らにした。さらにその上にアスファルトを敷いた。舗装して道にしたり飛行場にしたり。それはとても「骨を拾う」ことの可能な状態ではない。それどころではない。

うーん、あるいは自分たちがそういう死体になっていたかもわからない。戦場処理に出た捕虜仲間には、何ともつらい、しのびがたい思いが募って、皆で話し合った結果、十人の代表を選んで、代表が米軍の命令者に申し入れに行った。

「もう戦争は終ったんだ。死者はみんな神や仏。どこでも霊は大切に祀《まつ》られてきた。ブルドーザーで一つ穴に入れられるのなら、せめて、『ここには日本側の屍を祀る』という標識を立てさせてほしい」

そう申し入れに行ったんだ。

すると、その十人の代表を穴のそばにずらりと並べて、たちまちダッダッダッダッと殺した。そしてすぐ、ブルドーザーで落してしまった。

その時殺された捕虜代表十人の氏名は、わかっているのだろうか。その死の状況など、遺族に明らかにされたのだろうか。

聞くだけで、せいいっぱいで、ほとんどメモもとらず泣き、圧倒されていただけのほろほろ頼りない自分を思う。沖縄の苦難を知ろうともせぬ無責任な女だった。

その時、初めて逢う私を前に、お茶も飲まずに激しく心こめて二、三時間語り通された男性によって、今なら聞けないかもしれぬそのなまなましい捕虜体験を聞くことができた。

我やさき、人やさき

この体験を聞かせてもらったから書けたのが、折から『芸術新潮』に連載中だった「古都ひとり」の一項「闇《あん》」（一九六二年五月号）である。

婚約者を沖縄で「戦死」と知らされながら、沖縄の歴史も戦争も伝承も文化も学ばないままの私に、「遺骨収容なんてとてもとても。アスファルトを全部掘り返さないと」と痛憤をもらした方の話、捕虜代表がまた殺されてブルドーザーで谷間に落された話。

なににしても、野ざらしや、地底におしひしゃげられた骨がるいるいとしてくさりつつあることを思う。正直いって私は自分の墓などほしくもないと言い切るほど、骨に愛着は感じていなかった。一片の物質と化したものを、いつまでも愛惜するなんて、舌たるいセンチメントでしかないように考えていた。
けれど、ブルドーザーで落される骨、アスファルトの下づめになった骨を考えると、まだ生きている私の骨が哭《な》くのである。霊なんて信じないのよと言い切っているのに、骨にも幸、不幸のあることを生きているものの幸、不幸と同じように感じてしまうのだ。

ここでもやはり書いている。

沖縄の戦場処置を残酷だとつめよる気持よりも、日本軍だって勝利にすすんだ各国での戦場で、どんな残酷なことをしてきたかとおそろしくなる。アルジェリアにせよ、コンゴにせよ、ベトナムにせよ、世界のどこでも、戦争の起っているところにはこの悲惨が現実なのである。無明《むみよう》の闇、永遠の闇、人間は闇から醒《さ》めることはできないのであろうか。

この戦場処理の話をきいた当時は「住民十五、六万、軍人十一万余が死んだと伝えられる」といわれていた。

今はアメリカ文化のゆきわたる基地沖縄になっている。立派な道が通り、あちこちに飛行場がある。いつまでつづく軍政か、施政権返還はチラとも言い出されない様子だ。その基地のなめらかなアスファルトの道の下には、数え切れない軍民の屍がとじこめられたままであるという。

生きているこのわが骨。

生来、虚弱で「とても育たないだろう」といわれていた子。生後一年たつかたたぬかに右耳が中耳炎になって（当時、中耳炎は死に病いといわれていた）大手術で、いのちとりとめた。しかし、ずっと膿《うみ》がつづき、右耳はまったくきこえなくなってしまった。

母の実家は浄土真宗西本願寺の門徒。岡部は東本願寺の門徒。いずれにしても、母は親鸞聖人と、阿弥陀仏に帰依。朝晩仏壇に心をこめて読経《どきよう》し、声はりあげて蓮如上人の御文、中でも「白骨のご文章」をよく唱えていた。

私は末っ子の甘えた弱虫、他の兄姉が母のそばを離れたあとも、母のうしろに坐っていた。

父は家父長制の天皇だ。威丈高《いたけだか》に、「女は人間やない。女は汚い」と母をいじめた。その女の腹から生まれ、その女を抱き、子を成す自分はいったい汚くないのか。男より女が「救われないものだ」との差別が延々、宗教的差別、世界的偏見としていまもつづく。母を粗略に扱う父から、母を守りたかった。だから母のうしろに坐っていた。

夫《それ》、人間の浮生《ふしょう》なる相《そう》をつらつら観ずるに、おほよそはかなきものは、この世の始中終《しちゅうじゅう》まぼろしのごとくなる一期《いちご》なり。（中略）我やさき、人やさき、けふともしらず、あすともしらず、おくれさきだつ人は、もとのしづく、すゑの露よりもしげしといへり。

されば、朝《あした》には紅顔《こうがん》ありて、夕《ゆうべ》には白骨となれる身なり。（下略）

小さな時からいろんなお文をきいたはずだけれども、この「白骨」が身にしみている。「我やさき、人やさき」みんないつ死ぬかわからない。

「朝には紅顔ありて、夕には白骨となれる身なり」のところにさしかかると、母は、うしろの子に言いきかせるように、一段と声をはりあげて唱えた。

「いつ死ぬか、わからぬ子」「とても育たない子」、毎日、心をこめて私の面倒をみて育ててくれながら、母はつねにその思いを強《し》いられていた。うしろの子にも「死ぬ覚悟」をさせようとしていたのであろう。他の「ご文章」とはちがって、白骨となる人間の成行きが語られると、わけのわからぬ子も、何かジンとする。ゾッとする。いつのまにか、自分は白骨だと感じていた。これは、科学だから。誰も否といえない現実だから。

一九六八年四月、私は、自分が沖縄の地を踏む資格がない者であるとわきまえながら、勇気をだしてまだ施政権が米軍に在る沖縄にたどりついた。ビザが要った。ドルであった。

なかなか許可がおりない私のために、東京の知人、麻生芳伸氏が『琉球新報』東京支局長の石野朝季氏に相談して「琉球新報」ホールで話をすることにして下さったらしい。何も知らぬ私が無事、渡航することができた。

当時、ジャーナリズムのほとんどは、「復帰」交渉が日米政府間で始まるまで、「沖縄にタッチするな」という不文律にしばられていた。

その中で「沖縄」に関する書を、すこしでも早く、すこしでも広く多くの人に読んでもらいたいと、心からの沖縄企画を実現しつづけておられた岩波書店の田村義也氏が、新書編集部から『世界』へ移られた時、『世界』(一九六八年十月号)に「沖縄の道」を書かせて下さった。

時代も移る。人も変る。自分ももう、その時の私はいない。一九六八年四月のホールでの印象を、再録しておこう。

沖縄の道

(前略)

沖縄での書物の乏しさは、想像以上のものである。書店の店先に、書物らしい書物の数は甚《はなは》だ少い。買取り制のゆえに、まったく仕入れが少いのだ。本土では過剰のゆえにかえって店頭に並ぶ時間の少い惜しさがあるが、沖縄では、本土でいったいどんな本が出版されているのかさえ、くわしくはわからないようだ。書評などをみて注文してからも、手に入れるまでに二十日ほどは日がかかるし、送料の加減で高い本につく。おそらく、沖縄で私の著書は、ほとんど読まれていないだろう。いったい何者かとさえ思われているだろう。この活字隔絶の沖縄では、たとえ、どんなにたどたどしかろうと、心をこめて話すことしか、心を通わせるすべはない。

❖

琉球新報社のホールで、一応〝美の意味〟と題して話しだした私は、できるだけ淡々と、と心掛けていたにもかかわらず、やはり、胸がいっぱいになってくるのをどうしようもなかった。その日の午前に、私はかつての許婚者木村邦夫（当時陸軍少尉）を知っているといわれる女性高崎さんに出あって、彼の死の状況を聞いたばかりである。

船が那覇について、すぐ案内してもらったのは、彼の戦死の場所として公報に記されていた島尻郡津嘉山であった。首里、那覇にもほど近い台地。ちょうど、当時軍属でこの地の軍隊に勤めていた大城さんという六十歳の男性にであって、低い丘陵のあちこちにのぞいている壕の入口に連れていってもらった。なだらかな丘陵も、おだやかな野も、戦争になればどのようにか荒れたことだろう。中で、五、六百メートルはつづくといわれる長く深い壕にひそんで闘いつづけた人びとも、結局、壕の背に穴をあけて火薬を落されては、ひとたまりもなかった。透かしてみる壕の奥は、いろんな植物が交錯してじゃんぐるのようである。落盤もして、とてもはいれないとのこと。

大城さんは「ここにいた部隊は、六月一日に南方へ下がった。その時動けなかった者は自決したんです」といわれる。それでは、一九四五（昭和二十）年五月三十一日という死の日付は、自決をみとどけられてのことであろうか。花束をさし入れながら、彼のみならずここに生命を断った人びとのことが思われた。みんな生きていたかったであろうに。さぞ、いとしい者たちのそばに暮したかったであろうに。

その夕刻、私は未知の、高崎芙美代さんのでんわをうけた。きけば高崎さんは、ご主人を中支で戦死させ、ひとり息子の俊明さんをわずか十四歳で鉄血勤皇隊に動員された。その俊明さんに面会にいった首里の壕で、隣の部隊から遊びにきていた木村に紹介され、その後も何度も話したという。すでに刻々に追いつめられていて、話は戦いのことばかり。彼はピストルを自分の額に擬して、いざとなればこうだと語っていたそうである。

六月十日、南部へ下がった俊明さんをたずねていった高崎さんは、木村が、両脚をやられたので自決したことを聞かされた。「立派に自決を」と、大城さんの話の裏打ちがなされたのであった。高崎さんが、彼とはじめて出あったという壕のあとやその附近の井戸に連れてゆかれた感動を、じっとひそめるひまもなく、講演の時刻であった。

私が沖縄にきたこと、そして許婚者のことなどが、新報の記事で紹介されたので、すぐ、高崎さんが連絡して下さったのだ。その記事は集られた方も読んでいらっしゃるだろう。〝美の真の意味、美を美とするに足る価値の判断、真への追究〟というテーマに入る前に、彼の死の状況のわかった報告をして、お礼をいいたかった。だいたいの成行きを説明しているうちに、声がつまってくる。恥かしいことながら、とりみだしているらしい。白いハンカチが会場に動いて私の声の途切れるしじまが深かった。ここは沖縄だ。彼の話はどの人にとっても無縁ではなく、それぞれの人の心に、重く大きく存在する沖縄戦そのものである。千人ほど集られた方がたは、静かにうなずき、また、涙しているようであった。

下手な話を終えたあと、舞台の袖にまわって、会場にむかって頼んだ。

「私が話しただけで終るのは、何とものこり惜しいのです。何かひと言でも、質問か感想かきかせて下さい。どんなことでも結構ですから、何かご発言下さいませんか」

だが、しいん、として何の反響もない。皆、息をつめていらっしゃる。ひとりの手もあがらない。

「何もお思いになることはないのでしょうか。私に教えて下さい」

でも、寂として声もない。私はつらかった。

「どのお集りでも、こんなにご発言がないのでしょうか。いつもこんなふうなのでしょうか」。

それでも、沈黙はつづく。

「それでは、私からおたずねしてもよろしいでしょうか」。

私は、前の席の若い女性に、今いちばん心にかかっていることは何かとたずねた。しかし、相変らず、戻ってくるのは沈黙である。さびしくて、ひっこみのつかない、あと味の悪さ。いったい、これだけたくさんの女性が集っていらして、こんなことってあるかしら、と思いながら、次の、すこし年齢のゆかれた女性を指した。その方はすぐに立って微笑しながらこういわれた。

「さきほどから、どんなにか言いたいことを、誰もが胸いっぱいかかえていると思います。でも、私たちは、こういう時に自分の思うことを思うように言えないのです。これを機会に、何とか思うことが思うように言える自分になるため、訓練したいと思います。みんな、いっしょけんめい努力してお待ちしますから、また来て下さい。もっとたびたび来て下さい」

はっと思った。

「ほんとに、また参ります。お互いに、どんどんゆききの自由にできるように力を合わせましょうね」といいながら、この沈黙の裏にひそまる深い重みを、実感としてあじわっていた。それにしても、やっと最後の、この発言を得たことはありがたかった。

この方はあとでひかえ室にも来て「会が終って帰ってゆく人たちが、口ぐちに『私も話したかったのに』とか『言えなくて残念だった』とか、いきをはずませて言っていました。きっと、それぞれの心に、大きく発酵するものがあったと思います。皆、人前で発言することに馴れていないのですが、心はあふれていますから」と、力づけて下さった。ひかえ目な姿勢が日常なのだ。

発言のなかったのは、戦争の体験の重みのせいか。それに、人前での発言に不慣れなのも、その一因であろう。私もかつては、とても人の中で発言できる人間ではなかった。「こんな言葉を使ったら笑われないだろうか」「自分の心をみせたら傷つけられるのではないだろうか」とおびえていた。たずねられて、判らないことを「判らないのです」と答えるにさえ、胸がドキドキしていた。おびえと闘う勇気、失敗をおそれない気持になれるまで、長い時間がかかっている。

（中略）

私も、沖縄の話をすると「それで、みんな日本人ですか」とか「みんな日本語を話すのか」ときかれることが多い。それが、平凡な町の人びと、決して、沖縄に悪意をもっていない人びとが、そういうのだから、かっとなる。りつぜんとする。いわゆる善意というものを、私はおそれる。善意の人は、自らの善意に酔い、その無智や無神経がどのように許されないものであるかを知ろうとしない。

主権在民、人権平等の憲法はある。沖縄の人びとはこの憲法に守られたくて復帰の熱願をこめている。だが果して本土（やむをえずやはり本土を使う。いわゆる本土）に、憲法は充分生かされているだろうか。まだまだ、被差別部落への差別も、階級差別も、職業差別も根強い。そしてさらに沖縄差別、朝鮮差別が執拗《しつよう》にのこっている。

数々の不当な差別をうけて、苦しみを味わいぬいているはずの沖縄の中年の男性に、コザの、白人街黒人街の差別を当然だという人があっておどろいた。「黒人なんて汚いし、無智だし、差別されるのが当然ですよ」。あ、それでは困るのだ。「誰が黒人を汚くさせ、無智にさせているのでしょう。それは黒人のとがではないでしょう」。どんなにやさしい人でも、黒人をさらに差別する人では、人間解放への仲間とは言いがたい。

また、ある若いジャーナリストは、仕事柄つき合う白人の中に、いい人柄の男性がいたという。その白人は沖縄の混血児を養子にしたり、ちょっとしたことにも思いやりがあって、よくできた人のように思われた。一緒にバアで飲むことも多く、この人だけは、と心を許していたのだそうだ。ところが、ある日飲んでいるところへ黒人がはいってきた。するとその白人は、いかにもいやそうに「黒人だけはやりきれない」と、深い嫌悪を示したという。

ジャーナリストの信頼は、音たててくずれた。あんなに立派に思えていたこの白人でさえも、黒人を人間扱いにはできないのだ。いかにわれわれに対していんぎんであっても、もう二度と気は許さないと、彼は言う。

「黒人と同じくらいに、やつらは東洋人を考えてるんです。ただそれをカモフラージュしているだけです」

その、黒人への言葉をきいた時「あなたのそのひと言は、これまでのあなたのすべてのよきことを無にしました」と、白人に言ってほしかったと思う。しかし、それを言ったら彼の、ジャーナリストとしてのいのちは終るかもしれない。彼は今もにこやかにその白人とつき合っているが、もはや、どのように誘われようと、みずみずしい心の内面をひらいて語ることはしなくなった。

このようにして、沖縄の人びとは、歪《ゆが》んだ意識、思いあがった本土の人間に対する怒りや絶望も、やはり笑ってのみこんでしまうのではないだろうか。それを、沖縄の人のやさしさ、おとなしさだと、思いこんでいるのではないだろうか。沈黙がちのひかえめなやさしさを、いいことにしてはならない。生きるために、このような方法をとらざるをえない羽目に追いこんでいるのは、本土の責任なのだ。本土自身、正しい人間意識の社会になりえていないからこそ、こうした沖縄差別が、えんえんとつづく。

どこからどうカメラをむけようと、その全貌をとらえようもない巨大な基地をみていると、いいようもないむなしさと怒りがこみあげてくる。充実した貯蔵庫、点々と立てられた監視所、海辺につづく積荷、おとなしい沖縄の人びとが「あれが殺し屋です。B52なんて、ぞっとするような不気味な飛行機です。ああいういやな飛行機にのれば殺すのもあたりまえになるでしょうね」と、ひきちぎるように叫ぶB52の黒いしっぽ。このすさまじい巨大な基地を、返還する気などあるまい。逮捕し切れぬおびただしい人民たちがたちあがってとり戻すのだ。

この八月十六日の朝日の紙面によると、学生やべ平連会員の二十二人が嘉手納《かでな》基地の第一ゲート付近で逮捕されている。木の下で雨宿りをしていたところへ、空軍警察の米兵数十人が駆けつけていきなり逮捕したということだ。

この五月二日、はじめて行なわれたゲートでの市民の坐りこみのニュースに感動したのは、生ぬるい中間市民層の集団だといわれていたべ平連が、その生ぬるさゆえの力で、他の政党が当然なすべくしてなしえていないことを、行動でもって実行したからである。

そして、全軍労の十割休暇闘争や、伊江島の住民、教職員組合の抵抗など、各地に根強く前進している住民闘争に、刻々に目ざめてゆく住民がふえている。

美しくととのえられた基地の中、みどりの芝生のところどころに、程よき木立が点在する。この木立は、かつてそのそばに民家のあったことを物語るものだ。台風の多い沖縄では、民家のそばに必ず防風林をつくる。幸福の福という名の、福木が多い。その住いを追いたてられた民衆は、基地の脇にひとかたまりに住まわせられ、そこから、かつての我が家のあたりへ働きにゆく。

「停車、立つこと、徐行を禁ず」と、軍用道路の標の立っている一号線は、アメリカの都合で、いつでも閉鎖される道である。ビラをまくことも、労働運動することもできない規則になっていることを知っていると、ゲートでの坐りこみや、脱走呼びかけのビラ渡しが、どんなに大きな行動であるかがわかる。この道を通るたびに人びとは「あの丘の白い建物が、佐藤首相の逃げこんだ迎賓館です」と必ず指さす。苦々しい名所案内である。

　米軍の飼っている犬や猫に石を投げてもつかまるし、向うのくるまにひき殺された者は殺され損で犯人は無処罰。本土でも占領時代はそうであった。沖縄住民の人権は、まったく無視されているといってよい。雨しぶくこの一号線を通り、四・二八をめざして本島最北端の辺戸《へど》岬へと歩いている復帰行進西コースをみつけた。思わずそのしっぽにくっついて、ほんのすこしを歩いたが、同じ復帰行進の東コースの人びとは、米軍の威嚇射撃《いかくしやげき》をうけている。

「本土では復帰後の沖縄に、どういう経済の見通しをたててくれているのでしょうか。どうも、いまの状態だと、かえって逆効果のような気がするのですが」

と、肩を並べて歩いていた男性にたずねられた。

沖縄を領土的野心でのみみている人間も多いことだ。たちまち、収奪と差別で莫大な利益を吸いあげようと考える者も、いることだろう。一歩一歩、復帰を祈って行進しながら、その人びとの心の中には、本土への思慕と不信がともに渦まいているようであった。

なるほど、基地の外からのぞきみるB52の黒い尾翼は、ひどく不気味である。だが、ただB52さえ撤去すれば、それですむといった簡単なことではない。私は飛行機の発着にも使えるという一号線の上を、何回もくるまで通りながら、生還者からきいた戦場処理の話を思いだして仕方がなかった。(中略)

涙と熱で語られた言葉が、いつもその道を踏む足裏にひびいていた。日本軍も非道を各地で行ったであろうが、人間とはいくらでも醜《みにく》くなれるものだ。ベトナムではさらにさらに非道なことが展開されているだろう。

「アメリカは何も日本に悪いことはしませんよ。どうです。沖縄へ来てみて、B52の安全なことがよくわかったでしょう。沖縄はこんなに平和なんですよ。本土の三派の連中なんか、あまりに情緒がないからあんなことをするんですね。もっと情緒を教育してやらんと」

アメリカの行政府の仕事もしていたというある有力者の話しぶりには、本土の権勢のアメリカ代弁と同じものがあった。B52は沖縄に悪いことはしないということはおかしい。さっきも言及したように、ことは単にB52だけの問題ではない。なるほど、情緒はほんとうに大切だ。だが情緒は、人間が、人間らしい闘いをするために大切なものなのである。情緒さえあれば闘わないというものではない。ゆたかな人間的情緒の持主だからこそ、人間を非人間に歪める要素とは闘わずにいられないのだ。

辺戸岬のかがり火大会で、高教組の先生が「これだけの不幸を味わっているのだから、高度なむくいを求めてもよいと思うのですよ。祖国へ返せ、祖国を返せ、というのではなく、祖国をつくる意識でなくては」といわれたのが印象にのこる。日章旗はここでは抵抗のしるしである。本土では逆コースに利用されるおそれのある日章旗である。たった一枚の日章旗が、混同しようもない意味のちがいをみせるそこに、分断の事実があるのだ。いたるところに鯉のぼりがひるがえり、中にはふき流しの次に旭日旗をつけている家もある。この沖縄の日本の旗をみて、本土にも日の丸復活を叫ぶ声があるが、うかつにその意義を混同するのは危険である。

祖国とはいうものの、本土は冷たい収奪と差別の国だ。私たちは沖縄が、その祖国のあやまちをくりかえさせぬ、強い愛できびしく本土にたちむかってほしいと思う。沖縄には「食べる手段を与えてくれるのがご主人だ」という言葉があって、それが、差別や占領への怒りを、あいまいにさせてしまうらしい。たとえ貧しくても苦しくても自分で自分を養おうという気概にあふれ、不幸の歴史ゆえにつちかわれている力強い人民となって、かつて沖縄にはなかった人権を確立してほしい。それが、沖縄を返せということだと思う。沖縄は他国の占領から独立し、本土の差別を許さぬ沖縄自身の沖縄をつくってほしい。それは人間共通の解放、世界各地ですすめられている人間解放そのものであり、世界人類への愛と連帯なのだ。

本土代表団や、全琉から集った分会の人びとによってすすめられた四月二十七日夜のかがり火大会は、本土の集会からみて、意外に、静かなものであった。辺戸岬の最北端と、本土側与論島南端とにつみあげられたたきぎに、同時に点火される。この日は涙雨にかすんで、あまり、ありありとはみえなかったが、まっくらな海を通して、向うにぼうと火の気がゆらぐと、こちらではいっせいに声があがった。「静かな京都から来られて、現地でこの大会をごらんになってどう思われますか」とインタヴューされたが、私のこころは、しんとしていた。「静かな京都だっておっしゃいますけれど、ちっとも、京都は静かではありませんよ」。左右を機動隊にかためられた若者たちの反戦デモは、こんな静かな気配ではない。現地では、どのようにふっとうするものかと考えていた私は、案外の静けさに胸がつぶれた。この静かな集会でも、沖縄ではかつてない盛りあがりだと、表現されていた。長い忍従のあげくにやっとここまでの集会ができるようになった、ということなのであろう。

(中略)

沖縄をたつ前日、高崎さんのもとにお礼に伺った。そこは基地に近いバアであった。まだ二十歳になるかならぬかのうら若い兵隊たちを、子どもたちとよんで、高崎さんはいとおしそうにもてなしていた。この人たちがベトナムへゆく……と思うと心がこわばった。ママのお友だちときいて手をさしのべてきたひとりの兵士に、私は素直に手がだせなかった。これが沖縄だ、これが日本なのだ、いつ、人間の殺し合わない日がくるのかと、号泣したい衝動にかられていた。

「ね、お尻の青いのはやまとと同じでしょう」。小さな、お尻の青い赤ちゃんたちの、なんと愛くるしかったこと。生後満七カ月以上、一年半迄《まで》の離乳期の赤ちゃんを集めた、全琉赤ちゃんコンクールをもみせてもらった。お父さんやお母さんに抱かれて、笑ったり泣いたり、おしっこしたりしている小さな住民たち。この幼い人たちは美しい風土にふさわしい幸福の国沖縄の住民でなくてはならぬ。琉大の集会、高校生の熱情、ふつふつとたぎりゆく沖縄の自覚は加速度的に増しつつあると思う。

本土がすでに失っている数々の人間の美質をのこしている沖縄に、胸をはった人権確立の日が待たれる。

心のうずき、民族の声

現『琉球新報』会長の親泊《おやどまり》一郎氏、現ラジオ沖縄社長の嶋袋浩氏は、二十八年前、初めて沖縄へ渡った私をあたたかく迎え入れて下さった方がたである。「津嘉山」一帯の壕あとをともに歩いて下さったり、お約束のホールでの話までに、数かずの事実がわかって、つらい思いがこみあげてくる私を大切にかばって下さったり。

全身細胞が「初めてのおののき」に息づいていた。戦争の恐怖、戦跡、ひめゆりの塔のうずきはいうまでもないが、まったく知らされていなかった沖縄のあまりにも美しい風土、歴史や人情に、芸術に、息をのんだ。

一九六九年賀春のテレビ番組が、東京の放送局から放送されることになったので、私は、「ぜひ琉舞かせかけを踊ってもらいたい。それは美しい舞いですよ。東京にも大阪にも、琉球舞踊の先生方がいらっしゃるはず、そして大阪の友、花柳有恍さんに地唄『黒髪』を踊ってもらう。池田弥三郎氏との対談のうちに、ゆったりと新年を喜ぶ構成を」

と希望した。

希望は承知されていたのに、さて、見せに来られた台本には、琉舞の項が無かった。

「あ、これは……」

今でも、あの時のくやしさ、憤りを思いだす。私の幼い頃からの教育は、まったく、沖縄について教えられなかった。沖縄県が、琉球王国であったことも、その古代からの歴史や文化の在りようなど何も知らないまま、私は沖縄の地にたった。せつなく美しい琉歌のメロディ、気品あふれる琉舞の線、組踊りの物語、心おどる雑踊のリズム……に心から驚いたのだ。

「こんな美しい文化を、芸術を、何一つ聞くことも見ることもできなかったのは、なぜなのか」

一九六八年四月に沖縄の地に立って、驚嘆し、感動し、全日本の地に知らせたかったからこそ、一九六九年賀春のプログラムに、ぜひとも登場してもらいたかった。だのに。

「え？　沖縄は『タッチしないのが安全』ですって？　やめてほしいんですって？　じゃ、この番組は全部やめましょうよ」

東京から打合わせにみえた女性のディレクターさんは、びっくりして何度か本局と連絡をとられたらしい。そして無事、希望通りの「春の心」内容になった。

その番組で「生れて初めて」琉舞を見たという東京の女性は、

「何と美しい舞踊でしょう。すばらしい衣裳に、身のこなし、恋しい人を慕うせつなさがにじんでいました」

と、こちらが涙ぐむようなお便りを下さった。安堵《あんど》した。

一九七〇年、すっかり疲れ果て、テレビの紫外線が良くないと医師にとめられて、以後テレビ出演は見合わせたが、檀上重光氏に声をかけていただいて『神戸新聞』へ「二十七度線」を連載することができた。おかげで、それまで明らかにする勇気のなかったわが正体、見るに耐えない自分を、少しは明らかにできた。

そして講談社の加藤勝久氏によって、新聞連載の「二十七度線」に三篇の原稿を追記して現代新書『二十七度線――沖縄に照らされて』（一九七二年三月刊）が出版された。ありがたい一歩だった。

日米両政府が「施政権返還」についての話し合いをはじめたころから、ジャーナリズムは沖縄タブーをやわらげたが、本質的には見棄てのまま。無理解なまま。まったく、まったく、この日米共同声明は、日米間の安全保障条約をそのまま温存しての、なれ合いだった。日本が敗戦してはじめて得た「日本国憲法」に第二章第九条「戦争の放棄、戦力の不保持、交戦権の否認」がある。また第三章国民の権利及び義務に「基本的人権の普遍性」その他、戦前には考えられなかった条項がある。

沖縄の悲痛のどん底で燃えたつ願いは、「戦争絶対反対」だ。第九条が、沖縄の「復帰」願望を支えた。ところが、日米安保は、この「平和」憲法のもとで、米国とのみの単独講和で結ばれている。これは、憲法前文「平和を愛する諸国民の公正と信義」を裏切るものだ。

あの激しい一九六〇年の反安保の闘いを思うまでもない。日本が、自国憲法に反する条約を結んだ日米安全保障条約を、一九七二年五月十五日の沖縄「復帰」の際に、きっぱり破棄（七〇年以後は平和裡に廃止可能）して、日本は真に独立すべきであった。

それが、沖縄を返還する現実であるはずだ。

復帰・施政権返還とは、もっと真剣なものだと思っていた。

米軍は、米軍の支配している基地のすべてを沖縄に返却し、軍隊の人員、武器のすべてを本国に引揚げるのが当然ではないのか。

日本は、巨大核武装国米国おかかえのまま。武器放棄どころではない。まったくどこの国か、米軍支配、軍行動のほとんどすべてを容認して、日本自身自立できないで、沖縄自立を妨げてきた。

正直、何にもできていない。

復帰だ！　もうビザは要らない！　もう自由に往来できる、という。

あの一九七二年五月十五日になった夜中、テレビに映る雨の那覇の町を見つめながら、しんしんとさびしかったそのさびしさが、魂にしみついている。

復帰後二十年経った一九九二年、『二十七度線』という現代新書の表題の意味が「何なのか、よくわからない」という声がきこえてきた。

母国朝鮮半島が、日本敗戦のあと北緯三十八度線で二国に分断されてしまった苦渋の詩人、金時鐘氏は「分断、対立の呪わしい代名詞」緯度。

「その緯度を、岡部さんは底深い心の疼《うず》きをもって実感できる、数少ない、いや唯《ただ》ひとりの、ともいっていい日本人だ」（『岡部伊都子集』第五巻月報）

と書いて下さっている。

北緯二十七度線は、日本が沖縄を見棄てた緯度だ。

はじめて沖縄への海を渡った一九六八年四月、神戸から乗った船は、那覇泊港へ着く前の夜中、午前三時頃に二十七度線を通過すると、船員さんに教えられた。その時間に甲板へ出て何も見えぬ暗闇の海上へ、花を撒いた。このせつない暗闇の「何も見えぬ二十七度線」は、人権断絶の境なのであった。

だが、もう、沖縄の若い人びとでも、「二十七度線とは何か」がわからないときいて、つらかった。真に許してはならない「二十七度線」の意味。私は『二十七度線』を編んで下さった加藤勝久氏にそのことを話した。

「復帰二十周年」の思いをこめて、「二十七度線」を芯に、再構成しようと、加藤氏のあと「現代新書」部長となられた阿部英雄氏が新版にとりくんで下さった。

「わたしにとって、単に沖縄との間の線にとどまらず、どこまでも重い人間的悲惨、世界中の差別や戦争を映す意味をこめて深く心に灼《や》きついている」北緯二十七度線。前著から「白さざんか」を削り、「ヤマト世《ゆ》二十年」「消えぬ戦の傷跡」「沖縄人《うちなんちゆ》と共に」を加え、古代六〇七年から一九九二年七月までの年表もはいった。

書名に、なやんだ。

「二十七度線」でなく、今度は「沖縄」とすることは決まっていたが。私が沖縄によって「人間らしく生きるとは」と衝撃をうけ、心うずきつづけてきたそれまでの二十四年間の実感が、どうしても『沖縄からの出発』となった。

そして「わが心をみつめて」と副《そ》えた。「沖縄にたち、土地の光と風を受け、戦場《いくさば》の真実を思った私にとっては、他に代え難い実感」だった。

今これを書いている折りも折り、講談社学芸図書第一出版部、川崎敦子さんから一枚の読者感想が回送されてきた。『沖縄からの出発——わが心をみつめて』出版以来、満四年になる。今の若い方のお声か。私は祈るような気持で、読んだ（一九九六年十一月二十四日）。

一気に読み終えた。著者の心の叫びに共感するものがあった。沖縄に立つと世界が見える。沖縄のいたみを自分のものとすることで他者との共生の思いが生まれる。まさに「沖縄からの出発」である。

ありがたい理解だ。だが、そのあとにつづく二十二歳の女子、大学生の、率直な感懐に私は胸が迫った。

今、私は沖縄を離れ、本土で学んでいる。沖縄への思い、沖縄人であることへの誇りは強いのだが、方言が話せない。沖縄文化を知らない。〝擬似ウチナーンチュ〟との思いを持っていて、少し淋しい。

この沖縄文化を学べない状況は、日本が強いてきた長い皇民化教育のせいがある。もう「教育」がまともになったはずだと言いたいけれども、沖縄口を「方言」として禁じた時代があまりに長く、そしてその結果は悲惨だった。しかも日本政府の文部省は、なお琉球王国以来の歴史を、教育のなかできちんと教えていない。沖縄戦の実体すら教えない。幸い、日本が敗けて琉球弧《うるま》独自の文化が蘇《よみがえ》ってきたが、若い人びとはどこにでも生き、学び、世界に伸び得る自由が力となる。これだけすぐれた若い能力の女性の、この淋しさを思うと、こちらも淋しい。

どうすればいいか、と思う。高良勉《たからべん》詩人よ、助けて下さい。

弾を浴びた島・山之口貘《ばく》

島の土を踏んだとたんに
ガンジューイとあいさつしたところ
はいおかげさまで元気ですとか言って
島の人は日本語で来たのだ
郷愁はいささか戸惑いしてしまって
ウチナーグチマディン　ムル
イクサニ　サッタルバスイ
と言うと

島の人は苦笑したのだが
沖縄語は上手ですねと来たのだ
（『山之口貘全集』第一巻・一六九ページ）
『琉球弧の発信』（一九九六年四月）より

あくまでウチナーグチを大切に、基点にして表現しつづけておられる高良勉さんの魂の香りが尊い。先人山之口貘氏の詩が現実であり、琉球の歴史、文化、民俗、うるわしい気象、亜熱帯の自然が煮つまっている表現であることを語りつづけて綴りつづける高良氏には、個人誌、詩集たくさんあるが『琉球弧《うるま》の発信』（御茶の水書房）一冊だけでも、読めばしみじみ、じつに多くの民族の声音をきくことができる。もとより、骨の声も。

高良勉詩集『わがカミうた・越える』（ニライ社）をこの女性に送ってもらったら「日本人である前にウチナンチュでありたい」と、その目の輝きが見えるようなお便りだった。「この詩集が自由な精神を、琉球語、フィリピン語、英語、日本語から成り立っているのがうれしい。勉強する」とのこと。

手

灰谷健次郎

せんせい。船にのるときは、どこかさびしいところがありますね。汽車にのるばあいなどとちがって、自分の魂からもはなれていくような、なんともいいようのないさびしさです。子猫がよその家へもらわれていくとき、こんな気になるのかもしれません。

わたしがこれからのろうとしている船は三千トンクラスの客船で、いま、しずかに神戸港に停泊しています。船はしろいペイントでおけしょうされていて、闇の海に、ぼうとうかんで見えます。とおくから見ると、しろい牛がねそべっているようにも見えて、ちょっとかわいい気さえします。

せんせい。こんなふうにかくと、ここはいかにもしずかなところのようでしょう。わたしがとてもよい旅立ちをしているように思えるでしょう。ちょっと待ってください。

ざんねんなことに埠頭《ふとう》はたいへんやかましいのです。船をチャーターしているK旅行社の係員と乗客がけんかをしているのです。はやく受付をすませて、よい席をとろうとするお客さんと、そうはさせまいとする係員とがどなりあって、まるで魚市場です。

わたしは男の子のように舌うちをしています。こういうことではこまるなと思っています。さきほどから手のひらがきゅんと痛くなり、それからかゆくなって、わたしの心のイライラが、とうとうそんなところにまで出てしまったのです。つれのサッチンも、よこでぶつぶついっています。

つい三十分ほど前、わたしたちは港の前のごはん屋さんにいました。そこは酒と油のにおいがたちこめていました。船員らしい男の人の歌声、造船所の工員さんのおしゃべり、給仕のおばさんの笑い声などがとびかって、とてもいいふんいきのお店でした。夜おそく女の子のふたりづれがはいっていったのに不思議そうな顔もせず、おいしいお茶をそっと出してくれました。そして笑顔で注文をきいてくれるのでした。

小さいけれど生きているエビ、まだ青さののこっているコチの身、こうばしいたきたてのごはん。わたしはそれらをたべながら、なんだかとてもしあわせな気分でした。サッチンとわたしは顔を見合わせ、にっこり笑い合っていましたのに――

せんせい。こんどの八重山《やえやま》行きは、やっぱり両親から反対されました。

わたしの両親は、ずいぶんものわかりのよい人ですが、それは、わたしがなにかをしようとする前の話で、具体的に行動をおこそうとすると、とたんに保守的になります。おとなって、みんなそんなところがあるみたい。

せんせいにはないしょで行ってしまえ、と思いました。けれど両親は、そういうわけにいきません。

ずいぶん、ねばりにねばりました。

両親は条件をつけました。たしかな友だちといっしょに行くこと、ちゃんとしたツアーにはいること。

わたしはその条件をのみました。どうしても八重山を見たかった……ということもありますが、高二という自分のとしを考えると、両親の心配はもっともだと思ったのです。

そこで、わたしはいい春休みをおくらないかと親友のサッチンに提案したのでした。

手のひらがまだかゆいです。なんだかいやな予感がします。

まだ二十人ばかりの人がならんでじゅんばんを待っています。わたしはすこしふるえています。四月というのにこれではさむすぎます。

五百五番とよばれて、わたしは腹を立てました。客を番号でよぶ商売があったのかしら。

封筒を一つもらいました。っています。夜中の出帆に紙テープなどいりません。見送り人なんていないのですから。

B―10とかかれた部屋割のカードをもって、船室にあんないされてみると、そこは船のいちばん下でした。学校の講堂をしきったようなかんじで、黄色のじゅうたんがしいてあります。

わたしはさっそく床にひっくりかえりました。エンジンのひびきがつたわってきます。

すると、なんだかとてもかなしくなりました。

サッチンがトイレにいったすきに、小さな声で、せんせいと呼んでみました。

せんせいが沖縄の人であることを知ったのは、ずっと後のことでした。せんせいとの出会いがあまりに衝撃的だったので、新しいせんせいに対するふつうの好奇心がふっとんでしまったのです。

せんせいがわたしたちの担任になったのは一年のときでしたね。せんせいは教室にはいってくると、だまって黒板に爆弾の絵をかかれました。それから他人のことでも話すようにおっしゃったのです。

「ぼくは子どものとき、那覇《なは》の焼け跡でこの絵のような爆弾をいじっていて、右手をふっとばされた」

それから、そのときのようすをかなりくわしく話されました。みんなは静まりかえってその話をきいていました。話がおわると、飯沢君がいいました。

「せんせい。その手を見せてください」

わたしはいっしゅんどきっとしました。が、せんせいは淡々とおっしゃいましたね。

「見世物とちがうからいまは見せない。あとで自然に見てください」

すごいせんせいだなあ、とわたしは思いました。けれどせんせい。高一なんて、ずいぶん子どもっぽいどうしようもない人がいるものです。

ずいぶんたくさんの生徒が、せんせいの後を追って、職員室のドアーのところからのぞいていたそうですね。

あとからきいた話ですが、飯沢君たちはせんせいを鉄棒にさそって、鉄棒をにぎるせんせいの手を見て得心したということでした。ずいぶんひどい。

つぎの日、飯沢君は完全におちょうしにのっていました。

「アンコール」

せんせいは笑いながら、だまって右手をみんなの前に突きだされました。

せんせいの右手は第一指（親指）と第二指がひきちぎれていてありませんでした。第三指はひん曲り、手の甲には三方にさけた大きな傷あとがありました。

わたしは思わず息をのみました。みんなは口ぐちに、すきかってなことをささやき合っていました。

――きもち悪い。

――こんばん夢に見る。

――いたかっただろうな。

なかには、こんな形か、といって自分の手を折り曲げてみる人もありました。

わたしは大声をあげたくなりました。無神経な人たち。それをだまって許しているせんせいもきらいだ。

なんだかわたしは自分がひどく辱《はずか》しめられたような気になりました。でも、わたしはだまっていました。なにかいって、自分だけいい子になるのがいやだったからです。（すぐ、そんな分別をする自分が、いまでもきらいです）

せんせい。いまドラがなりました。出帆です。ちょうど二十二時でした。くろい靄《もや》の中をしろい牛はゆっくり港の外へ出ていくのです。

旅人でないものが旅をしています。この船にはふしぎな人間の集団がのりこんでいると気がつきはじめたのは、船が港を出てから二、三時間もたったころです。

そうとう酔っぱらっているのに、まだ酒盛りをつづけている群れがあります。わたしとサッチンはその男たちを山賊と名づけてやりました。麻雀のテーブルを囲んでいる一味はさしづめギャングというところです。

大学生らしい若者もたくさんいます。長い髪をたらしてギターをひいたり、男女でこそこそ話をしていたり、なんとなくうす気味悪い若者たちです。青い植物のようなかんじがしました。

――ハイビスカスの咲く常夏の島、最後の楽園八重山諸島

という宣伝文句にひかれてあつまってきた人たちです。船ぐるみの一大観光団です。

――みなさまにお知らせします。石垣島で観光される方はK旅行社でチャーターいたしました小舟、バスをご利用くださいませ。定員になりしだい締切らせていただきます。二日間で費用は六千円でございます。お早めにお申し込みください。

十分おきくらいに放送があります。そのつどあわてて走る人があります。

六千円をはらって、マークをもらいます。それを胸につけてほっと安心している人たちの顔を見ていると、わたしはなんとなくおかしくなってしまいました。

そして、ふとこのあいだ読んだばかりのチェーホフの「幸福な男」という短編小説を思いだしたのです。

この人たちはいったいどこへいくのでしょう。八重山という島じまへでしょうか、南海の楽園という夢へなのでしょうか。

チェーホフは「幸福な男」のなかでこんな話をします。

——汽車のなかにひとりの陽気な男がいました。かれは酔っぱらっていました。とても幸福そうでした。おれはいましあわせなんだ。とってもしあわせなんだぞと泣きださんばかりにいうのでした。男は新婚の旅だったのです。なんかいも乾杯をかさねて、さて花嫁は……幸福な男は気がつきました。花嫁はべつの列車にのっていたのでした。


朝六時に目がさめました。

わたしはサッチンをさそってデッキに出ました。

海は魚のはらの中のように青黒い。海全体が大きくうねっていて大洋のそこしれぬ力を感じさせました。スクリューでかきまわされた潮はきれいなコバルトブルーになって、北欧の少年の目のようでした。

朝食をとりました。きざみキャベツにプレスハムのサンドウィッチ、ゆで玉子、コーヒー。

九時ごろから薄日がさしてきました。この天気の悪さでは、男らしいあのかっと怒ったような南国の太陽にはお目にかかれないかもしれません。ちょっとさびしいきもちです。

後甲板に出てからだをLの字にまげました。よわい日ざしです。それでもつづけてうけているとは暑くなります。冷凍魚がとけていくような、なんだか怠けたような気分になります。それは甘い蜜のようです。

わたしはぼんやりと海を見ています。海だけがわたしの中にあります。海は丸い。それはそっくりせんせいの心のようです。

せんせいが飯沢君のアンコール（？）にこたえて、みんなの前につぶれた手をさしだしたとき、わたしはせんせいに良い感情をもつことができませんでした。

しかし、一週間もするとクラスのみんながせんせいの手のことを話題にしなくなり、それればかりか中学生のように、せんせいと手を組む人さえ出てきました。だーれもまったくせんせいの手を意識していないのです。これはいったいどういうことでしょう。

わたしはせんせいと目が合うと、なんだか自分がはずかしくなり、つい目を伏せてしまいました。せんせいは飯沢君のような人たちまでふくめて、あのとき、わたしたちを信頼してくれていたのだ、とわたしは思いました。とたんにせんせいという人が、わたしの中へめりめりと音を立ててはいりこんできました。

あの事件のときもそうでした。

オハグロトンボが朝会でテンノウサンの話をしたときのことです。色がくろい上に目玉が大きいので、オハグロトンボというあだなのある校長先生は、雨がふりはじめたのにかかわらず、ずいぶん長い時間テンノウサンの話をしていました。あす天皇誕生日という日でした。その日はわたしたちの大好きな音楽専科のポンキチねえさんが（もちろんあだなです）はじめての赤ちゃんを、それこそポンと生んだおめでたい日でした。

オハグロトンボはそのことを、ひとこともわたしたちに知らせようとせず、テンノウサンの生まれたことばかりをだらだらしゃべりつづけていました。

そこへ雨がふってきたのです。

せんせいは大声で号令をかけ、わたしたちをさっさと教室へいれてしまいましたね。

後からききました。

オハグロトンボはかんかんに怒って、職員室でカゼをひいたゴリラのように一日中、ほえまわっていたそうですね。

しばらくして、せんせいがバツをうけるということをききました。国旗の掲揚のとき、いつも背を向けているということもバツをうける理由の一つだということもききました。

わたしたちが校長室に押しかけようとすると、せんせいは止められましたね。そして、ちょっとはずかしそうにおっしゃいました。

「もし、ぼくのためになにかをしてくれるきもちがあるなら、沖縄のことをべんきょうしてくれよな。それだけで十分だ」

せんせい。

わたしが沖縄という背文字のある岩波新書や中公新書を買いはじめたのはそれからです。

あっ、せんせい。いま飛魚がとびました。あっちでもこっちでも。青いロケット花火のようです。

わたしもサッチンもいつのまにかうとうとねむっていました。さむくなって目がさめたのです。おひるをすこしまわったくらいの時刻なのに、日がかげってしまっています。緯度三十一度を航海中だというのに異様な気温です。

とうとう雨がふってきました。

船内放送は低気圧のなかにはいったことを告げています。

わたしとサッチンはしぶしぶ船室におりていきました。部屋の中はきゅうに人がふえて、もののすえたようなにおいがたちこめています。

そうぞうしくなりはじめた船内を、わたしは心配気《しんぱいげ》なウサギのような目つきになってうろうろながめていました。

せんせい。こうしてみると二等船室というのは映画でみた難民収容所みたいですね。毛布にくるまったマグロがあちこちにねています。

わたしは、海辺でかわった貝がらをさがす子どものような目になりました。

わたしのななめ前に、腰のまがったおばあさんの四人グループがいます。このおばあさんたちはまわりの若者がどんなにさわごうと、一言も不平をいわず、おなじ姿勢で岩のようにすわりこんでいます。感心するというよりはあきれるくらいです。

わたしのよこにいるおじいさんは、東海林《しょうじ》太郎のお友だちだそうです。東海林太郎という人はセメントでかためたのかと思うくらい直立不動の姿勢をして、ヤアーマーノカラァースガナイィタァートォーテーとうたっていたおとしよりの歌うたいですね、せんせい。この人は食事のアナウンスがあると、ごはんにいきまひょ、と、ひょいと立ち上がり、ゆらゆらおよぐようにしてあるくので、ついわたしたちは、つきそい人のような感じになってついていってしまいます。

船の中には、いろいろな人がいるものですね。

わたしがそんなことをして、たいくつをまぎらわせているうちにも、船のゆれは、だんだんひどくなっていきました。

ローリング（横ゆれ）がはげしいのです。船室の丸窓から外を見ると、波は大きな獅子王となり猛《たけ》だけしくほえ狂っているのです。棚の上のものが音をたてておちました。船内放送が外に出ている荷物を固定するようにつたえました。

船室内がしずかになりました。

山賊どもは、ばたばたたおれていきます。ギャングも、からきし意気地がありません。青い顔をして、神様においのりをしているような顔つきでねています。青い植物どもは、ただおそろしそうに顔を見合わせて、もう一言も口をききません。

ざまぁみろ。

船につよいわたしとサッチンは内心、痛快でなりません。

こうして、しろい牛は嵐の中を八重山の石垣港に入港したのでした。

せんせい。沖縄本島を素通りして、ちょくせつ八重山にきたことについて胸のどこかに痛いものを感じています。けれど、もっと正直にいうと、なんだかほっとしていることも事実です。

せんせい。サッチンとふたり竹富島《たけとみ》へきました。石垣島から見ると、ただ平たい島なのに、こうして足をつけてみるとどうでしょう。

島を一言でいうと、雨にぬれた巨大なイモムシ。たえずうごめいて、まるで緑の火がもえているように見えます。

珊瑚《さんご》のかけらをふんで、その大地に立つと、いっしゅん目まいがします。やっと割れた空から、踊るようにさしこんでくる太陽のぬくみ、無数の植物群からはきだされる息のぬくみ、大気は陽炎《かげろう》となってあやしくゆらぐのです。

せんせい、わたしとサッチンは酔ったようにあるきました。おそってくる緑の精をかきわけかきわけあるきました。

かわいい手のような葉をつけたギンネムの木、風がふくとしなやかにゆれて風の曲線を見せてくれるのです。

さやさやとかわいた音を立てているバショウ。ガジュマルは根のいかつさとはんたいに、その葉は小さくてやさしい。たこのき科のアダンは火星人のようなおどけたカタチをしています。ビンローはよくばって太陽の光をうけているので、おけしょうをした女のひとのようです。いちいち説明していてはきりがありません。ともかくたいへんな数の植物群なのですから。

わたしとサッチンは島をつっきって、どんどんあるいていきました。

珊瑚のしろい道をあるいていると、点々とくろいものがあります。ちかよってよく見ると、大きなアフリカマイマイでした。アフリカマイマイは神様のようにいばって大地をはっていました。

とつぜん地が割れて海が見えました。わたしは思わずため息をつきました。

きれいな半円の入江は、砂浜ぎりぎりまでのびた植物たちにまもられて、のんきにあくびをしているようでした。しろい線、それからとけてしまいそうな青のかたまり。

野百合がさいていました。わたしたちはそのそばに腰をおろして海を見ました。

きのうは一日雨でした。

わたしたちは下船せず終日、本を読んでいました。この地は十年ぶりの冷温だそうです。日中は三十度をこえるときかされていたのですから、とんだあてはずれといったところです。でもせんせい、観光団諸君は海水浴にいきましたよ。雨の中を島めぐりとしゃれていました。いや、あのK旅行社の詐欺師どもにむりやりつれていかれたというべきかもしれません。

みんな、ふるえあがってかえってきました。わたしは気のどくでなりません。それで笑うのを少しにしておきました。

せんせい。山賊やギャングの正体がわかりました。山賊はダイビングの仲間でギャングは磯釣りの集団でした。

するとよ山賊やギャングということばは、たとえことばでなくなりますね。魚たちにとって、まさしく山賊でありギャングであるわけですから。

せんせい、ここで海をながめていると気がとおくなりそうです。ペルシャ猫の目をうんとひろげて大きくしたら、こんな海になるのでしょう。わたしのすわっているまわりにはハマヒルガオがさきみだれていますし、蝶といえば少し目をうごかすだけで四、五種はとんでいるのが、はっきりわかるのです。

もうしばらくここにいようと思います。

けさ、サッチンとちょっといさかいをしました。

せんせいがわたしたちに、ピカソのゲルニカの複製をみせたことの意味についてです。わたしはあの絵こそが、せんせいの指の痛みなのだといいました。サッチンはそのことを否定したわけではないのですが、そのことがすべての人に理解されなければ意味はないといいました。

でもせんせい、自ら、たたかわない人がどうしてひとの痛みを理解できるのでしょう。みんなはあまりにも規則に柔順すぎますし、欲望によわすぎます。

サッチンは、それもにんげんだっていうのですが、わたしは、そんなふうに思いたくありません。

せんせいは決してわたしたちにものを押しつけません。それはきっと、せんせいがこれまでひとからものを押しつけられてきたからだと思うのです。ごめんなさい、生意気いって。

サッチンとそんないいあらそいをしていたのです。

その日、船にかえると（船はホテルがわりになっているのです）後甲板に山賊たちの獲物がおかれてありました。ひらあじ、クエ、笛吹鯛、ハタ、それぞれ大物で一メートルをこえるものも数匹まじっています。

山賊たちははなやいでいました。やかましくさわぎたてて、これから魚のワタをぬくというのです。ひらあじをはかると二十五キロもありました。山賊たちはそれを囲んで記念写真をとり、それから魚の腹をさきはじめたのです。ひらあじはしろい目をして空をにらんでいました。ハタはおもしろいことにでも出会ったように、おどけた目をしていました。はらわたが投げだされ、魚たちはそれを見てひそひそ話し合っていました。

せんせい。

きょうでこの船からおります。このツアーはゆきかえりで終了するので途中下船は原則として認められないのですが、うまく口実をつけておろしてもらうことにしました。

そんなことをすれば両親をうらぎることにもなるのですが、じつはきょう、石垣島でひとりのおばあさんと会ったことから、サッチンもわたしもそう決心をしたのです。

せんせい、沖縄のお墓は亀の甲のようなかたちをしていて、とても大きなものですね。隆起珊瑚の丘の上に、そんなお墓がたくさんありました。海は荒れていて、リーフはさかまく波でまっしろに見えました。横なぐりの雨がふきつけてきて、しっかりもっているカサがいまにもとびそうでした。しろく長い布が竹竿の先にとりつけられ、それがつよい風になびいているさまは、なんだか死者の霊がただよっているようでした。

サッチンとわたしはことばもなく、ただ、そのすごい情景をじっと見ていたのです。だーれもいないと思っていたのに、ひとりのおばあさんがお墓の前でひざまずいているのが目にはいりました。なにやら、ぶつぶついっていました。よくきいてみると、それはお経のようでもあり歌のようでもありました。

わたしたちは、はじめじゃまをしてはいけないと思って、とおくからながめていました。しかし、雨がはげしくなり、ぬれていないわたしでさえさむいのに、ずぶぬれのおばあさんはどんなにさむかろうと、つい、カサをきせかけてしまったのです。

おばあさんはふり向いて、ありがとうといいました。それから、またしばらくおいのりをしました。

「おばあさん、おうちまでおくっていきます」

サッチンがいいました。

「ありがとう。だけどいいですよ」

「わたしたち、いそぎませんからおくっていきます」

と、わたしはつよい調子でいいました。

「ありがとう」

おばあさんは、こんどはすなおにいってくれました。

おばあさんの家は、お墓からそんなにとおくないところにありました。珊瑚の石垣で囲まれた八重山の島じまのどこにでもある質素な家でした。一間で吹きぬきになっています。家財道具はほとんどありません。屋根瓦の赤いことと庭に咲いているハイビスカスやデイゴが、この家を明るく見せてはいますが、そういう自然の力をかりないでながめると、貧しさだけが目につくのです。

おばあさんは着がえをすませると、わたしたちに黒砂糖とお茶をふるまってくれました。

「毎月、おじいさんの命日にはああしておまいりにいきますよ。雨がふっても風がふいてもいきますよ」

「おばあさんのご家族は」

サッチンがえんりょがちにたずねました。

「孫がひとり大阪にいますけれど、夏にしかかえってきませんよ」

「じゃ、おばあさんはおひとりでくらしているのですか」

おばあさんは、うなずきました。

「子どもさんは」

「ふたりともテンノウヘイカサマに捧げましたよ」

せんせい、わたしはそのとき、なぜかどきんとしました。

「テンノウヘイカサマはまだお礼をいうてくださいませんよ。となりの大山さんところも、ひとり息子の峯吉さんをテンノウヘイカサマに捧げましたよ。やっぱりまだお礼をいうてくださいませんよ」

きゅっと胸の痛くなるのをおぼえました。

「おじいさんはご病気でなくなられたのですか」

わたしは話題をかえるつもりでたずねました。

「マラリアですよ。マラリアで死んだですよ。兵隊さんの命令で、あちこち移されたですよ。波照間島の人も黒島の人も新城《あらぐすく》島の人も、あちこち移されたですよ。そこでみんなマラリアで死にました。八重山では戦争はなかったといいますが、そんなことはないですよ。弾に当たって死ぬか、マラリアで死ぬかだけのちがいですよ。マラリアで死んだ人は、戦没者としてまつってもらえません。そんなかなしいことはありませんよ。そうですから、わたしは雨がふっても風がふいても、おじいさんの墓にまいるのですよ」

サッチンの目が少し赤くなっていました。

「お墓の前で、おじいさんとお話をしていらっしゃったのですか」

「おいのりをしておるんですよ」

「どんなおいのりですか」

そのとき、おばあさんはなぜか、きっとなりました。

「そんなこといえませんよ」

こわいような声でおばあさんは、そういったのでした。

せんせい。おばあさんはなぜ、わたしの問いにこたえてくれなかったのでしょう。わたしは無神経だったでしょうか。それともヤマトンチューであるわたしそのものを拒否したのでしょうか。

おばあさんはすぐやさしい調子をとりもどして、なごやかに話をしてくれました。けれど、わたしはもう、おばあさんの話をきいていませんでした。いつまでも動悸がつづきました。

雨の中を、サッチンとふたりでバスを待ちました。そばに、真紅の花をつけたデイゴの木が数本立っていました。わたしはふと、それを見上げました。

すると、いっしゅん、かるい目まいがしました。ふいに花の色があせていき、わたしは、あっ、と小さな叫び声をあげていました。

せんせい。あすからサッチンとふたりで旅をします。沖縄本島からもお便りします。両親には手紙をかいておきます。

聖なる夜　聖なる穴

桐山　襲

一九七〇年十二月十九日深夜――正確にいえば十二月二十日の午前零時三十分――コザは炎を身に纏《まと》った。コザ市、ゲイト・ストリートで起こった交通事故処理をめぐって、米兵の発砲に端を発した暴動は、みるみるうちに夥《おびただ》しい群衆を呼び集めた。やがて火が、亜熱帯の十二月の深夜を彩った。

ゲイト・ストリートは、嘉手納《かでな》基地正面ゲイトへと直結する大通りである。群衆の基地への殺到を防ぐために、警察本部は沖縄本島の全警察官に非常呼集をかけた。米軍はＭＰ三百人をカービン銃で武装させた。群衆は、米人車輛七十三台、嘉手納基地雇用事務所、米人学校などを焼き打ちして、これに対峙した。タクシーの運転手は、市外から多くのひとびとを前線へ運んだ。バリケードが何箇所にも築かれた。武器と炎を持った沖縄人は数千人に達した。炎をさらに燃え立たせようとするかのように、男たちは指笛を吹き鳴らし、火の周りでは女たちがカチャーシーを踊っていた。群衆の中には、軍労働者、運転手、店員、女給、学生、失業者がいた。そしてさらに、幾百人ものコザの娼婦たちが、ノースリーブの腕を夜の中に高くあげて、蜂起した群衆の先頭に立っていた。

これは、その夜の、ひとつの恋の物語である。


「明かりを消すよ。……そう、これでいい。これで完全な真っ暗闇になった。横にいるきみの顔だって見えやしない。まるで眼玉が、二つとも闇の中に吸い込まれちまったみたいだ。……いかにも異国の街で、夜を迎えているという気がするな。抱きあった後の汗が、ゆっくりとシーツに染み込んでいくのが分かる。……いい夜だ。こうして二人で横になっていると、なんだか時間というものから解き放たれて、体の隅々までが柔らかくなってゆくような気がしないか？　時間に追いまくられていたぼくの東京の生活が、指先や足の爪先から染み出して、段々とどこかへ消えていってしまうみたいだ……。実際、ここは東京からずいぶん離れているからな。何百キロ、いや何千キロかな？　東京は、夜の中の真っ黒な海の、そのはるか彼方だ。今夜あたり、向こうでは雪でも降っているかも知れないが、こっちではこうして裸で寝ていられる。……十二月か。暑い十二月だな。風が、少しあるといい——」

「明かりをつけて」

「あ？　いま、何て言ったんだい？」
「明かりをつけて、と言ったわ」
「明かりを？　きみはさっき、明かりを消せと言ったばかりじゃないか」

おれは目覚める。呪われたおれの名前・ジャハナよ。

だが、ここはいったい何処《どこ》なのか？　おれの眼は何も見ることがなく、おれの耳は何も聴くことがない。ここは光と音の絶えた場所、完全な闇だけが支配している永遠の冥界だとでも言うのだろうか。それとも、眼も耳も口も、すべてが形を整え始める前の暗闇、太古の沈黙の王国ででもあるのだろうか。おれは眼無き者、口無き者、耳無き者だ。いや、おれの手足すら、まだそれぞれの形を有《も》つには至っていない。植物の芽のような小さなものだけが、やがておれの四肢となろうとして、幽《かす》かに存在し始めているにすぎない。……混沌の眠りの海から、おれはいまようやく目覚める。幾つもの過去が在ったような気もするし、おれのいのちが幾度も生まれては死んでいったような気もする。或いは、それは無限に続く時間の廻廊の中を通り過ぎた幾つもの夢であったのかも知れない。おれにはよく分からない。時間さえもが、まだ水母《くらげ》のような姿で微睡《まどろ》みながら、原初の泡立った海の中に浮かんでいるのだ。

おれは目覚める。ここは何処なのか？

誰もそれを知らない。まだ誰も、おれの存在を知らず、おれの名前すら知らない。

だが、この深い闇、世界の暗黒を集めたこの閉ざされた場所で、既にひとつの名前が生き始めようとしている。忘れ去られたはずの名前が、もう一度生き始めようとしている。おまえ――呪われたおれの名前・ジャハナよ！

その一個の名前について、おれは思考を続ける。いま目覚めたばかりのおれにとって、これからの時間は無限といってもよいくらいだ。だから、おれが美しい炎を纏ってこの閉ざされた場所を出て行くときまで、おまえについて思考することだけが、おれに与えられたほとんど唯一の仕事だ。おれはおまえについて考える。光り輝く名前・ジャハナよ。誤って讃えられた名前、呪われたおれの名前よ！


「ほら、きみの言うとおり明かりをつけたよ。これで満足かい？」

「それではまぶしすぎるわ。それとは違う、もっと小さな明かりよ」

「小さな明かり？　ああ、こうかい？　これじゃあ、ほとんど暗がりと同じじゃないか。出来損いの蠟燭《ろうそく》みたいな、しみったれた小さな電球が、ひとつだけ天井に浮かんでいる――」

「いいのよ、これで」

「なんだか貧乏くさいな。これじゃ、いかにも売春窟に泊まっているという気分だ……。どうして真っ暗にしないんだい？　もしかすると、きみは闇が怖いんじゃないのか、まるで十四歳の少女みたいに——」

「好きなのよ、これくらいの明るさが。ほら、部屋中がぼんやりとして、まるで森の中で迎えた朝のようだわ。永い眠りからようやく覚めたみたいに、すべてのものが柔らかく、ほのぼのとゆらめいているでしょう。昼間ならしみだらけの板壁も、雨漏りの痕《あと》のある天井も、それから窓の破れたカーテンだって、これくらいの明かりならば、姿を変えてしまうことが出来る。輝くことがないのよ。眼も耳も、すべてが落ちつくわ。人が生きてゆくためには、これくらいの光があればいいのよ。ほんの少しの光だけで、人は生きてゆくことが出来るわ。それから、死ぬときにだって、きっとこれくらいの光で十分なんだわ。……あたしも、いつかは死ぬのよ。ねえ、あんた分かる？　あたしもいつかは死ぬのよ。あたし、まだ十九歳だけど——」

「十九歳か——。素晴らしい年だな」

「人は死ぬわ。たとえ十九歳でも、たとえ三歳でも」

「ぼくは三十歳を越えた。三十の坂を越えた、とでも言うのかな。しみじみと厭《いや》な年だよ。何故《なぜ》かって？　考えてもみるがいい、三十歳という年は自分の人生の半分が終ったということなんだ。いや、半分以上かも知れない。だが、残りの半分の中に、いったい何が残っているというんだ？　残りの半分、つまりこれから三十回もの春と夏と秋と冬の間、ぼくは大して起伏のない道を歩きながら、だんだんと歳をとっていくことしか出来ないんだ。いいかい、これから三十年間もだぜ。もしも八十歳くらいまで長生きしたら、それこそ絶望的だろうな。これから三十年生きて、そこからまだ二十年もある！　いったい何をすりゃいいんだ？」

「あんたは、何もすることがないのね」

「ああ、八十歳まで生きたらな。毎日、何かすることはないかと考えて、それだけで一日が終るだろう。それとも、昨日は何もしなかったと反省して、それで一日が終るかも知れない。……昔は良かったな。人生五十年。長すぎもせず、短すぎもしない。やれやれひと仕事終った、と思った頃に、ちょうど死神がやって来る。やあ、来ると思っていたよ、というような具合だろうな。未練は、ほんの少し残るかも知れないけどな……。五十歳までといえば、ぼくはあと二十年足らずだ。きみは、あとどれくらいになるかな？」

「分からないわ」

「あと三十一年だな」

「分からないわ。……三十一年どころか、三十一日だって、いえ、三十一時間だって、あたしには分からないわ」

おれは目覚める。ここは何処なのか？

何か柔らかなものが、おれの体をすっぽりと包み込んでいる。それは、目覚めたばかりのおれの体温と同じくらいの、温かく、かつ丸い宇宙だ。おれの皮膚は、まだ永遠の微睡《まどろ》みの中に在るのだろうか、おれを包み込んでいるものと溶けあって、自分自身の輪郭さえもぼんやりとしか感じ取ることが出来ない。自分の手足の柔らかな芽を、おれはまだ眠らせたままにしておく。それらが独立した姿を持ち、そして独立した仕事を与えられるのは、まだずいぶんと先のことにちがいない……

おれは眼を開く。だが何も見えない。黒く塗り込められた世界が、まるで大きな目蓋《まぶた》のように、おれの二つの瞳を覆っている。おれは仕方なく眼を閉じる。——今度は耳を澄ましてみる。おれの耳、海中から陸へと上り始めたばかりの最初の生物のような形をしたおれの二つの耳が、微《かす》かな空気の動きに触れる。

空気——いや、それは空気ではなくて、海の水であるのかも知れない……。潮水よりも軽い、だが空気よりも重いもののなかで、生まれたばかりのおれの耳は、幽かに流れゆくものに触れる。

音が聴こえる……

闇の中を流れてゆく幽かな音。繰り返し繰り返し打ち寄せるもの。あえかなる夜の潮の響《とよ》めき……

もしかすると、それはおれ自身の鼓動であるのかも知れない。目覚めたばかりのおれの胸の鼓動、やがて失なわれるであろうおれの生命の轟《とどろ》きが、世界から閉ざされたこの場所で、千年も前から呪われた時を刻み続けているのだ。

いや、それはおれ自身の内側の音ではなく、おれを産み出そうとしているものの鼓動であるのかも知れない。秘められた暗部を流れる生命の轟きが、おれの二つの耳を柔らかく包んで繰り返されている。おれはその音に耳を澄ます。遠い泉のほとばしり、流れゆくものの微かなアダージョ……。そうだ、おれの名前よ。このような冥《くら》く閉ざされた場所から、おまえは生まれ出て来たのかも知れない。

呪われたおれの名前・ジャハナよ。九月の夜明けに、急な潮の流れに押し流されるようにして、おまえは生まれる。外界の空気に触れて、おまえの真新しい口は初めての泣き声を挙げる。その泣き声は、おまえが三十六年後に発する狂気の叫び声の、その予行練習のようだ。だが、おまえを取りまいている大人たちは、誰もそのことには気づかない。誰もが、おまえの最初の叫び声を祝福する。祝福のざわめきと、幾種類もの蟬《せみ》たちの声に包まれて、おまえはもう一度泣き声を挙げる。それは一八六五年、いまから百年以上前のことだ。

†

琉球王国島尻郡東風平村字東風平――これがわたしの生まれた土地の名前である。その土地の名前は、やがてわたしの力によって、わたしの名前と共に、ひとびとに語られることとなるであろう。だからわたしは、ここにわたしの生涯の物語を語り始めるにあたって、まずその土地について述べたいと思う。

東風平《こちんだ》――それは名前のとおり、春になれば太平洋からの東風が吹き渡る土地であった。風は、梯梧《でいご》の花々をふるわせながら、甘い匂いを纏いつかせて吹いた。

東風平は、海に接することのない、丘の上の村ともいうべき土地であった。だが、海が全く見えなかったという訳ではない。緩い坂道を登って、少しだけ天に近くなった場所に立てば、朝の太陽の昇る方角には具志頭の海が、正午の太陽の方角には糸満の入江が、季節や時刻によって様々に色を変えながら、吹き渡る風の中に輝いているのが眺められた。

わたしの生まれたのは、東風平の中央ともいうべき四つ辻から、ほんの少しだけ離れた家であった。だからわたしは、東風平のほとんど中点で生まれたということができる。――四つ辻には大勢のひとびとが往き来した。裸の胸で荷車を牽《ひ》いている男たちや、小豚を頭の上に乗せた女たち、鳥籠をかかえた若者、物売りの流れ者などが、東風平の四つ辻を通り過ぎて行った。つまり東風平は、琉球王朝の旧都たる首里と、新しき時代の都たる那覇との、結接点ともいうべき位置を占めていたのである。

月に幾日か、四つ辻には市が立った。針を商っている老婆・海の匂いをさせながらやってきた乞食《こつじき》・山羊をつれた巫女・春になると必ず回って来る耳の聴こえない聖者が、それぞれボロ布のような着物を纏いながら、真昼の四つ辻をざわめかせていた。四つ辻には巨大なガジュマルの樹があって、夥しい気根を天から地上へと垂らしながら、東風平の千年の時を刻んでいた。風に孕《はら》まれた花々の匂いと、埃《ほこり》と、汗と、獣たちの毛穴から発する強い臭いが、生まれたばかりのわたしの鼻孔を苦しませた。大きな森《ムイ》のように感じられるガジュマルの樹蔭にはいれば、そこはまるで幾年も前に太陽が死んでしまった場所ででもあるかのように、冷たい空気が青味を帯びながら幾層にも重なりあっていた。蠅《はえ》の汚れた羽音が、わたしの幼い頭の上を旋回していた。わたしは母親の肩中にへばりつきながら、これから始まる四十三年間の人生に疲れてしまったかのように、少し目を閉じた。この場所——東風平の聖なる四つ辻に近い場所に、やがてわたしの銅像が立てられることとなるのである。〈義人ジャハナ〉——銅像にはそう記されるであろう。なぜならば、このわたしこそは、東風平の生んだ栄光、沖縄の歴史に輝く義人、この島の誇るべきほとんど唯一の名前にほかならないからである。そして——わたしは農民の息子であることを生涯の誇りとするものではあるが——わたしの家系の名誉のために、わたしが単に土から生まれた者ではないこと、天孫氏の正統の末裔《まつえい》ともいうべきものであることを、ここに明らかにしておかなければならない。——天地開闢《かいびゃく》のとき、天の城に住まわれる天帝は、この沖縄のために一対の御子を使わされた。そこから生まれた一男は天孫氏となり、二男は諸侯、三男は百姓、一女は君々、二女は祝《のろ》々の始祖となった。その天孫氏より出た英祖王の二男が湧川王子、その息子が今帰仁《なきじん》城主、その息子が山田按司、その二男が護佐丸、その十四代目が謝花比嘉、別名を築親雲上《ちくるぺーちん》、その五代目が謝花勝太郎――つまり、わたしの父親である。

農民といえども、かくの如《ごと》き栄光の系図の下にわたしは生まれた。一八六五年、大和の暦でいえば慶応元年と呼ばれる年である。つまりそれは、やがて巨大な波濤《はとう》の如く押し寄せてくる明治という年号の開始される、三年ほど前のことである。だからその時まで、明治という年号が始まる時まで、わたしはもうしばらく微睡んでいることが出来る。閉じた目蓋の裏側で、わたしは亜熱帯の太陽のざわめきを感じる。生まれたばかりの幼い耳が、老いたガジュマルの森に棲《す》む千万匹の蟬たちの啼《な》き声《ごえ》を聴き分ける。灼熱の午後が、まだ骨の固まっていないわたしの頭上で回転してゆく……

†

ジャハナよ。

おまえの平和な微睡みの中に幾年かが過ぎる。

そして一八七二年、つまりおまえが七歳を迎えた年に、おまえの生まれた島は日本国琉球藩という名前を与えられる。琉球国王は、新たに琉球藩主として華族に列せられる。大和においては既に廃藩置県が完了していたから、おまえの島は日本国における唯一の、そして最後の〈藩〉として、つまりまるで一個の化石の如きものとして、存在することとなるのだ。それは大和の領土の一部のようでもあったし、また独立した地域のようにも見えたかも知れない。清国には名を以《もつ》て服従し、日本国には実を以て服従す……それが一八七二年という年だった。(ジャハナよ、おまえはこの七二年という年を特別に憶えておかなくてはならない。なぜならば、その年から丁度《ちようど》百年後の七二年に、おまえの島は再び大和の領土の一部となることを、邪悪な歴史によって定められているからだ。まるで、沖縄という小さな島々の敗北が、百年という時間をかけて幾重にも完成してゆくかのように……)

しかし、当然のことであるが——日本国琉球藩などという不安定な状態が、いつまでも存続するはずはなかった。曖昧模糊《あいまいもこ》としていずれの所属と申す儀一定致さず、甚《はなは》だ不体裁、と大久保利通が言う。三年後、大和の政権は琉球王国の残存物を完全に消滅させることを決定する。琉球処分——そのあからさまな呼び方が、年代記の上に記されるであろう。いまや亜熱帯の島々に棲む者は、すべて日本国民として、日本の戸籍に登録することが命じられる。清国の暦は廃され、大和の新しい暦が南島の永い一日を記録し始める。いや、南島に渡って来たのは戸籍や暦ばかりではない。生まれたばかりの日本国軍隊が——歩兵大隊四百名が——首里を制圧する。こうして大和の暦は、あからさまな暴力によって最初の一頁を記す。その始まりは明治八年、西洋の暦でいえば一八七五年である。(そしてジャハナよ、この七十五年という年も、おまえは記憶しておかなければならない。なぜならこの年もまた、まるで運命の廻りででもあるかのように、丁度百年ののちに、今度はおれ自身の手によって、歴史の上にささやかな傷痕を残すこととなるからだ――）

ジャハナよ。こうしておまえが十四歳のとき、日本国沖縄県は生まれた。それは日本国の四十七番目の県として、地図の上に不吉な色で塗られることとなるであろう。亜熱帯の青々とした海原の上に、幾つかの汚れた血の滴《したた》りが生まれる。その不吉な滴りをみつめて、おまえが二つの狂える瞳をいっそう兇暴な光で満たすようになるのは、だがまだ先のことだ。――

……幽かな音がする。軟らかな壁から伝えられてくる遠い鼓動が、おれを眠りから覚まし、おれに新しい生命《いのち》を与える。ずっと昔からこの場所の支配者である闇が、おれの二つの眼を黝《くろ》ぐろとした空間の中に溶かしこむ。眼球が、おれの顔から剝《は》がれて、どこか杳《くら》い場所へと流れ出て行くかのようだ。もしかすると、それは過ぎ去った時間の上流、おまえの生まれたばかりの東風平へと流れて行くのかも知れない。おれの眼と耳と口を包んで、闇の中のせせらぎの音だけが続いている……。ジャハナよ、呪われたおれの名前よ。おまえの二つの瞳が、やがてこのような闇をみつめることとなるのだ――。

「この薄明かり、この侘《わび》しい光……こうしてきみと二人で、ちっぽけな電球の下に横たわっていると、本当に深い森の奥にいるような気分になってくるよ。死んでいく森……死んでいく動物たちが集まって来るような、そんな森だ。……どうも憂鬱になるな、この薄暗い明かりは。電気をもっと明るくしないか？」

「これくらいの明かるさが好きなのよ。さっき、言ったでしょう」

「まあいいさ。今夜は最後の夜だからな、きみの言うとおりにするよ。……だけど不思議だな、ぼくが仕事でこの島に来たのが一週間前、この町できみを知ったのが五日前、それからずっと、ぼくはこうしてきみの部屋へ通いづめだ。今夜で五度目の夜が過ぎて行く。……最初、会社からこの出張を言い渡されたときは厭だったな。心底うんざりしたよ。どうしてかって？　だって、同じ十二月の出張ならば、雪の降っているような土地がいい。仕事の合間か、さもなければ仕事を片づけてから、一日くらいはゲレンデで遊べるだろう。いまならちょうど新雪の時期だ。この島には雪なんて降るのかい？　きみは見たことも触ったこともないだろうな。東京？　東京に降るのは年に一度か二度だ。最近は排気ガスのせいかな、ずいぶん雪が少なくなったような気がする。だけど、少し北へ行けば、山も里も、すべて白銀の世界さ。二階の屋根と同じくらいの高さまで、雪が積もるんだ。日本というのは、一年の半分を雪で覆われている国なんだよ。……ところがどうだ、ぼくが出張を命じられた場所といえば、有史以来雪の一グラムも降ったこともないというこの島、真冬だというのに生温い風の吹いているこのちっぽけな島だ。いいかい、十二月に汗をかかなきゃならんような土地に、誰が来たいと思う？　勿論《もちろん》、仕事としては楽なものだったさ。海岸のホテル用地の簡単な調査だからな。あらかたは現地の嘱託が済ませてある。こちらはポイントだけを押さえて報告書を作ればいいんだ。五箇所ほどの海岸を歩いたよ。何という土地だったか……名前さえ一つも憶えてやしない。同じような海が打ち寄せ、同じような気怠《けだる》い風が吹いていた。同じような顔をした年寄りたちが白い貝を拾っていたよ。あれは何という貝だろうな、奇妙な、何だかなまめかしいような、白い貝だった。……まあ、そんな具合で、仕事は楽なものだったが、しかしこの島には楽しみというものがない。大体ここは夏場に来る処《ところ》だろう？　いくら暖かいといったって、十二月では泳ぐ気にもなれない。名所旧跡が在るわけでもない。実際、最初の一日だけで、ぼくはこの島のすべてに退屈してしまったよ。そして、このうえ何日もこの島で過ごすのかと思って、絶望的な気分にさえなったくらいだ。――ところがどうだろう、きみを知ったのが二日目の夜、それから今日でもう五日、ぼくは夜になるとこうしてきみの横で、言うに言われない気分になっている。明日――つまり十二月二十日には、ぼくは東京へ帰らねばならない。……そのことを考えるたびに、ぼくはまるで地球の破滅を予感している小心な天文学者みたいに、言いようのない不安に襲われる。――いまは何時だい？　そうか、夜中の十二時までには、まだ二時間くらいあるわけだな――。あと二時間で新しい日が来る。それから数時間で夜明けが訪れる。……こんなに明日というものを怖れることがあるなんて、ぼくは考えてもみなかったよ。いったい何が、ぼくをこんなにもきみに夢中にさせているのだろう。きみの肉体か？　きみの二つの乳房は小さすぎるな。きみの長い睫毛《まつげ》か？　たしかにエキゾチックではあるな。きみの匂いか？　きみの体は白い花粉のような匂いがする……いや、そんなものじゃない。いったい何が、ぼくをこんな気分にさせているのだろう？　この島に夕暮がやってくるたびに、ぼくはまるで思春期の少年みたいにセンチメンタルになって、夏のような十二月の夕空を見上げながら、それこそ涙さえこぼさんばかりだ。それにしても、きみは一向に平気なんだな、明日というものがくるのが——」

「明日は明日くるわ」

「それはそうだろうな。今日のうちは明日じゃないし、明日になればそれは今日だからな。明日という奴は、もしかすると永遠にやってこないかも知れないよ！」

「明日は、くるのよ」

「……五日間か。三日目あたりから、次の日がくるのが怖くなりはじめたよ。まるで、人生の砂時計の砂が終っていくのをみつめている年寄りみたいに。あと三日ある、……あと二日ある、……あと一日しかない、……そして今夜だ。——時間というものは恐ろしいものだな。その存在に気づかないときには緩やかに流れていく、だが存在を意識し始めるや否や、まるで急流のように流れ去っていくんだ。……きみの時間は、いまどのように流れているのだろう？　ぼくはきみについて、まだ何も知らないな」

「あたしは十九歳よ」

「十九歳か。まだ二十歳にもならないというのに、こんな丘の上で娼婦になっている。不幸なんていう言葉はずいぶん長いこと使ったことがないような気がするが、こういうときにこそ使うんだろうな。今夜は最後の夜だから、聞いておきたいな、きみ自身のことを」

「あたし自身のこと？」

「そう、きみ自身のことだ」

「あたしは、ここにいるわ。それ以上に何があるの？」

「きみの生い立ちや、きみの家族のことだよ。お父さんはどんな人なんだい？」

「……父さんは兵隊だったわ」

「ベトナムへ行っていたのかい？」

「ちがうわ。日本軍の兵隊だったのよ。あんた知っている？　あたしの生まれる前の戦争――」

「太平洋戦争か。ぼくが小さい頃に終った――」

「そう。その戦争からお父さんは逃げ帰って来て、戦争が終って何年かしてから、あたしをつくったわ。中国だかどこだか知らないけど、戦争でお酒を覚えてきて、泡盛がなければまるで水死人のように一日中寝そべっているだけだったと、母さんが言っていたわ。そんな人だったのよ、あたしをつくった人は――。でも、母さんは頭が良かったから、あたしがまだお腹の中で三センチくらいの大きさだったときに、父さんに見切りをつけて、別の男と逃げ出したのよ。そしてその男のもとで、あたしを産んだの」

「そうすると、きみの本当の父親というのは、いまはどうしているんだい？」

「知らないわ。父さんから逃げ出したのは、あたしじゃなくて母さんですもの。そうでしょう？　それで、母さんは新しい男のもとであたしを産んだんだけど、今度はその男が逃げ出してしまって、母さんとあたしは二人きり。だからあたしは、父さんと呼んだことが一度もないのよ。……毎日、母さんと喧嘩ばかりしていたわ。ドルがなくて、小さな頃からいろいろな仕事をしたわ。学校？　学校は行ったり、行かなかったり……、それでもあたし、ちゃんと卒業証書をもらっているのよ。担任の先生が、卒業証書だけはくれたんだわ。……それから、あたしが十七歳になると、母さんはあたしに、Ａサインの店で働けと言った」

「Ａサイン？」

「ＡＰＰＲＯＶＥＤ　わかる？　アメリカ兵専用のお店のことよ。米軍が安全だと認めて許可した店は、Ａサインと呼ばれるの。ベトナムから帰って来た兵隊たちがお酒を飲んで、ジャングルの中で殺されなかったことをお祝いして、それから……まあ楽しむのね。そんな店がコザには何百軒もあるわ」

「そんな店で働けって、きみの母さんが言ったのかい？」

「そうよ。つまり母さんは、自分がアメリカ兵の相手をするには歳をとりすぎていたから、あたしに望みを託したのね」

「それで、行ったのかい？　Ａサインの店に――」

「行ったわ、でも、あたしは体が小さかったから、使ってもらえなかったの。それに、まだ少し若すぎたんだわ。……あたしのせいではないのに、使ってもらえないと分かると、母さんはずいぶん怒っていた。それで、あたしは行くところがなくなって、母さんとも折り合いが悪くなったから、母さんの家を出たのよ」

「家出したのかい？」

「家出？　家出って、なあに？」

「家出というのは、ほら、若い娘が両親の家を出て行ってしまうことさ」

「両親なんていなかったわ。母さんと二人きりだと言ったでしょう。それに、家は借家だったから、いずれは出て行かなければならなかったのよ」

「いや、ぼくは、きみが母さんの家《うち》から出て行ったのかと訊《き》いたんだ。それが、家出ということの意味なんだよ」

「ウチというのは、イエのことでしょう？　母さんの家じゃなかったのよ。家なんてものは、母さんもあたしも、持ったことなどないのよ。わかった？　それから、一人きりになって、小さな部屋を那覇にみつけて、幾つもの仕事をしたわ。国際通りにある一番大きなデパートで働いたこともあるのよ。エスカレーターの脇に一日中人形みたいに立っていると、六〇セントくれるの。三日でやめたわ」

「一日六〇セントか」

「そうよ、三日で一八〇セントくれたわ」

「安いものだな」

「あたしが？　あたしは安くないわ」

「いや、デパートの給料のことだよ。いま六〇セントだと言っただろう」

「三日で一八〇セント。でもデパートの給料と、あたしの値段は何の関係もないわ。そうでしょう？」

「ああ、まあそうだ。――そんなふうに、きみはいろんな仕事をして、この店へ来たんだね」

「母さんに借金があったのよ」

「母さんの家を出てしまったんじゃなかったのかい？」

「そうよ。でも、どうやってだか知らないけど、母さんはあたしの部屋を捜し出して来て、自分の借金を何とかしてくれって言うの。いままではおまえだけが頼りなんだ、って。……三日間あたしの部屋に泊まって、三日間とも借金のことばかり話していたわ。寝床にはいってからも一〇〇〇ドル必要だと泣いて、朝起きたときも一〇〇〇ドルだって叫ぶのよ。まるで目覚時計みたいに――。一晩たっても一〇〇〇ドルのままで変わらないところが、なんだか可笑《おか》しかったわ。お金って、増えないものなのね」

「一〇〇〇ドルというと……三十六万円か。その一〇〇〇ドルのために、きみはこの店に来たのか」

「一〇〇〇ドルのためじゃなくて、母さんのために前借金したのよ。わかる？　母さんのためによ。だって、そのお金はどうしても必要だと言うでしょう。仕方がないじゃないの。

あたしが厭だと言ったら、母さんがあたしの代りに働けると思う？　だから、あたしが来たのよ。お店から一〇〇〇ドル借りて、母さんに渡して、それでここへ来たのよ。こんなときには、誰だってひとつの方法しかありはしないんだわ」

「この丘の上の女の子たちは、みんなそんなふうなのかな、一〇〇〇ドルの借金を背負って――。隣の店に、きみと同じくらい若い女の子がいたっけな。何という名前だったか……ミチヨ、だったかな。あの娘も一〇〇〇ドルか――」

「他人の借金のことまで、訊いたことはないわ。一〇〇〇ドルというのは、あたしの借金」

「いや、ともかく、みんな何らかの借金のために働いているというわけだ」

「それはそうでしょう！　あんた、そんなことが分からないの？」

「いや、分かるよ。それはそうだ」

「だから、この辺は借金の山なのよ。この隣の店も、その隣の店も、またその隣の店も、ずっと行って大通りに出るまで、――この土地はきっと借金のために丘のように高くなっているんだわ」

「で、いま、どれくらいなんだい？　きみの借金は――」

「一〇〇〇ドルよ」

「いや、一〇〇〇ドルというのは前借金の金額だろう。いまぼくが訊いているのは、今日現在でいくら残高があるかということなんだ」

「ザンダカ？　あんたは、ときどきあたしに分からない言葉を使うわ」

「残高というのはね、――いや、つまり、いまきみの借金はいくらかということなんだ」

「だから言ったでしょう、一〇〇〇ドル。ちょうど一〇〇〇ドル」

「それじゃ、まるで、ここへ来たときと同じじゃないか。まだ一ドルも返していないのか？」

「いいえ、毎日返しているわ。あんたからさっき二十五ドルもらったわよね、覚えているでしょう？　あんたじゃなくても、毎晩二〇ドルくらいは稼げるわ。――タイムなら四ドル、一晩なら二〇ドル。あんたは予約していたから、それにお金もありそうだから、特別に高くしなさいってママさんに言われたのよ。あたしは二〇ドルでもいいと思ったんだけど……」

「いや、そんなことはどうでもいいよ……」

「そうやって、毎晩、二〇ドルくらいは稼げるわけ。ひと月だと四〇〇ドルくらいかしらね。それをお店と折半するの。ひと月に四〇〇ドル稼ぐとすると、お店が二〇〇ドル、あたしが二〇〇ドル」

「店に二〇〇ドルか――。すると、一〇〇〇ドルの借金だったら、五ヶ月で返し終る……」

「そうじゃないわ。折半した分の二〇〇ドルというのは、お店の儲《もう》けよ。借金とは関係ないわ。わかる？　お店にはいる二〇〇ドルは、お店の儲けであって、あたしの借金を返したわけではないのよ」

「それはひどいな。ちょっとひどいと思わないか、まず店に半分取られるというのは——。すると、残りの半分から借金を返すことになるわけか……」

「そうよ。あたしの分から、まずお店に部屋代を払って、食べさしてもらっている分を引いて、出し前を差し引いて、——出し前というのは、月々の、ほら、月賦払いのことよ。いろいろなものがあるでしょう。あそこにある三面鏡だって、月賦で買ったから、お店のものではなくて、あたしのものなのよ」

「そうすると、毎月返せるのは、一〇〇ドルくらいということか」

「どれくらいかしら。現金は全部お店で集めて、ママさんが計算しているからよく分からないけど、借金の利息と、あたしが毎月返す分と、だいたい同じくらいかしらね。でもあたしは、ここへ来てから借金を増やしていないいんだから、遊びもしないでよく働いているほうだわ」

「借金は増えていない……たしかに増えていないな。だが、きみはいったい、自分の将来ということを考えたことはないのか？」

「将来？　将来のあたし？　あたしは、あたしであるだけよ。あたしは、変わらないわ」

「……ひどい話だな。びっくりしたよ。借金はいつまでたっても減らない。一〇〇〇ドルは一〇〇〇ドルのまま……。ともかく、きみのこの小さな体の上に、何百人もの男が乗っかったわけだな」

「千人以上かも知れないわ……」

「千人以上か。嫉妬しようにも出来ない数字だな。千人以上の人間に嫉妬することは出来ない――」

「でも、あんたが初めてだわ」

「初めて？」

「初めてよ、大和人《ヤマトンチュ》は。あんたが初めての大和人だわ。この丘へ上って来るのは沖縄人に決まっているのよ。大和人はコザには来ない。那覇に料亭があるでしょう。波の上とか辻《チージ》とか――。そういうところで、一晩に五〇ドルも一〇〇ドルも使うそうよ。大和人は忙しいから、忙しく遊んだかと思うと、すぐに東京へ帰って行くんだわ。どうしてあんたはこんな路地へ迷い込んだのかしら？　きっと料亭で遊べるだけのお金がなかったのね」

「金はあるよ。……そうだな、どうしてこんな町に迷い込んじまったのか？　しかし、嬉しいな、ぼくがきみにとって、本土からやって来た最初の男だというのは」

「最初じゃないわ」

「あ？　いま初めてだと言ったじゃないか――」

「初めての大和人だと言ったのよ。本土から来た人は……前に一人だけいたの。でも、その人は、沖縄人なのよ。この町から、少し離れたところが故郷だと言っていたわ。沖縄人だけど、本土からやって来たのよ。……だから、本土から来た人は、あんたが初めてじゃないわ。その人が最初なのよ」

「きみの声が、いま震えていたな。まるで十九歳の本物の処女みたいに。――きみはその男のことを、まだ憶えているんだな」

「憶えているわ。……とても良く」

「どんな男だったのかな?」

「……」

「若かったのか? 歳をとっていたのか? どうだったんだい? ……そんなに黙っていちゃあ、分からないよ。きみは急に貝になっちまったんだな。……どんな男だったんだい?」

「海……」

「海?」

「海の匂いがしたわ……」


何故この音はいつまでも絶えることがないのか? 光を拒絶した世界、すべてのものが死に果てたようなこの場所に、何故音だけが絶えることなく続いているのか? いま耳だけの存在にすぎないおれを包んで繰り返される音……。百年前に散った木の葉の唄、多くの者たちの死にゆく声、地の底に広がっている秘められた森のざわめき……いや、そうではない。これはたしかに水の音、地下を流れている暗い水の声だ。幾人もの死者たちの暗い呟《つぶや》きのように、水の流れる音が、確実におれの二つの耳に聴こえる——。

……幾年か前、おれは似たような水の音を夜毎《よごと》聴き続けていたことがあった。それはたしか、おれが十九歳だったとき——つまり、大学へ入学するために初めて本土へ渡り、首都の木造アパートの、少し傾いた感じのする畳の上に棲み始めた頃のことだったが、四月の窓辺に坐《すわ》って、おれにとっては少し冷たい感じのする夜風に吹かれていると、たしかにおれの耳は水の流れゆく音を聴いたのだった。夜の中に流れてゆくその音を、おれは初め、何だか理解できなかった。近くに川が流れているのかも知れない——そう思って、おれはまるで四月の夢遊病者のように、深夜の町の見知らぬ路地を歩き回ったものだった。夜の中に白い花の匂いがした……。だが、いくら歩いても川は発見できなかった。不思議な水の音は、おれが歩いてゆく方向へと遠ざかったかと思うと、今度は背中の方から急に近づいて来て、いつまでたっても自分の在処を明かすことがなかった。目に見えない川……。そして歩き疲れたおれが、気怠い光を滴らせている黄色い街燈の光の中の、丸いマンホールの蓋の上に立ち止まったとき、水の在処は思いもしない所に探り当てられたのだった。

下水だった。下水の流れる音が、おれの棲む町の全体を充《み》たしているのだった。南島には下水道というものがなかったから、この発見はおれにとって大いなる驚きだった。おれは深夜のマンホールの上に立ちながら、首都の地下を毛細血管のように走っている夥しい汚水の流れを想った。夥しい地下の水流と、その上に浮かんでいる巨大な都市、汚物の流れの上の幻の大都会……

この四月の夜から、おれの聴覚は新しい能力を獲得したといってよい。なぜならば、どのような場所でも、おれの二つの耳は地下の水流の声を捉《とら》えることが出来るようになったからだった。到る処で、おれは黒い水の声を聴いた。到る処で——夥しいビラが大きな花びらのように舞っている大学のキャンパスでも、自分の体を黝い生き物のように埋めている喫茶店の隅でも、撃ち出される催涙弾の中を一直線に突撃していく凍《い》てた十字路においても——。

首都に棲んだ数年間——そのようにして地下水の音を聴き続けたためでもあるのだろうか、おれの耳からは幽かな水の流れる音が離れなくなった。首都を出てからも、おれの内耳の廻廊には、細い水の流れが棲みついてしまったのだった。……

いや……そうではない。この閉ざされた場所、原初の暗黒ともいうべき穴ぼこの中で、いまおれの耳が聴いているのは、たしかに本物の水の流れゆく響きだ。首都の黒い水のざわめきとはちがう、本物の、冷たい水のほとばしりだ。その目に見えない水脈がいったい何処に在るのか、おれには分からない。だがたしかに、幾つもの細い流れが、蟬の幼虫のような姿で蹲《うずくま》っているおれの周りを廻っている。それはいかなる名前も持たぬ暗闇の河、いかなる光も見ることなく幾世紀にも亙《わた》って流れ続けている非公然の河だ。ただおれだけが、ひとり地の底に赴《おもむ》いた者として、暗い水脈の呟きを聴き取っている。その水の流れは、きっと女の髪のように無数に分かれながら、地下から地下へ、無限の行程を流れ続けているのかも知れない。そしてもしかすると、それらの微細な水流は最後に一本の太い河へと合流して、永い洞窟を通り抜け、地の底を轟かせる巨大な流れとなりながら、海の中へと注ぎ込んでいるのかも知れない。そこでは、河の水と海の水とがせめぎ合って、激しく波立った巨大な渦をつくり出し、魚たちを集め、鳥たちを呼び、亜熱帯の海に新しい生命を与え続けているのだろう。そういえば、幽かな水流の声には、遠い満潮のざわめきさえもが混ざっているような気がする。大洋の轟き、七月の環礁に砕ける波、真夏の海を灼《や》く正午の太陽と風……。

　はるかな轟きを、おれは聴く。目を開けば海原――永遠の青の空間が広がっている。永い午後が廻り、雲が移り、はるかな水平線に、やがて夕暮が訪れる。不安定な大気の中で、雲と光とが妖しく揺れる。風の匂いが嵐の近づいていることを告げる。暮れてゆく不吉な水平線に舳先《へさき》を向けて、大きなうねりを越えながら進んで行く船の甲板に、ジャハナよ、十八歳になったおまえがひとり前方をみつめている――

†

海は荒れ狂っていた。

　わたしを乗せた船は、夕べと夜の境界へ向かって――恐るべき嵐の海域へ向かって――心細いエンジンの音を響かせながら進んでいた。黒い山のように見える大きな波が次から次へと襲いかかり、船は嶺線から嶺線へと滑りながら、幾度も体をきしませた。細い舳先は、ときとして完全に海中に没したかと思うと、今度は天の頂《いただき》を仰ぎ、そのたびに甲板に積まれていた幾つもの荷物が、まるで黒い飛沫のように海の面へと舞い散っていった。空は異様な黒い雲に覆われ、既に救いようのない夜の世界が支配し始めていたが、前方に上下している水平線のあたりだけは雲が切れて、そこには血の色をした夕映《ゆうばえ》が、幾重にも色を滲《にじ》ませながら帯のように広がっていた。それは別の世界へと通ずる海峡のようでもあり、この航海を運命づけている不吉な紋章のようにも思えた。血の色をした暗澹《あんたん》たる世界へ向かって、わたしを乗せた船は進んで行った。——

わたしが那覇港を出立したのは明治十五年十一月十六日、わたしが十八歳のときのことである。

嵐の圏を進んで行く船の、暗く湿った船室《キャビン》に横たわりながら、そのときわたしは、不思議なことに、自分の限りなき未来についてではなく、自分の過ぎてきた幼年時代について、さまざまなことを想い続けていた。

実際、わたしの幼年時代は、光と輝きに充ちたものであった。

夕べの風に孕まれた仏桑華《ぶっそうげ》の花の匂い、激しい夏を予感させる風の夜明け、夕暮の壮大な雲の輝き、夜になると聴こえる遠い海のざわめき、幾つもの星座、流れ星、赤い月……いや、わたしの幼年時代を輝かしいものにしていたのは、それら豊饒《ほうじょう》な自然ばかりではない。神童と呼ばれた幼年期、首席で通した小学校、按司地頭御殿への栄誉ある奉公……つまり、幼いわたしの辿《たど》った途《みち》は、農民の息子としては破格のものであった。父と母とは、まだ十歳を越えていないわたしを囲んで、末は地頭代になることも夢ではない、と夜毎に語りあった。このとき両親は、わたしが地頭代となるどころか、やがて本土の大学に学び、そして沖縄に帰還する第一号の学士となろうなどとは、夢想だにしなかったのにちがいない。わたしの前には、まだ茫漠《ぼうばく》たる時間、あらゆる可能性と光に充ちた時間だけが広がっていたのである。

そのようなわたしが、那覇に在る沖縄師範学校に入学したのは十七歳のときであった。師範学校の開校はその前年であったから、わたしは第二期生ということになる。学生たちの中で、わたしはただ一人の農民の息子として、東風平の誇りともいうべき者として、真新しい学校の門をくぐったのであった。

しかし、わたしは祝福だけに包まれていた訳ではない。というのは、生まれたばかりの師範学校というものが、当時にあっては明治政府の新政そのものの象徴として、旧支配階級からの反撥を買っていたからである。旧琉球王朝の士族たちから見るならば、たしかにわたしは、新時代の側へと寝返った平民の若き代表者にほかならなかった。だから——このようにも言えるであろう——わたしジャハナは、一人の神童として東風平の誇りであったばかりでなく、沖縄における明治という新時代そのものでもあったのである、と。——

こうしてわたしは、明治という輝ける年号を背負った者として師範学校に入学したのであったが、その翌年、驚くべき未来がわたしの前に開かれていようとは、いったい誰が予測しえたであろうか。

つまりわたしは、抜群の成績と実直な性格のおかげで、第一回県費留学生に選出され、明治の首都・東京へ派遣されることとなったのである。第一回県費留学生は総勢五人――わたしのほかには、後に『琉球新報』の論説委員となり、さらには首里市長となる大田朝敷。沖縄県参事官・政友会代議士・那覇市長を歴任する岸本賀昌。沖縄銀行頭取から代議士となる高嶺朝教。不幸にも中途帰郷する今帰仁朝蓄。……わたしを除く全員が旧士族の出身であるという一事を見ても、いかにわたしが農民たちの希望の息子であったかということは察せられるであろう。たとえ農民の出身であろうとも、たとえ土の上を裸足《はだし》で歩いた者であろうとも、学問にさえ秀でるならば、その前途には限りなきものがある――これこそが、明治という新時代にほかならなかったのである。……

かくしてわたしは、四名の学友と共に上京の途についた。わたしたちの船が那覇港を出発したのは十一月十六日のことであり、神戸港に滑り込んだのは二十九日のことであったから、当時の船舶がいかに情ない速力しかもっていなかったとしても、その航海がいかに艱難《かんなん》に充ちたものであったかは察せられるであろう。実際、幾つもの嵐がわたしたちの船を襲った。黒い風と巨大な波が、平安丸という皮肉な名前の船を危く沈没させようとした。舳先は幾度も方位を失ない、嵐の向こうの目に見えない北極星をもとめて彷徨した。雨とも波ともつかぬものが、人気《ひとけ》の絶えた甲板を洗い続けた。狭い船室《キャビン》は油と吐瀉物《としゃぶつ》の臭いに充ちて、航海というものを経験したことのないわたしたちの、若い喉《のど》と鼻と胸と胃を、十四日間に亙って苦しませ続けたのである。

だから——那覇港を出てから十四日目、満身創痍《まんしんそうい》となった平安丸が関門海峡をくぐり、瀬戸内の海に滑り込んだとき、わたしはその静やかな水面に——海と呼ぶには余りにも穏やかな世界に、驚嘆したのであった。それはまこと平らかな世界であった。嵐は急に静まり、山を切り取ったような小さな島々が、朝霧の向こうに美しい文様を描きながら点在していた。船は水面を進んでいるというのに、海の轟きは何処からも聴こえてこなかった。轟くことのない海というものを、わたしは初めて知ったのである。

†

十一月の白い霧が、ゆっくりと晴れ始める。ジャハナよ、おまえの船はいまゆっくりと神戸港の岸壁へ近づいて行くところだ。船の左手に尽きることなく続いている陸地が、既におまえたちに感嘆の声を挙げさせている。おまえは甲板に立って、少し油の臭いのまじった朝の空気を吸い込む。薄くなった霧の向こう側に、見たこともないような巨大な貨物船の船体と、小さな人影を動かしている長い岸壁が見える。その向こうには、ようやく眠りから覚めようとしている市街地と、その上に連なっている赤茶けた山なみが見える。十一月の山肌の暗赤色は、南島で育ったおまえにはいかにも異様だ。その不吉な血の色をみつめ続けて、おまえは微かな眩暈を感じる。――そして、そのように微かな眩暈を感じたことを、おまえは二十年ほど後に思い出すだろう。そうだ、おまえの二本の脚は、まるで宿命ででもあるかのように、二十年後に再び神戸に立つ。そのときおまえは、二十年前のことを、初めて見た大和の陸地の巨大さと、不安定な速度で進んで行く船の揺れのことを、思い起こすだろう。そして、二十年前に自分が眩暈を感じたことを思い出したそのとき、おまえは突如として赤い叫び声を挙げ、発狂するのだ。ジャハナよ、呪われたおれの名前よ――

おまえはそのようにして発狂する。ジャハナよ、だが、それはまだ二十年も先のことであるのだから、おまえが留学生として本土に到着したばかりのこの段階にあっては、詳しく語るには早すぎるだろう。おまえは十八歳にして本土の土を踏んだ。そしてジャハナよ、おまえと同じ呪われた名前をもつおれもまた、おまえと同じ十八歳のときに、本土へと渡ったのだった。

……大きなボストンバッグと、沖縄米民政府の渡航許可書と、日本国政府の入国許可証を持って、おれは本土へ渡った。そして、その年が一九六八年という年であることを、記しとどめておかなくてはならない。

一九六八年――つまりおれは、大和の支配者たちが〈明治〉という年号で自分たちの時を刻むようになってから丁度百年目に、本土へと渡って来たのだった。まるで、沖縄が百年間かかって本土へと送り続けた百人目のジャハナででもあるかのように——。

一九六八年——バリケードが首都の大学のあちこちに生まれ始めていた。風の中で、学生たちが武器を持ち始めていた。武器——それはいまから考えるならば、小さな〈武器の芽〉とでもいうべき、細い棒切れや春の敷石のかけらであったりしたのだが、それらのささやかな異物は、夥しい者たちの手に握られることによって、大和の歴史の中には存在したことのない真新しい風を、首都の街区に巻き起こし始めていたのだった。

まだ肌寒い感じの日射《ひざし》と、細かな白い花びらの風の中を、おれは大学に通った。だが、ジャハナよ、おれの名前は大学の中では十分に孤独だったことを、おまえに伝えておかなければならない。コンクリートの校舎の中で、おれは珊瑚礁《さんごしょう》の果ての小さなシャコ貝のように孤独だった。というのは、日本語を舌の上に乗せようとすると、何か軟らかなものが舌の先に纏わりついて、普通に発音することが出来なくなってしまったからだった。夥しい大和人に囲まれて、おれは自分の口にしていた言葉が、おれ自身とはどこか違っているものであることを覚知した。つまりおれは、本土にやって来て初めて、日本語というものがおれにとって異国の言葉であることに気づいたのだった。生まれてからずっと、学校で英語を習ったことを除けば、おれは日本語で生きてきたのだから、これは実に不思議なことだった。そして、日本語ではない何か、まだ一度もおれの口から発せられたことのない何かが、おれの内側には存在しているのにちがいないと、おれは考え始めていた。だからおれは、日本語というもので口と舌を汚すことを怖れて、遠い海のシャコ貝のように口を閉ざした。おれの口の中に在る微かなものを守るために、風と海の匂いのする微妙な何ものかを守るために――。

このおれの沈黙、南の海の果てからやって来た者の沈黙を、大和人の学生たちは怖れた。もしかすると彼らは、おれのことを〈唖〉だと思ったかも知れない。いや、彼らの怖れたのは、おれの沈黙ばかりではなかった。おれの長い睫毛――深い翳《かげ》を落しているおれの長い睫毛をも、彼らは怖れていたようだ。

――沖縄であれば、もしも長い睫毛がなかったならば、垂直の太陽の光は一直線に瞳の中心へと射しこんで、あっという間に二つの瞳を焼いてしまうのであるが、たしかに本土に来てみれば、それは無用のもの、むしろ滑稽なものであるのにちがいなかった。まるで駱駝《らくだ》の睫毛のようだ、と一人の学生が軽口をたたいているのを、おれは聴いた。もしかすると彼らは、自分たちの顔が平面的でありすぎるために、亜熱帯に生まれたおれの美しい睫毛に嫉妬していたのかも知れない。そして、女子学生はといえば――彼女たちは、おれの名前の兇暴な響きに触れただけで、その小さな唇を凍えさせた。いや、女子学生ばかりではない。おれの名前はすべての大和人を怖れさせた。まるで南方の暗い凶器のように、或いは、本土に存在するはずのない悪い毒をもった花のように――。

だが、ジャハナよ、一人だけおれの名前に親近感をもった学生がいた。そいつはおれと同じように、袖の少し短くなった学生服をいつも着ていたのだが、何かねっとりとするような日本式の微笑を浮かべて、キャンパスの隅にいるおれに話しかけてきたのだった。

（ジャハナ、という名前なのでしょう、きみは。良く知っていますよ、あの偉大なジャハナのことを。きみは、あの偉大なジャハナの親戚なのかな？）

そう言ってから、その学生は自己紹介した。

（ぼくの名前は、タナカ・カズオというんですよ）

聞きたくもないのに、おれはそいつの名前を聞かされてしまった。のみならず、その名前を完全に覚えさせられてしまった。というのは、クラスの中には〈タナカ〉という名前の学生が幾人もいたために、おれは不思議に思ってその姓を記憶していたからであり、そして〈カズオ〉という名前はといえば——ジャハナよ、おまえもよく知っているだろう——あの沖縄芝居にやたらと出て来る名前だったからだ。例えば本土から強欲な商人がやって来たり、女たらしの小心な役人が出てきたりすると、彼らはいつも決まって〈カズオ〉という名前なのだった。その名前は、舞台の上では、必ず美しい沖縄の乙女たちによって、カズウーと嘲笑的に発音された。そしてその響きは、舞台から客席の中に広がり、蓆《むしろ》を埋めている百人の老婆たちの百個の口によって、小屋を満たす唸《うな》り声《ごえ》となって繰り返されるのだった。カズウー　カズウー　カズウー

だから、タナカ・カズオ君が和菓子のような雰囲気でおれに話しかけ、自分の名前を名乗ったとき、おれはカズウーと言ってやるのを我慢するために、かなりの努力を払わなければならなかった。

（本当に沖縄は悲惨ですよね。現在の沖縄を救うためには、ジャハナの志《こころざし》を生かさなくてはならない）

とカズウーは言った。そして続けて（ジャハナの志を守って、沖縄は一日も早く日本へ、平和憲法の下へと復帰するべきです。そのためにぼくたちの党は――）と言いかけたとき、おれはその次の言葉を聞かなくてよいようにするために、自分の耳に蓋をする代りに、カズウーの口をおれの拳固《げんこ》で塞《ふさ》いでやったのだった。――それは全くささやかな一撃だったが、カズウーは不意を喰らったために恐慌をきたし、第二波の攻撃を怖れて逃げ出してしまった。

ジャハナよ。おれがカズウーに対して行なったことは、勿論珍しいことではない。沖縄のありとあらゆる土地を回っている旅芝居の客席で、老婆たちが行なっているのと同じことを、おれは自分の拳固を使って行なったにすぎなかったのだ。だが――このときから、おれの思考は一本の真《ま》っ直《す》ぐな線の上に乗った。カズウーがおまえの名前を使ったことをきっかけとして、それまでは何の興味も惹《ひ》くことのなかったおまえの生涯が、いや、おまえの生涯というよりは、その生涯の果てに現れるおまえの狂気が、おれの極めて重要な関心事となったのだった。

だからジャハナよ、おれはおまえの狂気について思考しながら、幾つもの夜の街路を行軍した。そこには、〈カズウーの党〉とは別の、〈カズウーの党〉とは敵対した、真新しい隊列が存在していた。それは、おれの沈黙とおれの孤独とをあるがままの大きさで受け入れてくれる隊列、孤独な者たちの同盟とも呼ぶべき真新しい隊列だった。実際、その隊列の中には、ジャハナよ、おまえの名前を口にする者は一人もいなかった。彼らはおれの名前に対して、同情も怖れも表わすことをしなかった。同情と怖れの代りに、彼らはおれに、彼らのささやかな武器の一部を手渡してくれたのだった。一九六八年、一九六九年、一九七〇年……バリケードからバリケードへ、死の街から死の街へ――。

だから、華やかな窓の明かりに照らされた首都の大通りを、機動隊のジュラルミンの楯に押されながら隊列が進んで行くとき、おれの孤独な眼には、白く膨らんでいく一個の帝国が視(み)えた。大量の血を吸いこみ、無数の富をちりばめた帝国が視《み》えた。それは一九六〇年代という時代の中で、ますます膨張し、海を越え、おれの生まれた小さな南の島を呑み込もうとしていた。帝国に存在するすべてのものが、いまやおれに激しい嘔《は》き気《け》を催させた。――だらしない口元から発せられる言葉の響き、人びとの白く緩んだ皮膚、光を失なった病気の瞳、地下鉄の座席を埋めた仮面の顔、死の匂いのする花々、帝国を讃える陰鬱なメロディ、そして毒々しい血の色によって染め抜かれた旗――。それらのもののすべてが、亜熱帯の美しい島々を呑み込もうとしているのを、おれの二つの眼は視た。帝国に所属するそれらすべてのものは、絶対に南島を訪れてはならない、いや、きれいに地上から消え去らねばならないと、おれは考え始めていた。

――幾つもの夜の中を、孤独な者たちの隊列は進んで行った。時が過ぎた。そして、いつしかバリケードの四季はめぐり終り、おれたちの手には火が――地の底からもたらされた黒い火が——点《とも》されていた。

そして、おれが本土の学生となってから二年後、つまり正確に言えば（どうでも良いことだが）一九七〇年六月、おれは灯火の絶やされた街の、下水の臭いのする十字路で捕えられた。実際、全く簡単に——小さな犬ころのように——おれは捕えられたのだった。おれは機動隊に首根っこをつかまれ、日本式の柔道の技で、空中を一回転させられた。六月の舗道が背中に堅かった。そして天を向いているおれの顔をめがけて、ジュラルミンの楯が、まるでビルディングの壁の一部のように落下して来た。小さなおれの口が、ビルディングの壁を受けとめることが出来るだろうか？　口の中に、星のかけらに似た小さく堅いものが散らばった。それはまるで、口の中に幾つものおれの子供が産まれたようでもあった……。

ジャハナよ、これが語るに足るおれの本土での生活、大和という土地で迎えた二十歳のおれの祝祭であったわけだが、いや、おれの前史などはどうでもいい。問題は、そのようにしておれが日本国からたたき出され、たたき出された者として、沖縄に帰って来たということ、そして、おれがいまこの穴の中に、

「その男が来たのはいつのことなんだい？　その男——きみがまだ憶えているという本土

から来た沖縄人、海の匂いのするというその恋人――」

「七月……だったわ、あの人が来たのは」

「七月か。いまから五ヶ月ばかり前だ」

「あの人は、ふらっとこの町にやって来たわ。汚れたリュックサックを担いで、色の褪《あ》せたTシャツを着て、Gパンをはいて」

「年はいくつの男だったんだい？」

「二十歳。わたしよりひとつ年上だと言っていた」

「十年前なら、ぼくも二十歳だった。十年後なら、ぼくは四十歳だ」

「本当にふらっとやって来たのよ。あたしは朝起きて――朝といってもお昼頃だけど――十字路のところを歩いていたの。そうしたら、胡屋《ゴヤ》の方から、大きなリュックサックを担いでゆっくりと坂を下って来るのが見えたわ。なんだかその人の周りだけは空気が薄くなっているみたいに、頼りなげな感じがした。いまにも倒れそうというのとはちがうけど、建物の角を曲がると、そのまま消えてしまいそうな、そんな感じがしたのを憶えているわ」

「何処からやって来たんだい？」

「八重山よ」

「八重山？　八重山というのは、石垣島のあたりの島のことをいうのだろう？　本土から来たんじゃなかったのかい？」

「本土から八重山を旅して、それからこの町へやって来たのよ。だから、八重山の太陽に当ったせいで、顔がとても日に灼けていたわ。八重山は太陽が強いの。帽子なしでは、十五分も外へ出ていられないのよ。空気が透明で、どこまでも遠くのものが見える。太陽が強すぎるから、空気がその分だけ薄く透明になってしまっているんだわ」

「石垣島にもホテルを建てる計画があるんだよ。まだ準備段階もいいところだけどね。風景がきれいで、泳ぐには良い処らしいな。ただし、あまり水がないという話だった」

「水はあるわ。周りが全部、海ですもの。あたしは子供の頃に、一度だけ行ったことがあるのよ。石垣島よりか少し南にある島。長い突堤が珊瑚礁の海の中へ突き出していたわ。その突堤の上を海に向かって歩いて行くと、ちょうど満潮だったのかしら、ざらざらとした堤の表面を水が洗って、あたしの踝《くるぶし》を洗って……。あたしはまだ小さかったから、膝小僧の見える小さな赤いワンピースを着ていたわ。頭の上で太陽がぐるぐると輝いて、それから、風が吹いていたわ。水平線の近くで砕ける白い波の轟きがあたしを包んで、なんだか一人きりで世界に抱かれているような気がした――。それで、あたしは気がつかなかったんだけど、いつの間にか、もう帰れないくらいに潮が満ちてきていて、それを遠くの方で見ていた人が、海の上を気の狂った娘が渡って行くのだと思ったそうよ」

「それで、きみは無事に助けられたのかい？」

「いいえ。あたしはそこで溺れ死んだのよ、八重山の海で――」

「ふうん。ともかくきみの憶えているという男は、八重山を回ってこの町へやって来たというわけだな」

「そうよ。汚れたリュックサックを担いで。なんだか、本当に頼りなげだったわ。だからあたしは、コザ十字路ですれちがって、しばらく行ってから後を追いかけて、それで声を出して言ったの、〝兄さん、何処から来たんですか〟って」

「兄さん？」

「兄さんって呼ぶのよ、男の人のことを。別に本当の兄さんでなくても、みんなそう呼ぶんだわ。一人前の男の人であれば、みんな〝兄さん〟って呼ぶんだわ。この島では、女は誰もがそうしているのよ」

「ふん、それで、どうしたんだい、その男は？」

「あたしが〝兄さん、何処から来たんですか〟って急に声を掛けたものだから、びっくりしていたわ。それから、逆にあたしに〝きみはこの町に住んでいるのか〟って訊いたのよ。歯がなかったから、なんだか変な声だったわ」

「何がなかったって？」

「歯よ！」

「ハ？　ハというのは、口の中にある歯のことか？」

「口の中にある歯が、口の中になかったのよ、きれいさっぱり。それに歯だけではなくて、唇も、何かにちぎられたみたいになっていて、その穴ぼこのようなところから、何もついていない歯茎だけが見えていたわ。歯茎が風に吹かれているっていう感じだった。だから、言葉が風の中にまじり込んでしまって、慣れるまでは上手に聴き取ることが出来ないくらいだった——」

「年はいくつだったっけ、その男——」

「二十歳よ。あたしよりひとつだけ年上。……それで、あの人が歯のない口で〝きみはこの町に住んでいるのか〟って訊いたから、あたしは〝ええ、そうです〟って答えたの。分かる？　〝そうよ〟と言わないで、〝ええ、そうです〟って答えたのよ。そんな言い方、これまでしたことがなかったわ。だけどそのときだけは、本当に自然に、〝ええ、そうです〟って言うことが出来たの。そうしたら、あの人は、公民館とか教会とか、ただで泊めてもらえるような場所がこの町には在るかって訊いたわ。食べ物はいらない、屋根だけ在ればいいとも言ったわ。つまり、お金がなかったのよ。だからあたしは、あの人を近くの安っぽい食堂へ連れて行って、冷しコーヒーをひとつだけ注文して、あの人が心配しなくていいようにテーブルの上に五セント玉を置いて、それから〝兄さん、ちょっとだけ待っていて下さいね〟と言って、急いで駆けて戻って来たのよ」

「戻って来たって？」

「このお店に戻って来たのよ。教会の傍《わき》の坂道を、はあはあ言いながら一所懸命駆けて、汗だらけになりながら戻って来たんだわ。そしてママさんに、〝こういう兄さんがいるんですけど、あたしの仕事が終ったら泊めてあげてもいいですか〟って訊いたの。泊まりのお客を取らないで、タイムのお客だけを取れば、この部屋は二時くらいには誰もいなくなるでしょう。だから、その後、兄さんを泊めてあげてもいいですかって訊いたのよ。そうしたら、ママさんは、あたしの目をじっとみつめて、〝その兄さんはお腹が空いているだろう？〟と言ったわ。あたしはそんなことは考えていなかったけど、ママさんにそう言われると、そんなような気がしてきたから、多分そうだとママさんに言ったわ。するとママさんは、財布の中から一ドル紙幣を出して、〝二人で一緒に何か食べておいで〟と言ったのよ。それから、〝その兄さんは夜中の二時まではここへ来てはいけない、だけどその後ならば泊まってもいい〟と言ってくれたんだわ――」

「そしてまた、きみは一ドル紙幣を摑んで駆けて行ったんだな」

「駆けて行ったわ。早く行かないと、なんだかあの人が消えてしまいそうな気がしたから。あの人の冷しコーヒーが温くならないうちにと思って、坂道を駆けて行ったわ。十字路に出るまでの道が、ずいぶん長いような気がした。あんまり急いでいたから、サンダルを履いていた足の爪先が石にぶつかって、ひどく痛かったわ。そのときは分からなかったけど、親指の爪が半分剝《は》がれて、血が出ていたの。それでも、そんなことには気がつかずに、あたしは駆けて行ったわ。あの人が食堂から出て、どこかへ行ってしまいませんようにって祈りながら。――だから、食堂の扉を押して、さっきと同じ椅子にあの人が座っているのを見たときは、本当にほっとした。あたしは汗びっしょりになって、あの人の前に座っても、まだはあはあ言っていたわ。……それから、あたしたちは別の食堂へ行ったのよ。十字路から二〇メートルくらい来たところに食堂があるでしょう、知っている？」

「いや、知らないな」

「あんたは五日間もこの町にいるのに、何も見ていないのね。——その食堂で、二人でオムライスを食べて、八〇セント払って、まだお金が余っていたから、今度は冷房のきいている喫茶店へ行って、もう一度冷しコーヒーを飲んだのよ。あの人は八重山のことをたくさん話してくれたわ。あたしが子供の頃に行った島に、あの人も行っていて、なんだかとても懐かしかった。……それから、〃夜中の二時になったら来て下さいね〃って言って、お店の名前を教えて、それであたしたちはいったん別れたの。それから……それから、あたしは仕事をして、夜中の一時半には仕事を切り上げて、何だか体じゅうがとても熱かったから、シャワーを浴びて、頭のてっぺんから足の爪先まで洗ったわ。昼間怪我をした親指にシャワーの水がしみて、とても痛かった。下の方から、体を突き通すような痛さだったわ。……そして、きっかり夜中の二時に、あの人は来てくれた」

「それがきみの恋の始まりというわけだ。ひと目惚れというものは、あるものさ。いい男だったんだろうな、多分——」

「いい人だったわ。泊めてあげると言ったのがこんなお店だったんで、きっとびっくりしていたはずなのに、そのことは何も言わないで、〃ありがとう〃とだけ言ったわ。それから、ゆっくりと、いろいろなことを話してくれた——」

「そして、きみは寝たんだな」

「それは寝るわ、夜ですもの。——でも、あんたがいま頭の中で考えているようなことは、あの人は何もしなかった」

「あ？　何もしなかった？」

「そうよ。何もしなかったわ。……二人きりで静かに抱きあっていた。夜明けが丘の向こうに来るまで、あたしたちはそうしていたわ。海の匂いがした……」

「なんてロマンチックな話だ！　だけど、相手は二十歳の男だろう？　きみは、自分ひとりでロマンチックな話を創《つく》りだしているんじゃないのかい？　まるで、物語を読んでいるうちに本の中へはいり込んでしまう十四歳の少女みたいに――」

「あの人は何もしなかったのよ、本当に。あの人は二本の腕で、とても柔らかくあたしの体を包んでくれたわ。まるで、春の潮溜《しおだま》りで息をしている海綿みたいに――。あたしには兄さんはいないけど、なんだか本当の兄さんと一緒にいるような気がした。……そうして、あたしたちは夜明けまでの時間を過ごしたのよ。B52の爆音が嘉手納の方から聴こえてくる夜明けまで――」

「その話は大切に取っておいたほうがいいよ。そのうち、博物館から買いに来るかも知れない。もっとも、歯のない男じゃあ、余り気持のいい話でもないけどな」

「……夜が明けてきて、あの人はあたしの爪先が怪我をしているのに気がついたわ。あの人は、あたしをベッドの縁に腰掛けさせて、あたしの足を優しくさすりながら、怪我をしているところにキスをしてくれた。怪我をして、まだ血が固まっていない爪先にキスをしてくれたわ。そうすると、あの人の唇の触れたところから傷口が塞がって、あたしはもう痛くもなんともなくなったのよ。だからそのお礼に、あたしはあの人の唇にキスしてあげたの。歯がなかったから、とても柔らかかったわ。それから、あたしは植えつけてあげたのよ」

「何をしたって？」

「植えつけてあげたのよ」

「植えつけた？　何を？」

「歯よ！」

……そうだ、問題はいまおれがこの洞穴の中にいるということだ。だが、おれはいつからこの場所にいるのか？　太陽の光の射し込むことのないこの聖なる暗河のほとり、全世界を否定するための、この兇暴な穴ぼこの中に——。

おれが沖縄の穴ぼこの中に自分の体を埋めたのは、正確に言うならば二日ほど前のことであるにすぎない。おれは二度眠り、二度目覚めた。だがおれには、二日間という時間がこの穴ぼこの中を過ぎていくうちに、外の世界では幾千もの昼と夜が廻っていったような気がしている。閉じられたおれの目蓋の黒い天空に、幾つもの星座が暗く輝きながら回転し、星が音をたてて流れ、幾つもの季節は移りゆき、おれは首都に吹いていた微かな夏の風の匂いや、人気のない舗道に落ちる街路樹の葉の音を想い出した……。
ジャハナよ、おれが二年間という歳月ののちに歯を失なった大和の首都に、おまえは県費留学生として赴くこととなる。それは一八八二年のことだ。神戸で下船したおまえたち一行は大阪へ向かう。そして大阪から東京へ――。沖縄には鉄道というものがなかったから、そのときおまえは初めて汽車というものを見、その恐るべき鉄の箱の中にはいる。おまえも、そしておまえの仲間である四人の留学生たちも、細い二本の線上を走って行く新しい乗物の速度に――窓の向こうを飛び去って行く風景の速度に――幾度も喚声を挙げるだろう。そして、その恐るべき速度に酔って、おまえたちは吐く。おまえたちは船の中でも吐き続けたのだが、今回の嘔吐《おうと》はいささか性格を異にしている。というのは、海のうねりがおまえたちを苦しめているのではなく、いまや新しい文明というものがおまえたちの胃を圧し始めているからだ。だからジャハナよ、おまえたちは、最早いかなるものによっても癒やされることがない……

†

十二月三日、わたしたち一行は東京に到着した。わたしたちは沖縄を代表するもの、日本国の最も新しき版図を代表するものとして、改められた首都の土を踏んだのである。入京の第一歩、わたしたちの姿は大いに人目を惹くものであった。なぜならば、わたしたち全員は、沖縄の男としての伝統に則《のっと》って、自分たちの髪をカタカシラに結っていたからである。維新後十五年、大和の男たちは既に髪を結う習慣を失なっていたから、わたしたちの姿は少なからず珍奇なものであった。異国風の五人の男たちを遠まきにして、童たちは盛んに囃《はや》し立《た》てた。女たちは袖の陰で笑いを洩らし、警察官は四つ辻という四つ辻で誰何《すいか》した。しかし、これらの無礼や好奇の眼差《まなざ》しにもかかわらず、故郷を誇りとするわたしたちは、誰ひとりとして髪をザンギリにしようなどとは考えなかったのである。

入京の翌日、わたしたちは皇居に向かった。

皇居に——そうだ、この栄光の一日を、わたしはいまもなお鮮明に記憶している。空気のひりひりとする冷たい冬の日の朝、わたしたちは幾杯もの水をかぶって身を浄《きよ》めた。そして、県令鍋島直彬の邸宅に於《お》いて衣服を整え、徒歩で宮城へ向かい、そこでわたしたち五名の者は、畏《おそ》れ多くも陛下に拝謁する誉《ほま》れに浴したのである。

見たこともないような白いすべすべした床、高い天井と人の頭よりも大きな電燈をもった広間で、わたしたちは不動の姿勢を保ったまま、陛下がお出ましになるのを待った。北方の国のひどい寒さが、室内であるにもかかわらずわたしの両膝をふるえさせた。広間には香が炷《た》かれているのであろうか、どこからともなく漂ってくる不思議な異国の香りが、海と風と太陽の匂いしか知らないわたしの鼻孔を苦しめた。広間の奥には赤い絨毯《じゅうたん》が伸ばされ、その中央には一対の机と椅子が、菊の紋章のはいった大きな金屛風《きんびょうぶ》を背にして置かれていた。――ここで告白しておけば、わたしがそれを金屏風であると認識したのは、宮城から帰ってのち、皆と話しあってからのことである。つまりわたしたちは「金」という言葉は知っていても、それがいったいどのようなものであるかは見たこともなかったから、広間に広げられていた屏風の色を、その場で「金」であると理解することが出来なかったのである。「金」という言葉によってわたしの想像していたものはといえば、例えば、夏の朝の生まれたばかりの太陽《テダ》の光の滴りのようなものであったから、薄寒い広間の奥の屏風の、腐ったパパイヤの肉のような色が、「金」であろうなどとは思いもよらなかったのである。――

そうこうしているうちに、突然、礼という号礼がかかった。わたしたち五人は、まるで並んで髪を切られようとする蛮人のように、深く頭を垂れた。すべすべとした床の肌を、わたしはみつめた。その時間がどれほどのものであったかは分からない。ただ、異国の香りがたちこめている静寂の中を、低い足音が遠くから現れ、何か秘事を囁《ささや》くような陰微な声が聴こえ、再び低い足音が聴こえ、遠ざかり、まるで小さな箱の中にはいっていくように消えていったのであった。

兢々《きょうきょう》として面を上げれば、既に陛下の御姿はなかった。わたしは――いや、わたしたち全員は――魂《マブイ》を吹き消されるほどの巨大な陛下の御姿、新たな国うみをなされようとする猛々《たけだけ》しき竜顔を想像していたから、その出会いはいささかあっけなさすぎるものであった。金一封と、何やら油気の抜けた頽《くず》れやすい菓子が、わたしたちの手にしたものであった。

――この日のことは、後にわたしの伝記にも記し残されることとなる。勿論この事実を、証拠となるべき公の文献の残されていないことを理由として、伝記作家の勝手な作り話であるとする説の存在することを、わたしは知っている。陛下への拝謁は、わたしの生涯をいっそう光輝あるものとせんがために、伝記作家が故意に捏造《ねつぞう》したものだというのである。しかし、それはどうでもよいことだ。たとえわたしたち五人の若者が、陛下の拝謁に浴したのではなく、二重橋の袂《たもと》に立って、墨色に沈んでいる針葉樹の森へと最敬礼しただけであったとしても、わたしが入京の翌日に陛下の前へ進み出たことに変りはないからである。沖縄から来た十八歳の若者として、わたしはこの日から陛下のものとなった。いや、わたしだけが陛下のものとなったのではない。わたしという一個の人格を通じて、沖縄自身が、このとき陛下のものとなったのである。

そして――わたしは学習院に学ぶこととなる。この勉学の日々について詳しく語る必要はない。わたしは孤独であった。言葉の通じぬ異国の地にあって、わたしの語る相手は四人の留学生たち以外には存在しなかった。そして、語る相手を持たぬ代りに、わたしは勉学にのみ勤《いそ》しんだ。優秀な成績――わたしは首席以外のものであったことはなかった――のみが、わたしの若き日々を輝かせていた。

学習院におけるかくの如き順調な日々の中に、しかし全く不安が訪れなかったという訳ではない。それは沖縄に残してきた父母や兄弟たち――つまり、東京と沖縄との距離とでもいうべきものであった。余りにも遙かな距離が、時として、わたしを訳もなく不安にさせた。青々とした太平洋の広がりをたたえた世界地図を開いて、わたしの指先は幾度その距離を測ってみたことであろうか。――

　母から不吉な手紙の届いたのは、そんな日のことである。不吉な手紙――いや、それはわたしの母が不吉だと感じて書いた手紙のことであるが、それは、たしかこんな内容であった。……或る日のこと、母は妙な胸騒ぎに襲われた。急に息子のことが気になり出して、矢も楯もたまらず、息子の吉凶を判じてもらうべく、村に棲むユタを訪ねて行った。そのユタというのは――わたしも幼い頃からよく知っている――二百歳になるという伝説をもった、ウープファーパイという名前の老婆で、白髪を垂らしているために顔が見えず、いつも東風平の四つ辻に坐って、呪文《グイス》を唱えることを習慣としていたユタであるが、母はそのウープファーパイの処へ出向いて、息子の身を判じてもらった。ウープファーパイは白髪の奥からこう言った――「ジャハナという名前は、大和の地で、カミダーリィになる」つまり、わたしが大和で神がかりとなり、発狂するというのである……。これを聞いた母は、慌ててもう一人のユタを訪ねて行った。沖縄の迷信深い女たちは、ユタの判じが余りに不吉なものであれば、何人ものユタを訪ねてみなければ気が済まぬのであるが、ともかく母は、別のユタを訪ねて行った。その第二のユタは――これもわたしはよく知っている――やはり二百歳になるという伝説をもったオーウファーパイという名前の老婆、ウープファーパイのように四つ辻で呪文を唱えているのでなく、指先で四つ辻の土を摘んで食っている不思議な老婆であるのだが、その二番目のユタを、母は訪ねて行った。そして、同じように、大和にいる息子の身の上を判じてもらったのであるが、オーウファーパイは長い祈りの苦しみの過程ののちに、「ジャハナという名前は、沖縄の地の底の霊《マブイ》となる」と託宣を下したのである。

……これらのことを、母ははるばるわたしに書き送ってきた。実際、母は途方もない不安に捉えられたのにちがいない。一人のユタは、わたしが気が狂うと言い、もう一人のユタは、わたしが地の霊となると言ったのである。しかし――当り前のことであるが――明治の東京に於て学問を修めているわたしにとっては、それは旧社会の俗信以外の何ものでもなかった。ユタの代りに科学こそが、沖縄の未来を指し示さねばならないと、わたしは考えていた。幾日かして、わたしは母に簡単な返事を認《したた》めた。そしてさらに幾日かすると、わたしは母から手紙が来たことさえ、完全に忘れてしまった。恐らくこの頃、わたしはカタカシラを切り落したのであろう。

そして三年後、わたしは学習院を中途退学し、自らの生涯の仕事を山林行政に定めるべく、東京山林学校（のちの帝国農科大学）に、自らの意志をもって入学したのである。

†

ジャハナよ、東京山林学校に自らの意志をもって入学したと、いまおまえは語った。おれはおまえが、自分の意志というものを本当に持っているかどうか、実に疑わしいと考えているのだが、とりあえず、それは半ばおまえ自身の意志であったとしておこう。だが残りの半分は、明らかに別の者の意志であったと言わねばならない。正確に言うならば、〈国家〉の意志であったということを、ここではっきりとさせておかねばならない。

国家の意志——つまり、沖縄現地における有能な農林官僚を育成するという国家の方針に、ジャハナよ、おまえは自分の人生の背丈を合わせたのではなかったか？　実際、名誉なことに、おまえの入学には公文書が付き添っていた。沖縄県令西村捨三から東京山林学校長へ、農商務卿西郷従道から太政大臣三条実美へ——この二通の公文書に付き添われて、おまえは山林学校の門をくぐった。

沖縄県平民謝花昇儀、山林学志願ニ付《つき》、当省所轄東京山林学校へ致入学度旨《たきむね》ヲ以《もって》願書ヲ付シ、特ニ該県令ヨリ校長へ照会ノ趣モ候処《そうろうところ》……合格ノ如何《いかん》ニ不拘《かかわらず》員外生トナシ、特別ヲ以入校差許候条、右様御聞置相成度此段《このだん》及御届候也

時は一八八五年、おまえが拝謁したという天皇の年号によれば、明治十八年という年

のことだ。前年——つまり明治十七年——群馬事件・加波山事件・秩父事件・名古屋事件と続いた全国の擾乱《じようらん》は、年が明けてようやく静まり、明治の帝都は鹿鳴館に鳴り響く異国の音楽と、新しいガス燈の光に彩られていた。

ジャハナよ。二十歳のおまえの目には、すべてが明るく視えたかも知れない。いまやおまえは〈沖縄〉の代表であるばかりでなく、〈明治〉そのもの、文明開化の〈日本〉そのものとなろうとしていたのだから——。だがこの年——国会開設の大詔と、大日本帝国憲法発布のちょうど中間に位置するこの年——爆裂弾の季節の後の激しい懊悩《おうのう》の中で、目前に開かれた大暗黒だけをみつめ続け、狂気との境界をひとりさまよいながら、この国そのものに叛逆する一個の言葉をさぐり続けていた男も存在したことを、おまえは知らなければならない。

君知らずや、人は魚の如し、暗らきに棲み、暗らきに迷ふて、寒むく、食少なく世を送る者なり。家なく、助けなく、暴風暴雨に悩められ、辛うじて五十年の歳月を踏み越ゆるなり。

やがて狂者となる詩人は、後年このように記した。

だが、ジャハナよ、おまえは詩人などというものには最も遠い存在であったのにちがいない。大和という新しい国家が、夥しい流血と一人の詩人の狂気の上に自らの近代を打ち固めているとき、おまえは将来の官吏たるべく、不動の首席を守り続けていた。おまえの学んだ東京山林学校は、日本林学の泰斗ともいうべき本多静六を筆頭として、数多くの著名な学者を擁していた。だが、おまえが親しく教えを受けたであろうこの本多静六という男こそ、そののち明治末期において、八重山諸島の神々の栖《すみか》であった美しい森《ムイ》を伐採し、その払い下げに狂奔した張本人でもあるのだ。

そのような教授たちの下で勉学に励んだことを、おまえは誇りとしなければならない。いや、おまえが励んだのは学問の方面ばかりではなかった。おまえは優秀な棒高跳びの選手として、はるか地上から飛翔すべく、青春の助走を繰り返していた。ゆるく弧を描いた一本の青竹は、幾度も幾度もおまえを空の高みへ導いたことだろう。おまえの名前はスポーツ界にも知られるほどだったというから、天空から見れば砂粒ほどの大きさにすぎないおまえの肉体は、明治のバーを美事にクリアし続けていたのかも知れない。——おれならば、夕空に引かれた一本の線を地上へ落下させることに悦びを感じたにちがいないのだが、山羊のように飼い馴らされたおまえの二つの瞳は、自分の体が地上に落下したのちもなお、夕空にとどまっているものをみつめて、大いなる悦びに輝いていたのであろう。

ジャハナよ。おまえはそのような学生として学び、そして卒業し、一八九一年、つまりおまえが二十七歳のときに沖縄へと帰還する。沖縄の平民の中から生まれた第一号の学士として、おまえは帰還するのだ。

亜熱帯の水平線は気怠いほどに遠い。

青々とした海の面を、飛魚が光の精のように渡る。やがて、前方の水平線に小さな黒い点が見えてくる。それは幾日ぶりかで見る陸地、沖縄島最北端の辺土岬であるのだ。その黒い点は、いつまでたっても大きくなることがない。真昼の微睡みが、甲板に腰を下ろしているおまえを包み込む。……風の中に幾時間かが過ぎたのかも知れない。おれは目を開く。太陽の破片がおれの二つの瞳を射る。辺土岬はいまやおれの左手に巨大な姿を現わしている。幾つもの奇怪な岩石、岩の上に烈《はげ》しく繁っている草の絨毯、幾千もの嵐に鍛えられた亜熱帯の樹木、そして岬の突端に群がっている観光客の姿さえも、はっきりと見定めることが出来る。それはまるで海中から浮上した奇跡の島のように、或いは海水によって切り取られた巨大な山脈のように、おれの目の前に存在している。おれは沖縄に帰還して来たのだ。

歯を失なった者として、おれは帰って来た。いや、正確に言えば、日本国政府から滞在許可証を取り上げられた者として、おれは帰って来た。

……進んで行く船の左手に、沖縄島は触れることの出来るほどの近さで、流れて行く。島を覆っている深い森《ムイ》が、おれの魂をふるえさせる。やがて、右手に伊江島のタッチューが見えてくる。純白に輝く幾つもの砂浜をもった無人島が見えてくる。海流が変り、大きなうねりが船腹を打つ。船は那覇港を目差す。風が止まり、船足が弱まり、吸い込まれるように港へはいって行けば、那覇三重城の埠頭《ふとう》には、幾本もの蓆旗《むしろばた》が振られているのが見える。それはジャハナよ、一八九一年、沖縄の産んだ最初の学士を出迎えるひとびとの打ち振る蓆旗であるのだ。
ジャハナよ。このようにしておまえは帰って来た。

「何を植えつけたんだって？」
「歯よ。歯がなかったから、あたしは歯を植えつけてあげたんだわ」

わたしが故郷へ帰って来たのは、明治二十四年のことである。わたしは蓆旗を押し立てた人びとの出迎えを受けた。わたしは〈選ばれた者〉——この島に生まれ、大和に渡り、そしてこの島の未来を担うべき〈選ばれた者〉として、帰って来たのである。いまやわたしは、貧しき人びとにとっての、文字通り希望の灯であった。わたしこそが階級打破の輝ける象徴、明治という時代の疑いなき代表であった。たとえ農民の出身であろうとも、学問にさえ秀でるならば、ジャハナの如き栄光の道を歩むことができる！　わたしの名前を讃える青年たちの声が聴こえる。わたしの名前を子供に教える母親たちの声が聴こえる。村々のガジュマルの木蔭で、暗い灯火しかもたない貧しい天井の下で、ヤモリの鳴いている小屋の中で、学校で、役場で、真夏の広場で、クチンダ・ジャハナーというわたしを讃える言葉が、土の匂いのする夥しい口から放たれていく。わたしは目の芯が二つあるほどの異様な天才として、この島に新しい伝説をつくり上げる。わたしはそしてこの頃のことを、後に沖縄学を創始するIという青年は、次のように記しとどめるはずである。——

謝花昇氏が農科大学を卒業して帰った。沖縄で最初の学士だと言ふのでその名声が全県下を風靡《ふうび》した。そして東風平謝花の名はやがて階級打破の象徴となった。婦人社会では彼をミーヌシンヌ二ツアンなどと言って騒いだ。

ミーヌシンヌ二ツアン——目の芯の二つある者。そのような者として、わたしは故郷に迎えられ、農林行政を担当する県技師の職に就《つ》いた。その仕事こそ自分の学問を生かす道、自分の学問と自分自身とを沖縄のために生かす道であると、わたしは考えたのである。

そしてわたしが最初に担当することとなったのは勧業事業であった。わたしが誠実なる官吏として、その職務を遂行したことは言うまでもない。原始的なままに継承されている製糖方法の改善・生産費の節減・造林方法の改良・蚕産試験場の創設・現品納税制度の改廃……こうした幾つかの事項を挙げただけでも、わたしがいかなる情熱を有していたかは明らかであろう。そしてこの仕事ぶりが認められて、わたしは土地整理事業のための調査委員に任命される。一八九三年、日清戦争の前年のことである。当時の沖縄における土地整理事業——この新しい仕事を理解してもらうためには、当時の沖縄における土地制度の概略を述べておかねばならない。

当時の沖縄は——既に明治も半ばに達しているというのに——本土とは大いに異なって、未《いま》だに私的所有制以前の段階に留っていた。つまり、各々の村では、地頭が一定期間ずつ農民に土地を分与するという地割制度が維持されていたのである。一定期間が過ぎれば、土地は再び地割りされて、それぞれ農民たちに分与される。——かくの如き前近代の制度は、農民に土地の所有権を与えることによって、一日も早く廃されなければならなかったのである。

しかし、わたしが最も精力を傾注したのは——わたしの専門からして当然のことであるが——一般耕作地ではなく、杣山《ソマヤマ》と呼ばれる山林の問題であった。

琉球王朝の時代から、沖縄の山林原野は杣山と呼ばれ、そこは樹木とマラリヤ蚊と名も知れぬ小動物たちの暗黒地帯であったのであるが、それは県有地とも民有地ともいえぬおぼろげなる姿のまま、村人たちの共同によって管理されていたのである。だが、そのような旧《ふる》い領有形態は、明治という新しい年号の下にあっては存続すべくもない。いや、存続してはならないと、わたしは考えていた。実際、沖縄島は狭い耕地しか持たないが故《ゆえ》に、原始のままの杣山を大胆に開墾することがないならば、農業生産力はいつまでも王朝時代の水準に停滞し、農民は開化の恩恵に浴すこともなく、貧窮のままに捨て置かれるほかないのは明らかなのであった。

勿論こう言ったからといって、わたしが単純なる開墾主義者であったという訳ではない。いやしくも山林学を修めた者、最高学府を首席で卒業した者として、わたしは杣山の最も有益な利用形態を考えた。そしてそこから、開墾事業を導き出したのである。だから、山林の科学的活用を図るか否か——この点にこそ、わたしジャハナと、あの専制者・奈良原県知事との相違は存在したのである。奈良原が姑息にも自らの藩閥の利害だけを指針としていたのに対して、わたしは自らの学問を、ただ学問だけを導きの糸としたのである。

しかし、わたしが杣山の開墾を進めるに当って、抵抗がなかったという訳ではない。というのは、杣山を管理してきた農民たちは、杣山からタキギ、資材、下草、薬草などを得ていたがために、そのような旧き慣習だけを守ろうとし、開墾のもたらす未来の利益には目を開こうとしなかったからである。だからわたしは、開墾がどれほどの大きな利益をもたらすものであるか、農民たちに説明してやらねばならなかった。

例えば、日清戦争の起きた年のことである。わたしは土地整理主任として国頭地方を巡回していたのであるが、わたしの耳に穏やかならぬ噂が流れてきた。今帰仁《なきじん》において、農民たちが徒党を組み、杣山の伐採事業を妨害したというのである。そこは既に県庁によって、伐採許可を与えられた地域であった。わたしは急遽《きゅうきょ》番所へ赴き、各村の人民総代を召集した。やがて、農民の代表たちは兢々《きょうきょう》としてわたしの前に集まって来た。

彼らは未だに髪をカタカシラに結い、学士の前へ出るというのに汚れた身形《みなり》を改めず、まるで土から生まれたように土下座してわたしの言葉を待った。

わたしは言った。

過日番所にて話したる通り山林の必要なることは既に御承知のことなるべし。然《しか》るに今度知事公より開墾を許さるるを拒む貴君らの理由は如何。

このわたしの言葉に対して、総代の一人は開墾に反対する二つの理由を述べた。

一、山林の少なきこと。

二、山林憔悴《しょうすい》の為《ため》段々薪及び家作材に差支へること。

これが彼らの主張の全部であった。噫《ああ》、何という蒙昧《もうまい》! この蒙昧なる主張に対して、わたしが条理を尽し、分かりやすく説き聞かせたことは言うまでもない。

第一は山林の少なしと貴君らは言ふけれども、この間切は千五百町歩余もある故少なしとは言へない。又第二は山が憔悴して居る故今より開墾を許さるれば、薪家作材に困ると言ふけれども、この憔悴させたのは貴君らの心得違ひより起りたる事とて此の心得を直し、充分繁殖を計れば少しも差支へることなし。

こうしてわたしは番所を出た。農民たちはわたしの博識とわたしの弁舌とに平伏したまま、動こうともしなかった。古代のままに荒れ果てている杣山を広大な耕地に変えること——この現代の奇跡をなしとげる者こそ、わたしジャハナであった。

かくして、わたしは開墾を推進した。わたしの力がどれほど偉大なものであったかということは、わたしが土地整理主任として開墾を許可した山林面積の数字を見れば明らかであろう。わたしははっきりと記憶している。一千六百九十万八千四百九十八坪——それだけの杣山の開墾を、わたしは僅《わず》か二年間のうちに許可したのである。勿論、わたしは農民たちの意見を聞きつつ仕事を進めた。わたしは幾度となく番所へ赴き、幾度となく人民総代を呼び出した。わたしこそは農民の側に立つ者、誇り高き農民の子として、沖縄の近代の夜明けを導いていたのである。クチンダ・ジャハナー、クチンダ・ジャハナー……耳を澄ますがよい。農民たちがわたしを讃える声がいまも聴こえている……

†

ジャハナよ、呪われたおれの名前よ。

おまえはいま自らの行ないを述べた。おまえが自ら開墾を許可した大地の数字を並べた。だが、おまえの話の中で決定的に欠落していることが一つある。それは、おまえの許可を受けて開墾された土地が、いったい誰の所有に帰したかという点だ。

一千六百九十万八千四百九十八坪。この広大な面積は、いったい誰に払い下げられたのか？　おまえの最高の上司である奈良原県知事は共産主義者でもなければキリスト者でもなかったから、それらの土地を農民に分配しようなどとは考えなかった。そしてジャハナよ、おまえが有能な官吏として土地を払い下げた相手は、王朝時代の支配者階級に属する者か、さもなければ奈良原の直接の手下どもではなかったのか？　旧士族階級と奈良原の手下――つまり、滅びゆく時代の腐乱死体と、新しい時代の利権屋たちのために、おまえは沖縄の杣山を分配したのではなかったのか？〈古代〉と、〈資本主義〉とが、いまやおまえの中で結婚する！

首里華族の所有となったもの百二十万三千九百七十八坪、他府県人の所有となったもの七百五十四万坪、首里・那覇士族の所有となったもの四十五万六千五百坪、国頭農会長名義で払い下げられたのち、奈良原の手下たる青森県人の所有となったもの四万坪……ジャハナよ、これがおまえの分配した土地の内訳だ。

そしてジャハナよ、このことを誰よりもよく知り、限りなく深い怒りを抱いていた者たちこそ、ほかならぬ農民ではなかったのか。おまえは、自分が番所に赴いたとき、農民たちはおまえの博識と弁舌の前に平伏したと言った。だが、そこには嘘がある。農民たちは平伏しはしなかった。彼らは平伏すどころか、幾つもの口をいっせいに開いて、古代から続いている言葉で、明治の学士たるおまえに向かってこう言ったのではなかったのか。

今度の開墾は貧窮士族に許さるるとの事なれども目下出願のため見立に来るものは有禄者にあらざれば富者なり。

ジャハナよ、目の芯の二つある者よ。

幾度の嵐にも倒れることのなかった島の樹木たちを、こうしておまえは滅ぼした。いや、おまえの滅ぼしたものは、樹木だけではない。樹木のめぐみを受けて生き続けてきた数多くの農民たちをも、おまえは大地から追放した。切り倒された樹木そのもののような姿で、沖縄の男たちが、娘たちが、次から次へと日本国へ流れ出て行く……。おまえが入京の翌日に拝謁したという《足音低き男》が、沖縄の政治的処分を断行したとするならば、その男から頽れやすい菓子を受け取ったというおまえは、その男の期待に何一つ背くことなく、島の夥しい樹木と、樹木の下に生き続けてきた者たちの処分を完遂したのだ。

ジャハナよ、かくしておまえの名前は農民たちに記憶されるところとなった。だがそれは、クチンダ・ジャハナー、郷土の生んだ天才としてではなく、専制者奈良原の犬として、農民に敵対する官吏として、森と大地を滅ぼす者として、記憶されるところとなったのだ。《ジャハナ》——それは農民たちにとって、いまや忌《い》むべき名前、呪うべき名前だ。農民の父はその息子に、母はその娘に、地面に唾を吐きつけるようにしながら、幾度もおまえの名前を教えるであろう。ジャハナ、死すべき者よ、呪われたおれの名前よ！

さて、ジャハナよ、これがおまえの帰郷、学士第一号としての沖縄でのおまえの業績であった。そしていま、おれはおれ自身の帰郷について語らねばならない。——歯を失なった者、日本国政府の滞在許可証を奪われた者として、おれは沖縄へ帰って来た。米民政府は、勿論おれの渡航許可書を取り上げた。一九七〇年、こうしておれは、二度と沖縄から出て行くことを禁止されたのだ。まるでおれ自身が一個の霊となって、沖縄の地の底に在り続けることを要求されたかのように——。

だから、おれは本土から送還されたその足で、沖縄というものの存在を確かめるかのように、幾つもの島々を旅した。考えてみれば、おれは自分の生まれた本島以外に、ほとんど何処へも行ったことがなかったのだった。

一九七〇年——おれはおれの蒙《こうむ》った敗北よりは少しだけ軽いザックを肩にかついで、まるで青春の旅行者のように旅を続けた。島から島へ、南へ、さらに南へ……。太陽と風の中に、おれの二つの眼は幾つもの世界を視た。めくるめく真昼の中で死に絶えた純白の海岸、神々の吐息だけが浜木綿《はまゆう》の花を顫《ふる》わせている無人の砂浜、珊瑚礁の突端を掠《かす》める青の流れ、パパイヤの腐れゆく匂いに充ちた雨の密林、七月の水平線を乱している遠い竜巻、金色にざわめきたつ夕暮の島影……。いや、おれの二十歳の足跡の残されたのは、南の美しい島々ばかりではない。おれはそこから本島へ戻り、一度も訪れたことのない町にはいり、名も知れぬ村を抜け、七月の丘の上へと登って行った。こんもりとした亜熱帯の夏の夜に抱かれている丘の上の町、古代からの女たちの棲んでいる聖なる町。その不思議な町の、不思議な夜の中で、おれは〈妹〉と出会ったことを記録しておかなければならない。〈妹〉——おれが死んだのちもなお、おれのことを憶えていてくれる者。おれよりも年若く、そして怖れを知らぬ者。……そしてその夜から、歯を失なって滑りやすくなっているおれの歯茎に、小さな、新しい歯が生え始めたのだった。……

奇跡の丘、奇跡の町。そしていま、おれがこの暗い洞穴に辿りつくまでに、どれほどの時が流れたのか、おれは知らない。妹と出会い、妹と別れた夜から幾十年もが過ぎたようでもあるし、季節が一度だけ廻ったようでもある。おれには分からない。ただおれの記憶に残っているのは、その間に沖縄が日本国へと併合されたということだけだ。〈祖国〉という吐き気のする言葉が、夥しい人びとの流れとなって南島の町を通り過ぎて行くのを、おれは視た。〈祖国〉——その二つの文字が、電信柱という電信柱に貼りめぐらされているのを、おれは視た。そしてその期間、おれは歯を、ただ自分の歯だけを育てながら、この地の底の洞穴へ向かって歩いて来たのだ。小さな妹が、小さな歯となって、おれの口の中で育っていくのを感じながら……

「きみは汗をかかないね。ぼくはまるでアマゾンの熱帯林の中から這《は》い出してきたみたいに汗だらけだよ。シャワーがあるといいんだがな——」

「あるけど、お客さんは使えないわ」

「どうして使えないんだい？　かまいやしない」

「汗を流すためのシャワーではないのよ。子供が出来ないようにするために、お腹のなかを洗い流してしまうためのシャワーなのよ」

「不便だな、全く。……それにしても厭な暑さだ。背中をシーツに押しつけていると、汗が次から次へと浸みこんでいって、まるで夜の湿原の上に横たわっているような気分になるよ。食虫植物の腺毛か何かが体に纏いついて、背中のほうからゆっくりと沼の中へひきずり込まれていくみたいだ。……十二月だというのに、まるで夏のようだな。窓は開いているのか？　風がないな。風のない町だな、この町は――」

「吹いているわ」

「何も吹いていやしない。カーテンを見てごらん。ほら、まるで水をたっぷりと吸い込んだ毛布みたいに、窓際に重く垂れ下がっているだけだ。ずいぶん歳をとっているな、あのカーテンは」

「あんたには分からないだけよ。ほんの少しだけど、空気が動いているわ。小さな虫の羽音くらいだけど、風の音も聴こえるわ。ここは丘の上だから、風がどっちから吹いてくるか、よく分かるのよ。いま、東から吹いているわ。東の海の上では、轟々と音を立てて――」

「ぼくには聴こえないな。聴こえるものといえば、路地を通って行く男たちの足音だけだ。……どうして皆、あんなに同じような足音なんだろう？　いま、車が通って行ったな。こんな狭い路地に、よくはいって来れたもんだ。十字路へ出る急坂を下れるのかな。路地にはいったきり、出られなくなるんじゃないのか？」

「知らないわ」

「きみは不思議な娘だよ。さっききみが話した若い男も、きっと、きみの不思議な部分に惹かれたんだろう。……ところで、どうして、その男は歯をなくしてしまったんだい？」

「知らないわ」

「歯槽膿漏か？　若いのに、栄養不足だったんじゃないのか」

「知らないわ」

「それとも学生運動かな。そう言っていなかったかい？」

「あたしは何も訊かなかったわ。それから、あの人も何も言わなかった」

「きみはこんな島にいるから知らないだろうが、おととし、去年、そして今年——ひどい時代だったよ。大学という大学に汚ない赤旗が立っていた。最初のうちは一つか二つの大学だけだったが、それがみるみるうちに、まるで悪性の熱病みたいに、全国の大学に広がっていった。教室の机と椅子がバリケードに使われ、大学の機能は完全に麻痺した。こんなにたくさんのバリケードが出来たというのは、日本の歴史始まって以来のことじゃないかな。学生たちは、大学の壁という壁を落書きで汚し、窓という窓を打ち壊した。温厚な教授をつるし上げ、重要書類に火をつけて喜んだ。そして、大学を破壊しただけでは満足せずに、街頭にまで出て行って火炎瓶を投げた。電車を停め、舗道の敷石をはがし、街路樹を倒し――要するに、ありとあらゆる破壊と混乱の三年間をつくり上げたんだ。一九六八年から、今年七〇年まで、この三年間というものは、歴史の上でも、最悪の時代として記録されるかも知れない。なにしろ、火炎瓶の飛ばなかった月はひと月もなかったくらいだからな。……だけど、そうやって三年の間に数十万本の火炎瓶を投げ続けた結果、奴らは何を獲得したと思う？　何かを獲得したと思うかい？　何も、全く何も獲得しなかったんだ。大学の制度ひとつだって、奴らは自分たちに有利にすることは出来なかった。何の利益も、手にすることが出来なかったんだよ。完全なゼロ。それは三年間続いた熱病、何の成果も得られない単なる空騒《からさわ》ぎにすぎなかったんだ。しかも奴らは、何も手にすることが出来なかったばかりか、途方もない損害を出した。何万人という連中が逮捕され、前科者となり、大学を追われた。何千人という連中が頭を割られ、目玉を潰され、手や足を失なった。歯を一本残らず折られた奴だって、十人や二十人じゃすまないだろう。……そんなふうにして、奴らは敗北した。これから冬が来るよ。奴らにとっての本当の冬、本格的な敗北の季節が始まるんだ。奴らはいったん夢を見たからな、夢から醒《さ》めるまでには時間がかかるよ。季節はとっくに冬になっているのに、いつまでも八月の姿でいるというのがいまの奴らの状態だ。勿論、大多数の連中は自分がどんな夢を見ていたかも忘れてさっさと元の学生生活に戻って行くだろう。人間なんて、いいかげんなものだからな。いや、いいかげんであるから、人間でもあるのさ。――だが、そのように出来ない奴ら、普通の生活に戻れなくなってしまった奴らが、相当な数で居るはずさ。そいつらは、炎と暴力の三年間が夢だったなどとは信じたくない一心で、ますますその夢の残りに頭を突っこむだろう。奴らは、ますます兇暴な、ますます孤立した、ますます少数者だけの行動に突っ走って行くにちがいないいんだ。……今朝の新聞に、東京で交番を襲撃しようとして、逆に射殺されたという馬鹿な男のニュースが載っていたな。今朝の新聞だから、きっときのうの事件だ。シバノ、とかいう名前だった。……これからは、こういう事件が多くなるよ。勿論、そんな行動が社会から受け入れられるはずはない。そんな闘争には、口笛ひとつ吹く者もいないだろうよ。そうだ、口笛ひとつ吹く者もいないんだ。……奴らは、ますます孤立する。ますます社会から見放される。そして、とうとう自分ひとりきりになって、気が狂うか、自殺するか、二つに一つになるんだ。そういう穴ぼこにはいり込んだ以上、誰もそこから脱け出すことは出来ないんだよ。——その男は、まるで洞穴の中に棲んでいる生き物みたいな、暗い眼をしていただろう?」

「誰が?」

「歯のない男だよ。きみが恋をしたという、七月の歯のない男だ」

「……静かな眼をしていたわ、とても」

「ふん、きみには分からなかったんだな。ぼくはね、学生運動の泥沼にはまり込んだ奴を何人も見ているから、分かるんだ。……ぼくが学生だったのはいまから十年前——そう、きみが恋をした若い男とは、ちょうどひとまわり違うわけだな。……一九六〇年。すごいデモだったよ。国会前の道路という道路がすべて人で埋まってしまったんだ。六月の蒸し暑い夜だったから、みんな汗だらけだった。夜風が妙に湿っていたのを憶えているな。ぼくのいた大学の自治会というのは、まあ穏健なところだったから、それほど危い目にはあわなかったが、それでも、革命というのはこういう雰囲気かと考えていたね。デモが終って、ガード下でひとかたまりになって休んでいた頃、どこからか噂が流れてきた。女子学生がひとり、国会構内で殺されたというんだな。水面が急に波立つみたいに、動揺が広ったよ。幾人かの学生は、すぐに国会のほうへ駆け戻って行った。それに続いて、十人ほどが立ち上がった。するとそのとき、リーダーの甲高《かんだか》い声が響いた。《挑発だ、挑発にのるな!》だからぼくたちは、隣りにいる者と手を握りあうようにして、その言葉を呪文のように囁きあったよ、《挑発だ、挑発にのるな!》……そうして政治の季節が過ぎていった。ぼくは馬鹿ではなかったから、すぐに元通りの生活に戻ったよ。友達も皆そうだった。いまでもときどき会って話すけれど、あれは大規模な運動会みたいなものだったなんて、うまいことを言った奴もいたな。なにしろ、国会一周という決まったコースを、何度も何度も汗だらけになって駆け回っていたんだからな。――だけど、そういうふうに、正常な世界に戻れなかった奴も一人だけいた。そいつは――いつも汚れた学生服を着ている奴だったが――大学に戻ってきても何か暗い眼をして、皆が楽しそうに語らっている横を通りすぎていったな。何だか、暗い影が通りすぎていくみたいだった。敗残者――人生の、生活の、完全な敗残者というところかな。実際、皆が就職を決めている頃にも、そいつだけは決まったという話もなくて、そのうち姿を見せなくなってしまったな。卒業式の日にも来なかった。誰とも連絡がないから、同窓会にも顔を見せないね。いや、仮りに連絡がとれたにしたって、いまさら出て来れやしないだろうよ。皆はそれぞれ社会で活躍しているというのに、そいつはおそらく大学さえ出ていないんだから——」

「あたしも出ていないわ、大学は」

「いや、ぼくの話しているのは、ぼくのクラスにいた男のことなんだよ」

「あんた、ときどき声が嗄れることがある——」

「そうかな？　自分では分からないけれどな。多分、今夜は喋《しゃべ》りすぎたせいだろう。どうしてあんな不愉快な奴の話になんかなったのか？　ああ、きみが恋をしたという歯のない男のことだったな。で、その男は、どれくらいきみのところに居候《いそうろう》していたんだい？」

「イソウロウ？」

「ああ、きみはまた言葉を知らないんだな。居候というのは、ただで泊めてもらって、ただで食べさせてもらうことだよ。その男はどれくらいこの部屋にいたんだい？」

「一晩だけよ」

「ふん、一晩きりか。それにしちゃあ、きみはずいぶん恋い焦れたものじゃないか。手紙でも来るかい？」

「来ないわ。だって、あの人はあたしの住所も知らないし、名前だって知らないんですもの」

「名前？　名前も知らないのかい、きみの」

「二人きりでいたから、名前を呼ぶ必要がなかったのよ。呼ぶときは、あたしは〝兄さん〟と呼んだわ」

「ずいぶんとさっぱりしたものじゃないか、名前も訊かなかったなんて――。その分じゃ、その男はとっくにきみのことなぞ忘れているよ」

「忘れている？　あたしのことを？」

「そうさ。手紙ひとつ来ないんだろ。忘れているに決まっているじゃないか」

「いいえ、あの人は忘れていないわ」

「じゃあ、いつになったら忘れると思う？　一年かい？　二年かい？」

「あの人はあたしを忘れていないし、これからも忘れることはないわ」

「どうしてそんなことが言える？」

「あたしがあの人を憶えているからよ――」


ジャハナよ。

おまえが県技師を辞したのは、一八九八年、おまえが三十三歳のときのことだった。

おまえが蓆旗に迎えられて帰郷し、県技師の職に就いたのは二十七歳のことだったから、おまえは七年間という歳月を奈良原の下で過ごした勘定になる。おまえは有能な官吏として土地整理事業を遂行した。そのようなおまえが職を辞するに至ったのには、何がしかの事情が在ったことであろう。後年、おまえの伝記作者は次のように記している。

……奈良原の暴政はいぜんとして続けられ、県民の福祉はついに守るべき途もなく、謝花は憤懣《ふんまん》と落胆とを禁ずる能《あた》わず、かくては野に下り県民と手を組んで戦い、その与論を作興して反動的支配者を追うにしかずと決意し……

何やら浪曲風のこの文章は、おまえの実体にくらべていささか威勢が良すぎるのだが——そして、いつも実体より大きく見られていたというのがおまえの哀しむべき半生でもあるのだが——少なくとも、おまえが県庁の主流派から孤立していたということだけは事実にちがいない。おまえが県民と手を組んで戦うことを意図したかどうかは怪しいところだが、ともかくおまえは野に下る。そしてこの年一八九八年から、おまえの狂気に至るまでの三年ほどの間に、おまえは生涯における唯一の闘いともいうべきものに出立するのだ。〈ジャハナの民権時代〉——この三年間のことを、おまえの伝記作者はそう呼んでいるらしい。

†

わたしが何故に県技師の職を辞する決断をしたか、そのことについては様々に言われている。しかし、一言で述べるならば、それはわたしの〈誇り〉である。選ばれた者としてのわたしの〈誇り〉、沖縄県の産んだ学士第一号として、かつて陛下に拝謁したこともあるわたしの〈誇り〉が、奈良原の下にとどまることを潔《いさぎよ》しとしなかったのである。

当時の県庁は、奈良原の専横ともいうべき状態にあったことを考えてもらいたい。奈良原は薩摩閥によって県庁人事をわがものとし、県吏員のみならず教師・巡査に至るまで薩摩人を登用し、沖縄のありとあらゆる場所に自分の手下を配していたのである。中学校を卒業した沖縄県民は数百人を数えるが、そのうち県吏員の職に就き得た者は僅か数十人であることをみても、奈良原がいかに県民を迫害していたか知られるであろう。そしてついに、この憎むべき圧制者は、わたしを開墾事務主任という要職から解任するに至ったのである。

かくの如き専制者の下に、どうしてとどまり続けることが出来ようか。明治三十一年、わたしはこの解任を機に、断然官を辞し野に下ったのである。

わたしはただちに反奈良原の狼火《のろし》を上げた。一方に奈良原を筆頭とする外来の支配層が在り、他方に首里の旧士族層が在ったとすれば、わたしジャハナの領導する郡部の平民が、いまや第三の新しい勢力として生まれ出《い》でようとしていたのである。わたしは数少ない同志と共に沖縄倶楽部を結成した。そして機関誌「沖縄時論」を刊行しつつ、郡部で演説会を催し、人民の中へ――沖縄の人民の中へはいって行ったのである。

このとき、わたしの前には、闘いとるべき三つの政治課題が存在していた。

第一はわたしの終生の課題である土地整理、つまり、沖縄の土地に私有権を確立することである。第二は、本土では与えられ、沖縄では未だ与えられていない参政権を、沖縄県民のものとすることである。そして第三は、沖縄農工銀行の主導権を、わたしジャハナが握ることである。

†

ジャハナよ。かくしておまえは、一つの体で三つの闘いに起《た》ち上がった。そして――結論を先に言ってしまうならば、おまえは完膚なきまでに敗北したのだ。

土地整理をめぐってはどうか?

土地といえば、おまえが杣山開墾の推進者、奈良原のまごうことない手先であったことを、おれは忘れていない。いや、おれが忘れていないばかりでなく、かつておまえに番所へ呼び出された農民、そこで恫喝《どうかつ》されたすべての農民が、おまえの名前を忘れていないのだ。神々の棲む杣山の樹木を伐採し、ありとあらゆる支配層に次から次へと所有権を与えていったおまえ、そのおまえの下に数多くの農民が結集するなどということがあり得るだろうか。

おまえの闘いはたちまちのうちに敗北する。おまえの掲げたスローガン民地民木に農民たちは反発し、奈良原の主張官地民木が勝利する。それというのも、民地民木というおまえたちのスローガンが、杣山を切り売りしたおまえ自身の行ないを、農民たちに思い起こさせたからにほかならない。そして、土地整理法が公布され、沖縄における近代的土地制度の基礎が打ち固められるのは、おまえが県技師の職を辞した僅か一年後である。

土地という最も基本的な問題で農民と同盟できなかったおまえが、参政権という高度な政治課題を十分に担い得たとは思えない。参政権問題でのおまえの主張はこうだった。——沖縄県の代議士定数を二名とする。宮古・八重山は除外する。

当時の沖縄の人口からすれば、定数は四名から五名が適当であり、二名という数字はいかにも少ない。このことにかんしては、おまえが自分自身と旧支配層の一名とを代議士にしようと画策していたという証言もあるのだが——つまり、おまえはずいぶんと原則にはずれたことをやっていた訳なのだが——それよりも重大なことは、おまえが参政権の範囲から宮古・八重山を除外しているということだ。宮古・八重山は、人頭税廃止のめざましい闘いを想起するまでもなく、人民の根強い闘いの継続されていた土地である。おまえはそれらの土地を除外しようとした。つまりおまえは、ほかならぬ人民の闘いを、おまえの政治地図から除外しようとしたのだ。——ジャハナよ、情ない話ではないか。そして、その情ない参政権問題の帰結は、第十三回帝国議会において、定数二名、宮古・八重山の除外が決定されたうえに、実際の施行は勅令をもって定むという但し書きさえ添えられていたのだ。それがいつから施行されたかをおまえは知らない。なぜならば、それはおまえが発狂してからさらに十一年のち、つまり明治という年号の最後の年を待たねばならなかったからだ！

さて、沖縄農工銀行をめぐる闘いはもはや語るまでもない。おまえと、おまえの同志はことごとく敗北する。いや、敗北する以前に、早々と奈良原の側へ寝返った〝同志〟もいたことを付け加えておこう。そして敗北後、沖縄倶楽部に結集していたおまえの仲間は、或る者はハワイ移民となり、或る者は東京へ出立し、また或る者はひっそりと故郷へ帰って、ことごとくおまえから離れていく。家財までも売り尽した東風平の家の中で、おまえはいまひとりきりだ。崩れかけた土壁の陰に、病気がちの妻がうずくまっている。その暗い影は、おまえの闘いが獲得した唯一のものだ。一九〇一年、新しい世紀の最初の年のことである。おまえは職を求めて東京へ旅立つ。いまや貨幣を、食糧を得ることこそが唯一のおまえの闘いだ。だが、明治の首都にはおまえを容《い》れる場所がない。おまえの体を休ませる場所さえもない。おまえは空《むな》しく幾日かを過ごす。おまえは外套《がいとう》もなく、だんだんと貧しくなってゆく身形《みなり》で、小さなバスケットだけをかかえて、首都を離れる。いまやおまえは、単なる一人の失業者であるにすぎない。一人の失業者が西へ向かう。大阪へ、それから神戸へ……。そして神戸の駅のプラットホームに降り立ったとき、おまえは二十年前に一人の若者として初めて本土の土を踏んだことを想い出すだろう。いまやいっさいを失なったおまえはまるで過去への廻廊を歩む者のように春のプラットホームを踏んで行く、そしておまえはそのときかつて十八歳の自分が神戸の港

を見ながら微かな眩暈に襲われたことを想い出す汚れたプラットホームが急に目の前で
汚れたプラットホームが急に目の前で波のように

†

わたしはそのとき激しい眩暈を感じた。ただの眩暈ではない。駅舎の屋根をくい込ませた天空がぐるぐると回り、プラットホームは遠く退いたかと思うと今度は間近に膨れあがり、そして黒々とした巨大な何ものかが背中の方から押し寄せてきて、わたしの体を呑み込みながら、地の底のほうへと崩れ落ちていったのである……。

　黒々とした巨大な何ものか——いや、正確に言うならば〈大和〉というものが、わたしという三十六歳の一人の男を押し潰すために、大きな暗い渦巻きとなって、襲いかかってきたのである。〈大和〉という黒々としたもの、ただ一人の人間が敵対するためには、余りにも巨大な……

　わたしは前のめりになって、思わず両手をホームの上に突いた。そのとき誰かがわたしの姿を見ていたとしたら、それは一匹の異様な獣が生まれ出ようとするところだと思ったかも知れない。……幾秒かが過ぎた。だが、いまや四本の脚をもつ者となったわたしを押し潰そうと、黒い雪崩《なだれ》は次から次へと襲いかかってくる。腹の中で自分の血が凝固するように何か兇々《まがまが》しい赤いものがわたしの体じゅうに渦巻き始める。その赤いものはまるで嘔吐の瞬間のようにわたしの喉を苦しめながら上へ上へと押し上がってくる。わたしの周りで世界が渦巻く、わたしは息をするために大きく開いた口を天に向ける、獣のような姿のままその場でぐるぐると体を回すこのときだわたしの洞穴のような喉の奥から洞穴のような喉の奥から狂える者としての叫び声が叫び声が叫び声が…………

謝花昇氏の帰郷

一時民間に呼号して田舎の為《た》めに万丈の気焔を吐きし同氏は、昨年農銀の一敗以来味方散乱して兎角《とかく》逆運のみ打続きしが其後東京に出て何か仕途を求めたるも、さて心事は蹉跌《さてつ》たり易くして思ふ様には行かぬ浮世の浮き沈み、朝夕毀誉《きよ》の渦中に徘《さまよ》ふて怏々《おうおう》楽まざりしに、此が原因となりしか神経疾を患《わずら》ひ、東京を離るることとなり、過日入港の金沢丸より帰郷し専《もっぱ》ら静養中の由《よし》。

（琉球新報　明治三十四年六月十一日）

……………東風平に帰ったのちの自分について、わたしは何も語るべきことをもっていない。太陽と月だけが、数えきれぬほど東風平の空を廻っていった。わたしの耳は人間の言葉を聴かず、ただ風の音・星々のざわめき・遠い海の声だけを聴いた。

東風平の四つ辻に坐っていることだけが、いまやわたしの仕事であった。くる日もくる日も、わたしは乞食のように四つ辻に坐って、時が空の上を過ぎてゆくのを見上げていた。千年のいのちをもつガジュマルの繁みが、一個の残骸となったわたしの体を、正午の強い日射や突然の夕立から守ってくれた。時は幼年の日と同じように、ゆるやかに流れた。四つ辻は昔と変わらぬ姿のまま、わたしの前にあった。永い夏と短い冬の廻りのなかで、さまざまな者が四つ辻を通り過ぎていった。物売りの老婆や少女、海の匂いをさせた聖者、そして白い髪を伸ばしたウープファーパイが、昔のままの姿で通り過ぎていくのをわたしは視た。

だが、わたしは道端に坐っていただけではない。ひとつの行ないが、わたしを地上に繋《つな》ぎとめていた。ひとつの行ない……わたしは東風平の四つ辻に坐って、黒い土の上に、三つの文字を刻みつけていたのである。灼熱の季節にも、嵐の季節にも、わたしは木の枝を使って、土の上に三つの文字を刻みつけた。――奈良原、とそれは読めたはずである。そして学校へ通う子供たちを呼び止め、土に刻まれた三つの文字を踏むことを命じたのである、……と、伝記作者は、そのように記している。だが、それは事実ではない。正確に言えば、事実の半分でしかない。わたしが木の枝の先で刻んだ文字は奈良原ではなかった。奈良原ではなく、わたしは恐るべき一個の名前を――わたしが県費留学生として入京したとき、ただ低い足音だけを聴いた不可侵の者の名前を――湿った土の上に刻み込んでいたのである。雨と、風と、太陽とが通り過ぎて行く沖縄の聖なる土の上に……

だから、わたしがいま自分の生涯の物語を語り終えるにあたって、このことだけは言っておかねばならない。わたしは狂気の中で、自分が奈良原に敗れたのではなく、あの国そのものに敗れたことを知ったのである、と。かつてわたしは、あの国そのものとして、第一号の学士として、沖縄に帰還して来たのであったが、いまやあの国そのものが、狂人としてのわたしの第一の敵となったのである、と。

四つ辻に二つの文字を刻み込みながら、やがてわたしは死ぬであろう。わたしの名前は沖縄の土の中に埋もれるであろう。だがそのときこそ、かつてのオーウファーパイの予言が真実となるのである。――わたしの肉体が土の穴の中に埋められるとき、わたしは地の底の霊《マブイ》となって生き始めるであろう。そして、やがて、わたしの狂気を引き継ぐ者が現れて来るであろう。沖縄の暗い地の底から、第一の敵を倒すために、わたしの狂気の名前を名のる者たちが、幾人も幾人も現れて来るであろう……

†

ジャハナよ、呪われたおれの名前よ。

一九〇八年、おまえが狂気の中で死んだときから、おまえの名前は真に恐るべきもの、呪われるべきものとなった。暗澹たる狂気の穴ぼこの中にはいったとき、おまえは初めて〈日本〉というものを視ることが出来たのだ。おまえの目の前に広がっている白い霧の真中に、おまえを押し潰したものが血の色を滴らせながらはっきりと映っている。いまやおまえは本当に目の芯が二つある者、狂える瞳を持った者として、血の色の広がりをみつめ続ける。

ジャハナよ。だからおまえの名前は、考えてみれば数奇な運命を辿ったことになる。それはおまえが正気であった間は、農民たちにとって呪うべき名前であったのだが、おまえの口から赤い叫び声が発せられたそのときから、真に呪われたもの、〈日本〉というものから呪われたものとなったのだ。クチンダ・ジャハナーよ……

呪われたおれの名前よ。おれはいまこうしておまえの生涯を語り終えた。おまえの呪われた名前は、いまようやくおれのものとなった。七十五年前のおまえの狂気が、おれの体の内側でたしかに脈打ち始めている。狂気となったおまえの名前が、洞穴の中で徐々に兇暴な姿を整えながら、外の世界へ出て行く時を待っている。七十五年間、地の底で生き続けてきたおまえの霊が、いま、地上へと出て行く最初の者を発見したのだ。おれは間もなくひとつの仕事を始めるだろう。ジャハナよ、おまえの狂気を小さな灯のようにおれの内側に移し終えたいま、火のような烈しさで始まろうとしているのは、おれの伝説、おまえとおれの狂気のつくり上げる伝説だ！

「いま何時だい？」

「分からないわ」

「きみの横に時計があるだろう。見てくれよ、時間を知りたいんだ」

「十二時、ちょうど十二時だわ」

「十二時か。明日になっちまったわけだな。いや、今日になったというべきか……。ともかく、十二月二十日だ。ぼくが本土へ帰らねばならない日だよ。もうじき太陽が昇り、町がざわめき出し、幾つもの窓が開かれるだろう。……そうして、昼になる前に、ぼくは空港から飛び立たねばならない――」

「どうしてそんなに時間のことを気にするの？」

「夜の明けるのがいやだからさ」

「まだ夜よ。朝が来るまでは、夜だわ」

「朝の来ない夜はない――そんな唄があったっけな。いつも夜明けだ、という奴もあった。さすがに呑気なものだと思ったけどね。……まだ真夜中だな。路地を通っていく足音が聴こえている。こんな時間でも人が動いているというのは、いかにも南国だな。向こうから一人来た。こちらからも歩いて行くのは二人組だな。いや、三人かも知れない。……だけど、この町の人たちは、どうしてあんなにゆっくりと歩くんだろう？」

「急ぐ用事がないからよ。だからゆっくりと歩いているんだわ。急ぐときは駆ければいい――」

「ああ、まあそうだが、東京では考えられないよ。いや、歩くことだけじゃない。何もかもが午睡の夢の世界みたいにゆっくりとしている……。きのう郵便局へ行ったんだがね、窓口で、三セントの切手を二枚くれと言って、二十五セント貨を出したんだ。そしたら、窓口の男がいかにも大切そうに三セント切手を二枚切って、それから算盤《そろばん》を入れて、もう一度算盤を入れて、ようやく十九セントの釣りをくれたよ。ぼくが金を出してから釣りのくるまでの間に、煙草を一本喫えるくらいだった——」

「お釣りを間違えてはいけないからよ。お釣りは、間違っていなかったでしょう?」

「ああ、正確だったともさ。一セントの間違いもなかったよ! だけど、東京では考えられないことなんだな。東京では何よりもスピード、スピードこそが生命であり金であるんだ」

「ここは東京ではないわ」

「いや、ここのことじゃなくて、東京のことを話しているんだよ。東京では、何もかもが活気に充ちている。皆が生き生きと働いている。東京という都市の全体が、ビジネスという一個の大きな生き物なんだ」

「隣の店のママさんがね、今年、東京へ行ってきたのよ」

「へえ、東京見物かい?」

「本土に義理の姉さんが住んでいるのよ。それで、東京へ行って、地下鉄に乗ったんですって。地下鉄って、本当に地面の下を走っているの?」

「地面の下を走っているのさ、本当に」

「真っ暗でしょうね」

「電車の中にはね、ちゃんと電気がついているから明るいよ。それから駅も」

「地面が崩れてこないのかしら？」

「大丈夫だよ、ちゃんと工事してある。それで、隣の店のママさんが地下鉄に乗って、どうしたんだい？」

「ええ、東京の地下鉄に乗ってね、短い時間だったけど、生まれて初めての体験をしたというわけ。だけど、言っていたわ、地下鉄に乗っている本土の人たちはみんな白い顔をして、まるで助からない病気にかかった年寄りみたいな眼をしていたって。みんな同じような死んだ眼をして、死んだ人のような白い顔だったんですって。きっと、地下鉄の中には太陽の光が届かないからなんだわ。あんたは毎日地下鉄に乗るの？」

「いや、ぼくは国電で通勤する。電車が空を走るんだ」

「空を？　電車が？」

「ああ、高架線といってね、踏切をつくらないために、高い所に電車を走らせているんだ」

「踏切って、なあに？」

「踏切というのは……そうか、沖縄には鉄道というものがないんだったな。……ともかく、電車が高い所を走っているんだよ。ビルディングの合間を縫って、幾つもの小さな屋根の上を掠めて、何十万、何百万という人間を一日のうちに運ぶんだ」

「テレビで見たことがあるわ。すごいのね。満員で身動きが出来ないんでしょう。ドアが締まらなくて、制服を着た人が一所懸命押していた。ラッシュアワーというの？　すごいものね。沖縄でも、牛や豚を島から島へと運ぶんだけれど、ひとつの檻《おり》の中にあんなにたくさんは詰め込めないわ。牛や豚が怒ってしまって、とてもあんなには無理だわ」

「きみは面白い考え方をするんだな。だけど、逆に考えたことはないかい？　この島では、生まれてから死ぬまで、それこそ牛や豚のような生活だ。実際、この島では何処へ行っても動物の臭いがする。どんな町の中でもだ。きみは気がついたことがないかい？　多分、慣れてしまっているんだな。——だが、東京という街はそんな臭いはしない。そこにあるのは洗練された清潔な街並みと、ますます明るくなってゆくネオンサインと、さまざまな生活の悦びだ」

「よく分からないわ、あんたの言っていることが」

「一〇〇〇ドルだったな、きみの借金」

「そうよ、一〇〇〇ドル。ちょうど一〇〇〇ドル。ここへ来たときから、少しも増えていないわ」

「増えていない。その代り、減ってもいない。そうだろう？」

「ええ、そうだわ」

「急にこんなことを言って驚くかも知れないが、さっきからずっと考えていたことなんだ。いや、二日くらい前からずっと考えていた。——その一〇〇〇ドル、ぼくが払ってもいいよ」

「あんたが?」

「そうだ、ぼくがだ」

「だって、あたしの借金よ。あんたの借金ではなく、あたしの借金だわ」

「きみの借金をぼくが払うんだ。——一〇〇〇ドルといえば三十六万円。決して僅かな金額じゃないが、全く手の届かない大金というわけでもない。いいかい、ぼくの月給はいま六万八千円だ。悪くないだろう? ボーナスやら何やら含めると、一年に百万円は超える。貯金だってそれくらいはある。だから、ぼくの貯金の中からきみのために三十六万円を使うということは、全く不可能なことではないだろう?」

「どうしてあんたはそんな計算をするの? あんたの貯金がいくらあるかということは、あたしとは何の関係もないわ。おかしな人ねえ」

「そうだ、ぼくはいまおかしくなっている。頭がおかしくなって、センチメンタルになっているんだ。どうしてかって? きみをここから救い出したい、救い出せるんじゃないかと思い始めたからなんだよ。この薄暗い部屋、汚れたカーテン、何千人もの男の汗を吸い込んだシーツ……」

「ここはあたしの部屋よ。ここを出て、どこへ行けというの?」

「東京へ来るのさ」

「東京? 地下鉄が走っているの?」

「ああ、走っているとも」

「一度でいいから地下鉄に乗ってみたいわ。地面の下を走るって、どんな気持のするものかしら」

「東京へ来て、きみは小さなアパートを借りればいい。アパートはいくらもあるさ。もっとも東京は家賃が高いから、日当りの良いような部屋は望めないだろう。だが、少なくともこの部屋よりはましだ」

「この部屋よりましな部屋に住んで、それであたしはどうするの?」

「仕事をみつけるのさ。仕事といっても、水商売なんかではない、ちゃんとした仕事だ。いいかい、いまやっているような仕事は絶対にだめだ。きみの体の上に幾人もの男が乗っかるなんてことに、ぼくが耐えられると思うかい? そう……やっときみはぼくの気持を分かってくれた。だから、そういう仕事じゃなくて、何か地味な仕事に就くんだ。ぼくの会社の系列にでも勤められたら、いちばんいい。……ともかく、普通の人間の仕事に就くんだ」

「普通の人間の仕事?」

「そうさ、そうやってきみの生活が落ちつけば、ぼくたちは週に二回くらいは逢うことが出来るだろう。週に二回。……正直に言って、ぼくには妻と子供がいるよ。ぼくの月給だけの生活だからな、豪勢な暮しはしていないさ。それに、三十年間の住宅ローンを始めたばかりだ。アパート暮しにおサラバして、埼玉県に一戸建ての家を買ったのさ。先月引っ越したばかりだから、まだ落ちついたという感じはしないな。自分の家となると気苦労も多いよ。隣との塀もまだだし、それに便所の水洗の具合が悪くて、直すには直したんだが、不動産屋のほうではこちらで支払ってくれという。冗談じゃないと言ったんだが、来月は五千円ばかり取られるかも知れないな。娘が悪戯《いたずら》ざかりでね、便所の水洗のレバーで遊ぶことを覚えて、何度も叱ったんだが、それで壊しちまったのかも知れない……。ぼくはいま何を喋っていたんだっけ？　そうだ、きみを東京へ連れて行く話だ。勿論、夢物語だよ。ぼくが本当にそんなことを考えるはずはない。何しろ、住宅ローンを始めたばかりだ」

「住宅ローンというのは、家賃のことなの？」

「まあ、そんなもんだ。銀行から五百万円借りて、それを月々返していく。全部返し終るまでには、三十年かかるんだよ。だから、家賃を払っているようなものだが、家賃と違うところといえば、家がぼくのものになっているということなのさ」

「家があんたのものになったから、それでお金を払うのね」

「そうだよ。ボーナスからも取られるからちょっと大変だけどな。……そうだ、きみが東京に来たら、ボーナスの出たときくらいは、少し豪勢に遊ぼう。素敵なナイトクラブへ連れて行ってあげるよ。いや、その前に、東京じゅうを案内してもいいな。東京タワーから見る夜景は綺麗だよ。まるで世界中の光という光を寄せ集めたみたいなんだ。きみはきっと驚くよ。何しろこんなちっぽけな町の、汚れた商店街しか見たことがないんだから——。静かなホテルで一晩過ごすのもいいな。そうだ、来年のクリスマス・イブはそうすることにしよう。いや、女房には会社のパーティだとか、麻雀だとか、まあそんなふうに言っておけばいいさ。……それから、きみがどこかへ勤めて、少し金の余裕が出来たら、きみはこぎれいなアパートへ引っ越す。二人きりの時間を過ごす二人きりのアパート……。きみは料理が得意かい？　皿洗いはぼくが手伝うよ。きみは女房じゃないんだからな。部屋には落ちついた色のカーテンを付けよう。静かな感じのする、真新しいカーテンだ。……音楽が流れているといいな。小さなステレオを買おう。それから、きみは化粧しなくちゃいかん。余り濃い化粧じゃなくて、しっとりとした奴だ。それからベッドへ行く前に、きみは香水をつける。いいかい、花の匂いのする、感じの良い香水だ。きみはネグリジェはきらいかい？　そういえば、きみが寝巻を着ているのは見たことがないな。一人のときも、いつもそうやって裸で眠るのかい？　まあ、この島は暑いからな。だけど東京では何か着なくちゃいけない。ぼくの娘も、布団からはみ出して、よく腹をこわすよ。……ネグリジェではなくて、パジャマを——薄いブルーか何かのパジャマを買ってあげよう。そうして、ぼくたちは二人きりの時間を過ごすんだ。どうだい、夢のようだろう？」

「よく分からないわ」

「もちろん、いま言ったことは全部夢物語さ。ぼく自身だって信じちゃいない。だけどももしも——もしも、ぼくが三十六万円出したとしたら、いま言ったことのすべてが現実になるんだ。いいかい、もしも僕が三十六万円出したとすれば——」

「東京には地下鉄があるのね……」

「ああ、地下鉄もある。何だってある。——今年は一九七〇年代の最初の年だ。七〇年代、八〇年代、九〇年代……そして二十一世紀！　東京はますます発展するよ。発展という言葉が、きみには分かるかい？　夢のような街、世界中の光と富を集めた街。世界でいちばん美しく、繁栄した街になるんだ。誰もが美しい衣装を身に纏うだろう。欲しいものはすべてショーウィンドウに並んでいる」

「あたし、前から欲しいと思っていたわ。本物の革のポケットのついているショートパンツ」

「ショートパンツ？　変なものを欲しがるんだな。本物の革のポケットなんて、なんだかローハイドみたいだけど、まあいい、ショートパンツでも何でも、東京にはいっぱいあるさ。……考えてみろよ。もしもぼくがきみを救わなければ、いったい誰がきみをここから救い出すんだい？　僅か三十六万円のために、きみは一生ここから出られないんだ。貧しい島の、貧しい丘の上の町。歳をとって死ぬまでの間、こんな所にずっといるつもりなのかい？」

「……好きよ」

「ああ、ぼくもだよ」

「この町のことだわ。あたし、この町が好きよ——」

……喉が渇く。おれの喉は千年も前に涸《か》れてしまった井戸だ。

まるで後生《グショ》に棲む者のような姿で、おれがこの穴の中から地上へと飛び出して行くのは、まだ二時間ほど先のことであるから、まだ当分は渇いたままでいなければならない。いや、おれがこの場所を出て行くや否や、七月の世界は炎に包まれるのであるから、おれは水分を補給されることなく、永遠に渇いたままでいなければならないだろう。

水筒は空だ。最後の一滴すらも残っていない。この穴ぼこにはいったのはたしか二日前のことだったが、最初の一日目は欲するがままに、二日目はまるで守銭奴のように、おれは水筒の口を開いてきた。そして、先ほど最後の眠りから覚めたときに、水筒の底で夜明けのような匂いをさせている水の残りを、おれは見境《みさかい》なく飲み干してしまったのだった。周到に整えられたはずのおれの計画《プラン》の中で、このこと――水筒を一個しか持って来なかったことだけは、完全な敗北だったと総括しなければならない。実際、持ち込もうと思えば、おれはあと一個の水筒どころか、粉末のインスタント・コーヒーさえ持ち込んで、苦い水を舌の先にころがしながら、洞穴の中に二千年前から棲み続けている悲劇の聖者のような気分になることさえ出来たのだ。

だが、計画に熱中しているとき、何故かおれは水のことを考えなかった。地の底には水があると、おれは漠然と思っていた。地の底を奥へ奥へと進んで行けば、そこには不思議な青い光を湛《たた》えている小さな泉があって、それをみつめているだけで渇きが癒やされていくような、そんな気がしていたのだ……。

瀬音が聴こえる。だがこの場所、四方を岩の壁で囲まれたこの洞穴の奥からは、地の底の泉を見ることが出来ない。冷やかな水の流れる音だけが、おれの耳に注がれるばかりだ。おれは二つの耳を、歪《ゆが》んだ口のようにして水の音を飲む。銀の針のような細やかな流れがおれの耳の穴の中へと浸み透って、おれは微かに渇きを癒やす。多分こんなふうに、冥界の死者たちは水を飲んでいるのかも知れない……。

さて、そろそろ準備を始めよう。おれは空の水筒を押しやって、足元のナップザックを手探りで引き寄せる。重い、大切な荷物のはいったナップザック。闇の中に生まれたばかりの丸い胎児のように、おれはそれを二つの手でかかえる。きつく締められた紐を緩め、口を開いて手を入れれば、食べ残されたパンの残骸が乾いたスポンジのような感触で指先にふれる。それは食物というよりは、いまや悲しい小麦たちの死骸だ。もしもそれを口に持っていけば、おれの小さな歯によって食いちぎられるパンの音は、洞穴の迷路という迷路を駆けめぐりながら、四方の壁にぶつかって次第に大きなざわめきとなり、洞穴の入口で何時間も前から警戒している男たちの耳にまで届いてしまうかも知れない。

指先で慎重にパン屑をよけながら、おれはそのほかの荷物を確認する。

小さな四角い形をしたものがある。それはラジオだ。ラジオの小さな胴体には、ちゃんとイヤホーンが巻きつけられている。もうしばらくすれば、その細く軟らかな管を通って、限りなく貴重な情報がおれの片方の耳に齎《もたら》されるだろう。ラジオよりも小さな、つるつるとしたものがある。ライターだ。火を産みだすためのその小さな機械を、おれはここへ来る途中、糸満の町の波止場の見える煙草屋で買った。煙草はいらないんですか、と店番をしている娘が訊いた。髪の毛を頭の後で結んだ、小さな魚のような顔をした娘だった。煙草はいらない、とおれは船のいない埠頭を見ながら答えた。そして煙草の代りに、安物の機械が万一火を作らなくても慌てないように、おれは十円の燐寸《マッチ》を一箱買った。手を握ればその中に隠れてしまう小さな燐寸箱――それは地下の湿気に冒されないように、ポリエチレン袋に入れられて輪ゴムでぐるぐると留められている。あと二時間ほどして、おれがここを出ていくときには、小さな箱は袋から出され、あらかじめ自由にされておかれねばならないだろう。

そして武器。幽かに油の臭いのする美しい武器が、ナップザックのいちばん底で眠っている。それは何かにぶつかっても壊れないように、包帯で幾重にも巻かれている。まるで幾千もの戦いによって負傷した者のように、或いは遠い古代の高貴なミイラの腕のように、それは包帯で守られて静かに眠り続けている。……

こうして荷物の点検を終って、おれはナップザックをもう一度自分の足元、洞穴の奥の安全な窪みに収めた。そして、深い井戸の底に棲み続けている生き物のような恰好《かっこう》で、両手を動かして四方の壁をたしかめた。少し湿り気を含んだ岩肌が、おれの掌に吸いつくように触れた。それは百万年前に創られた岩肌、はるかなる洪積世に形成された石灰岩の肌だ。百万年前の生物の死骸が海の底に積もってつくられた岩肌。それがいま、海中から隆起しておれの白い掌に触れている。掌を耳のようにして、おれは百万年前の生き物たちのざわめきを聴く。もしも十個の爪を使って軟らかな壁を掘り進んで行くならば、おれはさらに百万年かかって、滔々《とうとう》たる暗河の流れのほとり、誰の目にも触れたことのない沖積世の河の岸辺に出ることができるかも知れない……。

そして、そのように両方の手を動かしていたときだ、何か小さく堅いものがおれの指先をとらえたのは——。まるで土に埋め込まれた宝石を探しあてたように、そのときおれの指は微かにふるえた。周りの土を爪で頽《くず》すと、その小さなものはあっけなくおれの掌の上に落ちた。〈胸に落ちる〉という言葉があるが、小さな宝石はいかにもそのように掌の上に落ちたのだった。

掌の上の見知らぬ物体を、おれは片方の手の指先で触ってみた。少し土がこびりついているようだったが、それを削り落していくと、まるでその小さなものが闇の中で光をたたえ始めたかのように、硬質の冷たい感触があらわになって、そのものの名前をおれに教えた。骨だった。小さな骨のかけら——目に見えない光を放っている小さな裸の骨のかけらだった。しばらくして、おれはその小さなものを、まるで鉱物と化した水の固まりでもあるように、自分の乾いた唇にあててみた。唇——というよりは、おれの場合、唇の残骸と呼ぶべきであるかも知れないが——ともかくおれは、その小さなものを唇にあてた。女の白い肌の匂いがした。するとおれの唇が、もしくはおれの唇に触れているものが、永遠の闇の中で幽かに音を立てて、おれは自然と渇きが癒やされたのだった。おれは耳を澄ました。杳い後生《グショ》からの声のように、洞穴の奥のほうから、ひとりの若い女の声が聴こえた……

†

……いま、夜が明けてゆきます。壕の外の世界で、いっとき静まった艦砲の凪《なぎ》のなかで、六月の蒼《あお》い夜が静かに明けてゆきます。長かった戦争は、きっともうじき終ってゆくでしょう。でも、この壕の中には、夜明けはいり込んで来ません。静やかになった外の世界とは別に、闇の中に暗いざわめきが続いています。暗い虫たちのざわめき……虫たちの歯の音……虫たちの小さな歯が、人間の肉を喰い進んでゆく音……ジャク、ジャク、ジャク……何十万匹もの虫たちの歯が、死んだ人間や、まだ生きている人間の肉を喰い進んでいるのです。……ジャク、ジャク、ジャク……白く腐った肉が喰われ、その喰われた肉の中からまたウジ虫が産まれ、どんどんと数を増しながら太ってゆくのです。……兵隊たちの阿鼻叫喚は、きのうの昼ころから途絶えてしまいました。死ぬべき者はすべて死に絶え、そうでない者は、体の到る処をウジ虫の歯で喰われながら、もはや叫ぶ力さえなくなって、蜉蝣《かげろう》の羽音よりも幽かな息をしているばかりです。……水はもうありません。灯を点すための油も、底をつきました。兵隊たちは荷物も武器も、とっくに捨ててしまいました。時間というものさえ、ここに居る者たちにとっては、もはや存在していないようです。……そして、そのように裸になった人間たちの肉を、何十万匹ものウジ虫が、まるで外の世界に訪れている夜明けのざわめきのように、休むことなく喰い続けているのです。……

わたしたちがこの伊原の壕に辿り着いたのは、いまから二週間ほど前でした。二週間ほど前——つまり六月の初めころです。わたしたちが南風原の陸軍病院を脱出したのは五月二十五日のことでしたから、わたしたちは十日ほどかかって、沖縄島の南の端まで逃げて来たわけです。南風原から進んで東風平を抜け、真壁に出、そこから幾手にも分かれながら、わたしたちはこの壕の中にまでやって来ました。いえ、やって来たと言えるようなものではありません。二箇月も前から降り続いている雨のために、道は熱を孕んだような泥の川となっていました。その惨憺たる流れの中を、手や足をもぎ取られた千人の兵隊たちが進み、そして髪の毛に虱《しらみ》を集《たか》らせた二百人の乙女たちが進んで来たのです。——東風平の四つ辻を南へ抜けた頃から、泥の川は激しく波立ち始めました。砲弾の穴が幾つもの沼となってわたしたちの脚を引きずり込み、そこから出ようとする乙女たちを、まるで泥の中で泳いでいる生物のような姿にさせていたのです。しかし、真壁を過ぎる頃から、わたしたちの脚を捉えるものは泥濘ばかりではなくなりました。死体——泥の流れの中に、そしてその流れに沿って捨てられている夥しい死体が、わたしたちの足首を捉え、爪を剝がし、膝にからまって、泥の中に引きずり込もうとしたのです。勿論、それは人間の死体ばかりとは限りませんでした。老人のような山羊の足、夜の魔物のような黒い牛の頭、三倍にもふくらみ返った豚の腹などが、わたしたちの進む先々で泥の中から浮かび上がり、わたしたちの歩行を困難にさせたのです。

そして夜ともなれば、それは青と白の光に凍りついた死者たちの乱舞する世界です。絶え間なく打ち上げられる照明弾が、死んだ月のような光で、生きた者と死んだ者とを照らし出します。夜の中で、砲弾はひときわ間近に迫っているように感じられます。轟音、そして静謐《せいひつ》——。蒼白い不思議な世界の中で、わたしたちは夥しい肉の塊まりを見ました。内臓を長い紐のように引きずりながらまだ歩こうとしている兵隊がいます。首を失なって木にもたれるように立っている死体があります。ウジ虫に喰われた片方の目玉に、指を突っこんだままの死体があります。もぎ取られた腕の一部、グローブのようにふくれあがった唇、肛門をとび出させた女、犬に喰いちぎられた赤ん坊の半身……それら夥しい肉の断片が、半ば泥の海に沈みながら、青と白の光の中に浮かび上がってくるのです。

ですから、わたしたちがどれほどの道のりを歩いて来たものなのか、いまとなっては見当さえつきません。目じるしとなるべき森も、そして村も、すべてが砲撃によって吹き飛ばされ、ただ緩やかな丘の線だけが、まるで夜の起伏そのもののように、どこまでも続いているばかりなのです。裸の暗闇——というものを、わたしたちは初めて知りました。裸の夜、裸の丘、裸の樹木……いえ、わたしたちの恐れたのは、そのような暗闇ばかりではありません。南に開かれた闇の中には、信じられないほどの灯が——集結した船団の無数の灯が——まるで海上に浮き出た灯の町のように、余りにも異様な光景をつくり上げていました。それはまこと、この世ならぬ眺めでした。わたしたちを背後から脅かしている死の暗がりに比べて、海の上の灯は、何という眩さで煌《きら》めいていたことでしょう。実際、その夥しい光の群れをみつめて、幾人ものひめゆりの乙女たちが、まるで古い時代のユタたちのように、六月の夜に気を狂わせていったのです。

そのような夜が幾つあったのか、誰もそれを数えることが出来ません。何人の者が死んだのか、誰もその数を憶えていません。そして、そのような夜の中を通り抜けてきたわたしたちは、地の底へと通じる壕の中へと辿り着いて、いま自分たちの生命《いのち》の終る時を待っています。……ジャク、ジャク、ジャク、ジャク……ただウジ虫だけが、最後の夜明けのなかで人間たちの肉を喰い続けています。……ジャク、ジャク、ジャク……その音は洞穴の土に伝わり、壁にこびりつき、わたしたちのすべてが死に絶えた後も、きっと幾百年にも亙って、この洞穴の中に響き続けるのにちがいありません。その響きだけが、〈ひめゆり学徒隊〉の栄光の最後の時を輝かせているかのように……。

ひめゆり——こう言ったからといって、しかし、わたしがひめゆり学徒隊の一員であるというわけではありません。わたしは沖縄師範の生徒でもなければ、第一高等女学校の生徒でもありません。勿論、彼女たちを引率する教官でもなければ、女医や看護婦でもありません。——わたしは二十五歳、辻《チージ》の娼婦です。いえ、娼婦でした、というべきでしょうか。幾百人もの娼婦たちが、炊事婦として陸軍に徴用され、ひめゆりやそのほかの多くの部隊に加わっていたことを、きっと後の歴史は忘れてゆくのにちがいありません。

わたしの住んでいた辻《チージ》が空襲を受けたのは、前年の十月十日・那覇大空襲の折でした。何百年も前から栄華をきわめていた辻の遊廓は、文字通り一夜にして焼野原となりました。わたしの住んでいたのは辻の中程のバンショーガニ小路という一画でしたが、焼跡に立ってみると、驚くほど近くに、泊の港や、焼け残された波の上の鳥居が見渡せるのでした。

棲家《すみか》を失なった娼婦たちは次々と軍に徴用されてゆきました。わたしが最初に配属されたのは南風原の陸軍病院です。そこでわたしは、初めてひめゆりの処女たちと出会いました。病院の壕にはいったとき——それは夕食の終った時刻でしたが——壕の中では、ずんぐりと太った婦長が、処女たちを一列に並ばせて幾度も敬礼の訓練をさせていました。三十分以上も、それは続いたでしょうか。敬礼、休め、敬礼、休め、敬礼、休め……。それからわたしは、新しい炊事婦として生徒たちに紹介されました。二列横隊に並んだ生徒たちは、暗い——実に暗い眼で二十五歳の女をみつめました。勿論、彼女たちはわたしが辻の女であることを知っていたのです。それから、わたしは壕のいちばん奥へ行き、軍医長と婦長の前に坐らされて、どうやらこの壕の中を支配しているらしい二人から、自分の仕事について命令されました。自分の仕事――わたしは炊事婦として徴用されたのですが、わたしの命令された仕事は食事の支度ばかりではありませんでした。砲撃の中の危険な水汲み、移動の際の荷物の運搬、動けない兵隊たちの下の世話、軍医長と婦長のための寝床の清掃、そして――ひめゆりの処女たちを兵隊の欲情から守るための「本来の仕事」もまた、わたしは命令されたのです。実際、確実に死を前にしているにもかかわらず――いえ、それ故にというべきでしょうか――兵隊たちの欲情は限りないものでした。背丈と同じくらいの死の影にからみつかれて、兵隊たちの欲情は彼らの祖国の最後の栄光を謳《うた》いあげていました。大和の欲情と、南島の処女たち――。現にわたしの配属される前、既に幾人かの女子生徒たちが、片手や片足のない男たちによって、一人前の女とさせられていたのです。

こうして、わたしは壕の中で最も神聖な女となりました。ひめゆりの穢《けが》れた処女たちを守るための最も神聖な女。――そして、恐らくこのことのために、処女たちはわたしに暗い眼を向け、口をきこうとはしなかったのです。

乙女たちが兵隊の血と膿《うみ》で汚れている夜に、わたしは幾十人とも知れぬ兵隊たちの精液で汚れました。いえ、それは南風原の壕の中だけの話ではありません。砲弾と照明弾の炸裂する逃避行の最中も、小休止した東風平の小屋の中でも、そしてこの伊原の壕の中でさえ、わたしは「本来の仕事」を果たし続けました。暗く湿った壕の中で、傷口という傷口にウジ虫を涌かせた男たちが、十五年間の血の臭いのする軍服で、わたしの上に覆いかぶさってきたのです。軍医長と婦長とは、壕のいちばん端の、そこだけは毛布の敷かれた場所で、そんなわたしの姿をみつめていました。そして数十人のひめゆりの処女たちは、壕の壁に背中を押しつけることによって、穢れた光景から自分の体だけは守ろうとしていました。――これが昨夜までの伊原の壕の真実、ひめゆりの物語のすべての真実だと言わなくてはならないのです。

……ジャク、ジャク、ジャク……相変らず、ウジ虫の歯の音だけが壕の中に広がっています。壕の入口の近くには、微かな朝の光が射し込んでいます。米軍はすぐ近くまで来ているのでしょう。艦砲の絶えた世界に、真新しい自動小銃の音が聴こえます。先ほど、学徒隊に対して解散命令がありました。軍医長と婦長とは、いち早く姿を消してしまいました。生徒たちも数を減らしました。それでも、動けない幾人もの兵隊と、完全に怯《おび》えきった数十人の生徒たちと、数知れぬ死体と、そしてわたしが、この壕の中に残っています。

……なんという静かな夜明けであることでしょうか。間もなく、ここに居る者はすべて死に絶えるでしょう。ガス弾が投げ込まれ、炎が壁を包み、自動小銃が焼けこげた者たちの最後の肉を飛び散らせるでしょう。肉に喰い込んでいた何十万匹ものウジ虫たちも、そのままの姿で新しい化石となってゆくのにちがいありません。

やがて、それら夥しい死骸の上に、洞穴の天井から水滴が落ち、幾年も、幾十年もかかりながら、肉を完全に土に還らせてゆきます。わたしの肌は洞穴の壁の文様となり、闇の中に青い炎を点しながら、時間の中へ消えてゆきます。しかし骨——わたしの骨だけは、生き続けるのにちがいありません。すべての肉片が土に還った後も、壁に埋め込まれたわたしの骨は、地の底の水分を少しずつ吸い込みながら、だんだんと堅さを増し、輝きを増し、最後にはとうとう歯のような堅く白い物質となって、この聖なる洞穴の中に生き続けてゆくのです。洞穴の中の歯。それはこの島の真実を伝え残すものとして、地の底に生き続けなければなりません。

いま、洞穴の入口にガス弾が投げ込まれたようです。白い匂いのする空気が、朝の霧のように流れて来ます。「天皇陛下萬歳」という、ひめゆりの処女たちの断末魔の声が、幾つも響いています。大和の言葉を最後まで口にしながら、彼女たちは間もなく死に絶えるでしょう。だが、わたしの骨はこの場所に生き続けます。やがてこの穴の中から、幾人ものわたしの子供が生まれて来るでしょう。わたしの子供——わたしの幾人もの子供たちが、わたしの小さな骨のかけらに守られながら、何世紀にも亙って、絶えることなく、この洞穴から地上へと出て行くでしょう。

「あの人も好きだと言っていたわ」

「何が？　この町がか」

「そう、この町が好きだと言っていたわ」

「だけど、その若い男は、また東京へ帰って行ったんだろう？　この部屋にたった一晩泊まったきりで――」

「そうよ、あの人はこの部屋を出て行ったわ。それから東京へ戻ったかどうかは知らないけど、ともかくどこかへ行ってしまったわ。でも、あの人はこの町が好きだと言っていたのよ。この町、コザ。……ベッドの横にカーテンがあるでしょう。カーテンを開けると下の方に町が見えるのよ。ゲイト・ストリートや、センター・ストリートのあたりの明かりが、夜の中の首飾りのようにずっとつながっているわ。このお店は丘の上のいちばん高い所に在るから、町のすべてが見えるのよ。朝になるといちばん最初に陽《ひ》があたって、夕方はいちばん最後まで照らされているんだわ。まるで御嶽《ウタキ》の森《ムイ》の、大きなガジュマルの樹のてっぺんみたいに……。あんたは五日間もここへ来ているのに、まだ窓から外を見たことがないのね」

「見たくもないな、べつに。きみに会うためにだけ、ぼくはこの部屋に来ているんだから――」

「あの人は違ったわ。窓のところへ行って、カーテンを開けて、いつまでも夜の町をみつめていたわ。ずっと黙ったまま、いつまでも夜の世界をみつめていた――。あたしはそのそばへ行って、二人とも裸だったけれど、ずっと一緒に町を見ていたのよ。夏だったから、風が気持良かった……。こんなに風の吹いている町は初めてだって、あの人も言っていたわ。それから、あたし、立ったままあの人の胸にキスして、心臓がすごくドキドキしているのが自分でも分かったけど、思いきって訊いてみたのよ、この町が好きですか、って。そしたら、あの人は答えたわ、好きだよ、って――」

「ああ、きみは恋というものが初めてだったんだな。だから、そんな安っぽい科白《せりふ》に簡単にいかれちまったんだ。科白には金がかからないからな――。だけど、いいかい、べつに意地悪で言うわけじゃないが、その男がいったいきみに何をしてくれたというんだい？　きみの借金は三十六万円だ。その男は、それを一円でも減らしたのか？　いや、減らすどころじゃない。その男は逆に、きみから一晩分の稼ぎを奪ったんじゃないのかい？　一晩二〇ドル、だったな。だが、ぼくは違う。全然、違っている。ぼくはきみの借金をいっぺんに返してしまうことだって出来るんだ。いいかい、これから朝が来るまでゆっくりと考え、そして太陽が昇り始めれば、きみはぼくの提案がどんなに貴重なものであるかということに気づくはずだよ。……きみはぼくと一緒に本土へ行く。この汚れた町を脱け出すために！　ぼくの提案に従いさえすれば、きみは自由だ。ぼくはきみに、自由を与えることが出来るんだよ」

「自由？　あんたいま、自由と言ったの？」

「そうさ、自由だ。あ、きみはまた言葉を知らないんだな。自由というのは――」

「知っているわ、その言葉は。でも、あんたがいま言ったことは、自由ということとは違うわ。言葉の使い方が違うわ。あの人が言っていたのよ、沖縄は自由でなければならない、って。自由という言葉は、そのように使うものなのよ。あんたの言っていることとは、違うわ。……あの人、あたしに詩を教えてくれたのよ。外国の人の書いた詩で、すごく長かったから、あたしにはよく分からなかったけど、でも、その最後のところだけは、あたしにもよく分かったわ。いまでも、ちゃんと憶えている――

とりもどした健康の上に
消え去った危険の上に
思い出のない希望の上に
ぼくは書く　きみの名前を

こうしてひとつのことばの力で
ぼくはまたこの人生を歩みはじめる
ぼくは生まれた　きみを知るために
きみの名前を呼ぶために

自由よ

こんな詩だったわ」

「誰の書いた詩だい？　ぼくは知らないな――」

「外国の人の詩よ」

「ふん。その男はきみの体に払う金がなかったものだから、一篇の詩をきみに捧げたというわけだ。ずいぶん安上がりだったな」

「ちがうわ。お金を出すかわりに詩をくれたんではないわ。あたしがあの人に歯を植えつけてあげたから、あの人はあたしに自由という言葉を教えてくれたのよ、それから――」

「いま、何時かな？」

「十二時三十分、真夜中の。あんたは三十分おきに時間を訊くわ」

「十二時三十分か――。ぼくは少し眠くなってきたよ。だから、これが最後のチャンスだ。もう一度考えてみないか。きみが東京へ行くことについて――」

「………」

「どうした？　何故黙っているんだい？」

「声が聴こえるわ……」

「声？」

「そうよ、静かに！　声が聴こえるわ」

「あ？　べつに何も聴こえないじゃないか。隣の部屋だって、今夜は姐《ねえ》さんが休みだから空《から》っぽだ。きのうの晩は往生したな。一晩中、隣の部屋から声が聴こえていた。なにしろ板壁一枚だからな、かえってよく反響するくらいだ。だから、きのうからきみの借金のことを考えていたんだが、なんだか落ちつかなくて、言い出せないでいたんだよ。分かるかい？」

「声がするわ……」

「どうしたんだい、きみは？　そんなに物に憑《つ》かれたみたいに二つの眼を見開いて──。天井の小さな電球が、きみの瞳の中で二つになって輝いているよ。いったい、何の声が聴こえるんだい？」

「あんたには聴こえないの？　遠くで声がしているのよ。遠くで、とても大勢の人たちの声がしているのよ！」

　ジャハナよ。呪われたおれの名前よ。

　東京放送局が日本で初めてラジオ放送を開始したのはいまからちょうど五十年前、つまり一九二五年のことだった。その年は、治安維持法が公布された年としておれの記憶に残されているわけだが、沖縄におけるラジオ放送は本土より遅れること十七年、一九四二年に開始された。一九四二年──だからそれは、「軍艦マーチ」と「空襲警報」を流すために存在したようなものなのだが、いずれにしても、一九〇八年に狂気の中で死んでいったおまえにとっては、ラジオというものは無縁であるのにちがいない。

ジャハナよ。だが、文明に幸いあれ！　いまおれの掌の中に在る小さな機械は、おまえの聴いたこともないようなかそやかな声で、限りなく貴重な情報をもたらしてくれている。那覇の放送局から発せられた電波は、一秒の何百分の一という僅かな時間のうちに、幾つもの山や畑を越え、東風平の丘を掠め、七月の森を横ぎり、いまおれの潜《ひそ》んでいる洞穴の中にまで伝わって来ている。細いイヤホーンの線を伝いながら、闇の中に柔らかく開いているおれの耳の穴へ、刻々と真新しい情報が注ぎ込まれる。

今朝、大和の空港を飛び立った一組の夫婦は、先ほど那覇空港に着陸した。一組の夫婦を沖縄の悪い風から防衛するために、警察は三千八百名を動員した。この島の警官千四百人に加えて、日本から二千四百人の機動隊員が、警備車輛百台と共に送り込まれたのだ。つまり日本国は、かつての琉球処分の六倍の兵員を小さな島に送り込んだといえよう。夫婦が快適な〝空の旅〟を楽しんで来たのに対して、二千四百の穢れた男たちは、湿った船底の中の二泊三日の航海をプレゼントされた。そして——台風の余波で天候はあいにく不良であったから——彼らは汗と吐瀉物にまみれながら、本当に穢れた者となって美しい島に上陸したのだ。そしていま、彼らはこの島の警官隊と合流して、炎天下の道路の両側に一メートル置きに並びながら、暑苦しい制服の中で三千八百人分の汗を垂らしている。まるで東京オリンピックのアベベが走って来るのを待ち受けているように、彼らは黒い八人乗りの自動車のやって来るのを待っている。夥しい日の丸の小旗と、道の両側の三千八百人の男たち——それはまるで、灼熱の太陽と海風の中で繰り広げられる大いなる葬儀の風景のようだ。

新しい情報がはいった。黒い乗用車は、既に糸満の町を通り抜け、名城《なしろ》のビーチを過ぎ、海岸線を離れてこの土地へ向かって進んでいる。この土地——伊原の聖なる場所へ向かって——。七月の道路の両側には、人の背丈ほどにも伸びた砂糖黍畑《さとうきびばたけ》が青く広がり、その中を渡る風が、まるで非合法の通信のような怪しさで砂糖黍の長い葉をざわめかせていることだろう。そして、進んで行く車を遙かに拝む者のように、イヤホーンからは、われらが革新知事・ヤラの声が流れ出ている。

県民の皆さん。本日は、沖縄の地に皇太子殿下ご夫妻をお迎えできるよろこばしい日であります。今朝、わたくしは、知事公舎の庭にある拝所《ウガンジヨ》に参り、ご夫妻を無事お迎えすることが出来ますように、また滞りなく海洋博覧会が開会できますように、とお祈りしてまいりました。天皇陛下並びに皇后陛下をお迎えできなかったことは残念でありますが、海洋博覧会の名誉総裁でもあられます皇太子殿下をお迎えできましたことは、わたくしにとりましても、また沖縄にとりましても、この上ないよろこびであります。殿下には、百万県民の暮らしなどを率直にお話し申し上げ、県民の気持をおくみ取りいただくと共に……………

ジャハナよ。おれはいま、たしかにおまえの声を聴いた。イヤホーンから流れる革新知事・ヤラの言葉の中に、おれはおまえの声を聴いた。なぜならばジャハナよ、もしもおまえが狂気の扉を開けなかったとしたならば、おまえこそが日本国の皇太子を迎える第一の者にほかならなかったからだ。祖国復帰運動の輝ける象徴・栄光の革新知事たるこのヤラの言葉こそは、義人ジャハナを引き継ぐもの、そして同時に、おまえの惨憺たる狂気を歴史の地の底へと沈め、おまえの憎悪と絶望とを歴史から消し去ってしまうものにほかならないからだ。

実際、大和人《ヤマトンチュ》の文化人なるものの一人は、『ヤラは現代に甦《よみがえ》ったジャハナである』と語った。ジャハナの切《き》り拓《ひら》いた民権の道筋を辿ってゆけば、そこには栄光の革新知事・ヤラが立っているというのだ！

ジャハナよ、呪われたおれの名前よ。

かくの如く、おまえの正気は継承された。だがジャハナよ、（このことはまだ、おまえとおれの二人だけしか知らないことなのだが）継承されたのはおまえの正気ばかりではない。おまえの狂気、めくるめくおまえの狂気もまた、いまこの場所で、確実に継承されようとしているのだ。時計の二本の針が、まるで古代の兄と妹のように重なり合いながら正確に天の頂点を指すとき――そのとき、この島のひとびとは、おまえの地の底の霊が一人の男の姿となって灼熱の地上に躍り出てゆくのを見るにちがいない。おまえとおれ以外の誰も知らない秘蹟は、七月の太陽《テダ》から取られた一個の火炎となって、世界の聖なる中心部に姿を現わすだろう。そのときこそジャハナよ、おれとおまえの名前は、真に呪われたもの――大和の神に敵対する真に呪われた名前となるのだ、ジャハナよ！

「声？　声なんて何も聴こえないよ。誰の声も聴こえない。……きみの耳はどうかしているんじゃないのか？　窓の外は完全な夜だ。路地を流れてゆく足音だって、もう途絶えてしまった。……全く、きみはときどき変なことを言うな。風もないのに風が吹いていると言ったり、何も聴こえないのに声が聴こえると言ったり。……この島の女は、皆そんなふうなのか？　不思議な土地だな、ここは。何だかぼくまでも変な気分になってくるよ。こうしてベッドに横たわっていると、まるで出口のない夜の中に包まれているような気がしてくる……」

「あんたは、大和人だから聴こえないのよ。でも、あたしにははっきりと聴こえるわ。遠くの声……いま、何かが壊れる音がしたわ……大勢の人たちが駆けてゆく……。ああ、フィフィが聴こえるわ――」

「フィフィ？」

「指笛のことよ。この島の人たちは、何か目に見えないものを奮い立たせようとするときに、指笛を吹くの。あんたは聴いたことがない？　祭りの踊りのときなんか、大勢の人たちが指笛を吹くでしょう。踊りを激しく奮い立たせるために、死んでしまった者たちを荒々しく生き返らせようとするために……。ああ、たくさんのフィフィが聴こえるわ。大勢の兄さんたちが、目に見えないものを奮い立たせようとしているんだわ」

「……ぼくには何も聴こえないよ。どんなに耳を澄ましてみても、何も聴こえない。風の音さえも……」

「風の中に聴こえるのよ。遠くの声、幾つものフィフィ……。ああ、また大勢の人たちが駆けて行く……騒ぎが広がってゆくわ……」

「きみはまるで神がかりの少女のようだな。きみの幻聴が本当に大勢の声になって、終《しま》いにはこの町を覆い尽すかも知れない。そんなふうに、神がかりになる女が多いんだってな、この島には。……おい、どうしたんだい、急にベッドから脱け出して。どうしたんだい？　そんな窓辺に立って――。カーテンを開けたって、何も見えやしないよ。汚れた夜の町が、丘の下のほうにぼんやりと霞《かす》んでいるだけじゃないのか？　それに、きみは裸のままだぜ。ああ、きみがそうして窓辺に立っている姿は、どこかで見たような気がする。古い絵か何かだが……よく思い出せない。きみはそうやって、若い男と一緒に七月の窓辺に立っていたのか？　そうやって、一緒に窓の下に広がる町をみつめて……。そのときのことを、きみはいま思い出しているのか？　だが、奴はもういやしないよ。二度ときみに会うこともないんだ」

「火よ！」

「何だって？　きみの声は窓の外に流れ出てしまって、ぼくにはよく聴こえないよ。どうしてそんなに、窓の外ばかりみつめているんだい。いったい何が見えるというんだ、裸のままのきみの二つの眼に――」
「火よ、火が燃え始めたわ！」

いま、黒い乗用車は街道に停まったところだ。助手席に乗っている男が真っ先に飛び降り、まるで重いヘルニアを患っている者のような腰つきで、後部のドアを恭《うやうや》しく開けるだろう。冷房のきいている車内に、摂氏三十九度の外気が流れ込む。そしてその中から、激しく灼けた大地に細い脚を降ろそうとする夫婦の姿が、おれの閉じた目蓋にはくっきりと映っている。そこからこの洞穴――おれの潜っている穴ぼこまでは、正確に四十メートル、宮廷風のゆっくりとした歩調で八十秒ほどの距離だ。
一、二、三、四、五、……
おれはナップザックの口を開く。三日間眠り続けていた武器――包帯でくるまれている武器をしっかりと摑む。回復した腕のように包帯をほどけば、つるつるとした肌がおれの掌に冷たい。オリオンビールのラベルが微かに指に触れる。ビールのラベルの付いたままの武器――しかしやがて一個の炎をつくり出す武器――これこそが、ジャハナよ、物質となったおまえの狂気だ！
二十五、二十六、二十七、……
おれは薄みどり色の体をした蟬の幼虫のように、ゆっくりと穴ぼこの中を登って行く。七年間待ち続けた者のように、おれは土の穴を登って行く。おれの口の中のものがカタカタと音を立てている。おれの口の中の歯、おれの口の中の丘の上の妹たちが！
五十一、五十二、五十三、五十四、……
出口は近い。新しい空気が動いている。正午の太陽の匂いがする。微かに聴こえてくるのは梯梧《でいご》の葉のざわめきだ。――おれはサングラスをかける。亜熱帯の巨大な太陽が、おれの二つの瞳を射ることのないように。三日間地の底に在り続けた眼が、体よりも先に炎となってしまうことのないように。――おれは地の底に棲み続けた者、聖なる夜の中から甦った者として、正午の地上に現れるだろう。七十三、七十四、七十五、……
世界が見えてきた。穴ぼこの向こうに、空がはっきりと浮かんでいる。おれは武器に火を点す。口の中の歯が、まるで生き物のように音を立てている。風が吹いている。幾本もの樹木が見える。さあ、地上だ！　七月の太陽《テダ》が、いまおれの真上に……

一九七五年――つまり「コザ暴動」から五年ののち――皇太子夫妻が沖縄を訪

れ、〝ひめゆりの塔〟の前に立ったとき、突如として洞穴の中から飛び出して来た青年がいた。

青年は頭からガソリンをかぶり、一個の炎となって洞穴から飛び出して来たのであった。

それは誰も予期せぬことであった。炎となった青年は、夫妻に向かって突撃を試みた。人間の形をしたオレンジ色の炎が、何かを叫びながら、幾歩か前へ進んだ。だが、それはすぐに石に躓《つまず》いて倒れ、まるで出来の悪い仕掛け花火のようにしばらく燃え上がっていただけであった。

皇太子夫妻は無事であった。夫妻はかすり傷ひとつ負うことなく、車へ戻ろうとした。

だがそのとき、死体の踵のあたりに残っている小さな炎のかけらを奮い立たせようとするかのように、夫妻を取りまいている群衆の陰、梯梧や木麻黄《もくまおう》の幹の裏側から、指笛がいっせいに響き起こった。幾人かの老婆たちが、カチャーシーを踊り出すときのように、両手をひらひらと前へ上げた……

翌日、警察は、死んだ青年の口の中から不思議な骨のかけらが発見されたと発表した。洞穴の入口には、柵がつくられた。

（附記）

次の資料を使わせていただきました。就中《なかんずく》、新川氏の論考からは、深い啓示を受けました。

・大里康永『沖縄の自由民権運動――先駆者謝花昇の思想と行動』太平出版社

・新川明『反国家の兇区』現代評論社

・新川明『異族と天皇の国家』二月社

解説

戦争はつづき、抗いと闘いはつづく

高橋敏夫

沖縄「戦後」ゼロ年とヤマトの影

沖縄は戦争に憑《つ》かれてきた。

沖縄は戦争と暴力に長く憑かれてきた。

戦争は植民地支配という構造的な暴力へ、そして構造的暴力の徹底は次の戦争を容易にひきよせた——。

一六〇九年の薩摩の武力侵略、以後、琉球王国は薩摩藩の実質的な植民地となる。

一八七九年の明治政府による武力での琉球処分と、そこからはじまった身体所作、言語、文化、教育から経済、政治システムにおよぶ同化の暴力的な強制（内国植民地化、皇民化政策）。

一九四五年の本土の防波堤にされた破局的な沖縄戦と、米軍による武力占領。

一九五二年の対日講和条約（サンフランシスコ条約）発効による米軍の軍事的独裁（植民

地化）。朝鮮戦争、ベトナム戦争に際してアメリカは沖縄の軍事基地を後方基地とした。一九七二年の本土復帰はかえって日米による軍事基地の機能強化となり（自衛隊も加わる）、一九九五年の米兵少女暴行事件をきっかけとした普天間基地返還要求をめぐっては、沖縄の圧倒的な民意を否定し、日米合意による欺瞞的《ぎまんてき》な解決がすすむ。

こう並べてみれば、一九四五年以後について指摘された「沖縄『戦後』ゼロ年」（目取真俊）とは、一八七九年以後に、さらには一六〇九年以後にもさかのぼれるだろう。

しかし、沖縄は戦争と暴力に長く、まことに長く憑かれてきたゆえに、その不幸な成り立ちを歴史的かつ構造的に明らかにしつつ、戦争と暴力に対峙する抗《あらが》いと闘いを、屈辱と忍従のただなかから途切れることなくたちあげてきた。

抗いと闘いはときに集会、デモ、ときに大暴動となった。

ときに、座りこみ、ハンガーストライキ、妨害をはねのけての選挙活動となった。

ときに、言葉や舞踊、演劇による表現となり、ときに、唐手の人知れぬ稽古となった。

ときに、闘いに敗れた者の無念の思いや新たな闘いの発見につながり、ときに、日々のいとなみの静かな持続となった。

抗いと闘いは、ヤマトへ、アメリカへ、さらには沖縄内部の支配関係へ、そして自らのおびえや事大主義へ、深々とつきささった。

戦争と暴力に制圧された絶望と悲しみの地は、さまざまな抗いと闘いによってのみ、明るく輪郭のはっきりした風土さながらの、指笛のフィフィとふきならされる希望とよろこびの地に変じ、世界的にみても平和と自立へと歩む象徴的な場となった。

近代、現代の沖縄文学も当然ながら、戦争と暴力に無関係ではありえず、そのつど、そのつどの抗いと闘いの一環であり、戦争と暴力をこともなげに受けいれる支配的なリアル（現実）にたいして、戦争と暴力のまがまがしさを細部にいたるまであばきだし闘う、いわば対抗的なリアルをえがいてきた。そして、ヤマトで書かれた沖縄をめぐる文学には、ともすれば無意識の差別感をにじませエキゾティシズムに傾きながらも、沖縄文学との共闘にすすみでた試みが少なからずある。

近代日本および現代日本の戦争文学を集めた「コレクション 戦争と文学」の最終巻『オキナワ 終わらぬ戦争』は、そのタイトルのとおり、オキナワ（琉球、沖縄）における今につづく戦争と構造的暴力と、それへのさまざまな抗いと闘いをとらえた作品を収める。「最終巻」が「終わらぬ戦争」とならざるをえないのが、戦争と沖縄の現在であり、とりもなおさず戦争とヤマト（日本、本土）の現在といってよい。

本巻の構成は以下の通りである。

〈Ⅰ〉は、一八七九年の琉球処分以後、沖縄の近代を背景とした作品。

〈Ⅱ〉は、アジア太平洋戦争末期の沖縄戦から、アメリカの軍事支配、本土復帰以後の沖縄をえがく作品。

〈Ⅲ〉は、ヤマトの作家の沖縄をめぐる作品。

琉球処分から堆積する沖縄人の恐怖と怒りと自立心

人間の垂直的関係を厭《いと》い、水平的関係の心地よさをゆらゆらと、地球感覚、宇宙感覚でとらえた稀有《けう》の詩人山之口貘。対日講和条約にちなんだ詩『沖縄よどこへ行く』は、一九五一年に発表された。講和条約で、敗戦からつづいたアメリカ主導の連合国による日本の占領は終わった。しかし条約第三条によって、アメリカの支配下におかれた沖縄は、日本から切り離される。山之口貘の祖国復帰の願いは、実質的に断ちきられたのだった。詩の「元気になって帰って来ることだ」「日本に帰って来ることなのだ」という反復と、タイトルの「沖縄よどこへ行く」との微妙なギャップには、沖縄をめぐる時代状況がかかわっていよう。

詩の最初にならぶ「蛇皮線」「泡盛」「唐手」などは、かつて自らの詩『会話』（一九三〇年頃）に、好意をよせる娘の心にも巣食う沖縄への偏見と差別の象徴としてあげられたものだった。詩はつづいて琉球から沖縄への歴史を、日本と中国との領土争いから、廃藩置県にはじまった「日本の道」、ついには「人生のすべてを日本語で」律するようになるまで執拗《しつよう》に辿《たど》り、「戦争なんてつまらぬことなど／日本の国はしたものだ」と唐突にむすぶ。はたして、そんな「日本」に「帰って来る」ことしか、ほんとうに道はないのか。「沖縄よどこへ行く」とは、「蛇皮線」や「泡盛」といった沖縄の文化をそのままに、アメリカに接近することはもちろん、日本に帰ることもなく、独自の道をすすむべきだという、夢ゆえの切実な問いかけだったにちがいない。

長堂英吉の『海鳴り』(一九八八年)は、一九一〇年の「本部騒動《もとぶ》」を背景に、沖縄に蓄積した恐怖と怒りと自立心の炸裂をとらえる。日本で徴兵制度がはじまるのは一八七三年、沖縄県での実施は一八九八年(宮古、八重山は一九〇二年)。『沖縄大百科事典』は「本部騒動」の項で「一般民衆の徴兵嫌悪を象徴する代表的な事例である」と記す。物語の語り手である「私」は、夫の宗森《そうしん》とともに体験した遠い過去をふりかえりながら、本部騒動を「暴動」、「大暴動」と呼ぶ。県の治安当局が「騒動」すなわち「小さな事件」としてきたことへの嘲笑である。

なぜ暴動は起きたのか。物語は最大の理由としてヤマトの軍隊をクローズアップする。「日常の言葉がちがいました。習慣が異なる。心の微妙なところが一致せず、そのため上官との、そして兵隊同士の間がうまくいかない。ことごとくのろま扱いされ、屈辱感にまみれて、神経をすりへらし、とうとう半病人になって倒れてしまう」。近代において学校および工場と同じく、人びとに均質化を強制する軍隊は、異なる者を偏見と差別にさらす装置でもある。同化しようとすればするほど、いたるところから「違い」はたち現れる。だとすれば軍隊とは、沖縄がヤマトからうける偏見と差別の暴力を、凝縮させた苛酷極まりない場といってよい。軍隊に送りこまれる者たち、さらには同化を強いられた沖縄人の恐怖と怒りと自立心が、暴動を引き起こし、宗森と「私」の長く苛酷な逃避行を支え、そして——最後の「私」の行為を導く、そのとき「私」が聞いた海鳴りもまた。

作品集『海鳴り』（二〇〇一年）に収められた『ペリー艦隊殺人事件』は、一八五四年のいわゆる「ボード事件」、ペリー艦隊の残留水兵ボードが那覇で老婦人に性暴力をはたらき息子たち村人に撲殺された事件をえがく。軍隊がもたらす性暴力は、今も昔もかわらない。突発し炸裂する対抗的暴力をえがく点で、目取真俊の『希望』（一九九九年）や『虹の鳥』（二〇〇六年）、『眼の奥の森』（二〇〇九年）とひびきあう試みといえよう。

知念正真の戯曲『人類館』（一九七六年）は、「人類館事件」をヒントにしている。一九〇三年に大阪天王寺で開催された第五回内国勧業博覧会で、「学術人類館」なる民間パビリオンが場外に設置され、「アイヌ」「台湾生蕃《せいばん》」「朝鮮」などとともに「琉球」女性二名が見世物として展示された。沖縄からは新聞『琉球新報』によって激しい抗議がなされた。この「人類館事件」については、演劇「人類館」上演を実現させたい会編『人類館　封印された扉』が、「アイヌ」等との同列視を非難した沖縄からの抗議自体の差別性にもふみこむなど詳しい。

戯曲『人類館』は、「学術人類館」を成り立たせたヤマトの支配的かつ差別的まなざしを威圧的な「調教師」に体現させ、陳列された沖縄人を、動きまわり語りまくる「男」と「女」にした。すなわち、「学術人類館」の陳列の静止図を破り捨て、たえまなく産みだされる支配─被支配関係の残酷さと、そうした関係を問い直し変更する者たちの多様な可能性を賑やかに出現させる。ここにさまざまな歴史が混在しながら、どっと流れこむ。調教師は、天皇陛下万歳を強制し方言札をさしだす教育者、屋良知事、皇太子、琉球人を隠す琉球人、精神病院の説明員、日本軍人、新生沖縄を願う教師にめまぐるしく変身。男と女は囚人や娼婦、集団「自決」の生き残り、姫百合部隊、鉄血勤皇隊員、生徒に姿をかえ、哄笑にみちたドタバタで対抗する。ラストで調教師が死ぬと、今度は男が調教師になって物語はふりだしにもどる。

沖縄では調教する者（支配する者）と調教される者（支配される者）という形式は、歴史がかわっても不変であった。そこに沖縄の近代史、現代史の悲劇が連鎖する。しかし逆からみれば、たえず調教師が必要とされるところには、調教されがたい沖縄人の不敵な自由さもうかびあがる。戯曲『人類館』とほぼ同じ時期に出されたミシェル・フーコーの『監獄の誕生』（原著一九七五年、邦訳一九七七年）が、人びとを規律・訓練し、秩序に従属する「主体」を産みだす近代権力システムをあばく一方、「調教されがたさ」をとらえそこなっているのと対蹠的《たいしょてき》である。新城郁夫は『沖縄文学という企て』で、この戯曲に、「日本」と「沖縄」の固定化をゆさぶる言葉（日本語、沖縄口、沖縄大和口）のたえまなき干渉作用を読みこむ。

沖縄戦から「アメリカ世《ゆー》」へ

霜多正次の『虜囚の哭』（一九六二年）は、住民側からみた沖縄戦の記録、沖縄タイムス社編『現地人による沖縄戦記　鉄の暴風』（一九五〇年）に記されたエピソードをもとにしている。一九四五年六月二二日、すなわち沖縄戦が終わったとされる日から、物語は始まる。郷土防衛隊の波平昌堅が捕虜となり、米軍の要請で三人の女たちと村人への投降勧告に赴《おもむ》くが、敗戦と沖縄人を信じないヤマトの兵隊に捕まった。スパイとして処刑される直前、女たちが最後に歌う「海行かば」を波平は聞く。死の確信から生の歓喜へ、そしてふたたび受けいれがたい死へ。やや説明過多ながらも、沖縄戦に投げいれられた沖縄人の極限的な転換が鮮烈にとらえられている。波平ら沖縄人を斬り捨てながら自らは投降するヤマトの大尉に、本土決戦を叫ぶも沖縄を犠牲にし降伏した軍部総体をみるのは、けっしてわたしだけではあるまい。

詩人であり反戦反基地活動家であり琉球弧を根拠地とした文明批評家でもある高良勉は、広大なアメリカ大陸を飛行機で旅した折、「我が琉球弧の島々」とその「宝物」を心にうかべる。①海と自然（サンゴ、イリオモテヤマネコ、ノグチゲラ、ヤンバルクイナなど）②空手と琉球芸能・琉球弧の独自文化③美しい言葉・その表現を支える精神——と宝物をあげた高良は、すぐさま、そんな琉球弧が、ヤマトとアメリカによって長く植民地化されてきたとはげしく弾劾する（『琉球弧《うるま》の発信　くにざかいの島々から』）。高良の思考はたえず、美しさとよろこび、惨《むご》たらしい傷と怒りを二つの焦点とした楕円形をとる。詩『アカシア島』も例外ではない。「アカシア島」すなわち「想思樹」（台湾アカシア）の島沖縄をかかげるこの詩は、「狂おしい太陽神」のふりそそぐ前半と、想思樹でつないだ、後半の沖縄戦の残酷なイメージとによって成り立つ。しかも、この二つを「かな　かなーよー」（「かな」は愛する人）という呼びかけの反復でつよく今にひきよせる。暗く力強く、リズミカルで情感の沸騰するような詩である。

大城立裕の『カクテル・パーティー』（一九六七年）は、沖縄の作家による初の芥川賞受賞作品である。後に大城は自ら解説して述べる。「国際親善の欺瞞性を暴くことに出発しながら、アメリカの犯罪を見て過去における日本の中国への犯罪を見出し、加害者としての自分をも相手をも同時に責めるべきだ、そして加害者に対する絶対の不寛容というテーマをうちだした」（「沖縄文学の可能性」一九八五年）。

米軍基地内でカクテル・パーティーが開かれた。主催者のアメリカ人ミスター・ミラーと、沖縄人の「私」（後章では「お前」）、本土《ヤマト》の新聞記者の小川、内戦下中国からの亡命者孫の四人は、中国語学習の仲間である。これに他のアメリカ人が加わり、占領下の沖縄の現状をめぐってきわどい話の花を咲かせる。ちょうどこの時間に、「私」の娘が、米兵に暴行をうけていた。「私」は告訴しようと努めるものの、予想される困難からあきらめた。しかし、ふたたび四人の集まった会合で、アメリカ人が沖縄人メイドを告訴するのを知り、孫の妻が日本兵に暴行されたことを思い起こす「私」は、ミラーに国際親善の「偽りの安定」を指摘し、告訴を決意する……。

戦争の加害者性は、この作品が発表された頃、ヤマトでもようやく広くうけとめられはじめていた。『戦後史大事典』（一九九一年）の「加害者と被害者」の項で鶴見俊輔は、「ベトナムに平和を！市民連合」の代表小田実が唱えたこの区分が、一九六五年以後、反戦運動に大きな影響をもったと指摘する。ヤマトがこうした状態だった時代、物語の冒頭から「私」がたえず不安を感じつづけるような米軍「基地」に制圧された沖縄で、みずからの加害者性の追及をとおして「加害者に対する絶対の不寛容」を求め、アメリカの軍事支配の闇に対峙したこの作品の意義は大きい。

ところで、小説『カクテル・パーティー』には、戯曲『カクテル・パーティー』（一九九五年執筆）が続編としてあり、岩波現代文庫版『カクテル・パーティー』（二〇一一年）に、併《あわ》せ収録された。事件から二四年後、娘の暮らすワシントンを主人公の上原が訪れる。娘の夫は、ミスター・ミラーの息子で、弁護士として原爆展反対運動にかかわっている、という驚きの設定で、戦争の加害者性についてよりつっこんだ追及を上原にさせる。二つの作品の比較は、大城立裕文学の意義とともに本浜秀彦の巻末「解説」に詳しい。なお、沖縄の加害者性の一端をあきらかにするものとして、帝国化の先兵としての役割をほりおこした又吉盛清の『日本植民地下の台湾と沖縄』『台湾支配と日本人』他は貴重である。

沖縄社会内部の差別、葛藤にむきあう

『豚の報い』（一九九五年）で第一一四回芥川賞を受賞した又吉栄喜の初期作品『ギンネム屋敷』（一九八〇年）は、「ギンネムが密生した丘はうねりながら四方に広がっている」云々《うんぬん》という描写からはじまる。いかにも沖縄らしい風景のように思われるが、ただちに「私」

（宮城富夫）の思いがそれにかさなる。「砲弾で焼き尽くした原野をおおい隠すために米軍は莫大な量のギンネムの種を飛行機でまいた、と聞いている」。密生したギンネムのひろがりは、焦土のひろがりにかさなる。沖縄戦の記憶はいまだなまなましく、米軍の支配する新たな風景にも馴染《なじ》めない。宮城は沖縄戦で六歳の一人息子弘を失い、妻のツルと離れ、今は一五歳も年下で、飲み屋に勤める春子と暮らす。ある日、知りあいの青年が目撃したという、基地で働く若い朝鮮人技師による娼婦ヨシコー暴行事件から、物語はうごきだす――戦争にふりまわされてきた人びとの、内部のうす暗い領域へ、朝鮮人差別という沖縄人の内的暴力へ。見通しの利かない出来事を次つぎに連続させるこの作者独特の濃《こま》やかな文体と物語展開が、ときに哀切にときに残酷に事態をうかびあがらせる。

池澤夏樹は『豚の報い』の芥川賞選評で、「民話的な要素がたっぷり含まれているが、それが日常生活の場へそのまま通底している」点を高く評価した。ただし、そうした民話的古層と現代の日常生活のあいだには、『ギンネム屋敷』のうす暗い領域や、『ジョージが射殺した猪』（一九七八年、「コレクション 戦争と文学」第二巻収録）でのベトナム戦下の若い米兵の屈折した暴発といった緊迫する状況がひろがるのを忘れてはならない。又吉にあって、沖縄の自然に根ざした風習と生活は、そんな領域や状況をおしかえすときにだけ、特別のかがやきをはなつのである。

吉田スエ子の『嘉間良心中《かまーら》』（一九八四年）は、東峰夫の芥川賞受賞作『オキナワの少年』（一九七一年）などと同じく、コザ市（一九七四年から沖縄市）が舞台である。戦後誕生したコザ市は沖縄本島中部にある沖縄最大の基地の街で、通りには米兵相手のさまざまな店が軒を並べていた。五八歳のキヨと一八歳の海兵隊員サミーは、老いた街娼とほとんど無一文の客としてこの街で出会い、わずか半年後、心中して果てる。

サミーは脱走兵だった。ささいなことからサミーが上官を刺したのを知ってキヨは思う。「人を刺すような人間と寝たという恐怖はまったくなかった。（中略）この二十年のあいだにキヨは兵隊同士の血なまぐさい傷害事件を幾度となく見て来ている。目の前で射殺されるのを目撃したことさえある。単純な刺傷事件などキヨはすこしもこわくなかった」。物語は、いつも暴力的破滅がちらつく基地の街コザで、基地と軍隊の暴力を兵士の性の暴発として受容し、植民地で極まる「娼婦」嫌悪にさらされてきた女と、武器をふりまわし外へでたいと願う兵士との、緊迫感みなぎる死への道行きとなる。サミーの出頭の意志を知ったキヨがしかける無理心中にも思えるが、「いいんだ。もうすべて終わったんだよ」というサミーの言葉には、兵士としての自己消滅願望がうかがえよう。それを深くうけとめたとき、キヨは決然と行動を起こす。

目取真俊の初期作品『平和通りと名付けられた街を歩いて』（一九八六年）には、くりかえし、くりかえし「平和通り」という言葉があらわれる。しかも、あらわれるたび、通りから「平和」は遠ざかり、沖縄戦の記憶がみちるばかりか、昔の「兵隊」（登場人物ウタの言葉）とだぶる警察官が住民の生活や行動をきびしく監視し規制する場所となっていく。やがて、献血運動推進全国大会に出席する皇太子夫妻の車列が静かに近づき、沿道では日の丸の小旗がうちふられるなか、少年カジュと祖母ウタそれぞれの「復讐」は開始される――。

「平和通り」とは、那覇市の国際通り（三越百貨店前）から壺屋町へ通じる約三三〇メートルの商店街・市場通りで、一大商業地帯を形成し、市民の市場《マチ》として親しまれてきた。名称は一九四八年、公募によって付けられた（『沖縄大百科事典』）。沖縄人みずからの平和への切望が、生活の活気にあふれる長い道を「平和通り」と命名したのだった。

しかし、戦後三八年、通りはすっかり名前を裏切る場所になっていた。沖縄人の平和への願いがヤマトによって裏切られたようにみえながら、そこには沖縄人自身の、平和への願いの忘却と、事大主義もかかわっているのではないか。物語はこうした事態を根底からあばきだし、再度、名前にこめられた願いを反復するかのように、早朝の通りを歩くウタとカジュをえがきだす。名前だけの平和通りがリアル（現実）なら、ウタとカジュの歩行もまたリアルといわねばならない。作品のラストはウタの身体のように冷えびえとしているが、いつまでもウタの冷たい手を離さないカジュが、希望への反転の可能性を細く、しかし確実に担う。

岡本恵徳は「庶民の間にある天皇制にかかわる感性のありかたに取材して、新たな問い直しを試みた唯一の作品」（『現代文学にみる沖縄の自画像』）と指摘する。新川明が言うところの「異族の神」であったはずの天皇が皇民化政策のなかでなぜ浸透したか。ほんとうに浸透したのか。この問いかけは、じつは本巻に収めた作品すべてに、見え隠れしている。目取真はそれをあざやかに顕在化したのである。

「済みませんご免遺憾で五十年」「沖縄をいけにえにして国栄え」から、「そこは基地咲いてはいかん県の花」「コザ騒動炎えた気概を懐かしみ」などへ、そして「飴と鞭沖縄哀史まだ続く」「騒音が金をばらまく基地の島」まで。生活の場がそのまま戦場となり、戦後は巨大基地へと変わった沖縄では、たとえ記憶に材をとっても現在につながり、他者にむかう矢は同時にみずからの現況につきささる。短歌や俳句はもとより川柳にも残存する日本《ヤマト》的抒情は、沖縄の川柳にはひとかけらもみいだせない。

ヤマトの協同は、まず内なる闘いからはじまった

田宮虎彦の『夜』（一九五三年）は、後に長篇『沖縄の手記から』（一九七二年）にまとまる連作の第三作として書かれた。発表のスタイルおよび順番をめぐっては、仲程昌徳『沖縄の戦記』、山崎行雄『田宮虎彦論』に詳しい。すでに『落城』（一九四九年）や『足摺岬』（同上）を発表していた田宮は、海軍の沖縄基地航空隊の軍医K氏の手記を手掛かりに、連作の第一作となる『女の顔』（一九五二年）を書いた。必死で兵士たちを看護する沖縄人少女へのつよい関心に支えられた『女の顔』ではじまる連作は、「同じ血をわけあっている日本人から射ち殺された兵曹長」（『沖縄の手記から』の終章＝第七章では表現がかわる）の、最後の姿がちらつくこの『夜』で戦の終わりを迎える。沖縄戦から沖縄人が消え「日本人」のみとなる作品に、この時期の本土《ヤマト》作家の沖縄とのかかわりの限界があらわれていたというべきか。

「自分はこの戦争はまちがいだと思っている。こんな戦争で死ぬのはいやだ。／天皇陛下のおん為になんか、死ぬのはいやだ」と見習士官木村邦夫はきっぱりと言う。いのちがけの言葉ともわからずに「私」は、ただ「私なら、喜んで死ぬけど」と答える。木村はそののち、沖縄で戦死した。婚約したばかりの二人の、ほとんど唯一の鮮明な記憶に、戦後、岡部伊都子は深い悔恨とともに、向き合いつづける。『ふたたび「沖縄の道」』（一九九七年）である。なぜ「ふたたび」なのか。「私」は、一九六八年にはじめて沖縄に渡り、その時の体験を『沖縄の道』という文章にしていた（一部は、『ふたたび「沖縄の道」』に引用）。木村の最期をたしかめ、本土の沖縄差別を憤《いきどお》り、沖縄人の黒人差別をたしなめ、巨大な基地を眼前にむなしさと怒りがこみあげ、高まりをみせる住民闘争に希望をかいま見、ベトナムへゆく若い米兵に、「いつ、人間の殺し合わない日がくるのかと、号泣したい衝動にかられ」る。こうした体験を岡部は、三十年近い後の今、ふたたび反芻《はんすう》する。「正直、何にもできていない」悔《く》いと憤りとむなしさ。しかし、それゆえ岡部は前を向く気力を高める。

『手』（一九七五年）は、『兎の眼』（一九七四年）や『太陽の子』（一九七八年）などで、現代社会の暗部と暗部ゆえの強烈な光とを、児童文学にたっぷりとそそぎこんだ灰谷健次郎の、ほぼ同時期の小品である。『太陽の子』が、神戸で大衆料理店「てだのふあ・おきなわ亭」（「てだのふあ」は、沖縄方言で太陽の子）を営む沖縄出身の両親と、その娘で小学六年生のふうちゃんを軸にえがく物語であるのにたいし、『手』は、ヤマトの女子高校生が、沖縄出身の先生を導き手として、沖縄という未知の世界に一歩、また一歩と接近する内的格闘の物語である。

灰谷は社会問題を子どもにわかりやすく説きはしない。むしろ、その大きさ、その重さ、その解きほぐし難さを、そのまま子どもに手渡す。子どもは問題をまるごと、うけとめないわけにはいかない。『手』も例外ではない。先生が、右手を爆弾でふっとばされたと自己紹介したときの、周囲の生徒の興味本位の反応に反発し、大声をあげたくなりながらじっとだまったままの「わたし」は、そのとき確実に「沖縄および沖縄戦」をかかえこむ。友だちとの旅は、「最後の楽園八重山諸島」めぐりの観光ツアーだが、石垣島で出会ったおばあさんの沖縄戦をめぐる応答の拒絶をきっかけに、自分からうごきだすことを決意。ツアーから外れ沖縄本島へと向かう。「自ら、たたかわない人がどうしてひとの痛みを理解できるのでしよう」。少女の内なる「たたかい」が静かにはじまった。

「風の中に聴こえるのよ。遠くの声、幾つものフィフィ……。ああ、また大勢の人たちが駆けて行く……騒ぎが広がってゆくわ……」「火よ！」「火よ、火が燃え始めたわ！」——これは暴動を待ち望むだけのロマンティストの夢想ではない。明らかな方法意識によって産出された対抗的世界のリアルである。巨大で支配的かつ「あたりまえ」をふりまく現実《リアル》と、小さいが断固とした抗いの現実《リアル》とがいたるところで葛藤する世界を出現させるのが方法としてのマジック・リアリズムであるならば、『聖なる夜　聖なる穴』（一九八六年）はその稀有な実践といってよい。たとえば、梁石日《ヤンソギル》が在日のリアルを激越なタッチでえがき、中上健次が路地（被差別部落）のリアルを千年の神話的世界で突出させ、目取真俊が沖縄内部の抗いのリアルを名前だけの平和通りを歩く老女と少年にみいだしたとすれば、その短い凄絶な創作活動において桐山襲が依拠し、ついに手放さなかったのは、少数派革命運動のリアルである。

この作品では、タイトルどおり「聖なる夜」と「聖なる穴」こそ、そうしたリアルへの細くたしかな通路となる。一九七〇年一二月一九日の「聖なる夜」に勃発したコザ暴動からはじまり、一九七五年七月一七日にひとつの「聖なる穴」が開いて起きた「ひめゆりの塔事件」(皇太子夫妻襲撃事件)でひとまず閉じる物語。東京から来た技師の「ぼく」の語ってやまないヤマトから沖縄に至る支配的なリアルにたいし、沖縄から東京にでて少数派革命運動にかかわり再び沖縄にもどったジャハナという名の「おれ」、ジャハナと一夜をすごす娼婦の「あたし」、そして六十年以上前「狂気」に囚われたまま死んだ謝花《じゃはな》昇の「わたし」の三つの声がすこしずつかさなり、ついに、はげしく燃えあがる「火」をまねきよせ、フィフィの音をひびかせる。

『オキナワ、イメージの縁《エッジ》』で仲里効はこの物語に、一九七三年五月二〇日、愛用のバイクを国会議事堂の正門の扉に激突させて死んだ上原安隆をかさねる。わたしはもう一人、一九七五年六月二五日に嘉手納《かでな》基地のゲート前で皇太子訪沖反対を叫んで焼身自殺した船本洲治を想起しないわけにはいかない。

しかし、桐山は、これら固有名を孤立させはしなかった。ほんとうの連帯を求めて孤立をえらぶ少数派革命運動さながらに、固有名をそれぞれ「聖なる穴」とし、そこから奥へ奥へとほりすすんで、沖縄とヤマトとが現状打破と変革においてつながる広々とした「炎のリアル」をさぐりあてようとする。やむにやまれぬ突出者には瞬時に、ねばりづよい生活者には持続的にあらわれる抗いの広大な熱源に、沖縄とヤマトの闘いの協同をみた。幻ではない。桐山にとって「炎のリアル」は、ひとつの、たしかな現実なのである。

かつて木下順二は戯曲『沖縄』（一九六三年）のなかで、「どうしてもとり返しのつかないことを、どうしてもとり返す」という言葉を、沖縄人の波平秀にくりかえさせた。この絶対に矛盾する言葉はなによりもまず、反復させるヤマトの木下じしんのものだったろう。そんな言葉からも、はや、五十年近くがたつ。

沖縄が被ってきた戦争と暴力はいっこうに軽減せず、ヤマトとアメリカの戦争と暴力の歴史はさらにつづく。この厳然たる事実は、たしかに直視する者に諦めと絶望をもたらす。しかし、厳然たる事実はそれゆえにこそ、わたしたちに戦争と暴力に抗い闘うことを逃れがたく求める。現況での絶対的な矛盾ほど人をつよくゆさぶり、不可能を突き破る次の一歩を渇望させるものはない。

沖縄でもヤマトでも、それぞれの場において戦争と暴力に抗うわたしたちの前に、みずみずしく歓喜にみちた抗いのリアルとその熱源が出現する。いや、そうではない。動かしがたく圧倒的な戦争と暴力のリアルに異和感をいだいてはじまる、わたしたち一人びとりの思考と行為および表現がすでに、みずみずしく歓喜にみちた抗いと闘いのリアルそのものではないか。

認識はあくまでも暗く、実践はあくまでも明るく。

本巻『オキナワ 終わらぬ戦争』は、長くつづく沖縄「戦後」ゼロ年の諸相をあきらかにするとともに、それに向きあう抗いのリアルを確認し連鎖させるささやかな企てである。

（たかはし・としお　文芸評論家・早稲田大学教授）

〔初出　二〇一二年五月〕

付録 インタビュー

敗戦で沖縄が日本ではなくなった

大城立裕

沖縄の歴史や文化にこだわる小説を書き続けてきた大城立裕さんは、一九四三(昭和一八)年、当時上海にあった東亜同文書院大学予科に最後の沖縄県費留学生として入学した。四五年三月、在学のまま入隊し、八月一五日を中国東部の蘇州で迎える。熊本経由で沖縄に戻ると、地上戦で焦土と化した故郷は日本から切り離されて米軍統治下に置かれ、人々は「日本人」ではなくなっていた。

大城さんの中国での戦争体験、沖縄戦を追体験し「亀甲墓《かめのこうばか》」「日の果てから」などの小説を書かれた経緯、そして沖縄の戦後について話をうかがった。

戦時下の上海で学生生活

——四一年一二月八日、太平洋戦争が始まったニュースをどのように聞かれましたか。

当時私は沖縄県立第二中学校の四年生でしたが、ちょうど学期試験の最中で、さすがに「万歳」を叫んだという記憶はないけれども、みんなで休み時間に廊下で興奮したのを覚えています。我々の中学時代は軍国主義の下で教育を受けていたので、「やったあ！」という感じでした。

私の場合、進学で上海へ行くわけですが、戦争に負けるということが予見されていれば、そんな選択はしない。けれども、当時そういった心配はまったくなくて、日本軍は国民政府を南京から重慶まで追いつめて行っていてその先はないはずだから、大陸での戦争は間もなく終わると思っていた。ところが、現地へ行ってみると上海の近郊でも小競り合いがあって驚いたし、何より中国共産党の存在を知りました。これは日本内地ではまったく知らされていなかった。大陸では、我々の相手は国民政府軍だけだと思っていましたので。上海の町では、日本人の集まる場所で時限爆弾が爆発することもありました。

――東亜同文書院大学の雰囲気はどうでしたか。

もともとは中国との協力の上で、中国の近代化・発展に寄与するために一九〇一（明治三四）年に創立された学校ですが、私が入ったころは、すでに日本の軍国主義を離れられない学校になっていて、中国人の入学者はもはやいませんでした。ただ、内地の上級学校よりはいくらか自由なところがあったと思います。四三年から文系の学生の徴兵猶予がなくなりましたので、学校の中庭で学徒出陣の壮行会が行われました。その場で朝鮮出身の学生が「諸君が感激しているのが羨ましい」と叫んだ。徴兵を喜べないと言ったも同然だが、これを叱る者はいませんでした。内地では考えられないことでしょう。

四四年の春には、日本軍が農民を脅して食糧を強制的に調達する「軍米収買」に徴用されました。憲兵と、軍服に二等兵の襟章をつけて銃を持った書院生が四、五人、それに商社員、私らの場合は三井物産の社員でしたが、この三者が一緒になって農家を回って、ひどい安値で米を売れと強制します。

時には通訳も務めるのですが、蘇州近郊の地域なので、学校で習った北京語が通じない。相手が抵抗をしたら銃を構えなければならず、我々は矛盾を感じながらも、それを表に出すことはできないまま、軍事行政の非情さを目の当たりにしました。

勤労動員、そして入隊

――四四年九月、予科を修了し、学部に入学されて間もなく、勤労動員で第一三軍参謀部情報室蘇北機関（揚州）に勤務されます。

学部に入ってから授業はほとんど受けていません。同文書院の学生の大方は、上海の南端にあった三菱の造船所（海軍所管）に勤労動員で行かされ、私も一週間くらいはそこで働きました。そのうち陸軍から情報勤務要員の要請があり、中国語に自信のある学生が当初三〇人ほど手を挙げたのですが、前線の接敵地区での勤務になることを知って、最終的に希望したのは私を含む一一人でした。

ところが行ってみると、揚州の城壁の中は、外とは違って日本軍の一個旅団に守られて不安はないし、機密費がいくらでもあるので、毎日ご馳走です。その上に中国語の勉強は、仕事としてできる。毎日夜になると仲間四人で議論しました。この四人の出身地が偶然にも、沖縄、東京、朝鮮、台湾で、それこそ日本の植民地政策などを語り合ったものです。その年に沖縄であった「十・十空襲」の時も揚州にいました。そこで父親から、那覇の家を焼け出されて出身地の中城《なかぐすく》村に戻ったと書かれたはがきを受け取り、家族の無事を知りました。実はそのはがきに、子どもたちをつれて熊本に疎開した姉の住所が書かれてあり、戦後中国から引き揚げる際、すぐには沖縄に帰れない時期だったので助かりました。

――終戦の年の三月に入隊されます。その時の気持ちはどうでしたか。

別に何か召集の文書を受けた記憶はなく、たぶん口頭で命じられたのでしょう、二、三の学友と一緒に蘇州まで行って、蘇州で入隊したように記憶しています。うれしいと言えばおかしいけれども、当時は、戦争に行くのも大変だけど、残るのも辛い。落ち着いて勉強しておられない感じがあって、それから逃げたい気持ちもあるわけです。そうすると、軍隊というのは手っ取り早い逃げ道でもある。戦時下の社会が耐えられないから逃げ込むみたいなところはありました。その当時の気持ちは複雑で、再現できる者は誰もいないんじゃないかな。作家がフィクションで想像するしか方法はないと思います。

――軍隊生活はどうでしたか。

私は体力劣等、手先不器用、まったく劣等生でした。取り柄があったとすれば、軍人勅諭の丸暗記が得意だったことぐらいでしょうね。入隊して三か月後にあった幹部候補生試験に受かったのも、学科試験の中にある軍人勅諭の問題を完璧に答えたからでしょう。

ただ、毎日上官に殴られていましたよ。ちょうど沖縄戦の最中だから、それを引き合いに出されて、「お父さんやお母さんはあんなに苦労しているのに、お前は何だ！」というようなことを言われ折檻されました。今考えると不条理ですが、当時はそうは考えなかった。何も考えない、何を言われても。

教官は並べた初年兵を前に、新聞を毎日読み聞かせていました。新聞にルビは振っていませんから、「敵はケイリョウカン列島に上陸――おい大城、ケイリョウカン列島とはどこだ」と訊いてきたので、「それは慶良間《けらま》と読みます」と（笑）。米軍の沖縄本島上陸など沖縄戦の戦況は、そのように新聞記事から伝えられましたが、沖縄は洞穴が多く、そこに逃げ込んで長期戦に耐えるという話も出たりしました。

ただ、沖縄戦が終わったという知らせを聞いた記憶はない。家族のことを心配しなかったというと嘘になるけれど、あまり詳しい記憶がないのは、軍隊で人間らしい意識を奪い取られて、考えること自体を去勢されていたからかもしれません。

蘇州での「八月一五日」

――敗戦の日は、どこでどう迎えられましたか。

幹部候補生の試験に受かって、蘇州で教育が始まったのが実は八月一五日でした（笑）。午前九時に営庭に集められて、教育隊の中隊長が、「ソ連も参戦した。お前たち幹部候補生の責任は重大である。頑張れ」というような訓示をしました。一時間目は演習ではなく、教室で軽機関銃の分解・組み立ての授業。途中、助手の上等兵や下士官の連中が、教室を慌ただしく出たり入ったりしている。何が起こったのかなと思っているうちに、向こうの時間で午前一一時ごろだったか、「はい、授業はやめ。戦争は負けた」と。玉音放送は聞いていません。その日の午後は、訓練はもうないので、みんな寝そべっていました。

それから二、三日の間、何をやったかというと、銃に彫ってある菊の紋章を消す作業です。しかし鋼鉄だから、レンガくらいで削れるはずはない。それから、軍隊の教科書にあたる典範令を、アメリカに取られてはまずいというので焼きました。でも相当な量なので、艦砲射撃の痕のような大きな穴を掘ってそこにぶち込んで焼いたが、全部は焼けない。

軍隊体験と芥川賞受賞作

——戦後、沖縄に戻られた大城さんは、高校教師を経て琉球政府（のち沖縄県庁）に勤められる一方、小説や戯曲を発表され、六七年には米軍統治下の沖縄を舞台にした「カクテル・パーティー」で沖縄出身者として初めて芥川賞を受賞されます。ただ、ご自身の戦争体験をすぐには小説でお書きになられていません。

戦争に関わる作品は、沖縄の血を引く日系二世兵を書いた「二世」（五七年）が最初ですが、「沖縄」と「よそ（日本やアメリカ）」との対置関係に興味がありました。沖縄戦での日本兵の沖縄人差別を書いた「棒兵隊」（五八年）もそうです。戦争が終わって沖縄に戻ってくると、事実上、沖縄は日本ではなくなり、我々は日本人ではなくなっていた。価値観にしても、それまで天皇制だったのが、そうでなくなった。「それは何故？」という疑問から私の文学のテーマが始まっていますから、戦争というテーマを最初は意識しませんでした。

――中国での軍隊体験を書き込まれているのは「カクテル・パーティー」の中で、主人公の「私」が農民から食料を半ば強制的に出させたエピソードでしょうか。

そうです。幹部候補生の試験に受かった後、卒業試験の一部のような検閲行軍というのがありました。三〇時間ぐらいの行軍で、途中で五分間ほど小休止があって睡眠はそこで取るのだけど、私は体力がなくて落伍したんです。もう一人、落伍仲間がいて、彼と水や食料を求めて農家に入った時の経験です。

軍米収買の時もそうでしたが、こちらを見る農民の視線が気になりました。ただ、意識はするけれども、それ以上に何のリアクションも当方はとり得ない。そのことに対する自責の念はあります。二〇一一年に発表し、ハワイで上演された戯曲版「カクテル・パーティー」では、主人公の加害者意識の根拠を、中国人捕虜を斬首したということに変えました。私の意識では、小説版で自足しているつもりですが、ドラマとしては、戯曲版くらいのインパクトのある設定にしないと説得力がないと思ったからです。

――沖縄出身の戦中世代だけれども、実は沖縄戦を体験していない大城さんご自身は、沖縄であった戦争をどのように理解し、イメージを組み立てていかれたのでしょうか。

私の両親は沖縄戦を生き延びて助かりましたが、両親からは戦争の詳しい状況の話は聞いていません。むしろ、どこでどういう人と会って、その人とどう離れたかという話が多かったですね。しかし戦後ずっといろいろな人から聞かされてきたのは、日本兵が戦争の時にどんなに沖縄の人間を差別したかということでした。そのことと、自分が戦後、日本人であることを否定されたことを絡めて「棒兵隊」を書きましたが、戦争描写には苦労しました。当時、私の同人誌仲間に沖縄戦で生き残った船越義彰《ふなこしぎしょう》君がいたので、彼に戦争の話を聞いて書いたのです。

「亀甲墓」は、戦火をくぐって葬式を出した家があったということを誰かから聞いて、なぜ沖縄人はそんなことをするんだろうと考えたことがモチーフで、戦争そのものを書いたという意識はありません。

「戦争と文化」三部作

——そうした大城さんが、九〇年代に「日の果てから」(九三年)、「かがやける荒野」(九五年)、「恋を売る家」(九八年)の、いわゆる「戦争と文化」三部作を発表なさいます。

それまでもとりたてて戦争を書きたくないとか、書くまいなどと思っていたわけではなく、目の前のテーマが戦争ではなかったというだけです。それでも芥川賞受賞後は、沖縄で作家をやるからには戦争を避けて通れないだろうなとは考えていました。ただ、多くの人が戦争を書いているので、誰もやらない切り口でいきたい。沖縄戦で戦火をかいくぐって移動する「移動刑務所」があったということを知り、「日の果てから」を書いたのです。

私はこの作品で、戦争そのものよりも、沖縄の戦争は社会構造を破壊したのだということを書きました。物理的に破壊する戦争や、人間の精神を破壊させる戦争は、私には戦場の体験がないので、テーマとして弱くなってしまう。逆に体験がないから、社会構造の変化に強い意識を持ったのかもしれません。「かがやける荒野」で書いたように、配偶者が生き残っているのに、戸籍簿が消えているので、死んだこととして重婚する例も見ていますし。

――「戦争と文化」三部作の後半は九五（平成七）年の米兵による少女暴行事件をきっかけに沖縄で反基地運動が高まった時期とも重なります。

三部作を通して、戦争が文化をどう変えるか変えられないか、また、文化の面で戦争や戦後をどう評価するかを、書きたかったのです。引き揚げの船の中で、これからは堂々とウチナーグチ（沖縄語）を喋ることを許されると、嬉しかった。基地体制は非常な不幸を沖縄に与えたが、生活水準が上がり、ヤマトと切り離されて、精神が自立した面もあります。

「恋を売る家」のラブホテルや闘牛博打は基地の毒の表れだが、その闘牛にホテルの娘が勢子《せこ》になって情熱を注いでいるのは、頼もしいものです。反基地運動のエネルギーと重なると見てよいでしょう。

（おおしろ・たつひろ　作家）

聞き手＝本浜秀彦

「コレクション　戦争と文学」第20巻（二〇一二年五月刊）月報より

著者紹介

山之口貘（やまのくち・ばく）
一九〇三（明三六）～六三（昭三八） 沖縄生。三一年「改造」に詩「発声」「夢の後」を発表。三八年、第一詩集「思弁の苑」刊。五九年「定本山之口貘詩集」で高村光太郎賞受賞。六三年、沖縄タイムス賞受賞。「鮪に鰯」など。

長堂英吉（ながどう・えいきち）
一九三二（昭七）～ 沖縄生。六六年「黒人街」を「新沖縄文学」創刊号に発表。七二年「我羅馬テント村」で九州沖縄芸術祭文学賞受賞。八七年「ナーハイバイ（散り散りばらばら）の歌」で北方文芸賞、八九年「海鳴り」で沖縄タイムス芸術選賞大賞受賞。九〇年「ランタナの花の咲く頃に」で新潮新人賞受賞。「黄色《ちいる》軍艦」（芸術選奨新人賞）「通詞 牧志朝忠の生涯」など。

知念正真（ちねん・せいしん）
一九四一（昭一六）～二〇一三（平二五） 沖縄生。コザ高校二年の時、同期の謝名元慶福と「基地の町から」を制作、琉球放送主催のコンクールで優勝する。一九七六年に発表、演出した「人類館」で、七八年に「新劇」岸田戯曲賞受賞。八六年「コザ版どん底」、八八年「コザ版ゴドー」を発表、上演する。「命かんぱ」「幻のX調査隊」など。

霜多正次（しもた・せいじ）
一九一三（大二）～二〇〇三（平一五） 沖縄生。一九四〇年召集され、のちに南方諸島を転戦。四五年五月、オーストラリア軍に投降、敗戦。復員後、新日本文学会事務局に勤めながら小説を執筆。五〇年、小説第一作「木山一等兵と宣教師」を「新日本文学」に発表。五六年から「新日本文学」に連載した「沖縄島」で、翌年、毎日出版文化賞、平和文化賞受賞。「日本兵」「明けもどろ」（多喜二・百合子賞）「南の風」など。

高良勉（たから・べん）

一九四九（昭二四）〜　沖縄生。七九年、第一詩集「夢の起源」刊。八四年、第二詩集「岬」で山之口貘賞受賞。八五年、沖縄タイムス芸術選賞奨励賞受賞。二〇一二年、沖縄タイムス芸術選賞大賞受賞。詩集「サンパギータ」評論「琉球弧《うるま》の発信」「魂振り」「言振り」など。

大城立裕（おおしろ・たつひろ）

一九二五（大一四）〜　沖縄生。四五年三月、上海で応召、蘇州で敗戦。八月二六日除隊。翌年四月、熊本の姉のもとへ引き揚げ、一一月、沖縄に帰る。四九年「老翁記」が「月刊タイムス」短編小説懸賞の一等に当選。六七年「カクテル・パーティー」で芥川賞受賞。二〇一九年、井上靖記念文化賞受賞。「日の果てから」（平林たい子賞）「レールの向こう」（川端賞）「あなた」など。

又吉栄喜（またよし・えいき）

一九四七（昭二二）〜　沖縄生。七五年「海は蒼く」で新沖縄文学賞佳作、七六年「カーニバル闘牛大会」で琉球新報短編小説賞、七七年「ジョージが射殺した猪」で九州芸術祭文学賞受賞。八〇年「ギンネム屋敷」ですばる文学賞受賞。九六年「豚の報い」で芥川賞を受賞する。「パラシュート兵のプレゼント」「波の上のマリア」「海の微睡み」「人骨展示館」「仏陀の小石」など。

吉田スエ子（よしだ・すえこ）

一九四八（昭二三）〜　沖縄生。八四年「嘉間良《かまーら》心中」で新沖縄文学賞受賞。翌年「天の川の少女」を「新沖縄文学」に発表。八八年「黄昏」を「南涛文学」に発表。「稲妻」「バス停留所」など。

目取真俊（めどるま・しゅん）

一九六〇（昭三五）〜　沖縄生。八三年「魚群記」で琉球新報短編小説賞、八六年「平和通りと名付けられた街を歩いて」で新沖縄文学賞受賞。九七年

「水滴」で九州芸術祭文学賞・芥川賞受賞。二〇〇〇年「魂込め《まぶいぐみ》」で川端賞・木山捷平賞受賞。〇四年「風音」を自らシナリオ化し、東陽一監督により映画化。モントリオール世界映画祭で、イノベーション賞を受賞する。「虹の鳥」「眼の奥の森」評論「沖縄／草の声・根の意志」「沖縄／地を読む　時を見る」「ヤンバルの深き森と海より」など。

田宮虎彦（たみや・とらひこ）
一九一一（明四四）～八八（昭六三）　東京生。四一年、初の作品集「早春の女たち」刊。五七年、亡き妻との往復書簡集「愛のかたみ」を刊行、ベストセラーとなる。八八年一月、脳梗塞で倒れ、三か月後自死。「絵本」（毎日出版文化賞）「足摺岬」「沖縄の手記から」など。

岡部伊都子（おかべ・いつこ）
一九二三（大一二）～二〇〇八（平二〇）　大阪生。一九四五年五月、婚約者が沖縄で戦死。五一年、数え一七歳から二三歳までに書いた小文をまとめた「紅しぼり」を自費出版。五六年「おむすびの味」刊。六八年、沖縄をはじめて訪れる。以後、たびたび訪沖。「二十七度線　沖縄に照らされて」「沖縄からの出発　わが心をみつめて」「沖縄の骨」など。

灰谷健次郎（はいたに・けんじろう）
一九三四（昭九）～二〇〇六（平一八）　兵庫生。一九六二年「笑いの影」が同人雑誌推薦作となり、「新潮」一二月号に掲載される。七四年「兎の眼」刊、翌年、同作で日本児童文学者協会新人賞受賞。七九年、路傍の石文学賞受賞。「せんせいけらいになれ」「ろくべえまってろよ」「天の瞳」など。

桐山襲（きりやま・かさね）
一九四九（昭二四）～九二（平四）　東京生。八三年「パルチザン伝説」が「文藝」に掲載され、天皇へのテロ計画を描いた作品として社会的な問題となる。八八年「〈幻境〉としてのオキナワ」を「沖縄タイムス」に発表。「風のクロニクル」「スターバト・マーテル」「都市叙景断章」「未葬の時」など。

初出・出典一覧

海鳴り（長堂英吉）
初出「南涛文学」夏季号　一九八八年五月
出典「沖縄文学選」二〇〇三年五月　勉誠出版

人類館（知念正真）
初出「新沖縄文学」第三三号　一九七六年一〇月
出典「沖縄文学全集　一二」一九九四年三月　国書刊行会

虜囚の哭（霜多正次）
初出「文学界」一九六一年八月号（原題「虜囚の歌」）
出典「沖縄文学全集　七」一九九〇年七月　国書刊行会

カクテル・パーティー（大城立裕）
初出「新沖縄文学」冬季号　一九六七年二月
出典「カクテル・パーティー」一九七五年四月　角川文庫

ギンネム屋敷（又吉栄喜）
初出「すばる」一九八〇年一二月号
出典「ギンネム屋敷」一九八一年一月　集英社

嘉間良《かまーら》心中（吉田スエ子）
初出「新沖縄文学」第六二号　一九八四年一二月
出典「沖縄文学全集　九」一九九〇年九月　国書刊行会

平和通りと名付けられた街を歩いて（目取真俊）
初出「新沖縄文学」第七〇号　一九八六年一二月
出典「平和通りと名付けられた街を歩いて」二〇

〇三年一〇月　影書房

夜（田宮虎彦）
初出・出典「世界」一九五三年八月号

ふたたび「沖縄の道」（岡部伊都子）
出典「沖縄の骨」一九九七年四月　岩波書店

手（灰谷健次郎）
初出「日本児童文学」一九七五年九月号
出典「全集版灰谷健次郎の本 八」一九八七年六月　理論社

聖なる夜　聖なる穴（桐山襲）
初出「文藝」春季号　一九八六年二月
出典「聖なる夜　聖なる穴」一九八七年二月　河出書房新社

●詩

沖縄よどこへ行く（山之口貘）
出典「山之口貘全集 一」一九七五年七月　思潮社

アカシア島（高良勉）
出典「詩集　花染よー」一九八九年一一月　葦書房

本書収録の川柳につきまして、著作権者（及び著作権継承者）の連絡先が不明な句があります。お心当たりの方は編集部までご連絡いただければ幸いです。

凡例

本セレクションは、日本語で書かれた中・短編作品を中心に収録し、原則として各作品の出典の表記を尊重した。

一、漢字の字体は、原則として、常用漢字表および戸籍法施行規則別表第二（人名用漢字別表）にある漢字についてはその字体を採用し、それ以外の漢字は正字体とされている字体を使用した。

一、仮名遣いは、小説・随筆については、出典が歴史的仮名遣いで書かれている場合は、振り仮名も含め、原則として現代仮名遣いに改めた。詩・短歌・俳句・川柳の仮名遣いは、振り仮名も含め、原則として出典を尊重した。

一、送り仮名は、原則として出典を尊重した。

一、振り仮名は、出典にあるものを尊重したが、読みやすさを考慮し、追加等を適宜行った。

一、明らかな誤字・脱字・衍字と認められるものは、諸刊本・諸資料に照らし改めた。

「セレクション　戦争と文学」において、民族、出自、職業、性別、心身のハンディキャップ等々、今日では不適切と思われる差別的な語句や表現が使われている作品が複数あります。また、疾病に関する記述など、科学的に誤った当時の認識のもとに描かれた作品も含まれています。

しかし作品のテーマや時代性に鑑みて、当該の語句、表現が差別をいたずらに助長するものとは思われません。私たちは文学者の描いた戦争の姿を、現代そして後世の読者に正確に伝えることが必要だと考え、あえて全作品をそのまま収録することにしました。作品の成立した時代背景を知ることにより、作品もまた正確に理解されると信ずるからです。読者のみなさまのご理解をお願い申し上げます。

集英社「セレクション　戦争と文学」編集室

本書は二〇一二年五月、集英社より『コレクション　戦争と文学　20
オキナワ　終わらぬ戦争』として刊行されました。

本文デザイン　緒方修一

セレクション **戦争と文学** 全8巻

① ヒロシマ・ナガサキ

原民喜「夏の花」、大田洋子「屍の街」、林京子「祭りの場」、川上宗薫「残存者」、中山士朗「死の影」、井上ひさし「少年口伝隊一九四五」、美輪明宏「戦」、金在南「暗やみの夕顔」、青来有一「鳥」、橋爪健「死の灰は天を覆う」、大江健三郎「アトミック・エイジの守護神」、水上勉「金槌の話」、小田実「「三千軍兵」の墓」、田口ランディ「似島めぐり」他
◎解説＝成田龍一 ◎付録 インタビュー＝林京子

② アジア太平洋戦争

太宰治「待つ」、豊田穣「真珠湾・その生と死」、野間宏「バターン白昼の戦」、北原武夫「嘔気」、中山義秀「テニヤンの末日」、三浦朱門「礁湖」、梅崎春生「ルネタの市民兵」、江崎誠致「渓流」、吉田満「戦艦大和ノ最期」(初出形)、島尾敏雄「出発は遂に訪れず」、川端康成「生命の樹」、三島由紀夫「英霊の声」、吉村昭「手首の記憶」、蓮見圭一「夜光虫」他
◎解説＝浅田次郎 ◎付録 インタビュー＝水木しげる

集英社文庫ヘリテージシリーズ

「コレクション 戦争と文学」全20巻より
精選した8巻を文庫化

③ 9・11 変容する戦争

リービ英雄「千々にくだけて」、小林紀晴「トムヤムクン」、宮内勝典「ポスト9・11」、池澤夏樹「イラクの小さな橋を渡って」、米原万里「バグダッドの靴磨き」、岡田利規「三月の5日間」、平野啓一郎「義足」、重松清「ナイフ」、辺見庸「ゆで卵」、島田雅彦「燃えつきたユリシーズ」、笙野頼子「姫と戦争と「庭の雀」」、シリン・ネザマフィ「サラム」他
◎解説＝高橋敏夫　◎付録 インタビュー＝美輪明宏

④ 女性たちの戦争

大原富枝「祝出征」、瀬戸内晴美（寂聴）「女子大生・曲愛玲」、藤原てい「襁褓」、田辺聖子「文明開化」、河野多惠子「鉄の魚」、大庭みな子「むかし女がいた」、石牟礼道子「木霊」、竹西寛子「兵隊宿」、司修「銀杏」、寺山修司「誰でせう」「玉音放送」、三木卓「鶸」、向田邦子「字のない葉書」「ごはん」、阿部牧郎「見よ落下傘」、鄭承博「裸の捕虜」他
◎解説＝成田龍一・川村湊　◎付録 インタビュー＝竹西寛子

セレクション 戦争と文学 全8巻

⑤ 日中戦争

胡桃沢耕史「東干」、小林秀雄「戦争について」、日比野士朗「呉淞クリーク」、石川達三「五人の補充将校」、武田麟太郎「手記」、火野葦平「煙草と兵隊」、田中英光「鈴の音」、伊藤桂一「黄土の記憶」、藤枝静男「犬の血」、檀一雄「照る陽の庭」、田村泰次郎「蝗」、田中小実昌「岩塩の袋」、富士正晴「崔長英」、棟田博「軍犬一等兵」、阿川弘之「蝙蝠」他
◎解説＝浅田次郎 ◎付録インタビュー＝伊藤桂一

⑥ イマジネーションの戦争

芥川龍之介「桃太郎」、安部公房「鉄砲屋」、筒井康隆「通いの軍隊」、伊藤計劃「The Indifference Engine」、モブ・ノリオ「既知との遭遇」、小松左京「春の軍隊」、秋山瑞人「おれはミサイル」、三崎亜記「鼓笛隊の襲来」、星野智幸「煉獄ロック」、山本弘「リトルガールふたたび」、田中慎弥「犬と鴉」、内田百閒「旅順入城式」、赤川次郎「悪夢の果て」他
◎解説＝奥泉光 ◎付録インタビュー＝小松左京

集英社文庫ヘリテージシリーズ

シリーズ全巻完結！

⑦ 戦時下の青春

中井英夫「見知らぬ旗」、吉行淳之介「焔の中」、三浦哲郎「乳房」、江戸川乱歩「防空壕」、井上光晴「ガダルカナル戦詩集」、高橋和巳「あの花この花」、永井荷風「勲章」、石川淳「明月珠」、池波正太郎「キリンと蟇」、坂口安吾「アンゴウ」、高井有一「櫟の家」、古井由吉「赤牛」、前田純敬「夏草」、野坂昭如「火垂るの墓」、井上靖「三ノ宮炎上」他
◎解説＝浅田次郎　◎付録　インタビュー＝小沢昭一

⑧ オキナワ　終わらぬ戦争

長堂英吉「海鳴り」、知念正真「人類館」、霜多正次「虜囚の哭」、大城立裕「カクテル・パーティー」、又吉栄喜「ギンネム屋敷」、吉田スエ子「嘉間良心中」、目取真俊「平和通りと名付けられた街を歩いて」、田宮虎彦「夜」、岡部伊都子「ふたたび「沖縄の道」」、灰谷健次郎「手」、桐山襲「聖なる夜　聖なる穴」他
◎解説＝高橋敏夫　◎付録　インタビュー＝大城立裕

集英社文庫 ヘリテージシリーズ

セレクション戦争《せんそう》と文学《ぶんがく》8 オキナワ 終《お》わらぬ戦争《せんそう》

2020年2月25日 第1刷　　定価はカバーに表示してあります。

著 者 山之口《やまのくち》 貘《ばく》 他
編 集 株式会社 集英社クリエイティブ
東京都千代田区神田神保町2-23-1 〒101-0051
電話 03-3239-3811
発行者 徳永 真
発行所 株式会社 集英社
東京都千代田区一ツ橋2-5-10 〒101-8050
電話 【編集部】03-3230-6094
【読者係】03-3230-6080
【販売部】03-3230-6393(書店専用)
印 刷 凸版印刷株式会社
製 本 加藤製本株式会社

フォーマットデザイン アリヤマデザインストア　　マークデザイン 居山浩二

Printed in Japan
ISBN978-4-08-761054-3 C0193